Îndrăgostiţi în Bucureştiul de altădată

– Vol. 1 –

LETRAS
Promovăm autorii români

Descrierea CIP a Bibliotecii Naţionale a României
OLTEANU, MIRELA VLADIMIRA
Îndrăgostiţi în Bucureştiul de altădată /
Mirela Vladimira Olteanu – Otopeni: Letras, 2024
4 vol.
ISBN 978-630-312-268-7
Vol. 1. - 2024 - ISBN 978-630-312-269-4

821.135.1

ISBN eBook ePUB: 978-630-312-270-0

Carte distribuită de www.piatadecarte.net
email: office@piatadecarte.com.ro
Comenzi la tel. 021 367 5228 // 0787 708 844

Pentru solicitări de publicare vă puteţi adresa editurii, pe mail: edituraletras@piatadecarte.com.ro

Editura Letras / www.letras.ro
contact@letras.ro

Îndrăgostiți în Bucureștiul de Altădată este prima parte a poveștii de dragoste dintre Laura și Paul, născută la sfârșitul anilor '70, sub auspiciile așa-numitei epoci de aur. Revelațiile intime ale eroinei, încărcate de senzualitate, romantism, și umor critic, dezvăluie perspectiva personală a eroinei asupra societății din România socialistă, în diverse medii sociale, atât cu lipsurile și politica absurdă a vremii, cât si cu bucuriile simple și profunde de atunci.

Cartea se adresează atât celor nostalgici, a căror tinerețe este ancorată în amintiri, cât și generațiilor următoare, care au auzit doar la a doua mână despre incredibilele lipsuri și restricții de libertate ale acelor ani.

"The older I get, the more clearly I remember things that never happened."

— Mark Twain

Dedic această carte prietenelor mele din adolescență, Mag și Cati, care mi-au citit primele încercări literare pe măsură ce visele luau naștere și imaginația își lua zborul, în vremea când trecutul de astăzi era prezent sau viitor.

Personajele și evenimentele din această poveste sunt imaginare. Orice asemănare cu realitatea este firească dar neintenționată.

Îndrăgostiți în Bucureștiul de Altădată este prima parte din seria *De-a Prinselea prin Lume* care va urmări în continuare evoluția și aventurile Laurei.

Capitolul 1

Ceasul deșteptător sună strident și îi trag o palmă să nu-l trezească pe cel mic. Mama este probabil deja în bucătărie, pregătindu-mi pâinea prăjită și ciocolata cu lapte. Sub plapuma aspră și grea este încă plăcut, și aș da orice să nu ies din pat. Afară este beznă și groaznic de devreme, dar la ora șapte trebuie să ajung unde lucrez, la Miraj, la capătul orașului – cel puțin din punctul meu de vedere – fiindcă m-am născut în centrul Bucureștiului și am stat în buricul târgului dintotdeauna.

Revenirea la realitate este amară. Câteodată am norocul să visez frumos, uitând de starea deprimantă a lucrurilor, de multe ori însă sunt atât de obosită încât dorm ca lemnul și nu mai știu nimic... Ceea ce este oricum mai bine decât ceea ce mă așteaptă când mă voi ridica din pat.

Este o zi geroasă de februarie a noului an 1978, care cu urmele de optimism de care mă mai agăț... sper să fie mai bun. Cel puțin fără cutremure ca cel trecut. Amintirea zguduiturii cumplite a orașului îmi fulgeră prin cap ca o pală de crivăț, alungând rămășițele somnului. Simt din nou în coșul pieptului groaza sufocantă a minutelor în care toată casa se legănase ca o corabie pe valuri, pereții și tavanul plesniseră, ferestrele se deschiseseră singure... A clipelor când nu știusem dacă seismul se va opri înainte de a ne strivi sub dărâmături sau pământul se va căsca sub noi înghițind totul.

Multe clădiri se surpaseră, devenind maldăre de moloz în jurul cărora oamenii disperați își căutau membri familiei prinși dedesubt. Pe Strada Brezoianu și lângă Piața Universității ruinele luaseră foc de la gaze, distrugând orice formă de viață scăpată ca prin miracol din cataclismul inițial.

De ce mă gândesc acum la evenimentul acesta tragic?! Viața mi se pare destul de mizerabilă și fără mișcări tectonice. E drept că la vârsta mea am alte preocupări decât filozofia politică și mă plictisesc subiectele pe tema sistemelor de guvernare, dar am văzut destul în filme și am citit suficient prin revistele de la Biblioteca Americană ca să știu că undeva... există o lume diferită de a noastră.

Nu am fost niciodată 'afară', cum se zice. Nici nu îndrăznesc să îmi doresc așa ceva, în primul rând pentru că nu am bani. Puțini cetățeni au privilegiul de a călători în străinătate, nu numai din motive financiare dar și datorită faptului că trebuie să îndeplinești o grămadă de condiții pentru a primi pașaport. Oricum, excursiile permise se fac doar în RDG, Bulgaria, URSS și alte țări socialiste.

Pe mine mă afectează mai mult lipsa produselor făcute de alții, calitativ mai bune. Rarele lucruri de import, mult apreciate, vin din China sau Bulgaria. Și acelea se dau pe sub mână și nu sunt ușor de găsit pe piață, omul de rând având nevoie de pile pentru a le obține și plătind în plus pentru ele.

Cine are rude plecate în 'vest' – mai exact fugite 'dincolo' – primește din când în când 'pachete' din afară, chiar dacă uneori deschise la vamă și cu lipsuri. Apoi sunt cei care au în familie un șofer de TIR, cu acces la magazinele din Iugoslavia, Polonia, Ungaria și alți vecini de ai noștri, mai dotați. Eu însă nu beneficiez de nici una din aceste alternative și accesul meu la luxuri străine este limitat la dărnicia altora.

În afară de aspectul material și poate al 'libertății de mișcare' – adică al restricțiilor turistice – mai mult din principiu... Îmi dau seama că nu îmi merge bine dar nu și de ce. Abia încep să pricep ce se întâmplă în jurul meu, deschizând ochii și urechile la alții. Știu deja că ideile capitaliste sunt repudiate cu asprime și că opinia publică se aliniază la doctrina partidului comunist, de voie sau de nevoie.

Am aflat că nu peste tot în lume este ca la noi, unde locuim mai toți în apartamente, plătind chirie statului. La școală ni s-a predat despre centralizarea activităților comerciale și de producție și știu ca tot aceleași entități abstracte îi aparțin și întreprinderile unde lucrăm, magazinele de unde facem cumpărături, mijloacele de transport în comun și localurile.

Ni se spune zilnic că suntem în plin avânt de construcție al socialismului învingător, că avem un sistem economic superior și ne îndreptăm spre un viitor luminos, cu o societate ideală în care totul aparține poporului muncitor. Că suntem egali între noi, fericiții copii ai Partidului Comunist, etcetera, etcetera. Sloganuri în care nu mai crede nimeni. Nici măcar eu, oricât aș fii de naivă sau ignorantă din punct de vedere politic.

Dar nu am ce face și mă zbat mai degrabă pentru satisfacerea nevoilor imediate, existențiale, fără a mă teme să spun bancuri politice sau să mă preocupe utopia. În viața de zi cu zi, cel puțin de unde privesc eu lucrurile, avem hrană cât să nu decedăm de foame și căldură cât să nu murim degerați. Suntem obligați prin lege să ne facem utili, adică să muncim sau să învățăm pentru a ne câștiga locul în societate.

Bineînțeles că am văzut cum în ciuda ideologiei egalitariste cu care se bate atâta monedă, unii sunt mai egali decât alții, cum se zice. Există cei cărora nu le lipsește nimic și au din belșug de toate, de obicei acei tovarăși care lucrează direct în diversele ramuri ale structurii care ține țara în frâu, după cum se spune mai mult în șoaptă și cu ușile închise.

Eu însă m-am născut în această lume și nu sunt sigură dacă viața ar putea fii mai ușoară decât așa cum o cunosc. Nici nu îmi pot imagina altceva, dar bănuiesc vag din câte am auzit de la bunica care a apucat vremurile ‘dinainte’. Nu îmi este clar dacă acele timpuri erau într-adevăr mai bune sau nu. Nici cei bătrâni nu mai sunt siguri. Iar eu, sinceră să fiu, am alte griji acum, mult mai personale, și m-aș bucura măcar să am un serviciu de birou și încălzire centrală acasă.

Cum am ajuns să muncesc la optsprezece ani într-o fabrică, în loc să fiu încă elevă ca celelalte fete de vârsta mea? Este o poveste lungă și tristă la care aș vrea să pot reflecta cu altă ocazie, să nu îmi stric ziua... dar nu reușesc.

Poate că nu am fost niciodată un copil fără griji. Viața mea a început destul de dramatic, fără ca eu să am vreo vină, și din păcate am reușit să o complic și mai mult. Am crescut fără tatăl meu, pentru că el era – și încă este – însurat, dar nu cu mama. Și are alți doi copii, mai mari decât mine.

M-am căsătorit la șaisprezece ani și jumătate cu primul bărbat din viața mea, de care m-am îndrăgostit ca o adolescentă romantică ce eram. Exact cu un an și două zile mai târziu, am făcut un copil, și peste încă un an, ne-am despărțit.

Locuiesc cu mama și cu Liviu, fiul meu de un an și patru luni, în apartamentul pe care îl știu de când sunt pe lume, și încerc cu încăpățânare să îmi termin liceul la seral. Încerc să regăsesc calea spre reușita în viață, drumul de care se pare că m-am rătăcit nițel, deocamdată.

“Laura, ai adormit la loc?” o aud pe mama, de dincolo.

Când mă trezea în copilărie să merg la școală... era mult mai hotărâtă. M-ar fii zgâlțâit și certat că nu sar din pat mai repede. Pentru plecarea la serviciu, nu se agită prea tare. Bănuiesc că își dorește chiar să întârzii, să fiu dată afară, sau și mai simplu, să renunț într-o bună zi și să rămân acasă, să învăț de pe acum pentru examenul la facultate din anul viitor. Orice, numai să nu mai fiu muncitoare necalificată.

Mormăi mai mult pentru auzul meu, că nu, încă dorm... Și continui să meditez cu amărăciune la situația mea, urmărind cu curiozitate formele valului de aburi care îmi ies pe gură când suflu mai tare. Încă nu am curajul să ies din pat în frigul camerei...

Nu pot fii numai eu de vină că am ajuns aici, pe o linie care se îndepărtează tangent de la planurile mele entuziaste de acum câțiva ani. Din păcate simt că am fost împinsă și de împrejurări, și de alții, fără să realizez ce mi se întâmplă și care vor fii consecințele fiecărui pas necugetat.

Am visat de copil să fiu pictoriță. Lumea zice că am talent cu carul și realitatea este că uit de toate și mă simt fericită atunci când desenez sau colorez ceva. Dar am picat admiterea la Liceul de Arte Plastice, Nicolae Tonitza... cu brio. Adică doar cu câteva sutimi lipsă. Poate fiindcă începusem să mă uit prea mult în oglindă și după băieți... Dar și pentru că mama a făcut tot posibilul să mă descurajeze și să mă îndrepte spre cu totul alte orizonturi, alese de ea.

Dorința ei cea mai mare era să mă vadă într-o zi medic cum este tata, dar pe mine mă ia cu leșin numai dacă văd o seringă sau un strop de sânge. Sau s-ar fii mulțumit să mă fac matematiciană, dar la ideea asta nici măcar nu am încercat să îi aduc argumente contradictorii, atât mi s-a părut de ridicolă, chiar dacă într-un an luasem mențiune la Olimpiada pe capitală, mai mult din întâmplare decât de bună ce aș fii fost.

Am avut discuții pe tema viitorului meu încă din clasa a cincea, și nu am reușit să ne convingem una pe alta. De câte ori mă vedea cu ciotul de grafit în mână sau că îmi întind acuarelele, mă admonesta cu "iar îți pierzi timpul mâzgălind?" și cred că atitudinea ei m-a înverșunat din ce în ce mai mult, pe măsură ce creșteam.

După nereușita de la admitere, totul a început să se ducă la vale, din ce în ce mai repede. Simțeam că nu mă mai pot opri, sau poate că nici nu mai aveam chef să pun frână, și îmi era indiferent încotro mă îndrept, atât timp cât oricum nu era direcția aleasă de mine. Am lăsat-o pe mama să îmi găsească un loc la liceu în toamnă, oriunde.

Prin fostele ei colege de serviciu din Ministerul Învățământului, m-a înscris la Matematică și Fizică, la capătul unui tramvai, în periferie, unde rămăseseră locuri. Mă prezentasem la școală, fără tragere de inimă și mari ambiții, în fiecare zi... Și în levitația dezamăgirii, detașată temporar de ambițiile școlare și profesionale, l-am întâlnit pe Cornel, cu zece ani mai mare decât mine, înalt, atletic, cu ochi albaștri și bucle blonde.

Față de anii copilăriei fragede, când îi povesteam mamei tot ce îmi trecea prin cap, înstrăinarea noastră a început să se adâncească exponențial. Împotriva dorințelor ei, îmi venise ideea să îmi continui liceul la seral, pentru a putea munci și avea banii mei. Din nefericire, la biroul forțelor de muncă mi se spusese că după lege, sub optsprezece ani nu pot să lucrez fără acceptul părinților iar mama se opusese categoric, punându-se din nou în calea planurilor mele.

În schimb, la măritiș nu se puneau aceleași condiții, și ca femeie căsătorită ai mei nu mai aveau autoritate asupra mea, fiind liberă să mă angajez. Drept care mi-a intrat în cap altă soluție a problemei. Cornel era amenințat cu trimiterea la Suceava, fiindcă nu avea buletin de București. Însurându-se cu mine, el primea dreptul de a rămâne în capitală și eu îl puteam păstra veșnic pentru mine, cum îmi doream.

Așa s-a întâmplat că eu, care abia începusem clasa a zecea, am devenit aproape peste noapte doamna Gavriliu, închipuindu-mi că voi face mare brânză dacă mă căsătoresc și încep să lucrez, 'pe picioarele mele'. Nu mai trebuia să aștept pensia mamei, sperând că se va îndura să îmi ia o pereche de ciorapi noi. Nu mai eram nevoită să-i port pantofii vechi, primiți de pomană de la tanti Leo. Și îl aveam pe omul drag alături, instalat legal la mine în cameră, în ciuda faptului că până atunci îmi fusese categoric interzis să îl aduc în casă.

Visele mele de fericire conjugală se sfărâmaseră în capul meu, în mii de cioburi ascuțite. Deteriorarea relației începuse dinainte, dar eu sperasem în continuare că îl pot face fericit, încercând să îi demonstrez că pot – împotriva vârstei – fii o soție bună. Nu-mi vine să cred cât de naivă am fost să cred în basmele copilărie, încheiate cu fraza 's-au luat și au trăit fericiți, pân'la adânci bătrânețe'!

"Laura, te mai duci astăzi la serviciu?" se strecoară ea repede în cameră, să nu intre frigul.

Are ambele mâini ocupate cu o cană aburindă și o farfurie încărcată. Tresar din gândurile mele și de data asta cobor din pat, oftând. Îi aud tonul plin de speranță. Că poate îi fac pe plac și rămân acasă, să mă ascund între cei patru pereți, să iau în serios ceva manuale de anatomie sau algebră... Și bănuiala îmi dă elan, urnindu-mă din loc.

Focul de aseară s-a stins de mult și peste zi reșoul electric este singura sursă de căldură, arzând permanent în camera noastră, toată iarna. Raționalizăm lemnele și cărbunii pe care îi mai avem, să ne ajungă măcar încă vreo șase săptămâni, până la jumătatea lui martie.

Combustibilul este scump pentru o gospodărie de femei singure. De fapt, ce mai folosim acum a fost cumpărat de Cornel în toamna trecută, când încă mai stătea la noi. Nu i-a dat prin cap să le ia și pe astea cu el când a plecat. În rest... l-am lăsat să care totul, canapeaua, pernele, plapuma, până și vesela pe care o achiziționasem pe alese, cât timp am lucrat la Obor ca vânzătoare, în prima mea slujbă. Televizorul și copilul au fost singurele 'bunuri' pe care le-am păstrat din căsnicia mea destrămată.

Ies în viteză din 'sufragerie', cum o numește mama. Eu prefer să zic 'camera de locuit', fiindcă, din noiembrie până prin martie, aici ne retragem să dormim, să mâncăm, și să ne uităm la televizor. Încăperea următoare, tot la stradă, a fost a bunicii, și mai târziu a mea. Acolo am stat și cu Cornel, după ce ne-am căsătorit. Dar acum este închisă și părăsită, pentru că nu ne permitem să încălzim atâta spațiu.

Pe hol este aproape la fel de frig ca afară. Camerele sunt înalte și ferestrele mari nu țin nici ele de cald. Lipsa de covoare persistă în tot apartamentul, dar eu sunt încălțată cu niște șosete duble de lână, cu care și dorm. În bucătărie, unde este de fapt și antreul, mama a scos deja reșoul din priză. Aici folosim sursa de căldură numai temporar, când se gătește, și ca să nu înghețe țevile de apă.

Miroase a petrosin în toată casa. Una din obsesiile mamei este curățenia, și șterge în fiecare zi parchetul înnegrit de vechime, dintr-un capăt la altul al locuinței. Produsele petroliere se pare că țin loc de dezinfectant, au rol de insecticid, și în același timp îndepărtează musafirii nedoriți.

Aprind lumina și arunc o privire spre bucătăria în care domnește o permanentă atmosferă de cavou datorita umbrelor și a podelei din beton lucios și întunecat la culoare. Când eram mică și mama încerca să mă țină cu ea în camera cealaltă, mă păcălea că aici se ascund șobolani sub masă, și că vor sări pe mine să mă mănânce dacă sunt singură. După atâția ani, cu toate că știu cu certitudine că nu avem nici măcar un șoricel pe nicăieri, încă mă tem de întuneric și de foșnete neidentificate.

Apartamentul este de tip comandat, cum se spune, sau vagon, cum zice mama, mai exact, cu camere în care intri dintr-una în alta. În fața mea urcă scara până la baie, o odaie cocoțată la același nivel cu tavanul, dar jumătate de înaltă față de restul încăperilor, ceea ce ajută să se încălzească mai repede, când facem focul sub boiler.

Acum nu am timp decât să mă spăl pe dinți și pe față, cât de repede pot. Apa este atât de rece încât mă dor mâinile și mă frec bine cu prosopul să îmi pun sângele în mișcare. Îmi pieptăn energic părul scurt, pe care îl port din nou băiețește, cum mă tundea mama când eram mică. Îmi este frig la urechi și la ceafă, dar cred că mi-am schimbat coafura ca să îi fac în ciudă lui Cornel, căruia îi plăceau pletele mele lungi, crescute în scurta mea perioadă de liceană.

Sau poate a fost o tentativă nemărturisită de a mă simți iar 'fata mamei'... ca în copilărie.

Cobor în fugă, câte două trepte deodată, și dau navală înapoi în cameră, unde prin comparație, acum mi se pare aproape plăcut de cald. Mă îmbrac în viteză în timp ce înghit ca pelicanul o felie de pâine prăjită, unsă cu unt, și sorb laptele aproape răcit, în care mama a topit o bucată de ciocolată amăruie.

Arunc o privire lui Liviu în pat, să mă conving că încă doarme dus, bine învelit în pături. Scumpul meu mic întruchipează încă nevinovăția pură, ba chiar seamănă cu îngerașii lui Michelangelo. Îi lipsesc numai aripioarele și buclele, fiind încă chel, cu capul perfect rotund, acoperit de puf gălbui, zburlit în toate direcțiile.

Adevărul este că seamănă foarte mult cu tatăl lui la trăsături, dar sper ca similitudinile genetice să se oprească doar la prezența fizică și să mă moștenească pe mine din punct de vedere intelectual, sufletesc și al personalității. De multe ori tresar în mine recunoscând pe fața fiului meu zâmbetul lui Cornel, și felul cum se încrunta sau privea în jurul lui.

Părul și ochii îi sunt însă un amalgam de culori, între șatenul meu închis și blondul tatălui său, între albastrul irișilor lui și căpruiul meu ca mura. E un copil reușit și teribil de dulce al unei mămici care încă nu a împlinit nouăsprezece ani. Abuzăm de puterile mamei mele și creștem amândoi, de parcă ar fii fratele meu mai mic.

Îmi iau la revedere de la ei și ies repede din casă, fără să mă mai uit în urmă. Grăbesc pasul spre Spitalul Brâncovenesc, de lângă care trebuie să iau tramvaiul. Sper să nu aștept mult, altfel înghet în stație și întârzii precis la fabrică. Ajung în mai puțin de zece minute, în galop alert, și am de data asta noroc fiindcă văd 23-ul apropiindu-se, și după o alergătură scurtă prind ultimul vagon și sar înăuntru, din mers.

Suntem înghesuiți și nici măcar aglomerația nu ne ține de cald. Îmi fac loc cu coatele, ca toată lumea, în căutarea colțului meu preferat, în spate, unde nu sunt scaune și pot privi pe geamul murdar. Lumea se duce la muncă, sunt toți grăbiți și morocănoși, ca mine. Încă nu s-a luminat afară și lămpile stradale aruncă umbre dubioase peste mulțimea care colcăie în toate direcțiile, ca un morman de furnici disperate. Ne târâm încet și huruind, oprind la toate stopurile și intersecțiile.

La Piața Muncii, ochii mi se opresc pe o siluetă înaltă care așteaptă la marginea trotuarului să traverseze bulevardul. Din arhiva secretă cu memorii întipărite pentru totdeauna în mintea mea extrag identitatea tânărului cu plete care nu se uită după tramvaie. Îl cheamă Nico și este vecin cu tata.

O clipă tresar și vreau să îi fac semn cu mâna, dar ne urnim din loc, și în urma noastră tipul își vede de drum, probabil spre facultatea de Arhitectură, unde știu că este student... De mult nu m-am mai gândit la el.

De multe ori, pentru a îmi păstra sănătatea mintală, în clipe triste sau disperate apelez la visele din copilărie, retrăind fiecare clipă frumoasă, sau imaginându-mi o continuare favorabilă, imposibilă, sau dorită. Clipele de reverie optimistă mă ajută să îmi ridic moralul, să rezist încă o zi de muncă la fabrică, să stau trează în timpul lecțiilor de la seral, și să depășesc clipele vieții deprimante prin care trec.

Ca acum, când sunt obosită înainte de a ajunge la serviciu... Dar inspirată de viziunea momentană de pe traseu, încerc să privesc în mine evocând reminiscența încă dragă a ocaziei în care l-am cunoscut prima dată pe Nico... Și aveam doar paisprezece ani. Într-o duminică frumoasă la sfârșit de august, când tocmai mă întorsesem din tabăra de la Bucșoaia, din nordul Moldovei, departe de București, și mai ales... de mama.

Petrecusem acolo două săptămâni cu școala, plecată pentru prima dată de acasă fără supraveghere. Simțeam cum evadarea temporară din cuib mi-a deschis orizonturi inimaginabile și emoționante. Începusem să visez, să îmi doresc întâmplări neîntâmplate, și să observ lumea din jur cu alți ochi. Experiența cea nouă, a unei libertăți inocente și mult dorite, era încă proaspătă în mintea mea excitată, de adolescentă.

În acea duminică, mama m-a lăsat să petrec jumătate de zi la tata acasă. El era de fapt plecat în acel an cu serviciul, în Algeria, dar cineva din familie insistase să menținem legătura, și să mă întâlnesc cu Mihai și Mihaela, frații mei vitregi, măcar o dată la câteva luni. Drept care, mama mă aducea până la ușa apartamentului lor și venea să mă culeagă mai pe seară.

De fiecare dată, luam masa de prânz cu ei și mă simțeam ca un cui în talpa surorii mele și ca o piatră nedorită în papucul doamnei Cecilia, sau a mamei Cici, cum îi spun toți soției lui tata. Apoi mă lua Mihai în camera lui și vizita devenea minunată.

Fratele meu este cu șase ani mai mare dar ne-am împăcat de minune întotdeauna. El m-a acceptat de la bun început, cu brațele deschise, la propriu și la figurat. Se pare că l-a încântat ideea de a avea o soră mai mică decât cealaltă, de care să nu se împiedice toată ziua, și cu care să nu fie forțat să împartă ceva decât dacă vrea el. În plus, eu sunt cea care l-a idolatrizat total, de la prima vedere.

Mihai a fost dintotdeauna, cel puțin în ochii mei, un băiat extraordinar de frumos, cu trăsături perfecte, păr șaten cenușiu și ochi verzi, aproape galbeni, neobișnuiți. A fost și a rămas fratele meu mai mare, absolut minunat, cel mai deștept personaj pe care l-am cunoscut vreodată.

Cu el aveam întotdeauna ce povesti, în ciuda diferenței de vârstă. Puneam împreună la care tot felul de planuri, îmi spunea bancuri și îmi povestea aventuri cu colegii lui de la facultate, desenam amândoi, la întrecere, încercând să ilustrăm subiectul discuției de moment.

Dar în acea zi de august, a intervenit ceva... Mama Cici a primit un telefon neprevăzut, și au trebuit să plece cu toții undeva, imediat. Problema eram eu, pentru că mama urma să mă ia doar peste două ore, și cum noi nu aveam încă telefon acasă, nu o puteam anunța să vină mai devreme. Drept care, fratele meu a venit cu ideea genială să o aștept la Nico, prietenul lor de la parter și fostul coleg de școală al Mihaelei...

L-au sunat, el a fost de acord, și am coborât în grabă, tot familionul extins. La primul nivel al blocului, ușa de la un apartament s-a deschis, și în prag ne-a întâmpinat… Făt Frumos din basmele copilăriei mele, cu plete cu tot, care mi-a întins mâna și s-a prezentat, luându-mă total pe nepregătite.

Ceilalți au plecat, și eu am rămas înțepenită în prag, cu gura căscată. Vreau să sper că nu a observat nimeni reacția mea, chiar dacă mă tem că a fost indecent de evidentă și imposibil de stăpânit.

Nico... era cu cel puțin un cap mai înalt decât mine, de trebuia să mă uit în sus la el, calitate pe care am descoperit de atunci că o apreciez foarte mult la sexul opus. Avea părul șaten închis, lung până la umeri, cum purtau studenții, și mustăți, cu ceva fulgi și pe barbă, pe unde și cât creșteau. Dar ce m-a impresionat instantaneu și iremediabil au fost ochii lui verzi, cu o privire directă, pe care am simțit-o trecând prin mine, de mi-a tăiat respirația.

Cam asta s-a întâmplat și nimic altceva. Nico m-a condus prietenos în camera lui, am stat puțin de vorbă și habar nu am despre ce, fiindcă nu îmi aduc aminte nici un cuvânt, apoi mi-a cântat la chitară, eu i-am făcut portretul pe un caiet pe care l-a avut la îndemână... Și când trebuia să apară mama, a ieșit cu mine să așteptam împreună în fața blocului.

Am citit undeva că recordul de a supraviețui ținându-ți respirația este de aproximativ cinci minute. Ei bine, eu am rezistat în acea zi aproape două ore cu ocazia neașteptatei cunoștințe cu Nico. De atunci au trecut anii și s-au întâmplat atâtea. Dar reacția mea de atunci... încă mă amuză și a rămas o amintire specială în memoria mea.

Încerc să mai păstrez puțin visele naive și plăcute din viața mea de dinaintea dezastrului... Dar nu mai am timp fiindcă trebuie să cobor la prima. Amintirea cea dragă din adolescență se spulberă și mă întorc la realitatea actuală, aspră și demoralizantă, de care nu pot scăpa prea mult.

A mai trecut o zi de muncă. Sunt încă în fața benzii rulante, așteptând să aud sirena fabricii marcând sfârșitul primului schimb. Oftez fără să îmi dau seama, și continui mișcările automate ale mâinilor, neîntrerupte de gânduri. Încă sunt în căutarea răspunsului la întrebarea pe care mi-o pun mereu zilele acestea. Oare cum am ajuns eu aici...?

În comerț aterizasem prin mila funcționarului de la Forțele de Muncă în fața căruia m-am dus imediat după căsătorie, grăbită să mă angajez. “Ai numai șaisprezece ani!?” m-a întrebat cu compătimire. “Unde să te dau?!” În acel moment am simțit cum soarta mea este în mâinile lui și că încearcă, sincer, să găsească ceva mai ușor pentru mine. “Vrei să fii vânzătoare?” Am acceptat, spre regretul care a urmat la foarte scurt timp, și așa am intrat pentru prima oară în ‘câmpul’ muncii.

De fapt, în acea perioadă am suferit un șir de nenumărate dezamăgiri și palme... Atât metaforice cât și reale. Primul șoc a fost programul de lucru la magazinul din Piața Obor, unde fusesem distribuită. Aveam trei săptămâni alternative, una de dimineață, alta de după amiază, și apoi ‘patru cu patru’, ceea ce însemnă de la opt la doisprezece și restul de la patru la opt seara.

Când eram în tura aceasta malefică, în pauza de prânz schimbam două tramvaie până acasă, unde aveam destul timp să fac de mâncare și să i-o las caldă lui Cornel, că eu trebuia să fug înapoi la serviciu. Sau reușeam să spăl o serie de rufe, sau să dau cu mătura și cârpa de praf prin casă...

Continuasem liceul la fără-frecvență. De învățat, o făceam în ultimele zile dinaintea examenelor... Și atunci în mod clandestin. Cornel depunea toate eforturile să mă vadă renunțând la școală. El nu a terminat decât opt clase și este ospătar. S-a simțit întotdeauna profund jignit de ambiția mea să îmi continui studiile și să devin ceva mai mult decât o simplă soție gospodină.

La magazin, fiind cea mai tânără din colectiv, eram bună la toate. Am încărcat rafturi, am despachetat marfă, am cumpărat covrigi pentru colegi și am făcut curățenie, după cum mi se cerea. Șefa mea era o răutăcioasă, tachinându-mă de câte ori avea chef să mă facă să sufăr, pentru că eram mică și nu îndrăzneam să protestez. "Uite la ea cum trage de ambalaje, să nu își rupă unghiile!" mă critica ea, mai ales când erau și alții de față. "Ai grijă de mânuțele tale sensibile... de prințesă" îmi zicea alte dăți, cu ironie tăioasă.

'Mânuțele' mele degeraseră într-o zi, după patru ore de despachetat pahare din talașul înghețat, în depozitul imens cu acoperiș de sticlă. Până seara, degetele mele se învinețiseră și erau atât de umflate încât când le îndoiam, pielea plesnea și apăreau boabe mici și roșii de sânge. Mi s-a spus să îmi acopăr mâinile când stau la tejghea, să nu oripilez clienții, așa că am purtat mănuși și mi-am dat cu unguente până la primăvară, când s-au vindecat.

Când m-am văzut trimisă într-o zi în fața magazinului, cu găleata și cu mătura în mână, mi-am adus aminte de vorbele mamei, care la supărare mă amenințase că dacă mă mărit înainte de a îmi termina studiile, voi ajunge să mătur trotuarul. Eu, fată de medic – e drept că 'din flori' – am făcut-o și pe asta, de-adevăratelea, strângând din dinți și blestemându-mi stupida idee de a deveni vânzătoare.

Câteodată mi se umplea paharul, și mă ascundeam în depozit și plângeam în pumni, jelindu-mi ultimii ani de adolescență aruncați pe geam și umilințele zilnice. Am vărsat multe lacrimi atunci din motive mai mult sau mai puțin serioase, până și pentru pulovărul la care țineam mult fiindcă era împletit de mătușa mea, pe care l-am ars pe spate, sprijinindu-mă de soba încinsă din mijlocul magazinului, să mă încălzesc. Mi-am regretat hotărârea de a sacrifica totul de dragul lui Cornel, mi-a părut rău în unele zile și pentru că trăiesc.

Când eram însărcinată, sprijineam teancuri a zeci de farfurii într-o parte a burții în care creștea Liviu, urcând cu inima la gură treptele din pivnița lungă, unde după fiecare colț se ascundea frica mea morbidă de șobolani și de întuneric. Am să țin minte până la sfârșitul zilelor cum îmi țineam răsuflarea, sperând să ajung sus în magazin cu bine.

Până când într-o zi mi-a alunecat piciorul pe scara înghețată, și am căzut grămadă până jos, de-a dura. Mă și mir cum de a ieșit puștiul meu perfect sănătos și normal, după atâtea peripeții și chinuri, și după ghionturile de la Cornel în stomac, unde nu rămâneau urme vizibile.

Altă amintire care mi s-a întipărit în memorie pentru totdeauna au fost coșmarele pe care le-am avut după primele zile de servit clienții la tejghea. Nopți la rând am văzut în somn numai mâini întinse spre mine, unele peste altele, ținând bonuri pentru diverse pachete, strigând care mai de care că este rândul lor și că se grăbesc.

La fel cum mai târziu, după angajarea la Miraj, am visat cam o săptămână sticlele roz cu șampon, venind pe bandă, neîncetat, din ce în ce mai multe și mai repede, până nu mai apucam să le iau pe toate și începeau să cadă peste mine, îngropându-mă treptat.

Am fost ușurată când am avut motiv să plec din comerț. Sistemul de studii la fără-frecvență s-a desființat anul trecut, și întreprinderea mi-a comunicat că nu are posibilitatea să mă mute la un magazin cu program exclusiv de dimineață ca să îmi pot continua studiile. Drept care mi-am dat demisia, în toamnă.

Singura alternativă găsită la repezeală a fost un post care îi fusese oferit Claudiei, fosta mea colegă de bancă din școala generală, după ce ar fii luat bacalaureatul. Dar ea preferase altceva, la un laborator de farmacie, și așa, mama ei a dat niște telefoane și cum locul era liber în schema secției, am fost acceptată imediat.

Eu aveam urgentă nevoie de locul de muncă pentru că este ilegal să nu ai serviciu dacă nu mai ești elev la zi. Adică, dacă te oprește miliția pe stradă, trebuie să dovedești că ești angajat și contribui în mod productiv la bunăstarea țării. Exact ceea ce fac eu acum, așteptând cu nerăbdare să sune sirena salvatoare.

Îi sunt recunoscătoare Claudiei că m-a ajutat să intru la Miraj, chiar dacă urăsc cu pasiune banda rulantă pe care vin sticle din plastic, mereu, fără oprire. Treaba mea este să le culeg cu ambele mâini, cât pot de repede, și să le așez în ambalaje de carton, gata compartimentate. Un, doi, înapoi, repetitiv, *ad nauseam*, cu orele. Eu și Charlie Chaplin în clasicul film *Modern Times*.

Dar de ce să mint, am nevoie de bani, oricât de mic ar fii salariul. Am suferit ani la rând pentru că mama nu își permitea să îmi cumpere pantofi și haine frumoase, cum aveau colegele mele de școală. În doi ani de căsătorie, cu toate că îmi câștigam și eu existența prin forțele proprii, tot nu mi-am luat aproape nici un obiect de îmbrăcăminte, nimic din tot ce îmi doream și îmi închipuisem că voi avea.

De când l-am gonit pe Cornel din casa noastră, am început să îmi fac câte o bucurie din banii mei în fiecare lună. Am acum palton nou, cizme, poșetă, care mai de care mai sofisticate, pe gustul meu, și probabil mult peste nivelul modest al unei muncitoare. Dar bucuriile materiale sunt singurele pe care le pot realiza deocamdată, drept care profit de faptul că stau la mama fără să plătesc nimic, și îmi satisfac cele mai exagerate dorințe.

Am irosit doi ani prețioși din viață, încercând să fac fericit un om suspicios și nesigur de sine, cu orizonturi modeste și ambiții limitate.

În schimbul sentimentelor mele, bărbatul pe care l-am iubit cu toată inocența vârstei și căruia m-am dăruit din toată inima, m-a jignit și m-a brutalizat, de nenumărate ori.

O dată, când m-am dus la controlul periodic, cu burta în creștere și cu o buză umflată, doctorița care se ocupa de mine m-a întrebat ce s-a întâmplat. Știa că am o sarcină foarte toxică și îmi este mereu rău, dar niciodată nu avusesem pete pe față sau glezne inflamate ca alte gravide. M-a pufnit plânsul de umilință și a înțeles. Nu eram nici singura, nici prima, nici ultima femeie bătută de soț. M-a întrebat dacă am de gând să mă despart și i-am răspuns printre lacrimi că nu, fiindcă nu vreau să crească și copilul meu fără tată, ca mine.

La examenele trimestriale pentru anul doi de liceu, am ajuns cu mare dificultate, coborând din troleibuz să vărs, la fiecare trei-patru stații. Am îndurat eroic testele pentru care nu mă pregătisem suficient și m-am întors acasă târziu, dându-mă jos iar din cinci în cinci minute, și scoțând din mine odată cu rămășițele de lichid acru, și ultima urmă de demnitate sau dorință de viață.

În fața porții, Cornel m-a ajuns din urmă gata să înceapă scandalul și să mă lovească, informându-mă că m-a urmărit tot drumul, de când plecasem de acasă, și a văzut cum flirtasem cu un coleg pe culoarul liceului...

Am trăit doi ani alături de un bărbat care era împotriva viselor mele, a studiilor, să nu mai menționez nimic de prietenele mele, sau oricare altă activitate non-casnică. A fost întotdeauna gelos și dacă încercam să-l evit, nerăspunzându-i la provocări, criza se termina tot cu insulte și violență, pe motiv că îl las să vorbească de unul singur. Pur și simplu nu aveam idee cum să îmi cer iertare în fața acuzației lui continue că sunt o puștoaică... Fapt pe care nu puteam sa îl neg.

Și totuși, în naivitatea mea, am sperat mult timp, cu încăpățânare, să îl schimb, să îl conving că îl iubesc și nu mă interesează nimeni altcineva. Când m-am hotărât să duc sarcina până la capăt, mi-am închipuit că asta va fii dovada absolută a intenţiilor mele faţă de el, a dedicaţiei mele complete...

Abia când am devenit mamă şi am început să mă maturizez, prematur şi forţată de împrejurări, am înţeles, în sfârşit, că nu pot nici să îl transform în omul pe care crezusem că este, nici să mă apăr de caracterul şi comportamentul lui. Concluzia mea a fost că decât să risc o moarte prematură dintr-o lovitură greşită în cap, mai bine creşte băiatul meu fără tată.

Când împotriva protestelor lui vehemente am trecut la seral, consecinţele directe ale noului program au fost că în afara cursurilor şi a serviciului nu mi-a mai rămas timp decât de dormit. Mama a încercat să mă ajute şi să preia măcar spălatul rufelor şi curăţenia din casă, dar asta a provocat o reacţie şi mai urâtă din partea lui şi alte scandaluri.

Într-o duminică, eram amândoi la noi în cameră, el urmărind ceva la televizor, eu pregătindu-mă pentru o teză la trigonometrie. Dându-şi seama că învăţ şi iritat la culme, mi-a luat caietul pe care abia terminasem cu multă greutate nişte probleme, şi a început să rupă paginile în fâşii, urmărindu-mi reacţia. Trăgea cu ochiul la mine, obişnuit să răspund la toate jignirile şi palmele lui doar cu tăceri încăpăţânate sau lacrimi resemnate, care probabil îl amuzau.

Tocmai când se aştepta mai puţin, am sărit ca din arc, i-am smuls din mână ce rămăsese din temele mele şi l-am plesnit peste obraz cu toată disperarea acumulată în timp, dar şi cu teroarea că mă va omorî cu bătaia în clipele următoare.

Surpriza mea a fost mai mare decât a lui. A rămas perplex şi i-au dat lacrimile, întrebându-mă uimit cum pot să îl lovesc "pentru nişte foi de hârtie"!

Profitând de moment, mi-am luat în braţe perna favorită, cărţile şi pe Liviu, grămadă, i-am spus că nu îl mai iubesc, şi nu intenţionez să mă mai las călcată în picioare, şi m-am mutat prompt alături, în prima cameră.

Cu toate că de atunci am dormit în paturi separate, stătea la noi în continuare, spre nesfârşitele proteste ale mamei. În săptămâna următoare, mi-a adus un buchet de flori, apoi o ciocolată cu lapte de care ştia că îmi place. S-au prăfuit neatinse pe etajera din hol, terenul 'neutru' al casei. Începuse sfârşitul şi nu mă mai putea întoarce din drum...

Într-o seară, când mă întorsesem târziu de la şcoală, a ieşit o ceartă monstruoasă, şi mi-a tras din nou o palmă de am văzut stele verzi. Scena s-a petrecut în faţa mamei, care sărit între noi, ţipând la el şi luând un scaun în mână să mă apere. Cornel a împins-o de a căzut grămadă peste patul lui Liviu, apoi s-a dus în fosta noastră cameră, trântind uşa în urma lui.

Când plânsul copilului şi al mamei s-au liniştit, şi mâinile mi s-au oprit din tremurat, m-am dus după el şi i-am spus calm şi cu răceală să îşi facă bagajul şi să plece din apartament până la sfârşitul săptămânii. Nu m-a lovit şi nu m-a insultat, doar s-a uitat la mine cu furie mută şi mi-a întors spatele. A doua zi s-a mutat, el ştie unde, şi aşa s-a încheiat episodul măritişului meu dramatic şi tumultuos.

Consider că am suferit destul, şi când m-am hotărât să mă despart de el mi-am promis că îl voi da afară şi din inimă, nu numai din casă. Nu sunt sigură că am reuşit să mă ţin de cuvânt. Încă îmi este dor de el şi simt o durere surdă în piept când îmi aduc aminte puţinele noastre momente bune.

Dacă pun în balanţă toate zilele petrecute cu el, la câte amintiri de coşmar am, ar fii trebuit să îmi treacă orice urmă de iubire de mult, mai repede decât o infecţie tratată cu antibiotice. Dar mă tem că boala mea nu este încă vindecată complet. După vorba din bătrâni, cui pe cui se scoate... Dar ce şanse am să găsesc pe cineva de care să mă îndrăgostesc peste noapte, suficient de puternic încât să nu mă mai doară toată povestea trecutului...?

Sirena fabricii răsună prin secție făcându-mă să îmi sar din piele și să revin la realitate. S-a terminat chinul, sunt liberă! Mă asigur că schimbul meu de tură, o femeie cu mulți copii și belele, a ajuns la muncă. Ca să pot eu pleca, ea trebuie să îmi preia postul. Banda nu stă niciodată, decât dacă se strica ceva, și atunci parcă e sfârșitul pământului.

Îi fac semn scurt cu mâna și fără să mai salut pe nimeni, mă grăbesc spre vestiar unde îmi arunc halatul albastru pe cuier, înșfac paltonul în care intru din trei mișcări, îmi strâng cordonul în talie, și cu geanta pe umăr, alerg pe trepte, sărind câte două deodată.

Ies pe poartă aproape fugind, în dorința de a mă îndepărta de fabrică cât mai repede, cu toate că am destul timp să ajung la liceu până încep orele. Amintirile triste din ultima oră le-am lăsat în secție, și încerc să privesc înaintea mea, la sfârșitul de săptămână care mă așteaptă.

De o lună urmăresc programul tatei, la cabinetul din Policlinica Batiștei unde lucrează. Am telefonat de câteva ori, pretinzând că sunt o pacientă a doctorului Temeșan, și am aflat că săptămâna aceasta este de serviciu până seara. Eu intru de luni în tura de noapte și până în martie iar nu aș mai putea ajunge să îl vizitez.

Dezbat cu mine însămi ideea de a merge sâmbăta, după serviciu, să îi fac o surpriză... Cu toate că nu sunt sigură dacă va fii plăcută sau nu. Pentru nici unul dintre noi. Nu l-am văzut de aproape doi ani... Și mâine pare o zi potrivită pentru a încerca să reiau legăturile cu familia, de a reînnoda firul vieții mele întrerupte.

Stau zgribulită în stația de tramvai încercând să îmi imaginez cum ar putea să decurgă reîntâlnirea dintre noi. Mă forțez să nu mă gândesc la ultima discuție pe care am avut-o... Pentru că aș fii tentată să mă răzgândesc din nou, și să renunț.

Prin cap îmi trec iar duminicile din copilărie, la el acasă, când mă simțeam ca un pisoi rătăcit care se freacă de piciorul cuiva, sperând să fie mângâiat. Mai puțin în compania fratelui meu, și a lui Nico, săracul, care era oricând disponibil, la nevoie.

Ultima vizita la ei mi-a lăsat amintirea cea mai puternică, poate fiindcă la acea vârstă maturizarea mea emoțională avansa în ritm exponențial, fiecare săptămână însemnând un ocean de noi dorințe și percepții pe care nici nu le-aș fii bănuit cu doar câteva luni în urmă.

În acea zi nu era nimeni acasă, în afara de Mihai. Mama mă lăsase cu el și fusese de acord ca de data aceea să mă aducă tot el acasă, mai târziu. Ne-am simțit amândoi minunat, ore în șir, desenând posibile personaje pentru un film de desene animate pe care plănuiam să îl facem împreună.

Eram în culmea fericirii și pentru că își expedia rapid toate colegele de facultate care îl sunau la fiecare jumătate de oră să îl invite undeva. Fratele meu cel fermecător și căutat le explica pe scurt și fără drept de apel, că este ocupat cu sora lui.

Deodată, a sunat cineva la ușa, și când a deschis Mihai, o tipă subțire ca un șarpe și cu ochi imenși, prea mari pentru fața ei, a dat buzna înăuntru, anunțându-l cu voce autoritară că a luat bilete la film și îl așteaptă să se îmbrace.

"Dar astăzi a venit Laura la mine și am promis că o duc înapoi..." a încercat el să se eschiveze.

"Mă pupi în cur! Ți-am spus joia trecută că astăzi mergem la cinema. Pe sora ta poate s-o ducă și Nico acasă!" i-a răspuns prompt individa.

Am rămas mască. În primul rând, cum își permitea ea să vorbească așa urât cu fratele meu?! Dar perspectiva de a fii însoțită de Făt Frumos nu îmi displăcea deloc... Am fost puțin dezamăgită de scurtarea plăcutei sesiuni cu Mihai, dar compensația mi s-a părut mai mult decât satisfăcătoare.

Și iată cum, pe nepregătite, vecinului de jos i-a picat pe cap sarcina să conducă minora la mămica ei, din cartierul 23 August tocmai la Operetă, în centru. Dacă eram complet sinceră cu mine însămi... îmi sărise inima de bucurie la alternativa propusă, și așa, douăzeci de minute mai târziu, cât i-a luat lui Nico să se pregătească de drum, m-au predat iar în grija lui.

De data aceasta, presimțind sau poate sperând să îl revăd pe colegul Mihaelei, fusesem mai atentă cu ce mă îmbrac. Purtam o fustă cât de scurtă îmi dăduse mama voie să pun pe mine, și o cămașă care măcar se potrivea la culoare. Nu îmi aduc aminte dacă el mi-a remarcat picioarele sau altceva, dar în mod sigur, eu m-am convins că prima impresie nu fusese exagerată și că are niște ochi fantastici.

A fost super drăguț, m-a ajutat galant să urc în tramvai, și a încercat să converseze cu mine, ceea ce nu cred că a fost ușor, fiindcă eram pur și simplu vrăjită și fără cuvinte. Țin minte că mi-a spus cum a reușit din prima încercare la Facultatea de Arhitectură, și că îl iau la armată din octombrie, la termen redus, fiind student. Îmi închipui că i-am povestit și eu că mai am un an de școală și că mă duc la Arte Plastice... dar nu sunt sigură.

În stația de la Spitalul Brâncovenesc, mi-a oferit mâna când am coborât, din nou, ca un gentleman adevărat. A fost, în mod sigur, primul băiat care a făcut gestul acesta cu mine, cu toate că din punctul meu de vedere nu mai avea nevoie de nici o bilă albă. Ca dovadă cât de impresionată am fost de ochii și de prezența lui, cu toate că nu l-am mai văzut de atunci, de aproximativ patru ani, azi dimineață l-am recunoscut instantaneu, din mersul tramvaiului și de la distanță.

Din nefericire, realizez că amintirile par întotdeauna triste, oricât de fericit te-ar fii făcut momentul în sine, când evenimentul era în plină desfășurare. Cât de patetic poate fii să te hrănești cu clipele frumoase din trecut!? Azi, ca și ieri, și ca de altfel și în celelalte zile de luptă cu serviciul care nu îmi place, și cursurile care nu mă atrag, trebuie să evit melancolia și să încerc să fiu optimistă. Până la sfârșitul zilei, mai am multe de făcut și nu este bine să fiu deprimată.

Cerul strălucitor de albastru și curat, fără strop de nor, este de partea mea și mă susține. Trebuie să caut alte gânduri care să mă încurajeze, ceva legat de viitor. În mintea mea începe să se contureze un plan complicat, în care eu mă schimb radical și devin altcineva... o persoană nouă și puternică, impasibilă, invincibilă. Trebuie să uit de fetița timidă care izbucnea în lacrimi când o certa cineva, și de adolescenta emotivă.

Dar revin iar la realitate pentru că a ajuns în fine și tramvaiul meu în stație, și sunt nevoită să îmi scot unul din manuale să citesc lecția pentru astăzi, până ajung la liceu. Este timpul să îmi bag în cap detaliile prozaice legate de integrale și rădăcini cubice... și asta mă va ține preocupată, sper, pentru următoarea oră.

Capitolul 2

Hainele, părul, și respirația îmi put a parfum ieftin și agresiv, menit să ascundă alte odoruri, nu să încânte nasul. Fabrica Miraj produce cosmetice, nu ceea ce poate sugerează numele ei. Este absolut normal ca mirosul acesta obsesiv să îmi fii intrat până în fundul sufletului, după atâtea ore de muncă în secție, șase zile pe săptămână, din noiembrie și până acum. Îl simt mereu și după ce ies pe poartă, mă urmărește insistent oriunde sunt, chiar și acasă, la mine în pat.

Dar... astăzi este sâmbătă, și tura de dimineață s-a terminat la prânz. La liceu, unul din puținele avantaje ale seraliștilor este că zilele de curs durează numai de luni până vineri. Ceea ce înseamnă pentru mine că acum, după ce a sunat sirena... sunt liberă până săptămâna viitoare, când intru în schimbul trei.

Respir flămândă frigul proaspăt și pășesc hotărâtă spre stația de tramvai. Îmi imaginez că un deținut abia eliberat din închisoare are același sentiment ca mine acum, când i se dă drumul din lanț să poate fugi spre ținta la care a visat ani lungi... Sau spre nicăieri, dar după bunul său plac.

Tramvaiul întârzie ca de obicei, și prind din nou ocazia să cuget la ce am făcut și unde am greșit să îmi merit soarta. Gândul la următoarele două săptămâni îmi provoacă o strângere de inimă. Mi-e groază când știu cât de obosită voi fi, și cum îmi voi da peste cap orele de somn.

Între seral și munca de noapte, după doar câteva zile nu voi mai știi când trebuie să dorm sau când să îmi fie foame. În plus, fac tura asta de două ori la rând, conform condiției de la angajare. Aranjamentul a fost să fac schimb permanent cu o colegă care vine de după amiază în locul meu, fiindcă eu am nevoie să merg la școală.

Scârțâitul metalic, strident al vagoanelor care opresc în stație îmi întrerup lamentația. Pornim la drum cu zgomot surd și mișcări bruște, azvârliți dintr-o parte în alta, ca niște saci de cartofi. Este destul de aglomerat fiindcă a venit târziu, și nu este nici un scaun liber. Mă țin de bara de sus și încerc să văd afară, prin geamurile înghețate, să știu pe unde suntem și să nu ratez coborârea.

Apoi sunt din nou pe jos și grăbesc pasul spre centru. Afară este ger, dar parcă în mers nu se simte atât de rău ca în tramvai, și treptat degetele de la picioare încep să mi se dezmorțească. Mi-e imposibil să nu mă gândesc la nimic, ceea ce nici nu cred că se poate. Gândurile îmi țin tovărășie și îmi mai alungă din singurătate. Învăț să mă împac cu mine însămi și mă forțez iar să îmi aduc aminte de ceva plăcut, dar nu reușesc pe moment. Scurta bucurie simțită la ieșirea din fabrică s-a consumat, și revin din păcate la normal, adică plină de amărăciune și tristă.

Îmi dau seama că îmi bubuie inima cu anticipație gândindu-mă că îl voi revedea pe tatăl meu. Îmi lipsește mult, cu toate că am făcut tot posibilul să nu recunosc aspectul acesta față de nimeni. Am emoții și mă tem că poate ideea de a mă duce la cabinetul lui fără a îl anunța înainte... nu a fost foarte inspirată.

Legătura oarecum civilizată dintre părinții mei s-a stricat la scurtă vreme după ultima întâlnire cu Mihai, când m-a dus Nico acasă. Detașarea lui tata ca medic în Algeria, a însemnat că cineva, undeva, a uitat să ne mai trimită pensia de întreținere pentru mine. După luni de zile, în disperare de cauză, și urmând sfatul unei prietene de a ei, mama a intentat acțiune judecătorească și a rezolvat problema pe cale legală.

Banii au început să vină din nou dar armistițiul dintre ei a fost rupt irevocabil, drept care nu am mai fost nici în vizită la ei acasă, nici nu am mai avut ocazia să vorbesc cu Mihai. Apoi evenimentele din viața mea s-au accelerat, și nu am avut timp sau dispoziție nici măcar să mă gândesc la ai mei. Până recent, de când m-am eliberat de teroarea căsătoriei mele și am început să depun efortul de a reconecta cu lumea.

Înainte de a mă căsători, ca ultim resort, mama l-a implorat pe tata să stea de vorbă cu mine și să mă convingă să renunț. Într-una din vizitele pe care i le făceam din când în când la noul serviciu pe care îl avea, în Strada Batiștei, a abordat subiectul, exprimându-și părerea în mod detașat. "Fato, faci cum crezi tu că este mai bine pentru tine... Dacă o să îți pară rău mai târziu, tot tu va trebui să repari ce ai făcut."

Interpretarea mea a fost că sunt singură pe lume și nu numai că pot face ce vreau dar nici să nu aștept ajutor de la el. Bineînțeles că am mers înainte, de capul meu. La cununie nu a fost nimeni prezent din familia mea. Ai lui Cornel erau în Suceava, prea departe. Ai mei s-au eschivat, nu au aflat la timp, sau erau în mod manifest împotrivă. În schimb au apărut toate colegele mele de la liceu, în uniforme și cu diriginta în frunte, ceea ce l-a oripilat pe noul meu soț.

La șaisprezece ani suntem convinși că viața este un joc puțin mai complicat decât de-a v-ați ascunselea și poate mai simplu decât șahul. Credem cu convingere că pentru simplul fapt că existăm, avem dreptul la toate. Că orice pas greșit se poate relua cu ușurință și nu există nimic ireversibil. Poate de aceea, vorbele lui tata dinaintea hotărârii mele fatale mi-au intrat pe o ureche și mi-au ieșit pe amândouă, până să ajung în stradă.

Peste două luni eram iar la ușa lui, așteptându-mi cuminte rândul, cu ceilalți pacienți. Când am intrat la el și am început să îi povestesc despre noua mea carieră de vânzătoare și cum decurge viața mea între reproșurile mamei și gelozia lui Cornel, m-a oprit și s-a ridicat în picioare, gata să mă conducă la ușă. "Ce vrei să fac eu, Laura? Nu am cu ce să te ajut în situația ta. Am și așa destule probleme. Tu ai fost de la început un accident nefericit...”

Nu am mai auzit restul de cuvinte. Am ieșit ca o furtună din cabinet și am fugit afară să nu îmi vadă nimeni lacrimile. Am strâns din dinți până acasă și încă mult timp după aceea. De atunci, doi ani de zile am încercat să mă conving că nu am tată, că la urma urmei se mai întâmplă și minuni cerești pe lumea asta.

Pe doctorul Temeșan l-au iubit multe femei, detaliu pe care l-am aflat odată de la Mihai, când mi-a arătat un pachet de corespondență de care dăduse întâmplător, la ei în casă, păstrat ca amintire. Atunci, copilărește, am citit împreună câteva dintre epistolele vechi și ce nu am înțeles pe loc, mi-a rămas întipărit în memorie și am re-analizat de zeci de ori mai târziu, pe măsură ce creșteam.

Cel mai mult mă impresionaseră niște scrisori de la o pacientă, adevărate răvașe de dragoste. Nu, nu erau de la vreo adolescentă. Erau de la o femeie căsătorită care fusese îndrăgostită de el tinerește, mult timp, și se pare că fără urmări. Dar altă admiratoare de a lui fusese mama mea... Și rezultatul aventurii, vreau nu vreau, sunt eu, și îmi este dor de el și nu mai rezist pretinzând că nu există.

Mă apropii de policlinică și sunt din ce în ce mai ezitantă. Cândva aveam colecția mea de amintiri frumoase care mă ajutau să evadez din realitate, evitând stresul unui examen sau disperarea neputincioasă după o ceartă cu mama. Știam să îmi fac curaj singură, să îmi ridic moralul...

Sau apelam la analiza obiectivă a prezentului și îmi număram realizările de până atunci. Apoi făceam planuri de viitor și întocmeam liste cu ceea ce trebuie sau nu trebuie să fac ca să ajung unde vreau. Acum... nimic nu mai funcționează. Nici nu mai îndrăznesc să îmi doresc ceva, să anticipez o plăcere, de teama că dezamăgirea ulterioară mă va răni prea adânc.

Trag de ușa de la intrare și urc treptele de marmoră tocită până la etajul întâi. Sala de așteptare este neschimbată. Astăzi nu este multă lume, doar câțiva pacienți care așteaptă cuminți pe scaunele tipice cu ramă din metal cromat și tapiserie acoperită cu vinilin vernil, înșirate lângă diverse uși. În dreptul cabinetului unde scrie Doctor Temeșan Laurențiu Valeriu, nu pare să fie nimeni.

Meditez cu nostalgie că de la tata mi se trage și mie grămada de nume pe care le port. Mama a vrut să mă cheme cât mai la fel... drept care m-am ales pe certificatul de naștere nu numai cu Temeșan dar și cu Laura Valeria. Și frații mei au câte două prenume. Mihai Gabriel și Mihaela Gabriela... Doar că acum eu sunt Gavriliu în toate actele, așa că, în teorie... nu mai este la fel de ușor să dovedesc cuiva dacă m-ar întreba... că sunt fiica domnului doctor.

Șovăi lângă ușă, neîndrăznind să bat... Când se deschide brusc în fața mea și în prag apare tata, în halat alb și cu stetoscopul de gât, privind în jur de parcă ar căuta pe cineva. Apoi mă recunoaște. Prima reacție pe fața lui expresivă este surpriza. Mie mi-a stat inima în loc... dar el zâmbește și îmi face semn să intru, de parcă nu ne-am mai văzut doar de ieri.

"Fată dragă, nu știam că vii! M-ai luat pe nepregătite..." zâmbește el.

De fiecare dată când plecam de la cabinet, pe vremuri, îmi băga în mână câteva sute de lei, sau îmi dădea o sacoșă în care era ori un cartuș de țigări Kent, ori un pachet de cafea, primite de la oameni. Mai puțin la ultima vizită când m-a încărcat doar cu durerea și rușinea unei acuzații de care nu eram vinovată cu nimic...

"Nu am venit după bani..." bâigui atât de încet încât abia mă aud singură.

"Te-ai tuns scurt! Parcă îți stă mai bine cu părul lung... Stai jos și spune-mi ce ai mai făcut. Cum mai merge... cu dragostea ta? Nu ai mai trecut de atât timp pe aici."

Reușesc să îmi înghit nodul din gât și să mă destind puțin. Mă abțin să îi aduc aminte cum a decurs ultima vizită. Se pare că el a uitat cu desăvârșire.

“M-am despărțit de Cornel anul trecut, înainte de sărbători...” încep mărturisirile, la început mai greu, căutându-mi cuvintele care vin apoi ca o avalanșă și pe care nu mai pot să le opresc. În câteva minute îl aduc la zi cu toată situația mea, inclusiv serviciul, seralul, și faptul că are un nepoțel.

“Și Mihai are o fetiță pe care o cheamă Livia. Ce coincidență. Doar că ea face doi ani în vară, deci este cu câteva luni mai mare,” comentează tata pentru început, dând din cap. “După el m-am uitat adineaori în sală, ar fii trebuit să ajungă și dacă mai stai puțin, vă vedeți.”

Fratele meu are și el un copil?! E rândul meu să primesc porția de surprize. Tata își scoate stetoscopul și îl pune pe masă, cu un gest definitiv. Îl simt că până acum și-a amintit cum ne-am despărțit cu doi ani în urmă și ar vrea să se justifice.

“Fato, fato, câteodată sunt buni și cei bătrâni, cu sfaturile lor... Dacă o ascultai pe mamă-ta... era mai bine. Mihai a procedat la fel ca tine și cam tot atunci. Se hotărâse să se însoare cu o colegă de facultate, Cici i-a ascuns actele... El le-a declarat pierdute, și-a scos copii, și ne-au pus în fața faptului împlinit. Când ai venit ultima oară la mine... Tocmai mă sunase Cici să mă anunțe.”

Mi-e drag să îi ascult din nou accentul ardelenesc, încă ușor sesizabil, care mi-a lipsit atât. Tata este născut și crescut în Sibiu, un oraș pe care nu l-am văzut niciodată, ca de fapt nici multe alte urbe din țară, dar despre care am auzit că este tare frumos.

Povestea despre fratele meu mă amuză. M-aș fii așteptat la asemenea reacție de la Mihai. Nu știu dacă horoscopul are întotdeauna dreptate, dar suntem amândoi în zodia Taurului. Ar trebui să zic ‘amântrei’ fiindcă și Mihaela este născută tot în primele zile ale lui mai, probabil din vina lui tata care pare să fii avut impulsuri erotice cu predilecție în august...

"Mihaela ce mai face? A intrat la Medicină?" îmi aduc eu aminte să întreb și de sora mea.

"A încercat de patru ori și dă din nou la vară. Când e acasă... stă cu burta pe carte."

Asta apropos de încăpățânarea taurină, îmi trece mie prin cap. Dar tonul lui mă face să înțeleg că ar mai fii ceva de spus.

"Și când nu-i acasă...?"

"Atunci este la prietenul ei, Dan, și presupun că nu învață," zâmbește el scurt, apoi continuă. "Dan mai are doi ani și termină Politehnica. Dar ea își pierde prea mult timp cu el. Nu știu ce au de gând să facă. Dacă reușește anul ăsta la admitere și îi dă și ei prin cap să se mărite, și-ar pierde toată bucuria studenției. Nu știu ce să mă fac cu voi! Se vede că sunteți frați!"

Pare exasperat și resemnat, în același timp. Nu știu dacă se gândește la chestia cu horoscopul. Poate încearcă să își aducă aminte dacă a fost și el cândva la fel de nărăvaș și este vina lui că ne-a transmis aceeași genă, la toți trei.

În clipa aceea se aude o bătaie ușoară în ușă, și fără să aștepte vreun răspuns, în cabinet dă buzna Mihai. Nu mai are pletele studențești și pare mai matur, dar tot așa de frumos cum îl țin minte. Se oprește brusc în prag, apoi se repede la mine și ne îmbrățișam, strâns, strâns.

"Laura, soră-mio, unde te-ai ascuns atâta timp?! De ce te-ai tuns?"

"Dar tu de ce te-ai tuns?" i-o întorc prompt.

"Eu va trebui curând să arat ca un tovarăș profesor de limba latină, nu am de ales," dă el din umeri. "Termin anul ăsta Filologia. Ți-a spus tata că m-am căsătorit și eu?"

"Stai să îți povestească și Laura. Ea este tot cu un pas înaintea ta, e deja despărțită..." intervine tata, sarcastic. Noi ne încruntăm amândoi și pufnim în râs.

"Adică ce vrei să spui?"

Din geanta de sub birou apare un pachet cu prăjituri pe care le împărțim și stăm la povești toți trei, aflând ce a mai făcut fiecare în ultimul timp. Mihai s-a mutat cu soția lui, Camelia, și cu fetița lor într-un apartament din zona Parcului Libertății. Îmi dă adresa și insistă să vin pe la ei duminică, a doua zi. Îmi confirmă bănuiala că da, s-a însurat cu acea colegă care a dat buzna peste noi când eram la ei, care m-a dat pe mâinile prietenului lor să mă ducă acasă.

Venind vorba de Nico, întreb și de el și aflu că este în anul trei la Arhitectură, deci probabil că avusesem dreptate să cred că se ducea la facultate când l-am văzut în dimineața trecută. Fratele meu recunoaște că se întâlnesc mai rar de când nu mai sunt vecini, dar tocmai planifică o ieșire la munte, în grup, unde l-au invitat și pe el, și pe Mihaela cu Dan.

Mă simt atât de bine dezbătând problemele de familie și necazurile care ne afectează pe toți, într-un fel sau altul. Aș vrea să putem rămâne la nesfârșit în cabinetul care dintr-o dată mi se pare intim și primitor, vorbind și ronțăind dulciuri făcute de mama Cici. Dar tot ce-i frumos se termină mai repede decât vrem... Așa că programul lui tata ia sfârșit și trebuie să se ducă acasă. Pe Mihai îl așteaptă Camelia cu masa și ne luăm rămas bun în fața policlinicii, grăbiți, fiecare pe alt drum.

Nici nu știu când ajung la Universitate. Nu mai simt frigul și pentru prima oară în multe luni de zile, tristețea este aproape uitată și mă apasă mai puțin. Îmi pare bine că mi-am făcut curaj să trec pe la tata, și mai ales că am avut norocul să vină și fratele meu în aceeași zi.

Planul meu inițial fusese să mă duc pe seară la prietenele mele, surorile Brateș, cu care obișnuiam să mă întâlnesc aproape în fiecare zi înainte de cataclismul care mi-a zdruncinat stilul de viață. Dar vreau să discern încă o dată sentimentele pe care le simt acum, de una singură, înainte de a le împărtăși cu oricine altcineva... Drept care mă îndrept spre facultatea de Arhitectură unde la subsol, în barul studenților, pot bea o cafea ieftină și bună. Aici mă voi putea ascunde cu gândurile mele, în mijlocul mulțimii gălăgioase, unde nu mă cunoaște nimeni.

O oră mai târziu ies din nou la lumina zilei, scurtând drumul pe Strada Academiei spre Sala Palatului, lângă care este blocul unde locuiește familia Brateș. Tatăl fetelor are o funcție în partid, la Comitetul Central, ceea ce înseamnă un confort și multe beneficii suplimentare, prin comparație cu oamenii de rând. Prin prietenia noastră, mă bucur și eu câteodată de protecția și bunăstarea lor, cu toate că rareori mă gândesc la aspectul acesta al situației.

Noi nu avem nici în clin, nici în mânecă cu politica. Suntem încă total indiferente la problemele sociale sau economice. Trăim la vârsta când încercăm doar să petrecem cât mai mult timp împreună, și să ne destăinuim una alteia fiecare trăire personală. Avem nevoie de apropierea emoțională dintre noi, să ne ascultăm și să de dăm sfaturi. La anii noștri minunați, fiecare eveniment pare un miracol sau o tragedie unică. Prima dragoste, prima dezamăgire, primul sărut, primul bărbat.

Cu Silvia mă împrietenisem la cataramă în prima tabără în care fusesem, în Moldova. Fiind doar cu un an mai mare decât mine, am găsit imediat o grămadă de preocupări comune și după întoarcerea acasă am rămas nedespărțite.

Competiția cu sora ei Alexandra, mai mare cu un an decât ea, s-a transformat treptat și pot spune că în câteva luni, am ajuns să mă văd mai des cu ea decât cu Silvia. Dar de obicei ieșeam în formație ca 'Cei Trei Mușchetari', câteodată patru, cu Lilia, o altă prietenă de a lui Al și fostă colegă de liceu. Atunci eu intram în rolul lui D'Artagnan, fiind cea mai mică și mai răzvrătită din grup.

După ce am început liceul, timpul meu fiind limitat datorită navetei zilnice până la periferia orașului, ne rămăseseră la îndemâna numai serile de sâmbătă și duminicile. Dar perseverasem cu întâlnirile noastre, de obicei la ele acasă, de unde ieșeam într-un parc sau prin centru, la un suc, la o prăjitură, la un cinematograf. Gustul cafelei sau al altor băuturi l-am prins mai târziu... În schimb, eram deja cu ochii după băieți, toate.

Pe Cornel l-am văzut prima oară într-una din aceste plimbări. Eram pe bulevard și nenorocitul de Eros, micul zeu al iubirii cu arcul și săgețile lui m-a otrăvit cu un amor la prima vedere. După câteva întâlniri accidentale, în trecere, de-a lungul a câteva luni, până la urmă ne-a oprit, s-a prezentat în stil demodat și cuceritor, ca în filme... Și de acolo a început prima mea poveste serioasă de dragoste, o relație care până la sfârșitul verii a depășit faza inocenta a mersului de mână în doi, și ale săruturilor furate.

La început, prietenele mele s-au bucurat pentru mine și nu au bănuit catastrofa de care mă apropiam. Idila mea părea luată dintr-un roman cu eroi frumoși și sfârșit fericit. Alexandra își făcuse și ea un prieten, pe Robert, un blond chipeș de care era îndrăgostită până peste urechi. El era vecin de cartier cu mine și avea o reputație de crai... dar prima dragoste este puternică și... oarbă. Amândouă fusesem legate la ochi de sus-numita zeitate greacă, fără ține seama de sfaturile nimănui, urmând doar chemarea inimii.

Relația dintre ei s-a destrămat după aproape trei ani, la Revelionul trecut. Fuseseră cât pe aci să se căsătorească și ei, dar domnul Brateș i-a ascuns actele. Vreau să spun... tovarășul Brateș, dat fiind funcția dumnealui din partid. Esențialul este că ea nu a avut tupeul lui Mihai să își declare la poliție certificatul de naștere și buletinul pierdute... și a rămas, slavă Domnului, nemăritată.

Ajung la ușa lor și sun cu nerăbdare. De abia aștept să stăm împreună la povești. Știu că sufletul Alexandrei nu s-a vindecat complet și că nu și-a făcut încă alt prieten. Bănuiesc că încă îl mai iubește pe Robert, sau poate este descurajată și încă nu se gândește să caute pe altcineva...

Prietena mea apare în prag, bucuroasă să mă vadă, luându-mă de gât și pupându-mă pe amândoi obrajii.

"Micule, ce dor mi-a fost de tine!!! Nu pot să cred că nu ne-am văzut de trei săptămâni. Ba ești în schimb de noapte, ba ești terminată după tura a treia, ba ai teze..."

Ochii negri și migdalați îi strălucesc ca la vulpile hoațe din cărțile cu fabule ilustrate. Alexandra este de o frumusețe exotică, deosebită. Se pare că moștenește trăsăturile orientale de la o bunică turcoaică, spre deosebire de sora ei care seamănă indubitabil cu tatăl lor, și este blondină cu ochii albaștri-verzui, ca el.

"Ești singură acasă?" o întreb în timp ce îmi scot paltonul și cizmele, remarcând muzica cu *Modern Talking* care răsună din sufragerie, ceea ce înseamnă că deocamdată nu învață nimeni prin apropiere sau nu supraveghează apartamentul.

"Maică-mea este la coafor și Silvia la meditații," răspunde ea cu nonșalanță, vizibil încântată de libertatea momentului.

După ce ratat cu succes anul trecut intrarea la facultate, sora ei studiază pentru următorul examen de admitere în vară. Și Al dă la Filologie, dar ea a fost mereu elevă mai bună la școală, și este mult mai sigură de sine, cu toate că picat și ea la admitere de două ori. La urma urmei, îmi închipui că nu se compară ceea ce are ea de citit cu matematica și fizica cu care se confruntă Silvia ca să devină într-o bună zi ingineră. Pe de altă parte, concurența este incomparabil mai mare la Universitate decât la Politehnică. O balanță incertă...

Mă bucur că nu este mama lor acasă. Este o drăguță și ține la mine pentru că sunt o fată îngrijită și cu maniere ireproșabile, cel puțin când este dânsa prezentă... Dar după căsătoria cu Cornel a început să aibă rezerve serioase față de mine. S-a temut că și Al va fii influențată de exemplul meu... ceea ce era cât pe aci să se întâmple. Acum pericolul a trecut definitiv și dimpotrivă, știe că aș încerca să o opresc dacă ar avea din nou tendințe matrimoniale.

Deocamdată este în siguranță, fără Robert sau alt trubadur sub balcon, gata să îi răpească iar inima. Uitându-mă la ea, sunt sigură că rolul muzicii date la maximum fusese să alunge – sau să întrețină – amintirile romantice. Din fericire, prezența mea o întoarce în prezent și o înviorează, ca întotdeauna. Este dintr-o dată plină de energie, gata să petrecem sâmbăta seara, să uităm de trecut și să privim cu speranțe noi înainte.

Îmi povestește repede, pe nerăsuflate, ce au mai făcut amândouă în ultimele săptămâni, de când ne-am mai auzit numai sporadic la telefon. Când sunt de noapte, ne vedem doar dacă vin direct de la fabrică la ele, să dorm și apoi să fac un duș adevărat, ceea ce se mai întâmplă... fiindcă blocul lor are apă calda la discreție. Luna aceasta am avut însă perioada de teze și am fost forțată să învăț, fără nici un moment de relaxare.

"Visătoarea lu' mama! Te-am întrebat dacă te machiezi! Nu ieșim la plimbare?! Trebuie să se întoarcă și soră-mea și să plecăm până nu vine doamna Brateș," mă înghiontește ea ironică.

Alexandra ne-a învățat la rele pe amândouă. De cât efort este nevoie să înfrumusețezi un chip la nici douăzeci de ani ai mei!? Abia recent am început să îmi pun puțină culoare discretă pe pleoape. Nu folosesc ruj fiindcă am deja buzele roșii și pline, drept care mi-e teamă că aș arăta vulgar cu botul vopsit. Sora ei, în schimb, își colorează numai gura subțire și nu se machiază la ochi, pentru că au o culoare și o formă minunată, și se teme să nu strice efectul natural dacă se fardează.

"Sper să apară Silvia în timp util!"

La ușă, mai-mai să ne răstoarne, dă buzna sus-numita, ca o furtună.

“Haideți odată, ce vă uitați așa la mine?!” își aruncă ea geanta plină de manuale și caiete și se repede înapoi, pe holul blocului, gata să o rupă la fugă. Este deja rujată și mai mult decât gata de plimbare.

“Dacă nu vă mișcați fundurile, apare mama imediat și nu mai ajungem nicăieri!!!”

Evadăm toate trei, țopăind pe tocuri și împingându-ne una pe alta să depășim mai repede colțul blocului. Pericolul principal a trecut. Coaforul se află chiar pe strada lor dar doamna Brateş nu vede prin pereți. Pentru orice eventualitate ne grăbim în continuare, fiindcă tatăl lor are mașină de serviciu și șofer, și obiceiul prost să apară pe acasă când ți-e lumea mai dragă. Răsuflăm ușurate numai când ajungem pe Calea Victoriei.

După ce le povestesc la amândouă ultimele mele peripeții, despre vizita la tata, despre Mihai, și despre Nico pe care îl întrezărisem câteva secunde pe marginea trotuarului… suntem la zi cu evenimentele și putem să ne gândim la prezent.

“Încotro mergem?” vrea Alexandra să știe, fiindcă nu am apucat să pregătim nici un plan. Apoi face o piruetă cochetă, fără să aștepte răspunsul nostru, uitându-și întrebarea. “Am ajuns la șaizeci și două de kilograme!”

“De la șaizeci sau de la șaizeci și cinci?” o plachez eu scurt, râzând. “Ai cu trei mai mult decât mine.”

“Și cu trei mai puțin decât mine...” îngână sora ei.

“Sunteți niște rele, amândouă! Am mai slăbit! Micule, tu cum faci că nu ești niciodată grasă?”

Ridic interogativ sprâncenele. Mă încântă apelativul ei tandru, care înseamnă că sunt cea mai tânără dintre ele, dar se poate traduce și prin faptul că sunt mult mai subțire de felul meu. Adopt un ton serios, didactic.

“Simplu. Îți recomand două schimburi de noapte, dacă se poate în mediu toxic. Crede-mă pe cuvânt, parfumurile sunt produse otrăvitoare. Mai ales cele de la Miraj. Până și laptele pe care îl primim în fabrică miroase a cosmetice. La felul doi, pentru a obține o siluetă și mai plăpândă, poți lua niște cursuri serale,” continui eu.

Silvia se preface că îi vine să vomite, Al îi trage una după ceafă.

“Lasă propaganda muncitorească. Zi ce mănânci zilnic!” vrea ea să afle.

“Beau o cafea când mă scol, înghit în fugă o felie de pâine cu unt, iau o singură masă pe zi. Poate două... Din când în când, dacă găsesc ce și am timp. Un ou fiert, un pateu, un crenvurști... Cu variațiuni pe aceeași temă. Nu iei notițe? Sau preferi alte metode...?” îmi termin tirada pe ton insinuant.

“Mmm! Aș prefera alte metode, ai dreptate, dar nu am cu cine!” ripostează Alexandra prompt, apoi dă din mână a lehamite.

“Ar trebui să mai facem și noi mișcare... Toată ziua stăm cu fundurile pe scaun!” recunoaște Silvia, conciliatoare.

“Dacă tu poți învăța alergând în jurul blocului, nu ai decât!” se burzuluiește Al la sora ei.

Eu, care merg țanțoșă între ele, le iau pe amândouă de gât și râd, tachinându-le că vor ajunge două învățate “grase și frumoase”, cum spune mama mea.

“Ce ați zice de un munte?” arunc eu ideea, ca să schimbăm subiectul.

”Un munte de... ce!?” se uită amândouă la mine, nesigure.

“Era eu spun de... ce!!! Precis vă este gândul iar la mâncare. Munte de munte! Sinaia... Predeal... Bușteni...”

“Cu ce pretext?” întreabă Silvia, bănuitoare.

“Avem nevoie de unul?”

“Vine ziua mea!” sare Al în sus. “Peste două săptămâni, exact! Mai puteți răbda până atunci?”

“Laura, crezi că ăsta e un motiv destul de serios ca să-l sărbătorim?” întreabă cu pretinsă seriozitate sora ei. “Dar am putea măcar să ne distrăm nițel… că merităm!” continuă ea, pe ton optimist.

Mă întreb dacă îmi aduc aminte să mă fii distrat vreodată cu adevărat. Oare ce înseamnă? Să ieși cu prietenii, să cânți, să uiți de toate...? Cum am fost în tabăra din Moldova, cu Silvia, acum patru ani ca eleve? Când ne-am strecurat pe sub un gard și ne-am înfundat până la glezne în noroi, după care am râs până la lacrimi...?!

Sau când am petrecut la ele acasă majoratul Alexandrei, acum trei ani... Și am dansat pe melodiile lui Gianni Morandi și *Boney M…* După care ne-am bătut cu salată de *beuf.* Atunci nici nu-mi trecea prin cap cât de prețioase pot fii asemenea clipe și cât de rare îmi vor părea în retrospectivă.

“ Deci…” preia Silvia inițiativa. “Cum rămâne? Mergem la Predeal de ziua lui Al?”

“Daaa!!!” Răspundem în duet.

Al devine preocupată de toalete.

“Cu ce să mă îmbrac la munte? La talia mea de viespe... umplută!!?”

“Ceva cu toc foarte înalt ai?” arunc eu malițioasă. “La Predeal se poartă.”

“Pantaloni cu tocuri!” sugerează sora ei.

Pașii fără țintă ne-au adus în fața cinematografului Luceafărul și cineva propune să intrăm la film că am înghețat. Se aprobă în unanimitate să vedem pentru a opta oară – cel puțin eu – *Mark Polițistul*, o producție italiană cu un protagonist foarte înalt, cu niște ochi verzi… buni de visat la noapte.

Legitimația specială a surorilor Brateș, de la tatăl lor, ne deschide toate ușile. Altfel, ceilalți muritorii de rând stau la cozi nesfârșite la casele de bilete, unii de dis-de-dimineață. Noi ne ducem hotărâte direct la ghișeul special și intrăm ca prin brânză, nu numai fără să așteptăm, dar și cu bilete de protocol, pe cele mai bune locuri. Pentru o secundă am remușcări dar îmi trece repede și alung orice mustrare de conștiință. În zilele noastre fiecare profită cum, când, și cât poate.

Mă consider blagoslovită că sunt sub aripa prietenelor mele privilegiate, și consider orice avantaj de care mă bucur drept parte din adaptabilitatea mea la orice situație. Mama m-ar acuza că îmi găsesc scuze prea ușor și că accept prea ușor ce mi se oferă sau impune. Eu sunt de părere că iau de la viață orice fărâmă de bucurie ce mi se aruncă...

Când ieșim de la film, afară s-a făcut întuneric de mult. Ciorovăim ca niște vrăbii și comentăm pentru a nu-știu-câta oară cât de bine arată actorul principal. Fetele mă conduc acasă să nu merg singură, și pe drum încercăm să clarificăm cum rămâne cu excursia propusă. Alexandra promite să vorbească cu Lilia, fosta ei colegă, care locuiește cu prietenul ei, Florin. Fetele susțin că nu ar fii rău să avem un bărbat cu noi, și în principiu eu nu am nimic împotrivă, atât timp cât nu vine ca perechea mea.

Apoi, Silvia ne aduce aminte că tatăl lor are acces la una din vilele partidului, în Predeal, unde ele au mai fost cu părinții. Ne înțelegem ca Al să pună la punct detaliile cu cazarea și ne pupăm în fața porții mele. Mă uit în urma lor cum continuă să dezbată problema, îndepărtându-se la braț.

Pe mine mă întâmpină curtea cenușie și îngustă, între ziduri înalte cu balcoane metalice, ca o mahala siciliană. Urc scara spiralată din lemn care scârțâie sub pașii mei. La primul etaj, în spatele ușii de stejar, acoperită de nenumărate straturi de vopsea urâtă, maron, mă așteaptă apartamentul în care locuiesc de când mă știu, unde este frig și nu mă simt niciodată... acasă.

Capitolul 3

Deschid ochii. Ceasul deșteptător arată ora opt și afară se luminează de ziuă. Un adevărat lux după o săptămână de trezit la cinci dimineața. Puștiul meu încă doarme cu mânuța sub cap, ghemuit în pătuțul lui cu gărduț de fier. Mama a făcut deja focul în cameră și bombăne pe sub nas, ea știe despre ce. Eu... după atâția ani și tot nu sunt în stare să aprind nici trei surcele, doar țigările mele. Dar fumatul nu ține de cald.

Mă scol și mă întind ca un motan, cu satisfacție. Vizita la tata și ieșirea din ziua trecută cu prietenele mele m-au înviorat. În plus, anticipez vizita în familie, la Mihai, unde o să o cunosc oficial pe soția lui și cel mic își va întâlni verișoara. Ce telepatie între mine și fratele meu, să le punem copiilor noștri numele de Livia și Liviu, fără a ști unul de altul...

Primul drum este sus, la baie. Sub cazanul de apă, în soba micuță de fontă ard înverșunat ziare cocoloșite și cărți, și poate ceva cârpe vechi, după miros. Mama s-a gândit la toate. O sacoșă cu coji de nuci își așteaptă rândul, și va fii responsabilitatea mea să le arunc în foc când sunt gata, să se încălzească iarăși boilerul și pentru ceilalți. Se pare că deocamdată este destul de fierbinte să mă pot spăla eu.

Îmi pun la îndemână tot ce-mi trebuie, pentru că am cel mult zece minute la dispoziție până se termină apa fierbinte. Stau sub pălăria dușului, simțind acea încântarea fizică pe care mi-o creează întotdeauna. Mă înmoi și mă îmbunez, lăsând să curgă spre drenă odată cu clăbucul praful unei săptămâni de muncă și necazurile mele. M-aș balâci o oră întreagă, dar luxul acesta mi-l permit numai când sunt la prietenele mele acasă.

Șamponul miroase minunat, a lămâi, o încântare. Mi l-a dat Silvia, ca de fapt și săpunul și deodorantul, care își așteaptă rândul să le folosesc. Sunt toate aceeași marcă, Fa, și nu se găsesc la noi în oraș decât la Shop, magazinele pe dolari, unde nu avem voie să ne uităm prea mult timp nici în vitrină. Pentru oamenii de rând, oricum este ilegal să aibă dolari. Trebuie justificat cum au fost obținuți și relațiile cu cetățenii străini sunt strict controlate, chiar și cele profesionale.

Fără cadouri aș fii forțată să apelez la bișnițarii din centru și nu ar fii deloc ieftin. Ei împart cu miliția profitul și intră la Shop fără grijă. Soluții se găsesc întotdeauna dacă vrei să ții obrazul subțire, cum zicea bunica dar aș face aproape orice să evit produsele Miraj, că sunt sătulă de mirosul lor cât stau în fabrică și cred că mi-ar veni rău să aduc acasă ceva de la ei.

Am terminat cu spălatul și îmbrăcatul, noua șarjă de combustibil trosnește în sobă, și cobor aburită și cu două prosoape învelite în jurul capului și a gâtului, ca o babușcă din Siberia. Mă opresc în bucătărie să fumez o țigară cu cafeaua care mă așteaptă aproape sleită. Mama a făcut-o la prima oră și a lăsat-o pe reșoul acum rece.

Majoritatea lumii fumează în casă, fără grijă, alături de copii, de bătrâni, și de puținii nefumători ca mama. Eu însă prefer să îndur frigul din hol, ținând seama că nu putem aerisi dacă vrem să păstrăm căldură în camera de locuit, și fumul ar mirosi cumplit peste noapte, când ne culcăm.

Ca să nu stau degeaba îmi fac de lucru punând vasele spălate la locul lor și golind scrumiera. Apoi pornesc iar reșoul și fac o porție dublă de lapte cu ciocolată și pâine prăjită cu unt, să mă satur măcar duminică dimineața.

Este de neînțeles pentru mine cum de nu reușesc să scap de apartamentul acesta nefericit, care parcă îmi este legat de gât, ca o piatră de moară. În ultimii ani au fost demolate atâtea alte case din cartier... Și noi rămânem tot neatinși. În loc să fim repartizați într-un bloc nou cu calorifere și apă caldă, suntem tot aici, cu focul în sobă și camerele împărătești, unde căldura plutește pe sub tavan la patru metri înălțime, în timp ce noi tremurăm toată iarna.

Aici am crescut, petrecând ore în șir la fereastră, observând de sus strada și trecătorii atunci când mama avea treabă prin casă și nu îmi oferea altă distracție. Eram o fetiță vioaie și curioasă, care punea o grămadă de întrebări tuturor care făceau greșeala să mă asculte. Voiam să aflu cum îi cheamă pe fiecare, dacă le place ciocolata, și cați ani au. Vecinele care mă cunosc de mică, îmi mai povestesc și acum cât eram de drăgălașă, îmbrăcată cu *spielhosen* și pantofiori de lac cu baretă.

Mama nu mă lăsa niciodată să mă joc cu alți copii pe afară. De fapt, până prin clasa a șasea, nu am ieșit nicăieri și niciodată fără ea, nici măcar până în parcul din cartier. Mă ducea de mână la școală, și mă aștepta la ieșire până am împlinit vreo nouă ani și am declarat că nu mă mai duc de loc dacă nu mă lasă să merg singură.

M-a însoțit peste tot până mi-am dat seama că nu are ce să îmi facă dacă îi ies din voie. După acea revelație minunată... am început să mă duc pe la prietene, direct după școală. Apoi din ce în ce mai departe... Și, în fine, mi s-a permis să plec în tabăra de vară, în clasa a șaptea. În curând nu m-a mai putut opri, eram ca glonțul ieșit din pușcă.

Îmi iau micul dejun în cameră, unde este mult mai bine decât în bucătărie. Reșoul electric strălucește portocaliu în colțul de lângă fereastră, și ușa de la sobă stă deschisă, iradiind plăcut. Îmi descopăr părul să se usuce mai repede și mă pieptăn învăluită de căldură, mai-mai să mă bag cu totul în jarul incandescent.

“Vezi să nu te pârlești, Laura!” mă atenționează mama.

O ignor și îmi scutur capul în dreptul focului, ca un câine. Nu știu cum o să îmi stea freza fără uscătorul Alexandrei la îndemână, dar măcar sunt curată.

Liviu s-a trezit și mă privește cu atenție de la marginea patului unde stă țanțoș, ținându-se voinicește de bare. Mă întorc spre el și întinde mânuțele cu un gest autoritar, care înseamnă că trebuie să îl pun fără întârziere pe oală. Nu vorbește încă, dar înțelege perfect ce i se spune și este de obicei înduioșător de ascultător și cuminte.

Vreau să îi spun că astăzi avem program amândoi, că mergem la Unchiul Mihai pe care nu l-a cunoscut încă niciodată... și realizez că nu i-am povestit mamei nimic despre vizita mea de ieri. Aș avea scuza că eram prea obosită când am ajuns acasă...

"Laura, m-a sunat tanti Leo aseară că vine astăzi pe la noi," își aduce ea aminte.

Bun! Înseamnă să suntem chit, amândouă datoare cu câte o veste.

"A zis și pe la ce oră ajunge?" întreb eu. Mi-ar pare rău să se suprapună plecarea mea la care în nici un caz nu vreau să renunț cu vizita mătușii. Nu am mai văzut-o de aproape o lună. Când trăia bunica, sora mamei trecea pe la noi zilnic să îi aducă mâncare și medicamente, să îi facă baie... Dar acum vine din ce în ce mai rar.

Îi explic mamei că am oprit pe la cabinetul din Batiștei după serviciu, că a fost și Mihai acolo în același timp, și că m-a invitat la ei după prânz. Se pare că nu avem conflicte în program și tanti Leo a menționat că este doar în trecere și până la ora mesei vrea să fie înapoi în Bucureștii Noi, unde stau ei.

Nu îmi dau seama dacă mama se bucură că am reluat relația cu tata și cu fratele meu. Poate se simte lăsată pe dinafară... Ei nu i-am spus niciodată de ce am refuzat categoric să îl mai văd, atâta timp. Nu am vrut să sufere și ea. Mai bine să își închipuie că este doar o toană de a mea, că poate m-am supărat pe el că nu mi-a dat țigări la ultima întrevedere...

Îl spăl pe Liviu pe obraji, îl schimb în hainele de joacă, și mă asigur că și-a terminat laptele și biscuiții. Apoi îl iau cu mine sub plapumă, în patul mamei pe care îl folosim peste zi drept canapea pentru că este pe partea camerei direct opusă televizorului, oferind cele mai bune locuri de vizionare, cum sunt obișnuită și la cinema. Sprijin o pernă de perete și mă instalez turcește, cu picioarele la căldură și cu puștiul cocoloșit în mijloc, ca în cuib. E un obicei de duminică pe care încerc să îl păstrez, cu toate că nu urmăresc și nu mă interesează nimic din programele de pe ecran.

El își aranjează armata de figurine din plastic, soldați cu uniforme din diverse epoci, indieni cu coroană de pene și luptători în alte costumații. Văd cu coada ochiului că îi grupează pe batalioane, în aparență după culoare, și se pregătește de o conflagrație serioasă. Eu mă prefac că mă uit în locul lui la desenele animate cu Mihaela, un fel de serial matinal tâmpițel pentru copii.

De fapt, gândurile mele au zburat din nou în alte direcții, de data asta în trecutul alor mei... Istoria familiei din partea mamei pare o poveste fantastică și de necrezut, dacă mă uit la realitatea curentă din jurul meu. Din tavan atârnă becul gol agățat pe cablu, blazon incontestabil al sărăciei.

Mobila este desperecheată și jalnică, pe jos nu avem nici un covor. În camera de zi se înghesuie un dulap masiv, din lemn de nuc plesnit de-a lungul fibrei, și o masă mare, extensibilă, la care s-ar putea așeza lejer douăsprezece persoane, dar pe care nu am văzut-o niciodată plină. Furnirul de cireș este cojit și picioarele rotunde și elegante îi sunt mâncate de carii.

Etajera cu rafturi curbate de greutatea cărților se sprijină lamentabil de perete, gata să cadă. Cele patru scaune au tapiseria dusă de mult și înlocuită cu placaj. Toate sunt relicve ale unei bunăstări apuse, risipită în timp și pe drumuri, piese rătăcite, culese la nevoie, din alte gospodării părăsite.

Tanti Leopoldina sau Leo cum îi spunem toți, este sora vitregă a mamei, prima fiică a bunicii din căsătoria ei cu boierul Petru Rășcanu. Bunica Ana, eroina copilăriei mele a fost într-adevăr una din fiicele prințului de origine rusă, Kazimir DeRojinski, ale cărui moșii se întindeau undeva, în apropierea Chișinăului. A crescut cu bonă nemțoaică și bucătăreasă în casă, alături de cei unsprezece frați și surori, pe care primul război mondial i-a risipit ulterior prin lume, fără de urmă.

Copilăria bunicii a fost modelată de mama ei care își încuraja fetele ca pe lângă educația care includea limbi străine, artă, și comportamentul social al vremii, să se implice în gospodărie și să învețe și partea utilă a vieții. Lecțiile de atunci au ajutat-o mai târziu să răzbească în lume. Ana DeRojinski a fost o forță incontestabilă, care a pus pe picioare trei gospodării, inclusiv cea în care supraviețuim noi acum.

Când eram mică, orele petrecute în camera ei erau pentru mine cea mai mare bucurie. Mama mă lăsa acolo numai când era în toane bune sau dacă făceam ceva ce merita răsplătit. Îmi aduc aminte de ea cum am știut-o eu întotdeauna, slabă, o umbră a femeii voinice din fotografiile ei vechi, distinsă și manierată, purtând în lunile friguroase un guler din blană strălucitoare și mătăsoasă, tocit din loc în loc și mâncat de molii.

Mă lăsa să îi demontez resturile de bijuterii vechi și se bucura de fascinația cu care mă jucam cu mărgelele și caboșoanele din turcoaz și lapis-lazuli. Îmi permitea să scormonesc în adâncul cufărului ei imens, folosit cândva la transportul pălăriilor, să scot toate mărunțișurile din sertare, și între timp îmi spunea povești din viața ei aventuroasă.

Preferata mea, pe care am rugat-o să mi-o spună de zeci de ori și de care nu m-am plictisit niciodată, relata începutul primului război mondial și în același timp, sfârșitul vieții fără griji în care trăise până atunci Ana.

Primul ei soț, Rășcanu, fusese un nobil român de familie veche și cunoscută, care murise de tuberculoză în spitalul din Odessa. Bunica se îmbarcase pe vapor, cu însoțitoarea ei personală, să se întoarcă împreună la Chișinău, unde mica Leo rămăsese în grija rudelor. De abia se îndepărtaseră puțin de țărm, când prima torpilă germană împotriva rușilor a lovit vasul în plin. Din fericire, pe atunci nu erau arme nucleare și explozii spectaculoase. Proiectilul a făcut doar o gaură mare sub linia de plutire, ceea ce a însemnat că în câteva minute vaporul a început să se scufunde.

Bunica a luat pe loc hotărârea să urce pe punte și să sară în apă, orice o fi, decât să moară înecată ca un șobolan. Toți cei mai curajoși de pe vapor au făcut la fel. Companioana ei nu a vrut să iasă din cabină și s-a dus la fund. Bunica mea în schimb, cu toate că nu știa să înoate, s-a aruncat în mare. Întâmplarea a făcut ca în același timp să sară la grămadă chiar lângă ea și un ofițer care a lovit-o în cap cu cizma, în cădere.

Omul și-a dat seama că a atins pe cineva și când a revenit la suprafață, a văzut un balon plutind... De fapt rochia de lână a bunicii, care prinsese aer dedesubt. În tinerețe, Ana avea părul lung, până aproape de coapse, purtat în coc, cum cereau timpurile. Dar cum în învălmășeala căderii pletele i se desfăcuseră... ofițerul a apucat de ce a putut și a înotat până la țărm. Bunica își aducea aminte doar cum s-a trezit pe mal, unde o târâse salvatorul ei.

Mai târziu, ofițerul a devenit al doilea ei soț și tatăl mamei mele. Bunica nu s-a mai întors la moșie și a rămas în spitalul de la Odessa, ajutând răniții. Bunicul, care pe timp de pace era doar învățător, a fost o mezalianță de vremuri grele, nesperată pentru o văduvă cu copil, dar bunica a coborât cu grație câteva trepte sociale, pentru a își asigura o familie.

Când s-a terminat războiul, locotenentul de husari Tudor Baniciu s-a întors decorat cu multe medalii, atârnate pe panglici viu colorate, cu care mă jucam eu când eram mică. Dar pe bunicul nu l-am cunoscut decât din poze.

Se pare că bunica a fost cea care a condus familia întotdeauna, fiind cea care avea curajul să ia inițiativă și decizii importante. Până la urmă s-au stabilit în Cernăuți, unde și-au făcut o casă mare, pe care au mobilat-o și dotat-o în stilul boieresc cu care fusese ea obișnuită, dar care i-a costat bani grei, ani de-a rândul.

Într-o bună zi, când ipoteca fusese abia plătită, puterile Axei au hotărât că granițele României trebuiesc mutate spre vest, și o parte din țară trebuie să devină pământ rusesc, drept pedeapsă pentru scurta noastră alianță cu nemții. Familia mamei a fost forțată să aleagă între a rămâne pe loc, sau a lăsa totul în urmă ca să se refugieze pe teritoriul românesc.

În plin război, ai mei au ajuns în București cu câteva valize și cufărul de pălării al bunicii, încărcat cu haine și strictul necesar pentru a o lua de la capăt. Li s-a repartizat apartamentul de lângă Operetă, unde stăm și acum, și au luat viața de la început, fără mobilă, fără amintiri sau prieteni.

Bunicul a fost doborât de evenimente, s-a simțit dezrădăcinat și fără folos în viață... și a dat în patima băuturii. După o noapte de beție dormită pe cheiul Dâmboviței de unde l-a recuperat bunica a doua zi, a făcut pneumonie. A murit cu mulți ani înainte de a apare eu pe lume, după o perioadă lungă de boală.

Ana Baniciu a rămas până la sfârșitul vieții o adevărată prințesă în exil. Ei îi datorez majoritatea învățăturilor de bine. M-am hotărât de copil să fiu ca ea în viață, îndrăzneață și perseverentă. Să nu renunț în fața catastrofelor și să îmi salvez pielea cu orice preț. Să nu mă descurajez și să am încredere în instinctul meu.

Bunica mi-a modelat caracterul de mai târziu, preferința pentru lucrurile de calitate, încrederea în puterile proprii și compasiunea pentru cei din jur. A fost singura mea legătură cu lumea nobilă, interzisă în zilele noastre.

De la ea am prins singurele cuvinte rusești pe care le știu, și tot ea a încercat să mă învețe și limba germană. Îmi citea reviste vechi, și îmi traducea articole din ziarele franceze pe care i le aducea o vecină. De la bunica am aflat, când aveam patru ani, că a fost asasinat președintele Kennedy, și tot ea mi-a citit despre moartea fratelui său Bob, cinci ani mai târziu.

Împreună am cântat la pianul jucărie pe care mi-l cumpărase mama, și tot ea a insistat să deprind manierele potrivite în societate, să fiu tolerantă față de cei din jur, și să evit pe cât posibil scandalurile și rușinea publică. Bunica mi-a explicat primele noțiuni de religie și importanța de a te îmbrăca adecvat, în funcție de unde ieși în lume.

Apoi am crescut, am început să îmi lărgesc orizontul și să scap din strictețea casei, bunica a început să se senilizeze... Dar de iubit am iubit-o până la sfârșit. Când s-a stins, m-a lăsat cu mama, cu care nu am avut niciodată aceeași punte magică de comunicare. A fost înmormântată exact în ziua când am împlinit șaisprezece ani, lăsându-mi un mare gol în suflet.

Poza mea favorită cu Ana DeRojinski, așa cum mi-a plăcut să o păstrez în gând, o arată în casa de la Cernăuți, îmbrăcată cu rochie lungă și pălărie din dantelă, sprijinită languros de un pian uriaș cu coadă. Lângă cotul ei se află o tavă pe care se vede un set de cafea din porțelan fin, și totul este încadrat într-un decor bogat, cu perdele grele la ferestre și tablouri în rame ornamentate.

De bunica Ana mi-au rămas o icoană brodată de ea cu mărgele minuscule, două linguri de argint masiv din zestrea ei, monogramate elegant, și mașina de cusut pe care tot ea mă învățase să o folosesc când împlinisem opt ani, și la care fac și acum haine, atât mie cât și lui Liviu. Sunt mândră în secret de originea mea 'nesănătoasă', de sângele meu albastru, chiar și diluat... Și după atâta timp, îmi este încă foarte dor de bunica.

Tresar din reveria mea adâncă la auzul unui ciocănit insistent în ușă. Probabil a venit tanti Leo. Sper să nu bată de mult. Mama a adormit pe colțul patului meu, mai aproape de sobă. Liviu se pare că s-a lăsat complet absorbit de desenele animate care se derulează la televizor, episod după episod. Îmi dau seama că a trecut timpul și ar trebui să o luăm și noi curând din loc.

Afară, ciocănitul impacientat se întețește. Mama nu a acceptat să instalez sonerie, insistând că o deranjează zgomotele stridente. Este adevărat că atunci când se aude o sirenă pe afară sau trece un avion pe deasupra casei, în drum spre aeroportul Băneasa, se crispează și începe să tremure și să geamă, gata să plângă de groază. A rămas cu teroarea aceasta de la bombardamentele din război, după cât mi-a explicat bunica...

Cu toate că la necaz îmi vine câteodată să cred că se opune deliberat progresului tehnic, îmi amintesc mereu că trebuie să o înțeleg și că are probleme cu nervii. Mare minune că am convins-o să ne punem telefon. Poate a acceptat compromisul în speranța că va avea mai multe ocazii să îmi facă observații și să se plângă... sau poate a înțeles că este un aparat vital în cazuri de urgență.

Deocamdată, îl mut la o parte pe puști și fug să deschid. Este mătușa mea, cum mi-am închipuit. Mică și plinuță, cu părul castaniu ca al bunicii, aranjat după moda de pe vremuri, a la Greta Garbo. Tanti Leo nu are nici un fir alb și nu s-a vopsit niciodată. Cândva a fost frumoasă ca o păpușă, acum este doar o bătrânică rujată care gâfâie în prag cu mâinile pline de sacoșe încărcate.

"Laura dragă, sunteți surde amândouă?! Bat de o oră!" se lamentează ea intrând ofensată pe lângă mine în bucătăria întunecoasă.

"Exagerezi, tanti. Mergea televizorul..." îi iau eu bagajele și ne ducem direct în cameră, unde mama s-a trezit auzind vocile noastre.

Fiecare vizită a mătușii este o sărbătoare. Ne aduce mâncare gătită, dulciuri, material pentru ars în soba de la baie. Acum a venit cu un borcan plin cu ciorbă de perișoare și un pachet de brânzoaice proaspete care miros puternic a rom și vanilie. Eu și Liviu ne înfigem cu poftă într-una, în timp ce ea continuă să scoată din pungi.

Ne-a făcut câte două perechi de șosete noi din fir exagerat de gros, să le purtăm în casă, și căciuli albastre și pufoase de iarnă, mie și lui Liviu. Mă bucur că sunt din material sintetic fiindcă nu suport lâna pe piele, și îmi fac planul să o port pe a mea la munte, în viitoarea excursie.

Mama face cafea și tanti Leo ne povestește cât îi lipsește Unchiul Luca, soțul ei care a murit cu ani in urmă, ce mai face fata ei, Ioana, și a treia generație, nepoata Raluca care este doar cu trei ani mai mică decât mine. Vara mea este chimistă și a fost promovată recent șefă de laborator, iar fiica ei se îndreaptă probabil spre aceeași carieră, deocamdată excelând la materiile de bază, în primul an de liceu.

Mă îmbrac de plecare cu ceva diferit decât am purtat ieri, când m-a văzut fratele meu. Garderoba mea este deficitară, dar fac tot posibilul să păstrez aparențele... măcar în proprii mei ochi. Îl gătesc și pe puști cu ultima salopetă de catifea reiată pe care i-am făcut-o din pantalonii mei care s-au rupt la genunchi. În comerț nu se găsesc pentru vârsta lui decât costume standard, tricotate, în timp ce eu îi fac cele mai moderne și mai ingenioase ținute, și mă pot lăuda că Liviu este cel mai elegant copil din cartier.

Mama îi relatează mătușii despre vizita mea la tata și invitația de astăzi. Noi suntem gata de plecare, și mulțumind frumos pentru cele aduse ieșim din casă, gata să înfruntăm gerul. În stradă, respir adânc și constat că astăzi nu este chiar așa de rău. Din fericire, pentru că avem de mers destul pe jos. Nu are rost să așteptăm la tramvai fiindcă am ocoli prea mult.

Scurtăm pe lângă fosta mea școală, traversăm Strada 11 Iunie, depășim aleea care urcă la Mitropolie, apoi facem la stânga, pe lângă Liceul de Muzică. Liviu a obosit repede și merge prea încet așa că îl duc călare pe șoldul meu, cum își cară țigăncile plozii. Nu este încă foarte greu și ne ținem și de cald unul altuia.

Conform explicațiilor lui Mihai, prima la dreapta ar trebui să fie strada lui... și este! În câteva minute, găsim poarta de grilaj metalic, în spatele căreia se întinde curtea lungă și îngustă pe care mi-a descris-o ieri. Apartamentul este ca un tren, întins la parter de-a lungul casei.

Până să ajungem la ușă, după zgomotul tocurilor ori prin geam, Mihai știe că am venit și ne iese în întâmpinare, luându-l pe Liviu din brațele mele și examinându-l ca un unchi mândru ce se află. Până să vină soția lui, mă informează repede în șoaptă că ea nu vrea să dea prea multe explicații fetiței în legătură cu mine și preferă să nu îi spunem Liviei că eu sunt mătușa ei.

Nu am timp să reacționez, doar mi se strânge inima și mă întreb oare ce poate să înțeleagă un copil la nici doi ani... Când apare alergând o miniatura a fratelui meu, cu aceeași ochi verzi, nespus de drăgălașă, care se proptește în fața mea, privindu-mă cu capul dat pe spate și mă întreabă prompt cum mă cheamă. Aha! Avem de a face cu o fetiță precoce, ca mine... mă gândesc eu.

Mihai ne ajută să ne descotorosim de hainele grele și ne ia în sufragerie, unde ne așteaptă Camelia, care nu s-a deranjat să vină în hol, dar a adus între timp cafea și fursecuri. Suntem prezentate oficial, ea cu titlu, eu fără. Livia ascultă cu atenție tot ce se spune și nu îi scapă nimic, apoi ia de pe masă farfuria cu dulciuri și îl servește pe Liviu.

Ne așezăm cu toții și facem conversație politicoasă câteva minute. Copiii se uită încă puțin la noi cercetător, apoi se hotărăsc să plece în camera din fund, la joacă, în sanctuarul micii gazde.

Am avea multe de povestit, dar simt că Mihai se abține, probabil după restricția pe care i-a impus-o soția în ceea ce privește faptul că suntem frați. Camelia intuiește motivul atmosferei încărcate și mi se adresează în stilul ei, direct.

"Laura, îmi pare rău că nu vreau să îi spuneți fetei toată situația, la vârsta asta. Nu știu la ce concluzii poate să ajungă, și nu aș știi cum să îi explic."

Dau din umeri, fără replică. Mă bucur că sunt aici și nu vreau să stric ziua nimănui. Mihai însă coboară vocea, argumentând pe sub nas.

"Crezi că vă fii mai ușor să îi explici mai târziu de ce ai făcut din asta un secret de stat?"

"Nu vă certați din cauza mea!" intervin eu de data asta. "Dacă așa crezi că este mai bine, va afla când mai crește. Mai bine povestiți-mi cum este să fii profesor de limba latină."

Tonul meu conciliant salvează momentul. Camelia preia discuția și îmi relatează că la terminarea facultății îi așteaptă pe amândoi niște repartiții la cuca măcăii. Acum, cu copilul în creștere, nici nu sunt siguri dacă le vor accepta. Ar putea abandona posturile și încerca să supraviețuiască din meditații, până găsesc ceva în București, chiar și ca învățători, sub pregătirea lor, dar mai bine decât nimic.

Îmi dau seama că o duc și ei greu, și că tata, îi ajută mai mult ca sigur și pe ei, cât poate. Măcar apartamentul lor este bine încălzit. Este tot în casă veche dar au sobe cu gaze care nu se termină în mijlocul iernii și le aprinzi cu un chibrit, în trei secunde. Și mobila lor este desperecheată, dar cu douăzeci de ani mai nouă decât a noastră. Observ cu ușurare că sunt covoare pe jos și perdele adevărate la ferestre... Apoi discuția se mută la excursia despre care a pomenit Mihai ieri.

"Când mergeți?" întreb eu din pură curiozitate.

“Peste două săptămâni. Încă nu știm dacă vin cu noi Mihaela și Dan. El are niște examene, ea învață pe rupte pentru admitere. Numai Nico este decis. De fapt, planul este să stăm în vila unei mătuși de a lui, în Bușteni. Am înțeles că sunt patru paturi disponibile.” Se gândește o clipă, apoi se luminează la față dintr-o dată. “Vino și tu cu noi! Lăsăm copiii cu mama Cici și petrecem două zile fără griji!”

Camelia îl privește brusc, contrariată.

“Unde vrei să o culci pe Laura?! Suntem deja cinci sau șase persoane!”

Vorbește de parcă nu aș fii de față și asta mă amărăște, dar mă prefac că nu sesizez ostilitatea. Mihai este de-a dreptul iritat dar încearcă să dea un ton hazliu discuției.

“Tu în câte paturi dormi, nevastă?!”

“Am vrut să spun că poate nu se simte bine să vină singură…”

“Dar Nico nu este singur?!”

“Adică ce faci, o cuplezi pe Laura cu Nico!? Poate vine cu pitica…” ridică ea sprâncenele, indignată.

“Măi femeie…” încearcă fratele meu să coboare din nou tonul, în mijlocul agitației generale. “Nici nu m-am gândit la asta. El este ca și fratele meu mai mic. Mergem în grup și nu contează cine are pereche și cine nu…”

Intervin iar calmând spiritele, explicându-le că de fapt am fost invitată și de prietena mea cea mai bună care împlinește douăzeci și unu de ani, că plănuim să o sărbătorim, că vine și sora ei și încă o pereche. Le spun că noi am vrea să mergem în Predeal, că tatăl fetelor lucrează la Comitetul Central și sperăm să facă rost de cazare acolo.

Mihai este puțin dezamăgit, Camelia se relaxează, spiritele intră pe un făgaș mai calm… Tocmai la timp, fiindcă apar copiii, care se pare că se împacă foarte bine împreună. Nu îmi explic cum îl înțelege Livia pe fiul meu, ea care vorbește ca o morișcă și el care abia leagă trei cuvinte… dar minunea se desfășoară în fața ochilor mei.

Fetița este nu numai drăgălașă foc dar și isteață. Mă privește iar cu atenție și deodată, în nemărginita sinceritate nevinovată de copil, o trage pe Camelia de braț.

"Mami, mi-am adus aminte cu cine seamănă tanti Laura! Seamănă cu tanti Mihaela, nu-i așa?"

Rămânem toți blocați pentru o secundă, apoi îmi dau seama că o voi iubi pe nepoata mea cât voi trăi pentru spiritul ei de observație. Mihai abia își stăpânește zâmbetul și o ia de mână pe fiică-sa spunându-i că este normal să semăn cu Mihaela pentru că și eu sunt sora lor, doar că mama Cici nu este mama mea și îl avem numai pe tata Laurențiu în comun.

Simplu și concis, marele secret al familiei este scos la lumină, explicat și priceput de toată lumea. Camelia s-a dat bătuta și ascultă cu atenție de parcă ar avea și ea doi ani. Apoi ne relaxăm cu toții și după ce copiii au fugit iar la joacă, fratele meu spune bancuri până se lasă întunericul afară și trebuie să ne luăm rămas bun.

Duminica este pe sfârșite și sunt din nou acasă cu mama și Liviu. Copilul doarme dus, după o zi plină. Am stins lumina în cameră și ne-am culcat și noi. A mai trecut o săptămână... Timpul trece pe lângă mine și bucuriile parcă mă ocolesc și se ascund... Unde oare? Mi-e dor să fiu fericită măcar pentru câteva zile, pentru câteva ore, pentru câteva secunde... Mă voi distra la munte? Aș fii dorit așa de mult să merg și eu cu grupul fratelui meu…

O aud încă pe soția lui Mihai încercând să mă țină departe de ei, să îmi nege tovărășia lor sub pretextul că sunt singură… de parcă aș fii contagioasă. Nefericirea nu se ia. Strâng pleoapele să nu-mi scape lacrimile calde care se înghesuie sub gene. Nu vreau să plâng.

Îmi promit că voi învăța să mă distrez și să mă bucur de viață și de una singură dacă este nevoie. Oricât timp mi-ar lua ca să reușesc. Cu orice preț...

Adorm simțind o picătură sărată care s-a strecurat pe obraz, tăcută, și mi-a ajuns pe buze…

Capitolul 4

Este vineri și a trecut aproape o săptămână de când lucrez de noapte. Se pare că individa cu care alternez turele întârzie. Ar fii trebuit să ajungă cu o jumătate de oră înainte de a pleca eu… și încă nu o văd la orizont. Sunt obosită, dar mai ales plictisită până la disperare de munca mecanică, de mișcările automate ca ale unui robot primitiv.

Șefa de secție se apropie de mine și mă informează că schimbul meu nu poate să se prezinte astăzi la serviciu, fiind indispusă. Dar că a promis că face și tura mea de a doua zi, dacă mai stau patru ore. Dau din cap în semn că accept, cu toate că îmi vine să mă scurg pe jos și să mor pe loc, dacă s-ar putea.

E drept că asta înseamnă că mâine sunt liberă să mă odihnesc o zi în plus, dar aș fii apreciat măcar un ton rugător, o scuză în numele colegei mele care nu procedează așa pentru prima oară. De fapt, întârzie cel puțin o dată la trei, patru zile, și trebuie mereu să stau după ea, câteodată și o oră întreagă.

Când sunt de noapte, de multe ori sunt nevoită să lipsesc ultimul curs de la liceu ca să fiu punctuală la muncă. Tura a treia începe la ora unsprezece și seralul meu se întinde marți și miercuri tot până la acea oră. Dar nu am avut cu cine mă înțelege când am încercat să o rog să stea și ea mai târziu, să mă aștepte doar de două ori pe săptămână. M-a repezit cu obrăznicie că și așa îmi face o favoare îndurând tura de după amiază pentru mine. Adică, ea nu lucrează deloc în schimbul trei și asta înseamnă că îmi face mie un serviciu...!

S-a făcut ora nouă dimineaţa şi mi-am luat o pauză în plus, să mai înghit o cafea tare în care am turnat şi o tonă de zahăr. Nu îmi place prea dulce dar simt că mă ţine trează. O sun pe Alexandra să îi spun de ce nu am ajuns încă la ea. Astăzi fusese vorba că vin direct de la fabrică şi dorm în culcuşul ei cald până studiază, apoi îmi spăl părul, mâncăm şi ieşim puţin înainte să apară mama ei de la serviciu.

Prietena mea vine cu altă idee. Tatăl ei are nevoie de nişte acte care trebuiesc aduse de la sora lui care locuieşte la Piaţa Muncii. Al propune să i le aducă ea de mătuşa în cauză, scutindu-l de un drum şi câştigând aşa bile albe la tovarăşul Brateş în vederea rezervării vilei de la munte, despre care încă nu au vorbit... Şi cu ocazia asta vine să mă ia şi pe mine de la fabrică, să petrecem mai mult timp împreună.

Pun receptorul în furcă, făcând loc altei muncitoare la telefonul public din hol. Mai am de îndurat două ore faţă în faţă cu banda rulantă care se târâie la nesfârşit. Colegele mele sporovăiesc între ele, ca un stol de gâşte. Eu, care de altfel am atâţia prieteni, în cele trei luni de când lucrez aici nu am reuşit să mă apropii de nimeni. De fapt, la fel ca şi la amândouă magazinele unde lucrasem ca vânzătoare, în Piaţa Obor şi la Kogălniceanu.

Nu că aş fii încercat prea tare, recunosc. Cu toate că forţate de împrejurări ne petrecem cot la cot o treime din zi, nu schimbăm mai mult de zece vorbe împreună. Să fie oare pentru că undeva, în cel mai ascuns colţişor al minţii mele, mă simt superioară prin creşterea de acasă... Sau îşi intuiesc ele inferioritatea şi asta le face să păstreze distanţa?

Suntem numai femei în secţie. Bărbaţii doar trec pe acolo, ocupaţi cu împinsul cărucioarelor supraîncărcate sau făcând reparaţii, la nevoie. Eu... mă simt ca aterizată din greşeală în mijlocul fabricii, de pe altă planetă. Din prima zi am fost întâmpinată cu priviri ostile, am auzit comentarii dezaprobatoare la ţinuta mea, şi în general, nu mi-a arătat nimeni că aş fii binevenită printre ele.

Ca să rezist, am învățat să tac și să le ignor, lăsându-mi gândurile să călătorească la mare distanță de realitatea activității mele anoste. La fel ca și la magazin, sunt oaia neagră a secției, și șefa mea se referă la mine cu apelativul "domnișoara cu liceu", ceea ce evident, ea nu a reușit să termine. De unghiile mele nu se leagă pentru că nu mă împiedică la munca pe care o am.

Acum am devenit și "femeie despărțită", ceva nemaiauzit prin satele de unde vin majoritatea colegelor mele. Poate pentru ele Cornel reprezintă bărbatul ideal. Am făcut greșeala la început să le răspund la întrebări, amabilă. Au scos de la mine că nu se îmbăta, că îmi dădea salariul pe mână, că făcea cumpărăturile cu mine la braț. Ba mă mai scotea și la cofetărie, la film, sau plimbare prin parcuri în fiecare săptămână. Mai repara și prin casă și m-a învățat să gătesc. Fiecare activitate în parte... între două scandaluri. Dar câteva palme sau șuturi în burtă nu le-au părut motiv de despărțire.

În plus, au mai aflat detalii și de la cucoanele din biroul de personal, suficient să le confirme că nu am ce căuta printre ele. Anul trecut, când el încă mai locuia la mama, l-au văzut de câteva ori când venise pe la Miraj să mă urmărească, cum făcea de obicei. Lor le-a plăcut și au fost convinse că este atent și grijuliu, și trece să mă vadă când are timp. Cornel a fost întotdeauna elegant și arătos, și a știut să facă impresie bună în public. Doar și pe mine m-a cucerit la început, cu desăvârșire.

Când am venit într-o zi cu ochii machiați mai mult decât de obicei, ca să acopăr o vânătaie, în mintea colegelor mele nu a însemnat nimic. Nu eram prima și nici ultima să descriu cu lux de amănunte cum mi-a căzut un dulap în cap. De ce să dramatizez și să mă dau victimă în fața lumii? Soțul meu era văzut drept omul serios, căsătorit cu o puștoaică flușturatică, căreia îi "umblă mintea la școală în loc să aibă grijă de casă".

Cum de am ajuns să îl dau afară... este de neînțeles pentru ele. Și-au exprimat clar părerea că decizia mea de a prefera statutul de acum în loc să rămân cu Cornel, a fost o mare prostie. Desigur exagerez să cred că rămânând cu el puteam risca să mor prostește, dintr-o lovitură greșită. Am făcut-o doar fiindcă îmi închipui că sunt mai bună decât cei din jurul meu. Adică, mai deșteaptă decât ele.

Mă întreb dacă au oare dreptate. Dar am renunțat de mult să mă justific povestind detaliile și tot ce s-a întâmplat. În afara mamei și a prietenelor mele, care au fost martore pas cu pas la toată povestea, de la bun început... nu cred că aș mai putea împărtăși cu nimeni prin ce am trecut. Mi-e rușine de eșecul meu, de slăbiciunea care m-a adus aici și de situația mea prezentă.

Alte subiecte de conversație nu sunt abordate la noi în secție. Eu nu mai gătesc de când sunt la seral, mănânc pe apucate, de obicei în oraș, pe drumul între fabrică și liceu. Micul dejun și mesele celui mic le prepară mama. Să le istorisesc întâmplări nostime cu fiul meu? Nici vorbă. Îmi este prea drag să-l folosesc drept divertisment pentru ele.

Ce altceva mai poate fii comentat cu persoane relativ străine? Ultima carte pe care o citesc în tramvai? Pe colegele mele nu le interesează literatura. Și așa mă condamnă că mi-am "stricat casa" pentru "prăpădita aia de școală". Drept care nu mai împart nimic cu ele și misterul în care mă învălui este poate incitant, dar mult mai avantajos pentru mine, cu siguranță.

Când apare cealaltă colegă, care începe și ea astăzi mai devreme preluând a doua jumătate a schimbului tipei care lipsește, îmi vine să o îmbrățișez. Nici nu țin minte dacă am apucat să îi mulțumesc că a venit la timp, să îi urez muncă ușoară, sau zi bună. Mă fac nevăzută cât pot de repede, luând în considerare că este aproape ora prânzului și sunt aici de douăsprezece ore. Am băut peste doi litri de cafea, și abia îmi mai aduc aminte cum mă cheamă.

Alexandra mă așteaptă în stația de tramvai, bătând basul pe loc, să nu îi înghețe picioarele.

“Bună, băi, omul muncii!” îmi sare ea de gât. “Parcă-i pe câmp fabrica asta! M-am congelat de când te aştept!” se plânge ea, zgribulită.

Are dreptate, este un ger mai amarnic decât zilele trecute şi avem drum lung până în centru. În subconştientul meu înceţoşat mă bucur că nu voi mai veni aici aproape trei zile, până luni seara! Nu-mi mai pasă de nimic, nici de frig, nici de infernul parfumat pe care l-am lăsat în urmă şi pe care încerc să îl expulzez din mine, suflând şi pufăind ca o locomotivă. Mirosul de eşapament şi de urbe aglomerată mi se pare, prin comparaţie, oxigen pur.

“Vrei să ne oprim undeva să mâncăm?” mă întreabă prietena mea, grijulie.

Dau din umeri indiferentă.

“Nu am nici un ban la mine… Doar bilete de tramvai, până la salariu...”

“Adică... eşti ‘pe geantă’… la propriu şi la figurat” îmi zgâlţâie ea poşeta de la Fondul Plastic, ultima achiziţie pe care o port cu mândrie.

“Am considerat că merit, după atâta chin în fabrică...”

Chicoteşte dar mă şi admonestează imediat că aşa nu am să strâng bani de divorţ nici până termină ea facultatea la care încă nu a intrat.

“Lasă, Al, poate e mai bine aşa. Dacă sunt iar liberă, cine ştie de cine mă îndrăgostesc şi cad în ispită să mă căsătoresc a doua oară?! Aşa îmi pot păstra starea civilă ambiguă, ca auto-apărare…” mă justific, în doi peri.

“O, Doamne, ce logică e asta?! Şi dacă totuşi te împiedici de jumătatea ta sufletească undeva, cândva, şi vrei să te măriţi cu el?”

“Ai răbdare, să scap de primul...” bombăn eu şi o trag de mânecă, să ne urcăm în tramvaiul care s-a oprit în faţa noastră şi se aglomerează văzând cu ochii.

Oare Alexandra chiar își imaginează că mă pot amoreza așa curând de altcineva, gata să mă leg la cap?! Nici prin cap nu îmi trece. Prietena mea se așteaptă să mai spun ceva, așa că îi explic, mai în glumă, mai în serios, că o să mai treacă multă apă pe Dâmbovița până să găsesc eu un subiect demn de inima mea. Ceea ce îi sugerez și ei, fiind recent pățită...

"În lipsă de 'subiect'... putem încerca să găsim un predicat. De preferință unul înalt și cu ochi albaștri sau verzi," mă tachinează ea jucăușă, apoi continuă pe sub nas, ca pentru ea însăși. "Nu pot fii toți bărbații la fel cu ce am întâlnit noi până acum, Laura!"

În mintea mea, sunt hotărâtă să mă abțin de la aventuri sentimentale, cel puțin până îmi rezolv câteva din problemele mai serioase. Acasă îi am pe mama și pe Liviu, mai multă companie decât îmi trebuie. Aștept cu nerăbdare să ajungă tăvălugul demolărilor din București la mine pe stradă, când sper să primim două garsoniere, în același bloc, să fim aproape dar să am și cei patru pereți ai mei, în liniște. Cui îi trebuie bărbat în casă, cu gelozie și cu obligații?!

O iau de braț fiindcă în curând ajungem la stația unde trebuie să coborâm și îi răspund cu întârziere la ultimul comentariu, punând în cuvinte tot veninul acumulat cu experiența de până acum.

"Ai dreptate, Al. Nu sunt toți la fel. Unii își beau mințile și banii, și ajung acasă îndobitociți. Alții nu știu nici unde este frigiderul în bucătărie și vor să fie așteptați cu masa pusă. Mai este și genul de bărbat care își asumă rolul de taur al cartierului, și pe care îl vezi acasă doar când îi este foame sau când îi trebuie rufe curate. Cum spune pesimistul, se poate și mai rău. Adică prin comparație cu experiențele noastre. În orice caz, se pare că de regulă, un soț își dorește ca nevasta să fie titirez între patul plodului, vasele și rufele murdare, și oala de pe foc!"

Se uită în ochii mei alarmată și neîncrezătoare. Alexandra este mai mare decât mine dar în domeniul matrimonial eu știu mai multe din păcate, și ea acceptă asta. Dar a remarcat și referința la cei de tipul fostului ei prieten. Robert care era blond și frumos ca un Isus de pe icoană, cu același aer pios... Și între două întâlniri cu ea se mai culca cu cel puțin alte două femei, așa, să nu își piardă condiția fizică.

"Lau, propun să schimbăm subiectul... Și predicatul, ca să întrerupem discuția pe tema asta."

"Eu propun să schimbăm și tramvaiul dacă nu vrei să ajungem la Obor..." îi aduc eu aminte.

"Alt tramvai!?" se preface ea exasperată, de parcă nu pe același drum venise și ea până la Miraj.

"Ți-am spus de atâtea ori să vii cu Mercedesul când mă iei de la fabrică... Sau l-ai parcat mai departe, să nu mă compromiți în fața colegilor, și l-ai uitat pe acolo?"

Asta este una din glumele noastre obișnuite și râde înveselită, ca de fiecare dată.

"Ești o escroacă mică! O să vezi tu că am să îmi cumpăr mașină odată și odată!"

"Odată e destul, Al! Lasă-i și pe alții a doua oară!"

"Of, cu tine nu se poate discuta normal astăzi! Tramvaiul ăsta nu merge mai repede?"

"Nu conduc eu, n-ai observat?!"

Pufnește într-un hohot de râs care întoarce ceva capete spre noi și asta o distrează și mai tare. Lipsa ei de griji majore mă ține suficient de alertă până la ea acasă, unde însă pic ca lovită de trăsnet din primele minute, după ce ne asigurăm că suntem singure în apartament.

Mă trezește din somnul greu un telefon care sună îndepărtat, ca de pe alt tărâm... Apoi o aud pe Alexandra vorbind probabil cu mama ei. Sunt încă amețită, ca și cum aș înota în piftie și nu mă pot nici scufunda, nici ieși de acolo. După ceas, am dormit buștean cam trei ore, ceea ce înseamnă că trebuie să sar din pat dacă vreau să mă și spăl. Prietena mea întredeschide puțin ușa și trage cu ochiul la mine.

"Te-ai odihnit puțin, Micule? Îmi pare rău că te-am trezit, dar era mama care zicea că vine cam în patruzeci de minute... Când ai azi primul curs?"

Casc de îmi mut fălcile din loc și îi arăt șase degete de la mână. Ce bine că vineri începem mai târziu decât în restul săptămânii...

Mă grăbesc cu baia și odată intrată sub duș încep să uit de oboseală și să îmi revin. Admir faianța de pe perete și nu pot să mă abțin, de fiecare dată, să nu o compar cu cimentul cu pietricele de la noi, care absoarbe umezeala ca un burete și e total neinspirat din toate punctele de vedere, dar mai ales estetic.

Cineva bate la ușa și dă buzna în aburii mei. Este Silvia care s-a întors de la meditații și are o urgență mică.

"Permiteți, vă rog!"

Eu tocmai opream apa. M-am clăbucit în voie, m-am limpezit și încălzit până în măduva oaselor, mă simt ca nouă.

"Îmi dai și mie, te rog, prosopul mov?"

Silvia îmi întinde primul din teancul de pe raft, fără să se uite pe ce pune mâna.

"Ăsta e bleu! Eu îl folosesc de obicei pe celălalt când sunt la voi..."

"E, acuma! Tu ai veleități de pictor, eu nu le am 'cu-culorile'!" râde ea, înmânându-mi obiectul în cauză.

"Cu-Cu-fonisto! Ăsta este mai absorbant și mai bun pentru păr."

"Mare păr ai și tu, struț mic ce ești!"

Bineînțeles că Silvia are pletele și mai lungi decât sora ei și este tare mândră de ele.

"Struță ești tu!" nu mă las eu mai prejos. "Asta e tunsoare *sasson* dacă vrei să știi, ultimul 'răget' al modei."

Alexandra chicotește în prag, martoră la dialogul nostru poznaș.

“Hai mai repede să îți usuc parul și să fugim, cât se mai poate!”

Mă îmbrac în doi timpi și trei mișcări și o aștept să vină să mă pieptene, cum mi-a promis. Îmi pun culorile de război pe pleoape și mă studiez în oglindă. Am nas mic, puțin în vânt, figură ovală, ochi mari cu gene răsucite și sprâncene expresive. Gura mică dar cu buze senzuale îl atrăsese pe Cornel. Obișnuia să le apuce cu degetele și să mi le răsucească cu răutate, să le desfigureze ca să nu mai poată fii admirate de nimeni, după cum spunea el.

“Laura!!!” mă smulge Al din găleata cu melancolie. “Unde te gândești iar?!”

“Unde nu trebuie...” recunosc iritată. “Ziceai ceva?”

Îmi întoarce expertă freza cu pieptenele și uscătorul electric, răbdătoare și concentrată, apoi continuă să turuie, repetând probabil ce nu auzisem înainte.

“Nu mai avem timp să ieșim azi nicăieri că întârzii tu la școală. Poate dau eu o fuga până la Lilia și Florin, să vorbesc cu ei de excursia la munte, că mai e numai o săptămână. Nu și-au pus încă telefon și văd că ea nu m-a sunat zilele astea. Ne vedem mâine și ne ducem toate trei la cumpărături. Eu nu am nimic sport în garderobă. Silvia e la bucătărie, îți face sandviciuri să le iei cu tine...”

Mă apropii în pas hotărât de Liceul Lazăr, gata să înfrunt trei ore lungi de școală, înainte de întregul sfârșit de săptămână liber pe care îl am la dispoziție. Mi-am terminat deja prânzul împachetat cu drag de Silvia, două felii uriașe de pâine bună, neagră, cu mult salam de Sibiu între ele și un strop de muștar. Sau asta a fost cina?! Acum este seară, indiferent când am mâncat eu ultima oară.

Ar trebui să fiu în toane mult mai bune... dar nu sunt. Îmi este cumplit de dor de puțină fericire, de imponderabilitatea emoțională care te ia pe sus, unde plutești mână în mână cu norii și stelele. Așa cum simțeam când eram îndrăgostită...

Din câte spun mulți, se pare că nu oricine are experiența unei iubiri exaltate, ca în filme și romane. Poate era mai bine dacă nici eu nu știam ce înseamnă... Pentru că nu aş fii știut ce îmi lipsește. Nu mi-aş fii dorit senzația că nu-mi mai încape lumea în piept și nu aş fii visat povești frumoase și imposibile.

Pe de altă parte... Îmi este groază de încă o dezamăgire, de altă durere de suflet... Fac tot posibilul să evit până și ideea de a îmi face un nou prieten. Și atunci... De ce nu mai pot să râd și să fiu veselă ca altădată? De ce nu reușesc să fiu fericită fără Cornel, prima mea dragoste?! Nu-i drept!

Îmi spun cu înverșunare că nu îl mai iubesc de mult și că trebuie să rămân liberă ca să fiu un om normal. Să îmi păstrez demnitatea, să îmi realizez visele cu arta plastică și expozițiile de pictură. Un partener m-ar ține în loc. Mai ales când orice dorință de îmbrățișare sau sărut mi-l aduce din nou pe Cornel în gând...

În clasă este cam răcoare astă-seară. Posibil să fii oprit deja căldura, fiindcă e vineri. Cei de la zi au sâmbăta activități pe la întreprinderi, nu vin la cursuri, și de noi seraliștii, cui să îi pese? Stăm cu paltoanele pe umeri, unii și-au păstrat și mănușile, dar e mai greu de luat notițe.

Profesorul de trigonometrie s-a încălzit umplând tabla cu ecuații și formule la care mă uit cum se zice, precum curca în lemne... sau pisica în calendar. Eu, fostă olimpică pe capitală la matematică, am pierdut de tot șirul lecțiilor în cei doi ani de fără-frecvență și căsătorie.

Acum, singura mea speranță este Corina Caragea, colega mea de bancă care a trecut la seral direct de la zi, și pentru care orice aspect empiric al științei și orice are de a face cu cifrele i se pare un joc. Ea face calculele în cap, înainte să apuc eu să le scriu, și riscă să ia un trei la teză, lăsându-mă să copiez de la ea de fiecare dată. Mă ajută cât poate și în schimb, eu îi dictez temele la română și engleză, înainte de ore.

Mă uit la ea cât de relaxată urmărește lecția, înțelegând absolut fiecare cuvânt al profesorului, probabil rezolvând ecuațiile înaintea lui, în gând. Este fenomenală și mă bucur că a ajuns în clasa mea și că am nimerit împreună în bancă.

Corina este o fată brunetă, cu ochi deosebit de frumoși, de culoarea boabelor de cafea prăjită, cu gene lungi, negre. Figura ei ar atrage atenția instantaneu, dacă nu ar fii tunsă băiețește și îmbrăcată modest, ca mine, și dacă nu ar purta ochelari cu lentile ca un fund de borcan. Câteodată râde, zicând că dacă și-i scoate, toată lumea arată mai bine, în ceață…

Ne-am împăcat de minune din prima zi. Amândouă am crescut fără tată, amândouă locuim cu mamele noastre, amândouă ne bazăm pe puterile proprii și muncim ca să ne putem permite orice bucurie, cât de mică. Ea vinde bilete în troleibuzul care merge de la depoul Vatra Luminoasă până în Berceni, pe un traseu lung cu pasageri care se grăbesc la muncă sau acasă, nervoși, nerăbdători, și arțăgoși.

Nu există nici un pic de înțelegere sau bunăvoință față de personalul Întreprinderii de Transport București, așa zisul ITB, pe care îl urâm toți cei care au nevoie de serviciile lor. Mijloacele publice de locomoție sunt neîncălzite, neaerisite, aglomerate, și mereu în întârziere. Nu o invidiez pentru serviciul ei și întorsătura sorții care a împins o fată atât de inteligentă ca ea să petreacă opt ore schimbând tichete pe monezi, certându-se cu lumea, și plimbându-se la nesfârșit între un cartier și altul al capitalei... este un mister demn de Agatha Christie.

Soneria zbârnăie strident pe coridoarele școlii și în mod spontan, toți cei treizeci și ceva de elevi începem să ne foim zgomotos, gata să ieșim în pauză. Profesorul ridică vocea încercând să ne aducă aminte ce avem de făcut pentru săptămâna viitoare, noi îl ignorăm și începem să ne sculăm din bănci.

Mergem amândouă în fața intrării, să fumăm o țigară. Corina împarte cu mine cafeaua pe care o cară în permanență cu ea, într-un termos roșu. Alte dăți, până la ora aceasta aș fii băut deja trei, patru, să fiu sigură că nu adorm până la muncă. Azi sunt deja supra-cofeinizată de azi-noapte dar relaxată la gândul că după cursuri nu îmi mai rămâne decât să mă duc acasă și să dorm… cât pot. Până mâine.

"Ce faci duminica asta?" mă întreabă ea. "Nu vii pe la mine? Stau aproape de Patinoarul 23 August și am putea să mergem să ne dăm pe gheață o oră sau două dacă ți-ar place."

Mă gândesc puțin… Mâine mă întâlnesc cu surorile Brateș la Universitate, să ne ducem la cumpărături. Alexandra nu are cu ce se încălța la munte și am promis că o ajut eu, de data asta, fiindcă am o pilă la Magazinul Victoria, un fost coleg de la școala profesională de vânzători. Sper să aibă ceva bun pentru ea, ascuns prin spatele raftului. Duminică… am stabilit să mă întâlnesc cu Mihai la Cofetăria 11 Iunie, cu copiii noștri.

"De ce nu?! Am program de dimineață dar mai încolo ar fii grozavă ceva mișcare. Tu ai patine? Eu nu."

"Nici eu, dar putem închiria."

Îmi explică exact cum să ajung la ea și îmi merge la inimă să văd cât se bucură că am acceptat. Îmi dau seama că și eu de abia aștept să o cunosc mai bine și să mai am și altă distracție decât plimbările pur citadine cu prietenele mele mai vechi. Ea este exuberantă și face planuri, terminând cafeaua și țigara înaintea mea, gesticulând cu mișcări repezi, plină de energie. A sunat iar și ne întoarcem la clasă, încurajate de faptul că este ultima oră și că în curând s-a mai terminat o săptămână grea.

Este aproape miezul nopții și sunt băgată adânc sub plapumă, privind absentă la televizor. Mai bine spus... spre televizor. Sunt ultimele știri ale zilei și nu mă interesează nici un strop. Nimic din ce oferă Televiziunea Română nu-i nou și nu reușește să mă captiveze. Liviu doarme ghemuit în culcușul lui, lângă sobă. Atmosfera din casă mi se pare lugubră. În cameră este aprinsă numai veioza de lângă patul celălalt, unde mama moțăie și îi cade revista pe care o citea înainte. Cât a îmbătrânit...!

Din câte îmi povestea bunica, mama a fost dintotdeauna o copilă timidă, visătoare și melancolică. A semănat cu bunicul atât la chip cât și la caracter, manifestând aceeași slăbiciune în fața surprizelor vieții. A fost pensionată de boală de când mă știu, și când aveam vreo zece ani, i-am găsit certificatul medical pe care scria 'sindrom schizofrenic'.

Bunica mi-a explicat diagnosticul misterios, cât mai pe înțelesul meu, spunându-mi că mama și-a pierdut o parte din minte... pe drumul între Cernăuți și București, sau poate după aceea, într-un bombardament din timpul războiului. Nu se mai știa când, și nu mai avea nici o importanță. Cert este că se întâmplase, și un medic confirmase faptul și își pusese semnătura, ceea ce o ajutase să rămână permanent acasă, să mă crească.

Mama este o intelectuală nerealizată care și-a terminat studiile medii și a făcut vreo două școli postliceale, înfruntând peste tot ironicele aluzii la originea 'nesănătoasă' a familiei. Înainte de a se îndrăgosti de tata și de a mă avea pe mine, a lucrat ca secretară la Ministerul Învățământului. A învățat engleza, franceza și rusa, iar acum, la pensie, își petrece momentele libere rezolvând probleme de matematică din manualele mele, făcând rebus, sau citind.

Știu tot de la bunica că în tinerețe, mama a încercat să intre la Academia de Studii Economice, sau ASE, cum se spune acum. Pe atunci avea alt acronim, dar esența poveștii este că după primul eșec s-a descurajat. Nu a fost căsătorită niciodată, purtând același nume de când s-a născut până în zilele de astăzi. Recunosc că numele de Natalia Baniciu sună a pseudonim de poetă, și că i se potrivește...

Dar nu am reușit niciodată să înțeleg dacă și-a dorit să se mărite în viața ei, sau nu. Nu-mi este nici până acum clar dacă ar fii vrut să devină – în cazul în care ar fii fost posibil – soția lui tata... sau dacă eu am fost singurul ei scop.

Din spusele bunicii, mama fusese mereu o ființă bolnăvicioasă și sensibilă la vreme, la lume, la gripe și la diverse alimente. O dată, când a venit un medic nou la noi acasă, să o trateze... Mama care era o romantică complet ruptă de realitate, încă domnișoară la treizeci și opt de ani... S-a îndrăgostit obsesiv și pentru totdeauna de el.

Tata fiind un bărbat cu soție frumoasă și mai tânără decât el... Și doi copii acasă. Biata Natalia a fost doar o aventură în viața lui... Iar eu... O consecință nepremeditată, cel puțin de el, fructul ilegitim al primei și ultimei iubiri a mamei. “Un accident” cu ochi, minte și suflet, condamnată de lume pentru existența mea... Și dorită numai de ea.

Astă seară, când ajunsesem de la liceu, mă așteptase cu șnițele de pui, unul dintre puținele feluri de mâncare care îi reușește. Înainte de a mă băga în pat, am înghițit cu mare plăcere, aproape pe nemestecate, o porție zdravănă cu piure alături. Mama nu a mâncat cu mine și din câte îmi aduc aminte din copilărie, nu cred că a stat niciodată cu mine la masă. Întotdeauna s-a temut că nu-mi ajunge mie... Și acum este și Liviu parte din ecuație.

Măcar în ultimii ani a renunțat să mai încerce pe pielea mea diverse experimente culinare, de obicei departe de a ieși comestibile. Nu a avut încotro și din cauza celui mic care se apropie de farfurie numai dacă este ceva bun. Sau dulce. Aici au gusturi comune fiindcă în timp ce eu prefer ceva sărat, ei ar mânca orice dacă are zahar deasupra. Și... un ‘rahat’, vorba mamei.

Așa o știu dintotdeauna. Viața ei am devenit eu. Prin mine se hrănea și se bucura de toate. M-a purtat în brațe până la cinci ani, m-a răsfățat atât cât i-a permis mizerabila pensie de boală pe care o are. Adormeam cu capul pe umărul ei, în timp ce se plimba la nesfârșit în jurul mesei din mijlocul camerei, certându-se cu bunica pe rusește, să nu înțeleg ce spune. Adică monologa cu orele, pentru îmi aduc aminte că bunica doar mai arunca două, trei vorbe de după ușa cu două canaturi care ne despărțea…

Înțeleg că mama m-a dorit mult și că am fost poate singura și cea mai mare realizare a ei. Mi-a dedicat fiecare secundă și tot ce făcea... era cu mine sau de dragul meu. Mă ducea în fiecare zi de vară în parcul Herăstrău, sau Cișmigiu, sau Libertății. Duminica, dacă era zi frumoasă, mergeam la Gradina Zoologică din Băneasa. Cum eu am avut întotdeauna rău de mașină, aproape tot drumul îl făceam amândouă pe jos… și indiferent cât de obosită aș fii fost, întoarcerile erau de obicei o tragedie, cu săraca mama târându-mă de mână și eu urlând ca din gură de șarpe că nu vreau acasă.

Când eram mică, îmi citea până noaptea târziu dintr-un volum masiv, *Lumea Animalelor*, a lui Brehm, și din alte cărți mai puțin impresionante, despre planete și primii cuceritori ai cosmosului, și despre avioane și evoluția ingineriei în lume. La basme cred că a ajuns mai târziu, cu vreo trei ani înainte de a începe eu școala, progresând rapid de la frații Grimm și Andersen la Jules Verne și fabulele lui Esop.

O ascultam cu atenție, trăind aventurile personajelor, și adormeam plângând fiindcă nu era în stare să-mi termine cartea. Pe la șase ani, când am reușit să pricep șmecheria literelor, mi-am citit singură *Cei Trei Mușchetari* ai lui Dumas, și de atunci am început să am nevoie de mama din ce în ce mai puțin...

Expresia ei favorită, pe care mi-o repeta de când îmi aduc aminte, era că trebuie 'să mănânc cartea'… adică să învăț mereu. Până într-o zi, când aveam vreo trei ani, și m-a găsit mestecând voinicește la a doua pagina din *Motanul Încălțat*.

Îmi aduc aminte că pe măsură ce creșteam și mi-ar fii plăcut să o ajut la gospodărie, se supăra, și nu mă lăsa să pun mâna pe nimic, sub motivul că o să am timp toată viața să gătesc și să spăl. Anii au trecut... și ne îndepărtăm din ce în ce. Nu avem aceleași preferințe și în mod cert suntem foarte diferite ca temperament și avem percepții total opuse a lumii din jur.

Când am început să devin independentă, una din primele decizii luate în sinea mea a fost să fac tot posibilul să nu fiu ca mama, niciodată. Să nu iubesc numai o dată, să nu fiu cicălitoare, să nu mă țin ca scaiul de nimeni, să mă simt mândră și mulțumită de mine și împăcată în singurătatea mea, dacă este nevoie. Și mai ales să nu fac niciodată copil înainte de căsătorie. Chiar după... Numai dacă viitorul tată își dorește explicit urmași.

Măritișul meu a fost în mod sigur o tentativă nereușită de evadare... Care probabil că i-a dat mamei lovitura de grație. Nu m-a iertat niciodată că am dezamăgit-o și n-am scapăt de reproșurile ei nici după ce Cornel nu a mai stat cu noi... Dar eu mi-am ținut toate promisiunile luate cu ani în urmă, cu vârf și îndesat, riscându-mi viața să nu aduc pe lume copii nedoriți, de data aceasta de mine însămi.

Pe Liviu îl avusesem în speranța că îmi conving soțul de dragostea și fidelitatea mea totală, din dorința de a îl face pe el fericit... Dar nu am acceptat cu nici un chip să aduc pe lume al doilea copil în situația când știam că mă voi desparți curând.

Disputa religioasă și etică în jurul problemei avorturilor poate fii argumentată la nesfârșit, dar în România comunistă, chiuretajele sau orice tentativă în direcția aceasta, reușită sau nu, este pedepsită cu ani grei de închisoare.

Eu totuși rămân în continuare la părerea că fiecare avem greșelile noastre pe care trebuie să le plătim într-un fel sau altul... Dar consider că cel mai mare păcat este să arunci în valurile vieții o ființă care are toate șansele unei copilării nefericite, fără drept de apel... ca mine.

Gândurile mi se învolbură treptat și adorm, într-un târziu... fără să simt când amintirile se transformă în vise. Mă văd la munte, dar cu Corina... și cu un bărbat care nu știu cine este, dar pe care parcă îl cunosc de mult... și pe care... îl iubesc. Cu toate că nu este Cornel.

Capitolul 5

Toți bucureștenii își dau întâlnire lângă ceasul proverbial de la Universitate, pe colțul de lângă intrarea în pasaj. Alexandra și Silvia mă așteaptă deja. Le recunosc de departe, două domnișoare înalte cu părul în vânt și mâinile în buzunare. Nu am întârziat, au venit ele doar mai devreme, probabil fugind de acasă înainte de a ajunge mama lor de la serviciu, ca de obicei.

Ne adunăm încântate de ziua însorită, de gerul curat și sclipitor, de prietenia și tinerețea noastră. Al ne grăbește să o duc la Victoria, să își cumpere încălțăminte, dar înainte de a face stânga împrejur spre prima țintă a plimbării, se întoarce brusc spre mine:

“Ai vorbit cu Lilia de excursie?”

“Eu?! Nu! Ai spus că te ocupi tu! Ai început să te ramolești? La urma urmei, a fost colega ta de liceu…” adaug ca argument final.

“Dar Florin era prieten cu Cornel…” încearcă ea să se scuze, cu toate că și-a amintit discuția de aseară.

“Un motiv în plus să nu iau eu inițiativa.”

Prietena mea face o mutră vinovată.

“Bine, Micule. Trecem acum pe la ei și mergem după aceea să-mi caut bocanci. Bine?”

Suntem de acord și pornim spre Piața Romană, în pas întins. Apartamentul lor este pe Bulevardul Ana Ipătescu, într-o vilă mare și elegantă, aranjat cu mari intervenţii prin tatăl ei care este directorul clinicii dermatologice a Spitalului Colentina.

Abia aştept să plecăm la munte, de azi într-o săptămână. Am mai fost numai de trei ori până acum, în viaţa mea. Prima dată cu mama doar pentru o zi, la Predeal, apoi în ultima vacanţă, cu tabăra, la Râşnov, şi ultima dată într-o aventură unică cu cel mai bun prieten al meu de la şcoală, Gelu.

După atâta timp, anticipaţia evadării din miasma şi aglomeraţia urbană mă tulbură profund. Dorinţa de a scăpa de îmbâcseala balsamurilor sintetice de la Miraj şi de a vedea zăpada în adevărata ei culoare imaculată este copleşitoare. De a uita de Cornel, de serviciu, de cursurile serale...

"Bem o cafea în barul Havana după cumpărături? Îmi 'ud' bocancii," propune Al.

"Mai bine faci pe tine... Pardon, pe ei!" o împunge Silvia. "Crezi că e o idee bună să te duci la munte cu încălţăminte nouă?!"

"Dar nu am nimic altceva, ţi-am mai explicat! Mă iei în cizme cu tocuri!?"

"Numai cu cizmele... poţi veni. Lasă tocurile acasă."

În mai puţin de jumătate de oră am ajuns la destinaţie, făcând efortul de a nu ne opri la nici o vitrină şi de a nu uita încotro ne îndreptăm. Intrăm într-o curte mare, cândva plină de flori şi tufe ornamentale, galopăm zgomotos pe treptele impunătoare ale imobilului unde şi-au găsit culcuş prietenii noştri, şi Al se sprijină cu degetul pe sonerie. Lilia deschide aproape imediat, alarmată, apoi râde dându-şi capul şi ochii pe spate în semn de "Cine altcineva putea fi!".

Şi ea poartă părul lung şi acum îl are răsucit pe nişte bigudiuri caraghioase, unele lipite de scalp, altele legănându-se la fiecare mişcare.

Prietenul ei zace cu picioarele pe pervazul ferestrei, scufundat într-un fotoliu vechi, citind cu voce tare dintr-un almanah. Se întrerupe să vadă cine dă buzna peste ei.

"Aaa!!! Lume nouă, lume nouă!" se zbate el să iasă din poziția de până atunci, să ne întâmpine cum trebuie. "Ce mai faceți, fetelor?"

Florin este un simpatic, înalt, plin de glume, întotdeauna o companie plăcută. Prieten accidental cu Cornel și șofer de taxi, cu câțiva ani mai mare decât noi, și iubitul Liliei din primii ei ani de liceu. Nedespărțiți de atunci, până la urmă primiseră binecuvântarea tatălui ei să locuiască împreună.

Liliana a fost și a rămas cea mai bună prietenă a Alexandrei din perioada școlii. Fără ambiții mărețe, spre disperarea domnului doctor Muntean, tatăl ei, făcuse o școală postliceală de cosmetică și se angajase la spitalul Colentina, ca fizioterapeută.

Nu prea au cele două specializări multe puncte în comun, dar se descurcă fiecare cum poate. Serviciul este de bază și cealaltă calificare o practică pe noi, de câte ori o solicităm. Sau se duce acasă la cine o cheamă și își suplimentează salariul în mod elegant. Câteodată ne ghicește și în cărți, sau în cafea... dar asta nu se plătește.

Mă bucur pentru ea, pentru ei amândoi. Sunt singura pereche pe care o cunosc care a rezistat mai mult de doi ani. Nu i-am auzit niciodată să se plângă unul de altul sau să se certe, și fiind amândoi cunoștințe comune, rămăseseră cuplul nostru favorit de socializare, încă de când eram cu Cornel.

"Noi facem numai de la excelent în sus," răspunde Alexandra, aruncându-și paltonul și poșeta pe fotoliul eliberat de Florin. "Am venit să vă chemăm la munte."

"La munte? Bineînțeles că mergem... Unde??? La munte???" se întoarce el brusc, după prima reacție automată.

Izbucnim toate trei în râs. Lilia nici nu a apucat să audă bine despre ce este vorba.

“Unde ne invitați!?”

“La munte!”

“Care munte, Uranus?”

“Ăla este de fapt cartierul Uranus și cocoașa pe care stă este dealul Cazărmii. Noi vrem să mergem pe Păduchiosul, la Predeal.”

“Când?”

“Sâmbăta viitoare. Așteptăm momentul propice să îl rugăm pe taică-meu să ne aranjeze cazarea la vila partidului...” precizează Al.

“A, sâmbăta viitoare...” Își flutură Florin palmele deasupra capului ca și cum ar spulbera niște fumuri sâcâitoare. “M-am speriat că azi.”

Rareori poți vorbi serios cu el!

“Atunci nu vă grăbiți foarte tare, nu? Până atunci prindem trenul. Puteți bea un pahar de vin?”

“Încercăm, ce să facem...”

Într-o oră, reușesc să înghit cam trei guri de cabernet, ceilalți o sticlă întreagă. Ar fii mers și a două dacă nu ne-am fii grăbit să căutam bocanci pentru Alexandra. A rămas stabilit să ne întâlnim exact de azi într-o săptămână, la Gara de Nord, lângă panoul de afișare, fix la șase dimineața. Bărbatul grupului a sunat la biroul de informații și se pare că avem un tren care ar pleca înainte de șapte și care nu este personal, deci oprește numai în stațiile principale și ajunge pe la nouă la destinație. Acum, că amănuntele tehnice sunt puse la punct, mai rămâne de confirmat vila și să ne facem bagajele.

În drum spre magazin trecem pe lângă toate tentațiile din pasajele care leagă Calea Victoriei cu străzile paralele. Diverse patiserii și brutării cu ferestrele deschise, de unde vin valuri aromate care te iau de nas. Nu putem rezista și mâncam din mers niște crenvurști în corn, apoi câte un 'portofel' din foietaj cu frișcă, făcându-ne toate poftele. Până la salariu, mi-au rămas bani numai pentru cafeaua de azi și pentru cofetăria și intrarea la patinoar de mâine. Sper să îmi ajungă... Dacă nu îmi mai cumpăr nici măcar un covrig până atunci.

Magazinul Victoria a fost din copilărie locul meu preferat de cumpărături, când înaintea sărbătorilor de iarnă mă uitam la nesfârșit în vitrina fascinantă, cu decor montan și trenuleț electric care se strecura prin tunele luminate. Iubeam marmora și treptele fastuoase din interior, eleganța fiecărui raion bine organizat de la fiecare etaj.

De aici mi-a cumpărat mama bicicleta dorită ani la rând cu disperare, și primii pantofiori aleși de mine, albaștri, pe care i-am purtat cu plăcere cât timp m-au încăput. Până atunci eram dusă de mânuță la Romarta Copiilor și mă alegeam de fiecare dată cu câte o pereche de ghetuțe din lac, cu șiret, negre cu alb, întotdeauna identice cu cele dinainte. Magazinul Victoria îmi este pur și simplu drag, cu atât mai mult cu cât îmi amintește de vremea când începusem să îmi afirm personalitatea.

Ajungem la raionul cu încălțăminte pentru cucoane, și întreb de amicul meu care este din fericire de serviciu. Pe mine mă servește întotdeauna, fără să aștepte ciubuc. La urma urmei, ne-am tocit amândoi trei luni de zile coatele și nervii la școala de calificare ca vânzători. Dar este de înțeles că dacă îi aduc alți clienți... câștiga și el ceva. Al s-a înarmat de acasă cu un pachet de Kent sustras dintr-un cartuș nou păstrat în dulapul cu comori al tovarășului Brateș.

Mai aplicase și altă metoda, când avusesem noi chef de o țigară bună. Secretul era să reușească dezlipirea ambalajului fără urme, apoi înlocuia Kent-ul cu țigări Cișmigiu, de aceeași dimensiune. "Ai naibii, americanii ăștia! Nu mai poți avea încredere în ei! Ne trimit marfă românească la pretenții occidentale!" Rădea ea de câte ori reușea să extragă câte ceva din stocul de protocol al tatălui ei, fără să fie prinsă.

Le prezint pe prietenele mele și îi șoptesc că Al are nevoie de puțin ajutor să se încalțe pentru o excursie la munte. Amicul meu șovăie puțin, dar are încredere în mine și ne face semn să ne strecurăm printre rafturi în depozit, unde trecem la afaceri.

“Am primit cojoace, Laura. Numai cincizeci de bucăți.”

“Nu poți face din bucăți unul întreg?” glumește Al.

Râdem amândouă de expresia perplexă pe care o abordează tipul pentru o clipă, până înțelege poanta și se amuză cu noi.

“Țin minte că voiai cojoc…”

“Sigur că vreau... Dar am auzit că le păziți. Așa-i?”

Numai de așa ceva nu am eu bani acum. Nici mâine, nici luna sau anul viitor... Din păcate, că mi-aș dori foarte tare unul... Dă din umeri și începe să îi arate Alexandrei ce are disponibil, pe sub rafturi. Niște apreschiuri R.D.G.-iste, ghete din piele pentru export, bocanci rusești. Ea alege prima variantă. Culoarea se potrivește la canadiana pe care și-a achiziționat-o zilele trecute. Un turcoaz tare care se va vedea de pe un munte pe altul. În plus, genul acesta de încălțăminte poate fii purtat și în oraș, pe zăpadă.

În zece minute, prietena mea a probat, achitat, și luat pachetul. Silvia se uită cu jind la niște cizme înalte cam ca ale mele, dar nu au mărimea ei, drept care declarăm misiunea încheiată și plecăm mai departe.

“Dacă nu cazi din ei, măcar nu te vor bate la picioare, chiar dacă sunt noi,” o încurajez eu când suntem din nou afară. “Să le porți sănătoasă!”

Ce mult mi-aș fii dorit și eu o pereche de apreschiuri. Știu din auzite că nu îți îngheață picioarele în ele chiar dacă aștepți tramvaiul jumătate de oră, ca mine. Mi-ar fii plăcut și un cojoc cald și moale... Dar banii mei s-au terminat până la prima chenzină, și atunci îmi vor trebui pentru tren și pentru ce o să mai facem la munte.

Plus că nu pot să nu iau un cadou mic pentru ziua Alexandrei. Măcar motănelul de pluș pe care l-am văzut când am trecut pe lângă raionul de jucării. Eu ador pisicile, dar mama nu îmi dă voie să iau una vie în casă...

Următoarea destinație în programul de azi este barul Havana, pe Bulevardul Republicii. Urcăm înapoi pe Calea Victoriei și facem la dreapta. Localul este scufundat în semiîntuneric, cu o tejghea lungă care desparte zona meselor de spațiul barmanului care se învârtește de colo-colo servind clienții cu diverse sortimente de băuturi. Noi comandăm doar cafea și ne aprindem țigările, să contribuim la ceața generală care plutește peste capetele tuturor.

Nu mai am răbdare să treacă și săptămâna asta! Să respir două zile întregi mirosul de rășină al brazilor... mi se pare de necrezut. Mă tem să nu fie doar un vis din care mă voi trezi înainte de a ajunge acolo. În oraș, când ninge, în câteva ore totul devine maroniu și dezgustător. Nu am mai văzut zăpadă albă de mult... și încerc să mi-o imaginez pentru câteva secunde, privind în mine, printre amintiri.

Discuția dintre noi se învârtește în jurul aceluiași subiect la zi. Propunerile curg, când de la una, când de la alta. Să încercam să schiem vreo oră, chiar dacă nu știm nici una. Să găsim o discotecă și să nu mai ieșim de acolo până la miezul nopții... Silvia susține ultima idee cu entuziasm.

“Nu am mai dansat de la Revelion, la Robert al tău!” se întoarce ea spre Al. “...Unde el era singurul bărbat și noi două din haremul celor zece caraghioase invitate!”

“Bine că nu am fost în stare să vin și eu, să fiu o caraghioasă în plus!” rad eu ca să înviorez dialogul, să nu aibă Alexandra timp să se întristeze. Dar se pare că numele pe care eu încerc să nu îl mai pronunț de dragul ei a trecut neobservat și că anticipația aventurii noastre o menține binedispusă.

Afară s-a întunecat și ca de obicei, fetele m-au condus acasă. Suntem culcați cu toții, ascunși sub pături în paturile noastre încă neîncălzite. Mama și Liviu respiră ușor, egal, și de afară sclipirea rece a lămpii stradale conturează mobila desperecheată.

Urăsc casa asta, blestemată probabil de fostul proprietar de la care a fost rechiziționată cu forța, când valul de refugiați au inundat capitala în căutarea unui cuib în patria mamă. Mizeria este impregnată în pereți și numai buldozerul o mai poate vindeca. Îmi doresc să plec oriunde, cât mai departe, cu orice preț. Când se stinge lumina, mă cuprinde o teamă inexplicabilă și am noroc cu oboseala excesivă care mă ajută să adorm.

Visez că ceva îngrozitor vrea să mă înșface și fug disperată din cameră, din apartament, pe scări în jos, val-vârtej, prin curte și afară... Apoi scena se repetă, sunt din nou în pat și mă înconjoară aceeași amenințare întunecată. Inima îmi bate atât de tare încât mă sufoc. Nu mai am timp să ajung la ușă și sar pe geam, plutind lin, ca pasărea măiastră, direct în stradă... unde sunt în fine salvată de pericol și îmi trag răsuflarea...

Mă trezesc brusc, cu hainele ude de transpirație, în ciuda frigului. Încă gafai, minunându-mă că nu am făcut atac de cord. Îmi amintesc unde sunt și mă relaxez, bucuroasă că am scapăt din nou.

Coșmarul se repetă de mulți ani, și îl știu pe de rost. Nu trebuie să merg la psiholog sau la ghicitoare ca să îl interpretez. Pentru mine înseamnă clar că bine nu-mi va fii cât timp rămân aici... Aș pleca și mâine, și acum. Dacă aș avea unde.

Dar până la urmă am să reușesc să mă mut în altă parte... Ca tot ceea ce mi-am pus în minte să fac. Trebuie să înving obstacolele și să ies din starea de acum... și schimbarea casei va fii unul din primii pași.

Îmi simt căldura proprie absorbind sudoarea fricii, mângâietor. Somnul mă învăluie, în sfârșit, și mă scufund în neștiința lui binecuvântată, de data aceasta fără vise.

Capitolul 6

După înțeleapta zicală din bătrâni... Cine se scoală de dimineață, departe ajunge. Poate nu neapărat mai departe decât dacă s-ar ridica din pat pe la prânz... dar măcar ajunge devreme! Ca mine cu Liviu în duminica aceasta cu soare strălucitor și dinți ascuțiți.

Am stabilit cu Mihai să ne întâlnim înainte de zece la Cofetăria 11 Iunie, aproximativ la jumătatea distanței dintre locuințele noastre. Pentru el este ora de plimbare cu cea mică și poate să-i spună Cameliei că am dat nas în nas din întâmplare. Pentru mine este convenabil fiindcă am timp să îl duc înapoi pe Liviu și să fug apoi la Corina, cum ne-am înțeles.

Pentru că am ajuns prima, i-am luat puștiului prăjitura aleasă și mie mi-am comandat o cafea. Localul este mic și sunt numai câteva mese. Suntem singurii clienți așa că mi-am ales cea mai bună poziție, lângă fereastră, să am vedere neobstrucționată spre direcția de unde trebuie să vină fratele meu. Nu am mult de așteptat și apar și ei.

Suntem amândoi față în față, cu odraslele pe genunchi, umplând gurițele mici și încercând să conversăm de așa manieră încât Livia să nu poată povesti acasă tot ce a auzit. Fratele meu se lamentează vorbind repede și codificat.

“Sunt tare dezumflat, soro. Mihaela și Dan nu vor să vină cu toate că i-am spus că o mică pauză i-ar face bine la învățat. Nico spune că a picat aranjamentul cu cazarea și nu cred că jumătatea mea va fii de acord să petreacă noaptea în sacul de dormit, la prici...”

“Tati, ce înseamnă ‘prici’?” prinde fiică-sa un moment când nu are nimic în gură.

“Un fel de raft pe care dorm oamenii...” îi explică Mihai în doi peri, și se grăbește să îi ocupe iar boticul.

Eu nu am atâtea dificultăți. Liviu înghite cu plăcere fiecare fărâmă de ciocolată și aluat dulce, și chiar dacă ne ascultă cu atenție, sunt convinsă că nu va divulga nimic, nimănui.

“Mi-ar fii plăcut să mergem toți, împreună...” recunosc, încercând să nu arăt cât de rău îmi pare în realitate.

“Tu ai spus că vrei să te duci cu prietenele tale...”

“Mi-a fost foarte clar că nu mă vrea soția ta.”

“Laura, ești sora mea, nu amanta! În cazul ăsta nu are importanță ce zice ea!”

“Tati, ce înseamnă ‘amantă’?” intervine din nou Livia.

“Scumpo, te-am rugat să nu întrerupi când vorbesc oamenii mari,” își ridică el ochii spre mine, exasperat. “Nico a fost de părere să te conving să vii cu noi.”

Îl privesc cu ochi mari, luată prin surprindere. Am simțit oare că mi-a sărit inima din loc? Nu, mi se pare, nu am nici un motiv...

“De unde și până unde?! Știi că mie nu îmi plac împerecherile aranjate...”

“Stai liniștită, Laura, că are prietenă și vine cu ea, din câte știu. Nu este încă bătut în cuie dar așa crede.”

De data asta chiar simt un junghi în piept și mă abțin să mă uit în ochii lui, să nu îmi ghicească dezamăgirea. Oare cum puteam să îmi închipui că un tip frumușel ca el este singur pe lume și neconsolat! Îl aud pe Mihai continuând pe sub nas, într-o doară.

“...Bineînțeles, dacă nu sunt certați iar... Că de când sunt ei, ba sunt împreună, ba nu...”

"Sunt de mult prieteni?" mă prefac eu curioasă doar de dragul bârfei.

"De prin liceu. Fata asta era prietena cea mai bună a Mihaelei. Acum au lăsat-o și ele mai moale, din diverse motive. Cătălina este și colegă de facultate cu el așa că toată ziua stă pe capul lui. Cum eram eu cu Camelia..."

Mi-a trecut cheful de prăjitură, cu toate că a rămas un sfert în farfurie și după cum a savurat-o Liviu părea promițătoare. Mă scutur și mă reculeg mintal, alungând amărăciunea nejustificată. Ce îmi pasă mie cu cine este și dacă vine la munte prietenul lor?!

Schimbăm vorba, sărind de la un subiect la altul... și în curând ne ridicăm de la masă. Copiii sunt plini de energie și după ce rămâne să mai vorbim la telefon, dacă se schimbă ceva în planul meu sau al lui, plecăm fiecare spre casă, îndepărtându-ne cu odraslele de mână.

Vatra Luminoasă este un cartier bucureștean pe care nu am avut multe ocazii să îl vizitez până acum. Îl găsesc relativ plăcut, și sunt surprinsă de casele drăguțe, în stare bună, de străzile liniștite și curate. Se pare că m-am înșelat serios închipuindu-mi că tot ce nu se află în centrul orașului este o periferie dezolantă.

Corina mă așteaptă în stația de troleibuz și văd cu încântare, după primirea ei, că se bucură enorm că nu m-am răzgândit. Este plină de energie și râde mereu, încercând să mă pregătească sufletește pentru situația de la ea de acasă, să nu mă sperii. O liniștesc, zicând că mi se pare greu să îmi imaginez un apartament mai sărac și mai urâțel decât al meu, așa că să nu își facă griji.

Intrăm printr-o curte deschisă, în mod clar mult mai frumoasă decât a mea. Îmi închipui că vara au și flori acolo, și ceva verdeață. Prin comparație, la mine, pe locul unde cândva era un strat de zorele care se cățărau spre lumină, acum sunt depozitate doar tomberoanele de gunoi.

Coborâm câteva trepte și... încă nu mă izbește nimic neplăcut. Locuința este la demisol, e drept, și mult mai mică, dar este călduroasă și mi se pare mult mai primitoare decât ceea ce am eu. Mobila pare a fii culeasă de la solduri sau moștenită din generație în generație, dar e un set complet. Un covor tocit și pătat din loc în loc întregește decorul.

Mama Corinei joacă table cu un individ pe jumătate chel și cu mustăți aproape albe, voinic și îmbrăcat simplu, ca un muncitor stradal, sau poate ca un mecanic auto. În fața lor, pe masă, se află o sticlă de coniac ieftin, două pahare groase, ca cele în care se servea suc la chioșc când eram mică, și o scrumieră care dă pe dinafară. Ridică amândoi ochii la noi, cu curiozitate.

Nu pot să nu remarc că mama ei are niște iriși de culoarea jadului, remarcabili pe chipul înconjurat de păr vopsit negru, ca tușul. A fost o frumusețe la viața ei, dar acum, cu kilogramele în plus, adunate câte puțin pe peste tot, și cu pletele bogate, la rădăcina cărora se vede un început cenușiu, proiectează o imagine patetică. Ne salută însă prietenos, cu o voce guturală, răgușită de tutun și băutură.

“Bine ați venit, fetelor!”

“Maman, ea este Laura, prietena mea de la Lazăr,” mă prezintă Corina, apoi se întoarce spre mine și face un gest larg cu mâna, să cuprindă toată audiența. “Mama mea, Margot, și... un coleg de serviciu...” ...al cărui nume nu îl prind, dar nici nu insist.

“Corina, este cafea făcută, puneți-vă și voi. Laura, ai mâncat, vrei să stai la masă?”

Îi mulțumesc frumos și refuz, cu toate că mă asigură toată lumea că Margot gătește superb. Până să mă întorc eu de la cofetărie, mama pregătise alt fel de mâncare greu de greșit, un pui copt în cratița ei miraculoasă, electrică. Până să plec iar de acasă apucasem să rup un copan din animalul abia rumenit, și acum chiar nu îmi este foame.

Corina are camera ei, cu ferestrele spre curte. Spațiul este aproape cât baia de la noi, dar cât mi-aș dori eu să am în permanență colțul meu, oricât de înghesuit! Fumăm câte o țigară, savurând cafeaua tare și aromată. Se pare că tanti Margot știe bine ce face când intră în bucătărie.

Mă simt foarte bine în compania Corinei și accept cu bucurie evoluția relației noastre de la colege la prietene. Se vede că ea nu prea are pe altcineva și este doritoare să se deschidă în fața mea. În mare, știam că părinții ei sunt despărțiți de foarte mult timp și că mama ei este șofer pe unul din troleibuzele care pleacă de la depoul din apropiere.

Acum adaugă detalii la toată povestea, și printre altele îmi explică cu oarecare jenă că tipul care bea cu mama ei este și el angajat al ITB-ului, supraveghetor, sau așa ceva. Tonul șovăitor dispare repede și mărturisește că nu îi plac prietenii lui Margot, care vin și pleacă, sau chiar rămân câteodată peste noapte, dacă s-au îmbătat prea tare. Și ea își dorește să fugă de acasă încotro vede cu ochii.

O înțeleg perfect și mă simt din ce în ce mai aproape de ea. Între noi se încheagă o legătură nouă, pe care încă nici nu pot defini. Nu că mi-ar schimba în orice fel afecțiunea față de Alexandra și Silvia, sau față de Claudia, pe care nu am mai văzut-o de luni de zile dar cu care am împărțit ultimii cinci ani de școală primară, în aceeași bancă.

Căldura sufletească care simt că se leagă pentru Corina este o experiență nouă, unde comunicația se sincronizează perfect. Mă întreb dacă nu cumva ne putem ghici gândurile reciproc. Îi spun ce îmi trece prin cap și este de acord cu mine, recunoscând în schimb că ea nu are alte prietene și că m-a invitat astăzi să ieșim împreună tocmai fiindcă a bănuit că o să ne împăcăm bine.

În camera mică s-a făcut ceață deasă și abia se mai poate respira. Între povestea ei și a mea, am terminat deja cafeaua și mai mult de două țigări, așa că ne hotărâm să plecăm la patinoar. Ne luăm rămas bun de la mama ei și musafirul din sufragerie și ieșim la aer curat, în stradă.

Realizez că depoul este chiar vizavi de casa lor și pricep de ce lucrează toată familia la ITB. Să fie oare considerat un noroc sau un ghinion, mă întreb, gândindu-mă că în timp ce este convenabil să ai serviciul atât de aproape, pe de altă parte, vecinătatea aceasta poate deveni și motivul pentru a nu căuta ceva mai bun, din comoditate…

Corina mă duce pe drumul cel mai scurt și în câteva minute trecem de Stadionul 23 August care se vede în stânga noastră, la capătul altei străzi. Nici nu îmi dădusem seama cât de aproape suntem de blocul tatei, care se află pe partea cealaltă a Bulevardului Muncii, la o aruncătură de băț. Nu am mai venit pe aici de mulți ani, de când nu am mai fost la ei…

Prietena mea este atât de efervescentă încât cu ea nu apuc să pic în amintirile care mă smulg de obicei din realitate. Mă ghidează prin ușile de intrare, spre vestiare și locul de unde împrumutăm patine. Nu am mai fost la patinoar de mult timp, de când încercasem cu un grup de amici de la școală, printr-a opta. Atunci ne-am dus la Floreasca, în aer liber, unde era poate mai frumos în jur, dar golanii de cartier stăpâneau zona și nu mă simțisem în largul meu.

"Ia-te după mine!" mă încurajează Corina. "Nu e greu. Dacă pot eu… Uite-te cum mă mișc și fă la fel!"

Îmi aduc aminte treptat cum să mă țin pe picioare, și îmi îmbunătățesc echilibrul cu ușurință, urmând indicațiile primite și experimentând fiecare pas, cu alunecări din ce în ce mai lungi și mai puțin ezitante. Gheața sidefie este fascinantă, ca și șuierul cuțitelor care o crestează în viteza celorlalți patinatori care trec pe lângă mine pe o parte și pe alta. Mă simt minunat și fac câteva ture complete fără să cad.

Fiindcă înaintez mai încet, încerc să nu stau în drumul nimănui, alunecând ușor doar pe lângă mantinelă. Încrederea în mine mi-a crescut considerabil, și probabil Corina a observat faptul fiindcă a prins elan și patinează acum de capul ei, mai cu fața, mai cu spatele, să mă verifice dacă sunt încă în poziție verticală. Eu privesc mai mult în jos, obsedată de ideea că mă pot împiedica de ceva, cu toate că gheața e impecabilă și îmi dau seama că pericolul stă numai în mișcările mele.

După ce mă învârt cam de zece ori în jurul arenei, mă hotărăsc să încerc și eu să merg de-andaratelea dar nu îmi iese figura și revin la mișcările de bază, resemnată pentru moment și cu atât. Remarc însă că m-am ales cu o umbră... care nu-i a mea. Ridicând privirea văd că într-adevăr, nu Corina patinează atât de aproape de mine ci un tip mai colorat decât alții. Cunosc genul și prevăd exact și ce urmează...

“Nu vrei să îți dau eu lecții?” dă el să mă apuce de mâini cu tupeu specific.

Mă feresc, reușind să îl evit și refuzându-l în mod cât mai pașnic posibil. Din experiențele mele cu cei de felul lui, o provocare fie ea și imaginară poate declanșa ori un torent de invective, ori cine știe ce. O văd pe Corina în fața mea, îndepărtându-se, așa că va trebui să mă descurc. Continui să înaintez cu speranța că voi ajunge cu bine în dreptul portiței de ieșire, să mă pot strecura afară pentru o pauză în siguranța tribunei.

Nu îmi este dat. Aud cum cineva se apropie cu viteză din urmă, nu am timp să reacționez și nici nu am idee ce aș putea face, dar simt un lat de palmă retezându-mi genunchii din spate. Efectul este fulgerător, și pic în fund ca secerată, cu senzația instantanee că mi-au explodat creierii în mii de cioburi multicolore.

Rușinea de a mă tăvăli pe jos este depășită cu mult de durerea fizică a loviturii, atât în oasele fundului cât și în cap unde materia mea cenușie încă se leagănă după șoc, ca piftia. Sper sincer că nu mi-am rupt nimic, inclusiv pantalonii. Mă hotărăsc să mă las ocolită de ceilalți, să îmi trag răsuflarea, și să o aștept pe Corina să mă ajute... când cineva se lasă pe vine, lângă mine.

“L-am văzut pe cel care te-a trântit. Nu te teme că nu îl mai las să se apropie de tine. Ești întreagă? Dă-mi mâna dacă poți să te ridici.”

În fața mea, privindu-mă cu un amestec de îngrijorare și amuzament inocent, este Nico, prietenul fraților mei. Nico, cel care m-a păzit când m-au lăsat ei singură. Nico care m-a condus acasă... și tot același Nico, cu care speră Mihai să ajungă la munte săptămâna viitoare.

Nu l-am mai văzut atât de aproape de câțiva ani buni, dar are aceeași ochi verzi, atât de frumoși încât, cum vine vorba... aș putea cădea pe spate. Dar din poziția mea nu mai am unde să cad, din fericire. Timpul care a trecut i-a îndesit barba scurtă, rasă prin pieptene, cum se zice. Parcă arată și mai bine decât îmi aduc eu aminte, are ceva nou, care îl face irezistibil... Dar nu îmi trece prin cap ce anume.

“Mersi, dar nu vreau să mă ridic încă...” îmi feresc eu mâinile, ca arsă. “Mă simt mai bine unde sunt...”

Cu mișcări lente, își dă drumul și el pe fund, în fața mea, dând din umeri și zâmbind, cu acea expresie cu gura puțin într-o parte, de care uitasem cu desăvârșire.

“Dacă insiști...!”

M-ar pufni râsul dacă nu m-ar durea partea dorsală. Ne uităm câteva secunde unul la altul... în timp ce lumea vâjâie pe lângă noi. Mă foiesc și o caut din ochi pe Corina, salvarea mea. Oare unde este?! Privirile lui fixe mi se înșurubează în suflet și mă tem să nu descopere cine știe ce, ascuns și de mine însămi. Deodată îl văd cum își descolăcește picioarele, ridicându-se într-o mișcare fluidă, felină, și își ia avânt pe gheață. Încerc să mă ridic și eu, tocmai când mă găsește prietena mea care mă sprijină de subsuori, încercând să nu cadă și ea grămadă cu mine.

“Nu știam unde ești, că nu am mai dat de tine pe traseu! Mi-am scos ochelarii să nu îi pierd, și fără ei văd la fel de bine ca un liliac legat la ochi,” chicotește ea. “Ai căzut până la urmă?”

“M-a trântit un nenorocit...” bodogănesc eu furioasă, încercând să văd unde a dispărut Nico. “Hai pe margine că mi-a trecut cheful...”

“Care nenorocit?! Unde?!” sare prietena mea, urmându-mă spre ieşire unde ‘nenorocitul’ este suspendat de guler în mâinile neaşteptatului meu apărător căruia îi lipseşte armura. Fără pumni şi circ, se pare că l-a convins că nu e bine ce a făcut şi că i-ar fii prielnic sănătăţii personale să dispară din jurul meu. Vine să ne întâmpine, încă încruntat.

“Nu o să te mai deranjeze, Laura. I-am spus că eşti sora mea şi că are de a face cu mine dacă se mai apropie la mai puţin de un pas de tine!”

Rămân din nou fără replică. Nu ştiu dacă să mă bucur că m-a recunoscut... Când tocmai credeam că nu îşi aduce aminte cine sunt... Sau să mă întristez că mi-a acordat titlul de ‘sora lui’. Ce dilemă!

Renunţ la manierele bune şi nu fac prezentările. Vreau doar să plec de aici şi să ajung acasă, să mă ascund în urâţenia mea de apartament. Dau să mă aşez pe ceva uscat, să îmi scot patinele, dar la prima tentativă mă strâmb de durere. Corina îngenunchează imediat şi mă ajută, Nico mă sprijină de braţ, apoi mă ia de talie cu un gest total inocent.

Mă îndrept brusc, mai-mai să o dărâm pe prietena mea, dar curentul electric care mi-a trecut prin tot corpul m-a luat pe nepregătite. Se retrage şi el cu un pas, surprins. Simt că mă înroşesc până în vârful urechilor şi mă aplec repede, să nu observe, pretinzând că trag şi eu de şireturi.

Nico se adresează spatelui meu, degajat, sau poate doar prefăcându-se că nu a observat nimic, ca să mă calmeze.

“Ai mai vorbit cu Mihai? Te-ai hotărât să vii şi tu la munte?”

“Vin la munte dar cu prietenele mele,” răspund eu fără să mă uit în sus.

“Am înțeles că voi preferați Predealul… unde ajungem și noi într-o dimineață, pe pârtie la Clăbucet, să schiem. Poate să și stăm pe acolo până la urmă, la cabană, fiindcă mătușa mea din Bușteni are casa plină. Am putea să ne întâlnim seara la o discotecă sau la un biliard…”

“Mai avem o săptămână până atunci să ne hotărâm! Îl sun eu pe Mihai…” Mârâi printre dinți, abținându-mă să nu îl întreb ceva de prietena lui.

“Poți să mă suni și pe mine…”

De data asta mi-am revenit și am reușit să scap între timp și de ghetele cu lame. Mă ridic cu curaj pe picioarele mele, să îl înfrunt. Chiar dacă sunt doar în șosete, mă simt mult mai sigură de mine. Cu picioarele pe pământ. Aș vrea să pot spune că mă bag obraznică în nasul lui... Dar mai am mult până acolo că este destul de înalt, plus că poartă încă patinele. Îi răspund cu aceeași monedă, puțin insinuant, flirtând pe jumătate.

“Nu pot fiindcă nu am numărul tău de telefon.”

“Ai pe ce să scrii?”

“Ce să scriu?”

“Un roman… de dragoste,” râde el “…sau numărul meu de telefon.”

Roman de dragoste?! Făt Frumos bate câmpii…

“Nu-i nevoie, îl am pe al fratelui meu!”

Corina s-a descălțat și ea, și-a pus ochelarii la loc să ne vadă mai bine, ca lupul din povestea cu Scufița Roșie, și acum se uită de la unul la altul de parcă ar fii un metronom, urmărind dialogul.

“Mă scuzați că… vă întrerup… Laura, cred că eu cam trebuie să ajung acasă. Vrei să te conduc înapoi la troleibuz?”

“Nu este nevoie!” intervine Nico cu hotărâre. “Condusul acasă este specialitatea mea.”

De data asta râd, dând din cap exasperată, dar nu mă mai opun. Ne ducem la vestiare să returnăm echipamentul și pe drum îi explic Corinei cine este individul care s-a oferit brusc să mă ia în grijă, și îi promit să intru în detaliile trecutului când ne revedem la școală, luni seara. Ne luăm rămas bun și îmi las soarta, asemenea dăților celelalte, în mâinile capabile ale prietenului Mihaelei. Sau a lui Mihai. Sau a Cătălinei... Și într-un fel al meu, considerând că ne cunoaștem de ani de zile, mai mult sau mai puțin.

În câțiva pași ajungem la Bulevardul Muncii, cu toate că își potrivește mersul după mine și nu trebuie să alerg ca să rămânem unul lângă altul, cum se întâmpla când ieșeam cu Cornel la plimbare. Tăcerea dintre noi este ușoară și plăcută. Pentru moment suntem mulțumiți de prezența celuilalt, fără cuvinte.

Evident, tramvaiul întârzie ca întotdeauna, dar de data aceasta mă bucur în secret de prelungirea companiei lui Nico.

"Chiar credeai că nu te-am recunoscut?" vrea el să știe, după un timp.

"Au trecut patru ani..." dau eu din umeri.

"Cum puteam să o uit pe sora cea mai mică a lui Mihai, cel mai bun prieten al meu?"

"Credeam că ești mai apropiat de Mihaela."

"Când eram colegi de liceu, da. De atunci ea petrece mai tot timpul cu Dan... cu care eu nu am fost niciodată pe aceeași lungime de undă. În schimb Mihai mi-a devenit ca un frate mai mare."

"De aceea m-ai dat mai devreme drept sora ta?" tatonez eu situația, precaută.

Se uită pătrunzător la mine, cum face el, și pot să îmi imaginez cum i se învârtesc rotițele în cap, alegându-și cuvintele cu grijă.

"Încă nu m-am hotărât dacă te consider într-adevăr ca pe o soră... Așa credeam. De vreo jumătate de oră nu mai sunt așa sigur..."

Continuă să mă privească la fel și mă tem că mi se urcă iar tot sângele în obraji drept care încep să mă foiesc de colo-colo, pretinzând că m-am plictisit pe loc. Ce spune el sună... cel puțin sugestiv dacă nu a declarație. Sau compliment? Mi-a luat-o inima din loc și nu știu cum să-i interpretez răspunsul de o sinceritate dezarmantă.

"Dacă vrei, putem merge pe jos câteva stații," propune Nico.

Accept cu bucurie și pornim spre Piața Muncii fără să ne grăbim, în pas măsurat. Îmi aduc aminte că tot același ritm îl avea și data trecută, când am făcut împreună ultima bucată de drum, de la tramvai și până în fața porții mele. Are un mers hotărât dar calm, de parcă ar avea tot timpul din lume la dispoziție să își atingă ținta.

Recunoaștem amândoi, amuzați, că nu mai ținem minte despre ce am vorbit cu patru ani în urmă, drept care mă roagă să îi spun mai multe despre mine. Mă trezesc povestindu-i despre bunica și despre mama, despre tanti Leo și despre Liviu. Despre tata, din punctul meu de vedere, despre Cornel cât mai pe scurt, despre liceul seral și despre visul meu de a deveni pictoriță. Despre serviciul la Miraj pe care îl detest, și despre dorința de a îmi găsi altă locuință. Până și despre coșmarurile care mă aleargă din casă.

Îmi deschid sufletul cu toată amărăciunea prezentului și speranțele viitorului, ca unui prieten de-o viață, relatând cu haz aspectele triste sau minimalizând pe cât posibil părțile tragice.

Am traversat de mult Bulevardul Mihai Bravu și suntem pe Calea Călărași, aproape de Hala Traian. Nico mă ascultă cu atenție totală, punând doar câte o întrebare când vrea să înțeleagă mai bine o situație sau alta, și ridicând din când în când sprâncenele a mirare sau aprobare. Nu mai simțim frigul, și tramvaiele care trec din când în când spre Operetă rămân și ele nebăgate în seamă.

Când îi vine rândul, începe prin a îmi spune numele lui întreg, Nicolas Cristodor, de unde și diminutivul cu care a fost apelat de când se știe. Insistă să îmi specifice că numele de familie are origine greacă, și explicația se dovedește o adevărată telenovelă din care am mai auzit frânturi cândva de la Mihai. Spusă de eroul principal, este de-a dreptul captivantă.

Mărturisește că are o familie complicată și departe de modelul corect din punct de vedere politic. Bunicii din partea tatălui au venit în țară din Grecia de mult, înaintea celui de al doilea război mondial. Bătrânul Cristodor a fost jurist, mama lui economistă, angajați amândoi la Ministerul Afacerilor Interne. Se cunoscuseră în mod fastuos, la o serată diplomatică, undeva în capitală. Dragostea mare, la prima vedere, a fost urmată de o căsătorie ca în filme, apoi de nașterea lui, în București.

"Vorbești grecește?!" Îl întreb eu cu admirație.

"Numai câteva cuvinte... Cred că și bunica și-a uitat limba maternă, că a venit aici de copil."

Micul Nico fusese crescut de grecoaica bătrână, cu părinți ocupați, trimiși mereu în delegație prin țară și prin lume. Familia Cristodor a început să se destrame treptat când tatăl lui a prins patima băuturii. Nico își aduce vag aminte de el, cum își petrecea serile cu sticla de vin, închis în dormitor, cu lumina stinsă.

Pe mama lui o vedea de multe ori singură și plângând, până când într-o bună zi, când el avea vreo șase ani, tatăl lui dispăruse. Au aflat abia după luni de zile că reușise să fugă în Anglia, unde s-a și recăsătorit mai târziu.

"Când eram în liceu, am fost înștiințați că a murit într-un accident de mașină, în Londra. Ne-a scris soția lui și așa am aflat că am și o soră vitregă, Zara, cu patru ani mai mică decât mine, ceea ce mi-a explicat ce se întâmplase cu tata în copilăria mea, când într-una din deplasările cu serviciul avusese o aventură. Dar de atunci nu am mai auzit nimic despre Zara. Mama a murit anul trecut, la cutremur..."

“Îmi pare rău...” îl compătimesc în șoaptă, impresionată, dar îl las să continue, fără să îl mai întrerup.

Ciulesc din nou urechile la Nico și istoria lui tristă. A înțeles din despărțirea părinților că dragostea nu este suficientă pentru a menține fericirea conjugală. Părerea pe care și-a făcut-o despre căsnicie este că forțează doi oameni nepotriviți să stea împreună, împotriva dorinței lor. Sunt total de acord cu el, dat fiind că am ajuns și eu la aceeași concluzie, din nefericire pe propria mea piele.

Îl ascult cu gura căscată și recunosc în sinea mea că viața lui a fost până acum cel puțin la fel de palpitantă ca și a mea. Ne apropiem de Piața Unirii și nu ne-am mai uitat de mult după tramvaiele care merg în direcția casei mele. Mai avem puțin și ajungem pe jos... și Nico încheie povestea, nostalgic, dar fără să dramatizeze.

“Și uite așa, sunt încă aici, așa cum m-ai cunoscut și acum patru ani, locuind cu bunica mea, acolo unde știi. Acum ai aflat și motivul pentru care mă cheamă Nicolas și nu Nicolae. Tata era tare mândru de originea lui și probabil că de aceea nu s-a legat țară,” își încheie el biografia zâmbind strâmb, cum are obiceiul.

“Pe tine nu te-a tentat niciodată să pleci în străinătate, să îți găsești sora?” vreau eu să știu, fiindu-mi greu să îmi imaginez de ce ar prefera un om normal să trăiască într-o țară comunistă cu granițele închise, dacă are de unde să aleagă. Dar Nico ia o pauză de la seriozitate și mă plachează glumeț.

“Dacă plecam undeva, nu te cunoșteam.”

Mă fixează atent, doar o clipă, și își reia biografia, amintindu-și cum s-a împrietenit cu frații mei care l-au luat sub aripa lor și l-au considerat ca parte din familie, cum a devenit perechea Cătălinei, la început ca liceeni, apoi devenind colegi la Arhitectură. Înțeleg că sunt împreună de aproape șase ani și îmi este greu să îmi imaginez o relație care să dureze atât, mai ales în lumina celor pomenite azi dimineață de fratele meu. Poate oare o iubire să țină atât de mult?! Mi se pare atât de incredibil încât devin curioasă.

"Mai ții minte când te-ai îndrăgostit de Cătălina?" întreb spontan, fără să mă gândesc prea bine ce-mi iese din gură.

Se uită la mine surprins și remarc cât de expresivă îi este figura, cu sprâncenele mobile și ochi care își schimbă culoarea după lumina de afară și după dispoziția lui. S-a întunecat de mult, și în noapte irișii îi par fosforescenți ca la pisici.

"Laura, nu am spus niciodată că sunt îndrăgostit de ea. Țin la ea, dar nu sunt îndrăgostit."

Diferențierea pe care o face între cele două noțiuni nu mi-a trecut niciodată prin cap. Nu e același lucru...!?

"Dar ai fost o dată... Nu?"

Se gândește concentrat, mijind ochii și mângâindu-și bărbia păroasă. Apoi dă din cap în semn negativ.

"Nu. Cum ți-am povestit, a fost mai mult o întâmplare. Eram mereu cu toții, ba în vizită unii la alții, ba la școală, ba la petreceri. Ea cu Mihaela, eu, Mihai... Apoi au apărut pe scenă Dan și Camelia, și noi am rămas împreună. Dacă mă gândesc bine... nici cu Cătălina nu am discutat vreodată aspectul ăsta. Ce te-a făcut să mă întrebi așa ceva?"

Suntem deja la mine pe stradă și încetinim pasul, încercând să câștigam timp. Presupun că mergem de peste o oră, vorbind cu schimbul aproape fără încetare. Este interesant că suntem amândoi curioși și fără rețineri, ca doi amici ce ne aflăm, din 'întâmplare', cum spune el că se consideră și cu prietena lui.

"Păi..." nu știu cum s-o întorc din cuvinte, "eu am înțeles că este mai mult decât prietenă..."

"Dacă asta vrei să știi... Răspunsul este 'da', bineînțeles că ne culcăm împreună câteodată. Dar nu sunt îndrăgostit de ea și nici ea nu cred că este... Nu de mine, în orice caz."

"Nici prin cap nu mi-a trecut să te întreb dacă faceți dragoste sau nu!!!" dau eu din mâini exasperată. "Doar am dedus că dacă sunteți de atâția ani împreună, într-o bună zi asta va duce la căsătorie și atunci, concluzia mea a fost că undeva... cândva, v-ați și îndrăgostit unul de altul."

Cu toate că aș vrea să stăm la dezbateri toată noaptea, îmi simt picioarele care încep să înghețe și văd că respirația lui Nico formează o brumă măruntă deasupra buzei de sus, în mustață. Este târziu și se face din ce în ce mai ger în jurul nostru, în timp ce el încă deliberează, rumegând preocupat ultimul meu argument. Apoi observă că încerc să mă abțin să nu dârdăi.

"Ți-e frig, hai că poate mai avem ocazia să continuăm discuția. Mi-ai dat serios de gândit la aspecte pe care nu le-am luat în considerație până acum."

"Recunosc că și tu mi-ai dat subiecte de reflecție în asta seara!" râd eu. "Mulțumesc că m-ai condus până acasă... Iar."

"De data asta din proprie inițiativă," face el poznaș cu ochiul, și după ce mă mai examinează câteva secunde în felul lui, se apleacă pe neașteptate, și mă pupă ușor pe frunte, ca o mângâiere. "Noapte bună, Laura. Sper să ne vedem la munte sâmbăta viitoare."

Sunt prea înghețată să mai simt curenți electrici. Sau poate că discuția despre Cătălina m-a scos din priză... la propriu și la figurat. Mă uit cum se îndepărtează cu mersul lui apăsat și ușor legănat, cu părul în vânt și mâinile în buzunare.

Mama încă nu s-a culcat și mă ceartă în șoaptă că umblu 'bezmetică' în loc să pun mâna pe o carte. Cu câteva ore în urmă, când eram pe patinoar, simțisem că mă arde stomacul de foame. Acum mi-a trecut cu desăvârșire. Mă spăl și mă echipez de somn repede, ascunzându-mă în pat și trăgându-mi pătura peste cap. Vreau să fiu singură cu gândurile mele și să analizez ce s-a întâmplat în seara asta, să retrăiesc atingerea buzelor lui Nico pe pielea mea și senzația fulgerătoare a momentului când mi-a atins mijlocul.

În subconștient, mintea mea a evaluat deja fiecare fracțiune de secundă și sentiment și răspunsul îmi vine instantaneu, clar și logic. De jumătate de an nu m-a mai atins nici un bărbat și se pare că am avut o reacție pur necontrolată, fiziologică. Nimic de a face cu dragostea, ceea ce înseamnă că echilibrul meu fragil nu este în pericol.

Îmi aduc aminte, iritată, că am și comparat plimbarea alături de Nico cu cele din trecut, cu Cornel. Sper ca într-o bună zi să ajung la nivelul de vindecare emoțională în care să nu mai pun mereu în balanță trecutul și prezentul. Cu năduf, admit în întunericul de sub plapumă că soțul meu a fost prima mea dragoste, poate și cea mai mare... Dar în mod sigur nu ultima. Trebuie să adopt ideea aceasta nouă și să mă vindec de amintiri nostalgice.

O altă revelație mă lovește brusc și strâng pleoapele, aducându-mi mai bine aminte de trăsăturile lui Nico. Am identificat ce mi s-a părut nou și atractiv la el. S-a maturizat, și băiatul chipeș la optsprezece ani s-a transformat într-un bărbat reușit și senzual. Fața adolescentină este acum a unui tânăr mascul, și cu el discuția alunecă pe neașteptate de la subiecte total nevinovate la chestiuni de amor în care nu mă mai simt atât de sigură pe mine.

Ce o fi oare în capul lui? Stă lângă o parteneră de șase ani fără să fie îndrăgostit... Oare încă nu a găsit fata care să îl cucerească? Îmi vine să îmi dau palme, să îmi alung imaginația nestăpânită care îmi șoptește că aș putea să fiu eu aceea! Imposibil. Ar fi stupid să îmi închipui așa ceva chiar și pentru o secundă. Risc să sufăr altă dezamăgire așa că mai bine îmi bag mințile în cap.

Nico este prea frumos și deștept să se complice cu mine, sora prietenilor lui, despărțită și cu copil. Eu nici nu am intrat încă la facultate, el mai are câțiva ani și termină. A reușit la Arhitectură de prima dată! Asta înseamnă o capacitate intelectuală superioară mie, care mă lupt fără speranță cu trigonometria.

E drept că suntem amândoi, mai mult sau mai puțin singuri pe lume... Dar ai lui au fost cândva căsătoriți. El nu poartă stigma unui 'copil din flori'. Să nu mai luăm în considerație că sărăcia în care trăiesc eu este greu de comparat cu a oricui, chiar și a Corinei.

Mă simt mică și umilă și mă ghemuiesc și mai tare în pat și în mine. Încerc să mă încurajez, aducându-mi aminte câte pasiuni neașteptate am stârnit în anii trecuți, înainte de a deveni doamna Gavriliu.

Abia împlinisem cincisprezece ani când unul din băieții care mă scoteau la cofetărie aproape zilnic m-a cerut în căsătorie. Era îndrăgostit de-a binelea, pe când eu… eram doar amuzată de compania lui. Era cam de vârsta lui Mihai, cu șase ani mai mare decât mine… și mi-a fost milă de el când i-am explicat că mie de fapt îmi place altcineva.

Pe atunci mă credeam amorezată de un tip întâlnit la intrarea în Cișmigiu, într-una din plimbările cu Al și Silvia. Dragoste la prima vedere. Ne-am privit ochi în ochi cu intensitate, Silvia l-a servit cu sticksuri, și am făcut cunoștință. Dar el a fost luat în armată, eu am intrat la liceu... Până la sfârșitul anului ne-am scris în fiecare săptămână. Poza lui în uniformă o țineam la îndemână, în caietul de matematică… Până mi-am făcut un alt prieten. Apoi l-am cunoscut pe Cornel și viața mea romantică a luat altă amploare.

Înainte de a mă mărita, fosta mea iubire de copilă a revenit în București și m-a căutat, implorându-mă cu lacrimi în ochi să nu fac pasul fatal. Gândindu-mă în retrospectivă, îmi dau seama cum o dragoste nouă poate șterge ce a fost înaintea ei… Cum văzusem în filme că spală valurile mării plaja, maturând în cale castelele de nisip, aproape fără urmă…

Și îmi dau seama, cu claritatea dinaintea somnului binefăcător, că atât în fața mea cât și a prietenelor mele, încerc să pozez în rolul femeii încântate de independență. Dar că în realitate sunt dezorientată și încă dezamăgită de ceea ce credeam eu că înseamnă dragostea. De mine, de oameni, de toată lumea.

Că sunt încă profund descurajată și încerc cu disperare să ridic din nou fruntea, să fiu iarăși Laura Temeșan, plină de vise și planuri mărețe, adorată de admiratori, îndrăgostită frugal și fără consecințe.

Sub plapumă, singurătatea pare mai mică și mai inofensivă. O iau în brațe și o strâng tare, s-o sugrum... Sau să mi-o fac prietenă... Și până la urmă adorm cu vaga amintire a ochilor lui Nico în gând.

Capitolul 7

Ne apropiem de sfârșitul lui februarie și în București zăpada începe să dispară. Se vede primăvara la orizont, cu noi promisiuni și ghiocei în floare. Eu sunt încă la liceu, singură în bancă, așteptând să se termine ora de istorie, un subiect care nu m-a captivat niciodată prea tare. Meditez la noaptea de muncă care urmează, mă îngrijorez de motivele Corinei să lipsească astăzi de la școală, și încerc să mă gândesc la plecarea noastră la munte.

Este joi și șefa mea încă nu mi-a dat răspunsul la cererea pentru sâmbăta liberă. Sunt sigură că mi se va aproba, doar și eu am rămas în plus la fabrică de câte ori a avut nevoie să acopăr schimbul sau întârzierea altei colege. La urma urmei voi lipsi numai jumătatea turei, că este program scurt... Dar pentru mine va însemna încă o zi întreagă de excursie.

Au trecut aproape două săptămâni de când lucrez în schimbul trei și mă simt la pământ... Sau sub pământ, de parcă aș fii îngropată de vie. Dorm zilnic cel mult patru ore, până la miezul zilei, pierzând toate diminețile. Am cearcăne și figura palidă, fața trasă ca după boală. Mă simt teribil de obosită după programul de noapte, după orele la seral, după alergatul din centrul orașului până la Miraj și înapoi, după lupta mea continuă cu viața...

Soneria mult așteptată ne propulsează pe toți în picioare, ca la comandă. Ieșim în grabă, înghesuindu-ne, mai-mai să rupem ușa.

Este nouă seara și colegii mei se grăbesc acasă, la întâlnire, la un restaurant, oriunde, numai la serviciu ca mine nu.

Mă postez cu stoicism în stația de tramvai din fața liceului. Mă întreb cam ce procent din viața mea este petrecut în vehiculele ITB-ului și mai ales în așteptarea lor, doar așa, ca statistică personală. La Piața Uniri trebuie să schimb cu altul și voi sta iar în picioare cine știe cât, în aglomerație, uitându-mă cu jind în lungul șinelor, sperând să nu întârzii la fabrică.

Astăzi m-a sunat Al rugându-mă să vin la ea când scap de la muncă. Zicea că are niște vești... dar nu a vrut să elaboreze. Nici măcar nu mi-a spus dacă sunt bune sau rele noutățile ei. Mi-a promis că vorbim când mă scol, la cafea. Oare ce s-o fii întâmplat?

Tramvaiul a ajuns, în fine, și mă cațăr în vagonul cel mai apropiat. Miroase urât, a trupuri și haine nespălate. Mă feresc de ceilalți călători și încerc să mă retrag în colțul meu favorit, unde nu mă atinge nimeni. Anul trecut am luat păduchi în înghesuială și de atunci păstrez distanța, cu orice preț.

Sunt în fața benzii rulante și dau din mâini ca un robot, cu mintea aiurea. Orele se târăsc cu greutate și eforturile mele obișnuite de a mă gândi la orice altceva funcționează cu încetinitorul. Sunt mai mult decât obosită, la un pas de a adormi în picioare, ca o pasăre. Monotonia muncii nu mă ajută de loc să mă înviorez.

De ce mă chinui în halul asta și mă întorc aici în fiecare zi, unde știu bine că nu este locul meu?! Oare este undeva locul meu? Cum să îl găsesc și prin câte experiențe neplăcute mai trebuie să trec până dau de el?

Trag cu ochiul la colega care culege lăzile pe care le-am umplut și le urcă pe căruciorul rulant. M-a ignorat cu perseverență, de când am intrat în tură. De fapt, de când lucrăm împreună. Cealaltă tipă, în stânga mea, lipește etichete pe sticlele care apoi le așază înapoi pe bandă, să ajungă la mine. Asta are o limba ascuțită și o gură rea încât sunt bucuroasă când nu îmi dă atenție.

Poate munca sordidă ar fii fost mai ușor de tolerat dacă aș fii avut cu cine schimba măcar o glumă. Nu numai că schimbul de noapte îi face pe toți mai ursuzi, dar în echipa noastră, fără excepție, femeile sunt tipul de țață care între două cratițe sau cu mâinile în ligheanul de rufe, își bârfesc rudele cu vecina de peste gard. Toate au voci stridente și repezi, vorbind cu dezacorduri gramaticale și accente regionale. Nu le-aș privi cu superioritate pentru atâta lucru... dacă și ele ar încerca să mă accepte drept colega și egala lor.

Poate sunt îndreptățite să mă considere o intrusă. Ele au alte preocupări decât mine, altă scară de valori, alte opinii. Le aud povestind la nesfârșit între ele despre bărbații lor care au băut în seara trecută, despre musafirii pe care i-au omenit cu ce au avut mai de soi în casă. Bat câmpii ore în șir despre mâncărurile pe care le-au făcut sau pe care au de gând să le prepare, despre ce s-a găsit sau nu s-a găsit în piață, despre nimic și despre orice.

Vorbele lor trec pe lângă mine de parcă nu aș exista, și de obicei prefer să rămân așa, invizibilă și lăsată în pace. Nu avem nimic în comun în afară de același sex și ele simt instinctiv că suntem diferite. Le ofensează faptul că înțeleg ce scrie în engleză în traducerile de pe ambalaje, care pentru ele sunt doar niște idiomuri misterioase. Mă văd îmbrăcată cu gust, din puținul pe care îl am, că sunt atentă la potrivirea culorilor, că am grija aparențelor... Și asta le irită.

Sincer vorbind, indiferent ce aș face sau nu, ele tot m-ar considera o străină care le strică armonia echipei. Dacă mă gândesc bine chiar aparțin altei lumi în care bunicile lor au fost servitoare la noi în casă. Poate s-au simțit tratate ca niște ființe inferioare, generație după generație, și se răzbună acum pe mine, din reflex.

Și nici nu au aflat chiar tot despre colega lor cea cochetă și stilată. Doar bănuiesc, cele mai istețe, care știu să facă deosebirea între vocabulare și modurile de exprimare. Nici nu vreau să-mi închipui cum ar reacționa dacă ar ști toate amănuntele. Ele sunt majoritatea de la țară, fete modeste fără multă educație și pretenții. Nu numai că eu sunt născută în buricul capitalei dar dacă cineva le-ar spune într-o zi că "fudula de Laura" este nepoată de prințesă, ori nu ar crede, ori m-ar persecuta și mai și pentru a-și răzbuna strămoșii de la coasă.

Părinții lor abia au învățat să scrie, cu toate facilitățile oferite de 'guvernul poporului'. Ai mei în schimb sunt toți intelectuali și au trăit la oraș, din generație în generație. Moșiile din jurul Chișinăului s-au pierdut și familia DeRojinski s-a ruinat după două războaie mondiale, dar educația primită s-a perpetuat, manierele s-au transmis, și poate și ifosele... cum zic colegele mele, cine știe?!

În primele zile după angajare am încercat să fiu drăguță cu cei din jur și să le răspund la curiozitatea inițială. Foarte repede însă, prăpastia dintre părerile și obiceiurile noastre s-a căscat, lăsându-ne pe țărmuri diferite. Începutul a fost când le-am spus că tatăl meu este medic, fapt care le-a scos pur și simplu din sărite... Total nejustificat, după părerea mea.

Cui îi pasă că ele au crescut cu tații lor în casă, spre deosebire de mine care l-am văzut doar ocazional, când se întâlnea cu mama în parcul din cartier? De fapt, detaliul acesta atârnă greu, tot împotriva mea. Sunt un 'copil din flori' și asta au aflat de la cineva din biroul Personal, și mi-a fost aruncat în față, în plină pauză de masă, cu toată echipa prezentă. De parcă acum nouăsprezece ani m-ar fii întrebat cineva și pe mine daca vreau sau nu să vin pe lume în condițiile date. Ca și cum ai condamna pe cineva în mod public că este blond, sau prea mic de statură...

De atunci schimbăm exact atâtea cuvinte cât este absolut necesar... Sau chiar mai puține, dacă se poate.

Nu mai e nici o oră până la terminarea turei și mă hotărăsc că dacă șefa nu catadicsește să îmi confirme aprobarea cererii, cea mai bună soluție ar fii să lipsesc mâine, pur și simplu. Cum face colega mea de schimb. Pot da un telefon din gară, să îi aduc doar aminte. La excursie nu renunț oricum, nici în ruptul capului. Visez la munte și ultima zăpadă din anul ăsta de foarte mult timp și acum, că ideea mea a avut priză și am cu cine ajunge acolo, nu mă mai poate opri nimeni.

Supraveghetoarea de secție apare în fine, cum face de fiecare dată, înainte de schimbul următor, să vorbească cu favoritele ei și să se simtă importantă. Mi se strânge inima și am premoniția unei scene neplăcute. Simt instinctiv pericolul unei confruntări, ceva nedefinit, care parcă mă strânge de gât. Respir adânc, pregătindu-mă sufletește.

"Laura, șe-i cu șererea aia pi cari mi-ai lăsat-o pi masă? Mâini trebe să produșem câtiva mii di pacheti, să împlinim planu' di luna tricută cu cari suntim în urmă. Aiși nu vini fiecari când vre! Di munți îți ardi țâie?!"

Mai inhalez o dată până în fundul plămânilor dar simt că mirosul de parfum ieftin mă îneacă și nu mă mai pot abține.

"Tovarășă, săptămâna trecută am făcut tură dublă când mi-ați cerut! Și am rămas peste program de câte ori a fost nevoie. Nu mi-am luat liber nici o oră de când lucrez aici!"

"Și șe?! Ai să ai conșediu pisti o lună, dacă nu iesti altă fată programată tot atunși!" îmi răspunde ea proptindu-se ostentativ în fața mea, cu mâinile în șolduri.

"V-am rugat să îmi aprobați doar o jumătate de zi liberă..."

"Și eu zăc nu! Di aia ai șefă, să îți di voii sau să ti rifuze! Am tirminat discuția!"

Mă opresc din treabă și îmi ridic ochii spre ea. Sticlele încep să se îngrămădească la capătul benzii răsturnându-se una peste alta, căzând ca popicele și risipindu-se pe jos. Ceva se rupe în mine și explodează, și mi se face foarte cald. Mă deschei cu mișcări calculate și mă dezbrac de halat. Îmi vine să plâng ca un copil certat și îmi încordez mușchii feței cât pot, să nu îi dau satisfacție.

Ea țipă și să dă din mâini dar sensul cuvintelor ei îmi scapă total... Fiindcă nu mă mai interesează. Aleargă ca o găină speriată să intervină în dezastrul de producție, colegele celelalte înțepenesc, întrerupându-se și ele din muncă. Dintr-o dată totul mi se pare extrem de amuzant și zâmbesc în mijlocul agitației generale. Îmi așez cu grijă uniforma de-a curmezișul grămezii de sticle care continuă să crească și ies din hală fără nici un cuvânt, cu demnitatea neciobită.

Nu vine nimeni după mine. Probabil se împiedică una de alta încercând să restabilească ordinea și să pună totul la loc. Inima încă îmi pate ca nebuna, dar starea de panică se îndepărtează din ce în ce. Ștampilez fișa de pontaj cu zece minute mai devreme de sfârșitul turei, îmi pun paltonul, îmi iau geanta, și părăsesc fabrica pentru ultima oară.

În cinstea curajului de a îmi lua adio de la Miraj, tramvaiul mă așteaptă în stație și găsesc un loc la geam, ca niciodată. Afară se luminează de ziuă și dimineața gri, înnorată, coboară ușor peste blocurile din cartier. Mă simt dezlegată din lanțurile serviciului meu mizerabil, sunt în sfârșit liberă, și îmi examinez senzațiile de parcă aș privi în interiorul unei alte persoane. În fața mea se deschide un drum lung și necunoscut, și în mod cert o nouă carieră, fără miros de cosmetice și benzi rulante.

Nu vreau să mă gândesc acum ce voi face când ultimul salariu primit se va termina. Mă lăfăi doar în căldura minunată a sentimentului de eliberare care mă învăluie din ce în ce mai complet. Îmi voi continua programul de astăzi cum l-am plănuit. Mă duc la Alexandra să trag un pui de somn și sper ca atunci când mă trezesc să rămână totul ca acum, să nu fie doar un vis.

Mâine de dimineață vom pleca la munte, eu, Al și Silvia, Lilia și Florin. În mijlocul naturii și al prietenilor voi uita că am fost vreodată angajata Mirajului. Voi adăuga experiența aceasta pe lista neagră a amintirilor pe care încerc să le șterg din memorie de parcă nici nu ar fi fost…

Capitolul 8

Mă trezesc din somn la prietena mea și tresar o clipă, amintindu-mi de plecarea mea de la Miraj. Nu, nu a fost un coșmar. Dimpotrivă, este o realitate minunată, sunt cu adevărat liberă!!!

Alexandra învață probabil la franceză. Îi văd spatele curbat într-o poziție leneșă și plictisită și bolborosește în surdină. Silvia nu pare a fii acasă, probabil este iarăși la meditație.

Mă ridic încă nesigură pe picioare și mă îndrept glonț spre ceasul cu cuc de pe perete. Mut limba minutarului la ora exactă, și când pasărea scoate capul îi bag unghia în pliscul larg deschis, amuzându-mă cum se îneacă. De mult nu am mai simțit impulsul s-o fac, cu toate că în vremurile bune, era unul obiceiurile mele glumețe. Cred că și cucul se familiarizase, săracul, cu intervențiile mele în treaba lui.

“Michiduță, te-ai trezit! Lasă cipirelul în pace și du-te la duș. Te aștept cu cafeaua.”

“Parcă spuneai că ai ceva important de discutat?” apuc să spun, între două căscături gigantice.

“După! Trebuie să punem lumea la cale și mai bine să fii gata, nu în pijamale.”

“Să vezi ce noutăți am și eu!”

“Ce, ce???” sare ea în sus.

“Cum zici tu... Să mă gătesc mai întâi,” mă îndrept eu spre baie, răzând.

Ies înviorată și cu o energie pe care nu am mai simțit-o de mult. Plecarea de mâine mă preocupă total și mi-a anihilat orice urmă de indispoziție sau grijă. Alexandra îmi pune pe măsuță ceașca cu cafea, o farfurie cu felii de corn unse cu unt și icre negre, bunătăți de la cantina Comitetului Central, inaccesibile lumii de rând.

Îi spun povestea demisiei mele de azi dimineață, mai degrabă mută decât verbală dar definitivă, cel puțin prin perspectiva mea. Ea mă felicită și mă încurajează, decretând cu certitudine că ceva mai rău decât acolo nu pot să găsesc. Imposibil să nu apară ceva la un birou, să întrebăm toate cunoștințele, să căutam în ziare…

"Veștile mele sunt mai puțin bune," începe ea. "Taică-meu este furios că am îndrăznit să ne gândim la distracții montane în prag de examene, cum zice el, așa că Silvia este exclus să poată veni. Și eu dacă mă încăpățânez să merg, o fac pe cont propriu, fără ajutorul lui. Pe scurt, nu avem cazare în vila partidului," conclude Al în așteptarea reacției mele.

Planurile noastre încep să semene cu povestea celor zece pisoi care se tot împuținează. Dacă o puneam și pe prietena lui Nico la socoteală ar fii fost unsprezece. Fără Mihaela și Dan au rămas nouă, fără Silvia… suntem opt. Îmi dau seama că număr amândouă grupurile cu toate că nu căzusem încă de acord cu nimeni să facem excursia împreună. Ce-ar fii dacă…

"Dă-mi voie să cuget puțin!" îi fac eu semn Alexandrei să fie răbdătoare.

Aprindem câte o țigară cu ușa deschisă la balcon, să nu miroasă părinții ei fumul când vor ajunge acasă. Sorbim lichidul aromat și negru pe îndelete, cântărind opțiunile rămase pentru mâine.

Cafeaua a devenit un tabiet prețuit, ceva ce se face pe îndelete, ca un exercițiu de Yoga, nu oricum. Odată am băut-o din serviciul de porțelan al păpușilor, cu cești cât degetarul. Distracție de adolescente vesele...

În altă zi am pierdut câteva ore cu presupunerile în jurul unei sticle de țuică primită la protocol de domnul Brateș. O ține în vitrină ca pe un trofeu de vânătoare și în ea tronează o pară borțoasă, înecată în alcool. Întrebarea noastră era cum fusese introdus fructul acolo când gâtul era lung și subțire. Ne-a trecut prin cap și să gustam conținutul, într-o manieră similară cu ceea ce pățeau cartușele de Kent din casă, dar am căzut de acord că nu merită osteneala. Nu ne place mirosul de țuică la nici una.

Gândurile mele amestecate se împrăștie și mai și la sunetul telefonului care o face pe Al să sară din loc. Mama ei are obiceiul să verifice dacă odorul este la studiu sau... bate bulevardele. După controlul de rutină sun și eu acasă să o înștiințez pe mama că sunt bine, că am dormit la Alexandra și că o să apar după orele de școală…

"Gata, ai avut destul timp. Te-ai gândit ce facem?" mă trage Al de mânecă nerăbdătoare.

"Lui Lilia și lui Florin nu le-ai spus încă de ultimele schimbări, nu?"

Ea confirmă, dând din cap negativ.

"Atunci… e perfect. Mergem înainte și ne întâlnim mâine de dimineață, cum a rămas. Dormim și în gară dacă e... dar tot ne ducem! Doar nu mi-am dat demisia degeaba de la serviciul meu neprețuit!"

Râde și mă strânge în brațe, bucuroasă. S-a temut că poate renunț, fiindcă nu am sac de dormit… Dar la urma urmei am auzit că în unele stații de tren de pe Valea Prahovei mai ies oameni care vor să închirieze câte o cameră, pe sub mână, și întreabă pe cei care vin dinspre București dacă au nevoie de cazare. S-or găsi niște paturi călduțe și pentru noi!

După ce ne stabilim să își facă bagajele și să mă ia de la liceu după cursuri ca să dormim la mine, să plecăm împreună a doua zi, o las să învețe și plec să îi fac o altă vizită lui tata. M-am hotărât să îi spun că nu mai lucrez la Miraj, să văd dacă îmi dă vreun sfat. Sau niște bani... Care în mod sigur nu au cum să-mi strice. Mai ales acum.

Astăzi s-a făcut iarăşi frig şi îmi frec mâinile în buzunare, să mi le încălzesc. Păşesc repede, să îmi accelerez circulaţia sângelui şi să ajung cât mai curând la Policlinică, să intru la adăpost. Am luat drumul drept şi cel mai scurt de la Sala Palatului, traversând Calea Victoriei şi apropiindu-mă de bulevard. Lumea este încă la serviciu şi pe străzi pare pustiu.

Tocurile îmi alunecă pe porţiunile îngheţate şi vântul îmi taie obrajii. Din păcate, mi-am lăsat ieri căciula acasă închipuindu-mi că a venit deja primăvara în capitală. Bine că nu am nasul mai lung, să îl simt ca pe un ţurţure deschizându-mi drumul şi spintecând aerul frigid.

Vizita la tata, neanunţată ca şi data trecută, îmi dă emoţii. Înainte mă simţeam nemaipomenit de bine de fiecare dată, mai ales pentru că mă cunoşteau colegii lui, şi toţi mă acceptau drept fiica doctorului Temeşan. Erau zilele vârstei când aveam cea mai mare nevoie de el, când mi se umpleau ochii de lacrimi văzând alţi tătici ducându-şi fetele la şcoală. Acum am devenit o creatură timorată şi plină de angoase, ca un câine care a luat prea multe şuturi...

Dacă îl prind ocupat sau în toane proaste? Încă nu am restabilit familiaritatea dinainte, când veneam des şi mă primea în cabinet lăsându-mă să asist la discuţiile lui cu pacienţii. Admiram înţelegerea şi răbdarea cu care îi trata pe fiecare, şi în acea zi nefastă, când l-a luat gura pe dinainte, m-a şocat cu atât mai mult intoleranţa lui faţă de mine. "Un accident nedorit"... Vocea lui îmi sună şi acum în urechi.

Încerc să cred că i-am trecut cu vederea cuvintele de atunci, dar după cum se vede nu pot uita, şi probabil că acel moment oribil îl voi purta cu mine întotdeauna, într-un colţ întunecat al sufletului. Cu toată dragostea ei veşnică pentru tata, şi mama a ţinut minte ceva pentru care nu l-a iertat niciodată...

Am auzit povestea de zeci de ori, spusă de ea cu aceeaşi emoţie şi durere de fiecare dată. Se pare că în disperare de cauză şi înainte de a afla soţia lui de sarcina mamei, tata a încercat să o convingă să facă chiuretaj la Spitalul Brâncovenesc de care aparţineam cu locuinţa.

După câte își aduce ea aminte, doctorița în grija căreia tata o lăsase doar pentru un control de rutină a pălmuit-o fiindcă nu a vrut să accepte chiuretajul, pe atunci încă permis de lege. Fugise acasă plângând pe stradă, cărând în suflet încă o umilință a vieții...

De câte ori nu mi-a părut rău că nu a știut nimeni să îi explice atunci că fără tată voi fii un copil nefericit. Că voi avea mai multe șanse să o iau pe drumuri greșite fără îndrumarea și sprijinul a doi părinți.

Când aveam vreo zece ani, i-am reproșat în față că m-a făcut doar ca să aibă o păpușă cu chipul tatei, ca amintire... Și nu s-a gândit la mine că o să am nevoie de el și îmi va fii greu. Mama a plâns... Și poate nu m-a iertat niciodată nici pe mine pentru vorbele crude. Poate nici eu pe ea pentru egoismul de care încă o acuz. Nu am înțeles nici până acum de ce trebuie să mă doară pe mine păcatele lor...

Și totuși, iată-mă din nou grăbindu-mă spre cabinetul lui să îi cer măcar sfatul, chiar dacă știu că el explică doar cu răbdare care pot fii consecințele și lasă pe fiecare să ia hotărârea proprie.

La Intercontinental continui tot înainte și mă încurajez că totul va fii bine și voi fii primită cu brațele deschise. Nu mai am mult... când văd în fața mea un bărbat care se clatină, se împiedică, încearcă să își recapete echilibrul sprijinindu-se de zid și până la urma se scurge pe trotuar.

Îmi trece prin cap că tipul este beat turtă și mă minunez cum pot fii unii atât de inconștienți să își bea mințile pe vremea asta, riscând să adoarmă pe cine știe unde. Apoi, ajung lângă el și nu mai sunt sigură. Este bine îmbrăcat, cu palton din stofă scumpă și ghete fine, îmblănite. Dau să îl ocolesc la distanță, mai fac un pas, și mă opresc nehotărâtă.

Mă întorc și mă uit la el de sus, între îngrijorare și teamă. Mă aplec... și nu simt nici un miros de băutură. Este mai în vârstă, cu păr scurt, grizonat, și trăsături distinse, foarte palid. Dacă moare, aici, sub ochii mei?! Ce să fac? Ar trebui să îl duc la doctor, la tata, dar cum?! Aproape mă pufnește plânsul. Nu vreau să fiu martora unui deces atât de sordid, pe frigul ăsta groaznic. Mama spune mereu că nu vrea să o îngrop în pământul rece daca va muri iarna…

Îl zgâlțâi ușor de braț.

“Ce s-a întâmplat cu dumneavoastră? Vă este rău? Să chem pe cineva?”

Se crispează și deschide gura ca un pește pe uscat, forțându-se să tragă aer în piept, șoptind sacadat câteva cuvinte pe care abia le înțeleg. “Buzunar.. piept… medicament...”

Ezit dar realizez că fiecare secundă contează. Mă uit în jur și nu apare nimeni în ajutorul nostru. Dar nici nu are cine să mă vadă cu mâna în haina lui, căutând sub rever. Dau de un flacon cu pastile minuscule ca cele pe care le avea și bunica mereu la ea pentru inimă. Cu mâinile tremurând, extrag una și i-o pun între buze, ajutându-l să nu o scape. Mă las în genunchi și îi ridic puțin capul pe piciorul meu apoi încerc să îi fricționez brațele prin haină, și mâinile pe care încă poartă niște mănuși elegante din piele moale.

Au trecut aproape două minute și îl simt respirând din ce în ce mai normal, ceea ce încep să fac și eu după spaima pe care am tras-o. Mă bucur enorm că își revine și încerc să-mi mișc membrele amorțite de frig în poziția incomodă. Omul deschide ochii și pentru prima dată se uită direct la mine.

“Nu vreți totuși să vă ridicați, să nu răciți?” îl întreb și îmi dau imediat seama cât de stupid trebuie să sune. Bineînțeles că ar vrea, numai să poată.

“Dacă mă ajuți și de data aceasta…” vine răspunsul lui. Mi se pare mie sau a și zâmbit?! Trebuie să aibă simțul umorului destul de dezvoltat să sesizeze că nu mi-am gândit bine cuvintele.

Ușor de zis, greu de făcut. Se prinde de brațul meu cu disperarea celui care se agață de ultimul colț de stâncă, deasupra prăpastiei, și încercăm cu toată voința de care suntem în stare. Mai cu ajutorul zidului lângă care a căzut, mai cu forțele noastre unite, reușim să ne ridicăm și rămânem sprijiniți de bloc, gâfâind pentru câteva secunde bune.

Remarc că exersează o respirație conștientă, numărată, până când îi revine și culoarea în obraji. Îi sugerez că aș putea să îl duc la policlinică, după colț, unde lucrează tata, și mă privește concentrat, probabil evaluându-și starea curentă și puterile.

"Nu mai este nevoie, domniță. Îți mulțumesc că nu ai trecut mai departe și te-ai oprit să mă ajuți. Sună pompos, dar mi-ai salvat viața... și îți sunt recunoscător."

Realizez că din nou aș vorbi aiurea să spun 'cu plăcere'. Cine poate afirma că a băga pastile în gura unui om care dă să moară de inimă pe un trotuar înghețat poate fii ceva plăcut?!

"Dacă te grăbești undeva, cred că mă descurc de acum încolo..." surâde el înțelegător.

"Nu mă grăbesc și nici nu aș avea curaj să vă las singur. Nu încă, cel puțin."

Ne observăm reciproc, cu răbdare. Este subțire și doar un pic mai înalt decât mine, cu ochi negri și blânzi. Se pare că s-a hotărât ce vrea să facă...

"Dacă ai destul timp și nu îți este jenă să te plimbi cu un bărbat de vârsta mea... Cred că ți-as rămâne îndatorat dacă m-ai conduce până acasă. Locuiesc pe General Cristian Tell..."

"Ați putea să îmi fiți tată, de ce să îmi fie jenă cu dumneavoastră?! Știu unde este strada, nu e departe," accept încântată să îi fiu în continuare de ajutor, și pornim încet, la braț spre bulevard, de unde abia am venit.

Vizita la tata o abandonez cu ușurință, fără nici un regret. Acum, fără serviciu, am să am destul timp să îl văd. Poate data viitoare să am și mai puține îndoieli în privința dispoziției lui. Îmi dau deodată seama de comparația pe care am făcut-o între omul de lângă mine și tatăl meu... Și de realitatea tristă că nu m-am plimbat niciodată cu el așa, în nici o circumstanță.

Mă simt bine să îmi închipui măcar pentru puțin timp că însoțitorul meu este... cine ar fii trebuit să fie. Apoi îmi revin din dulcea înșelătorie și mă mulțumesc de compania liniștită a bătrânului, dorindu-mi să dureze cât mai mult.

Se oprește brusc și scoțându-și mânușa îmi întinde mâna, formal.

"Am uitat să facem prezentările... Eu sunt Sergiu Anghelini și cei apropiați îmi spun Profesorul, pentru că în timpul liber sunt instructor de șoferi. Spre ironia sorții, ocupația principală este ca șef al stației de Salvare de la Piața Icoanei."

Mă uit la el cu ochii mari, asimilând valul de informații, numele italienesc, faptul că are un ușor accent cântat... Ceea ce mă face să mă întreb dacă va veni mai târziu securitatea să mă ia la întrebări.

"Pot să știu cum se numește domnița care m-a salvat?"

Îmi dau seama că am uitat să răspund.

"Laura... Gavriliu," ezit la numele de familie, care nu mai vreau să fie al meu, de care nu știu cum să scap mai repede. Îmi place apelativul pe care îl folosește, doamnă mică, adică 'domniță'.

Ne continuăm drumul un timp până când întrerupe tot el tăcerea.

"Nu ești prea vorbăreață, Laura."

Dau din umeri, neștiind prea bine ce aș putea să spun. Nu îmi vine atât de ușor cum mi-a fost cu Nico, pe care îl cunosc de mult, care a crescut cu frații mei... Care probabil știa deja o parte din poveste, presupunând că a pomenit cineva de mine în grupul lor.

"Mi s-a părut că văd în ochii tăi o tristețe nepotrivită cu vârsta," continuă el. "Sper sincer să pot și eu să te ajut cândva, cu orice. Dar nu pot s-o fac decât dacă îmi spui despre tine câte ceva..."

Încep să mă destăinui abia când traversăm bulevardul, la Piața Amzei. Îi spun pe scurt că am fost căsătorită și m-am despărțit fiindcă soțul era violent și gelos, că locuiesc cu mama și băiatul meu, că sunt la seral și tocmai mi-am abandonat serviciul pe care nu l-am mai suportat. În câteva minute viața mea este expusă în toată tristețea ei sordidă.

"Dumnezeule mare!" izbucnește el când termin, "Laura, parcă ai trăi într-o telenovelă. Nu-i de mirare că ai ochii triști. Trebuie neapărat să vii într-o zi la mine, să stăm de vorbă pe îndelete. Sunt sigur că pot face ceva ca să îți fac viața mai ușoară. Am să mă gândesc la fiecare amănunt pe care mi l-ai dat și am să caut soluții la problemele cele mai importante."

Îi mulțumesc politicoasă și mă gândesc că fiecare le are pe ale lui și în mod sigur va uita de necazurile mele până mâine. Am ajuns pe Cristian Tell, în fața unei vile vechi, frumoase, cu ferestre venețiene și un garaj mare în curte, peste care mai pare a fii o locuință.

"Mai ai timp de o cafea?" întreabă Profesorul oprindu-se în poartă, gata să prelungească noua prietenie.

Nu am ceas și ghicindu-mi gândul își ridică încheietura mâinii, să-l pot citi pe al lui. S-a făcut deja cinci!!! Nici vorbă să mai pot sta cu el.

"Îmi pare rău dar trebuie să fug la școală. Poate cu altă ocazie."

Se îndepărtează cu un pas și își scoate portofelul din care extrage o carte de vizită.

"Ai numărul meu de telefon. Suna-mă când găsești timp și pentru prieteni mai bătrâni și mai înțelepți. Locuiesc singur și mă bucur de câte ori am ocazia să împart o cină sau un pahar cu cineva. Dacă îmi permiți să îți mai dau câteva detalii despre mine... Acum cincisprezece ani mi-am pierdut fiica. Cred că ar fii fost acum de vârsta ta. Altfel... mai am doi nepoți tineri care trec pe la mine... Dar nu destul de des."

Tristețea cu care își mărturisește situația mi se pare mai adâncă decât cea intuită de el în ochii mei. La urma urmei, soțul și serviciul pe care nu le mai am sunt amândouă mai degrabă o scăpare decât o pierdere ireparabilă ca cea suferită de el. Îmi pare rău de singurătatea lui și promit că îl voi suna... Apoi mă răsucesc pe călcâie și plec grăbită, spre Calea Victoriei și Grădina Cișmigiu.

Opresc pe drum la primul Expres alimentar și mănânc o ciulama de ciuperci... cu ciuperci și nisip, preparată probabil în apa cu care fuseseră spălate. De luni de zile simt foamea din nou pentru prima dată și ignor scârțâitul sosului între dinți. Mă încearcă o poftă de viață aproape uitată și parcă văd lumea din jur cu alți ochi. Capul îmi vâjâie de idei și speranțe și îmi continui drumul spre liceu, asaltată de avalanșa ideilor noi, neașteptate.

Mă hotărăsc să nu intru în clasă, cu toate că ora de limba engleză a început de câteva minute. Am să întârzii puțin, dar măcar la materia asta nu am probleme și pot recupera din zbor tot ce am pierdut. Mă proptesc la telefonul public și încep să sun, pe rând, persoanele pe care le-am înșirat pe lista mea imaginară, în noul elan creativ care mă propulsează. Prima este Claudia, fosta mea colegă de școală.

Schimbăm ultimele noutăți, considerând că nu ne-am mai auzit de mult, apoi îi explic că sunt cam presată de timp și o întreb dacă știe pe cineva care are casă la munte, pe Valea Prahovei. Se gândește o clipă, apoi cu părere de rău îmi spune că nu are pe nimeni în zonă. Îmi iau rămas bun, promițându-ne să vorbim mai des de acum încolo... și pun receptorul în furcă.

Următoarea și de fapt ultima pe lista mea scurtă este vara mea, Ioana Bejan, fiica mătușii Leo. Din păcate, cu ea comunic foarte rar fiindcă nu se împacă cu mama. Dar din puținele întâlniri am amintiri plăcute și consider că suntem cât de apropiate se poate, ținând seama de relațiile ciudate ale familiei.

Am aflat povestea de la bunica, la fel ca tot ce știu despre ai noștri. De mult, înainte de a se stabili în București, tanti Leo avea casă la Craiova, unde se măritase cu profesorul de chimie Luca, din neamul Mirescu, cu pământuri și reputație. Pe unchiul l-am cunoscut în copilărie, înalt și cu voce puternică, care mă făcea să mă ascund în dulap când veneau pe la noi. Când fata lor Ioana a devenit studentă la Chimie, a stat la noi în gazdă, și se pare că între ea și mama au sărit scântei, Dumnezeu știe de ce și pentru cine.

Mai târziu, vara mea s-a căsătorit cu colegul ei de facultate, Radu Bejan, și și-au luat apartament într-un bloc abia construit în Bucureștii Noi, unde s-au mutat cu ei și tanti Leo cu unchiul Luca, cu mult înainte de a muri el. Cu vărul Radu mă împac și mai bine decât cu rudele de sânge și mi-a plăcut întotdeauna de el, părându-mi cel mai normal și mai accesibil adult din neamul nostru.

Dar la ei nu am mai fost de nu mai țin minte când. Între serviciul de noapte și cursurile la seral... nu-i de mirare. Doar pe tanti Leo o mai văd, din ce în ce mai rar, considerând că începe să îmbătrânească și drumul între centru și cartierul lor înseamnă o oră cu tramvaiul.

Cel mai dor mi se face câteodată de nepoata mea, fiica Ioanei. Raluca este cu trei ani mai mică decât mine și când eram copii a fost singura tovarășă de joacă pe care mi-o permitea mama. Ne întâlneam cu ea și tanti Leo în Parcul Herăstrău, sub un nuc bătrân, și petreceam orele împreună certându-ne pe jucării și tăvălindu-ne în praf, ca vrăbiile...

După trei apeluri lungi, răspunde cum am sperat, Raluca. Se bucură că mă aude, mă felicită în glumă pentru demisia de la Miraj, îmi povestește și ea cum stă cu școala, cu planurile, apoi isteața familiei trece la subiect ca întotdeauna.

"Ia spune tu sincer, Laura, ce s-a mai întâmplat? Tu suni numai când ai nevoie de ceva ce nu poate să-ți dea Tușa Natalia sau taica-tău. Ia spovedește-te tu la nepoțica ta, să vedem dacă te poate scoate din necaz," imită ea tonul didactic pe care îl aude la ei în casă.

Îi explic cum că sus-numita mătușă a ei are o excursie planificată la munte chiar a doua zi dar nici o șansă de cazare. Și că în momentul de față această ieșire din oraș este cea mai mare dorință posibilă a aceleiași mătuși, dincolo de un serviciu bun, un apartament frumos, sau orice altceva pe lume...

O aud cum râde și mă îngână, repetând după mine tot ce spun, și mi se face dor de ea cu adevărat, regretând că ne-am îndepărtat atât de când am crescut, chiar dacă numai din punct de vedere al spațiului geografic măsurat pe harta capitalei. O aud cum chițcăie cu satisfacție și brusc, inima îmi bate mai repede, plină de speranță.

"Tuși, ai sunat unde trebuie! Nepoțica ta cea scumpă te scoate acușica din impas!" se laudă ea cu același ton, ca o profesoară mandră de eleva ei. "Sora lui taică-meu locuiește în Sinaia, unde ne ducem noi mereu când au ai mei timp de schi. Și știu sigur că la sfârșitul ăsta de săptămână, camera cea mare de la primul etaj este liberă, fiindcă trebuia să ne ducem toți patru și nu se mai poate. Din păcate pentru noi și din fericire pentru tine."

Nu-mi vine să cred și explodez de bucurie într-un torent de exclamații exuberante.

"Câți ziceați că sunteți voi?" vrea ea să știe. "Acolo sunt patru paturi duble, vă descurcați?"

"O, da!!! Este perfect!!!" mă entuziasmez eu. Îmi vine să mă pup singură pentru ideea de a o suna, dar am să o fac când ajung acasă și o să am oglinda la dispoziție.

Deocamdată Raluca mă roagă să îi mai dau un telefon mai târziu, să vorbească cu mătușa respectivă și să aranjeze detaliile.

Mă strecor tiptil în mijlocul orei de engleză, scuzându-mă pentru întârziere, și mă așez la marginea băncii, cu sufletul la gură. Corina lipsește și astăzi. Sper să nu aibă probleme serioase ci doar să chiulească din comoditate.

Concentrația mea se canalizează momentan sub formă de rugăciune spre toate divinitățile cărora m-am închinat vreodată în secret, împotriva strictei politici ateiste. Le rog să mă ajute și să fie de acord sora vărului Radu cu găzduirea noastră, fără să pună Ioana vreo vorbă împotrivă, considerând istoria ei cu mama. Așa se învârte roata vieții, nu știi niciodată când îți vine rândul să ai nevoie de bunăvoința altcuiva...

Cum aud soneria mă reped iar la telefon și Raluca îmi răspunde la primul apel, veselă și încântată de sine. Totul este pus la punct. Tanti Maria de la Sinaia tocmai ieșea pe ușă când a prins-o nepoata mea. Pleacă la Brașov cu copiii pentru tot sfârșitul de săptămână, la familia fiului ei. A lăsat cheile casei sub preșul de la intrare, pentru noi.

Îmi transmite că s-ar bucura să mă cunoască și dacă putem sta până luni dimineața când se întorc ei, ar fii minunat. Bineînțeles că nu ne costă nimic, suntem rude. Îmi notez adresa și instrucțiunile cum să găsim casa și camera destinată, și termin convorbirea după ce îi mulțumesc din inima nepoatei încă o dată.

Bag repede altă monedă în aparat.

“Alo, Mihai?” fratele meu se înviorează când îmi aude vocea.

“Ce-i soro, te-ai hotărât să vii cu noi mâine? Noi încă nu știm unde o să stăm...”

Îi turui pe nerăsuflate nu numai că m-am răzgândit și vreau într-adevăr să mergem împreună, dar și că am găsit cazare într-o vila din apropierea Mănăstirii Sinaia.

“...Și pentru că sunt patru paturi duble la dispoziția noastră putem să unim grupul tău și al meu. Voi ați rămas numai două perechi, și noi suntem patru fiindcă una din fete nu poate veni. O să ne distrăm mult mai bine mai mulți!” închei eu convingătoare.

Mihai se gândește puțin, fredonând o melodie fără sens, analizând probabil părerea și protestele posibile pe care le va ridica soția lui...

Apoi pune în balanță avantajul clar de a avea asigurat adăpostul pe gratis, la căldură.

“Mai poți să suni o dată într-o jumătate de oră? Eu sunt convins pe deplin dar să schimb o vorba și cu Nico și cu nevasta, să nu am surprize mâine în gară.”

Între timp îi dau telefon Alexandrei și îi repet avantajele unui grup mai mare, că doar despre puterea celor numeroși și termenul de ‘unire’ învățăm la școală în fiecare an, de mici. Principalul este că am găsit cazare și nu trebuie să căutam la noroc în gară, nici să riscăm să dormim la prici, în vreo cabană neîncălzită.

Prietena mea e de acord imediat. Chiar se bucură de ocazia să îmi cunoască fratele despre care i-am tot povestit. Nu are importanță dacă Lilia și Florin vor afla doar mâine, pe peron. Ei sunt un cuplu sociabil și oricum se așteptau să avem totul aranjat așa că singura surpriză vă fii că vom coborî în Sinaia în loc de Predeal.

Îmi confirmă că și-a făcut bagajele și vine să mă ia de la liceu peste nici două ore. Mihai mi-a confirmat că totul este în regulă și Camelia s-a lăsat îmbunată de Nico, a cărui putere de convingere nu îi poate rezista nimeni... Și eu abia îmi stăpânesc agitația suficient cât să pot sta la locul meu tot cursul de filozofie care urmează.

De obicei, mi-e imposibil să nu picotesc la materia aceasta dar acum sunt mult prea surexcitată. Încerc să înțeleg de ce am luat brusc decizia să fiu cu prietenul fratelui meu la munte, admițând în sinea mea că de fapt toate manevrele pe care le-am precipitat în ultimele ore au avut ca scop principal compania lui în această mult visată excursie.

Nu îmi este deloc clar de ce m-am zbătut atât să mergem împreună când el va veni însoțit de prietena lui. Îmi recunosc încăpățânarea feroce de a obține ce mi-a intrat în cap, cu orice preț. Hei, de când a reapărut trăsătura asta de caracter de care aproape uitasem?! Zâmbesc în mine, cu satisfacție. E drept că de multe ori tendința neabătută de a îmi atinge scopul m-a băgat în belea, dar pe de altă parte, perseverența este calitatea care mă vă ajuta să reușesc în lume. Altfel sunt o timidă și bruma de încredere în mine pe care am avut-o cândva... am pierdut-o de mult.

Amintindu-mi de Profesor și de aventura de lângă Intercontinental, îmi dau seama că noile mele decizii au fost provocate și de experiența de a vedea moartea cu ochii, atât de aproape de mine, chiar dacă în mod indirect. A revelației certe că viața este nu numai scurtă dar că poate fii retezată mult mai repede și mai neașteptat decât am crede vreodată.

Ce aștept exact să se întâmple în zilele următoare, la munte... Încă nu știu. Poate am să sufăr în tăcere uitându-mă la Nico și Cătălina care vor fii împreună. Poate mi-l scot din cap. Sau poate mă voi bucura doar de zăpadă și de gălăgia unui grup vesel, de aerul curat și de brazi. Hm. Îmi este greu să mi-o imaginez 'veselă' pe Camelia, dar nu strică o doză de optimism în planurile mele.

După cursuri, Alexandra mă așteaptă în stația de tramvai din fața liceului, echipată de munte, cu apreschiuri și geacă asortate la culoare, și cu rucsacul în spate. Îi povestesc în detaliu prin ce am trecut astăzi, despre fapta mea eroică de a salva un om de la moarte. Exagerez și o fac să râdă explicându-i că nu mai era mult și picam și eu peste tipul căzut pe trotuar, dar că am rezistat tentației și m-am ales cu o carte de vizită și niște promisiuni.

Îmi vine să sar într-un picior și chiar țopăi de câteva ori, profitând de faptul că nu ne dă nimeni atenție. Mă simt atât de liberă și străină de fata descurajată care se târa ieri spre serviciu. De astăzi, timpul îmi aparține, pot face ce vreau. Mi-am acordat o șansă nouă să îmi schimb viața, sper că de data asta în bine.

"Laura!!! De mult nu te-am mai văzut așa de veselă! Ți-a atacat cumva și ție inima tipul de pe Cristian Tell?" râde prietena mea poznașă.

“Stai liniștită că este de două ori mai în vârstă decât mine, cel puțin... Dar ai dreptate, bucuria de a îl salva se pare că are repercusiuni pozitive asupra mea.”

“N-ai vrea să mă salvezi și pe mine că mor de frig! Cheamă odată tramvaiul ăla!!!” Se impacientează Al. “...Și aș mânca un platou întreg cu clătite...” îngână ea în continuare, privind galeș, în gol. “Nu am mai avut timp să iau nimic de acasă... că m-am certat cu ai mei să pot pleca.”

“Nici o problemă, se face. Mergem la mine, unde-i cald și bine, și executăm câte clătite vrei tu!”

Mă privește cu o mutră derutată.

“Cald și bine... la tine!? Sună frumos în versurile tale, dar incredibil...” apoi sare în sus de-a binelea. “Ai zis că ‘facem’ clătite??! Adică tu și... cu mine?!”

“Ho, nu panica!!! Le fac eu. Tu doar de prăjești!”

Dintr-o ironie în alta, mai chicotind, mai cazând pe gânduri, timpul trece fără să simțim, vine și tramvaiul, și ajungem la vechiul pod peste Dâmbovița, unde începe Calea Victoriei. Coborâm zglobii, eu prima, oferindu-i mâna în glumă ca un cavaler atent. Suntem sprințare și binedispuse, anticipând o seară plăcută împreună, și reluăm drumul în ritm rapid spre Operetă, în apropierea căreia este și strada mea.

Alexandra mă întreabă de câteva ori dacă sunt sigură că nu se supară mama că va rămâne ea la noi peste noapte. Știm amândouă că ei nu îi plac musafirii dar sper că va aprecia că mai trec și eu pe acasă. Senzația de accelerație emoțională mă stăpânește în continuare, sunt parcă alt om. Am impulsul de a recupera tot ce am pierdut de când m-am angajat la fabrică, de când m-am măritat prematur, de când m-am născut în cuibul greșit, ca un pui de cuc.

Ușa veche a apartamentului este încuiată ca de obicei. Bat cu pumnul, fiindcă am schimbat încuietoarea după ce l-am izgonit pe

Cornel și nu avem decât o cheie. De fiecare dată când ajung acasă, povestea se repetă și știu că se aude greu până în camera de locuit așa că insist, spre disperarea vecinei de sub noi pe care am trezit-o în mod sigur.

Mă aștept ca mama să îmi facă capul mare când o să mă prindă singură, dar plăcerea de a avea companie în seara asta mi se pare că merită. Ne va fii mai ușor să plecăm împreună de dimineață și mama oricum mă cicălește mereu, indiferent dacă fac sau nu ceva împotriva ei. Într-un fel, înțeleg de ce nu se bucură de vizite...

O jenează să ne expunem altora sărăcia, se rușinează să primească lume în locuința dezolantă și friguroasă. Poate își aduce aminte de casa în care a crescut și compară ce are acum cu mobila bună și elegantă lăsată în Cernăuți. Îmi amintesc o fracțiune de secundă figura bunicii, sprijinită nonșalant și cochet de pianul din salon... Mărturie a vieții lor de altă dată, și pot aprecia mai bine de ce mama se simte umilită să vadă lumea cum a ajuns.

Bat din ce în ce mai tare până într-un târziu se aude un lipăit grăbit și vocea lui Liviu.

“Mami, mami!”

“Eu sunt, dulceață mică! Cheam-o pe buni să deschidă. Ce face, doarme?”

Îl aud alergând prompt înapoi s-o trezească pe bunică-sa, presupun. Între timp, eu mai trag și câteva vârfuri de cizmă în ușă, să fiu sigură că nu uită nimeni de noi. Vecina de jos, care este singura persoană din toată curtea cu care nu mă împac, începe să strige din apartamentul ei să ne potolim cu zgomotul. Pașii cei mici se întorc însoțiți de alții, mai înceți și mai târșiți. Porțile se deschid, în fine, după lungi minute dramatice.

În loc de bun venit, mama mă ia în primire:

“Iar nu ai avut timp să îți faci cheie?”

“Singurul model este la tine, cum să îmi fac alta?!”

“Da? Nu mi-am dat seama... Nici nu am văzut că este așa de târziu. S-a făcut zece?”

“...Aproape miezul nopții, chiar. Te dai la o parte să putem intra?”

Cel mic se cațără în brațele mele și îl pasăm de la una la alta, alintându-l. Mama își poartă paltonul în casă în loc de capot. Cu părul albit prematur, arată mult mai în vârstă decât este în realitate, mică și slabă... Nu mai are putere. Iar eu nu mai am răbdare. Se uită cu reproș la mine văzând-o pe Alexandra apoi se retrage să ne facă loc.

“Haide repede că se răcește în casă!”

Ne strecurăm pe lângă ea și sunt convinsă că ne trece la amândouă aceeași întrebare prin cap. Cum este posibil să se răcească într-o cameră unde pe masă se vede o sticlă spartă în care apa s-a expandat prin înghețare și sloiul a rămas drept în picioare, între cioburi, ca o sculptură modernă.

Alexandra îi spune politicos “Sărut mâna, tanti Natalia” și i se răspunde ca întotdeauna, cu un zâmbet timid și mut.

Cât timp dă o fugă Al până sus la baie, mama mă înghesuie o clipă în bucătărie și începe să se plângă în șoaptă.

“Iar ai adus-o pe Alexandra cu tine... Ești acasă așa de rar și nici atunci nu vii singură! Dacă nu ai avea atâtea prietene ai învăța mai mult, nu ai mai pierde atâta timp degeaba...”

Prefer să o ignor și o iau înainte. Îl bag pe Liviu înapoi în pătuț și în câteva minute doarme din nou, dus. Ne mișcăm cu grijă, să nu-l trezim. O rog pe mama să se culce și ea că ne facem noi singure ceva de mâncare, și sunt ușurată să văd că nu se opune și ne lasă în pace.

Ne amuzăm copios cu clătitele. Eu trântesc în castron tot ce trebuie, amestecând și descântând într-o limbă inventată de mine și de Silvia cu ani în urmă, pe care o vorbim în tramvai să nu înțeleagă lumea ce prostii spunem. Alexandra fugărește ‘produsele semifinite’ cu tigaia de parcă ar juca tenis de câmp. Obținem o farfurie plină de clătite pufoase pe care le ungem alternativ cu cele două feluri de gem pe care le avem la dispoziție. Mâncăm pe săturate și oprim jumătate din ele pentru mama și Liviu.

Încă nu avem curajul să ne punem paltoanele pe cuierul pom de lângă ușă. Cu tot gătitul nostru, gheața din sticla spartă a rămas neclintită și nu dă semne de topire. Rămânem pe moment tot în bucătărie, la o cană de lapte fierbinte pe care o însoțim cu câte o țigară mult așteptată. Prietena mea le pune pe amândouă în gură și trage cu forță aer prin ele până le aprinde, oferindu-mi apoi una, victorioasă. Tăcem câteva minute, fiecare cu ale ei.

Eu mă gândesc la mama, care pare mult mai în vârstă decât este, atât de fragilă și de vulnerabilă, cu care mă cert tot timpul când suntem numai noi două. Poate și de asta nu scap ocazia să îmi aduc prietenele cu mine sau să lipsesc de acasă…

"Laura! Eu vorbesc de una singură?!"

"Nu... Ce ai spus?"

"Ziceam ce bun ar fii fost un *Cuba Libre* acum!" visează ea, zgribulită.

"Rom cu Pepsi și cu… gheață pe frigul ăsta?!"

"Aș putea să-mi bag eu picioarele în pahar dacă nu ai gheață!" chicotește Alexandra pe înfundate, să nu se audă în camera de alături.

"Cum să-ți bagi picioarele în băutura mea?!" mă prefac eu ofensată.

"Voiam doar să îți aduc aminte că ai prea multă gheață pe aici!" vine răspunsul printre dinții care încep să îi clănțăne. Îmi arată cu capul spre sticla spartă pe care eu încerc să o ignor.

Este aproape unu noaptea. Afară șuieră vântul și înăuntru trosnesc scările vechi dinspre baie. Spectrul casei se duce probabil la toaletă.

"Tu crezi în stafii, Laura?"

Nu este prima dată când ne gândim simultan la același lucru.

“Nu. Dar tu?”

“Dacă aș crede nu aș mai veni la tine niciodată!” afirmă ea cu siguranță în ton. “Hai să le vorbim de rău. Dacă există, nu se poate să nu reacționeze cumva.”

Cădem de acord și susținem provocarea copilărească luându-ne la întrecere în definirea spiritelor drept niște prostii enorme, niște basme pentru cei slabi de înger, și altele mai rele. O scârțâitură groaznică ne întrerupe brusc, înghețându-ne inimile pentru o clipă. Rămânem ca paralizate, fără suflare, apoi izbucnim într-un râs nebun, hohotind în pumni să nu trezim toată casa. Ne potolim cu greu, continuând să icnim pe înfundate.

“Vai, ce mă bucur când mă gândesc că de acum ne putem vedea mai des!” mă ia Alexandra de mână, tandră. “Nu o să mai dormi de-a-n picioarelea când vii la mine. Dar trebuie să găsești altceva totuși, altfel o să îți fie tare greu fără bani. Cunosc destule persoane fără diplomă de bacalaureat care lucrează în birouri.”

“Da, Al. Mai bine cu buzunarele goale decât să mai fii petrecut o noapte culegând sticle cu șampon, ca o mașinărie. Dacă ai ști cum simțeam că fuge viața pe lângă mine, degeaba… Când sunt capabilă să fac atâtea alte munci mai utile și mai inteligente. Cât aș vrea să am timp să pictez, să-mi ilustrez și să-mi colorez gândurile... Să vadă și alții ce pot. Visez să deschid expoziții de artă, să călătoresc, să îmi umplu garderoba cu tot ce mi-am dorit vreodată…”

Mintea mea și-a luat avânt și uit pe moment de frig, deschizându-mi sufletul.

“Coboară pe Pământ, Laura, încotro zbori?” încearcă ea să mă tempereze.

“Nu aș mai coborî niciodată. În norii unde-mi țin capul e mult mai bine. Aerul e mai curat și mai limpede decât jos la tine, pe Terra,” o privesc o clipă cu dezamăgire. Nici măcar Alexandra nu poate visa cu mine. Este prea realistă...

O iert în secunda următoare fiindcă știu că nu are fire de artist și poate de aceea nici nu reușește la facultatea de Filologie. Continui în șoaptă, mai mult pentru mine.

“...În lumea mea oamenii sunt sinceri și nu încearcă să-și facă rău unul altuia, au încredere în ei și în cei din jurul lor... Și dragostea este eternă...” mă opresc brusc din reverie încruntându-mă la Al. “Ce te zgâiești așa la mine!?”

“Credeam că nu ai băutură prin casă dar parcă ai fii tras la măsea pe ascuns. Ce-i cu tine? Nu te-am mai auzit bătând câmpii așa de când erai în anul întâi de liceu.”

Probabil că am făcut o față rănita fiindcă regretă imediat tonul cinic și încearcă să o dreagă.

“Îți doresc să poți trai aici, printre noi, tot ceea ce visezi! Pentru că ești prietena mea cea mai dragă și pentru că sunt convinsă că fiecare poate ajunge atât de fericit cât își dorește dacă se luptă pentru idealurile pe care le are. Pentru împlinire. Și eu am fantezii mărețe și sper să mi le realizez într-o bună zi. Vreau să scriu romane care să fie citite în toată lumea, să devin un Rebreanu feminin al epocii!”

“Dacă chiar îți dorești... Ai să ajungi o autoare de renume, Al!” o încurajez eu îmbunată.

“Și tu o pictoriță celebră, mai cunoscută decât Teodor Aman!” îmi răspunde ea.

Dăm mâinile înghețate și ni le strângem reciproc, cu entuziasm încurajator. Este cazul să ne culcăm, drept care ne retragem în camera de alături și ne înghesuim amândouă sub plapuma rece, renunțând numai la ghete și paltoane, pregătite să facem față frigului care până la ora aceasta a învăluit pe furiș toată casa.

Somnul nu se leagă și continui să mă frământ, strângând pleoapele cu îndârjire. Încerc să văd viitorul ca într-un glob miraculos de cristal, așa cum îl intuiesc că se va desfășura, încordându-mă să îi ghicesc conturul plin de necunoscut atractiv, lăsându-se greu cucerit, cu încăpățânare. Oftez din adânc. Și Alexandra se foiește în așternut, simțind că încă nu am adormit.

Soba s-a răcit și stafiile pe care le bârfisem mai devreme continuă să scârțâie prin apartamentul întunecat...

Capitolul 9

Sâmbăta dis-de-dimineață, îmbrăcate sportiv și colorat, suntem amândouă prompte și punctuale la capătul peronului. Și nu suntem primele. Înaintea noastră au ajuns Nico și Cătălina, echipați până în dinți ca și noi. Se fac prezentări, și iată-l pe Făt Frumos din copilăria mea, înconjurat de trei mândre, cel puțin până apar și ceilalți.

Prietena lui este o jumătate de buletin care îmi ajunge puțin mai sus de umeri, brunețică, și trebuie să admit că foarte drăgălașă, chiar dacă asta nu mă încântă de loc. Ar fii simpatică dacă nu ar vorbi fără oprire și nu ar avea stilul alintat care pe mine cel puțin mă scoate din sărite. Nico se poartă neutru și pare detașat, evitând să își fixeze privirile la oricare din noi trei, încercând mai degrabă să se uite în jur la lume sau după cei care trebuie să sosească.

Florin cu Lilia și Mihai cu Camelia intră pe peron aproape în același timp și introducerile ne țin ocupați și vorbareți până se apropie trenul cu spatele, la capăt de linie și gata de îmbarcare. Toți mă felicită că am salvat excursia și avem unde sta. Și 'pe de-a moaca', vorba prietenului Liliei.

Ca să menținem spiritul economic, hotărârea unanimă este să nu cumpărăm bilete. Florin ne asigură că se ocupă el de situație dacă apare 'nașul', cum spun cei care frecventează sistemul acesta de transport. Aproximativ jumătate din prețul călătoriei intră în buzunarul controlorului și toată lumea este în câștig.

Invadăm un compartiment gol și după ce băieții clădesc bine bagajele în plasa de deasupra capetelor noastre ne așezăm pe banchete, eu la geam, cu fața în sensul de mers, să nu mi se facă rău. Consider în sinea mea că dacă tot am găsit cazare mi-am câștigat dreptul locului cel mai bun. Lângă mine stă Alexandra, apoi fratele meu cu soția lui. Față în față cu mine e Nico, Cătălina în stânga lui, și cealaltă pereche în continuare, spre ușă.

Nu știu sigur dacă să mă bucur sau nu că o să îmi ciocnesc genunchii tot drumul cu un tip care îmi este deja foarte clar că mă atrage ca un magnet. Mai ales când alături șade tovarășa lui de șase ani încoace. Ridic privirile și mă pomenesc uitându-mă drept în ochii lui fascinanți, și îmi trag geaca pe față, ascunzându-mă în glumă, dar și pentru a masca repede faptul că m-am înroșit brusc.

Ce obicei enervant să mi se urce sângele în obraz la fiecare prostie care îmi trece prin cap. Nici eu nu îndrăznesc să identific exact ce gânduri îmi vin... Iar el, în aparență intuind perfect cam ce se întâmplă cu mine, râde și mă ciufulește prin haină, forțându-mi capul pe genunchi, în joacă. Suntem între prieteni, nimeni nu ne ia în serios, și Cătălina este oricum implicată puternic într-o discuție cu ea însăși, avându-i ca martori pe Lilia și Florin cu gurile căscate la ea, nemaiapucând să scoată nici o vorbă.

Trenul se urnește încet din loc prinzând apoi viteză din ce în ce mai mare. Într-o oră și un pic ar trebui să ajungem la destinație. M-am des-ghemuit și îmi țin în continuare geaca la îndemâna, dacă mai am nevoie să mă protejez de atacuri neprevăzute. Simt un val de căldură iradiind dinspre Nico... Sau poate este de vină doar imaginația mea bolnavă.

Sau poate există un radiator care funcționează între noi, sub geam... Nu mai suport și mă ridic să ies pe hol la o țigară. Alexandra e angajată într-o polemică filologică cu Mihai și Camelia, toți trei în același domeniu. Florin reușește să scape din audiența dedicată Cătălinei și vine și el afară. Undeva este o fereastră deschisă și curentul rece îmi răcorește capul și pe dinafară, și pe dinăuntru.

"Îmi place fratele tău, e un tip educat și deștept," comentează prietenul Liliei, oferindu-mi bricheta.

Zâmbesc în sus la el și dau din cap mândră de parcă aș avea vreun merit special în chestia asta.

"Nu știu dacă semănați destul de tare să fii ghicit că ești sora lui dar acum că mi s-a spus... te cred. Și ceilalți par de treabă..." continuă el, "doar că aia mică are mitralieră pe foc automat în loc de guriță!"

Râdem amândoi și îi spun în mare de când îl cunosc pe Nico și cam cu se ocupă fiecare membru nou al grupului nostru. Iese din compartiment și Lilia, dându-și ochii peste cap că a reușit să scape de Cătălina care se pare că nu a pierdut nici o secundă și s-a infiltrat în conversația din fața ei, preluând conducerea.

Cam în același timp se ridică și Nico iar eu cu Alexandra suntem în pragul unui râs cu hohote.

"Nu dați buzna toți, acum!" izbucnește Florin. "Nu mai sunt locuri afară!"

Ne prăpădim chițăind și cei care abia au ieșit nu știu bine ce s-a întâmplat cu noi. Cristodor scoate o pipă pe care începe să o înfunde tacticos cu tutun aromat. Până acum nu îmi aduc aminte să îl fii văzut fumând și nu sunt familiară cu tabietul așa că îi urmăresc atentă fiecare mișcare. Fumul care îl învăluie o clipă nu seamănă la miros cu nimic cunoscut dar îmi pace la nebunie. Adulmec în direcția lui și îi iau cu îndrăzneală pipa din mână, trăgând și eu o dată din ea.

Al nu este atentă la noi, prinsă într-o discuție cu Florin și Lilia, dar ochii îi joacă în cap, în cu totul altă parte. Urmăresc discret direcția privirii ei și prind în focar un alt grup, cu două compartimente mai încolo. Centrul atenției este un blond nu foarte înalt, vorbăreț, încadrat de o roșcată și de un brunet care pare să îi depășească pe toți din vagon la înălțime, chiar și pe Nico.

O simt pe prietena mea că se apropie, trăgându-mi un cot în coaste.

"Nu-i așa că seamănă cu Robert Redford?" îmi șuieră ea în ureche. Și-a dat seama că am prins-o și ne uităm la aceleași persoane. Știu imediat și la care dintre ei se referă.

"Cred că e însoțit..." mârâi eu printre dinți, să mă audă numai ea.

"Tipa aia? Cere palme! Crezi că e cu 'Redford'?"

"Nu pare că-virgulă-cu brunetul..." o descurajez din păcate.

"Seamănă cu Giuliano Gemma, nu?" mă întreabă ea de parcă ar fii descoperit America.

"Cine, roșcata???" mă prefac, răzând.

"Băiatul cel înalt!!!"

"Iar începi?! Pe toți îi compari cu un actor de cinema!"

"Eu cu ce celebritate semăn?" se bagă în dialogul nostru Nico.

"Tu?!" Alexandra îl privește drept în față, de parcă l-ar vedea pentru prima oară, și o invidiez teribil că nu dă nici cel mai mic semn de intimidare, în ciuda ochilor lui migdalați, acum de culoarea unei pietre semiprețioase al cărei nume a fugit de emoție și s-a ascuns în fundul memoriei mele.

"Cred că artistul cu care semeni tu încă nu s-a lansat!" declara ea malițioasă și noi râdem toții, în frunte cu Nico. Nici amuzându-se așa de tare nu îmi aduc aminte să îl fii văzut și este absolut cuceritor cum o face, din toată inima, fără reținere.

"Eu semăn cu cineva?" intru și eu în joc.

"Cu Antonella Lualdi," răspunde ea atât de prompt încât realizez că s-a gândit de mult la asta și că îmi găsise asemănarea cu mult înainte de discuția prezentă.

"Ai o obsesie," bombăn eu, "vrei să te faci regizor... sau scriitoare?!"

Prietena mea însă nu mă mai ascultă fiind atentă la vocile ridicate ale grupului vecin, care plănuiește în gura mare să încerce pârtia de la Clăbucet.

“Și noi mergem acolo la schi după ce lăsam bagajele,” se apleacă Nico să îi șoptească, conspirativ.

“Mergem la schi? Dar noi nu știm sportul ăsta.”

“Îl învățați. Lilia, Florin, voi schiați? Laura...?”

“Sigur că da!” răspund ei în cor în timp ce eu dau din cap de la stânga la dreapta și înapoi.

“Deci voi sunteți singurele care au nevoie de instructor. Mă ofer voluntar!” și cum în momentul respectiv simt că se uită la mine, mă scotocesc preocupată în pachet după altă țigară. Al pune buza de jos, în glumă, ca un copil gata să plângă.

“Nu e corect, una cu doi și altele fără”.

“Adică sunteți fără… pereche!” aruncă Florin paie pe foc.

“Știam eu de ce trebuia să stăm în Predeal!” mârâie Alexandra deschizând cu nervi ușa compartimentului, scârbită.

O urmăm cu toții, afumați și răcoriți suficient. Mă așez cât pot de bine pe locul meu și îmi sprijin bocancii negri, pionierești, de cutia pentru gunoaie, într-o poziție cât mai comodă și protejată de orice contact cu vecinul de vizavi. Ca să evit și alte emoții, mă prefac că îmi ciugulesc foarte preocupată puful imaginar din catifeaua reiată a pantalonilor, cândva negri și ei.

Florin dă tonul cu un cântec din folclorul capitalei și ne oferă termosul lui cu cafea să ne dregem glasurile. Știm toții cuvintele și între vocea de tenor a lui Mihai și cea plină, de fumătoare inveterată a Cameliei, avem o gamă completă. În fine ceva care impune o pauză în logoreea Cătălinei, care nu are de ales și intră în cor.

“Aș vrea să fiu un vagabond,
Cu ochi albaștri și păr blond,
Și fetele, în urma mea,
Să vină multe, ca iarba,

Iar eu, ca paşa în harem,

Să nu ştiu pe care s-o chem…”

Drumul rămâne în urma noastră cu iuţeală uimitoare. Trecem de Câmpina şi munţii încep să se arate la orizont în splendoarea lor măreaţă. Limita dintre cer şi pământ este mai aproape, pe vârful coamelor înzăpezite şi împădurite, din ce în ce mai înalte.

“Vezi, Al, dacă îţi luai maşină nu ne mai distram aşa bine, ” aruncă Lilia provocarea. Toţi ştim cât de mult îşi doreşte Alexandra independenţa a patru roţi proprii.

“Măcar Trabant şi tot am să-mi cumpăr!”

“Pr-pr-prrr!” o tachinează Florin.

“Am auzit că are trei viteze,” intervine şi Mihai, să nu rămână mai prejos. “Încet, foarte încet, şi… mai încet!”

“Ba patru!” contrazice Al răzând.

“Da, şi pe loc!” completează Nico, cu faţa toată un rânjet dezgustător de arătos. “De fapt e foarte bun. Îi poţi pune catarg şi pânze să mai câştigi viteză! Numai să nu ieşi cu el toamna la şosea când cad castanele!”

Noi ne tăvălim de râs, mai puţin Cătălina, fiindcă nu este ea în mijlocul atenţiei. Şi Camelia care se pare că nu gustă motivul nostru de amuzament.

“Nesuferiţilor!” ne ceartă Al pe toţi în bloc.

“Te muşc!” mârâie Florin fioros, în glumă.

“Muşca-mă!” se răsteşte ea cu limba între dinţi, făcând pe peltica, şi se ridică oferindu-i fundul într-o mişcare rapidă.

“Numai dacă îmi dă cineva o felie de lămâie să nu mi se aplece!” apucă el să spună înainte de a sări Al pe el să-l jumulească.

Lilia râde cu hohote pierdută undeva sub ei, şi până la urmă, să nu rămână distracţia numai în cercul meu, Mihai se amestecă şi el în îngrămădeală. De data asta participă și soția lui, și cum singurii care sunt încă pe dosurile proprii rămânem eu, Nico și Cătălina, îmi dau seama ce va urma. El ne ia de câte o aripă pe amândouă și ne azvârle peste ceilalți. În amestecătura de mâini și picioare este greu de spus cine pe cine gâdilă sau trage de urechi. Râsetele și gălăgia noastră se aud precis până la locomotivă, cu toate că ne aflăm pe la mijlocul trenului.

Până la urmă ne potolim, transpirați și jumuliți, cu părul zburlit și hainele în dezordine. Botezul grupului a fost făcut, suntem acum cu toții prieteni, gata de tăvăleala în zăpadă, cu antrenamentul făcut. Se pare că nu mai are nimeni răbdare să ajungă pe pârtie. Fiecare se culege de jos sau de pe unde a ajuns și încearcă să își aranjeze ținuta în vederea coborârii. Dacă vrem totuși să ne cazăm în Sinaia, trebuie să ne grăbim spre ieșire.

Gara regală ne întâmpină primitoare și aterizăm pe peron cu ajutorul băieților. Florin se pare că a luat-o în grijă pe Al și Mihai pe mine, să nu rămână cele două 'fără de pereche' ale grupului de capul lor. Nico stă însă pe aproape, gata să preia rolul fratelui meu. Cătălina mi se pare că trage puțin în umbra lui Florin, ca să mă exprim cu discreție... dar pe Lilia nu o perturbă nimic.

Nu am mai fost aici niciodată și orașul mă cucerește de la prima vedere, cu aspectul de cătun elvețian, cum văzusem prin reviste, și cu alura de urbe veche, respectabilă. Avem de urcat voinicește până la strada principală, apoi pe lângă Hotelul Palace, tot în sus, urmând semnele spre Mănăstirea Sinaia. Mi s-a spus că există și o scurtătură care duce direct, pe trepte multe, din centru până la vilă, dar recomandarea clară a fost să o folosim după ce învățăm drumul cel lung.

De la zidurile mănăstirii cotim la stânga, și în curând vedem numele străzii care ne trebuie și găsim și casa. De afară este o construcție cu linii moderne, nouă, cu trei etaje și acoperiș țuguiat, roșu. Camera noastră pare dormitorul principal, prima încăpere de la etaj, cu un balcon mic deasupra curții din față. Patru paturi duble sunt aliniate unul lângă altul, la peretele din dreapta intrării, iar în centru-stânga se află o masă masivă, pătrată, cu câte trei scaune pe fiecare latură. Este un spațiu mare și luminos, cu ferestre largi și décor rustic.

Fiecare pereche ocupăm câte unul din paturi, eu cu Al, bineînțeles, apoi investigăm în jur și găsim baia pe hol, cu un duș înghesuit, și o bucătărie relativ mică, doar pentru pregătit mâncarea, fără loc de masă și scaune. Celelalte uși sunt încuiate. Ne hotărâm că primul obiectiv de astăzi este Clăbucetul și ne luăm la noi strictul necesar în buzunare, să nu avem nimic de cărat în plus.

Al mă trage de mânecă și îmi șoptește în ureche.

“Auzi, Laura? M-am născut acum douăzeci și unu de ani! Nu-i mult?”

Îi trag un cot în coaste râzând, dar Florin o aude și o repede peste umăr.

“Taci acolo că nu ai împlinit încă suta!”

Își asumă rolul de șef al bandei, luând cheia la el, apoi ieșim toți, doi câte doi, să găsim treptele care ne vor duce înapoi spre stația de tren. Mi se pare totul minunat, și mă simt ca în tabără, din nou o adolescentă fără griji în așteptarea unei aventuri de neuitat.

Din Gara Predeal avem de mers aproape jumătate de oră și ne înșirăm unii după alții. Eu și Al o ținem de braț pe Lilia între noi, în timp ce ea ne povestește din întâmplările hazlii de la Spitalul Colentina, unde lucrează ea. Florin face comentarii din spatele nostru, cioban la trei oițe năzdravane.

Mai în urmă, fetele se plâng că sunt însoțite de doi Tauri, referindu-se la faptul că și fratele meu și Nico sunt născuți în aceeași zodie. Mihai le spune că și ziua mea de naștere, și a Mihaelei, sunt tot în mai.

“Vai de mine, sunteți o turmă întreagă!” exclamă exasperată Camelia.

Ce coincidență amuzantă, păcat că nu avem ocazia să sărbătorim împreună niciodată... Mă gândesc eu. Suntem semne ‘de pământ’, așa se spune. Persoane de încredere, sufletiste...

Este frig dar minunăția peisajului și aerul puternic ne menține în formă. Nici vântul nu se simte aici, între culmile munților. A început să cadă o pulbere măruntă de cristale scânteietoare care dansează în fața noastră de-a lungul drumului. Ninge mărunt și câte un fulg mai grăbit se desparte din armonia mulțimii și fulgeră trecător prin fața mea. Câtă frumusețe!

Găsim cabana plină, asaltată de grupuri de toate vârstele, mai ales studenți gălăgioși, plini de energie, ca și noi. La vestiare închiriem clăpari și tot echipamentul, și ne înșirăm la coada de la lift.

Alexandra s-a cam răzgândit și la început a refuzat să se urce pe schiuri. Abia am convins-o cu greu să le pună, măcar să vedem cum îi stă, apoi a dus-o Florin cu vorba și i-a dat cuvântul lui de fost pionier că o ține de mână, pas cu pas. Perspectiva de a încăleca scaunul pe cablu pentru schiori îi pare însă și mai înfiorătoare, mai ales că este doar pentru o persoană și Florin nu are brațele suficient de lungi să își țină promisiunea. Alexandra nu se lasă nici târâta, nici legată, așa că până la urmă, Florin pleacă cu ea spre telescaun, să urce împreună pe bancheta normală.

Suntem suspendați deasupra pârtiei și a brazilor, și senzația de zbor este pentru mine o experiență nouă pe care o trăiesc din plin, cu uimirea descoperirii că acolo sus mă simt fericită și nu mai contează nimic altceva pe lume, măcar pentru câteva minute.

Cu două persoane mai departe, Mihai se întoarce și îmi strigă să fiu atentă la coborârea care se apropie, dar el trebuie să o ajute pe Camelia... Drept care Nico care tocmai și-a restabilit echilibrul pe sol, fără probleme, mă prinde de subsuori și mă potrivește pe schiuri în poziție verticală, amuzându-se. Mi-e ciudă că nu am avut ocazia să devin expertă la sportul ăsta până acum, să dau și eu lecții la alții... Dar de, nimeni nu-i perfect. Planul meu este să asist întâi la câteva coborâri, să văd cum și ce face lumea.

Ne adunăm, în fine, cu toții. Florin o aduce pe Al, mai pe sus, mai pe jos, râzând amândoi cu hohote fiindcă tocmai i-a spus un banc cu un negrișor pe care îl convinsese îngerașul să se arunce de pe bloc ca să devină alb... Și prietena mea îl acuză de analogii răutăcioase.

"De ce se cheamă aici Clăbucet Plecare și jos era Clăbucet Sosire?" vrea să știe ea. "Noi abia am ajuns și am pornit din vale!"

"Gândește ca un schior, fato!" o ceartă fratele meu începând apoi să ne explice la amândouă cum se pun frânele și cum cârmești încotro vrei să ajungi.

Ușor de zis, eu de abia mă țin pe picioare și nu înțeleg de ce trebuie să fie schiurile așa de lungi. La fiecare pas am tendința să mă încurc în ele și să le încrucișez, ceea ce sunt convinsă că nu e bine. Nici Mihai nu pare as dar măcar știe... Se pare că mai mult teoretic, fiindcă la o mișcare greșită alunecă și se duce o bucată de drum la vale pe-o parte, spre râsul nostru.

"Acum, că dom' profesor ne-a demonstrat cum se cade," ridică vocea Florin, "să vedem ce ați învățat!" încheie el pornind pe pârtie ca o vijelie.

Mă îndoiesc sincer că vreau să îi urmez exemplul și îmi îndrept atenția spre Lilia, care se lansează după el. Nico ne arată și el cum să pășim, încă o dată, și încerc să îi imit mișcările, sârguincioasă, alunecând cu mare precauție nu mai mult de zece metri și cățărându-mă înapoi, cu schiurile perpendiculare pe pantă. Începe să meargă, dar mai am mult până să mă simt stăpână pe mine.

În orice caz, îmi place și apreciez pentru câteva secunde că și acesta este un mod extraordinar de a te distra, și că excursia se dovedește un torent de experiențe noi și minunate. Mai ales tovărășia lui Nico care profită de faptul că toți ceilalți, cu excepția Alexandrei, sunt pe pârtie ori din nou pe lift și mă dăscălește, ghidându-mă cu răbdare.

Prietena mea se pare că a pus ochii pe blondul din tren și anturajul lui care tocmai au sărit de pe telescaune și se apropie discutând aprins. Roșcata e cu țigara în gură, gesticulând afectat și comandându-i pe băieți ca pe supușii ei.

"Îmi devine din ce în ce mai antipatică femeia asta!" exclamă Al cu ciudă.

"Oare de ce?" o provoc eu cu candoare.

"E urâtă și slabă ca moartea în vacanță și cară după ea doi băieți frumoși!!!"

Nico se încruntă la ea, probabil jignit că nu este inclus în categoria menționată.

"Dacă te uiți după alți bărbați în loc să dai atenție instructorului... nu ai nici o șansă să cobori pe picioarele tale!" apoi, resemnat, își face vânt cu bețele și se duce la vale ca o săgeată.

Se pare că vom rămâne singurele din trupă în vârf de munte, drept care îmi fac curaj să pornesc, încet, încet, mai mult pe frâne, să nu prind viteză prea mare. În spatele meu, Al strigă în glumă "Vreau la mamaaaa!" Vocea ei se ridică însă în disperare, și când reușesc să întorc capul, o văd că pornește împotriva voinței ei, mai întâi într-un picior, apoi în două, inclinându-se mai în față, mai în spate, dând din bețe ca o moară de vânt, îndepărtându-se și țipând tot timpul.

Din simț de solidaritate, o urmez dar tot cu precauție, coborând în urma ei cât am curaj de repede. În fața mea, pe la jumătatea pârtiei, se dezechilibrează definitiv și decât să ia în brațe un brad, preferă să se agațe bine de cel mai apropiat schior. Se urcă pe el la propriu și la figurat, și văd cu oroare cum sfârșesc amândoi într-o rostogolire infernală de bețe, mâini, picioare și schiuri.

Ajung lângă ei în câteva secunde și fiindcă nu reușesc să mă opresc de tot, mă las în fund pe o parte, trec ca un bolid pe lângă cineva și mă înfig glorios într-un morman de zăpadă. De aici nu am unde să mai cad, sunt în siguranță. În jurul nostru se adună și Lilia cu prietenul ei, Mihai și Cătălina. Restul sunt încă pe lifturi, în drum spre vârf, dar ne-au văzut și strigă la noi, de sus.

"Cine te-a pus să te urci pe schiuri dacă nu te pricepi?!" vociferează victima Alexandrei, scuipând un bulgare de gheață și ștergându-se la ochi. Nu este altul decât... 'Robert Redford', blondul din tren.

"El m-a pus!!!" arată Al acuzator cu degetul spre Florin, cu o mină nevinovată. I-au sărit și clăparii din legături și a scapăt de schiurile care au ajuns cât colo.

"Asta nu e pârtie de începători! Dacă nu ai habar, lasă-te păgubașă!" continuă celălalt să se scuture, ca un motan stropit cu apă.

"Calm, băiatule, calm!" ridică prietena mea palma spre el, de parca ar dresa un câine, apoi îl repede țâfnoasă, înregistrând și ultimele cuvinte. "Păgubaș să rămâi tu! Mi-am scrântit piciorul!!!"

"Așa îți trebuie! Scrântită cred că erai dinainte!"

"Mersi!!!" reușește ea să se ridice șontoroagă, vrând să mai spună ceva, dar cum, necum, alunecă iar și fără schiuri, oprindu-se cu fundul în sus tocmai în bastionul meu de zăpadă.

Cei care asistă la scenă se prăpădesc de râs. Ajunge și Nico care se grăbește să mă dezgroape și să îmi desfacă schiurile. Blondul coboară cu un viraj scurt până la noua noastră poziție și intervine între Florin și Mihai care se chinuie să o smulgă pe Alexandra din omătul bătătorit și umed. Al geme și de data asta e clar îi vine să plângă de necaz.

"Abia acum cred că mi-am luxat glezna de tot!"

"Dă-mi mâna să te ridic că răcești la popou!" se răstește 'Redford' la ea, dar pe un ton mai blând.

"Nu pot, mă doare..."

"Eu îți cer mâna nu piciorul!"

"Ce moment ți-ai găsit și tu să-i ceri mâna fetei!" bombăne Mihai și izbucnim toți iar în râs. Observ că o mănușa a rămas în urmă, la locul catastrofei montane.

Tipul reușește să o prindă de degete și i le scutură bărbătește, pe neașteptate, prezentându-se.

"George!" apoi îngenunchează în fața ei și îi ridică cracul de la pantalonii matlasați, să o examineze de aproape, pipăindu-i încheietura.

În clipa următoare, îl vedem cum explodează într-un hohot homeric. Ilaritatea este molipsitoare și recunosc că nu mă pot nici eu abține, cu toate că nu aș vrea să fiu în locul prietenei mele. Situația este tragi-comică. Izmenele Alexandrei, cu iepurași imprimați și verzi, l-au provocat pe individ, și râde... și râde cu lacrimi, fără să se mai poată opri.

Părul blond și ud i-a căzut peste față și observ că are trăsături plăcute și ochi albaștri, detalii pe care în mod sigur Alexandra le-a remarcat de la prima vedere, altfel de mult i-ar fii rupt schiurile în cap. Noi, cei din jur, încă chicotim la unison, și grupul crește. A ajuns și restul trupei noastre.

"Nu înțeleg ce-i atât de amuzant" ridică tot George glasul autoritar peste râsul general, trăgând repede la loc cracul pantalonilor lui Al. "...Fata și-a luxat piciorul!"

Se face liniște o secundă și atunci... îl pufnește iar râsul, în așa hal încât nu se poate să nu facem ca el. Prietena mea îl privește fix, cu ură prefăcută... Dar în acel moment știu că se va îndrăgosti de el inevitabil, și nu sunt sigură dacă să mă bucur pentru ea sau nu, cu toate că trebuie să recunosc că tipul este simpatic foc, exact cum îi place ei.

"Înțeleg acum de ce stai așa de bine pe jos, ești sigură de blindaj..." reușește el să îngaime cu greu, printre hohote.

"Termină!" se înfurie ea de-a binelea.

"Caaalm..." o imită el cu palma ridicată, în semn de pace.

Își mângâie marginile gurii a seriozitate, de parcă și-ar modela trăsăturile feței, încercând să se potolească, dar când să continue consultația nu se mai poate stăpâni și începe alta repriză, punându-și amândouă mâinile în cap, și înecându-se.

Sub săgețile din ochii Alexandrei, și după încă vreo două recidive, reușește cu greu să se liniștească și să îi pipăie glezna, expert.

"Ești doctor?" îl întreabă Alexandra cu răceală.

"Doar student la Medicină în anul doi. A început să se inflameze," o informează el, de data asta serios.

"Nu trebuia să îți pierzi atât timp la facultate ca să dai diagnosticul ăsta. Văd și eu că se umflă!"

Cu îndemânare, tipul îngenunchează într-o poziție mai bună și apucându-i încheietura cu amândouă mâinile, răsucește puțin apoi trage brusc, scoțând de la Al un țipăt ascuțit.

"Mda, cam asta a fost... Dar îți recomand să nu mai încerci să schiezi câteva zile. Tratament la orizontală, dacă se poate..." apoi se uită la băieții din grupul nostru. "Se oferă cineva?"

Mihai râde mânzește, Florin încă se hlizește degeaba, și Nico stă cu mâinile în șolduri, încruntat.

"Se pare că nu există nici un voluntar," trage el concluzia și o ridică de subsuori, punând-o pe picioare. "Hopa-Mitică!"

"Parcă e mai bine..." își testează Alexandra greutatea pe piciorul afectat, cu grijă. "Scuze nu-ți mai cer că nu meriți! Te-ai distrat destul pe socoteala pijamalelor mele."

Puțin mai departe, retrași de centrul evenimentelor, roșcata și brunetul îl așteaptă pe George, și după câteva explicații și comentarii, își iau toți elan și pleacă la vale. Lumea adunată ca la urs se risipește. Florin se oferă să o ducă până jos pe schiurile lui, în tandem, și noi îi urmăm, fără alte incidente. Am scăpat ieftin până acum și parcă aș mai încerca nițel, dar mă hotărăsc să rămân cu prietena mea și să îi așteptăm pe ceilalți până mai fac o tură, două.

Ne așezăm la barul cabanei de jos, la un Martini binemeritat și o cafea. Alexandra este de nerecunoscut. Râde degeaba, o dată își aprinde filtrul în locul capătului bun de la țigară, altă dată e cât pe aci să ducă scrumiera la gură în locul paharului. Auzisem eu expresia cum că 'dragostea este oarbă'...dar nici în halul ăsta!

"Măi, ție ți-a picat cu trosc blondul..." dau eu din cap compătimitoare.

"Mm?" se uită ea prin mine de parcă aș fii o plasă. "Nici nu am avut timp să îi spun cum mă cheamă..." reflectează ea, dusă departe.

Grupul lui George nu mai apare și îmi pare rău când o văd cum îl caută cu privirile până târziu, când se adună și ai noștri, sătui de schiat. Majoritatea decide să ne petrecem seara într-o discotecă din Bușteni pe care o știe Nico. Toți sunt îmbujorați și se laudă câte coborâri a făcut fiecare. Mihai mă ia pe după umeri, strângându-mă lângă el ca niciodată.

"Te-ai plictisit așteptându-ne? Nu mai fii tristă, soro, într-o zi o să iasă soarele și pe strada ta."

Este prima ocazie când petrecem mai mult timp împreună și probabil îmi ghicește câte ceva din frământările inimii... La urma urmei suntem și frați și născuți în aceeași zodie, ceea ce presupune că ne putem înțelege mai bine modul de a gândi și reacțiile intime la ceea ce se întâmplă în jurul nostru.

Îi zâmbesc cu drag, recunoscătoare pentru atenție și încurajare, dar de fapt tristețea am pierdut-o de dimineață, în drumul spre Sinaia. Poate că am și început să zăresc niște raze de soare, cum zice el. De abia aștept să ajungem la următorul obiectiv. Nu știe nimeni din compania noastră în afara Alexandrei, dar eu nu am fost niciodată la o discotecă adevărată, cu toate că știu ce înseamnă.

Ne oprim să mâncăm la prima cârciumă din cale, și între o fasole boabe cu cârnați și câte o bere, entuziasmul colectiv crește. Mai puțin al meu, de câte ori o văd pe Cătălina sprijinindu-se alintată de tovarășul ei dar uitându-se și spre Florin, într-o doară. Camelia în schimb îl soarbe din ochi pe Nico... mai rău decât mine. Oare devin paranoică sau doar am mai mult simț de observație decât ceilalți? Să fiu oare singura care sesizează campionatul de aruncare cu privirea, în plină desfășurare?

Până să ajungem la discotecă se întunecă. Pitica grupului a turnat în ea cu o bere mai mult decât noi și vorbește și mai mult decât înainte, ceea ce nu îmi închipuiam că este posibil. Localul este de fapt un restaurant cu locuri normale de mâncat și băut, de jur împrejurul ringului de dans. Ne lăsăm la garderobă geci, fulare, și ce mai are fiecare în plus, și colectăm opt scaune în jurul a două mese puse cap la cap.

Mihai și Camelia cer câte un coniac, eu și Al comandăm tot Martini și restul lumii bea votcă. Cătălina demarează în forță, cu una dublă, mai îndrăzneață decât ceilalți, cu toate că și Camelia are viteză la dat paharul pe gât.

Pe masă se mai aduna și câteva sticle de Pepsi, în caz de nevoie, și toți ne aprindem țigările, să ne încadrăm în atmosfera deja încețoșată. Nico își dichisește a doua pipă pe ziua de astăzi și inhalez pe furiș aroma care vine dinspre el. Am reușit să mă așez pe aceeași latură a mesei, să nu-i mai văd mereu ochii de câte ori ridic privirile.

Sub tavan, în centrul localului, ard șiraguri de luminițe roșii, probabil rămase de la revelion. Un glob mare, acoperit cu cioburi de oglindă, se răsucește reflectând sclipiri roșii și albe, care vin de la o lanternă intermitentă, poziționată într-un colț. Melodia următoare este *Rasputin*, cu Boney M., și toată trupa sare în picioare, aderând la dezmățul general.

Cât timp dansăm în grup e bine și pot să îl admir pe furiș pe Nico. Îmi place cum se mișcă în ritm, păstrându-și demnitatea prin comparație cu Florin care scutură din cap ca apucatul, dar mai energic decât fratele meu, care parcă e un ursuleț.

Muzica continuă cu o Conga și ne apucăm unii pe alții de mijloc, în șir indian. Înconjurăm ringul țopăind, Nico ținându-mă ferm de talie, Camelia agățată de el, Cătălina de Florin, cu Lilia în față, și Mihai în urma Alexandrei. Nu cred că mi s-a părut mie că văd ce văd. Oare prietena lui Nico știe cum gândește el despre ea? Că au ajuns 'din întâmplare' împreună? Oare încearcă să îl facă gelos? Sau e modul ei de auto-apărare ca răspuns la atenția pe care pare a mi-o acordă el mie?! A fost mai preocupat cu mine decât e normal? Pentru că sunt sora lui Mihai...?

Luăm o mică pauză, transpirați, mai tragem o țigară și câte o gură de ce are fiecare, cumnata mea fiind la al doilea sau chiar la al treilea coniac. Pe ale Cătălinei am renunțat de mult să le mai număr. Nico încearcă de câteva ori să îi ia băutura din față până când tipa mă roagă să schimbăm locurile, și așa ea scapă de sub supravegherea lui și eu ajung lângă el.

Îi cântam în cor "La mulți ani" Alexandrei. Prietena mea împlinește astăzi douăzeci și unu de ani și mă bucur că de ziua ei s-a întâmplat minunea minunată cu George. Poate că nu îl va mai vedea niciodată, dar cel puțin gândurile ei se vor îndrepta într-o direcție nouă și mai puțin spre Robert. Sper să nu dea dintr-una în alta, fiindcă o tot văd că se uită prin mulțime, cu speranța să dam iar de blond.

Ne întoarcem în vâltoare și dansăm până curg apele de pe noi. Muzica este captivantă. Roxette, Bee Gees, Diana Ross. Se pare că Florin și-a dat seama că are o admiratoare în plus și încearcă să o tot țină pe Lilia în brațe la dans, ca autoprotecție. Nico dansează pe rând cu toate fetele, mai puțin cu mine. Deocamdată, Mihai rămâne partenerul meu. Pare pe gânduri și întunecat la față, de unde încep să presimt că veselia trupei se apropie inevitabil de sfârșit.

Îl întreb ce are și mărturisește că nevasta lui s-a scăpat de multe ori că îl admiră pe Nico, că e extraordinar de inteligent, că arată nemaipomenit de bine... Acum, la un pahar... Se pare că începe să abandoneze inhibițiile și să uite cu cine a venit în excursie. Aflu și de Cătălina că e notorie la orice petrecere, în materie de flirt și lipsă de sobrietate...

Combinația finală nu proiectează o situație prea plăcută. Încerc să îl liniștesc dar nu am succes. Mihai este foarte sensibil la comportamentul celor din jur, ca mine, și urăște scenele jenante. Mi-ar pare rău să se certe cu Nico din cauza Cameliei și îi sugerez să își ia soția la culcare, mai devreme, ceea ce lui i se pare soluția ideală.

Mai sunt două trenuri până dimineața, unul într-o jumătate de oră, altul pe la unsprezece. Ei pot să plece cu primul și noi îl vom prinde pe ultimul. Îl informez pe Florin care este planul și el îi pasează cheia fratelui meu, care o convinge pe cumnățică, cu oarece dificultate, să își recupereze haina și să îl urmeze spre gară. Iar încep să se împuțineze pisoii... mă gândesc eu la povestea din copilărie.

"Ultima oră, până la doisprezece noaptea, dau numai muzică Rock," îl aud deodată pe Nico, în urechea mea. "Îți place?"

"Cunoști pe cineva de vârsta noastră să nu îi placă?" vine replica mea promptă, și mă întorc spre el, la timp să-l văd cum dă din cap zâmbind mutește, de parcă ar spune "O, sigur că da"...

Alexandra se plânge că o doare glezna și ar vrea să plecăm și noi. Încearcă să adauge puțin umor, amintindu-ne că "doctorul" i-a recomandat "tratament la pat", chiar dacă nimeni nu s-a sacrificat să se ofere... Dar îmi este clar că distracția se apropie de sfârșit, așa că mă duc cu resemnare până la toaletă, înainte de drum.

Când mă întorc în sală, ringul este plin și majoritatea scaunelor de pe margini goale. Centrul restaurantului este un spectacol de lumină și umbre în care trupuri tinere se agită, rotindu-se după muzică într-o mișcare amețitoare. La masa noastră nu mai este decât Nico care își toarnă Pepsi peste restul de votcă din pahar.

"Unde sunt ceilalți?" întreb eu așezându-mă în fața lui, unde stătuse Camelia.

"Nu mai sunt!" ridică el mâinile și umerii ca un scamator căruia i-a reușit figura și a ascuns iepurașii.

"Ce-ai făcut cu ei?"

Izbucnește în râsul lui simpatic și nestăpânit.

"I-am trimis acasă."

"Te-a lăsat Cătălina de capul tău?"

"Așa se pare..." dă el din cap fără regrete vizibile și nedându-mi timp pentru alte comentarii se ridică subit, venind în jurul mesei la mine și trăgându-mă după el, să dansăm.

Disc Jockey-ul a dat muzica la maximum și melodia formației Santa Esmeralda, *Don't Let Me Be Misunderstood* ne învăluie odată cu întunericul promiscuu de pe ring. Ritmul ne fură și pentru câteva minute dispare orice alt gând, până când Nico mă ia în brațe învârtindu-mă și manevrându-mă pe ultimele măsuri ale cântecului. Suntem pentru o fracțiune de timp ca o singură creatură cu patru picioare, pășind în sincronizare perfectă, respirând în același timp.

O căldură bruscă îmi aleargă prin sânge și încerc să mă împotrivesc senzației, să mențin distanța fizică, dar mâinile lui îmi apasă ferm spatele, lipindu-mă de el și nu găsesc destulă voință să mă îndepărtez.

Îl simt atât de aproape de parcă am împarți amândoi același corp, cel puțin aceeași inimă pe care o aud bătând și în stânga și în dreapta pieptului... nostru comun. Îmi vine să râd de una singură, fără motiv, sau doar din cauza gândurilor mele zăpăcite, și respir adânc în cămașa lui, inhalând mirosul fierbinte și irezistibil.

Când se oprește muzica ne îndepărtăm unul de altul, tulburați până în vârful degetelor, privindu-ne. Probabil Santa Esmeralda și melodia aceasta îmi vor aminti pentru totdeauna de Bușteni și de Nico... Între timp, mi-a revenit în cap numele pietrei semiprețioase verde deschis de culoarea ochilor lui.

Bunica avusese un inel de argint cu o piesă ovală, de calitate, fără impurități. Bijuteria am pierdut-o de mult, dar cred că prehnita a rămas piatra mea preferată. Acum mă întreb cum îndrăznește cineva să aibă irişi la fel de frumoşi şi clari, ca acea minunăție a naturii...

Este deja unsprezece noaptea și începe Rockul. Stilul de dans se schimbă, slavă tuturor zeităților din mitologia greacă, romană, și al oricărui alt cult! Basul chitarelor îmi bubuie până în fundul plămânilor și intrăm în ritm cu patimă, o mare de tineri care urlă cuvintele odată cu formația, legănând mâinile pe sus și aruncând pletele în jur... cine are.

Queen, The Rollingstones, Pink Floyd, cele mai bune bucăți cu fiecare. Ultima oră trece pe neobservate și când muzica se oprește brusc și DJ-ul își cere scuze anunțându-ne că localul trebuie să se închidă... Îmi pare rău și am tentația să mă trântesc pe jos și să bat din picioare, să urlu că mai vreau... Cum îi făceam mamei când eram mică și se termina plimbarea în parc.

Din păcate știu că așa cum nici atunci nu câștigam nimic cu scenele mele, nici acum nu aș putea schimba programul restaurantului sau legile. Mă resemnez să ne trântim pe scaune pentru a ne zvânta puțin și termina băuturile. Gheața din paharul meu s-a topit de mult dar vermutul mai are aromă plăcută și sorb ultima picătură, lingându-mi buzele de plăcere. Nico mă privește pe sub gene atent și prefăcându-mă că nu mă impresionează absolut de loc, îmi fac vânt cu mâna să usuc broboanele de transpirație care îmi alunecă pe frunte.

Gândindu-mă în urmă, la tot ce s-a întâmplat de dimineață și până acum, inclusiv tăvăleala din tren și dansatul împreună, îmi dau seama că nu pot să îl acuz de nici o mișcare nepotrivită. Chiar dacă aș vrea. Toate atingerile au rămas în limita unui joc nevinovat, politicoase până la un punct, frățești câteodată, ca ale unui prieten mai apropiat cum și este. Glumele nu au depășit limita decenței și apropourile au fost la fel de insinuante ca ale oricui altcuiva din grup.

Ne luăm lucrurile de la garderobă și ieșim la șosea să facem autostopul înapoi spre Sinaia. Nu mai avem cu ce altceva să ne întoarcem și realizăm că vom avea ceva de așteptat. Este trecut de miezul nopții și abia, abia trece câte o mașină. Ne găsim o poziție strategică aproape de drum și protejată de curentul rece care coboară din munți. Nu mă pot abține să nu tremur cu puloverul încă umed pe mine și Nico mă trage la piept, cu spatele la el, învelindu-mă cu haina lui descheiată și cu brațele, să îmi țină cald.

“Ți-aș da geaca mea dar nu vreau să fac pneumonie,” se scuză el simplu.

Îl întreb dacă s-a supărat cineva dintre prietenii noștri care au plecat mai devreme și spune că nu, le-a spus la toți că noi vrem să rămânem la muzica Rock.

“Cred că singura căreia i-ar fii plăcut să stea era Alexandra, dar o durea glezna...”

Nu îl întreb de prietena lui și sinceră să fiu, în momentul acesta nu îmi pasă de ea nici un pic. Mă sprijin în căldura lui cu satisfacție. Dacă nu mi-ar îngheța picioarele aș sta așa până dimineața.

"Știi ce mi-a trecut prin cap?" întreabă el la un moment dat.

Îmi aduc aminte de unul din bancurile spuse cândva de Mihai.

"Un glonț?"

Râdem amândoi, știe și el poanta.

"Nu, mă gândeam la serviciul tău... Ai putea să faci aplicație la IPA, să lucrezi ca desenator tehnic. Am întrebat și știu că au posturi. Pot să îl rog pe șeful de atelier să te testeze. Eu îmi fac câteodată la ei desenele pentru facultate."

"IPA fiind...? Ceva cu Arhitectura?"

"Nu, Institutul de Proiectare și Automatizări, în Floreasca.

Sună grozav. Desenator tehnic, muncă de birou, colegi educați. Nici nu mă interesează salariul atâta timp cât nu e muncă voluntară. Îmi promite că mă va suna când află data și ora interviului, neapărat.

"...Cu toate că nu mi-ai dat încă numărul tău de telefon..." îmi șoptește el în ureche.

"Poți să îl întrebi pe Mihai."

"Crezi? Ce ar zice dacă i-aș spune că am ceva personal de vorbit cu sora lui cea mai mică?"

Ajungem pe teritoriu alunecos... dar din fericire se văd niște faruri în zare și smulgându-mă din îmbrățișarea lui caldă sar la marginea șoselei făcând cu mâna. Nici gând să oprească. Este o Dacie nouă, grăbită, cu un cuplu care nici nu ne bagă în seamă. Mă întorc repede la adăpost și ne înghesuim bine să recuperăm intimitatea spulberată pentru câteva secunde.

"Data viitoare eu mă ascund și te duci numai tu, să păcălești șoferul. Păcat că nu ai fustă, să îți arăți măcar un genunchi..." râde el în ceafa mea și îmi dau ușor capul pe spate să îl lovesc în frunte, în glumă.

"Ești în stare să mă scoți pe piață, doar pentru un drum cu mașina?! Și când mă gândesc că ai mei m-au lăsat de două ori în grija ta când eram mai mică!"

“Da, atunci erai… mai mică!” subliniază el importanța detaliului.

După vreo oră, încep să mă tem că poate dorința mea secretă are șanse de împlinire și chiar ne va prinde dimineața acolo. În bocanci nu ajunge nimic din fierbințeala care e în capul meu și tropăim amândoi pe loc ca la dansurile populare, să ne dezmorțim. Își sprijină bărbia de căciulița mea, frecând-o ca un pisoi, dar cred că încearcă să își încălzească obrajii, nu să se alinte.

“Îți pare rău că am stat până la sfârșit?” vrea el să știe.

“A, nu, nici gând! A fost grozav!”

“Mă bucur că ți-a plăcut. Am observat când dansam că erai… în extaz. E o încântare să te vadă omul cum te exteriorizezi.”

Pentru o perioadă se lasă liniște între noi și ascultăm numai tăcerea orașului mic de munte, tulburată de câte un lătrat îndepărtat. Pe șosea nu se aude nici o mașină, din nici o direcție. Nico își cuibărește iar bărbia păroasă în urechea mea, de parcă ar putea să ne audă cineva în pustietatea urbei adormite.

“Te-ai gândit vreodată ce îți dorești cel mai mult în viață?”

Hm… Ce întrebare adâncă. Am o listă atât de lungă... Dar cred că există un răspuns care cuprinde tot ce îmi lipsește.

“Îmi doresc să fiu fericită…” și într-un singur cuvânt reușesc să includ bani, dragoste, confort și succes, presupunând că acestea ar fii elementele necesare beatitudinii veșnice pe care mi-o imaginez. “Tu ce îți dorești cel mai mult?” îi întorc întrebarea.

“Interesant! Și eu visez același lucru dar nu sunt încă sigur că știu bine ce înseamnă. Adică cred în noțiunea propriu-zisă și mă surprinzi fiindcă din câte persoane am mai întrebat, nimeni nu a răspuns la fel. Unii vor să fie iubiți, unii să câștige la loto, unii să slăbească, alții își doresc… mașină, dacă poți să crezi așa ceva!” râde el. “Sunt încă nelămurit ce înseamnă fericirea, dar cred în ea cu siguranță.”

“Tu nu ești fericit?”

"Ah! Acum, cu picioarele înghețate bocnă?! Nu tocmai. E drept că te țin în brațe dar și asta este o iluzie trecătoare... Ești totuși sora lui Mihai și a Mihaelei."

Îi asimilez pe îndelete cuvintele, despicând firul în patru. Îi face plăcere că sunt în brațele lui dar nu are nici o intenție mai departe... Fiindcă simte că le datorează fraților mei să nu mă încurce...? Să nu mă facă să sufăr? Să nu profite de mine...? Toc în cap ideea mărunt, mărunt, și altă soluție nu găsesc decât să îl trag mai mult de limbă.

"Crezi că ai găsit persoana care te poate face fericit?"

"Mă refeream la un sentiment absolut nu la câteva minute!" râde el.

"Să nu confundăm una cu alta."

"OK, dacă mă întrebi serios, mă tem că secretul este să nu încerci să faci pe cineva fericit sau să aștepți să te facă cineva fericit pe tine ci să întâlnești o persoană fericită cu care să împarți viața. Nu știu dacă explic corect, dar unii sunt pesimiști iremediabili, oameni pe care nici sexul cel mai fantastic nu îi poate menține la suprafața mării lor de amărăciune și descurajare. La capătul celălalt al spectrului, alții pendulează continuu între disperare și euforie, și e greu să ții pasul cu ei. Iar alții sunt doar receptivi la ce o fii să fie..."

"Tu din ce categorie faci parte?"

"Am glumit înainte. Eu mă consider un tip... aproape fericit. De obicei. Am tot ce îmi trebuie și dacă lipsește ceva... nu mă las până nu obțin ce vreau. Ți-am spus că nu știu exact dacă am avut până acum experiența sublimă... Dar sunt sigur că este... după colț..." și deodată mă împinge spre trotuar ascunzându-se după zidul casei lângă care am tremurat aproape două ore. "Mașina!!!"

Ideea lui se pare că funcționează perfect și microbuzul care se apropie pe șosea oprește imediat la vederea unei fete subțirele, de capul ei, în miez de noapte. Deschid portiera și șoferul îmi confirmă inimos că trece prin Sinaia și mă invită să urc. Pare dezamăgit și ezită puțin auzind că nu sunt singură, dar când îi fac semn lui Nico să se apropie nu-l lasă inima să plece val-vârtej și să ne lase acolo.

În fine, suntem amândoi în cabina încălzită, înghesuiți pe bancheta din spate, lângă un munte de cutii pline. Ne sprijinim unul de altul prea obosiți să mai deschidem gura, și într-un sfert de oră îi mulțumim celui care și-a făcut milă de noi și coborâm în dreptul hotelului Montana.

"Am fii ajuns mai repede dacă plecam pe jos de la început!" dă Nico din cap. "Dar a fost o plăcere să avem atât timp pentru discuții filozofice..."

Găsim scările care urcă drept pe coasta muntelui până la vilă, și încercăm să le urcăm în fugă, dar bâjbâim prea tare și riscăm să ne rupem picioarele în bezna totală. Mă apucă ferm de mână și alergăm amândoi așa, mai în siguranță. Probabil evită să nu cad și apoi să îl tragă Mihai la răspundere că nu a avut grijă de mine, 'sora cea mai mică'. Cel puțin, așa interpretez eu.

În camera noastră paturile au fost împinse unul lângă altul ca la prici, să rămână mai mult spațiu liber de mișcare. Toți dorm buștean, dărâmați după o zi lungă, înșirați ca sardelele, unii lângă alții. De afară se strecoară lumina lunii, conturând mobila masivă și figurile ghemuite, fiecare cum a apucat.

Nico îmi face semn să nu îi trezim și mă urmărește cu sprâncenele ridicate, atent la ce fac. De parcă avem de ales! Singurul spațiu mai liber a rămas lângă Alexandra, la capătul dinspre ușă. Forma minusculă a Cătălinei este în partea opusă, lipită de perete. Nu există alte opțiuni mai atrăgătoare așa încât ne descălțăm, ne aruncăm hainele de stradă pe scaune, și ne strecurăm lângă prietena mea, înghesuiți.

Nico încearcă să îmi lase mai mult loc și mă întorc cu spatele la el, încercând să îi ignor apropierea dar îmi este imposibil. Peste câteva minute îi simt degetele mângâindu-mi părul, de parcă mi-ar spune să stau liniștită, că sunt ca sora lui...

Un câine urlă afară și totul se cufundă din nou în liniște deplină. Se aud numai respirațiile fiecăruia și o tentativă de sforăit din direcția lui Florin. Și inima mea, care pompează nestăpânită, ca o presă hidraulică. Mâna lui Nico îmi răsfiră în continuare șuvițele, ușor, și adorm în căldura ocrotitoare dintre el și Alexandra.

Capitolul 10

Mă trezesc în lumina mijindă, cenușie a dimineții, mult mai devreme decât aș fii dorit. De obicei dorm ca lemnul și cred că nu m-aș trezi nici dacă m-ar arunca cineva cu totul pe fereastră. Nu mă afectează nici zgomotele, nici mișcarea din jurul meu, dar acum, ceva m-a făcut să ies la suprafață din adâncul unui somn fără vise.

Am impresia nelămurită că cineva mă privește prin semiîntunericul camerei, doi ochi verzi ca prehnita, fixați în spatele meu. Mă răsucesc și încerc să mă uit printre gene în direcția lui Nico, care pare că doarme liniștit cu fața spre mine și cu un braț ghemuit sub cap, în timp ce mâna liberă este încă în părul meu.

Probabil îmi joacă imaginația farse. Îl studiez pe furiș și zâmbesc amintindu-mi că l-am văzut cu coada ochiului azi-noapte când ne-am dezbrăcat, și era în izmene. Nu că ar fii fost caraghios ci dimpotrivă. Nu am putut să nu observ mai bine cât de perfect este construit, cu picioare lungi, talie îngustă și abdomen plat, fund mic, brațe puternice, și umeri lați.

După începerea prematură a vieții adulte mi-a trebuit mult timp să realizez că mecanismul erotic se bazează pe un sistem complex de tendințe, preferințe și trăiri personale. Precum îmi reproșa Cornel mereu, sunt total lipsită de experiență în domeniu, dar măcar încep să înțeleg ce mă atrage la un bărbat, și calitatea numărul unu cred că este corpul. Ce am văzut ieri... ar fii un model incontestabil.

Nu m-a inspirat niciodată un tip mai scund de un metru optzeci. Mi-am dorit întotdeauna să mă uit în sus la însoțitorul meu, oricât de înalte ar fii tocurile pe care le port. Plus păr brunet și ochi verzi... Și imaginea lui Făt Frumos este completă, așa cum s-a format în visele mele, cum mi-l închipuiam în mod subconștient de când îmi citea mama basme. Doar că atunci nici nu îmi trecea prin cap câte alte implicații sunt necesare pentru găsirea personajului în lumea reală.

Ca să nu mai vorbim că dacă, cumva, dau de el... este deja luat de alta. Realizez că Nico are ochii larg deschiși și mă privește fix, fără să mai pretindă că mai doarme. Îi zâmbesc complice și sper să nu îmi audă Alexandra în somn bătăile inimii, să nu o trezesc. Afară a început să se lumineze bine și mă hotărăsc să fac primul pas premeditat din viața mea...

Dau ușor plapuma la o parte și mă ridic cu grijă, încercând să îl încalec și să trec peste el în mod cât mai decent, mișcare pe care o reușesc cu mari palpitații, cu toate că nu face nici o mișcare să mă ajute sau să mă oprească. Mă îndrept spre scaunul unde mi-am lăsat aseară pantalonii și puloverul. Am dormit cu dresurile pe mine și mi s-a spus de atâtea ori că am picioare frumoase încât am ajuns să cred și eu că ar fii adevărat. Drept care mă îmbrac pe loc, sub ochii lui, dacă altă treabă nu are decât să mă admire.

Mă prefac că nu observ că și-a mișcat capul după mine și nu îi scapă nici o mișcare de a mea. Cu partea de sus renunț la spectacol. Când mi-am dat jos sutienul înainte de culcare a fost simplu fiindcă sunt expertă la dezbrăcat bretele prin mâneci, fără să expun nimic compromițător. Doar am un băiat acasă și cine știe câți ani vom mai dormi în aceeași cameră. Manevra inversă e însă mai complexă...

Cu câțiva ani înainte, Alexandra îmi tot spunea că ar trebui să fiu mândră de pieptul meu. Mai târziu, Cornel mi-a declarat că a fost una din trăsăturile care i-au plăcut la mine. Împotriva laudelor primite, eu am rămas neconvinsă și nu am curajul să a îmi arăta ceva în dezavantajul meu. De fapt, în afară de picioare nici nu știu dacă am ceva remarcabil. După părerea mea sunt drăguță dar nimic mai mult. Măcar am avantaj față de Cătălina care de la talie în jos... pare a fii călărit mult în copilărie.

Îmi îndepărtez părul din ochi și înșfăcându-mi lucrurile, o iau spre baie. Înainte de a închide ușa în urma mea, nu mă pot abține să nu mă uit în urmă și aproape să scap ce am în mână când îl văd pe Nico sprijinit într-un cot, urmărindu-mă cu o expresie întrebătoare pe față și cu sprâncenele ridicate. Schițez un zâmbet sfidător și dispar instantaneu, lăsându-l puțin perplex, căscând ochii minunați după mine.

Până îmi fac dușul și termin cu îmbrăcatul și gătitul, îi găsesc pe ceilalți în diverse stadii de sculare. Se face lista de priorități la baie, mă iau toți la rost că s-au temut a am căzut în jos pe drenă... Doar Nico stă încă în pat, pe burtă și cu perna în cap.

Propun să mâncam în oraș și încerc să interesez, menționând un castel mare pe care l-am văzut în dreapta, când am ieșit de la gară... Dar nimeni nu pare să cupleze cu ideile mele. Mihai este încă îmbufnat, Camelia refuză să recunoască vreun motiv întemeiat, iar Cătălina dă să îi ofere lui Florin o sticlă de votcă pe care o are în rucsac.

“Asta beți voi când vă treziți, în loc de cafea?” refuză el scârbit.

“A, nu, Nico bea numai când i se scoală,” răspunde ea în doi peri, la care menționatul trântește brusc perna de-o parte și se răsucește spre noi.

“Dacă era adevărat mă găseai cu sticla la gură deja.”

Surprinsă, prietena lui face un botic alintat.

“Ursulețul meu... să vin lângă tine?”

Intuiesc că și ceilalți se crispează la modul ei de a i se adresa lui Cristodor. Nu fiindcă am fii pudici, dar în acel moment, cum pozează cu sticla în mână, creează o imagine vulgară. Atacul ei sarcastic este complet gratuit din moment ce el nu a greșit cu nimic. Decât poate prin faptul că ieri a preferat să rămână la discotecă, să danseze Rock. Cu mine, 'sora cea mai mică' a lui Mihai...

Nico aruncă plapuma și se ridică din pat a lehamite, deschizând ușa și ieșind pe balcon, dezbrăcat cum e, aruncându-i replica peste umăr, să nu se grăbească prea tare. Alexandra constată că încă o doare glezna și ar vrea să meargă acasă.

Nu îmi vine să cred, toți au câte o problemă. În loc să ne bucurăm de aerul curat, de nenumăratele locuri frumoase pe care abia așteptam să le explorez azi, ei sunt sculați cu fundul în sus și fără chef de distracție. Sunt atât de dezamăgită încât simt că ori izbucnesc în plâns ori trebuie să mă exteriorizez în alt fel.

"Știți ceva?" ridic eu brusc vocea. "Am așteptat atât excursia asta și voi nu știți cum să vă întoarceți mai repede! Mihai, Al, Lilia, îmi pare rău dar mătușa a cărei casă o folosim mi-a transmis că s-ar bucura să mă vadă mâine dimineața. Nici o supărare, dar eu m-am hotărât să rămân până luni. Treaba voastră ce faceți! Dacă ieșiți undeva, lăsați cheia sub preș!"

Ies ca un vârtej, înainte de a putea ei să răspundă. Doar Alexandra strigă după mine, nevenindu-i să creadă.

"Laura, unde pleci?!"

Alerg pe trepte până în curte și îl aud și pe Nico, care este încă în izmene pe balcon și vrea să afle unde mă grăbesc așa de tare.

"Mă duc să mănânc ceva, mi-e foame! Mai bine mă duc de una singură decât să mă uit la voi cum vă certați. Am să găsesc o hartă și văd eu încotro o iau..."

Orașul este minunat și mă simt liberă și ușoară. Nici măcar nu sunt tristă că mi-am abandonat prietenii să se descurce singuri. Bucuria de a mă opri unde văd cu ochii este uriașă și parcă zbor până în centru, pe treptele pe care venisem azi-noapte, de mână cu însoțitorul meu. Nici măcar de dragul lui nu regret că am părăsit corabia care se scufunda... ca un șobolan.

Doar mi-am promis că voi încerca să refuz de a mai fii satelitul altora. Poate mi-ar fii plăcut să rămân cu Nico tot restul zilei, dar și acolo aș fii fost vioara a doua, ce sens are? Încerc să nu-i mai văd în fața ochilor figura bărbătească și umerii lați și șoldurile înguste... și să găsesc clădirea impozantă care mi-a atras ieri atenția. Mi-am amintit că numește Hotel-Restaurant Caraiman...

În stânga mea văd intrarea în parcul pe lângă care am urcat cu toții prima dată, pe drumul ocolit, de stradă. În mijlocul grădinii este o fântână mare, acum cenușie și goală dar încă majestoasă. Totul mi se pare ca un miracol de pe alte tărâmuri. Mă plimb în jur și încerc să alunec copilărește de-a lungul ghețușurilor făcute de alții din loc în loc.

M-am calmat și lipsa de mâncare devine prima grijă, drept care găsesc intrarea restaurantului și intru cu îndrăzneală. La mese sunt câteva persoane, probabil oaspeți ai hotelului. Sper să mă servească și pe mine chiar dacă nu stau aici, dar nu pot fii sigură. Singurele mele experiențe de până acum cu hotelurile au fost intrările furișe până la bar, să îmi cumpăr țigări străine.

Știu că miliția urmărește fetele care țin companie turiștilor din afară, și nu odată am fost luată și eu la întrebări. Poate nici ideea de a mânca aici singură nu este foarte bună... dar înăuntru este atât de cald și bine încât mă hotărăsc să iau loc la o masă mai retrasă și mă ascund după meniu. Citind prețurile simt că mă ia cu leșin... dar o cafea și un pateu cu gem îmi pot permite.

Chelnerul mă bagă în seamă și mă întreabă dacă mai aștept pe cineva, dându-mi o portiță de ieșire neașteptată. Îi spun că da, trebuie să apară prietenul meu... și până atunci comand ce vreau, cu o manieră degajată, de parcă aș fii proprietara localului. Îmi aprind o țigară și reflectez, privind parcul prin fereastra de lângă mine.

Oare am să reușesc să uit prin ce am trecut până acum și să o iau de la capăt, acolo unde s-a rupt firul viselor mele? Am să am șansa de a îmi îndrepta pașii, să nu ajung o ratată cum m-a amenințat mama că voi deveni dacă mă mărit!?

Am rămas cu un copil, dovada incontestabilă a greșelii din trecut. Dar acum că îl am, nu îl voi considera niciodată un 'accident nedorit'. Cândva, poate va fii sprijinul meu în viață. Deocamdată, viitorul lui depinde de mine. Numai eu pot schimba de acum încolo mediul din jurul nostru, să nu mai suferim de frig și să avem tot ce ne trebuie.

Fericirea mea și bunăstarea lui Liviu stă în mâinile mele și ca să reușesc va trebui să fiu în viitor mai categorică și mai puțin docilă. Ca joia trecută, când am plecat de la Miraj, ca azi dimineață, când am refuzat să mai fiu puntea împăciuitoare dintre ceilalți.

Cum poate Mihai să accepte o soție care recunoaște sincer că îi curg balele după un prieten de al lor?! Și Nico, care nu este nici măcar căsătorit și cu obligații, cum poate să stea de atâți ani cu fata asta care bea prea mult și are asemenea ieșiri jenante?! Apoi mă uit într-o oglindă imaginară, întrebându-mă pentru a mia oară cum am rezistat eu doi ani, chinuită fizic și emoțional de Cornel.

Da, dar eu m-am eliberat, răsuflu eu ușurată. De acum încolo este timpul să revin la încăpățânarea 'taurină' pe care o aveam înainte de a îmi pune el căpăstru. Și fiindcă veni vorba de caracterul zodiei, puțină impulsivitate nu strică. Pe vremuri, eram câteodată de o spontaneitate dezarmantă, alteori paradoxal de impasibilă. Aveam ceea ce se cheamă un caracter imprevizibil, care îi forța pe cei din jur să ghicească continuu când voi izbucni, și cum, și dacă. Îmi fusese un sistem bun de apărare… până mi-l anihilase Cornel... Sau mai degrabă, faptul că mă amorezasem atât de tare de el.

Concluzia este că numai dacă nu mă mai îndrăgostesc pot rămâne eu însămi. Avantajele mi se par clare. Singură, nu trebuie să mă mai lupt cu nimeni, nu am nevoie să cer aprobarea nimănui. Pot să îmi văd visele cu ochii, să mă bucur de anii de studenție la Arte Plastice, și într-o bună zi să am atelierul și expozițiile mele. Din experiența personală sunt deja convinsă că un soț cu pretenții la timpul și atenția mea nu are loc în acest scenariu...

Tresar puternic din gânduri când cineva se așază cu greutate, ca picat din tavan pe scaunul din fața mea. Cine altul decât Nico?! Și are un zâmbet atât de satisfăcut pe față că m-a găsit încât mi-e milă să îi aduc aminte că doar pomenisem cu lux de amănunte unde vreau să mergem... Și nu este marele Sherlock Holmes să fii ghicit încotro am fugit. Dar drept să spun, nu speram să vină singur după mine.

"Ce-ai făcut iar cu ceilalți? De câte ori îi las cu tine, toată lumea fuge!"

Dă ochii peste cap și mă contrazice că de fapt eu i-am speriat cu ieșirea mea și că au plecat acasă, în București. Își comandă și el o cafea și un pateu, și își scoate pipa. Acum țin minte ce și cum face, și îi urmăresc gesturile cu plăcere... Când lângă noi mai apare o umbră. Un milițian în uniformă, care se uită la mine de sus. Nico ridică sprâncenele și se încruntă… în același timp.

"Bună dimineața, duduie. Domnul este străin?" arata el cu capul spre tovarășul meu care nu pierde nici o secundă să dea replica în locul meu.

"…De situație!"

"A! Mă scuzați, tovarășe. Să aveți poftă bună," se răsucește el pe călcâie, îndepărtându-se țeapăn. Noi râdem pe tăcute, din ochi. Chelnerul îi aduce lui Nico comanda și își cere iertare, explicând că tipul e omul locului și fiindcă nu ne-a mai văzut pe acolo, s-a simțit dator să verifice ce se întâmplă.

"Deci… ai găsit o hartă?" mă întreabă Nico când rămânem din nou singuri.

"Încă nu."

"Știi ce ai vrea să vezi?"

"Nu, dar pot să întreb pe cineva ce se poate vizita în zonă…"

“Întreabă-mă!” zâmbeşte el.

Când glumeşte ca acum, are o expresie blândă ca o icoană, şi ochii parcă îi luminează, visători... Ptiu, piei Satană! Îmi aprind altă ţigară şi schimb repede vorba.

“Ce au spus prietenii noştri când au plecat? S-au supărat pe mine?”

Se strâmbă buclucaş, recunoscând că Alexandra era furioasă. De ce... nu i-a fost clar.

“Îţi transmite că aşteaptă să o suni mâine, când te întorci,” adaugă el. “Mihai în schimb, a făcut schimb de favoruri cu mine. Şi-a dat cuvântul că o duce cu bine pe Cătălina acasă dacă îi promit că am grijă de tine până mâine.”

Adoptă mina motanului care a înghiţit canarul şi încearcă să rămână serios, cu mâinile pe masă şi degetele împreunate, ca la conferinţă. Eu cred că am rămas cu gura căscată.

“...Şi mi-a explicat că în mod sigur tu nu ai mai fost la Sinaia şi ar fii păcat să nu ai ocazia să te bucuri de ziua asta,” continuă el.

“Să înţeleg că tu ştii bine ce merită mai mult să văd?”

“Sinaia este cel mai frumos oraş de pe Valea Prahovei. Aici este Castelul Peleş, de care însă nu avem voie să ne apropiem prea tare, fiindcă îl păzeşte securitatea şi mi se pare că este şi o unitate militară pe lângă el. Dar dacă poţi merge mai mult pe jos, te duc la Cota 1400. Dar mergem pe şosea fiindcă mă tem că bocancii tăi alunecă.”

Sus pe munte nu am fost niciodată şi propunerea îmi surâde. Plătim, scotocindu-ne de mărunţiş, că doar eu sunt şomeră şi el student, şi înfofolindu-ne bine, luăm frigul în piept pe strada care urcă pe marginea urbei, pe drumul cunoscut. La prima intersecţie în ac de păr, vila mătuşii se vede în stânga dar noi continuăm voiniceşte urcuşul.

Povestim nimicuri, spunem bancuri, râdem şi ne încântăm privirile cu peisajul oraşului care rămâne din ce în ce mai jos, sub noi. Nico învaţă să devină arhitect, drept care îmi arată şi îmi descrie diverse tipuri de case, încercând să ghicească cum sunt pe dinăuntru. Jocul mi se pare fascinant. Apoi divagăm, și începem să ne imaginăm cine este în fiecare clădire, și cam ce pot face locatarii la ora aceasta.

"După ferestrele acelea este un tip mușchiulos care ridică greutăți în fiecare zi și care are o nevastă țigancă. Acum și-au terminat micul dejun și fac dragoste pe covor," fabulează el, rânjind.

Încerc să nu îmi imaginez scena și îl contracarez cu supoziția că poate de abia s-au trezit și ea este în bucătărie, pregătind prânzul.

"...Și el vine din spate, o întoarce spre el și o ridică pe masă..." mă întrerupe Nico.

Izbucnesc în hohote și îi dau un brânci ușor, în braț, încercând să îmi aduc aminte un banc cu Bulă care s-ar potrivi acum. Oare cum era? De câte ori îl întrebase profesorul ce îi inspiră desenele de pe tablă, dăduse numai răspunsuri cu referințe erotice, și până la urmă își acuzase tot el dascălul că este obsedat sexual. Dar nu țin minte destul ca să i-l spun. Nu am talentul lui Mihai sau al Silviei de a face lumea să râdă...

"Ai idei fixe la ora asta!" renunț eu la comentarii mai deștepte.

"La orice oră, Laura, la orice oră," dă el din cap.

Îmi dau seama că se amuză să mă incite și că în situația lui de paznic al 'surorii celei mai mici' se distrează doar pe seama mea. Bine, domnu' Cristodor, mai vedem noi...!

Continuăm pe aceeași notă până ajungem la Hotelul-Restaurant Furnica, o minunăție de construcție alpină cu pereți albi și bârne închise la culoare, cu streșini dantelate și colțuri țuguiate, ca un castel de jucărie. De acolo, drumul o ia la stânga și ieșim din oraș. Șoseaua merge în serpentină prin pădure și priveliștea devine din ce în ce mai nemaipomenită.

Exclam entuziasmată, și alerg în joacă la stânga și la dreapta, sărind ca o capră, până când Nico mă informează că până la Cotă sunt peste nouă kilometri și nu e sigur că mă poate duce în cârcă la întoarcere.

Avem noroc și oprește o cucoană cu Dacia, întrebându-ne dacă vrem să ne ia cu ea, ceea ce nu refuzăm. Sunt convinsa că i-a văzut silueta și ochii tovarășului meu și asta a determinat-o să fie atât de drăguță. Facem conversație, depășim o cabană numită Schiori, la cota 1300, și ajungem în final la țintă. Mulțumim frumos șoferiței și ne ducem să închiriem o sanie, tot la sugestia lui Nico.

Amintirea derdelușurilor din copilăria mea este legată de Claudița cu care îmi dădeam drumul la vale pe gențile de școală. Pârtiile urbane erau reduse la câte o pantă modestă prin cartier, murdară și nu mai mult de câțiva metri lungime.

Spre deosebire de experiența mea dinainte, acum îmi dau seama că vom porni din vârf de munte și vom ajunge mult mai jos, aproape de liziera pădurii. În fața noastră, sunt hopuri și hârtoape, copii mai mici și mai mari – ca noi – lume, și multă zăpadă albă.

La prima lansare conduce Nico și eu mă strâng bine în spatele lui, conform instrucțiunilor, să nu mă piardă pe drum. Ne dăm drumul și chiuim până la capăt, când ne răsturnăm și cădem grămadă, unul peste altul. În învălmășeală mă jumulește și își umple mâinile cu zăpadă, gata de atac. Dar în loc să mă frece pe obraji cum făceau băieții la școală, până mă durea și plângeam, îmi îngroapă doar fața în omăt pufos și apoi mi-o curăță tot el, răzând, cu gingășie.

Se oprește atât de aproape, încât ochii îi sunt doar la o palmă și simt că mă sufoc de emoție dacă nu îl dau la o parte chiar în acel moment. În loc să îl împing însă, îi scuip în nas zăpada care mi-a intrat în gură, el se ferește strângând pleoapele, și apoi se aruncă iar peste mine, prefăcându-se că mă mușcă.

“Hei, așa ai tu grijă de sora cea mică?” râd eu cu hohote, răsucindu-mă să mă feresc dar nescăpând din brațele lui.

Se oprește în sfârșit, uitându-se pătrunzător și lung cu seriozitate bruscă, după care trage un oftat din rărunchi și se culege de jos, dându-mi și mie mâna.

“Îți place pe pârtie? Mai mergem o dată?”

Alerg să recuperez sania de unde a rămas cu tălpicile spre cer, și pornesc la deal târând-o voinicește. El mi-o ia înainte și mă trage de mână, fugind cu mine în sus, până alunec și cad, inevitabil. Scena din vale se repetă, mai mult sau mai puțin identic, până în când în loc să îmi pună zăpadă pe față, rămâne lipit cu nasul lui de al meu, nemișcat, secunde nesfârșite.

Mă întreb dacă încearcă apele să vadă ce fac, și îmi trece prin cap că se joacă cu focul și nu este destulă gheață pe munte să ne mai stingă dacă mă aprind.

A treia oară conduc eu sania, după ce îmi explică el cum să cârmesc la nevoie și să frânez. Mă ține strâns în jurul mijlocului, din spate, și ne dăm drumul din nou, strigând cât ne țin plămânii. Câteva clipe alunecăm la vale cu viteză amețitoare prin aerul care ne șuieră pe lângă urechi și prin spuza albă stârnita de alții. Simt că aș vrea să ne luăm zborul și să plutim așa la infinit, deasupra tuturor, ca pe covorul fermecat. Când, la capătul pantei ne răsturnăm iar, deja anticipez următoarea tăvăleală.

Mă surprinde fiindcă de data aceasta rămâne unde a căzut, pe spate, și doar mă prinde de mână. Stăm amândoi în zăpadă, cu brațele și picioarele desfăcute ca niște stele de mare, privind cerul albastru fără strop de nor, până ne dor ochii.

“Ești fericită?” vrea el deodată să știe.

Mi-e frică să recunosc, de parcă aș spulbera vraja dacă aș spune adevărul… Dar întrebarea din ochii lui este atât de intimă și sinceră încât nu mă pot abține.

“Da. Cred că nu am mai fost atât de fericită în viața mea…”

“Mă tem că nici eu…” șoptește Nico, ca pentru sine.

Miezul zilei a trecut de mult și cu toate că nu am văzut nici un ceas de câteva ore bune, bănuiesc că este deja după amiază. Cred că suntem la a șasea sau a șaptea tură pe drumul de urcuș, din nou spre vârf. Am pierdut numărătoarea de mult. Poate fii și a zecea... Tovarășului meu îi vine brusc o idee nouă.

"Știi să joci biliard?"

Dau din cap în semn negativ. Unde aș fii putut eu practica așa ceva până acum?!

"Te învăț eu, dacă vrei. Pe potecă facem cel mult o oră și jumătate până jos în oraș, și ajungem sigur încă pe lumină. Intrăm undeva să ne uscăm bine, să mâncam ceva, și facem niște jocuri."

Am încredere totală în ideile lui. Până acum ne-am distrat copios și este timpul să petrecem și la căldură. Bocancii îmi sunt complet uzi, ca de altfel și hainele, până la piele.

Dăm înapoi sania închiriată și coborâm pe pârtie până unde știe el că începe poteca marcată. Mi-a povestit că îi place mult la munte și având mătușă în Bușteni, vine cât poate de des. Îl înțeleg perfect. Pentru mine, din câte am văzut în primele mele vizite pe Valea Prahovei, atracția culmilor sălbatice și a pădurilor de brazi abia începe.

Cărarea nu pare să mai fii fost umblată de câteva zile. Câteodată ne înfundăm în zăpadă până la șolduri și mersul se transformă mai mult într-o serie de sărituri la vale, din morman în morman. Pe anumite porțiuni putem chiar să ne lăsam pe fund și înaintăm mai ușor. Alergătura continuă ne ține încălziți în ciuda faptului că neaua ni s-a lipit de căciuli, de mănuși, de fulare și de pantalonii deja umezi, și suntem albi amândoi, ca doi oameni de zăpadă.

Nu simt frigul dar abia îmi mai pot extrage picioarele din adâncimile care încearcă să ne soarbă la fiecare pas, să ne înghită de vii. Când aproape simt că sunt pe punctul de a pica lată cu intenția neclintită de a refuza să mă mai ridic, Nico îmi arată o stradă cu case printre brazi, în jos. Ajungem în sfârșit în lumea civilizată, și nu vom muri înghețați, în pădure... îmi trece mie prin cap. Dar nu mai pot să mișc nici un pas...!

Mă ia pe sus ca pe un sac de cartofi pe după gatul lui, pe umeri, înșfăcându-mă bine de glezne și de mâini, și pornește la vale în salturi voinicești, ca un țap în călduri, chiuind haiducește. Eu care nu sunt vreo pitică și nici slăbănoagă... nu îmi aduc aminte să mă mai fii dus cineva pe sus în felul acesta. În cârca lui mă simt ușoară ca un fulg și îmi place la nebunie. Râd și țip cât pot, de teamă că ori mă scapă, ori cade cu mine și ne rostogolim până în oraș... Ceea ce nu se întâmplă, și odată opriți în mijlocul drumului, se răsucește cu o mișcare fluidă și mă decartează grijuliu, în poziție bipedă.

"A fost de milioane coborârea!" se entuziasmează el mândru, apoi se apucă să scuture zăpada înghețată de pe mine, serviciu pe care i-l returnez cu plăcere. Nimic mai bun decât un pretext de pipăială când îți fierbe sângele în vine... îmi fulgeră mie prin minte, insistând să îi curăț bine țurțurii din păr și barbă, în detaliu, ferindu-mă de privirea fixă care mă hipnotizează.

Tropăind și alergând să nu ne prindă frigul, ajungem la fostul Cazinou plasat în celălalt capăt al parcului unde de află și hotelul Caraiman. Nico îmi explică nu numai ce și unde este în oraș dar se și pierde iar în admirația edificiilor vechi, intrând în detalii. Mă bucur să învăț lucruri noi de la el. Și eu va trebui să studiez Istoria Artei, pentru examenul de admitere la Grigorescu, și mă bucur că sferele noastre de interes se intersectează.

Clădirea are o intrare magnifică, și Nico îmi povestește că arhitectul ei s-a inspirat de la celebrul cazinou francez din Monte Carlo. Ne închipuim cât fast și lux au văzut cândva acești pereți... care acum înconjoară doar niște săli banale de jocuri și mese ieftine, unde vizitatorii de la sfârșitul săptămânii mănâncă fripturi și cartofi prăjiți.

Noi luăm de la tejghea două farfurii adânci cu ciorbă de burtă, câteva chifle proaspete, și ne găsim un colț liber cu două scaune cam șchioape. Este pentru prima oară când gust așa ceva și mi se pare delicioasă. Presupun că în Moldova, unde a fost crescută mama, nu se făcea. Pe de altă parte, bine că nu a încercat să experimenteze rețeta pe mine. Nico ține să mă informeze din ce se prepară această bunătate și mă strâmb… Hm. Aș fii putut ghici după nume, nu? Curăț farfuria până la ultimul strop, neperturbată.

Aflu că îmi place să joc biliard și devin chiar expertă la folosit tacul prin spate, înclinată pe masa cu fetru verde, sau într-o rână, sau într-un cot. Bilele au un zgomot specific, surd, și redescopăr plăcerea de a câștiga, de care am uitat de când jucam cărți cu mama, cu mulți, mulți ani în urmă.

Ne mutăm la popice și învăț cum să nu îmi arunc și unghiile odată cu mingea. Urmează o țintă cu săgeți, la care mai pierdem o oră până terminăm câte un Ness-Café frecat cu Pepsi, și câteva țigări și pipe, în funcție de ce are fiecare. Cafeaua solubilă cu spume este o altă experiență nouă pentru mine, nu tocmai rea, și tare cât să stea lingurița în picioare în ea, dacă aș încerca...

În seara asta ne hotăram să nu mai rămânem până la închidere, considerând că mâine ar trebui să prindem primul tren spre București. El are cursuri de dimineață și speră să ajungă, chiar cu întârziere. După puțină analiză a situației, eu m-am răzgândit și prefer să plecăm înainte de a veni tanti Maria acasă, mătușa Ralucăi… și prin alianță și a mea. Dacă eram cu tot grupul era altceva, dar așa, doar eu și Nico… Ce aș putea să îi explic și cum să fac prezentările...?

În drum spre vilă simt că începe să lipăie bocancul drept și după o bucată de timp în care ignor senzația enervantă, mă sprijin de un gard să investighez. Constat că talpa stă să cadă, dezlipită, fluturând trist în câteva cuie singuratice care o mai leagă de sub toc. E de mirare că m-a ținut până acum. Ar fii interesant să mă fii lăsat pe pârtie, să fii văzut atunci cât mă poate căra Nico...

Se apleacă și el să examineze ce s-a întâmplat și se uită la mine întrebător, apoi își aduce aminte că Alexandra și-a uitat apreschiurile fiindcă oricum nu le putea purta din cauza gleznei. Mă asigură că a plecat încălțată cu ghetele de rezervă ale Liliei, drept care... Nu voi rămâne desculță până în București. Singura problemă rămâne să ajung până la vilă într-un picior... Ceea ce ar fii imposibil, chiar dacă sunt sprințară de felul meu.

Deci iată-mă din nou în spatele lui Nico, încălecată pe șoldurile lui, el susținându-mă de coapse, eu ținându-mă bine de el... Cu o talpă fâlfâind sfidător în dreapta lui, la fiecare pas. Probabil că am fii râs mai mult de situație dacă nu am fii obosiți, și încă jilavi pe dedesubt, după o zi prin zăpadă. Ultimele sute de metri le parcurgem relativ în tăcere, mai exact le parcurge Nico cu mine în cârcă, amintindu-mi de câteva ori să nu îl sugrum de tot.

Cheia ne așteaptă sub preș și dormitorul este pustiu, cu toate paturile făcute, de parcă nu ar fii dormit aici opt persoane în noaptea trecută. Au rămas doar rucsacii noștri și apreschiurile prietenei mele, pentru care sunt foarte recunoscătoare. Mă descalț ușurată că am ajuns cu bine, dar o întrebare nerostita mă preocupă din ce în ce mai tare. Cum vom dormi noi doi... când avem patru paturi la dispoziție.

Nico tocmai îmi culege bocancii distruși și ieșind pe balcon, își face vânt ca la aruncarea discului și îi azvârle cât colo, departe, peste panta împădurită care coboară spre oraș. Ascultă cu urechea aplecată și râde spre mine.

“Nu aud nici un strigăt, nu am omorât pe nimeni!”

Dau să pășesc și eu afară lângă el, și se ferește, păstrând distanța și zâmbetul buclucaș. Ghicesc că și el se gândește că vom petrece o noapte singuri în toată casa, și că face tot posibilul să se comporte doar ca un prieten. Realizez că nu mai vine cu nici un apropou și că face eforturi să nu mă mai fixeze cu privirea.

Nu știu exact în ce secundă iau hotărârea, dar simt că dacă mă abțin de la ce vreau acum... îmi va părea rău toată viața. La urma urmei, bunica mi-a spus odată că este trist să ai remușcări pentru faptele tale, dar de-a dreptul tragic să regreți ce nu ai făcut...

Așa că pășesc spre el și este rândul meu să mă uit adânc în ochii lui verzi, încercând să îi explic fără cuvinte că mă chinuie de două zile și totul are un sfârșit… Sau un început. Nu scoatem nici un cuvânt, iar el se retrage ușor și fără convingere, până ajunge la peretele camerei și îl pun cu spatele la zid, la propriu și la figurat. Tensiunea dintre noi devine palpabilă, și nu îndrăznim nici să respirăm.

Comunicarea se petrece numai din priviri, fără cuvinte. "Mă vrei?" "Cred că mă îndrăgostesc de tine..." "Te doresc de când te-am văzut prima dată…" Ridic mâna și îl mângâi ușor pe piept, apoi pe obrazul nebărbierit… Îl iau de gât și se înclină ca în transă spre mine. Prima atingere a buzelor este electrică, tentativă, ne gustăm reciproc, cu gingășie… Apoi pierdem controlul și totul dispare în jurul nostru într-o îmbrățișare pasionată în care hainele încep să pice, una câte una.

Ajung pe masă, într-o poziție total necunoscută mie, după doi ani ca femeie măritată… Dar nu am timp să mă mai gândesc la altceva fiindcă ultimul strop de luciditate îmi este absorbit de senzațiile noi, nemaisimțite vreodată. Nu știu dacă facem prea mult zgomot și care dintre noi a strigă... Și cui îi pasă, suntem doar noi în casa goală și nu ne aude nimeni, oricum…

Curentul nebănuit care îmi străbate fiecare nerv, din călcâie și până în creștet, mă ia pe nepregătite și… rămânem unul în brațele celuilalt, fără suflare. Mă ține strâns, fără să îmi lase loc să mă mișc, și îi simt respirația fierbinte cu miros de pipă, pe gâtul meu, lângă ureche. Apoi mă ridică în brațe, fără să ne despărțim și se lasă ușor cu mine pe cel mai apropiat pat.

Ne sărutăm din nou, cu tandrețe nouă, explorând pe rând buza de sus, apoi pe cealaltă… Și în câteva minute facem din nou dragoste, de data aceasta mai încet, metodic, exploatând la maxim fiecare mișcare și senzație, privindu-ne aproape tot timpul drept în ochi. Mai târziu, când explozia atracției dintre noi se liniștește și a doua oară, rămânem îmbrățișați, unul lângă altul, încercând să ne stăpânim bătăile inimii.

Îmi vine să râd, întrebându-mă dacă mai știe cineva ce efect afrodiziac are prehnita...

"Ce-a fost asta?" întreabă Nico într-un târziu, ușor răgușit.

Într-o sclipire bruscă de umor îmi vine să îl citez pe Topârceanu, ca răspuns. "Ce să fie?! Nu-i nimic, a trecut acceleratul..." Nici eu nu știu bine ce s-a întâmplat. În orice caz, nu m-am așteptat să fie cum a fost. Cred că intenția mea a fost mult mai nevinovată. Am vrut doar să văd cum sărută... Oare!? Nu mai sunt de mult în clasa a șaptea!

Nu îmi vine să cred că am avut inițiativa să îl provoc... Și după cum a reacționat la început și șocul în care se pare că a rămas... nici lui nu-i vine să creadă. Încerc să rup vraja, ridicându-mă să iau o țigară și revenindu-și puțin, mă roagă să îi dau și lui pipa și restul parafernalei, să și-o aprindă. Îmi găsesc puloverul și dau să îl pun pe mine dar se ridică într-un cot și mă oprește cu un gest rugător.

"Mai rămâi așa... Îmi place să te văd dezbrăcată," apoi continuă, dând din cap și privindu-mă fără pic de discreție. "Ai un corp foarte frumos..."

Nu mi-a mai spus nimeni așa ceva până acum și m-aș înroși, în mod normal... dar după ce s-a întâmplat între noi adineaori, ce rost mai are...

"Intenționam să îți mai arăt puțin picioarele, dar fiindcă te lăcomești am să mă învelesc cu plapuma!" râd eu, procedând exact precum zic, în drum spre baie.

Când mă întorc, îl găsesc în aceeași poziție, fumându-și pipa, total preocupat de reapariția mea. Îmi face semn să vin lângă el, dar pe moment vreau să îmi aprind și să savurez și eu o țigară fără alte întreruperi, ceea ce implică să păstrez distanța. Mă așez două paturi mai încolo, învelindu-mă bine, cu picioarele strânse sub mine și spatele sprijinit de perete, cât mai comodă.

Nico își dă deodată un pumn în frunte, în glumă, dovedind că începe să își revină.

“Și i-am promis lui Mihai că am grijă de sora lui...!!!”

Mă întreb dacă a mai promis și altora că nu se va întâmpla nimic... dar ce rost are să îmi stric buna dispoziție. Simt ca niciodată, o pace divină care a pus stăpânire pe mine și în momentele acestea nu cred că mă poate întrista sau enerva nimic. Sunt atât de împăcată cu mine însămi și încântată că l-am sedus pe Făt Frumos încât îmi vine să rad fără motiv, ca proasta.

Nico se ridică în pielea goală și se duce să butoneze la casetofonul vechi de lângă fereastră. Îl urmăresc cu curiozitate, cum făcuse și el înainte. Are într-adevăr o conformație perfectă, suplă, fără mușchi exagerați, doar cât trebuie. A găsit o casetă de Rock și dă drumul în surdină unui album ACDC, care începe în temă... cu piesa *Thunderstruck*. Vine apoi unde m-am retras și smulgând plapuma se ghemuiește lângă mine, dedesubt, învăluindu-mă cu brațele lui puternice.

Nu trece o jumătate de oră și ne sărutăm iar și chiar dacă acum suntem în stare să și vorbim, printre picături, plăcerea ne ia din nou prin surprindere, sufocându-ne.

“O să avem mâine de refăcut toate paturile,” observă el, în șoaptă.

“Vrei să ne mutăm înapoi pe masă?” chicotesc eu prinzând momentul când gura lui nu este peste a mea. Mă amuțește imediat și are un fel de a o face care îmi trezește cei mai nebănuiți fiori și o euforie absolut nouă de care mă credeam incapabilă. În viața mea nu am simțit asemenea impulsuri țâșnind din cel mai adânc colț al ființei. Abia acum înțeleg ce încerca Alexandra că îmi povestească că simte cu Robert, când prindeau ocazia, în lipsa părinților ei. Nu îmi este clar de ce eu am abia acum această revelație... dar mă bucur că miracolul s-a produs, și îmi pare bine că autorul a fost Nico.

Până dimineața pierdem șirul și nu mai are nici o importanță de câte ori facem dragoste sau cât de mult durează cea mai lungă unire a corpurilor noastre. Petrecem toată noaptea unul în brațele celuilalt, nesățioși, experimentând diverse acrobații pe mobilele din cameră. Ne iubim cu blândețe sau cu furie, pe rând, uitând de oboseală și de sete.

Încerc să recuperez timpul irosit, când am crezut că sexul produce plăcere numai bărbatului, să mă satur de ceea ce mi-a lipsit fără să știu, de atâta timp. Ne mângâiem trupurile la nesfârșit în explorările cunoașterii reciproce, cu dorința de a ne aminti fiecare curbă și mușchi, de a învăța reacțiile celuilalt și punctele sensibile.

Într-un târziu, când afară apar primele raze cenușii de lumină, adormim, sincronizați ca și până acum, Nico cu capul pe pieptul meu, învelindu-mă protectiv cu tot corpul.

Capitolul 11

Trezirea de luni dimineață la realitate mi se pare infernală. Mă dor toate cele de parcă aș fii fost bătută mărunt cu ciocanul. Lipsa de exercițiu fizic de toate felurile se resimte în fiecare mușchi și strâng din dinți cât pot, să nu mă văicăresc când mă strecor tiptil peste Nico să mă pregătesc de ziua care începe și pe care nu o aștept cu nici o plăcere.

Acum, pe lumină, nebunia de azi-noapte mă îngrozește și dușul fierbinte pe care îl fac în fugă nu poate spăla nici sentimentul de culpabilitate nici jena pe care o simt. Cum am putut să îl atac pe prietenul fratelui meu, să îl corup, să stric o relație de amiciție romantică, atât de veche și nevinovată?! Aș vrea să mă ascund, oriunde, pe drenă în jos, dacă ar fii posibil, și să nu mai dau niciodată ochii cu el oricât de mult mi-ar place, oricât de bine m-am simțit nu demult.

Când mă întorc în cameră, Nico este deja îmbrăcat și se încruntă în jurul lui, preocupat. Mă privește să vadă dacă spun ceva, eu tac, fără glume și apropouri. Nu mai am putere să scot nici un spirit și mi-a trecut cheful de aluzii. Punem așternuturile frumos la loc, aranjând fiecare alt pat, să rămânem la distanță.

“Vrei să te întorci acum în București?” întreabă el neutru.

Sesizez că a vorbit la singular. Este prea târziu pentru el să mai ajungă astăzi la școală. Dau din cap în semn de aprobare și după ce aerisim puțin camera, încuiem în urma noastră și plecăm pe furiș, ca niște intruși. În afară de durerea fizică pe care o simt la fiecare pas, am senzația perpetuă că rămân fără aer, de parcă aș avea o mână peste nas și pe gură.

Coborârea treptelor spre oraș este un chin dar simt că îmi merit fiecare secundă de suferință. Nico are o prietenă cu care este de șase ani, unde mi-a fost capul?! Chiar dacă au probleme, cine mă cred eu să intervin și să îi influențez deciziile?! Și la ce bun??! Parcă luasem hotărârea personală să rămân neatașată, să îmi pot urma școala mai departe, afirmarea în artă, visele...

În gară, Nico mă întreabă dintr-o dată dacă vreau bilet, să nu merg singură cu nașul. Îmi explică fără să mă privească în ochi că oricum a pierdut ziua de cursuri și vrea să dea o fugă pe la mătușa din Bușteni. Nu pomenește nici o clipă să vin cu el... Să înțeleg că vrea să rămână de capul lui, să analizeze ce s-a petrecut între noi... Sau pur și simplu, vrea să scape de mine.

Trenul meu vine primul și mă conduce până la scară. În ultimul moment mă trage înapoi, lângă el, și mă sărută pe creștet, iute, înainte de a îmi da drumul să urc. Rămâne pe peron, făcându-mi cu mâna, și simt cum împotriva voinței pe care încerc să mi-o chem în ajutor, ochii mi se umplu de lacrimi care dau pe dinafară, într-o cascadă de amărăciune și nesiguranță. De abia reușesc să ajung la toaletă încuindu-mă înăuntru, să plâng în voie, nu știu cât timp, și nu înțeleg de ce.

În disperarea mea dintre serviciul de la fabrică, singurătate și extenuare, în momentul când îl revăzusem din tramvai apelasem în subconștient la o amintire frumoasă, reactivând un vis copilăresc, uitat de mult. Reîntâlnindu-l și pe Mihai, imaginația mea o luase razna și reușise să mă captiveze total. Cu atât mai mult cu cât maturitatea îi stă bine lui Nico, și când dădusem nas în nas cu el la patinoar îmi plăcuse și mai mult...

Retrăiesc moment cu moment scena de pe gheață și îmi dau seama cu durere adâncă de faptul că mi-am făcut iar iluzii, fără să vreau, închipuindu-mi că viața mea amoroasă poate lua alt curs decât al singurătății, cel puțin pentru câțiva ani buni. Mă tem însă că abia când Liviu va mai crește și mă voi apropia de absolvirea facultății, identitatea mea nu va mai fii periclitată de o relație...

Îmi dau iar palme mintale, pedepsindu-mă că am putut să cad pradă romantismului și dorințelor mele secrete… Că am îndrăznit să îl văd ieri seară pe Nico în cu totul altă lumină. Mi-a plăcut întotdeauna dar niciodată ca până acum. Cu statura lui înaltă, mândru și suplu, cu pletele și barba lui, și mai ales cu ochii fantastic de verzi și senini.

Pentru o zi și jumătate, am fost doi adolescenți îndrăgostiți care ne-am făcut de cap la discotecă, pe munte, la jocuri. Apoi... am rămas singuri și totul a luat o altă formă. Nu ar fii trebuit să depășim limita amiciției care mergea atât de bine. Nu că restul ar fii mers prost… îmi șoptește un diavol mic, ascuns în mintea mea întortocheată.

Poate că descoperirea senzualității cu Nico s-a petrecut prea devreme după despărțirea de Cornel. Poate că sunt încă insuficient de matură să rezist la o legătură serioasă. Să mă fii speriat oare intimitatea dintre noi, idila neașteptată? Nesperată?

Nu știu ce se întâmplă cu mine și îmi dau seama că gândurile mi se contrazic în minte și nu mai înțeleg nimic. Poate a fost totul doar un divertisment. Al cui? Greu de spus. Nu am nici o explicație clară, din fericire… nici de dat, nici de primit. Pur și simplu ne-am luat rămas bun în gară și vor trece iar ani de zile până ne vom întâlni iar, din întâmplare… Mă podidesc din nou lacrimile, drept care mă închid înapoi în toaletă, până în Gara de Nord.

Pe la patru după amiază mă trezește mama să nu întârzii la liceu și îmi este ciudă pe mine când realizez că primul gând conștient a fost să mă întreb dacă o fii ajuns și Nico în București.

Evit curiozitatea mamei cât pot. Vrea să știe cum m-am distrat la munte, cum este soția lui Mihai, dacă mi-a fost frig. Mă întreabă de apreschiurile cele noi și nu scap până nu îi explic că le am de la Alexandra cu împrumut, pentru că mi s-au rupt bocancii. Își aduce aminte că Al m-a sunat de dimineață, înainte de a ajunge eu acasă.

Aș vrea să îi telefonez și să îi povestesc noile mele experiențe, cât de fericită am fost ieri și cât de scump plătesc astăzi... Să îi cer părerea și sfatul, chiar dacă nu îl urmez niciodată. Dar nu sunt în stare să pun mâna pe telefon fiindcă știu că s-a supărat fiindcă am lăsat-o baltă, să se întoarcă cu glezna scrântita, fără mine. Mă simt vinovată și față de ea și față de ceilalți prieteni, și față de Cătălina, chiar dacă nu am simpatizat-o nici o secundă.

Îmi iau cărțile și plec spre Lazăr, certându-mă tot drumul în gând cu mine însămi.

Ar fii trebuit să îl sun măcar pe Mihai, să îl întreb dacă totul este în ordine între el și Camelia... Dar dacă i-aș auzi vocea, al treilea lucru pe care l-aș întreba ar fii ce știe de Nico. Să văd dacă are idee... ce s-a întâmplat între mine și el. Nu, în mod sigur nu va afla decât de la mine, și doar dacă mă hotărăsc eu să îi spun într-o bună zi. Doar fratele meu m-a lăsat în grija lui, a avut încredere... Nico nu poate să se laude că am făcut amor o noapte întreagă și dimineața ne-am luat la revedere.

Poate am timp să o sun pe Silvia în pauză, să îi mărturisesc ei toate păcatele și să mă descarc. Ea este mult mai tolerantă și mai înțelegătoare decât sora ei și nu o să mă certe. La urma urmei, noi am lăsat-o în București să studieze și ne-am dus să ne distrăm la munte...

Corina apare ca o vijelie în ora de matematică și se așază iute lângă mine. A întârziat, dar măcar este aici, și mă bucur imens să o văd. Mi-a lipsit zilele trecute. Abia aștept să se termine cursul și ieșim la țigară. Vreau să știu ce a fost cu ea și îmi povestește că i-a fost rău mamei ei, probabil de la ficat, și că a rămas acasă să îi facă ceaiuri și mâncare. Apoi mă întreabă ea, direct, cine, exact, era tipul de la patinoar, cu ochii verzi. Atât a reținut ea, că are niște ochi 'revoltător de frumoși', închei citatul.

Și în compania ei teribil de încurajatoare îmi descarc în fine sufletul, povestindu-i cu lux de amănunte cum l-am cunoscut când aveam paisprezece ani, cum a apărut iar în viața mea, și ce am făcut la munte. Consumăm o jumătate de pachet de țigări și sărim peste ora de economie politică, despre care oricum suntem în unanimitate de părere că nu îi trebuie nimănui.

Mă așteptam să plâng iar dar constat încurajată că reușesc să rămân detașată și să îi relatez toată aventura ca și cum i-aș spune despre un film văzut la cinematograf, cu personaje pe care nu le cunosc în carne și oase și situații care nu au nici un impact direct asupra mea.

Pe fața Corinei se vede că este profund impresionată și îngrijorată pentru mine. Părerea ei este să nu pun nimic la inimă, pentru că este absolut normal ca prima relație după o despărțire serioasă, cum a fost între mine și Cornel, să fie destinată eșecului, din start.

"Consideră că în situația cu Nico ai procedat ca un bărbat. Te-a atras, ai profitat de el, ți-ai luat 'La revedere'," concluzionează ea cu înțelepciune.

Nu-mi vine să-mi cred urechilor cum a întors ea lucrurile, să sune bine.

"Am 'profitat de el'???"

"Bravo ție. Dacă reușești să nu îl suni cel puțin o lună, ești vindecată și de el și de Cornel. Cui pe cui se scoate, știi cum se spune."

"Nici nu am numărul lui..."

"Cu atât mai bine! Laura, dacă vrei să mă asculți, încearcă să îți faci un plan care să funcționeze ca o ecuație matematică. Dacă faci x și y, se va întâmpla următoarea chestie!"

Mă uimește cât de firesc i se pare să dea soluții algebrice problemelor mele de suflet. Dar o ascult, fiindcă animația ei este contagioasă și îmi ridică moralul.

"Care este formula pe care mi-o recomanzi?"

Râde scurt, amuzată de circumspecția tonului meu.

“Numește-o cum vrei. Principalul este să poți privi lucrurile la rece, să le înțelegi. Din ce am văzut eu la maică-mea până acum, bărbații au toți aceleași tendințe, mai rele sau mai bune, dar de obicei mai rele. Sunt curioși fiindcă bănuiesc că nu sunt două femei cu care să se simtă la fel în pat. Unii au ambiția de a își dovedi cât succes au, cu câte tipe reușesc să se culce în viață. Majoritatea însă o fac din instinct sexual, din dorința de a își satisface pofta. Ceva nou este întotdeauna tentant.”

Mă uit la ea fără să înțeleg unde vrea să ajungă. Până aici s-ar putea să aibă dreptate, dar ce are asta cu Nico? Nu el a sărit pe mine... Cu toate că a făcut glume și mi-a dat atenție mai multă decât prietenei lui.

Corina continuă să mă dăscălească, împărtășind cu mine concluziile la care a ajuns observându-i-i pe alții din jur, pentru că mi-am dat seama că nici ea nu are mai multă decât mine. Poate nici atât...

“Tu încerci să te îndrăgostești iar și nu cred că asta îți trebuie. Dragostea este o boală... de ochi. Când ți se aprind călcâiele, devii convinsă că tot ce face ‘el’ este corect, grozav, sublim. Îl vezi drept cea mai frumoasă și inteligentă persoană de glob. Accepți orice și îți pierzi voința personală.

“...Mai târziu, când timpul trece, începi să îți dai seama câte defecte are, îți dai cu pumnii în cap, și te plângi că ai fost legată la ochi. Vrei să o iei de la capăt?! Încerc să îți explic că dacă poți reacționa ca un bărbat este mai bine. Pentru tine. Ți-ai făcut damblaua cu tipul ăsta care te-a impresionat de la început, acum ai termen de comparație cu cel dinainte și poți să mergi mai departe. De ce îți faci atâtea probleme?!” încheie ea gesticulând ca o profesoară la tablă.

Trebuie să luăm pauză din discuția noastră aprinsă fiindcă soneria anunță ora următoare. Trigonometria pe care nu îmi permit să o pierd și de care am nevoie să îmi măresc media. Dar atenția mea patinează aiurea și nu mă pot concentra nici măcar un minut. În capul meu este o furtună nebună cu vânturi care își schimbă direcția dintr-un moment în altul.

Analizez pe rând cuvintele Corinei, constatând că ecuația ei este de fapt o teoremă care nu se aplică în cazul de față. Nu îl consider pe Nico cel mai frumos bărbat din lume. De fapt, sunt convinsă că își cunoaște și el defectele. Barba pe care o poartă încearcă să ascundă un maxilar încăpățânat și gura puțin strâmbă, probabil ruptă într-un accident din copilărie. Am remarcat că are o cicatrice pe sprânceană, în aceeași parte a feței. Nasul îl are prea drept și profilul ar părea dur dacă nu ar avea păr lung, mai ales când se încruntă.

Diavolul mic din mine bate cu pumnul în inimă, să îi aud și lui argumentele. "Te uiți ca vulpea la strugurii de pe gard la care nu ajungi și încerci să te convingi că's acri! Unde ai mai văzut așa corp perfect?! Asemenea ochi verzi?! Și când ridică sprâncenele sau când zâmbește este absolut irezistibil!"

Irelevant, îl cert eu în gând, împingându-l înapoi, în abisurile minții. Nu mi-am dorit niciodată un Adonis. Important este că m-a atras ca un magnet de la prima privire. Și că îmi plac defectele lui chiar dacă le văd. Mai puțin... cel mai grav dintre ele, faptul că are o prietenă.

Cea mai mare nelămurire a mea este de ce m-am culcat cu el la Sinaia când știam care este situația. Oare de ce m-am expus de bună voie la riscul de a suferi după ce consumarea aventurii?! Și întrebarea cheie este... Îmi doresc oare un bărbat cu care să încep o poveste fără sfârșit vizibil la orizont...? Sau doar o bucurie intensă de moment după care să îmi iau rămas bun și să îmi văd de drum?

Mă tem că viața trece pe lângă mine din încercare în încercare, sperând în van că nu toate pisicile sunt negre. Dorindu-mi în ciuda logicii ca într-o bună zi să nu mai fiu dezamăgită. Să nu îmi mai fie frică de dragoste. Oare acesta este răspunsul nesiguranței mele? Îmi este teamă să nu fiu rănită într-o relație de durată și de aceea am profitat de Nico, știind că este deja legat de altcineva?!

Ultimul gând îmi reverberează în cap, cu ecouri. În cazul acesta, Corina are dreptate și am profitat de el. Chiar dacă acum îmi este atât de dor încât mă doare inima, ceea ce simt nefiind deloc doar o figură de stil. În schimb, beneficiul de necontestat este că de ieri, din sufletul meu a dispărut orice urmă de nostalgie după Cornel.

Abia acum, spre ușurarea mea, simt că orice a fost frumos între noi s-a spulberat fără urme de parcă nu ar fii existat vreodată, și nu mă mai îndoiesc de decizia despărțirii de el. Plimbările nocturne prin parcuri, ieșirile la film și cofetărie le-am arhivat definitiv pentru a fii revăzute doar peste cincizeci de ani. Sau mai târziu. Sau niciodată.

A rămas numai realitatea tragică care m-a adus unde sunt acum. Linia trasă sub toate reproșurile pe care mi le-a făcut cât am fost împreună, încărcându-mi nota de plată, ca un bun ospătar ce este, adunând și data.

Încep să mă simt mai bine, încercând să păstrez intacte doar avantajele excursiei de la munte. Pentru prima dată am fost pe pârtie, am încercat să schiez, m-am dat cu o sanie adevărată, am fost la discotecă, am jucat biliard și popice. Am vizitat 'cel mai minunat oraș de pe Valea Prahovei' și am petrecut o noapte de neuitat cu Făt Frumos din basmele copilăriei.

Poate că ar fii totuși bine să mă gândesc din nou la acel plan meticulos pe care începusem să-l construiesc în secret săptămână trecută. Lista de reguli cu ceea ce ar trebui să fac și să nu fac, în așa fel încât să mă respecte lumea și să mă ia în serios. Care să mă ajute să îmi schimb radical personalitatea docilă, reușind să dau la o parte tot ce se pune în calea viselor mele.

Îmi notez mintal obiectivele pe care le am de atins, enumerându-le ca pe niște versuri păgâne. Nu voi mai permite nimănui să îmi manipuleze acțiunile. Nu voi mai accepta compromisuri și jumătăți de măsură doar pentru a evita un scandal penibil, sau pentru a fii pe placul opiniei publice. Voi accepta consecințele pașilor greșiți cu fruntea sus și îmi voi corecta din mers abaterile de la drumul stabilit.

A fost dorința mea să fac dragoste cu Nico, fiindcă mi-a plăcut de când l-am văzut prima oară și pentru că aveam nevoie de el să îmi curăț sufletul și trupul de amintirea fostului meu soț, de care mă simt acum vindecată. Mi-am atins scopul și pot să îmi continui calea ușurată. Pot oare...!?

S-au terminat orele și aștept din nou tramvaiul care mă va duce acasă. Corina a luat troleibuzul și sunt din nou singură, cu gândurile mele. Respir mai calmă, reușind să fiu – cel puțin în acest moment – mandră de mine. O satisfacție caldă îmi topește treptat tristețea și mă bucur din inimă, înțelegând că prima țintă a planului a fost atinsă.

Prietena mea a avut dreptate, 'cui pe cui'. L-am scos pe Cornel din suflet pentru totdeauna și ce va urma… vom trăi și vom vedea. În ceea ce-l privește pe Făt-Frumos, mi se pare degradant să mă lupt cu altă femeie pentru el și în mod sigur nu am intenția să comit o asemenea greșeală...

Capitolul 12

Este deja miercuri și am dormit târziu, evitând lumea în continuare. Sfârșitul tumultuos de săptămână a rămas în urmă dar amintirile mă obsedează încă, refuzând să pălească măcar un strop. Alexandra nu m-a mai sunat, în schimb mama îmi spune că ieri m-a căutat un băiat politicos care s-a prezentat Nicolas și a rugat-o să îmi transmită că trebuie să discutăm ceva și că va încerca din nou să mă găsească.

Ha! Deci i-a cerut până la urmă lui Mihai numărul meu, pentru că nostru nu există în cartea de telefon fiind instalat abia anul trecut. Îmi potolesc bătăile inimii și mă ridic. Corina a promis că dacă nu comunic cu el o lună, o să-mi treacă. Mă îmbrac repede, mănânc cu Liviu, și ies până la magazinul de pâine să îl apelez pe Mihai de la un aparat public, fără urechile mamei în preajmă.

"Laura, soro, ce-i cu tine, te-ai dat la fund!"

"Am avut o febră musculară că de abia m-am dus la școală zilele astea!" încerc eu să dau o nuanță cât mai veselă convorbirii. "Cum ești cu Camelia, totul în regulă?"

"O, da, totul este normal, ca înainte. Nevastă-mea este doar puțin ciufută de felul ei și o ia razna când are impulsuri… speciale. Apropos de 'impulsuri', i-am dat lui Nico numărul tău. Zicea că ți-a promis că aranjează să dai interviu la IPA. Te-a căutat?"

"Ăăă… Da, dar nu eram acasă și a vorbit cu mama și nu i-a lăsat mesaj."

“Ai cu ce să îți notezi telefonul lui? M-a rugat să ți-l dau dacă vorbim.”

Nu am cum să dau înapoi. Ar suna nelalocul lui să zic că nu mă interesează o posibilă angajare ca desenator tehnic... Drept care mă scobesc în geantă, găsesc un pix și scriu în palmă ce îmi dictează fratele meu.

Apoi vrea să știe cum a fost ultima mea zi la munte. Tonul lui mă asigură că nici prin cap nu-i trece ‘cum a fost’ în realitate. Îi povestesc de Furnica și de Cota 1400, de săniuș, de cazinou, chiar și de bocancii distruși. Mihai râde și mă felicită că am ales să îi las pe ei toți să-și ia problemele acasă și să profit de încă o zi.

Bine că nu știe nimic despre noapte!!!... Sper să rămână așa.

Mai schimbăm câteva noutăți și închid, după ce ne promitem să ne întâlnim iar la cofetărie, în curând. Mă întorc acasă și intru în cameră tocmai când sună telefonul. Ridic receptorul, fără să mă gândesc mult și... îmi răspunde o liniște încărcată de trosnituri statice. Drag îmi e de ăștia care nu au ce face și se distrează deranjând lumea.

Îmi amintesc că făceam și eu același lucru cu Alexandra când nu erau ai ei acasă, nu cu mulți ani în urmă. Apelam toate numele de Iepure din cartea de telefon și dacă răspundea cineva strigam “Buum!!!” în receptor și închideam, stricându-ne de râs. Dar nouă ne-a trecut, cu vârsta.

Acum, cel este la capătul firului nu zice nimic. Apoi aud iar niște clicuri și... muzică. Dau să trântesc receptorul dar îmi dau seama că melodia este *Don't Let Me Be Misunderstood*, cu Santa Esmeralda. Ghicesc imediat cine mă caută...

Ascult, vrăjită de amintirea discotecii din Bușteni... și a brațelor lui Nico în jurul meu. Aștept aproape trei minute, să se termine cântecul. Nu pot nici măcar să mă relaxez într-o poziție potrivită audiției, telefonul nostru fiind agățat cu panglici pe perete, sus, unde nu ajunge

Liviu să îl demonteze. Puştiul are înclinaţii tehnice precoce, şi o dată am căutat piesele receptorului prin toată casa.

"Alo?" aud vocea lui Nico, când se face linişte.

"Aici sunt. Mulţumesc pentru melodie..."

"Vreau să vorbesc ceva cu tine... Putem să ne vedem?"

"Nu, încă nu. Poate peste o lună..."

Peste distanţa dintre noi, stupoarea lui este palpabilă. Parcă îi văd sprâncenele interogative şi cum îşi dă ochii peste cap.

"E prea mult o lună," răspunde el într-un sfârşit.

Panichez, simţind că nu mai am mult şi voi alerga să îl întâlnesc oriunde şi oricând, chiar acum dacă se poate. Nu vreau nici să îi pronunţ numele.

"Laura, este ceva serios."

Nu mai spune! De parcă până acum a fost totul o glumă, îl reped eu în gând.

"Spune-mi la telefon."

"Nu este o discuţie de purtat la telefon," insistă el.

Îmi este ciudă pe mine şi jenă de fiorii pe care îi simt numai auzindu-i vocea, şi asta mă irită.

"Nu pot acum, ţi-am mai spus."

"Când?"

"Nu ştiu..." şi spre scurta mea satisfacţie îi închid în nas, întrerupându-l.

Răsuflu adânc. Nu mi-a greşit cu nimic dar nu ghicesc care pot fii subiectele posibile de conversaţie personală. Dacă într-adevăr mi-a aranjat un interviu la IPA, putea să îmi dea detaliile pe loc. Numai ceva mult mai intim poate avea nevoie de o întâlnire faţă în faţă şi nu sunt sigură că i-aş putea rezista, sau că aş vrea să îi rezist. Are o prietenă şi nu vreau să fiu 'roata de rezervă'. Mi se pare incorect să îi iau iubitul

Cătălinei după ce a așteptat după el atâția ani. În viitor, dacă rămâne singur, mai vedem.

Telefonul sună iar și împotriva tendinței de a nu răspunde, smulg receptorul.

“Alo!!!”

“Laura!” se răstește Alexandra la mine.

De ce mă simt oare decepționată că este ea și nu... altcineva? Îmi confirm identitatea, la care prietena mea mă informează pe ton autoritar că este jos, la poartă, și vrea să stăm de vorbă. Of, de ce toată lumea are ceva important de dezbătut cu mine și nu mă lasă în pace?! O simt ostilă și sunt dezamăgită că s-a supărat atât de tare că am rămas la munte fără ea. Eu nu mă ofensez atât de ușor...

Cobor și o invit sus dar mă refuză și ne aprindem țigările pe trotuar. Ne uităm una la alta un timp, apoi, văzând că nu am de gând să mă justific în fața ei, începe ea dialogul.

“Te-ai culcat cu Nico?”

“Dacă ții neapărat să știi, da.”

“Cum ai putut face așa ceva, Laura?!” vrea să știe ea, atât de indignată de parcă i l-aș fii luat pe Robert de lângă ea, cu ani în urmă.

“Ce vrei să spui?”

“Tu ești încă măritată cu Cornel. Și tipul ăsta era cu prietena lui la munte!!!”

Strâng din dinți pentru că îmi vine brusc să plâng dar mă și înfurii fiindcă nu văd de ce mă judecă. Ce importanță are că mai sunt căsătorită?! Ce mare dezastru național am produs dacă l-am împrumutat puțin pe Făt Frumos?! Nu i-am luat... bucățica de tot. S-a întors întreg la Cătălina!!!

“Florin era cu noi, îl cunoaște pe Cornel. Dacă se întâlnesc și povestește toată afacerea îi dai avantaj de cauză la divorț!” își explică ea atitudinea, înmuindu-mă.

Apoi izbucnește în lacrimi și se repede la mine să mă îmbrățișeze, strângându-mă tare și bolborosind pe umărul meu.

"Nu vreau să te văd iar suferind după un alt bărbat, nu meriți! Nu găsești și tu unul liber!? Știu că Nico e frumos și ți-a plăcut de mult, dar nu pare legătura care îți trebuie acum!"

Este a doua care îmi spune același lucru în săptămâna asta și nu găsesc nici un argument contradictoriu. Ne pupăm și plângem amândouă, ca proastele, împăcându-ne.

"Îl iubești?" mă întreabă Alexandra, ștergându-și ochii și făcând un pas înapoi.

"Sper că nu... A fost numai o atracție de moment," mint eu dându-mi seama că este prima dată când nu mă simt în stare să îi spun tot adevărul. Dezaprobarea ei a ciobit legătura de suflet pe care o aveam și chiar dacă în timp o voi ierta cu desăvârșire, acum îmi este greu să uit.

"Când am văzut că nu vă întoarceți de la discotecă am crezut că ați fugit în lume!" chicotește ea înveselită.

Ce bine ar fi fost dacă s-ar fi putut, mă gândesc eu.

"Nu mai fii tristă, Laura. Adu-ți aminte ce ți-a spus fratele tău. "Va ieși soarele și pe strada ta." Ai să îți găsești un serviciu bun, mai ai puțin și termini liceul, intri la Grigorescu, și într-o zi ai să te îndrăgostești iar, de cineva care îți va demonstra că nu toți bărbații sunt așa cum crezi tu acum."

"Numai la bărbați te gândești. Deocamdată subsemnez numai la primele obiective... Am avut destul timp piatra de gât și abia îmi cresc aripile la loc..."

"Și cu dragostea cum rămâne?"

"Poezie, Al. Pură poezie. Te credeam înclinată mai mult spre proză."

Alexandra cedează la a doua invitație și vine sus cu mine, să bem o cafea. Discuția devine mai practică, învârtindu-se în jurul subiectului reangajării mele, undeva unde să nu mai urăsc ce fac în fiecare zi. Prietena mea are o inspirație bruscă.

“Laura, mi-ai povestit odată că ai luat locul special pentru fantezie la concursul de benzi desenate, la revista Cutezătorii. Parcă erai în clasa a cincea, înainte de a ne cunoaște. Țin minte că ziceai că te-au invitat la Casa Scânteii să îți înmâneze premiul, și ai cunoscut un grafician de la redacție, cel care te-a felicitat oficial.”

Mă uit la ea, nesigură unde bate. Încă mai am ediția în care mi-a fost publicată contribuția câștigătoare. Și ce-i cu asta? Apoi ghicesc ce are în minte.

“Desenator la redacția unei reviste pentru copii ar fii un post-mănușă pentru tine! Ce ar fii să îl cauți pe tipul ăla? Presupun că tot acolo lucrează.”

“Marcel Pleșan îl cheamă și era pe atunci șeful colectivului de grafică la Cutezătorii!” îmi aduc eu aminte. “Ești un geniu!!!”

Trecem imediat la treabă, răsfoind cartea de telefon, cu nerăbdare. Liviu se amestecă și el între noi, fugind de la bunică-sa care bombăne că iar o să îmi găsesc altceva de făcut în loc să stau să învăț, să obțin o meserie adevărată.

“Mama, nimeni nu mă angajează acum ca profesor de matematică! Nici ca medic. Zic mersi dacă pot să intru la Casa Scânteii!!!”

Nu poate să înțeleagă de ce vreau să muncesc când ‘am de toate’ acasă iar eu prefer să nu intru în amănunte cu ea, să îi explic de ce simt nevoia să am banii mei și să nu mai fiu Cenușăreasa familiei.

Al găsește numărul căutat și sun pe loc. După câteva transferuri, îl obțin chiar pe Pleșan și încep prin a îi spune cine sunt, aducându-i aminte de mine. Are memorie bună și ca dovadă încă știe ce premiu am luat atunci, și că am venit cu mama mea să îl iau.

Îi explic cât de succint pot că sunt acum elevă la seral și am nevoie de o slujbă cu program numai de dimineața, care nu este ușor de găsit. Este de acord să ne întâlnim și discutăm problema. Îmi dă adresa atelierului de grafică pe care îl are pe Strada Eforie, nu foarte departe de mine, și stabilim să trec pe la el sâmbăta pe la patru, cinci.

Prietena mea mă îmbrățișează încântată de progresul făcut și aruncă și alte idei constructive. Știe că nu l-am sunat încă pe tipul cu atacul de inimă care mi-a făgăduit cel puțin sfaturi, și îmi reamintește că nu am ce pierde căutându-l. Apoi îmi promite că se va uita zilnic la anunțurile din ziar, și că îi va mai întreba o dată și pe ai ei dacă nu au vreun post liber unde lucrează ei.

Înainte de a pleca la școală mă duc să caut ceva de mâncare în frigiderul antic din bucătărie. Până nu demult, când era cald afară, alimentele perisabile le păstram într-un dulap izolat termic unde Cornel punea aproape zilnic blocuri de gheață. Acum am scapăt și de răcitor și de Cornel. Avem frigider… moștenit de la un vecin din curte care a murit.

Era un domn bătrân care glumea întotdeauna cu mine, de câte ori mă vedea. Amintirea rudelor lui care împărțeau ‘prada’ îmi revine o clipă în minte. Ca niște corbi care ciuguleau cărți, tacâmuri, tablouri. Fata lui și-a adus aminte de mine și ne-a oferit Fram-ul cel vechi de care oricum voiau să scape...

Pe care îl deschid cu lehamite, constatând că este aproape gol. Mă uit cu scârbă la supa făcută de mama pe care o conține, care nu mă tentează deloc, găsindu-mi scuză că i i-o las mai bine lui Liviu. Încolo... mai este doar lapte și unt.

Din fericire, Al nu vrea să mănânce fiindcă încearcă iar să slăbească, probabil cu gândul la George, blondul care i-a plăcut la munte. Eu îmi ung o felie de pâine la repezeală și pornim împreună în direcția aproximativă a liceului meu și a blocului ei.

La un moment dat, drumurile noastre se vor bifurca și fiecare o va lua în altă parte. Ca și în viață... reflectez eu, cu înțelepciune... Și tristețe.

Capitolul 13

Am intrat în martie și frigul începe să cedeze. Urmele de zăpadă maronie, urbană, au dispărut, lăsând în urma umezeală și mizerie. Ghioceii și alte frumuseți primăvăratice sunt doar prin parcurile de care nu am mai avut chef în ultimul timp.

Îmi este imposibil să nu mă gândesc la Nico în fiecare zi, mai ales pentru că mă sună mereu. Dacă se întâmplă să răspund, îmi pune Santa Esmeralda și tace.

Într-o zi, total premeditat, m-am dus la Alexandra, fiindcă că ea are și casetofon și o caseta cu *Don't Let Me Be Misunderstood.* Am pretins că am chef să îl ascult, așa, pentru atmosferă, și din fericire, Al nu a făcut legătura.

Când s-a dus să facă duș și m-am văzut singură în cameră, am format numărul notat pe care îl transferasem în agendă dar îl știu și pe de rost, chiar dacă nu l-am folosit încă niciodată. Fără să scot nici un cuvânt, am pus doar melodia noastră lângă receptor...

Nici el nu a vorbit. A ascultat până s-a terminat cântecul și am închis. Se pare că este modul nostru mai nou de a comunica, de a spune fără cuvinte că ne este dor unul de altul dar împrejurările nu sunt potrivite.

Astăzi este sâmbăta, zi importantă când sper să rezolv problema mea cea mai arzătoare și de actualitate. Anticipez cu plăcere reîntâlnirea cu graficianul de la Casa Scânteii, pe care mi-l amintesc ca pe un om în jur de patruzeci de ani, brunet, mic de statură și subțire. În memoria mea, primirea călduroasă a vizitei de atunci la redacție îmi dă speranțe. Cât de minunat ar fii să lucrez la revista mea preferată din copilărie!

Intenția mea este să mă îmbrac cât pot de frumos, să proiectez impresia că o slujbă de birou este exact ceea ce mi se potrivește. Considerând garderoba mea limitată, îmi dau seama că nu este chiar așa de simplu. Găsesc până la urmă o fustă din stofă gri, dreaptă, până sub genunchi, pe care mi-am făcut-o acum doi ani pentru cununia civilă a unei foste profesoare. Adaug cămașa mea favorită din adolescență, cizmele noi, și mă învârt în fața oglinzii, satisfăcută.

Înainte de a mai primi vreun telefon care să îmi zdruncine starea de spirit, ies din casă și mă îndrept pe Calea Victoriei în sus, plină de optimism. Atelierul lui Pleșan este la nici zece minute, ușor de găsit. Privind prin vitrina largă îl văd așezat la o masă, lucrând la ceva, concentrat. În jurul lui sunt cel puțin cinci, șase șevalete pe care sunt expuse diverse desene în alb și negru, probabil lucrările lui. Pe pereți sunt altele, înrămate. Atelierul pare să fie și expoziție, în același timp.

Îmi iau inima în dinți și bătând mai mult de formă în geamul ușii, intru și îl salut cu încredere. Își ridică ochii spre mine întâmpinându-mă cu mâna întinsă.

"Laura, ce mare și frumoasă ai crescut! Ia loc," mă invită cu un gest larg, galant, oferindu-mi unul din scaunele moderne, aranjate în jurul mesei joase de lângă fereastră. Acesta pare a fii colțul destinat ședințelor sau interviurilor... mă gândesc eu.

"Bei ceva? Am un coniac bun, whisky, votcă..."

"Mulțumesc, dar nu prea sunt băutoare de tărie..."

"Insist! Doar să guști puțin," nu se lasă el și în două minute revine din spatele atelierului cu două pahare. "Dacă nu ai vreo preferință, te servesc cu Stolichnaya, favorita mea."

Accept paharul cu toate că mă irita nițel faptul că mi-a ignorat refuzul, și ciocnesc în cinstea revederii după aproape zece ani. După culoare lichidul pare apă, dar la gust este foc pur care îmi repugnă total. Stropul pe care l-am înghițit a fost suficient să mă facă să mă înec și să îmi lase în gură un gust oribil de spirt.

Preliminariile fiind consumate, îmi întinde pachetul lui de Kent – pe care de data aceasta îl accept cu plăcere – îmi aprinde țigara și după ce trage și el un fum lung dintr-a lui, mă provoacă la discuție. Ce am mai făcut în ultimii ani, de ce sunt la seral și nu elevă la zi, care este motivul pentru care vreau neapărat să mă angajez. Îl văd sincer interesat de soarta mea și treptat, îi povestesc mai multe decât aveam intenția, despre căsătoria mea, despre Liviu, despre despărțire.

Reușesc să îndrept conversația spre planurile mele de a urma facultatea de Arte Plastice, de a mă afirma ca pictoriță. Menționează câteva somități românești, să îmi testeze cunoștințele în materie, și eu îi descriu preferatele mele din operele contemporane ale lui Sabin Bălașa. Totul merge de minune, ba chiar reușesc să îi complimentez și exponatele care ne înconjoară, cu toate că sincer, nu îmi spun mare lucru.

"Laura, este prematur să fac predicții în legătură cu șansele tale de intrare la Grigorescu. Ar trebui să văd câte ceva din ce ai mai lucrat între timp. Chiar dacă ai un talent deosebit, mâna are nevoie de exercițiu și îndrumare. Îți spun de pe acum că nu se intră cu una, cu două, la arte. Probabil că știi, în fiecare an sunt cel puțin două sute de candidați pe loc."

Sesizându-mi privirea dezamăgită continuă pe un ton mai pozitiv.

"...Nu spun că nu se poate! Dimpotrivă, sunt sigur că poate reuși și cineva este mai puțin dăruit de natură, chiar mediocru, dar care muncește mult. Oricum, îmi închipui că nu este cazul tău."

Ne mai aprindem câte o țigară, tot din pachetul lui, și pup puțin paharul, să îi fac pe plac, fără să sorb otrava din el. El îi dă înainte și se vede că adoră să profite de audiență.

“Îți lipsește o practică intensă și un mentor. Numai cineva care știe ce se cere la admitere te poate ajuta, dar meditațiile la artă plastică sunt scumpe, cel puțin patru sute de lei pe oră. Eu am doi elevi care vin în fiecare săptămână la pregătire și lucrăm aici în atelier, împreună. Este cu totul altceva să îți exersezi creativitatea cu cineva care știe să te ghideze…”

După ce mi-a tăiat elanul cu prețul unei potențiale îndrumări profesionale… acum încearcă să mă încurajeze iar, comentez eu pe tăcute, și mă hotărăsc să ne întoarcem la oile noastre, pe teren mai sigur. Ceea ce îmi lipsește mie chiar acum este un loc de muncă...

“Mă îndoiesc să îmi pot permite o pregătire atât de intensă, tovarășe Pleșan. Dacă aș găsi însă serviciu cu program numai de dimineață, aș găsi și timp și bani pentru o lecție, două pe lună. Mi-aș putea lua materialele necesare, și fără grija zilei de mâine aș avea stare propice de spirit să încep iar să pictez.”

Mă cântărește din priviri dar nu reușesc să-i citesc gândurile. Zâmbește atoateștiutor și se ridică plin de energie de la locul lui.

“Știi ceva? E destul de târziu și votca asta mi-a făcut o foame de lup. Hai să luăm cina la Delta Dunării și mai vorbim. Ești invitata mea.”

“Mulțumesc dar nu mai mănânc astăzi…” încerc eu să îl refuz.

“De ce? E vineri?!” mă ironizează el.

“Nu. Este seara. Încerc să iau ultima masă înainte de ora șapte…”

Bineînțeles că nu ia în serios ce spun. Insistă, și la fel ca și în cazul băuturii, pare omul care este obișnuit să i se accepte orice inițiativă. Doar între timp a ajuns șef de redacție și conduce oameni de atâția ani.

Restaurantul este la câtiva pași, pe colțul opus față de Casa Armatei. După cum îl cunosc ospătarii și cât de repede suntem conduși la o masă retrasă, îmi este clar că mănâncă aici în mod frecvent. Fără să piardă timpul întrebându-mă ce vreau, comandă pentru amândoi un crap întreg la grătar, și o sticlă de vin alb.

Când mă întreabă direct și personal dacă am pe cineva în prezent, alarma internă îmi pâlpâie rapid în cap, avertizându-mă că interviul meu se îndreaptă într-o direcție greșită. Cum zice Silvia, "ce are sula cu prefectura"?!

Răspund evaziv, nesigură care ar fii adevărul adevărat. Am gândul plecat cu sorcova pe urmele unui tip cu care am petrecut recent cele mai minunate clipe din viață... Dar în realitate sunt 'singură', ceea ce mă face o pradă ușoară în ochii unora.

Spre oroarea mea discuția devine din ce în ce mai insinuantă, ceea ce mă determină să nu mă ating de cele îngrămădite pe masă, nici măcar cu un deget. Îi ia mai puțin de jumătate de ora să îmi demonstreze că singura mea șansă de a intra cu succes la facultatea de arte este să îl las pe el să mă ajute.

Este dispus să îmi ofere două ore săptămânale, cu cea mai mare plăcere. Între timp se va interesa de orice eventuală deschidere pe schema de la redacție și îmi va găsi un loc potrivit. Poate dacă nu apare nimic pe loc, aș fii interesată să lucrez un timp ca manechină la Adesgo, fabrica de ciorapi de lângă Liceul Șincai? Ar fii păcat să nu valorific ce mi-a dat mama natură și cunoaște acolo pe cineva responsabil cu angajările.

"Totul se rezolvă, Laura, și îți cer în schimb numai puțină reciprocitate. Putem începe colaborarea noastră imediat, după cină. Ne întoarcem la atelierul meu..."

Mă uit în oglinzile de pe pereții din jur, văzându-mi reflecția ca pe o persoană străină mie. Parcă în locul meu ar una din femeile de moravuri ușoare de pe bulevard, negociind termenii tranzacției finale. Ce faci Laura... DeRojinski? Stai în compania unui bărbat care vrea să te cumpere cu o masă luxoasă și câteva promisiuni?! Mă simt umilită că m-am lăsat dusă până aici și totuși mai am o urmă de îndoială.

Poate mă înșel imaginându-mi că toți masculii au intenții carnale în ceea ce mă privește... Și cu riscul de a greși jignindu-l în mod fatal și spulberându-mi șansele de a lucra vreodată la Cutezătorii, nu mai aștept finalul propunerii și îl întrerup imperioasă.

"Tovarășe Pleșan, ca să fiu sigură că vă înțeleg bine, cu ce aș putea eu să 'reciprochez'... timpul dumneavoastră?"

Se uită la mine de parcă ar avea de a face cu o persoană cu capacități mintale reduse... ceea ce probabil merit din plin, apoi rânjește clarificând fără pic de rușine că sunt o tânără atractivă și am avea amândoi de câștigat dintr-o relație mai apropiată.

"Nu, mulțumesc!" zic eu sufocându-mă de indignare și așezându-mi cu grijă șervetul pe masă, fără violență, cum am făcut și când am plecat de la Miraj, mă ridic cu bruma de demnitate pe care o mai am.

Pleșan spumegă pe tăcute dar nu se pretează la vreo scenă pentru a mă opri, iar eu, luându-mi paltonul de pe scaun și geanta, ies cu hotărâre și pași măsurați, să nu atrag atenția celorlalți consumatori. Și așa lumea va realiza în curând ce s-a întâmplat, când îl vor observa singur în fața a două seturi de tacâmuri și a ditamai platoului cu pește.

În stradă, trag cu năduf câteva șuturi primului stâlp pe care îl văd în față și înjur pe tăcute, apelând la toate invectivele pe care le-am cules de-a lungul anilor de la colegii repetenți din școală și de la lumea interlopă în care am mai călcat cu prietenele mele.

Nu îmi vine să cred!!! Cum este posibil să îmi facă avansuri când mă cunoaște de copilă?! Cum poate avea inima să îmi pretindă plata în natură pentru un ajutor pe care i l-am cerut cu atâta sinceritate, la nevoie! Cum are tupeul să încerce a profita de mine după ce mi-a auzit povestea tristă?!

Îmi aprind o țigară cu toate că de obicei nu fumez pe stradă și nici mie nu mi se par de bun gust femeile care o fac. Cui îi pasă acum! Nu mie, în mod sigur! Grăbesc pasul spre casă, cu toate că aș prefera să mă duc oriunde în altă parte. Este prea târziu să merg la Al și Silvia să mă descarc. În plus, simt cu regret în continuare că Alexandra nu mai este primul om căruia aș vrea să mă destăinui. Nici pe Mihai nu pot să îl sun la ora asta... cu toate că nici nu știu exact cât este ceasul.

Mă opresc la telefonul public de lângă farmacia din Blocul Adriatica, pe partea cealaltă a pieței de la Operetă.

"Alo, Corina...?"

Noua mea prietenă își dă seama pe loc că s-a întâmplat ceva și mă întreabă dacă vreau să vin la ea să rămân peste noapte și să îi povestesc. Nu am răbdare nici măcar să traversez până în stația de tramvai de pe partea cealaltă a intersecției și prefer să o iau pe jos spre Piața Unirii de unde voi lua un troleibuz direct.

O voi înștiința pe mama de la prietena mea că nu vin acasă, să știe pe unde sunt. Știu că vă protesta... dar nu mă simt în stare să îi spun că Pleșan, pe care l-a cunoscut și ea la Casa Scânteii cu zece ani în urmă, mi-a propus să devin amanta lui. Că m-a evaluat la aproximativ opt sute de lei pentru două ore pe săptămână, plus o carieră de model la Adesgo, să îmi văd picioarele și fundul pe toate pachetele de ciorapi!

Mersul mă calmează și încep să mă liniștesc. Treptat mă cuprinde o satisfacție care mă face să zâmbesc malițios, de una singură. Bine că strada este relativ pustie și nu poate observa nimeni cum jubilez la gândul că l-am lăsat pe grafician cu masa încărcată, tăindu-i macaroana înainte de a mă insulta mai mult.

Laura de care îmi era atât de dor, copila răsfățată a mamei și adevărata nepoată a prințului DeRojinski renaște ca pasărea Phoenix. Încă nu mi-am deschis de tot aripile dar măcar mă zbat încercând...

Capitolul 14

Duminică mă trezesc în patul Corinei, la căldură. Ea doarme ghemuită cu spatele la mine și jos se aud zgomote prin bucătărie unde mama ei face probabil cafeaua. Îmi aduc aminte de ce am venit aseară, cum l-am lăsat mască în restaurant pe Pleșan… și oftez din nou, încântată de mine dar și cu îngrijorare. Speranțele de a îmi găsi un serviciu care să îmi placă s-au făcut praf și pulbere.

Mă duc la baie și îmi dau cu apă pe față. Nu am periuța de dinți la mine, nici farduri, nici schimburi curate. Este timpul să ajung și pe acasă. Simt nevoia să ies cu Liviu în oraș, să mă bucur de prezența lui, chiar dacă nu putem încă susține un dialog împreună. Le voi suna pe Al și Silvia, să mergem împreună prin centru...

Corina dă semne de viață și mirosul de cafea proaspătă ne grăbește pe amândouă.

"Cum ai dormit?" mârâie ea cu un zâmbet, îmbrăcându-se cu mișcări bruște, băiețești.

"Bine... La tine nu este congelator în cameră când mă scol."

"Te-ai mai gândit la nemernicul ăla?"

Tocmai ies pe ușă și mă răsucesc pe loc, nelămurită.

"Care dintre ei...?"

Chițcăie poznașă.

“Graficianul de aseară. Nico nu se califică încă, mai dă-i ceva timp.”

Îi mărturisesc cât mă bucur că am sunat-o ieri și am venit la ea să mă mângâie în ceas de restriște și jale, admițând cu voce tare că mă simt mai apropiată de ea decât de Al. Considerând că ne cunoaștem de puțină vreme, sentimentul este remarcabil și reciproc, după cum mă asigură și ea. Am constatat amândouă foarte repede că din cauza situațiilor de acasă oarecum similare, nu ne temem de judecata celeilalte și ne înțelegem perfect.

“Poate și din cauza zodiilor,” adaugă ea, convinsă. “Tu ești Taur, eu Scorpion. Se zice că noi putem menține cele mai trainice și mai durabile prietenii.”

“Zău? Așa sper să fie.”

Tanti Margot ne așteaptă cu ceștile aburinde și o farfurie încărcată cu clătite groase și pline de gem. Mulțumim într-un glas și atacăm bunătățile, hămesite. Aseară nu mi-a mai ars de mâncare și nu am mai înghițit nimic de ieri, de la prânz.

“În dragoste… Din ce zodie ar trebui să îmi găsesc iubitul?” întreb eu cu gura plină.

“Aceea este mai complicată, fetelor,“ intervine mama ei, cunoscătoare. “Trebuie de analizat și horoscopul chinezesc, cu anii de naștere. Așa, la prima vedere, Taurul se împacă cel mai bine cu Peștii.”

“Nuuuuu!” exclam categorică. Robert al Alexandrei era în zodia asta și nu l-aș fii suportat nici o lună alături de mine. Oricât de frumușel ar fii fost. “Cu un alt Taur cum mă împac?” vreau eu să știu.

Mama și fiica dau din cap aprobator, la unison.

“Cei din zodia ta se înțeleg întotdeauna foarte bine între ei. Dar de-a lungul timpului, pot fii și excepții și relația să nu meargă, după cum ți-am spus. Depinde exact când sunteți născuți,” subliniază mama Corinei. “… Aveți însă înclinații comune și vă puteți citi gândurile unul altuia ceea ce este foarte important,” declară ea cu seriozitate.

Reflectez la felul cum vorbesc cu Mihai și cum știu ce vrea să îmi spună înainte de a își termina propoziția, apoi îmi amintesc cât de ușor ne-a venit mie și lui Nico să ne povestim viața unul celuilalt. Cât de firesc a mers totul între noi la munte... exceptând reținerile și emoția, de ambele părți. Până și telefoanele din ultima săptămână, fără cuvinte... spunând totuși atât de mult.

După cafea îmi iau rămas bun de la familia Caragea și plec spre casă, dar în loc să iau troleibuzul de pe strada lor, urmez drumul pe care m-a dus Corina data trecută, traversând parcul. Intru la patinoar și de vitrina vestiarelor îmi lungesc un timp gâtul, privind cu atenție patinatorii care circulă pe gheață. Nico nu este printre ei.

Îmi continui calea spre Bulevardul Muncii și îmi găsesc un post de observație nu departe de stația tramvaiului. De aici pot vedea intrarea blocului unde stă tata... sperând că poate iese Nico să își fumeze pipa. Țin minte cum a menționat că bunica lui nu mai suportă fumul în casă, mai ales iarna.

Nu știu ce aș face dacă ar apare. Aș alerga peste stradă, să stăm de vorbă? Aș rămâne după casa de bilete unde sunt ascunsă și l-aș privi de la distanță? Mă doare fiecare fibră gândindu-mă... Să fiu oare îndrăgostită?! Încerc să îmi amintesc ce am simțit pentru Cornel, la început... Bătăile inimii și obsesia de a îl revedea...

De data asta însă este diferit, mai intens, mai fizic. Îmi este dor de atingerile noastre și de noaptea de dragoste, și poate de dialogul inteligent pe care l-am susținut cu naturalețe, de la sine. Nu recunosc alte sentimente profunde create de lipsa lui și realizez că ieri, preocupată de întâlnirea cu Pleșan, uitasem toată ziua de Cristodor. Ceea ce poate însemna că de fapt nu îl iubesc... Gândul mă calmează și iau primul tramvai care vine spre centru, abandonând tentativele nejustificate de a da ochii de el.

La noi, mama a făcut un foc simbolic care abia încălzește soba înaltă până în tavan. Face economie la sânge pentru că lemnele sunt pe terminate și nu se știe dacă mai vin zile friguroase până la sfârșitul lunii.

“Laura, a sunat iar băiatul acela, Nicolas. De data asta a vorbit cu mine și m-a rugat să îți transmit că lunea viitoare te așteaptă un tovarăș Popescu la IPA, la ora opt dimineața. L-ai rugat tu să îți caute de lucru?”

“Nu, s-a oferit singur,” răspund eu prompt. Ce coincidență. Eu bântuiam pe lângă blocul lui și el îmi telefona. Dintr-o dată, ziua devine mai bună, cu noi speranțe. Voi da test pentru post de desenator tehnic. Nico și-a ținut promisiunea. Și nu m-a uitat.

Formez numărul Alexandrei care sare în sus de bucurie fiindcă “mai dau un semn de viață”. Vrea să știe cum a mers întâlnirea cu graficianul și îi promit toate detaliile la o cafea, lăsând-o să înțeleagă că nu pot spune multe cu mama în aceeași cameră, ciulind urechile la discuția noastră.

Ea zice că vine cu Silvia să mă ia și o să mă strige de jos când ajung. Îl îmbrac pe Liviu care țopăie nerăbdător și încearcă să mă tragă de păr, răzând cu hohote de eforturile mele să scap din mânuțele lui voinice. Munca asta îmi ia ceva timp, și reușim să fim gata exact când corul surorilor Brateș începe serenada sub geamurile noastre.

Ne îndreptam spre Hotelul Continental de pe Calea Victoriei, purtându-l pe cel mic pe umeri, când eu, când ele. La bar ne instalăm pe fotoliile comode în jurul uneia din mesele rotunde, în plină atmosferă de fum, râsete și conversații purtate dintr-o parte în alta a localului. Comandăm regește câte o cafea și lui Liviu un suc de portocale, cu pai în sondă, evident... Care este marea lui bucurie și pe care îl ronțăie cu dinții lui noi, mici și zimțați.

Aceștia sunt ultimii mei bani de distracție și nu știu ce va urma. Nu am împrumutat nici un leuț până acum de la nimeni. Răsfățul de care mă bucur în vizită la familia Brateș este tratația lor și nu îl solicit niciodată, este cu totul altceva. Undeva trebuie să trag linia, să nu mă degradez mai mult decât trebuie, dar nu știu cum mă voi descurca fără salariu, cerșind de la mama mărunțiș de tramvai, țigări și alte cele.

Le relatez cu lux de amănunte ce și cum s-a întâmplat ieri cu Pleșan și fetele îl înjură și îl bodogănesc cu indignare, cum făcusem și eu aseară, după evadarea din restaurant. Dar continui cu ultima noutate, că lunea viitoare am interviu, de data aceasta la o întreprindere serioasă. Silvia presupune că și salariul este mai mare la IPA decât la Casa Scânteii, chiar dacă era mai interesant ca desenator la o revistă pentru copii decât... tehnic.

"Ține-te de astea și uite-te prin ele că le-am luat de la maică-mea și trebuie să le duc înapoi astă seară," îmi aruncă Silvia trei *Paris Match*-uri pe care le extrage din geanta ei uriașă.

Le răsfoiesc avidă, având mare grijă să nu ajungă Liviu la nici o pagină. Nu am mai pus mâna pe o publicație străină de nu mai știu când. Imaginile colorate și lucioase mă captivează. Văd recepții cu toalete fastuoase, blănuri, bijuterii, limuzine. Interioare superbe, ca în filme, duci și contese. Nici nu credeam că mai există așa ceva, că undeva în lume... Sunt oameni cu două mâini și două urechi ca și noi, care poartă încă blazoanele și titlurile de familie și duc asemenea viață de basm. Admir reclamele pentru ciocolată și țigări, băuturi și parfumuri, ceasuri din aur și restaurante cum nu am mai văzut niciodată, dintr-o altă lume, total de pe altă planetă.

Încerc să îmi închipui că sunt în pielea prințesei de Monaco, înconjurată de societatea înaltă, de respect și adorație. Cu puterea imaginației, simt faldurile rochiei de mătase și câteva secunde plutesc în bunăstare și lux, în centrul atenției, la vernisajul primei mele expoziții... Când Alexandra îmi trage una peste revistă, scoțându-mă din transă.

"Mă lași să vorbesc singură! Ți-a furat cineva mințile cu propaganda aia capitalistă?"

Râdem toate și închid *Paris Match*-ul cu regret.

"Da, Grace de Monaco."

“A, o femeie,” comentează ea dezamăgită. “Credeam că te-a fermecat un prinț.”

“Prințul ei este aici, în București...” rânjește Silvia cu înțeles.

“Tu ce te bagi?!” o admonestează repede sora ei, până să pun eu la inimă.

Copilul meu începe să dea semne de plictiseală și mă reped să prind din zbor paharul gol pe care tocmai îl scapă, salvând sonda costisitoare în ultimul moment. Îl ameninț cu degetul și pune buza a plâns. Silvia îl ia pe genunchi să-l împace, dar Liviu îi smulge țigara din gură și se arde la degete.

Tocmai când anticipez un mic concert de răcnete, înainte de a își dea el seama ce a pățit, intervine Soriadi, unul din obișnuiții locului. Este student la medicină, cipriot, și ne cunoaștem din vedere, salutându-ne mereu sau schimbând câte o vorbă. Îmi cere voie să se ducă cu puștiul meu la Shop, să îi cumpere ceva și parează tentativa mea de refuz obiectând că Liviu este cel mai simpatic copil pe care l-a văzut.

Se întorc amândoi victorioși după câteva minute, și fiul meu cară în brațe un baton de ciocolată Toblerone, cât el de mare. Noi mulțumim și toată lumea zâmbește... Dar consider că ar fii timpul să o luăm din loc, până nu își pierde copilul răbdarea iar. La urma urmei suntem aici de aproape două ore și până acum a fost mai mult decât cuminte.

Conform tradiției, fetele mă conduc acasă, făcând ocol de dragul meu. De data asta, Alexandra este cea pierdută în gânduri și neatentă. Noi fumăm din nou pe strada, nu foarte elegant. Liviu este călare pe umerii Silviei, cu câțiva pași în fața noastră. În mijlocul norilor mei de fum, sar deodată în sus cu o exclamație zgomotoasă care o paralizează pe Al cu țigara în drum spre gură, trezind-o din apatie. Se preface că se sprijină de zid, simulând un leșin de spaimă, fixându-mă întrebătoare cu privirea.

“Ce-i, Laura?!?”

“Mi-am adus aminte că am uitat complet de Profesor şi tot nu l-am sunat!”

“Şi pentru asta vrei să mă îmbolnăveşti de inimă?! Vrei să mă culegi şi pe mine de pe trotuare!?” protestează ea.

Silvia se întoarce spre noi, băgându-se în vorbă.

“Să fii fost în locul tău, eu îl căutam de mult. Îi băteam cu pumnii şi picioarele la poarta vilei de pe Cristian Tell. Am văzut-o când m-am dus la piață cu mama. În curte este un Camaro!”

“Ce animal este ăla?” vrea sora ei să afle.

“...Pe patru roți!” răspund eu prompt, cunoscătoare a tuturor mărcilor de maşini existente în Bucureşti sau nu.

“Deci?” mă întreabă ele în duet. “Când îi dai telefon?”

“După ce îmi găsesc de lucru.”

“Ești o fraieră. Trebuie să vorbeşti cu el înainte. Poate te ajută...”

“Nu am de gând să îi cer recompensă pentru ceea ce am făcut.”

“Laura,” mă dăscăleşte Al, “spuneai că pare un om interesant, care s-a oferit să îți dea o mână de ajutor. Ce-i rău în asta? Nu înseamnă că îți plăteşte serviciile, măi, micule”

Mă eschivez şi subiectul este uitat curând. După întâlnirea cu Pleşan... Chiar mi-am pierdut curajul să mai cer vreunui bărbat ceva. Prefer să îmi păstrez iluziile candide despre oamenii din jur, cât de mult se poate...

Capitolul 15

A mai trecut o săptămână și luni, matinală cum nu am mai fost de mult, sunt prezentă la Institutul de Proiectări din Floreasca, lângă Automatica. Trec cu bine de securitatea de la poartă și de intrarea în clădirea birourilor. Se pare că numele tovarăşului Popescu deschide ușile cu promptitudine. Colectivul de desenatori sub conducerea dumnealui este la etajul șase și îl găsesc pe respectivul în spatele unei planșete uriașe, în atelierul plin cu mese, aparate de copiat și alt echipament necunoscut mie.

Este un tip voinic cu păr creț cenușiu și cu un zâmbet neutru. După ce mă prezint și dăm mâna oficial, ca la ambasadă, îmi spune în puține cuvinte cam cu ce se ocupă ei acolo. Sunt cinci tehnicieni și doi ingineri în echipă care în momentul acesta au ședință de partid la parter. În concluzie, am tot biroul și o oră la dispoziție să copiez un desen până se întoarce el, deoarece nu poate lipsi de tot la evenimentul în cauză și doar m-a așteptat pe mine. Îmi dă un set de rapidografe, rigle, o bucată de calc, și mă lasă singură.

Am emoții și nu știu de unde să încep. Modelul căruia trebuie să îi fac replica este relativ simplu, părând un șurub mare în secțiune laterală și de sus. Fiecare poziție este aliniată cu celelalte, și cotele sunt specificate în milimetri, de-a lungul contururilor. Nu subiectul în sine mă sperie ci sculele cu tuș pe care le văd pentru prima dată în viață.

Primele două încercări le ratez, mâzgălind foile cu stropi de cerneală neagră care curge abundent pe țeava minusculă din vârful stilourilor speciale, puțin până îmi dau seama că trebuiesc curățate cu grijă înainte de a lucra cu ele. Apoi mă prind că trebuie să fixez în pioneze atât originalul cât și hârtia suprapusă de copiat, să nu patineze în timp ce trag linii.

Una peste alta, în mai puțin de patruzeci de minute sunt gata. Fiecare detaliu este exact și poate singurul amănunt de care nu sunt satisfăcută este scrisul care mi-a ieșit cam stângaci și pare pueril prin comparație cu literele hotărâte pe care am făcut tot posibilul să le imit. Fără să îmi arate nimeni cum să fac treaba... sunt totuși mândră de mine.

Grijile mele se concentrează acum pe posibilitatea ca 'domnul tovarăș' Popescu să se dea la mine, cum a făcut Marcel Pleșan. Nu m-ar putea convinge să îmi dea rezultatul testului la restaurant, dar cu atâtea ședințe și birouri goale… sunt în gardă.

Ușa se deschide și în urma șefului încep să intre tot felul de tipi plictisiți, mai în vârstă și mai tineri, și două cucoane care se așază pe unde are fiecare locul, zâmbindu-mi în trecere a salut. Pare o trupă de oameni educați, nu seamănă deloc cu colegele de la Miraj sau de la magazin. Sunt sigură că m-ar accepta și m-aș simți bine să lucrez cu ei. Inima îmi bate tare, tare... În timp ce Popescu examinează cu atenție capodopera mea, dând din cap aprobator.

"Nu-i rău de loc, tovarășa Temeșan, sunt chiar plăcut surprins. Prietenul care v-a recomandat mi-a spus că nu ați mai lucrat în proiectare dar că aveți talent la desen, și văd că nu a exagerat. Haideți să facem o cerere la Biroul Personal…" îmi întinde el un formular tipizat de angajare extras din sertar, și mă așteaptă cu răbdare să completez toate răspunsurile.

Îmi iau rămas bun de la ceilalți și ieșim amândoi, eu cu hârtiile în mână. Mă conduce la lift și îmi explică la ce etaj să mă duc, dar în același timp, se apropie confidențial și am o reacție bruscă, așteptându-mă la cine știe ce propunere rușinoasă.

Popescu se dovedește însă a fii un om fără intenții libidinoase, fiindcă nici nu observă tresărirea mea. Doar îmi șoptește, pur și simplu, că ar trebui să vin mâine să depun cererea, dacă nu sunt deja pregătită... Și privește sugestiv spre geanta mea. Realizând că mă uit la el ca găina în traistă, mă lămurește că pentru slujbele de birou, nu se uită nimeni la mine dacă nu aduc o sticlă de whisky, poate și un cartuș de Kent, să fiu mai sigură.

"...Sunt zeci și zeci de formulare ca cel din mâna ta, într-un teanc atâta," arată el cu mâinile înălțimea unei lăzi de bere.

"Și ceilalți au dat probă de lucru?" îndrăznesc eu să întreb, cu toate că pânzele corabiei mele sunt deja dezumflate și atârnă pleoștite, cu înțelegerea că talentul meu la desen are mai puțină valoare decât o băutură și niște țigări străine.

"Unii da, alții nu. Cei recomandați, ca tine, au ocazia să își demonstreze capabilitățile. Dacă ești curioasă să știi, dintre cei care au dat test, unii au făcut mai prost, alții mai bine, fiindcă au mai lucrat înainte ca desenatori tehnici. Dar fără..." clatină el capul de la stânga la dreapta, frecându-și semnificativ degetul mare de cel arătător, "... slabă șansă!"

Îi mulțumesc pentru timpul pe care mi l-a acordat și pentru informația suplimentară și opresc totuși la Personal, adăugându-mi cererea peste teancul imens de hârtii similare. Popescu nu a exagerat și nu m-a mințit... Dar nu are nici un rost să aștept până mâine, sau până poimâine. Nu am bani de whisky și Kent.

Pe de altă parte, îi sunt recunoscătoare lui Nico că nu m-a dat pe mâna unuia ca Pleșan, care să îmi trezească nevoia să fac o lungă baie fierbinte după întâlnire, să-mi spăl repulsia. Măcar respingerea de astăzi este pur materială, prozaică în brutalitatea ei, dezarmantă... Dar mai puțin umilitoare.

Aş putea să îi spun lui tata... Şi poate, în câteva zile, ar face rost de cele necesare. Dar mândria mă împiedică să îi povestesc ambele eşecuri. Şi mă înfurie ideea de a îmi susţine talentul cu asemenea atribute.

Gândul îmi fuge la Mihai şi ideea bruscă de a îi căuta vorbele încurajatoare mi se pare din ce în ce mai tentantă. Sper să îl găsesc la cursuri, şi cu puţin noroc... poate avem timp de o cafea în barul de la Arhitectură. Ţin minte că mi-a menţionat odată faptul că soţia lui stă luni acasă cu Livia, lipsind de la şcoală, fiindcă vecina lor care are grijă de cea mică nu este disponibilă decât în celelalte zile. Aş putea să mă plâng lui Mihai de cele păţite la interviurile mele... Şi poate îl vedem şi pe Nico pe acolo, îmi şopteşte drăcuşorul meu în ureche.

Mă învârtesc pe coridoarele Universităţii, unde mi-a explicat fratele meu că are cursuri grupa lui... Ca să meargă astăzi şi după dorinţa mea ceva, îl găsesc într-un grup de colegi, tocmai ieşind din sala de lectură. Se bucură să mă vadă şi este entuziasmat de ideea cu cafeaua, mai ales că a stat până la două noaptea să termine un proiect. De, se pare că viaţa de student nu este numai distracţie.

Barul de la Arhitectură este plin de fum şi aglomerat, ca de obicei. Mă uit cu discreţie în jur dar nu văd nici o siluetă care să semene cu a lui Cristodor. Mihai tot nu pare a bănui nimic şi mă conving pe deplin când începe să îmi povestească cu nevinovăţie totală ultima bârfă.

“Camelia e supărată foc zilele astea fiindcă am aflat cu toţii de Nico...”

“Ce-i cu el?” îl întrerup fără să mă pot abţine, dar fratele meu este ca de obicei atât de aerian încât tot nu sesizează că am un interes exagerat.

“După ce ne-am întors de la munte, i-a spus Cătălina că este însărcinată.”

Mi se moaie brusc picioarele înțelegând exact semnificația expresiei pe care doar am auzit-o până acum. Nu mi-am imaginat vreodată ce senzație cumplită de sfârșeală poate declanșa o veste...

"Așa, chiar după excursie?!"

"Soro, cred ca actul s-a petrecut mai de mult. Din câte știu eu, la voi trec câteva săptămâni să puteți știi cu siguranță... Cel puțin."

"Mihai, ești culmea! Nu mi-am închipuit că a apucat-o a doua zi după...! Mai ales că el a stat mai mult în compania mea..." adaug cu nonșalanță prefăcută. "Crezi că poate doar să pretindă, fiindcă a fost geloasă pe mine?"

"Categoric, nu. Mihaela le-a aflat pe toate, fiindcă ei stau încă în același bloc și a chemat-o Nico la o cafea să îi spună. Am înțeles de la ea că la început și el i-ar fii reproșat ceva asemănător, și atunci Cătălina s-a dus la control medical să îi dovedească. Are deja aproape trei luni și dacă a înregistrat-o doctorul nici nu mai poate încerca să facă ceva... Cu toate că nici nu avea intenția să scape de copil. De când spera ea să îl prindă pe Nico, să o ia de nevastă!" dă Mihai din cap cu părere de rău.

Mie mi s-a oprit cafeaua pe trahee și respirația în esofag, și îmi tușesc sufletul din mine până reușesc să îmi revin, cu câțiva pumni în spate de la fratele meu. Când pot iar să articulez ceva inteligibil, întreb încă sugrumată.

"Și o ia?"

"Ce? Cine?" se uită Mihai la mine, mirat, uitând discuția dinainte.

"Nico... pe Cătălina..."

"A! Da, se căsătorește cu ea până la sfârșitul lunii. Încă nu au data exactă dar cum ies analizele de sănătate... gata. El a încercat să tragă de timp dar am înțeles că ea l-a grăbit fiindcă nu vrea să se cunoască burta la cununia civilă. Ce mai contează dacă e în martie sau mai încolo. Gata, a pus mâna pe el. Păcat..."

“Vorbești de parcă l-ați îngropa,” remarc eu cu o amărăciune pe care Mihai nici nu are de unde să o bănuiască.

“Un copil este un copil… și nu are nici o vină, Laura. Tu știi mai bine decât mine ce înseamnă să crești fără tată, ca de altfel și Nico. El i-a spus Mihaelei că speră să divorțeze cât de curând, după ce naște Cătălina. Cineva tot va suferi, mai devreme sau mai târziu.”

Nici nu bănuiești... Reflectez eu în timp ce el gândește în continuare cu voce tare.

“Să nu mi-o iei în nume de rău dar Cătălina procedează cam ca mama ta și știm amândoi cât de bine a ieșit.”

Îi dau dreptate și sper că nu de asta să mă fii căutat Nico cu atâta disperare, să mă roage să vorbesc cu prietena lui, să îi explic calea greșită pe care a apucat-o...? Nu. O iau razna! Poate a vrut doar să îmi spună personal că se însoară. Îmi vine să plâng și mă bucur când Mihai își aduce aminte că trebuie să se întoarcă la ore. Urcăm amândoi în stradă și ne despărțim la colț, lângă Librăria Eminescu.

Nu știu încotro să o iau. Este mult prea devreme pentru liceu, mai am aproape patru ore până la începerea cursurilor. Aș trece pe acasă dar gândul de a răspunde la întrebările mamei mă întoarce din drum. Nici serviciu nu mi-am găsit, să am cu ce să mă laud. Deci nu merg spre Operetă. Nu-mi permit să intru la un film matineu că nici bani de țigări nu mai am până voi trece pe la tata, să îmi mai dea ceva.

Azi nu este de serviciu că m-aș opri direct la el. Îmi dau seama că nici nu am apucat să îi povestesc lui Mihai de proba mea de lucru de la IPA sau de grafician… Toate se dau tumba în capul meu și până la urmă o sun pe Alexandra, de la primul telefon public din drum.

“Micule! Speram să dai vreun semn de viață! Cum a fost interviul?”

“Poveste lungă…”

“Aha, înseamnă că nu ai vești bune. Presupun că măcar nu ai pățit la fel ca și cu ăla de la Cutezătorii, că altfel scuipai foc în receptor, “

încearcă ea să mă înveselească. "Tocmai eram gata să ies, trebuie să îi duc ceva maică-mii la serviciu. Vii cu mine sau mă aştepţi în Continental?"

Mama ei lucrează la Piaţa Romană şi eu sunt aproape de Magazinul Romarta, la câţiva paşi de locul nostru favorit de adunare. Îi promit că ne întâlnim acolo şi schimb direcţia la dreapta, pe Calea Victoriei.

Barul mă întâmpină cu obscuritatea fumului de ţigări bune şi mirosul plăcut de cosmetice străine amestecate de atâta timp încât au devenit atmosfera tipică, persistentă şi uşor de recunoscut chiar şi cu ochii închişi. Mă aşez la singura masă goală, cu toate că nu mă simt în largul meu singură. Mai ales pentru că într-un colţ îl recunosc pe 'Calul', un tip cu care am avut o altercaţie cu câteva luni în urmă.

A învăţat la aceeaşi şcoală cu mine dar este mai mare cu câţiva ani şi avea dintotdeauna reputaţia că nu ar fii tocmai normal la cap. Am fost martoră când a pălmuit-o pe profesoara noastră de geografie, în faţa întregii clase. Ne mai întâlnim prin centru, locuind relativ în acelaşi cartier şi din nenorocire, frecventând şi acelaşi local.

Nu de mult, încercase să mă ia cu el ca pe un obiect, 'cu japca' cum se spune în argoul străzii. A avut chiar tupeul să mă ameninţe cu un cuţit, la care eu, spre surprinderea lui, i-am râs în nas. L-am asigurat că după doi ani cu fostul meu soţ, nu mă poate intimida nici dacă face rost de un iatagan. Mi-a zis că sunt mai nebună decât el şi şi-a văzut de drum fără mine.

Este adevărat că data următoare când am dat nas în nas şi-a cerut scuze, motivând că fusese băut, şi acum mă salută de câte ori mă vede... Dar am rămas în gardă şi nu-mi inspiră nici o încredere.

"Pot să stau şi eu aici?" am uitat numele tipei care vrea să se aşeze cu mine la masă. O ştiu doar din vedere şi din povestirile celorlalţi.

"Sigur, eu păstrez numai un loc pentru prietena mea."

Oare cum o cheamă...? Am auzit că are șaptesprezece ani, cu toate că arată cu cel puțin cinci mai matură. Cică ar fii și ea despărțită ca mine, născută parcă în Suceava și fugită de soțul ei din Caracal. Este de câteva săptămâni în capitală și poartă deja jeanși noi, o brățară groasă care cel puțin seamănă cu aurul, și în general, haine și accesorii străine. Sper ca lumea din jur să nu facă vreo asociere între noi... Și mai sper să vină Alexandra cât de repede pentru că mi-am adus aminte că nu am nici bani de cafea.

Reflectez în continuare la felul în care s-a descurcat tipa de lângă mine cu propriile forțe și farmece, și cât de diferite suntem. Eu, cu mândria și principiile mele, în afară de puțină 'bișniță' nu am comis alte delicte. Adică... mă aleg cu câțiva lei la un pachet de Kent cumpărat din bar pentru altcineva care nu are curajul să intre. Riscul există, dacă aș avea ghinion să mă prindă miliția, sau să mă suspecteze că umblu cu străini, ceea ce ar fii și mai grav. Dar meseriașele adevărate nu au probleme fiindcă împart profitul cu cine trebuie.

Îmi amintesc că am mai făcut ceva împotriva legii, cu ani în urmă. Eram cu Gelu Stoian, prietenul meu din copilărie, vecin și coleg de școală, mai mare cu un an decât mine. Intrasem la autoservirea din Hala Unirii și am ascuns prin buzunare niște cutii mici cu suc de portocale. Mai mult din bravura vârstei decât din lipsa de bani, amândouă motivele cât se poate de reale. Fuseserăm prinși la ieșire, duși în biroul responsabilului de magazin și luați la întrebări. "Cu ce se ocupă tatăl tău?", "Nu am tată". "Mama ce-i?", "Pensionară".

Am dat aceleași răspunsuri, amândoi, fără să mințim. Eu plângeam de ciudă și rușine... și ne-au lăsat să plecam, fără să cheme miliția. Pățania de atunci mi-a rămas în memorie ca un perpetuu semnal de alarmă. Vorba bunicii, "dacă e contra bibliei sau a literei de lege, înseamnă că nu trebuie să faci". Mama mă învățase când eram mică să duc înapoi și un bănuț primit în plus din greșeală. Bietul Gelu, inițiativa fusese bineînțeles a mea, una din izbucnirile teribilismului de atunci.

Sunt oare atrasă de aventuri riscante? De aceea petrec atât timp în Continental, unde majoritatea consumatorilor fac parte din lumea interlopă? Sunt convinsă că aparțin unei categorii mai bune decât ei, dar îmi place să îi studiez, să aflu de unde vine fiecare și de ce se află aici, să îi observ din curiozitate umana. Mă simt bine aici, la căldură, în cel mai luxos mediu în care pot intra fără ținută specială, bilet, sau invitație. Îmi pot imagina că sunt Toulouse Lautrec la Moulin Rouge, inspirându-se pentru următorul tablou. Mda... alte vremuri, alte personaje. Și parcă am citit în biografia lui că nu a murit de moarte bună.

Barmanul se uită în direcția mea, așteptând comanda, când tocmai îl văd pe Vicențiu, unul din obișnuiții mai simpatici ai locului care nu îmi inspiră teamă, și care în lipsa altor scaune libere ne cere voie să se așeze tot cu noi la masă. Îmi calc pe inimă și îi fac semn să își aducă urechea mai aproape de mine.

"Ai cumva să îmi împrumuți cincisprezece lei până săptămâna viitoare?"

I se luminează fața când mă aude.

"Vrei o cafea?"

"Ai ghicit." Normal că aici prețul include servirea la nas, în ceașcă elegantă. Lichidul din ea costă la barul Arhitecturii doar doi lei...

"Fac cinste."

"Nu, mulțumesc. Îți dau banii înapoi..."

"De ce? Chestia cu... obligațiile? Îți promit să nu ridic nici o pretenție pentru o cafea," zâmbește el ironic. "O aștepți pe prietena ta brunetă, cu păr lung?"

Mi se păruse mie că se uită lung după Al de câte ori ne întâlnim. Aprob și el face semn la bar. Când vin cafelele, încă mă uit nesigură în fața mea, cu jenă. Mă apostrofează amical.

“Lasă prostiile. Poate data viitoare nu am eu bani la mine. Consideră că mi-am deschis credit la tine, e bine așa?”

Dau din cap și îmi aprind o țigară. Mi se pare că timpul se târâie cu încetinitorul și cu toate că prezența lui Vicențiu mă încurajează, rămân în alertă de câte ori se apropie cineva de masă. Câțiva tineri din local sunt rași pe cap, sigur ieșiți de curând din închisoare. Unele fete arată mult mai compromițător decât cea din Suceava... sau Caracal. Poate data viitoare ar trebui să locul de întâlnire și să venim aici doar în grup...

Când ușa se deschide în fine și apare prietena mea ca o furtună, îmi vine inima la loc, dar numai pentru o secundă, pentru că este palidă și cu niște ochi de pisică fugărită. Nici nu se așază cu noi și mă trage de pe scaun.

“Laura, hai să plecăm!”

Abia am timp să îmi iau rămas bun și să îi mulțumesc lui Vicențiu pentru tratația pe care nu am avut timp să o termin. Al mă târâie după ea spre cealaltă ieșire.

“Ce ai pățit?! Unde mă duci?!”

Este panicată, în stare să se repeadă în Shop, dar fiindcă acolo nu avem voie, izbucnim amândouă pe ușa principală a hotelului, direct în Calea Victoriei. O opresc din viteza imperioasă, încercând să aflu ce demoni o aleargă, când de după colț apare fostul ei prieten, Robert... Și înțeleg.

Prima iubire serioasă a Alexandrei este ceea ce poate fii numit un băiat frumos. Are păr lung și blond și ochi albaștri, ca în cântecul nostru din tren. Și tot la fel ca în versuri, fetele vin după el, ‘multe ca iarba’, așteptând care mai de care să fie cosite. Robert nu a fugit niciodată de sexul feminin și a profitat din plin de atracția pe care o stârnește.

Dar acum, trăsăturile îi sunt urâțite de tenul cenușiu și de cearcăne. Cine știe de când nu a dormit și pe unde a umblat. Ne taie calea încruntat și îmi face nepoliticos semn să mă duc mai încolo, în ciuda Alexandrei care mă ține bine.

"Stai cu mine, Laura."

"Vreau să vorbesc cu tine, Al," zice el dar tonul nu îi este destul de rugător pentru a ne impresiona pe nici una din noi.

Alexandra nu se teme de Robert. Nimeni nu este destul de nebun să îi facă ei ceva rău, știind cine este tatăl ei. Poate îi este teamă de ea însăși, să nu cedeze rugăminților sau justificărilor lui și să îl ierte. Dar atitudinea ei prezentă îmi spune că pur și simplu nu își dorește să îl mai vadă. Cu atât mai puțin să aibă o discuție jenantă. Faptul că i-a plăcut altcineva la munte a ajutat-o.

Robert se întoarce ostentativ cu spatele spre mine și o asaltează, persuasiv și patetic în același timp, în contrast cu imperativitatea dinainte. Nu degeaba și-a încercat norocul la Institutul de Artă Teatrală de câteva ori. Dar din moment ce IATC-ul nu l-a primit, înseamnă că nu are destul talent...

Văd că nici la Alexandra nu mai are succes și mă bucur în sinea mea, amintindu-mi de câte ori a plâns din cauza lui, de câte ori l-a așteptat degeaba. De câte ori a fost cât pe aci să ia de la el boli rușinoase.

Răspunsurile ei sunt încărcate cu păreri de rău dar neînduplecate și după câteva schimburi de replici face stânga împrejur, lăsându-și fostul iubit cu ochii în soare și trăgându-mă iar după ea. Pornim în jos spre Sala Palatului, de parcă ne-am duce la ea acasă. Privesc în urmă să văd dacă Robert vine după noi, dar se pare că scena s-a sfârșit cu bine și nu ne urmărește. Al mă smucește însă de braț cu o nouă urgență.

"Unde ne grăbim așa?!" vreau eu să știu, remarcându-i privirea aprinsă.

"George! A traversat strada!!!" îmi arată ea agitată.

Mă uit încotro întinde ea degetul ca un copil spre ciocolata mult dorită, mai sus, mai jos... și nu văd nimic. Ca într-un număr de iluzionism, 'amicul meu Fantomas' apare și dispare. Blondul nu mai este nicăieri și renunțăm, în pofida dezamăgirii Alexandrei care jură pe toate cele că l-a văzut cu ochii ei și nu i s-a părut.

"Știi ceva? Hai, du-mă până la Lazăr. Cred că ți-ar face bine după pățania cu Robert și 'viziunea' avută," propun eu. Nu zice nici da nici nu dar trecem de blocul ei și pentru că se lasă dusă ca un mieluşel, o luam la stânga pe străduțe, spre Cișmigiu.

Grădina este în drumul nostru și anticipez cu plăcere să o traversăm acum, cât mai este puțină iarnă și totul este încă pustiu și liniştit, o oază de pace în mijlocul orașului. Se pare că însă astăzi este ziua 'întâlnirilor de gradul trei' și tocmai când să cotim pe lângă Braseria Turn, pe ușa localului apare... nimeni altul decât Cornel, fostul meu soț. Sau mai degrabă... prezentul, dacă ne uităm în acte.

Ca un făcut, în loc de o plimbare plăcută, ne-a fost dat să ne ciocnim amândouă cu greșelile trecutului, stricându-ne seara. Este rândul meu să tresar simțind că rămân fără aer pentru o secundă nesfârșită. Nu l-am mai văzut de peste o lună... și presimt un dezastru iminent. Al mă strânge de mână, pe aceeași lungime de undă. Tentativa de a trece pe lângă el ca și cum nu l-am fii observat, fără să ne salutăm, nu are nici o șansă. Gavriliu mă apucă brutal de fular, oprindu-mă.

"Te faci că nu mă cunoşti? Încotro așa grăbită?" tonul lui disprețuitor nu îmi sună a bine.

Alexandra încearcă să intervină cu diplomație, să îi abată atenția de la mine.

"Bună, Cornel. Laura este în drum spre școală..."

"Pot să vin și eu?"

"Te-ai hotărât să îți termini liceul?" nu mă pot eu abține. "Înscrierile se fac în august."

“A, vă stric șustele...” zâmbește el insinuant.

“Te rog foarte mult să îți controlezi expresiile,” îl pune Al la punct.

Ea este obișnuită să i se adreseze lumea cu mai multă considerație și o jignește modul zeflemitor de a vorbi al lui Cornel. Convingerea lui dintotdeauna a fost că merg la școală numai pentru a întâlni alți bărbați, potențiale ținte ale farmecelor mele irezistibile cu care l-am dus și pe el de nas... Și nu apreciază să fie corectat.

“Ce să-mi controlez, băi? Știu eu ce prietene are pramatia de nevastă-mea. Parcă tu ești vreo sfântă!”

Farmecul traversării prin parc s-a spulberat și renunțăm la el, continuându-ne drumul spre bulevard. Evităm scurtătura pentru a rămâne într-un loc mai aglomerat și mai sigur. El ne urmează agale, alături de mine, și găsind un moment prielnic mă prinde cu răutate de braț, strângându-mă cu putere și zdrobindu-mi carnea între degete. Mă smulg cu greu dar mi-a făcut cu siguranță un hematom. Ăsta e stilul lui. Lumea nu observă și el mă poate învineți metodic, cu zâmbetul pe buze.

“La liceu te duci, nu? Îți ajung cei de acolo?” și îmi face un vânt scurt, azvârlindu-mă cât colo. Dacă cineva ne observă, poate pretinde că ne hârjonim în glumă. Al izbucnește, schimbând locul cu mine.

“Las-o în pace, Cornel!”

“Cu ce drept îmi spui tu s-o las în pace? Las-o tu să își vadă de familie!” șuieră el printre dinți, dar prietena mea nu se lasă intimidată. De abia așteaptă să o atingă cu un deget, să îi dea tatălui ei motiv de intervenție.

“Bine că ai tu grijă! Cu ce contribui la creșterea copilului? Nu i-ai dat nici un leu Laurei de când v-ați despărțit!”

“Să-i dau eu bani de țigări?!” se revoltă Cornel, indignat.

“Poți să îi cumperi băiatului haine și mâncare, tată grijuliu ce ești!”

“Ca să îi rămână ei bani să se ducă prin baruri cu borfașii?” scuipă el cuvintele pe ton coborât, care începe totuși să atragă atenția din jur.

Lumea întoarce capul după noi și mie îmi vine să intru în pământ, să mă strecor ca un vierme sub asfalt, să nu mă mai vadă nimeni. Cum am putut să îl iubesc vreodată și să nu îmi dau seama cât venin are în el, câtă urâțenie în suflet!

“Du-te acasă, măi, lasă școlile!” întinde el mâna peste Alexandra, împingându-mă iar, ca pe o pisică care îi stă în drum.

Grăbesc pasul fără nici un cuvânt, cu prietena mea între noi, încercând să mă protejeze. El ne urmează îndeaproape, continuând cu injuriile și dând din când în când să mă lovească cu vârful pantofului la glezne, când crede că nu se uită nimeni.

Suntem vizavi de Primăria Capitalei, în dreptul Cișmigiului, și sunt destui oameni pe stradă să vadă, dar nici unul nu m-ar ajuta. Îmi vine să urlu de umilință și frustrare. Știu din experiență că nu mi se dă mie dreptate, puștoaica fără serviciu care face pe eleva, lăsându-și copilul în grija mamei. El este cetățeanul prezentabil, îmbrăcat serios, matur, în câmpul muncii.

Pe moment mă îneacă ura, amintindu-mi cum a decurs totul când am apelat la miliție după ce mă lovise. Mi se spusese pe ton superior că atât timp cât nu am intentat deja divorțul, legea nu are drept de intervenție. Sergentul care venise era clar de partea lui, dezaprobând atitudinea mea și încăpățânarea de a îmi continua studiile în loc să îmi ascult soțul. Diferența de vârstă dintre noi îmi subminase din start credibilitatea. Cornel jucase rolul partenerului ultragiat de neglijența mea față de casă, de copil, și de el...

“Am să mă țin așa de capul tău până am să te înnebunesc!” șuieră el prin spatele Alexandrei. “Crezi că dacă îți găsești altul te ia pentru altceva decât pentru pat? O dată, de două ori, și îți da un șut în popou. Și eu am să te urmăresc… și dacă te prind cu unul, am să-i sucesc gâtul și pe tine am să te arunc în Dâmbovița!”

"Crezi că toți bărbații sunt bestii ca tine?" încearcă Al din nou să îl bruieze.

O trag de braț, să tacă. Ce sens are?! Vreau doar să scap cât mai repede. Am ajuns în fața porții liceului și simțindu-mă mai în siguranță aici, unde mă cunosc mai mulți, mă întorc brusc spre el, înfruntându-l.

"Dacă mai ești aici când ies de la ore, poate mă decid să sar în fața tramvaiului fără ajutorul tău. Te las să dai socoteală în fața lumii de grija pe care i-o acorzi lui Liviu. S-ar putea să se întrebe cineva ce și de ce s-a întâmplat și sunt destui martori că m-ai adus la disperare. Dacă asta vrei..."

Ca întotdeauna, când îndrăznesc să ridic vocea și să îi țin piept, se uită neîncrezător, aproape intimidat.

"N-ai tu curaj să faci așa ceva…"

"Hai să vedem dacă ai tu curaj să mă pui la încercare! Poate găsesc altă metodă, să pară că ești autorul direct. Am mai multă imaginație decât crezi…" îmi dau seama după privirea Alexandrei că par destul de serioasă ca să îi pun pe amândoi pe gânduri.

"…Și atunci de Liviu tot mama va avea grijă iar tu îți vei pune singur ștreangul de gât, dacă scapi de justiție!"

Tocmai când sunt satisfăcută de micul meu discurs teatral, plânsul mă năpădește pe neașteptate, isteric, și îmi bag pumnii în ochi să opresc șuvoiul de lacrimi și hohotele.

"Ia o țigară…" îmi oferă el pachetul după câteva clipe, dezarmat deodată și cu remușcări. Al nu știe la care din noi să se uite și a rămas fără cuvinte.

Îi înșfac țigările și i le mototolesc pe toate, aruncându-i-le în obraz, întorcându-mă pe călcâie cu iuțeală și intrând în incinta liceului, fără să mă mai uit înapoi. Mă opresc abia în curtea interioară, la adăpost, restabilită la fel de brusc cum îmi cedaseră nervii înainte. Alexandra este singura care vine după mine. Ea cunoaște toate coridoarele și cotloanele, că doar și ea a învățat aici. Mă ajută să îmi aprind un Bulgar Tabac de al meu, fiindcă eu nu-mi pot stăpâni tremurul degetelor și îmi clănțăne dinții. Mă ia în brațe și mă mângâie.

"A plecat. Începuse să își ceară scuze față de mine, să se justifice... I-am spus că nu am ce discuta cu el. Nu îl înțeleg, Laura! De iubit, te iubește, în felul lui. Nu pricep cum se poate purta așa cu tine!"

Dau din cap, expirând valuri de fum care în aerul rece al serii se amestecă cu aburii răsuflării mele. În sufletul meu s-a stins de mult dragostea pentru Cornel, tocmai din cauza felului în care m-a tratat atât timp. Am devenit dușmani de moarte, făcând fiecare tot posibilul să dovedim a cui este vina despărțirii noastre. Cine are dreptate, cine a greși primul... sau al doilea.

El nu îmi poate ierta lipsa de experiență și maturitate, și mai ales ambiția de a realiza mai mult în viitor pe care o consideră un afront direct. Eu nu pot avea respect pentru un bărbat care nu are nici o aspirație profesională sau măcar vagi înclinații intelectuale. Nu îi mai pot ierta palmele trase atât la propriu cât și la figurat. Cât despre gelozia lui absurdă pe care nu mi-o explic și știu doar că... acum nu mai are importanță.

"Nu pot rămâne astă-seară la ore, vin cu tine prin parc și apoi mă duc acasă..." o anunț eu pe Al, învinsă de emoțiile dinainte. "Hai să sărim gardul că nu pot fii sigură dacă Cornel mai pândește pe afară sau nu..."

Ieșim înapoi în curte măsurând din ochi zidul care ne desparte de grădină. Unul din colegii mei tocmai mă salută în trecere și îl opresc cu toată drăgălășenia de care mă simt capabilă în momentul ăsta.

"Nu te supăra, ne ajuți să trecem peste gard?"

Tipul se blochează, întrebându-se probabil în gând dacă știm că există și porți... Dar vrea să fie galant, nu comentează, și îi ține scară cu mâinile Alexandrei, în timp ce eu îi împing fundul impresionant până încalecă ultima placă de ciment și se rostogolește dincolo. O urmez și mă descurc fără ajutor suplimentar, spre decepția colegului.

"Mersi mult!" îi arunc înainte de a dispare din raza lui de vedere, făcând semn cu mâna.

"Pot să plec acum?"

"Chiar te rog..." râd eu și de data asta sunt sigură că își scuipă în sân, virtual, la cât de nebune i-am părut amândouă.

Al mă întreabă dacă chiar vreau să merg acasă și propune ca alternativă o plimbare prin centru, să mă înveselească, dar o refuz, amărâta. Adevărul este că mă tem să nu dăm iar de cine nu trebuie și oricum nu mai am chef de nimic. Am avut o zi oribilă, începând cu inutila probă de lucru de la IPA, apoi cu vestea că Nico se însoară... și terminând cu confruntarea lui Cornel.

Prietena mea nu știe cum să pună problema, dar până la urmă izbucnește, direct.

"Sper că nu îți trece într-adevăr prin gând... să faci ce i-ai zis lui Gavriliu?!"

Mă uit la ea, dând din umeri. Aș putea să îi spun adevărul, că da, ideea m-a tentat de multe ori dar... nu sunt destul de lașă ca să îi las pe mama și pe Liviu să se descurce fără mine. Gestul ar fii o salvare rapidă și ușoară dar egoistă, și nici nu încerc să îmi închipui ce ar însemna pentru ai mei. Nu m-ar ierta nimeni și... de data aceasta ar avea perfectă dreptate.

Dar este mult mai simplu să neg categoric și să o liniștesc pe Alexandra, să îi spun că doar am vrut să îl sperii, ceea ce este parțial adevărat. Cu toate că la sfârșitul unei zile ca cea de astăzi... Îmi pare rău că nu sunt singură pe lume, să pot evada în neființă și lăsa uitarea să le pună pe toate la punct, în locul meu.

Îmi este însă clar că Alexandra are dreptate și urgența cea mai mare ar fii să angajez un avocat și să intentez acțiunea de divorț. Recăpătarea libertății este mai importantă decât niște haine noi, mai imperioasă decât multe alte dorințe de-ale mele. Și poate mă ajută totuși tata, măcar cu o parte din bani...

Capitolul 16

A trecut exact o lună de când sunt fără serviciu și nu numai că am portofelul gol, dar nici la tribunal nu am ajuns toată săptămâna fiindcă nu am idee cum aș putea plăti serviciile legale care m-ar ajuta să scap de statutul actual, ca nevastă a lui Cornel.

Nico a rărit-o cu telefoanele și am reușit să nu fiu acasă de câte ori a sunat. Nici cu Mihai nu am mai vorbit în ultimele zile. Profit de vacuumul din viața mea romantică și socială să învăț, ceea ce o face pe mama să fie mai maleabilă și să mă lase în pace.

Îmi petrec diminețile între manuale și cărțile pe care i le citesc lui Liviu, cu toate că nu recunosc în el nici pic din interesul pe care îl aveam la vârsta lui pentru povești. Se pare că atunci când te decizi să faci copii, este important să te uiți și după alte calități ale potențialului tată, în afara frumuseții fizice. Mă tem că va trebui să mă resemnez cu faptul că băiatul meu seamănă cu Cornel, care nu a trecut în viața lui mai departe de primele trei pagini dintr-o carte.

Astăzi este o altă sâmbătă anostă, cu soare strălucitor și cer albastru, care nu reușește să îmi ridice moralul. Mama se pregătește să meargă la tanti Leo în Bucureștii Noi, o escapadă pe care a tot amânat-o de mult din cauza programului meu. Mă bucur că am să fiu singură acasă cu Liviu pentru câteva ore. O să putem face curse de mașini cu toate jucăriile lui fără să se plângă ea că îi dăm dureri de cap, o să dăm cu mingea la perete și nu o să fie nimeni să ne certe că riscăm sa spargem ceva.

Apoi... îi face și mamei bine să mai iasă din casă. Este gata îmbrăcată de stradă, verificând să nu uite ceva.

"Laura, aveți cozonac proaspăt, l-am cumpărat ieri. Și ți-am făcut cafeaua..."

"Lasă că ne descurcăm, pup-o pe Raluca din partea mea."

După întoarcerea de la Sinaia, vorbisem cu nepoata doar în fugă, mulțumindu-i încă o dată și asigurând-o că a fost totul minunat... bineînțeles, fără detalii. Ea este încă prea mică pentru asemenea amănunte. Încep să cred că nici nu s-a petrecut nimic la munte, că poate am visat. Figura lui Nico începe să se estompeze în memorie, retrăgându-se de unde a ieșit când l-am văzut la traversare, lângă Piața Muncii.

"Pa, Laura, te pup, aveți grijă de casă..."

Lasă că nu ne fură nimeni din păcate, răspund eu în gând. În fine, pașii mamei se aud coborând pe treptele de afară și mă relaxez. Liviu se chinuie în mijlocul patului, luptându-se să își încalțe șoseta de lâna, și îl ajut. Se dă jos și aleargă la raftul de cărți, de unde înșfacă *Legende*-le lui Alexandru Mitru și vine la mine, victorios.

"Te-te!"

"Vrei să citim?" mă bucur eu. "Mare mirare."

Ne apropiem de sfârșitul lui martie și în sobă nu se mai face focul, așa că ne cuibărim amândoi lângă reșou și reiau de unde țin minte că am rămas cu câteva zile în urmă. Mă uit la el cu coada ochiului și îl văd preocupat de un fir de lână ieșit din plapumă, de care trage în mod sistematic.

"Liviu, tu ești atent la poveste?"

"Da!" afirmă el cu hotărâre, dând serios din cap.

Nu mult mai târziu abandonez cartea, realizând că puștiului i-a trecut interesul după prima jumătate de pagină. Trag mâncarea aproape de noi și sfârtecăm aluatul pufos, căutând bucățile de rahat și ocolind cu grijă restul. Înseamnă că vine Paștele, dacă a găsit mama cozonac la magazinul de pâine. În mod sigur se întoarce încărcată cu bunătăți de la tanti Leo. De când nu mai este bunica, nimeni nu mai face pască și nu vopsește măcar ouă la noi în casă...

Bate cineva la ușa și mă opresc descumpănită. Cine ar putea fi? Cu fetele am stabilit să mă întâlnesc după amiază, la Universitate. Mă duc în vârful picioarelor, călcând repede pe cimentul rece. Prin vizor îl văd pe... Cornel. Mi se strânge inima în piept și nu știu ce să fac. Speram să nu îl mai văd până nu începe divorțul. Dacă nu îi deschid... face scandal și scoală toată curtea. Poate scap fără să mă atingă. Bine că nu e și mama prezentă, să pună paie pe foc.

Din câte mi s-a spus, va trebui să ne întâlnim și înainte de proces, în fața judecătorului, la câteva așa-zise 'reconcilieri', unde vom fii întrebați dacă vrem să ne împăcăm. Ce prostie! Cum poate renunța cineva după ce plătește atâția bani pentru acte? În mintea mea, o asemenea decizie se ia în mod categoric și ireversibil. Gândul de a ajunge cu el în fața unui magistrat, liberă să spun cu adevărat ce m-a determinat să fac pasul final, îmi dă curaj, și deschid ușa brusc, gata de înfruntare.

Îl văd surprins, neașteptându-se să îmi asum riscul cu atâta ușurință după întrevederea din oraș, mai ales că în mod sigur a pândit destul în jurul casei ca să o fii văzut pe mama plecând.

"Bună," mă salută el cu răceală și îi răspund asemenea.

"Pot să intru?"

"Pentru ce?"

"Vreau să îl văd pe Liviu și să îl iau la o plimbare..."

Îl las să treacă pe lângă mine, fără entuziasm. În cameră, Liviu întinde mâinile spre el și se bucură să fie ridicat în brațe și gâdilat pe burtă. Râde cu hohote mici și îl apucă de bucle pe taică-său. Cornel continuă să vorbească cu mine, fără să mă privească.

"Știi… Mi-am făcut o prietenă și vreau să i-l arat și ei pe băiat, să-l cunoască. Ai ceva împotrivă?"

Nu sunt încântată de faptul că puștiul meu va deveni un exponat de laudă în noua relație a fostului meu soț, dar vestea în sine mă bucură. Înseamnă că mă va lăsa pe mine în pace. Poate că nici nu se va opune divorțului, ceea ce ar simplifica mult lucrurile. Mă duc să îi pregătesc lucrurile de plimbare lui Liviu și aud în spatele meu ceva zornăind.

Mă întorc să văd cu stupoare cum Cornel mi-a răsturnat conținutul genții pe masă, doar cu o mână, și scormonește printre măruntișurile împrăștiate, continuând să-l țină pe cel mic cu celălalt braț. Se pare că îl interesează agenda mea de telefon, prin care răsfoiește cu indiferență aparentă. Nu îmi vine să-mi cred ochilor!

"Ce naiba faci acolo?!"

"Mă uit," răspunde el într-o doară. "Îmi dai voie?"

"Cred că era cazul să mă întrebi înainte! Cauți ceva anume?"

Zâmbește cu rictusul disprețuitor pe care am ajuns să îl urăsc atât.

"Cine-i Florin?"

"Prietenul Liliei… și al tău!"

Mă reped și îi smulg carnetul din mână. Se abține să reacționeze dar continuă să răscolească în batjocură lucrurile de pe masă, inventariindu-le. Unghiera, țigările, buletinul, pixul… Și descoperă cartea de vizită a Profesorului, de care am și uitat.

"Ăsta cine e??" întinde el brusc mâna spre mine acuzator, ținând-o cu două degete.

Mă feresc involuntar, ridicând brațul să mă apăr, și îmi vine sângele în obraji de rușine că încă nu m-am dezobișnuit de acest reflex umilitor. Mă simt ca un viermișor neajutorat, ușor de strivit. Fostul meu soț rânjește sesizându-mi gestul, și lăsându-l pe Liviu jos, rupe metodic cartonul în fărâmituri mărunte.

“Altă dată să nu mai îndrăzneşti să vii la uşa mea! Poţi da telefon dacă ai nevoie să comunicăm!” îi arunc peste umăr, cu toată autoritatea rămasă în sufletul meu îngrozit de scandal, de violenţă, de el ca persoană. “Am să îi pun în vedere prietenei tale.”

Cornel pufneşte în râsul lui forţat, pe care îl cunosc aşa de bine.

“Ea e o femeie adevărată, nu are ce vorbi cu tine.”

Mă strâmb şi îmi închipui cam ce stil poate avea tipa care i-a atras admiraţia. De câte ori nu mi-a reproşat că dacă aş fii fost o ‘târfă sătulă de viaţă şi nu o puştoaică curioasă’, ar fii avut încredere în mine şi ne-am fii împăcat de minune. Probabil şi-a împlinit visul.

“...Şi are gusturi, nu ca tine,” arată el teatral spre pantalonii mei de casă, făcuţi de mine, asemenea majorităţii lucrurilor pe care le port.

“Îmi pare bine pentru tine că ţi-ai găsit perechea potrivită,” îi spun eu puţin ironic. “Pentru dânsa... mai puţin. Încă nu ştie ce o aşteaptă!”

“Are şi ea o fetiţă, de nouă luni,” continuă el, ignorându-mi înţepătura.

“Să vă trăiască.”

“O ţine la Deva, cu mama ei.”

Vreau să îl văd plecat, să pot respira liniştită. Liviu este gata şi ţopăie de colo, colo, plin de energie.

“Cred că e timpul să pleci,” îi spun pe un ton de gheaţă.

Se îndreaptă cu mândrie, cât este de înalt, şi mă sfidează.

“Am să plec, dar pe Liviu îl iau cu mine.”

“Am fost de acord să ţi-l las la plimbare de la bun început. Să mă suni ca să cobor când vă plictisiţi te el. La ce ora îl aduci?”

“S-ar putea să nu-l mai aduc de loc...” zâmbeşte el iar, să mă enerveze.

“Fără ameninţări. Încearcă doar şi ai să vezi că pot să îţi fac mai mult rău decât mă crezi tu în stare. Te previn.”

Iese cu Liviu în brațe, mormăind în zeflemea, iar eu, după ce încui ușa în urma lui, mă retrag în camera goală și plâng lung și înfundat, cu obida suferinței vechi și a regretelor tardive.

Evident, mama nu are răbdare să stea prea mult în vizită și apare înainte de a o lua și eu din loc să mă întâlnesc cu prietenele mele. Își dă seama imediat ce s-a întâmplat și înainte de a pune la locul lui tot ce a adus de la tanti Leo, începe să se certe cu mine, întâi cu glas plângător, apoi urcând octavele treptat, până la țipete.

"Cum ai putut să-i dai copilul?! De ce l-ai lăsat să intre aici în casă?! Nu trebuia să îi deschizi ușa!!!"

Strig și eu la ea să mă lase în pace, și împingând la o parte mobila pusă peste iarna în dreptul ușii de comunicare cu fosta cameră a bunicii, intru și mă adăpostesc acolo, să mă reculeg în liniște. Aici este cel mai drag colț din tot apartamentul, unde mă simt mai puțin ca un leu în cușcă și pot gândi limpede. Dacă tot nu mai avem lemne de foc... pot să mă mut înapoi, să dorm aici și să am puțină pace, chiar și fără căldura reșoului.

Fumez fără grija, la geamul deschis, punându-mi gândurile în ordine. În mod sigur Cornel îl va ține pe Liviu până duminică seara, măcar pentru a se amuza de îngrijorarea mea dacă nu din alte motive. Dar dacă nu apare până luni dimineața, am să îl rog pe tatăl Alexandrei să intervină. Am încredere că m-ar ajuta în cazul acesta, mai ales că ar fii pentru prima oară când apelez la el.

Este mai bine cum s-a întâmplat totul și că am reușit să evit un scandal penibil. Treptat, Cornel va deveni absorbit de noua lui prietenă și va uita de noi... Dar mama continuă să se certe de una singură, la ea în cameră, fără să pară a se plictisi de polemica lipsită de sens în care a alunecat. A intrat pe orbita ei, și o aud ocolind obsesiv masa din mijloc și vociferând, ca în copilăria mea.

Ies din ascunzătoare și îmi pun lucrurile la loc în geantă, mă încalț și plec, fără să îmi iau rămas bun, ușurată să scap de acasă. Merg apăsat, de parcă aş avea o țintă sigură la capătul drumului... ceea ce nu este adevărat. Aş vrea să intru la o cafea, dar nu am nici un leu. Este încă prea devreme pentru întâlnirea cu fetele... Drept care mă îndrept spre Policlinica Batistei, cu pași din ce în ce mai șovăitori. Tata ar trebui să fie la cabinet și am destul timp să îl pun la curent cu ultimele evenimente... Dar oare el se va bucura să mă vadă...?

Sala de așteptare este aproape goală, fără pacienți... impacientați la ușă, și când domnul doctor mă cheamă înăuntru, zâmbitor, îmi descarc sufletul pe îndelete, omițând doar partea dintre mine și Nico. Tata ascultă fără să mă grăbească, ca la spovedanie. Cel puțin așa îmi închipui că este când te duci la preot cu păcatele în frunte, pentru a fii iertate.

Eu nu am fost la biserică în viața mea decât în noaptea de Înviere, cu prietenii. Mama a decis că dacă rugămințile ei nu au fost îndeplinite, Dumnezeu nu există, drept care nu suntem nici măcar botezați, nici eu, nici Liviu. În zilele noastre nu cred că are vreo importanță. La urma urmei, comunismul este de acord cu mama și eu... de când nu o mai am pe bunica, nu am timp să reflectez la nemurirea sufletului și alte aspecte religioase.

De data acesta tata se abține să îmi reamintească avertismentul lui aspru dinaintea căsătoriei, că șansele de a regreta mai târziu pasul sunt infinit mai mari decât ale fericirii veșnice alături de alesul meu. Îmi mângâie părul cu un gest părintesc, cum nu a mai făcut de mult timp, apoi îmi povestește și el despre frații mei, și alte mărunțișuri cotidiene pe care mi-e drag să le ascult, creându-mi iluzia că fac și eu parte din viața lui.

Se apropie ora când trebuie să plece acasă și Silvia cu Al se îndreaptă spre ceasul unde avem întâlnire. Înainte de a ne lua rămas bun, îmi strecoară în buzunar câteva sute de lei înfășurate sul, și un pachet de

Kent pe care se pare că abia l-a primit de la vreun pacient. Îi mulțumesc și ies pe hol, întrebându-mă dacă am dreptul să îl tot taxez de bani și țigări, pedepsindu-l la infinit pentru că a călcat strâmb cu nouăsprezece ani în urmă, sau dacă să mă simt vinovată.

Prietenele mele mă așteaptă chicotind, bucuroase de a fii libere, scăpate de la învățat. Pe măsură ce le povestesc ultimele pățanii, devin serioase și îl acuză pe Cornel de răutate, josnicie, și alte caracteristici binemeritate. Nici vizita la tata, nici suportul moral al surorilor Brateș nu par a mă ușura total. Îmi simt încă stomacul ca un ghem de nervi, apăsându-mi inima și sufocându-mă treptat, clipă de clipă.

Ajung la concluzia că mi-ar face bine să vărs pentru o descărcare completă, dat fiind că plânsul nu m-a golit total de amărăciune, dar nu prea am ce... pentru că nu am înghițit azi decât puțină cafea și cozonac.

Ne continuăm drumul spre Piața Romană, fără o țintă anume. În jurul nostru este lume care intră la film, la restaurant, se plimbă vorbind tare și se distrează, profitând de un sfârșit frumos de săptămână. Încerc să mă consolez aducându-mi aminte că viața mea abia începe și nefericita zi când l-am cunoscut pe Cornel a rămas cu mult în urmă... dar strângerea din coșul pieptului rămâne tot acolo. Gândul că poate Liviu se simte bine cu tatăl lui și ar prefera să mai stea cu el și în alte ocazii, să îl prefere pe el companiei mele... mă face să îmi vină și mai rău.

“Nu vreți să mâncăm ceva? Uite fursecuri în vitrină! Au și mici, și bere!” exclamă Silvia pofticioasă, trăgându-ne pe amândouă de braț în autoservirea de la Lido.

Alexandra se așază la coadă, cumpărând câteva mostre din fiecare exponat de patiserie, cu umpluturi diferite dulci și sărate, întorcându-se victorioasă, cu o grămadă de pachete și pachețele în mâini, pătate deja cu grăsime.

“Și micii mei unde sunt?!” protestează Silvia.

“Când o să te terorizeze și pe tine soțul, îți cumpăr câți mici vrei!” o repede Al în glumă, îmbiindu-mă să gust ceva.

“Mersi, mai bine rămân la fursecuri!” se burzuluiește sora ei.

Simt că mă sufocă gălăgia și mirosurile din cârciumă și o iau înainte, aruncându-le fetelor peste umăr că le aștept afară. La aer îmi revin puțin, și privesc cu dor de ducă în lungul străzii, urmărind stopurile mașinilor, ca mii de licurici roșii pe dreapta și albi pe stânga, vizibili până departe, în jos pe Magistrală.

Când eram copil, reclamele din neon colorat clipeau seara pline de viață, ca în orice oraș mare. Încerc să îmi aduc aminte dacă Hotel Ambasador era scris cu albastru și Calipso cu roz... sau invers. Bănuiesc că nu ne-am fii putut compara niciodată cu luminile din Las Vegas, Paris, sau New York, dar și Bucureștiul își avea farmecul lui pe atunci, mai ales când se lăsa noaptea.

Acum capitala pare oarbă și în urma economiei naționale de energie... reclamele electrice s-au stins de mult. Nu mai sclipește nimic în afara lămpilor stradale și a farurilor din trafic. Bulevardul seamănă cu două benzi rulante în sensuri opuse, curgând între zidurile negre ale blocurilor. Ici, colo, câte o fereastră clipește timid, cerându-și parcă scuze și promițând că se va ascunde și ea în beznă cât de curând.

Sute de oameni forfotesc grăbiți sau la pas în jurul meu. Trec bătrâni care au ieșit să respire o zi de martie, să simtă pulsul centrului pentru a se asigura că încă trăiesc și ei. Trec adulți obosiți, sau flămânzi, sau binedispuși.

Trec femei și bărbați care se caută, fără să știe, poate doar în speranța unei nopți deosebite. Unii sunt sigur căsătoriți și urmăresc o escapadă aventuroasă, pentru a pretinde că sunt din nou liberi. Alții își doresc doar o țigară sau o băutură bună și neavând bani, speră să găsească pe cineva care să le îndeplinească dorințele, asemenea peștișorului de aur din poveste. După consumarea faptului se vor azvârli unii pe alții înapoi, în lacul de unde au sărit, uitând că s-au văzut vreodată...

Surorile Brateș ies într-un târziu din Lido răzând cu lacrimi, ele știu de ce. Eu nu reușesc să văd nimic amuzant în seara aceasta, dar încerc să nu le stric cheful și iau un fursec din punga Alexandrei, ciugulind cu dezgust. Par rămase de la Revelion și margarina folosită are gust rânced.

O bătrânică la brațul moșului ei ne ocolește ezitant, ajutându-se de baston. Par amândoi o singură creatură, mișcând în tandem cele patru picioare și două capete, dar sunt doar o pereche pașnică, tocită de obișnuința vieții petrecute împreună. Îi invidiez, întrebându-mă dacă voi ajunge și eu vreodată ca ei... Dar cu cine?!

Prietenele mele încearcă să mă atragă în conversația lor aprinsă dar nu reușesc. Mintea mea hoinărește, rătăcită printre trecători. Observ un cuplu care se ceartă. Se pare că el îi cere ei socoteală unde a fost și cu cine, nu se știe când. Oare de ce se pierde dragostea după căsătorie? Cum a spus Nico...? 'Un act care obligă doi oameni să rămână împreună împotriva voinței lor'... Unde și când se duce iubirea? Presupunând că de acolo se pleacă, bineînțeles.

Poate ar trebui să nu ne mai facem familii dacă merge atât de prost. Dar atunci cum procedăm cu copiii care au nevoie de ambii părinți, de un cămin stabil, de un nume?! Se spune că nu putem procrea ca animalele, lăsându-ne puii în voia sorții de cum ajung pe picioarele lor. Urmașii noștri nu au nici o vină și nu trebuie să îi facem să sufere...

Pe lângă noi trec și tineri care se țin de mână, sau de talie, îmbrățișați. În loc să mă binedispun, mă întristez și mai tare. Unii totuși se iubesc, iar eu sunt singură, doar cu fetele.

"Și totuși mi-ar face bine să vărs..." șoptesc, mai mult pentru mine.

Prietenele mele care stau cu ochii pe mine, gata să acționeze după voia mea numai să mă scoată din starea în care sunt, intră în acțiune cu tot elanul.

“Se aranjează imediat! Știi, am uitat să îți spunem că fursecurile alea erau făcute cu untură veche… de câine mort. Din care se scoate săpunul de rufe!” explică Silvia, sperând să îmi facă scârbă, dar eu bombăn că mi-am dat seama, adică am bănuit după gust. Impasibilitatea mea nu o descurajează, drept care continuă, cu și mai mult zel.

“Crenvurștii ăia în foietaj care îi aveau la Lido… i-au făcut din carnea unui cal călcat de mașină pe șosea. L-au valorificat acum câteva zile, că stătea acolo strivit. Cred că de fapt îl tăiase trenul. Trans-Europe Express. Și se speria lumea când îl vedea așa, cu dinții rânjiți, mari și galbeni…”

“Ai imaginație… bolnavă,” comentez eu.

Mă lasă rece descrierile ei, ba dimpotrivă, încep să mă distreze. Sunt obișnuită cu glumele Silviei care face mereu așa când mergem la cofetărie, în speranța că renunță vreuna din noi la porție. De obicei îi cântam și eu în strună. “Fii atentă, ai un vierme în cupa de înghețată! Ah, l-ai strivit...!” Nu de puține ori abandonaseră alții din jurul nostru desertul, sau ne beșteliseră ofensați.

De data aceasta, sora ei pălește puțin dar cealaltă insistă, intuind că nu își bate gura chiar degeaba și sperând că mă ajută până la urmă să mă golesc de venin.

“…Calul ăla mâncase struguri de pe un gard și ăștia au făcut fursecurile cu ei când i-au scos din burta lui, gata stafidiți…”

Alexandra îi trage o labă peste umăr, împingând-o cât colo.

“Ăăău! Mai taci, naibii, că vomit eu în locul Laurei!!!”

“Bancul cu foametea îl știți?” revine Silvia, ca o muscă supărătoare.

“Sunt convinsă că o să îl aflăm curând…” șoptește Al, temătoare.

“Cică odată rămăsese lumea fără alimente… și mureau pe capete de inaniție. Unul strângător își ascunsese niște macaroane pe care le-a mâncat singur, pe ascuns și când au aflat ceilalți l-au omorât drept pedeapsă. După un timp și-au adus aminte ce avea în burtă și l-au tăiat…”

Sora ei își pune discretă mâna la gât, înghite cu greu și scoțând din poșetă un spray deodorant începe să o stropească pe glumeața grupului, alergând-o în cerc în jurul meu. Râd amândouă și se bucură că mi-au atras în fine atenția și încep să zâmbesc amuzându-mă de eforturile lor.

“Mie mi s-a făcut iar foame,” se plânge Silvia. “Aș mânca și un cal, chiar călcat de tren.”

“O pisică nu-ți dorești?” se oferă Al să îi vâneze o biată mâță jigărită care se strecoară pe lângă zidul Magazinului București, unde am ajuns dintr-una în alta.

Se reped amândouă după bietul animal care o ia la goană, neavizat. Uit de necazuri și sunt gata să mă pufnească râsul, mai ales când văd cum se uită lumea la noi și ne ocolește de departe.

“Ce-mi văd ochii?!” țipă deodată Brăteșoaica cea mică, arătând spre un balcon de deasupra noastră, în care atârnă un șirag de cârnați la uscat. Trecătorii ridică și ei ochii instinctiv să privească, neștiind dacă urmează să le cadă ceva în cap sau nu.

Al face sluj cu mâinile în față, ca un cățel în timp ce sora ei miaună ca în călduri cât se poate de convingător, cu nasul spre ‘porcăriile’ omului. De data aceasta, scena este prea hazlie pentru a fii ignorată și izbucnesc într-un râs dezlănțuit cu hohote care răsună până la Piața Unirii. Prietenele mele se îmbrățișează extenuate sărbătorind victoria, și când reușesc să mă opresc ștergându-mi lacrimile, ne continuăm drumul ca niște persoane normale până în poarta mea, unde ne pupăm și ne luăm rămas bun.

Capitolul 17

Sfârşitul de săptămână a trecut cu bine, după o duminică în care am stat ascunsă la mine în cameră, unde m-am mutat definitiv la loc, cu haine şi cărţi, cu tot. Mama şi-a continuat monologul iar eu am făcut tot posibilul să o ignor, citind cu înverşunare în alcovul de deasupra străzii, unde se aude mai puţin ce se întâmplă în restul casei.

Este luni şi mă trezesc înviorată, plină de forţe noi şi de determinare. Mănânc cu poftă două ouă prăjite şi mă îmbrac cu ţinuta mea de doamnă serioasă, pe care am purtat-o la întâlnirea cu Pleşan. După cum bănuiam, Cornel nu mi-a adus copilul şi în loc să simt disperare şi teamă, pieptul îmi este plin de furie şi anticipez aproape cu nerăbdare confruntarea cu fostul meu soţ, dornică de scandal.

Înainte de a ieşi pe uşă sună telefonul, şi în ciuda faptului că mă aşteptam să fie Gavriliu sau iar Nico cu Santa Esmeralda lui, spre surpriza mea plăcută, este Silvia.

“Micule, abia am primit confirmarea şi detaliile! Nu ţi-am spus sâmbăta, să nu îţi faci iluzii dacă nu ieşea aranjamentul. A acceptat îndrumătorul meu de la matematică cu care fac meditaţii, să te intervieveze şi el pentru un loc de desenator tehnic la IMGB, în Berceni.”

Nu îmi vine să cred! O şansă nouă! O întreb ce înseamnă acronimul şi mă lămureşte pe jumătate, ceva legat de Maşini Grele... Cui îi pasă ce fabrică întreprinderea! Pot face şi pantofi sau farfurii zburătoare, atât timp cât au atelier de proiectare. Îmi dă numele celui care mă va lua de la poartă și detalii cum să ajung acolo, chiar astăzi, la ora unu și jumătate, după pauza de prânz.

Ce bine că m-am deghizat deja în 'doamnă'. Îi spun mamei că mă duc să îl recuperez pe Liviu, ceea ce o mai îmbunează, și alerg să iau troleibuzul care duce direct la Restaurantul Pescăruș, unde lucrează Cornel. Pe drum alung din gând întâlnirea neplăcută care mă așteaptă visez la mult doritul loc de muncă într-un birou, alături de colegi care nu mă vor ostraciza pentru maniera mea de a fi și ambițiile de studii.

Sunt optimistă cum nu m-am mai simțit de mult, dar nu pentru că mi-aș închipui că de data aceasta voi obține postul. Dimpotrivă, sunt pregătită sufletește pentru altă respingere, indiferent pe ce motiv, dar intuiesc că voi accepta dezamăgirea fără a fii doborâtă. Am încredere în perseverența taurină care mă va imuniza în fața înfrângerilor, dându-mi putere să mă ridic de jos și să încerc iar, în altă parte.

Ieri am trimis prin poștă o cerere de angajare la Casa Scânteii, dar nu la vreo redacție ci la tipografie. Am găsit anunțul în ziar, pentru un post exclusiv de noapte. Poate și mediul este mai elevat, pe gustul meu. Cel puțin așa sper, mai ales astăzi, când sunt plină de speranțe noi. Telefonul Silviei a venit doar să îmi confirme că am intrat pe drumul bun și că se arată în sfârșit razele de soare pe strada mea, după vorba lui Mihai.

Cobor din troleibuzul 83 la Parcul Herăstrău și merg pe jos până aproape de lac, unde este restaurantul. Este după ora zece și Cornel trebuie să fie deja la muncă. Localul este pustiu și dezolant, cu scaunele întoarse pe masă, ca orice cârciumă înainte de deschidere, fără consumatori și freamătul conversației întețite de băutură și mâncare.

Aștept să apară cineva, și inima îmi pulsează cu putere, dar fără frică. Vreau să îl înfrunt, să îl îngenunchez așa cum merită, cum trebuie tratați oamenii care înțeleg numai limbajul intimidării. De azi încolo, mă simt pe deplin capabilă să vorbesc și eu acest dialect.

Fostul meu soț iese din bucătărie, purtând uniforma impecabilă, neagră cu cămașă albă și papion la gât. Bărbatul frumos, înalt și bine proporționat, atletic, care m-a vrăjit cândva, îmi pare acum ridicol. Mi-l imaginez cu tava în mână și ancărul pe braț, înclinându-se slugarnic, și servind clienții. Nu meseria lui mi se pare nedemnă ci el ca individ. Un om de nimic care și-a refulat frustrările pe pielea mea. Cum de m-am putut lăsa atâta timp umilită de el... nu înțeleg.

Mă vede și rămâne o clipă perplex apoi se apropie, neștiind ce să creadă. Îl abordez direct, fără să ridic tonul și fără să îmi tremure vocea, așa cum am repetat în gând de sute de ori, toată ziua de ieri.

"Astăzi la ora cinci, mi-l aduci pe Liviu la Cofetăria Opereta. Am să lipsesc de la liceu prima oră ca să îți dau timp să ajungi, așa că să nu îndrăznești să nu vii."

"Nu-mi vorbi mie așa, măi..." începe el, dar îl întrerup tăios.

"Îți vorbesc ca și cum ai fii egalul meu. Ceea ce nu ai să fii niciodată. Dacă îți place Bucureștiul... Ai să fii la cofetărie la cinci fix, cu copilul."

"Tu mă ameninți?"

Felul categoric în care mă adresez are efect. În pofida faptului că încearcă să mă facă să bat în retragere, făcând un pas spre mine, rămân pe loc fără a trăda nici o urmă de intimidare. Simt că am reușit să mă impun și tentativa mea agresivă funcționează.

"Nu. Te avertizez, ceea ce este cu totul altceva. La revedere."

Fără să mă mai uit în urmă, mă răsucesc pe călcâie și plec. În local au intrat câțiva colegi de ai lui care încep să pregătească sala pentru deschidere. Cornel este întotdeauna prevăzător și nu reacționează violent când are martori și situația l-ar dezavantaja. Îl cunosc destul de bine să știu că este laș, ca orice bărbat care lovește femei, mai slabe decât el din punct de vedere fizic.

Fac pariu că nu are curaj să ridice vreodată mâna în fața altui mascul, sau să își dea în petic dacă presimte că nu poate manipula opinia publică în favoarea lui... Drept care, în deplină siguranță și cu fruntea sus mă întorc la șosea, luând primul 83 spre Piața Unirii, unde va trebui să schimb cu altul, spre Berceni.

Întreprinderea de Mașini Grele București se află la dracul în praznic, cum se spune atât de descriptiv în capitală la tot ce depășește limitele cartierelor centrale. Sunt undeva, la capătul de transport în comun, între câmp, uzină, și niște blocuri muncitorești.

Am dat deja proba de lucru, creând aceeași impresie plăcută ca la IPA. Da, lucrez surprinzător de bine pentru cineva fără experiență, am mâna foarte bună, sunt talentată... Dar nu am whisky și Kent. Pentru un post de desenator tehnic prețul angajării pare a fii standard... Dar de data aceasta nu mai sunt dărâmată psihic, așteptându-mă la așa ceva.

Măcar în domeniul tehnic lucrează persoane mai puțin libidinoase decât la redacțiile revistelor... mă consolez eu oftând adânc. Am coborât din troleibuz și mă îndrept voinicește spre tribunalul capitalei, la mine în cartier. Conform ceasului din holul aglomerat, cu miros de hârtie veche și lemn lăcuit cu peste cincizeci de ani în urmă, este aproape trei după amiaza. Cineva îmi arată o sală plină de lume gălăgioasă și animată unde toți par a fii juriști de un fel sau altul, pentru că discută între ei diverse cazuri, schimbă bancuri și în general, vorbesc fără oprire.

Unul dintre reprezentanții justiției mă observă și îmi aține calea.

"Vă pot ajuta cu ceva, domnișoară?"

Îi explic că am intenția să deschid un proces de divorț și nu știu de unde să încep, la care el se prezintă ceremonios și îmi dă o carte de vizită. Ieșim amândoi din incubatorul de avocați și mă asigură că specialitatea lui sunt problemele legate de familie și că ar fii încântat să mă bazez pe el. Îi schițez în mare situația și cădem de acord să ne întâlnim a doua zi la cabinetul lui, întâmplător aflat aproape de Liceul Lazăr.

Rămân pe treptele ieșirii din fața Bisericii Domnița Bălașa, fumând cu satisfacție o țigară, în cinstea micii mele reușite. În nici jumătate de oră am rezolvat primul pas al marii mele probleme. Acum rămâne doar să vedem cât costă distracția și unde găsesc banii de care o să am nevoie.

Lumea intră și iese în tribunal neîncetat, trecând pe lângă mine fără să mă bage în seamă. Mă simt bine, de parcă aș fii invizibilă, și petrec acolo cât mai mult timp, observând forfota grăbită în mijlocul căreia sunt parcă ocrotită de rele.

Când vine timpul să ajung la cofetărie o iau din loc pășind cu demnitate și stăpânire de sine. Presimt că voi încheia ziua cu succes și sper să nu mă dezamăgesc singură. Sper din toată inima să mi-l aducă Cornel pe Liviu, să nu fiu nevoită să alerg la Alexandra, implorându-l pe tatăl ei să intervină în favoarea mea.

Știu că domnul Brateș are autoritatea să trimită câțiva securiști care să îl ridice fără motiv de la muncă, să îl plesnească nițel și să îi pună în vedere că nu mai are ce căuta în București. Dar pentru că nu îmi place să fac rău la nimeni, nici chiar fostului meu soț care m-a chinuit atâta... prefer să nu recurg la asemenea măsuri extreme.

Ajung la Operetă înainte de cinci și comand o citronadă, instalându-mă la o masă retrasă. Peste câteva minute, la ora fixă apare Cornel cu Liviu în brațe și o tipă lângă el. Nu mă așteptam la mare lucru, dar după părerea mea individa este chiar demnă de milă.

Mi-am dat seama mai de mult că noi femeile ne aranjăm, ne îmbrăcăm și ne machiem ca să arătăm bine în primul rând față de celelalte surate. Atracția pe care o putem exercita asupra bărbaților este de obicei pe plan secundar. De fapt cea mai arzătoare motivație de a arăta una mai ceva decât alta este de a trezi impresia de superioritate, invidie sau admirație în rândurile competiției.

Doamne Ferește când se întâmplă să stârnim compătimirea. Părerea lui Cornel, reală sau pretinsă, nu contează. În ochii mei, tovarășa lui este slabă ca moartea în vacanță, voluptoasă ca un șarpe, cu părul vopsit negru și zbârlit, fără luciu. La categoria ținută și haine nu mai are rost să comentez, pentru că mă simt îmbrăcată mult mai bine cu ce am, ceea ce este mare lucru considerând că îmi croiesc și cos singură din materiale recuperate de la perdele, așternuturi de pat, și așa mai departe.

Trăsăturile îi sunt și ele banale, genul de față pe care o uiți în secunda când ți-a ieșit din raza vizuală. Tona de fard însă și buzele de culoare vișinie, ca o rană veche, sunt memorabile.

"Soția mea, Laura... prietena mea, Marcela," face Cornel prezentările, instalându-l pe Liviu pe un scaun.

Puștiul însă refuză să rămână acolo și sare imediat jos, alergând spre mine și luându-mă de gât, ceea ce îmi topește inima de bucurie și satisfacție. Răsuflu ușurată să văd că i-a fost dor de mine și s-a plictisit de tatăl lui. Reacția copilului spulberă penibilul momentului și purifică întâlnirea, dându-i în mintea mea o nouă semnificație. Băiețelul nostru este victima ambiției nereușite a lui Cornel de a își impune rolul de părinte, dar alegerea a fost făcută și eu sunt cea câștigătoare.

Ne așezăm cu toții și Marcela încearcă să susțină conversația. Are accent ardelenesc, și nu pot să îmi dezlipesc privirea de sprâncenele ei pensate aproape definitiv, redirecționate cu creionul dermatograf prea sus, pe frunte. Or fii oglinzile scumpe în zona unde locuiește... îmi zic cu răutate pur feminină. Apoi mă controlez și sper să îi placă în continuare lui Cornel, să nu mă mai urmărească pe străzi.

În loc să particip la tentativa de discuție, fixez cu privirea un fir agățat al hainei ieftine din material supraelastic pe care o poartă tipa.

Apoi încerc să zâmbesc cât pot de cordială, realizând că trebuie să îi fiu recunoscătoare și că de ea depinde potențiala mea liniște din următoarele zile, săptămâni, sau luni... dacă am noroc.

Mă gândesc la faptul că promptitudinea cu care mi l-au adus pe Liviu a fost probabil influențată de ea. Fetița îi este în Deva, crescută de bunici, și nu are motive să își ocupe timpul cu copilul meu.

Este timpul să îl duc acasă pe puști și să fug la școală. Ne ridicăm să ne vedem fiecare de drum. Încă nu am categorisit-o pe prietena lui Cornel drept dușman sau aliat, poate îi voi acorda circumstanțe atenuante și voi da mâna cu ea la despărțire... Dar intenția mea pacifistă se schimbă radical când tipa mi se adresează cu bunăvoință parșivă.

“La revedere, Laura. Să ai mai multă grijă de băiat…”

Barierele armistițiului temporar se dărâmă ca spulberate de bombe și nu pot lăsa să treacă de la mine condescendența sfatului necerut. Replica vine spontan, pe ton cât pot de tăios.

“Nu cred că tu ești în măsură să mă judeci atâta timp cât ție îți crește altcineva fiica!”

“Da… dar mama mea e sănătoasă…” îmi aruncă ea cu subînțeles.

Nu le acord satisfacția altui răspuns și îi las în urmă, călcând apăsat spre casă și înăbușindu-mi furia. Cornel i-a povestit tipei despre ce se întâmplă la noi în casă, cum bunica lui Liviu bate câmpii și își imaginează situații ireale… O fii într-adevăr bolnavă, dar cel puțin dă doar din gură și nu face rău la nimeni, lovind cu pumnul și palma, ca el!

Capitolul 18

A doua zi plec spre liceu cu un dosar în care am strâns toate actele originale pe care de am, de naștere, de căsătorie, contractul de închiriere al apartamentului, și buletinul. Sunt îmbrăcată din nou cu ținuta de gală, chiar dacă mă demoralizează profund să port aceeași fustă și bluză de ieri.

Ne aflăm la sfârșitul lui martie și afară vremea se face din ce în ce mai plăcută. Țigăncile vând buchete de ghiocei și toporași, o minunăție de culori delicate la leu. În aer plutește aburul primăverii, tulburător, cu miros de pământ gras și asfalt ud. Orașul se trezește la viață dezbrăcând și el haina de iarnă, încercându-și norocul dezvelit complet de zăpada murdară și ghețuri.

Cabinetul avocatului se află la el acasă, într-o vilă veche retrasă în fundul curții, pe una din străduțele din spatele bulevardului, între Grădina Cișmigiu și Piața Kogălniceanu. Tipul mă primește oficial dar după primele minute începe să devină din ce în ce mai familiar și îmi oferă ceva de băut.

Cu toate că îl refuz politicos, îmi toarnă un deget de coniac pe care îl accept cu aceeași senzație avută la atelierul lui Pleșan. Ce rost mai are întrebarea "Vrei să bei ceva" când la răspunsul negativ îi bagi omului paharul pe gât, indiferent ce a spus. Iau loc în fotoliul așezat strategic, în fața biroului pe care tronează o mașină de scris, un teanc de hârtie și foi indigo, o călimară de cristal și alte scule ale meseriei.

Încăperea este mobilată la limita între lux costisitor și sobrietate profesională, atât cât să reflecte bunăstare dar nu opulență, cât să creeze impresia unei afaceri mai mult înfloritoare decât ostentativă. Observ o canapea spartană cu brațe din lemn sculptat și o masă rotundă cu patru scaune, pentru servit cafeaua. În spatele gazdei care se așază cu importanță la locul de cinste, peretele este acoperit de o bibliotecă masivă. Sutele de tomuri legate în piele par a cuprinde toate legile țării, de la regele Mihai încoace.

Avocatul mă servește cu un Kent din pachetul lui, pe care nu rezist să îl refuz, și începe să îmi pună întrebări. Îmi dau seama că reușește să scoată de la mine detalii nu numai în legătură cu starea mea civilă dar și financiară, subiect pe care aș fii preferat să îl evit pe cât posibil. Mă ascultă degajat, gustând din lichidul chihlimbariu și suflând cercuri de fum spre tavan, evaluând informațiile primite.

Când a extras cam tot ce se poate spune despre situația mea, își lărgește nodul cravatei cu gesturi calculate, își suflecă mânecile cămășii, și înșiră actele mele pe masă, la îndemâna, gata de treabă. Începe prin a îmi explica pas cu pas ce are de făcut, să înțeleg de cât timp și efort este nevoie, mai ales din partea lui.

Primul document necesar este cererea de divorț, urmează timbrarea fiscală. Apoi totul trebuie înregistrat, se face programare pentru reconcilieri, și Cornel va fii înștiințat prin poștă. Martorii fiecărei părți vor fii notificați de asemenea în scris, și abia după preliminariile procedurii ajungem eventual la procesul final și decizia judecătorească.

Concluzia mea este că totul durează luni de zile, presupunând că lumea răspunde prompt la apel și se prezintă în instanță. Încă nu menționează nimic referitor la costul tuturor acțiunilor complicate pe care mi le descrie, încearcă doar să zâmbească încurajator și începe să bată la mașină, citind cu voce tare, pe măsură ce paginile înaintează cu zgomot sacadat, literă cu literă.

“Tovarăşe preşedinte... Subsemnata Gavriliu Laura Valeria născută Temeşan la data de..., în Bucureşti, chem în proces civil de divorţ pe numitul... Gavriliu Cornel, născut... Solicit desfacerea căsătoriei efectuate în..., la data..., din următoarele motive. Ce vrei să punem?” ridică el privirile, oprindu-se din scris.

Încerc să folosesc termenii adecvaţi, cât îmi aduc aminte din ce am citit şi auzit până acum.

“Molestare corporală, ultragii repetate...”

“Şi presupun că soliciţi să ţi se dea custodia minorului, pensie alimentară, şi să îţi reiei numele de fată...?”

Confirm fără ezitare detaliile la care nici nu mă gândisem. Bineînţeles că vreau să am drepturi exclusive de creştere a lui Liviu şi am nevoie de bani şi de la tatăl lui. Despre numele de familie ce să mai discutăm, l-aş fii schimbat de mult.

Pare a îşi alinia ideile câteva clipe, apoi continuă să redacteze documentul, rând cu rând, prinzând viteză şi mormăind mai mult pentru el conţinutul care se leagă, umplând în scurt timp trei foi. Scoate ultimele hârtii din maşină, dă la o parte foiţele copiatoare şi îşi examinează munca, cu satisfacţie, dezmorţindu-şi degetele şi ridicându-se de la birou. Luând paharul în mână, face câţiva paşi până la fereastra uriaşă, de unde priveşte în curte, îngândurat. Mă scol şi eu, urmându-l de la distanţă.

“Ce altceva îmi mai trebuie în prima fază?”

Se întoarce spre mine, măsurându-mă cu atenţie, de parcă ar număra câţi centimetri am în înălţime şi circumferinţe. Clopoţeii mei interni încep să sune mărunt alarma deja cunoscută, dar depun efortul să îi ignor, sperând că mi se năzăreşte. Suntem doar un avocat cu clienta lui, angajaţi într-o discuţie firească.

“Ai nevoie de chitanţă de achitare a taxei de două mii de lei, apoi de copii legalizate după fiecare certificat. El este de acord cu divorţul?”

Suma pe care o aud pentru prima dată îmi taie răsuflarea. Pentru mine cifra reprezintă aproape două luni de salariu la un serviciu pe care încă nu îl am. Îmi aduc aminte să îi răspund, cu glas pierdut.

"Nu sunt sigură dar sper că da. Și-a făcut recent o prietenă..."

"V-ați căsătorit din dragoste, nu?"

"Nici asta nu mai pot garanta," încerc eu să tratez aspectul cu indiferență. "Dumneavoastră ați fii în stare să loviți o femeie pe care pretindeți că o iubiți?"

Dă din cap, dă din umeri...

"Să zicem că nu ar fii imposibil. Din gelozie, din prea multă iubire, se întâmplă. Ești convinsă că nu i-ai dat nici un motiv să se poarte așa cu tine?"

Răspunsul și întrebarea lui mă descumpănesc amândouă și decât să cad în latura defensivă, prefer să atac.

"Nu i-am dat nici un 'motiv', de asta sunt foarte 'convinsă'. Dacă aveți impresia asta... de ce sunteți dispus să mă ajutați?"

"Dragă, dragă domnișoară!" zâmbește el condescendent. "Oamenii sunt datori să se susțină reciproc la nevoie și meseria mea este să îți ofer tot sprijinul de care în cazul tău ai multă nevoie. Argumentele tale sunt slabe și greu de dovedit. Probabil că martorul principal este mama ta, un membru al familiei care nu poate depune mărturie în instanță. Fără sfaturi de specialitate, procesul se poate prelungi la infinit, se poate chiar suspenda. Ar fii avantajos dacă ai avea un prieten care să declare că vrea să se căsătorească cu tine odată ce te eliberezi, să participe la creșterea copilului."

"Îmi pare rău dar așa ceva nu am," răspund eu scurt, în gardă.

"Nu crezi că ar fii dificil să îți asumi singură responsabilitatea asta?"

"Acesta este primul 'sfat de specialitate' pe care mi-l dați?!"

"Nu o lua în mod greșit. Voiam doar să te înțeleg mai bine, să îmi confirmi că nu este altcineva care să te ajute."

Următoarea lui mişcare este în aparență prietenoasă şi împăciuitoare. Mă ia pe după umeri, dar eu mă răsucesc elegant, ieşindu-i din învăluire. Realizez că mă priveşte lasciv, fără a își mai ascunde intențiile.

"Laura, ai norocul să fii tânără și foarte drăguță. Te înțeleg perfect că vrei să scapi de legătura aceasta și să fii iar liberă, dar nu este ieftin și presupun că nu ai bani la dispoziție. În plus ai nevoie de ciorapi, de rochii, de atâtea altele. Propunerea mea este să profităm amândoi de starea lucrurilor."

Așteaptă răspunsul meu și trebuie să îmi mușc buzele pentru a nu îi arunca în față că are cel puțin de două ori vârsta mea și că el este departe de a mi se părea un bărbat atractiv. Face un pas spre mine să îmi înmâneze documentele dând de înțeles că semnătura mea ar însemna acceptarea pactului dintre, continuând pe un ton persuasiv, plin de încredere.

"Ce ai avea de pierdut?"

"Demnitatea și respectul pe care îl am față de mine. Eu fac dragoste doar... din dragoste, nu ca să îmi achit diversele cheltuieli."

"Laura, Laura! Să nu vulgarizăm situația. Oamenii maturi au relații sexuale din atâtea alte motive. De nevoie, de plăcere, sau chiar din plictiseală."

"Poate, dar nici unul din susnumitele pretexte nu mă împinge spre dumneavoastră."

Se apropie iar, încercând să mă ia în brațe și eschivându-mă iar mă opresc strategic, în partea opusă a mesei.

"De ce te ferești de mine?"

"De... tot!" îl reped eu, cu cea mai puerilă replică care îmi trece prin cap.

Se așază în jilțul unde a tipărit la mașină mai înainte, cu o expresie ofensată.

“Ești sigură?”

“Absolut!”

“Cum vrei...” se resemnează el întinzându-mi actele originale înapoi, fără să mă slăbească din ochi.

Îmi strâng documentele și îmi pun paltonul gata de plecare, în timp ce continuă să mă privească ironic, jucându-se cu foile dactilografiate.

“Nu am cum să te fac să te răzgândești? Considerând că nu ai bani și totuși vrei să divorțezi? Încăpățânarea nu îți aduce nici un avantaj.”

“La revedere, tovarășe avocat. Renunț în mod oficial la serviciile dumneavoastră!”

Drept răspuns, deschide brațele a neputință și apoi rupe tacticos tot setul de pagini scrise în ultima oră, metodic, în fâșii subțiri pe care le lasă să cadă peste birou. Îi arunc o ultimă privire, ca unui păianjen scârbos care vreau să mă asigur că nu aleargă după mine și ies cu spatele drept și bărbia sus, trântind în urma mea toate ușile din drum.

Abia pe stradă, până la școală, începe să clocotească în mine furia neputincioasă. Din nou!!! Mi-a trecut cheful să mai divorțez pentru mult timp. La urma urmei... nu mă grăbesc să mă recăsătoresc și dacă Cornel mă lasă în pace... cui îi pasă dacă sunt liberă sau nu pe hârtie?

Sunt mândră de mine că l-am refuzat, că l-am pus la punct cum merită... Dar simt că îmi vine să dau cu pumnii în ziduri și să urlu ca să îmi descarc nervii acumulați în prezența lui. Cred că dacă ar face greșeala vreun tip să mă acosteze în momentele astea, aș avea destulă putere să îl iau de picioare și să sparg trotuarul cu capul lui, ca în desenele animate. Poate ar fii trebuit să îi dau în țeastă și avocatului cu călimara de pe masă, să mă refulez. Sau să îi arunc măcar cărțile pe geam...

Mai bine mă făcea mama deșirată ca un cocostârc, sașie și cu coșuri pe față decât să fiu umilită mereu de dorința obscenă a unora, de sugestiile că aș putea plăti în natură pentru orice favoare. Ce mizerie de oameni! În naivitatea mea cred că mi se întinde o mână de ajutor și când colo... mâna vrea doar să mă pipăie!

La școală, Corina a ajuns din fericire la timp și mă ascultă scandalizată la culme. O oripilează ideea că un om plătit să apere victimele, vrea să profite de situație cu o fată abia trecută de vârsta majoratului.

Discuția noastră animată și învăluită de fumul țigărilor la foc continuu îl atrage pe băiatul care m-a ajutat să sar zidul zilele trecute. Îmi aduc aminte că îl cheamă Sofian și că suntem în aceeași clasă, dar creierul meu obosit se luptă să priceapă lecțiile, și nu am făcut până acum efortul să rețin numele celor treizeci și ceva de colegi. L-am remarcat doar fiindcă se uită lung după prietena mea, de când a început trimestrul. Și pentru că are o figură interesantă, cu mustăți și plete, ca un frate mai mic al lui Vlad Țepeș...

"Bună seara, fetelor. Ce mai faci, Laura, azi ai sărit gardul în direcția greșită?"

"Ha-ha!" se întoarce Corina spre el, cu un zâmbet forțat.

Sofian a auzit câte ceva din povestea noastră încărcată de dramă și vrea să știe dacă a înțeles bine. Este și el scandalizat și afirmă că i se pare degradant pentru un bărbat să își cumpere sex... Nu că l-am fii întrebat noi, dar își oferă și el părerea.

Din glumă în glumă, sub ochii mei se formează un plan de răzbunare pe care la început nici nu vreau să-l aud. Propunerea colegului este ca în pauza dintre ore, la adăpostul întunericului, să dăm toți trei o fugă și să îi lăsăm un mesaj avocatului, să înțeleagă că a făcut un gest reprobabil. Poate să îi strigăm ceva obscen sub fereastră sau să îi aruncăm o găleată de vopsea pe gard... Sau să scriem o înjurătură pe peretele casei.

Nici nu știu când am fost de acord până la urmă cu ideile lor și... în recreația următoare ajungem la vilă, răzând și elaborând diversele pedepse posibile. În principiu mă distrează conceptul că cineva vrea să îmi apere onoarea ciufulită și când îl văd pe Sofian că ia o piatră de jos, nu am timp să reacționez. Tipul este destul de înalt și are brațe lungi, și mișcarea pe care o face, ca la aruncarea cu discul, nu o iau în serios până când nu aud geamul imens de la etaj prăbușindu-se într-o explozie de cioburi.

Eu și Corina ducem mâinile la gură, cu ochii mari... Apoi o rupem la fugă toți trei, răzând diavolește, fără să așteptăm pentru a vedea urmarea. Ajungem în clădirea liceului cu sufletele scoase, abia respirând de alergătură dar și de cât am hohotit pe drum. Ne imaginăm ochii holbați și furia avocatului privind în gol prin fereastra spartă și nu ne putem opri din râs mult timp, chiar și după ce ne-am așezat în băncile noastre și începe ora.

Recunosc că în ciuda răzbunării puerile și a gestului nostru incalificabil, simt o satisfacție malițioasă care mă împacă și îmi alungă amărăciunea serii. Probabil așa gândește insecta când își înfige acul otrăvit în mâna care o strivește... Sau cel puțin, îmi închipui că asta ar fii cea mai potrivită asemănare, presupunând că albinele sau viespile înțeapă în mod premeditat. Și că au judecată umană...

În pauza următoare îl sun pe Mihai cu speranța că are timp să ne întâlnim sâmbăta la cofetărie. Încep prin a îl pune la curent cu ultimul meu eșec în tentativa de a mă angaja ca desenator tehnic la IMGB, îi povestesc și despre pățania cu avocatul. Apoi îi raportez că am aplicat și pentru un post de noapte la Casa Scânteii, drept ultimă alternativă.

Cea mai nouă speranță pe care mă bucur să o împart cu el este că Sofian, colegul de liceu, mi-a promis că vorbește pentru mine la serviciul lui, unde se pare că au un post de muncitor la heliograf. Fratele meu îmi explică cum funcționează copierea desenelor la acea mașinărie, și că este mediu toxic unde miroase a amoniac de îți mută nasul, dar nu reușește să mă descurajeze. Apoi îl întreb ce planuri are pentru sfârșitul săptămânii și îl aud răzând cu amărăciune.

“Din păcate, nu avem când să ne întâlnim, Laura. La ora unsprezece trebuie să îl susțin moral pe Nico la cununia lui... După aceea mergem la ei acasă, la masă, toată familia. Nu am idee cât durează... Și când te gândești că pică chiar de întâi aprilie! S-a păcălit singur, bietul de el...”

Îmi iau rămas bun și pun receptorul în furcă cât pot de repede. Dintr-o dată nu mai am destul aer... și strângându-mi lucrurile din bancă plec acasă, dispărând ca măgarul în ceață, fără să spun nimănui, nimic. Nici măcar Corinei sau lui Sofian.

Capitolul 19

Este prima zi de aprilie, când conform tradiției oamenii încearcă să își păcălească prietenii în mod nevinovat, cu diverse minciuni inofensive. Eu... mă înșel singură, pretinzând că am ajuns pe Calea Călărași doar pentru că nu am avut altceva mai bun de făcut. De fapt, aș fii putut să învăț, sau să mă duc la prietenele mele, sau să ies cu Liviu în oraș... Dar am ales să mă plimb cu tramvaiul până la Primăria Sectorului 3 și să mă ascund pe partea cealaltă a străzii, așteptând să se termine ceremonia căsătoriei lui Nico.

Nu plâng, nu îmi vine să mă arunc pe șine sau în fața mașinii, vreau doar să văd cu ochii mei cum un vis neînceput se destramă înainte de a îmboboci. Am venit să mă torturez singură și probabil că nu voi povesti nimănui despre momentele acesta, nici măcar Corinei. În curtea de vizavi, după gardul de fier forjat, câteva cupluri așteaptă ieșirea celorlalți, ca și mine, cu deosebire că ei sunt invitați și nu se feresc pe după stâlpi.

Primii care apar sunt Mihaela cu prietenul ei Dan, pe care îl văd pentru prima oară. Solid ca și ea, cu plete brunete și barbă haiducească, par foarte potriviți și drăguți împreună. Mi se strânge inima la gândul că am o soră care își impune să ignore faptul că exist și care nu mi-a adresat niciodată mai mult de câteva cuvinte.

În spatele lor se înșiră restul celor apropiați, oprindu-se pe trepte să încadreze primii pași triumfali ai sărbătoriților ca soț și soție. Mihai și

Camelia au brațele pline de flori, dar nu zâmbesc nici unul. Îl văd și pe tata cu mama Cici alături, și o bătrână scundă și slăbuță, îmbrăcată elegant, probabil bunica grecoaică a lui Nico. Lumea freamătă în așteptare, formând un portal de garoafe și lalele timpurii, deasupra ușii larg deschise.

Sunt pliată în spatele unui pom bătrân care mă camuflează perfect în timp ce eu pot privi fiecare detaliu, de la distanța relativ mică. Strada este îngustă și cum vederea mea este perfectă, scena se desfășoară în fața mea de parcă m-aș afla în mijlocul lor. Mă întreb ce dorință autodistructivă m-a mânat aici și de ce am ales să îmi petrec dimineața ca intrusă la un eveniment unde nu am ce căuta.

Singurul răspuns pe care îl găsesc este că sper să mă vindec total de tandrețea amintirilor văzându-l pe Nico lângă Cătălina. Presimt că asistând la căsătoria lui – chiar de la distanță – îmi va șterge din cap visele legate de el. Recunosc că excursia noastră la munte mi-a creat iluzii, în ciuda voinței mele. Chinul la care mă supun acum este menit să mă purifice de dorințe deșarte și să îmi redea libertatea sufletului.

Contez pe faptul că durerea pe care o simt va funcționa ca un vaccin, ajutându-mă să trec peste realitatea tristă ca băiatul cu care am petrecut câteva zile minunate și care mi-a plăcut de la prima vedere cu ani în urmă... nu va fii niciodată partenerul meu.

În prima clipă o recunosc pe Cătălina, cu un zâmbet larg pe față, mititică, drăgălașă, și îmbrăcată într-o rochie roză și înfoiată, ca o păpușă. La brațul ei, înclinând ușor capul să nu se lovească de flori, este Nico, schimbat radical. Este tuns scurt și proaspăt bărbierit, într-un costum bleumarin care îi vine perfect, cu cămașă albă și o cravată subțire, modernă.

Nu l-am văzut niciodată fără barbă și plete și imaginea lui nouă este un șoc neașteptat. Nu pot spune că nu îi stă bine și defectele pe care mi le închipuiam, încercând să le exacerbez în minte... de fapt nu există. Gura puțin strâmbă și nasul ca cioplit în piatră alcătuiesc un ansamblu este bărbătesc și plăcut. Sunt forțată să admit că este chipeș și fără accesoriile de trubadur romantic... Dar parcă nu este el, și mă bucur involuntar, de parcă asta ar însemna că adevăratul Nico este încă liber și va rămâne întotdeauna al meu, în secret, așa cum mi-l amintesc.

Lumea face poze în diverse formații, cu părinți, cu prieteni, doar cu ei doi. Cu toate că îmi pare rău și mă simt puțin vinovată, nu pot să le doresc binele, oricât aș încerca. Nu mă poate mângâia nici măcar faptul că el este serios și zâmbește doar când i se atrage atenția, pentru fotografii.

Nu vreau să îi acord circumstanțe atenuante pentru că se simte responsabil față de copilul care va veni pe lume. Mă concentrez doar pe ideea că trebuie să îl uit de tot, să nu mă mai gândesc la el, și să accept faptul că am avut o doar aventură minunată de care îmi voi mai aduce aminte cândva, la bătrânețe.

Din stânga mea se aude un tramvai care se târâie pe șine, zornăind din ce în ce mai tare. O mână invizibilă mă trage parcă de bărbie să îmi întorc privirile spre ei și... spre înfiorarea mea, suntem ochi în ochi, peste stradă și mașini, peste trecători și tot ce se întâmplă în jur. Cum de m-a observat?! Da, nu rămâne nici un dubiu, mă fixează hipnotizant cu irișii lui verzi...

Vagoanele roșii și zgomotoase se interpun între noi și sar pe scară, urcând cu alți călători, încercând să mă pierd în mulțime, fără să mă mai uit spre curtea primăriei. Îndrăznesc să îl caut iar cu privirea abia când plecăm din stație. Mihai este în fața lui, blocându-mi imaginea, dar după cum se apleacă și se foiește Cristodor, îmi dau seama că încă încearcă să vadă pe trotuarul celălalt, să se convingă poate că nu s-a înșelat.

Cobor la prima stație și iau primul tramvai înapoi, spre centru. Zâmbesc în mine, amuzată de mica mea păcăleală de 1 Aprilie. Până să trec iar prin dreptul primăriei adunarea s-a risipit, în drum spre masa festivă. În curte nu mai este nimeni, de parcă cununia la care am vrut să fiu astăzi martoră nici nu ar fii avut loc. Dar știu că nu a fost un vis urât, și că s-a întâmplat de adevăratelea. Oare sunt vindecată? E prea devreme să știu...

Alexandra și Silvia au ieșit în oraș la apelul meu de urgență, și am bătut împreună toate bulevardele din centru, profitând de o zi când frigul s-a dat domolit de-a binelea. Soarele este nu numai vizibil pe cer dar se și simte prin hainele noastre de primăvară, cald și optimist. Am reușit să mă abțin cu poveștile, pretinzând că doar simțeam nevoia acută să nu stau în casă, cea mai plauzibilă scuză dintotdeauna.

Am rămas în urmă cu destăinuirile și mă tem că dacă aș începe... nu m-aș mai opri. S-au petrecut atâtea de când nu ne-am mai întâlnit. Ultima întrevedere cu Cornel, când l-a 'împrumutat' pe Liviu, pățania cu avocatul și cu geamurile lui sparte la răzbunare... Și aș ajunge inevitabil la prezența mea de astăzi la o cununie nedorită, nebunie de care nu mă simt în stare să recunosc că am fost capabilă.

Suntem pe lângă Capșa, pe Calea Victoriei, și Alexandra se oprește dintr-o dată cum face ea, privind fascinată spre partea cealaltă a străzii.

"Gagici, vouă nu vă este foame? Ce ați zice să mâncam ceva mic și fără multe calorii... la Capitol?"

Restaurantul menționat este chiar vizavi, și nu avem nimic împotrivă, cu toate că ne intrigă ideea ei subită. Traversăm și intrăm, căutând din ochi o masă liberă. Al pare însă să se uite după cineva anume și după câteva secunde îl văd pe blondul de la munte, însoțit din nou de același tip brunet. De data aceasta sexul frumos din compania lor este reprezentat de o blondă care tocmai își dă cojocul jos, drapându-l mândră pe spătarul scaunului. Zău?! Astăzi, când vara face cu mâna de după colț, numai vreme de blană nu mai este!

Găsim și noi locuri pe placul prietenei mele, nu foarte departe de ținta ei, și după ce o ameninț cu degetul, că nu e cuminte, îi explicăm și Silviei cine, ce și cum, să fie la curent. Fata cu părul gălbui are accent dulce, moldovenesc, și ne amuzăm trăgând cu urechea, nu atât de cum vorbește cât de ceea ce spune. Cine a scos bancurile cu blonde, a ascultat probabil la aceeași sursă.

Sora Alexandrei își pune ochelarii pe nas, studiind personajele din grupul lui George cu atenție nedisimulată. Sau doar pe cineva anume...?

“Să-ți fac rost de un binoclu?” o înghiontește cealaltă, agasată.

“Am văzut și eu ceva frumos! Nu am voie?!”

“În direcția aia nu îți permit.”

“Ho, că mie îmi plac bruneții!”

“Bună seara, fetelor!” ne întrerupe Vicențiu, tipul care mă împrumutase zilele trecute cu bani de cafea în Continental. Apariția lui mă bucură și iau inițiativa, invitându-l să ia loc la masa noastră. Îi spun că fac eu cinste, el acceptă, și uite așa am ocazia să îmi plătesc datoria. Toți preferă bere, care cică merge la micii pe care îi comandăm, în timp ce eu care încă nu am gustat vreuna la care să nu mă strâmb, cer îndrăzneață o sticlă de cabernet.

Intuiesc că Alexandra ar fii fost mai încântată să rămânem între noi dar dispoziția mea de astăzi mă împinge să nu țin cont de ce vor alții. În curând o remarcă și Vicențiu pe tipa cu haina de iarnă și gura mare, care se face auzită cale de cinci mese de jur împrejur. Ne vin mâncarea și băutura servite festiv, cu pahare adecvate, tacâmuri strălucitoare, și șervete din damasc alb iar noi atacăm bucatele și ciocnim în cinstea sărbătoririi unei seri ieșită din rutină.

Al nu își dezlipește ochii de pe George, iar cel mai frumos bărbat – și singurul – din grupul nostru, nu își ia privirile de la ea. Se pare că așa este în viață. Se spune că în orice cuplu, unul pupă și celălalt doar întinde obrazul. Extrapolând ideea, când dragostea este în fașă, unuia i se scurg balele iar celălalt nici nu își dă seama cât este de adorat.

Observațiile mele cinice sunt în ton cu experiența de astăzi... la care nu vreau să mă mai gândesc!!! Ridic cupa cu hotărâre, să îmi fie umplut, dorință care îmi este satisfăcută pe loc. La urma urmei sunt și avantaje să ai un tip... ca parte din companie.

"Micul nostru a luat-o pe băutură!" remarcă Silvia. "Vezi să nu te îmbeți."

"Și dacă se îmbată, ce?! E cu noi," o liniștește sora ei. Apoi se uită spre mine, interogativ. "Tu nu te-ai amețit niciodată până acum, din câte știu."

"Ști bine," aprob eu, promptă. "Cred că ar fii cazul să văd și eu cum e..."

Toți sunt de acord că pot să experimentez liniștită, că au grijă ei de mine, drept care, când paharul meu se golește, Vicențiu are grijă de el, fără să îl mai rog. Din când în când, Silvia se mai holbează spre masa vecină, sau mai exact își mijește ochii, să distingă mai bine cine ce se petrece acolo.

Moldoveanca băieților se duce bățoasă la toaletă și între timp, George se ridică și îi duce haina la cuier, probabil ca să nu mai știe tot restaurantul că aparține cuiva de la masa lor. Bineînțeles că pentru noi, mișcarea lui este motiv de chicoteală și comentarii șușotite. Cât a fost în picioare, blondul a dat și el un tur de orizont prin local și ne-a recunoscut, mai ales pe Al care stă ca Sfinxul pe labe, fără să îl scape din ochi.

Am fost martori cu toții, mai puțin Vicențiu care e cu spatele în direcția lor, cum a ridicat discret palma pe lângă frunte, onorând-o cu un fel de salut de pionier obosit, dar și cu un zâmbet. Alexandra își face vânt cu ambele mâini, pretinzând că dintr-o dată îi este foarte cald. Eu și Silvia ne distrăm copios, și Vicențiu încearcă încă să priceapă ce se întâmplă.

Îmi pare rău că prietena mea îl ignoră. Este mai mare decât noi dar în mod sigur sub treizeci de ani, drăguț, brunet, cu fața prelungă și trăsături aristocrate. Întotdeauna l-am văzut îmbrăcat la patru ace și de obicei stă singur la masă, citind ziarul. Personal, nu mi-ar fii atras atenția fiindcă eu mă uit doar de la un metru optzeci în sus, dar din păcate nici prietena mea nu pare să îl remarce, din cauza că nu este blond.

Îl angajez în discuție să îi distrag atenția de la preocupările prietenei mele, fiindcă nu vreau să îi stricăm seara. Se lasă tras de limbă și îmi răspunde la întrebări, admițând că este inginer stagiar la un garaj din Calea Văcărești, fiindcă a terminat secția de Transporturi la Politehnică cu doi ani înainte. Este bucureștean get-beget, are apartamentul lui pe lângă Parcul Tineretului, părinții locuiesc tot în același cartier, și numele de familie este Manu.

Am scos de la el cu ușurință aproape toată biografia și dacă Alexandra nu se potolește cu flirtul, nu știu ce să îl mai întreb. Dacă mai avea frați pe acasă, vorba aceea, mi-ar fii spus deja. Trec la schimbul de informații, povestind câte ceva despre noi, în linii generale. Unde dăm la facultate, ce carieră visează fiecare, cum ne-am împrietenit.

În două ore de când s-a adus vinul am băut patru pahare și încă nu simt nimic. Mă așteptam să văd dublu până acum sau să nu îmi pot coordona mișcările... dar funcțiile mele locomotorii par a fii rămas intacte. Nici nu mi se 'limbă plimba-n gură' cum zice Silvia. Îmi dau doar seama că vorbesc mai mult, într-o seară cât în tot restul lunii. Vicențiu plătește și el o sticlă de cabernet din care de data aceasta toarnă tuturor, să îmi țină companie... Sau să nu mă lase să o termin de una singură.

La masa lui George se aude agitație și lumea din local întoarce capetele. Blonda realizează că haina ei nu este unde și-a pus-o.

Blondul lipsește momentan, fiind probabil toaletă, și ceilalți nu au remarcat înainte că el i-a mutat-o pe cuier.

"Șini fași glumi di jienu aiesta cu cojocu' mieu?!" o auzim cu toții clar ridicând vocea, spre ilaritatea generală.

Nu ne mai abținem fiindcă sunt destule râsete în jur să nu atragem tocmai noi atenția. Consumatorii din apropierea noastră abia se abțin să nu se tăvălească pe jos. Majoritatea suntem bucureșteni, răutăcioși cu cei veniți în capitală prea recent ca să își fii schimbat graiul părintesc.

Mă gândesc o clipă la Cornel, care nu mi-am dat seama că este din Suceava decât când i-am văzut actele, înainte de căsătorie. Posibil ca nu accentul să trădeze atât de mult cât modul de comportare. Ca de exemplu parada cu o blană nouă când afară dau lalelele. Sau vorbitul la masă în așa fel cât să audă jumătate de restaurant.

Cine sunt eu să judec? Vicențiu se uită la mine și mă tem că am făcut-o cu voce tare... Dar nu, el doar vrea să se asigure că nu mă simt rău. Nu, mi-e chiar foarte bine! Pot să îmi aduc aminte de fostul meu soț fără să tresar, pot să mă gândesc chiar și la Nico fără să mă doară inima, câtuși de puțin. Viața este frumoasă, sunt cu prietenii mei în oraș, și am uitat de griji și rele, măcar pentru o seară.

George revine la masă și spre amuzamentul general elucidează misterul cojocului dispărut. Blonda pare ofensată, celălalt tip, brunetul, pare a pune-o la punct, și lucrurile se liniștesc. Se apropie ora de închidere și am terminat și noi tot ce aveam pe masă, inclusiv patru sticle de vin... Dacă număr încă corect. Plătim și dau să mă ridic, plănuind să vizitez și eu baia înainte de a merge acasă... și mi se pare că este cutremur. Restaurantul se leagănă ușor și pun mâna pe spătarul scaunului, să nu mă clatin și eu.

Vicențiu mă ia de cot, discret și amabil. Nu se poate să mă fii amețit așa de tare! Dar decât să încerc să mă conving în public și să mă fac de râs, mai bine renunț la alte drumuri și ies la brațul lui în urma fetelor.

Sunt ca un marinar pe corabie, și corabia este pe valuri, și îmi vine să râd de ce îmi trece prin cap dar mă forțez să păstrez o mină serioasă, mai ales că ceilalți trei marinari se uită la mine cu atenție.

“Ți-e rău?”

“Nu. De ce?”

Al dă din umeri.

“Oamenii normali sunt roșii în obraji la beție. Tu ești palidă.”

“Înseamnă că nu sunt la beție...” reușesc eu să articulez, sper că fără greșeli și fără să fiu peltică.

Străzile sunt aproape pustii și afară s-a răcorit brusc. Vicențiu îmi dă drumul două secunde ca să oprească un taxi în care ne urcăm toți. Fără să am timp de a protesta, Alexandra îi spune șoferului să ne ducă la Operetă și în câteva minute ajungem la destinație. Mașina așteaptă și prietenele mele coboară să mă îmbrățișeze de noapte bună. Vicențiu mă întreabă dacă vreau să mă conducă mai departe dar îi mulțumesc, refuzând categoric. Atâta mi-ar mai trebui, să mă vadă vecinii venind acasă beată cu un bărbat, în miez de noapte.

Nu că ar mai fii cineva treaz în tot imobilul, la ora asta. Curtea este întunecată ca smoala și abia îmi găsesc drumul, ținând palma de-a lungul zidului. Măcar am scuză dacă mă mai împiedic pe ici, pe colo. Mama a lăsat ușa descuiată de data aceasta și doarme dusă. Mă strecor cât pot de elegant la mine în cameră, încercând să înțeleg de ce podeaua se tot repede spre mine la fiecare pas... și mă trântesc nemișcată, de-a curmezișul patului.

Alexandra m-a avertizat din experiență că s-ar putea să îmi fie greață sau să am dureri de cap. Întâia prevestire se împlinește, și simt că dacă aș clinti cât de cât... aș vomita instantaneu, ceea ce ar fii groaznic, fiindcă aș face zgomot și mi-aș da de lucru să curăț. Drept care rămân nemișcată... și adorm buștean, înainte de a mai înregistra alte senzații.

Capitolul 20

Duminica a trecut că și cum nici nu ar fii existat. M-am trezit fără nici cea mai mică migrenă sau urmă de vertij, și pentru prima oară de mult, mult timp, mă simt odihnită și calmă. Am stat în casă citindu-i povești lui Liviu, încercând în zadar să îi captez interesul. Când m-am lăsat păgubașă, ne-am uitat împreună la televizor, am făcut mâncare, și am citit iar, de data aceasta pentru mine, în timp ce puștiul s-a jucat cu mașinuțele lui, demontându-le pentru a nu știu câta oară.

Mi-am satisfăcut curiozitatea de afla cum este când ești băut și îmi promit să fie pentru prima și ultima oară în viață. Senzația pe care am avut-o când am ajuns acasă, cu decorul din jur care se mișca asemenea valurilor furtunii pe mare a rămas o amintire detestabilă pe care nu vreau s-o repet. Nu înțeleg cum pot unii să se îmbete zilnic, pierzând controlul și suferind tot felul de transformări lamentabile.

Alcoolul poate dărui într-adevăr veselie, uitare, curaj... Dar își lasă victima vulnerabilă, luându-i mințile și puterea de apărare odată cu judecata și grijile. Norocul meu că am fost între prieteni de nădejde. Îi sunt recunoscătoare admiratorului Alexandrei că m-a adus acasă repede și discret, și sper să nu mai pomenească vreodată de experimentul meu jenant.

Astăzi este luni și mă întreb cu ce să îmi încep ziua. Mâine mă voi duce la serviciul lui Sofian, să văd dacă reușesc să mă angajez la heliograf. Dar am presimțirea că fac drumul degeaba. Nu știu dacă și acolo se cere o sticlă de whisky și un cartuș de țigări pentru a câștiga dreptul de lucru într-un mediu care miroase a latrină necurățată, dar nu m-ar surprinde.

Mama a ieșit după pâine și lapte și l-a luat pe Liviu cu ea, la aer. Sunt singură în casă și asta îmi place fiindcă este liniște desăvârșită și pot respira adânc, pot da muzica tare la radio, sau pot să sar pe arcurile patului până îl rup… Fără să îmi facă nimeni observație. Dar până una, alta, mă îndrept spre bucătărie să îmi fac o cafea... Și mă opresc în loc surprinsă. Cineva urcă spre intrarea noastră, pe treptele de lemn.

Pașii sunt energici și iuți, în nici un caz ai mamei, și mai grei decât ai Alexandrei, de bărbat. Să fie iar Cornel, să îmi strice ziua? Fără să mă mai uit pe vizor, trag zăvorul și smulg ușa din țâțâni, mai să rămân cu clanța în mână, înainte ca vizitatorul neașteptat să aibă măcar șansa de a ciocăni.

Dar în fața mea… stă Nico, din nou în ținuta lui studențească, cu jeanși și bluzon purtat până i-au curs ațele la margini, cu o geacă la fel de jerpelită, spălată de un milion de ori. Numai părul îi este tot tuns, ras și frezat, al bărbatului care a ieșit alaltăieri din primărie, proaspăt căsătorit cu Cătălina. Poate că iarăși nu a mai pus mâna pe lamă de sâmbăta, dar impresia mea că nu este aceeași persoană de la munte... persistă.

Cu toate acestea, în secunda următoare îi sar de gât fără să gândesc, propulsată de dorul acumulat în ultima lună, lăsând deoparte amărăciune, dezamăgire și orice alt sentiment negativ care m-a chinuit de când ne-am despărțit pe peron, în Sinaia. Prima lui reacție este un oftat pe care i-l simt ieșindu-i din călcâie, de parcă și-ar fii ținut răsuflarea tot drumul.

Îl strâng tare în brațe și el îmi răspunde la fel, trecând peste șocul primirii mele surprinzătoare. Ne ținem așa, lipiți bine, fără să ne dăm drumul mult timp, de frică să nu spulberăm momentul. Când într-un târziu îmbrățișarea se desface, știu cu siguranță că a fost ultima de care am avut parte.

“M-ai iertat?” vrea el să știe, zâmbind într-o parte, nesigur.

“Nu am ce să iert... Am înțeles ce s-a întâmplat.”

“Am încercat să vorbesc cu tine, să îți spun în ce încurcătură sunt, te-am sunat în fiecare zi...”

“Știu. Nu m-am simțit în stare să dau ochii cu tine, dar nici nu îmi trecea prin cap ce poate fii atât de urgent.”

“Am vrut să afli... înainte de a se întâmpla. Să te întreb dacă nu cumva... ai și tu aceeași problemă...”

Îi analizez cuvintele și îmi vine să râd.

“Credeai că sunt și eu însărcinată?!”

“Mai bine zis speram... Nefiind musulman, să-mi iau mai multe neveste, fii avut șansa să aleg măcar...” dă el din umeri și îmi vine să-l trag de urechi pentru obrăznicia și încrederea de sine, tipică bărbaților frumoși.

“Nico, dacă se întâmpla așa ceva nici măcar nu ai fii aflat vreodată! Eu nu m-aș căsători în vecii vecilor doar pentru motivul ăsta!!!”

“Doar...?” se leagă el de cuvântul cheie.

Îmi dau seama că am rămas în prag și că discuția noastră nu ar trebui ascultată de toți vecinii.

“Cum ai știut unde locuiesc?”

“Ai uitat că te-am tot adus acasă, de-a lungul anilor?”

“Până jos, la poartă. De acolo mai este destul.”

“Am întrebat de tine pe cineva care ieșea din curte și mi-a explicat cum te găsesc. Era o cucoană mai în vârstă, și știa că ești acasă, singură.”

Îmi pun mâna în cap. Bineînțeles că la noi se știe totul, cine și ce mănâncă, când pleacă și încotro...

“Stai o clipă să mă îmbrac și ieșim să stăm de vorbă, acum în al treisprezecelea ceas...”

“Adică când este prea târziu să mai putem repara ceva? De asta te-am tot sunat.”

Îl las să vorbească de unul singur și mă duc să mă schimb, cât pot de repede, dar vreau să arăt cât pot bine. Mă uit în oglindă și nu mă pot abține să nu întârzii un minut pentru a îmi aplica un strop de machiaj. Părul îmi stă… în nici un fel. Este în faza când a crescut prea lung să mai aibă forma tunsorii șic pe care o adoptasem anul trecut. Nu este încă nici destul de lung, și mă resemnez, aruncând pieptenele cât colo.

Îl trag pe Nico de braț, scoțându-l în stradă cât pot de repede. Cel mai la îndemână loc unde putem fuma și bea o cafea este Restaurantul Bucur, chiar la colțul străzii. Cu toate că este la doi pași, nu am mai intrat în el de la despărțirea de Cornel, de teama amintirilor neplăcute. Poate este timpul să adaug și altele, peste ele... Sau le transform în altele nostalgice, mai ușor de suportat.

Am admirat dintotdeauna conacul elegant în stil brâncovenesc. Când eram copil, o rugam pe mama să mă urce pe gardul de piatră pentru a privi prin grilaj gradina bătrână din jurul casei cu cerdac și bazinul în care vara înotau peștișori aurii. Pe atunci, aici era un sediu de partid sau al securității, fiindcă țin minte sentinelele cu pușcă pe spate, în uniformă, și un câine mare, negru, de pază...

Acum, un tip ne informează la intrare că la demisol este barul și sus sunt numai sălile unde se mănâncă sau se desfășoară evenimente speciale. Coborâm câteva trepte și călcăm parcă în casa unui boier din secolele trecute. Decorul este rustic, cu mese grele din lemn masiv și șervete cu model național. Bârnele înnegrite de timp traversează tavanul marcând trecerea dintr-o încăpere în alta. Pe jos este un mozaic din piatră naturală, șlefuită de pași.

Nu este încă nimeni în jur, și ne alegem o masă cât mai departe de ușă, într-un colț ferit. Un ospătar înalt și amabil ne aduce o scrumieră curată și două cafele din care se ridică aburul cu miros de boabe abia râșnite.

Nico își umple pipa tacticos și îi studiez figura atât de schimbată în lipsa bărbii și a pletelor. Se uită la mine și mă gândesc că l-aș recunoaște chiar dacă ar avea o glugă pe cap, cu condiția să fie tăiată la ochi... Nu atât din cauza culorii cât a privirii care simt că îmi perforează o gaură în creier, până în cele mai intime colțuri ale conștiinței.

“Pot să te întreb de ce te-ai tuns? Nu că ți-ar sta rău… dar pari atât de diferit. Parcă nu ai fii tu.”

“Ăsta a fost și scopul. De fapt… Nu sunt eu. Este altul, care îmi ține locul până îmi revin la normal…” oftează el enigmatic și prefer să reluăm discuția dinainte.

“Deci, mă căutai să afli dacă sunt însărcinată și dispusă să mă căsătoresc cu tine ca să te salvez de Cătălina?” vreau eu să confirm ce am înțeles mai devreme.

Cedează și își lasă ochii în jos, preocupat de aprinderea pipei.

“Când pui așa problema… sună aiurea. Dar în principiu, cam asta este. Speram că dacă ți-am lăsat și ție o ‘amintire’ cu ochi… să te măriți cu mine. Atunci aveam o scuză să nu mă însor cu ea. Știu că tu nu ești încă liberă și ar fii durat cel puțin un an, doi…”

“Ai o minte mai complicată decât bănuiam! Să înțeleg că sperai să scapi în timp de ambele căsătorii?”

“Nu, cu tine m-aș fii însurat de bună voie… Până la urmă.” Zâmbetul lui insolent mă face să îmi ies din papuci.

“Ești extraordinar! Așa faci tu propuneri matrimoniale?! Cum poți să mă ceri de nevastă chiar și… teoretic, când suntem amândoi căsătoriți?! Separat!!! Uiți că eu de abia aștept să scap de primul soț și să fiu iar pe picioarele mele?! Dă-mi un motiv serios pentru care aș vrea să mă leg la cap cu tine!” îl sfidez eu, încercând să îl dezumflu.

Nico rămâne în continuare imperturbabil și sigur de el. Aș vrea să pot spune că este arogant dar tonul cu care îmi răspunde și privirile reflectă numai sinceritate și… determinare ‘taurină’. Doar suntem în aceeași zodie, nu?!

"Nu îți mai fac nici o propunere. Dar motivul tău putea fi... Știu eu...? Pentru că mă iubești...?"

Reușesc să nu scap ceașca și să o așez ușor pe masă, fără să o vărs, gândindu-mă disperată la o replică isteață, care nu se lasă găsită la timp.

"Laura, te-am văzut sâmbătă în stația de tramvai. Știu că ai fost acolo să te convingi, să te înfurii suficient pe mine ca să îți fie mai ușor să mă îndepărtezi..."

Probabil că semăn cu un pește care clipocește din gură fără să scoată un sunet, și prefer să mă agăț iar de cafea, ascunzându-mă după ea să câștig timp și să îmi revin. Cum își permite să îmi scormonească așa în minte și să știe mai bine decât mine ce vreau!

"Te-ai îndepărtat singur de mine, Nico. Eu nu trebuie să mai fac nimic..."

Îmi ia mâna și o retine, împotriva gestului meu instinctiv de a mi-o retrage brusc.

"Mai ții minte când mi-ai povestit despre coșmarurile pe care le ai din când în când, cum te amenință ceva și fugi din casă?"

Nu am idee ce legătură poate avea discuția noastră de atunci și mă uit la el întrebătoare, încercând în același timp să mă liniștesc.

"...Ai auzit vreodată de termenul *dreamcatcher*? Nu e ușor de tradus din engleză. Cel mai apropiat ar fi... 'Vânător de vise' și se referă la un cerc cu o plasă în mijloc, împodobit cu mărgele și pene. Indienii americani cred în puterile miraculoase ale acestui obiect. Se spune că dacă îl păstrezi în dreptul ferestrei, în camera unde dormi, nu lasă visele urâte să intre..."

Îl privesc în continuare fără să pricep unde vrea să ajungă cu poveștile lui și aș vrea să îl bat și să îl sărut și apoi să îi torn cafeaua în cap și să fug acasă... Dar el continuă, fără să ghicească de data aceasta ce îmi trece prin cap.

“După… Sinaia… mi-am dat seama că îmi doresc să fiu filtrul tău magic din legendele americane, să alung orice coșmar care încearcă să îți tulbure somnul. Să îți împlinesc toate visele frumoase, toate dorințele. Am crezut că putem să ne facem într-adevăr fericiți unul pe altul, așa cum am fost la munte…”

De data aceasta îmi găsesc cuvintele și sar în sus.

“Dă-mi voie să îți spun că de atunci ai reușit exact contrariul!!!”

Dă din cap și își ciupește baza nasului, de parcă l-ar fii lovit dintr-o dată migrena.

“Îmi pare nespus de rău. Nu am avut nici cea mai mică intenție. Când m-am hotărât dintr-o dată să mă duc în Bușteni, lăsându-te să pleci singură acasă, simțeam nevoia de timp… să înțeleg ce se întâmplă cu mine. Cu noi. M-am întors în București decis să discut serios cu Cătălina, să îi explic că e timpul să terminăm… Ceea ce am și făcut. Răspunsul ei a fost însă… surpriza vieții mele, ca să nu spun altfel. Se pare că am să fiu tată, dacă vreau sau nu…”

“I-ai spus de mine?!?! Cum ai putut să faci așa ceva?!”

Aprobă din cap și bat în retragere, resemnată. Oricum nu mai pot schimba nimic. Mai mult ca sigur că secretul nostru este în siguranță cu ea, considerând că nu ar avantaja-o să povestească la alții despre aventura soțului ei. Că ar însemna să recunoască faptul că l-a convins să se însoare cu ea doar fiindcă era însărcinată.

“Laura, crede-mă, istoria cu Cătălina doar amână lucrurile.”

“Vrei să fii mai clar, te rog?”

Oftează de mi se rupe inima, mai mult pentru mine decât pentru el.

“Nu am de gând să rămân într-o căsătorie pe care nu mi-am dorit-o…”

“Atunci pot să știu de ce ai mers înainte cu decizia?!”

Dă din umeri, încurcat.

“Am considerat că este onorabil să aibă copilul meu un început legalizat în viață… Dar vreau de fapt să fiu cu tine.”

Își bate joc de mine sau îmi face declarații de dragoste la două zile după ce s-a căsătorit cu altcineva?!

“Ești foarte sigur de farmecul tău personal...” încep eu dar mă întrerupe.

“Cred în vise, în fericire, în faptul că undeva, în lume, fiecare are o jumătate predestinată, pe care puțini au șansa să și-o găsească. Și noi bărbații putem fii romantici incurabili. Eu unul recunosc…”

“Nico, am citit *Adam și Eva* al lui Liviu Rebreanu. Dar… Să îți aduc aminte că de abia te-ai însurat? Cu altcineva, nu cu mine!”

Cartea pe care am menționat-o este una din favoritele mele și se referă la doi îndrăgostiți eterni, peste epoci și distanțe geografice, mereu în căutarea celuilalt… Întâlnindu-se și pierzându-se la infinit. După privirea lui Nico, bănuiesc că el încă nu a citit romanul.

“A, nu te speria. Dacă nu intervenea povestea cu copilul nu intenționam să te cer de nevastă încă mulți ani. Ne-am fii terminat studiile, poate ne mutam împreună, tu ai fii avut timp să îți lămurești starea civilă și ne lansăm amândoi carierele…”

Îmi dau seama că a reușit mai bine decât mine să își imagineze un viitor ideal, că are o minte ordonată și sistematică, ca a mea, dar mult mai multă încredere în el.

“Ți-am spus că fac orice să îmi realizez visele. În câțiva ani mă voi putea despărți de Cătălina...” se uită la mine cu ochii mari, ridicând sprâncenele. “Nu mă crezi?”

Nu știu dacă îl iau în serios sau nu. Sunt sigură că este convins de ceea ce spune. Eu… nici pe departe. Un copil schimbă mult orice relație. Își poate îndepărta părinții unul de celălalt, sau îi poate apropia în mod surprinzător.

Nico poate fii încăpățânat și fermecat de noaptea noastră din Sinaia dar statutul lui s-a schimbat și nu vreau să fiu prinsă în drama lui conjugală, ca într-o pânză de păianjen. Nu mă văd nici în rolul iubitei lui ilicite, nici al femeii care să îl despartă de soție. Nu îmi imaginez că aș putea să mă culc cu un bărbat căsătorit, fie el și Nico!

Aş face orice să nu îl rănesc pentru că ţin la el într-un fel deosebit, între prietenie și dragoste, în ciuda suferinței pe care mi-a provocat-o. Și tocmai de aceea, vreau să îl fac să înțeleagă cum stăm...

“Este imposibil să fim fericiți împreună când tu aștepți să devii tată... în curând. Dar fiindcă ne cunoaștem de mult, fiindcă avem niște amintiri frumoase, și pentru că nu ne-am certat niciodată și nu mi-ai făcut nici un rău intenționat... Putem rămâne prieteni. Este singura legătură pe care mi-o închipui între noi, cel puțin acum...” Îi spun eu, încercând să îmi cântăresc cuvintele cu grijă.

Ochii verzi se întristează brusc, ca cerul peste care se reped norii de ploaie, și pentru următoarele minute mi se pare că trec prin mine, încercând să vadă departe, într-un viitor pe care eu nu reușesc să mi-l imaginez. Am terminat cafelele și ne ridicăm fără alte cuvinte, ieșind încet, la pas, trăgând de ultimele clipe.

“Pot să te mai văd?” mă întreabă el în poartă, încercând să mă pătrundă cu privirea. Încrederea de sine se pare că l-a părăsit, și pe moment pare doar rugător... Îmi pare atât de rău pentru el... Și pentru noi.

“Ce rost mai are?” îi iau mâna și i-o mângâi iute a rămas bun, lăsându-l la marginea străzii și pornind hotărâtă spre casă. Îi simt ochii în spatele meu și încerc să uit tot ce mi-a spus, să nu îl mai aud în gând. Sa pot crede că a fost doar o aventură cu un băiat care mi-a plăcut cândva, de care nu am avut timp să mă îndrăgostesc, din fericire.

Respir adânc și mă mai uit odată spre Bucur, înainte de a intra în curte. Nico este tot acolo, cu mâinile în buzunare, nemișcat. Înving tentația teribilă de a mă întoarce la el acceptând orice gen de armistițiu care ne-ar permite să continuam idila... și mă fac nevăzută, dorindu-mi să nu îl mai întâlnesc niciodată, păstrând neclintite deciziile luate.

Capitolul 21

Mă trezesc în patul din camera mamei cu senzația că m-aș întoarce între cei vii, după o scurtă plecare pe alt tărâm. O aud trebăluind prin bucătărie și pe Liviu jucându-se cu cuburile care probabil că m-au trezit când le-a dărâmat. Televizorul merge în surdină și văd cu coada ochiului pagina de calendar care atestă că astăzi este marți... Pendula veche a bunicii arată ora prânzului.

Prima amintire care îmi vine în cap este ajungerea acasă pe la unsprezece dimineața cu o dubiță, după ce terminasem de împărțit pachete de ziare prin tot cartierul... O iau înapoi în timp, sistematic. Cele douăsprezece ore de muncă la tipografia ziarului Scânteia se încheiaseră după o veșnicie, și plecasem cu șoferul să distribuim teancurile de ziare, la o lungă listă de adrese.

Totul mi-a rămas în memorie ca un vis neclar. În mod nesperat, fusesem acceptată la interviu și peste două zile începusem tura la miezul nopții, fără întârziere. Într-o hală mare și zgomotoasă, din nou în fața unei benzi rulante, culesesem fără întrerupere teancurile proaspăt scuipate din tipografie, *ad nauseam*.

Cu toate că față de cosmeticele Miraj, mirosul de cerneală sau ce se folosește la imprimarea ziarelor mi se păruse chiar plăcut în primele ore, realizasem curând că aerul din jur este mult mai toxic. Cel puțin judecând după cearcănele vineții și paloarea gălbuie a noilor mei colegi. Avusesem dreptate, lumea era incomparabil mai agreabilă față de cei dinainte, poate și pentru că erau mai mulți bărbați decât femei.

Îmi trebuise o oră întreagă să îmi calmez bătăile inimii după traversarea Pieței Scânteii, complet pustie și neluminată. Parcul Herăstrău veghea pe partea cealaltă, înfricoșător, iar călătoria până acolo cu un autobuz de noapte, nu fusese nici ea prea plăcută...

Revin în prezent dezmeticindu-mă complet, și îmi dau seama că am dormit aproape treizeci și șase de ore continuu, doborâtă de schimbul extins cu distribuția ziarelor, de munca monotonă, și de atmosfera otrăvitoare din tipografie. Mi-am pierdut o zi și jumătate din viață, ca în romanul *Castelul din Ronquerolles* al lui Frédéric Soulié... în care personajul principal plătise cu timpul lui pentru nu mai țin minte ce... Spre deosebire de mine care m-am ales doar cu o sută și ceva de lei și unghiile măcinate până la rădăcină de substanțele nocive ale miilor de ziare mutate de colo-colo.

Mama intră în cameră și văzând că m-am trezit, mă informează înțepată că nu m-am dus aseară la școală și că m-a ajutat ea să mă mut în pat fiindcă adormisem vorbind la telefon, cu receptorul atârnând deasupra mea. Acum îmi aduc aminte. Mă sunase Gelu, prietenul meu din copilărie, să vadă ce mai fac. Nu mai avusesem ocazia de mult să ne vedem, el fiind în armată, eu cu ale mele. Și se pare că l-am lăsat cu povestea în suspans... la propriu și la figurat.

Încercarea de a lucra iar de noapte a dat greș din primul pas. Adio fabrici și benzi rulante, nu sunteți făcute pentru mine, nici eu pentru voi. Fusese ultima posibilă opțiune la îndemână, după ce, așa cum prevăzusem, nu luasem nici postul de la heliograf. Nu mi se ceruse nici ciubuc, nici favoruri indecente, pur și simplu angajaseră pe altcineva, a cărei cunoștință în întreprindere avea o poziție cu influență mai mare decât Sofian.

Sunt iar fără un ban în buzunar și nu am nimic de purtat în vara care se apropie vertiginos. Mă simt ca ultimul om, îmbrăcată ca un talcioc ambulant, cu aceleași lucruri aproape zi de zi. Din experiențele proprii m-am convins că 'haina face pe om'. Simt diferența de atitudine a celor din jur când reuşesc să fiu pusă la punct, prin comparaţie cu situaţiile când adopt o ţinută fără pretenţii.

Nu pot să mă duc la tata mereu cu mâna întinsă, chiar dacă poate îmi datorează ajutorul fiindcă m-a făcut din neglijenţă şi infidelitate. Luând bani de la el înseamnă să rămână mai putini pentru Mihai, care este încă student şi are şi el copil. Nu vreau să îi lipsească Liviei nimic din cauza mea.

Zilele trecute mi se rupsese tocul cizmei şi îmi lipseau doar cincizeci de bani să o pot da la reparat. Mama refuzase categoric să îmi dea ea mărunţişul, şi ne certasem amar până când mă încuiasem la mine în cameră să nu vadă Liviu cum cedez nervos. Mă trântisem pe jos şi plânsesem isteric dându-mă cu capul de parchet, exteriorizându-mi neputinţa şi disperarea până mă furase somnul.

Relaţia noastră nu s-a îmbunătăţit, cu toate că nu a mai trecut Cornel pe la noi şi nici nu a mai dat vreun telefon. Căsătoria mea a îndepărtat-o de mine irevocabil, şi nu pot face nimic să repar ce s-a rupt. De câte ori o apucă nervii, începe să bombăne şi să îl ocărască, cu toate că numai eu şi Liviu suntem de faţă să o auzim. Este în stare să vorbească de el ore în şir şi se ambalează, imaginându-şi scenarii care nici măcar nu au avut loc vreodată. O ignorăm, dar mă întreb oare ce îşi va aduce aminte puştiul despre bunica lui, şi cât este vina mea în toată situaţia...

M-am simţit tentata să mă mut în pod, dar îmi este o groază morbidă de păianjeni şi nu vreau să îl las pe Liviu cu ea, să o audă vorbind fără sens până adoarme, cum făcea când eram eu mică. I-am spus că atunci când se va demola la noi, voi alege să stăm separat, dar cum nu se vede nici un escavator la orizont, nu cred că m-a luat în serios. Până una, alta, nu am unde mă duce cu un copil după mine, şi simt că profită de situaţie.

Nu se mai poate aşa, trebuie să caut ajutor în altă parte. Nu vreau bani de pomană sau cu împrumut ci un serviciu adevărat. Chiar dacă va trebui să fac rost de ţigări sau de whisky pentru un loc bun de muncă. Orgoliul și principiile nu le pot purta în loc de haine și parte din mândria mea s-a înmuiat, învinsă.

Am făcut atâtea prostii în ultimul timp, în ciuda voinței mele și totuși nesilită de nimeni. Este timpul să îmi bag mințile în cap și să apelez la Anghelini, care mi-a promis măcar un sfat bun. Dacă își mai aduce aminte de mine după aproape două luni, cât a trecut de atunci. Alexandra are dreptate, nu pot să aștept să mă caute el, în primul rând pentru că nu i-am dat nici măcar numărul meu de telefon. Nici eu nu mai am cartea de vizită pe care a rupt-o Cornel... Dar știu exact unde locuiește.

Mă îmbrac cu pantalonii de catifea reiată cu care am fost la munte, doar puțin tociți la genunchi, și în lipsă totală de altceva, iau pantofii mamei pe care ea oricum nu îi mai poartă, fiindcă au tocuri de un deget... ținut vertical. Îmi pun pardesiul prea subțire pentru prima jumătate a lui aprilie, mai bun decât paltonul fiindcă afară se anunță o zi însorită... Și cu inima strânsă între dinți și un zâmbet forțat pe buze, pornesc la drum, simțindu-mă de parcă m-aș duce să vânez animale sălbatice cu praștia.

Vila din Cristian Tell este la locul ei, în spatele gardului ornamentat, și parcă mă așteaptă de mult. Zidurile înnegrite de ploi și timp par îmbietoare, iedera sălbatică care se cațără până la etaj a început să înmugurească. Totul este ascuns în liniște și nu pare că ar fii cineva acasă. Apăs clanța porții și întâmpin rezistență. În dreapta, îngropată în straturile de ciment decorativ este o sonerie și o apăs cu hotărâre, o dată, de două ori.

Undeva, în adâncurile curții se aude un zbârnăit înfundat și perdeaua se mișcă la fereastra cea mare dinspre stradă. În următoarele secunde, ușa de la intrare se deschide și Profesorul apare cu un zâmbet pe față, coborând cele câteva trepte de marmoră tocită în întâmpinarea mea. Descuie poarta și mă poftește să îl urmez, vizibil încântat de vizita mea.

“Bine ai venit, Laura. Mult timp ți-a mai trebuit să te hotărăști,” mă mustră el cu blândețe. Mi-era dor de accentul lui melodios pe care îl recunosc acum cu ușurință.

“Mă miră că m-ați mai ținut minte!” râd eu, ușurată.

“Crezi că în fiecare zi mă găsește cineva căzut pe stradă și mă aduce acasă? Cum aș fii putut să te uit?!”

Am timp să arunc o privire mașinii parcate în dreptul garajului și să observ că geamul imens al camerei de deasupra este parțial acoperit de ramurile unui dud bătrân care dă și el semne de împrimăvărare. Se pare că acolo a fost cândva un apartament de oaspeți, nefolosit de foarte mult timp.

În casă miroase a cafea măcinată și a pâine proaspătă. Draperiile închise pe jumătate păstrează un semiîntuneric odihnitor în care mobila se conturează atât cât să nu mă împiedic de ea.

“Poftim în salon, domniță, vino după mine,” mă invită gazda deschizând drumul. “Tocmai mă pregăteam să mănânc de prânz. Vrei să guști ceva cu mine?”

Îl refuz politicos dar el aduce încă o farfurioară și un tacâm, insistând să ciugulesc măcar cât să îi țin companie. În camera confortabilă se afla o bibliotecă cu televizor, o canapea din piele, un fotoliu, un birou de modă veche, cu capac, și o masă rotundă cu scaune în jur unde ne așezăm noi. Toate piesele fac parte din același set din lemn de cireș cu inserții elaborate de sidef. Până și vesela este din alte vremuri, din porțelan fin cu margini aurite.

Mâncarea consistă dintr-o salată mixtă în care cred că identific și niște nuci, câteva chifle calde, și piept de pui fript, feliat. Simplu ca o dietă de slăbire… și totuși un meniu complet. Îmi este dintr-o dată o foame de lup și mă servesc cu încredere, urmându-i exemplul de a își aranja mâncarea, și manierele, asigurându-mă că nu îi stârnesc dezaprobarea.

Mă bucur că nu m-a rugat să mă descalț, amintindu-mi că scot degetele mari prin șosete și cât pe aci să mă pufnească râsul gândindu-mă cât de jenant ar fii fost. El îmi povestește cum face rost de produse aduse de la țară prin bunăvoința unui om din Piaza Amzei, la câțiva pași de unde stă. De obicei, zice că preferă să iasă în oraș măcar o dată pe zi, ori pentru prânz, ori pentru cină, ca motiv de plimbare.

Cu toate că a menționat și data trecută, îmi spune din nou mai în amănunt cu ce se ocupă. Lucrează cu program redus, doar trei zile pe săptămână, conducând treburile la stația de Urgență și Salvare de lângă Gradina Icoanei, ca inginer, administrator, coordonator, și tot ce mai este nevoie. În celelalte două zile dă cursuri la Automobil Clubul Roman celor care învață să dea examen de conducere...

Terminăm amândoi de mâncat și se întoarce în cameră cu o tavă argintată pe care se află un serviciu complet de cafea, pentru două persoane. Mă simt ca acasă la tanti Leo, numai că în loc de farfurioarele de cristal cu dulceață, Profesorul aduce un bol încărcat cu diverse bomboane de ciocolată străină, cum nu am văzut niciodată.

Mă ridic să arunc o privire la tablourile de pe perete și recunosc un Petrașcu, doi Steriadi, un Tătărăscu… și câțiva neconsacrați. Să fie originale...? Se duce să aprindă lumina și becurile lustrei de Murano de deasupra capetelor noastre poleiesc cald scena, ca un aranjament teatral. Sunt impresionată și îl complimentez pentru o casă deosebit de frumoasă.

Îmi oferă un pachet de Marlboro Lights, lungi, și mă îndeamnă să aprind una fără grijă. Când ezit îmi mărturisește că fumatul a fost una din plăcerile lui deosebite, la care a renunțat de mult și pe care și-o mai permite doar indirect, prin cei care încă fumează.

“Dar cafea beți…” observ eu.

“Draga mea, nu pot renunța chiar la toate viciile. Un mort viu nu prezintă interes nici măcar pentru el însuși. Mai am până la cincizeci de ani și încă îmi place viața, chiar dacă trebuie să fiu atent cât de tare îmi solicit inima!" râde el. "Nu te speria, episoadele romantice le-am încheiat de mult, din păcate. Am fost îndrăgostit iremediabil de soția mea și cu ea m-am și mutat în România. Ne-am cunoscut când eram foarte tineri, la un campionat de gimnastică la care participa și ea, în Italia. Apoi, mai târziu, nu s-a lăsat convinsă cu nici un preț să plece definitiv din țară, și am venit eu..."

"Dar vorbiți limba la perfecție!"

Dă din umeri modest.

"M-am născut în Roma dar aveam douăzeci de ani când m-am stabilit în București și am fost motivat să învăț," zâmbește Profesorul. "La voi nu există Cosa Nostra și alte organizații similare, iar peisajele sunt la fel de frumoase. Clima este mai rece... Avantaje și dezavantaje, dar dacă pun în balanță totul, mă consider câștigător. Sunt cetățean român cu toate drepturile, ca și tine, și securitatea m-a lăsat în pace până acum."

"Când ne-am cunoscut, mi-ați spus că ați avut o fiică care ar fii fost de vârsta mea... Pot să vă întreb ce s-a întâmplat?"

Mă privește melancolic dar când răspunde încearcă să glumească cu mine.

"Îți spun toată povestea cu condiția să mi te adresezi la per tu, cum probabil că vorbești și cu tatăl tău. De acord? Cunoști limba engleză?"

"Da, destul de bine, am făcut și la școală și la liceu, aproape opt ani."

"Atunci știi că britanicii nu folosesc pronume de politețe cu toate că sunt unul dintre cele mai protocolare popoare din lume."

Îi fac pe plac cu toate că îmi ia timp să mă obișnuiesc. Are totuși părul grizonat și este a doua oară când stăm de vorbă. Poate a uitat de întrebarea mea fiindcă pe moment, îndreaptă discuția spre mine, în încercarea de a umple golurile ramase de la prima noastră întâlnire.

Îi relatez cu amănuntele necesare toate încercările mele de a găsi un post la birou, și cum peste tot mi s-a cerut să plătesc angajarea cu băutură, țigări, sau chiar cu persoana mea. Îi spun și de serviciile la Miraj și Casa Scânteii, apoi îi povestesc de apartamentul unde stau, de frigul pe care îl îndurăm iarna, de faptul că aș vrea ca băiatul meu să meargă la creșă cu alți copii în loc să petreacă tot timpul cu mama și problemele ei...

Mă ascultă cu atenție, dând câteodată din cap impresionat, și abia după ce m-am oprit din povestire, se hotărăște să pună întrebări.

"Părinții tai s-au despărțit de mult? Nu îmi aduc aminte dacă mi-ai mai spus."

"Ai mei nu au fost căsătoriți niciodată..."

"O... Nu se spune că atunci ai să ai noroc în viață?"

Râd cu sarcasm.

"Până acum nu pot să mă laud!"

Mă privește cercetător, încercând să dezlege misterul în care mă ascund, analizându-mă.

"Se vede că ești tristă după cum te uiți în depărtare, prin cel cu care vorbești... Te consideri singură cu toate că în mod sigur ai grupul tău de prieteni. Îți lipsește dragostea dar te temi să te apropii de cineva, să nu suferi iar. Ești ambițioasă și mândră, dar până acum nu ai avut ocazia să dovedești asta nimănui... sunt pe aproape?"

Zâmbesc în semn că da și mă mir cât de ușor poate ghici toate aspectele pe care nu i le-am mărturisit, chiar dacă ne cunoaștem de foarte puțin timp. Îmi oferă altă țigară și continuă, pe gânduri, fără să mă slăbească din ochi, menținându-și surâsul subțire.

"Sunt convins că ești idealistă și cauți perfecțiunea absolută în tot ce faci. Te-ai gândit ce vrei de la viață, ce intenționezi să faci cu anii tăi în viitor? Ce îți dorești cel mai mult?"

Îmi aduc aminte de discuția cu Nico, din Sinaia, și refuz să răspund la fel. Dau din umeri nehotărâtă pe moment care din doleanțele mele este mai importantă.

"Laura, matematicianul vostru recunoscut Grigore Moisil este unul din personajele pe care le admir mult, nu atât pentru realizările profesionale cât pentru spiritul de care a dat dovadă. Printre altele, spunea că 'întrebările la care trebuie să răspunzi cel mai sincer sunt cele pe care ți le pui singur'. Să nu te gândești la nimic rău, am să fac numai niște observații estetice, nu sunt complimente.

"Ești o fată drăguță și ai clasă. Se vede după mâini, după mers, după ținută. Curând ai să devii o femeie frumoasă, care va lăsa în urmă o dâră de inimi zdrobite, și asta este normal și perfect acceptabil. Nu te grăbi să alegi, așteaptă-ți luceafărul predestinat... Dar asta nu înseamnă să nu iubești. La vârsta ta este păcat să pierzi timpul. Trăiește cu toată bucuria dar nu dărui tot ce ai. Păstrează întotdeauna un as pe mânecă, dar nu te priva de feminitate și succes. Undeva există și cel care te poate face fericită. Caută-l. Uite-te în ochii oamenilor, sunt cea mai expresivă carte de vizită."

Dacă ar ști că tocmai obiceiul ăsta m-a băgat în bucluc! Bunica îmi tot spunea același lucru și uite ce am făcut, fiindcă m-am pierdut în ai lui Nico...

"M-ai întrebat ce s-a întâmplat cu fiica mea," reia Profesorul. "Soția mea a plecat la mare cu Luiza, care avea pe atunci cinci ani. Fusesem de acord să le urmez peste câteva zile, după ce terminam ceva important la muncă... Dar în aceeași seară am primit telefon de la miliție. Spre Constanța fusese un accident feroviar cumplit, deraiaseră câteva vagoane... Atunci mi-am pierdut familia."

Nu găsesc cuvinte potrivite cu care să îl mângâi. Simt în tonul lui că s-a pregătit îndelung pentru a fii în stare să îmi relateze întâmplarea cât mai succint, și că în mod sigur vorbește foarte rar despre ea. Continuă după o reculegere scurtă, cu glas moale.

“De fapt mai am familie aici. Când ne-au murit părinții în Italia, sora mea mai mică, Giovanna, a venit la mine, să fim împreună... și a rămas aici. Este căsătorită cu un inginer român și au doi băieți, nepoții de care ți-am mai spus data trecută,” încheie Profesorul, apoi se ridică și întorcându-se spre mine, deschide brațele larg, marcând o altă fază a întâlnirii noastre de astăzi.

“Acum că ne cunoaștem mai bine și ți-am dat destule sfaturi pentru o viață întreagă, pe care le vei urma sau nu... să trecem la mâna de ajutor pe care ți-am promis-o. Din câte înțeleg, ai nevoie în primul rând de un loc de muncă. Îmi este clar că nu poți supraviețui într-o fabrică, în primul rând pentru că nu te potrivești într-o echipă de oameni care au cu totul alt mod de gândire ca al tău, în al doilea... fiindcă trebuie să faci ceva creativ care să îți solicite mai mult decât mușchii brațelor. Sunt pe aproape?”

Mă roagă să mai fumez o țigară până dă el un telefon și nu mă împotrivesc. Mă simt bine în compania lui și sper să aibă o idee salvatoare, cu toate că speranțele mele sunt la fundul butoiului. Istoria posturilor pe care le-am avut până acum dovedește într-adevăr că oricât de disperată aș fii și cât de mult aș încerca, mai devreme sau mai târziu eșuez lamentabil în munci necalificate. De extenuare, de plictiseală, din frustrare. Poate oare găsi el o soluție la situația mea?

Gazda se întoarce în cameră cu un zâmbet satisfăcut.

“Laura, cumnatul meu este directorul Centrului de Proiectare de la Uzina de Țevi Republica. Am vorbit cu el și mi-a promis că te recomandă la biroul lor de Personal. Bineînțeles că venind de sus, vorba lui este lege și nu ai să ai nevoie de whisky sau altceva. Am înțeles că ai dat deja probă de lucru ca desenator tehnic, dar trebuie să o faci din nou și aici, conform procedurii. De data aceasta va fii doar o formalitate.

“Mâine dimineață te duci direct acolo și spui la poarta principală că vii din partea tovarășului Ștefanian pentru interviu. Te vor trimite unde trebuie. Înțeleg că salariul nu este foarte mare la început, și institutul se afla destul de departe, la un capăt de linii ITB, lângă uzina 23 August... Dar cred că va fii perfect pentru tine. Și mi s-a spus că au o grădiniță cu program săptămânal, pentru copiii angajaților. Două din probleme sunt ca și rezolvate," încheie el triumfator.

Mi-e frică să sar în sus, să nu fie prea devreme. Îmi vine să îl îmbrățișez, să cânt, să râd... dar încă nu sunt convinsă că am ajuns la capătul suferinței. Îi mulțumesc cât pot de entuziasmată, din suflet, și îmi dau seama că timpul a trecut pe nesimțite și în curând va trebui să o iau spre școală. Profesorul intuiește că mă gândesc la plecare și râde.

"Din câte știu, în uzină au un program strict, îți va trebui un ceas. Aveam intenția să te invit să iei și cina cu mine în oraș, dar se pare că rămâne pentru altă dată, și acum te grăbești."

Mă conduce până la poartă și obține promisiunea mea fermă că voi trece pe la el după ce încep lucrul, să îi spun cum a mers și dacă sunt mulțumită. Am ascuns în geantă o altă carte de vizită pe care mi-a dat-o, înlocuind-o pe cea distrusă de Cornel. Am de gând să îl sun imediat după vizita de mâine la uzină, și sper să îi pot da vești bune.

Este oare posibil să am în curând un șef care să mă aprecieze și să îmi stimuleze talentul?! Îmi este teamă să anticipez cum ar fii să lucrez cu ingineri și proiectanți, printre alți desenatori, într-un colectiv de oameni cu carte și pretenții de la viață, ca mine. Să nu mai fiu ridiculizată fiindcă vreau să îmi termin liceul și să dau la facultate. Mi-e frică să visez prea departe, imaginându-mi viitorul într-un grup de colegi care să mă încurajeze și să mă înțeleagă. Nu visez?!

Dacă se va petrece schimbarea aceasta radicală... înseamnă că Liviu va intra la creșă, unde va fii hrănit corect și unde nu va mai sta în frig iarna, cel puțin în timpul săptămânii. Băiatul meu va avea educatoare și copii în jur, va învăța să se îmbrace și să mănânce singur, să nu mai uite de oliță când are nevoie, și încă atâtea lucruri cu care nu am știut eu cum să îl deprind...

Drumul spre Lazăr mi se pare mai scurt ca de obicei și lumea prin care trec mai frumoasă. Sunt din ce în ce mai sprintenă și mai optimistă și temerile că s-ar putea să dau greș din nou se fac din ce în ce mai mici. De abia aștept să îi spun Corinei despre Profesor... și celorlalte prietene. Dar, mai întâi, să vină ziua de mâine și să vedem minunea cu ochii. Toată lumea largă este a mea, feriți că vine Laura Valeria Temeșan, desenator tehnic la Uzina Republica!

Intru ca o furtună în liceu, cu un zâmbet victorios pe buze și pardesiul în vânt. Pentru prima dată în luni de zile mă simt cu adevărat plină de încredere în mine și sunt gata să înfrunt patru ore plictisitoare de curs cu stoicism și bucurie.

Capitolul 22

Ieri, a doua zi după vizita la Profesor, am reuşit să găsesc Uzina Republica şi Centrul de Proiectare, unde într-adevăr se înfige pioneza pe harta capitalei, la capătul tramvaielor care trec pe lângă blocul lui tata. Pe drum, am reuşit să îmi țin nasul în poşetă în dreptul stației cu pricina, să nu cumva să îl văd pe Nico şi să îmi stric ziua.

Am completat la Biroul Personal o cerere standardizată ca peste tot, cu singura diferență că de data aceasta am menționat că vin din partea tovarăşului director. Erau avizați de numele meu dar mi s-a spus că lipseşte inginerul care trebuie să mă testeze şi... vor căuta ei. Am plecat tristă, convinsă că voi aştepta în van şi probabil cumnatul lui Anghelini i-a promis favorul doar ca să scape de el…

Astăzi este joi, 13 aprilie. Este o data norocoasa sau cu ghinion? Sunt încă în pat şi deliberez dacă să mă scol sau nu. Decât să încep altă zi lipsita de perspectivă... mai bine încerc să adorm la loc… când sună telefonul.

O voce necunoscută, feminină, ciripeşte binedispusă.

"Alo! Vă rog frumos cu Laura Gavriliu, dacă se poate."

"Sunt Laura…"

"Mă numesc Anca Morariu şi m-a rugat Zmeul să vă anunț că cererea dumneavoastră este aprobată."

"Care Zmeu?!" mă bâlbâi eu, neînțelegând despre ce este vorba. În ce basm am picat? Încă mai dorm?

Tipa turuie agreabilă în continuare și nu îmi vine să îmi cred urechilor.

“Mă scuzați, așa îi spunem noi. Mă refer la tovarășul director Ștefanian. Sunteți așteptată să completați fișa de angajare și să dați proba de lucru cu șeful nostru de colectiv. Ne găsiți la etajul opt, suntem atelierul mecanic. Puteți veni astăzi?”

Astăzi?! Bineînțeles că pot!!! Puteam și ieri, și acum o lună... dacă aș fii avut curaj să mă duc de atunci la Profesor să îi cer ajutorul. Promit că sunt la ei în cel mult două ore și închid, țopăind într-un picior prin cameră ca apucata. Mama se uită la mine, nelămurită.

“Mă angajez ca desenator tehnic la Republica!!!” strig eu prin casă. O iau la dans câțiva pași, până scapă din mâinile mele, apoi îl prind pe Liviu, care s-a apropiat să vadă ce se întâmplă și îl arunc în sus, continuând să repet cuvintele magice. El râde și se bucură de exuberanța mea neașteptată. Numai mama este mai puțin încântată, ca întotdeauna când îmi iese mie vreo pasiență.

“Spuneai că rămâi acasă să înveți... Iar te duci să muncești?”

“Nu e muncă adevărată, am să desenez și mă vor și plăti pentru asta!”

“Laura, acum sunt anii tăi de elevă. Ai să ai toată viața timp să te duci la serviciu, să îți câștigi pâinea... Termină-ți liceul și intră la anul la Facultatea de Matematică. Fă-te profesoară, alege o meserie serioasă, lasă arta și copilăriile...”

Refuz categoric să mă indispun și mă pregătesc să plec cât mai repede, să nu o mai aud. Afară este o zi splendidă de primăvară, cu cer infinit de albastru și soare călduț. Până în stație abia ating pământul, abținându-mă să nu plutesc ca un balon umplut cu heliu. Același tramvai care mă ducea înainte spre Miraj, mă poartă de data aceasta până la capăt, la noua mea destinație.

Am înțeles că se lucrează intens la prima linie de metrou din capitală, care va avea terminalul chiar în fața Uzinei Republica. Ceea ce înseamnă că în curând voi merge pe sub pământ la serviciu, înjumătățind durata drumului și permițându-mi să dorm o jumătate de oră în plus. Nu pot să îmi imaginez cum va fii să traversez Bucureștiul printr-un canal... Dar sper că voi afla nu peste mult timp.

La Personal mi se spune că salariul meu va fii o mie două sute patruzeci de lei, puțin mai mic decât ultimul pe care l-am avut, dar mai mult decât când lucram la magazin. Și evident mult mai bun decât nimic! Oricum, am primit promisiunea încurajatoare că remunerația crește în funcție de performanță, și de dau și prime în fiecare an, pentru participanții la proiecte cu succes deosebit.

Mintea mea galopează deja pe câmpiile raiului la gândul că îmi voi putea înnoi garderoba, măcar cu câte un articol în fiecare lună. Următorul pas va fii să ajungă demolările la noi pe stradă, să primim la schimb două garsoniere, și să mă mut departe de casa bântuită de coșmaruri și amintiri proaste. Îmi voi aranja spațiul cu forțele mele proprii, fără mobilă veche și lucruri primite de pomană...

Totul începe să se lumineze. Iese soarele pe strada mea! Optimismul clocotește în mine revărsându-se, și nu am răbdare să iau ascensorul, gonind pe trepte până la etajul opt ca urmărită de streche. Prima ușă din stânga holului este marcată drept Atelier Proiectare Mecanic și dau buzna cu răsuflarea tăiată de anticipație. Dincolo de prag, de parcă m-ar fii așteptat acolo de când am vorbit la telefon, îmi întinde mâna o tipă mai scundă decât mine, cu păr drept și castaniu, pe care sunt cât pe ce să o dărâm în grabă.

"Eu sunt Anca!" zice ea pe ton răsfățat, cu alura unei fete de grădiniță.

Ne tutuim instantaneu, și pentru că a fost însărcinată de șefi să aibă grijă de mine, mă conduce la un birou liber, unde îmi spune să mă instalez fără grijă.

“Ăsta va fii locul tău, când începi munca. Tipul care a lucrat aici a intrat la facultate în toamna trecută și de atunci nu s-a mai ocupat postul.”

Poate îmi poartă și mie noroc, să o iau pe urmele lui, îmi trece mie prin minte.

Poziția este ideală, în colțul încăperii, între zidul cu ferestre privind în piața de jos unde întoarce tramvaiul, și un filodendron care se strecoară pe după planșeta mea, căutând lumina. Sunt beată de fericire și încă mă tem că trăiesc scena doar în imaginație, pierdută într-unul din visele mele roze, și mă voi trezi în următoarea clipă...

Dar ochi căprui-verzi ai Ancăi care râd tot timpul, chiar și când restul feței îi rămâne serioasă, par să mă asigure de realitatea prezentului.

“Ai mai lucrat ca desenator copist?”

“Nu... dar am mai dat câteva probe de lucru...”

Face semn că a înțeles și îmi împrumută trusa ei de Rotring, un set complet de rapidografe de calitate, bine curățate și îngrijite. Îmi dă o foaie de calc și un desen pe foaie violetă de ozalid. Îmi arată cam ce și cât să copiez din el, cu mențiunea că nu se așteaptă nimeni să îl termin pe tot. Într-adevăr, de data aceasta modelul este mult mai complex, reprezentând o porțiune dintr-un angrenaj cu roți dințate în vedere de sus, în profil, și în secțiune. Nu sunt intimidată ci dimpotrivă, mi se pare interesant.

Anca îi cheamă pe ceilalți membri din colectiv, adunându-i în jurul meu și prezentându-l pe fiecare. Nu rețin decât câteva nume, Cristian nu-mai-știu-cum, un tip care e mai înalt decât ușa și are un nas lung ca Pinocchio, Tatiana, care pare senioara biroului, și Lucica, o individă înaltă, cu zâmbet mieros. Șeful este la o ședință și va apare în curând, drept care mă instalez confortabil pe scaunul cu pivot și încep.

Totul merge strună, mult mai bine decât la tentativele anterioare. În primul rând, Anca mi-a demonstrat cum să fixez modelul pe planșetă la un unghi favorabil, și tușul nu mai curge cum mi se întâmplase înainte. Dar probabil că cea mai mare influență asupra mea o au primirea care mi s-a făcut și noua încredere că nu îmi pierd doar timpul degeaba. Îmi place ce fac și fiecare linie pe care o trasez contribuie la perfecțiunea copiei, fără pete și ștersături. Pe negândite, desenul de dedesubt începe să apară pe calc în toată minunăția lui. Mi se pare un obiect de artă, o operă grafica, primul meu exponat din cariera pe care o încep.

"Ai mână bună!" aud lângă mine o voce nouă care mă face să tresar. Când mă întorc, un tip pe jumătate chel și adus de spate îmi admiră peste umărul meu lucrul. "Sunt Inginer Toma Soare, șeful de colectiv. Lasă că dăm mâna altă dată, nu te întrerupe," mă oprește el din tentativa de a mă ridica să facem cunoștință.

Vrea să știe la ce ora am început și fluieră apreciativ. După părerea lui, cât am făcut este deja suficient, dar zice că sunt invitata lui dacă îmi face plăcere să termin tot desenul. Afirmă în glumă că o să îmi pună proba ca standard de admitere pentru viitoarele angajări, și așa nu mai intră nimeni la proiectare de acum încolo. Se aud chicote înăbușite, dar nu comentează nimeni. Soare iese din atelier și Lucica vine să îmi șoșotească la ureche.

"Mare lucru că te laudă. Noi îi spunem Chichiță fiindcă încearcă să găsească și un rahat de muscă pe desenele noastre. Rareori îi place ceva..."

Zâmbesc și dau din umeri. Pe ce voi face eu nu o să dea nici de vreo urmă de mizerie, nici de greșeli. Am să am grijă. Și blonda, gata să împartă bârfa, este cea care îmi place cel mai puțin din tot grupul, cu toate că nu o pot compara cu nici una din colegele de până acum.

Când anunț că am terminat, Anca este și ea impresionată de copia executată, pliind-o cu grijă, să meargă împreună cu restul dosarului.

Mi-a adus o fișă medicală pe care trebuie să mi-o completeze doctorul de familie și mă anunță că în momentul când am analizele gata, mai trebuie doar să aduc Cartea de Muncă și restul de acte.

După regulile întreprinderii, noile angajări încep din prima zi a săptămânii, și cum astăzi este joi, analizele iau timp și la medic este de așteptat... Părerea generală este că voi reveni înainte de sfârșitul lunii. Viitorii colegi fac cu mâna de după planșete și strigă după mine că mă așteaptă, și îmi văd de drum plutind din nou, ca într-un vis frumos.

Nu le-am spus că tata este doctor și îmi poate pune parafa în mai puțin de o oră, dacă pun la socoteală și alergătura cu toate mijloacele de transport până la el. Iau hotărâtă tramvaiul spre centru, știind că este ziua lui de program în Batiștei. Și pentru Casa Scânteii am venit nu de mult la el cu aceeași problemă.

Dacă mă întorc mâine cu toate documentele în mână și încep lucrul de lunea viitoare... bat recordul tuturor candidaților pe care i-a avut Republica! Dar în determinarea mea sunt decisă să aștept la toate ușile necesare din policlinică, presupunând că nu ar avea tata timp de mine... numai să reușesc ce mi-am pus în cap. Nu vreau în nici un caz să întârzii de la muncă o săptămână întreagă!

La Strada Mântuleasa, schimb cu un troleibuz care mă duce până la Piața Rosetti, de unde continui pe jos, sprintenă și plină de entuziasm. Mi-au dispărut până și complexele în ceea ce privește îmbrăcămintea și îmi privesc cu plăcere silueta oglindită în vitrinele pe lângă care trec. La urma urmei, sunt înaltă și suplă, și asta contează cel mai mult. Și în curând voi primi primul salariu să mă pot aranja mai de Doamne-ajută!

Îmi fac planuri optimiste, unul după altul. Mintea mea macină ideile și le aliniază, în funcție de urgență. Prima prioritate este totuși aspectul vestimentar. Cu ce să apar luni la birou, în prima zi?! Inventarul mintal al garderobei de acasă îl fac în nici două minute, pentru că încape toată într-un sfert de dulap...

Dar dacă îmi dă tata ceva bani... Aş intra în Magazinul Bucureşti să cumpăr nişte catifea reiată. Mi-aş face o fustă deasupra genunchilor şi nişte pantaloni drepţi, cum se poartă acum. În felul acesta aş nevoie de mai puţin material şi aş fii şi în pas cu moda. Pantofii în schimb nu mi-i pot croi şi coase singură la maşină, drept care trebuie să mă mai ţină ai mamei până la prima chenzină...

Sala de aşteptare este plină, şi se aude un murmur general de conversaţii şoptite, amestecat cu câte un geamăt stingher şi plânsete de copii plictisiţi. În faţa uşii doctorului Temeşan este o coadă de pacienţi, cu tichete numerotate, împărţite de recepţionista de la parter. Locuri pe scaune nu mai sunt de mult şi oamenii se îngrămădesc uitând de ordine şi sperând să intre mai repede.

Mă opresc într-o poziţie de unde am vedere directă, să îi pot face semn lui tata când iese prima persoană din cabinet, dar nu scap neobservată de lumea nerăbdătoare.

"Ce număr ai matale?" se răsteşte o cucoană voinică, pe care pardesiul stă să plesnească la piept. Am remarcat-o la sosire drept cea mai agresivă prezenţă din jur. Încerc să pretind că nu ştiu că mi se adresează mie şi privesc în direcţia opusă. Dacă uşa se va deschide în următorul minut… poate scap neciufulită.

"N-auzi, domnişoară? N-aude!!! Vin şi intră, când unul, când altul! …Şi noi stăm ca proştii la coadă! Atât aştepţi la doctorul ăsta de nu-ţi mai trebuie, dom' le!!!!"

Data de 13 este în mod sigur ziua mea norocoasă. Nu numai că pacientul dinăuntru iese în secunda următoare dar şi tata păşeşte în prag, uitându-se prin sală peste ceilalţi, probabil în căutarea unei asistente şi dând cu ochii de mine.

"Laura, acum ţi-ai găsit să vii, fato, uite ce mă aşteaptă afară…" dar tonul este doar un reproş moale, nu mă ceartă, şi mă cheamă în cabinet odată cu femeia certăreaţă, explicându-i scurt că sunt fiica lui.

“Nu știam că mai aveți o fată...” îngaimă pacienta, amintindu-și jenată că a făcut comentarii în fața mea.

Iau loc cuminte la indicația lui pe un scaun din colțul încăperii, cum făceam demult, când eram adolescentă, și îl las să își continue consultația. Mi-a crescut inima în piept de mândrie și încântare că a recunoscut în fața tuturor cine sunt și aștept fără să scot un sunet, unde m-a pus.

După ce iese individa care s-a luat de mine, tata se scuză grăbit față de lumea de afară și le închide ușa în nas, întorcându-se spre mine și răsuflând adânc.

“S-a întâmplat ceva? Am numai câteva minute la dispoziție dar profit de ocazie să îmi trag sufletul. E de bine sau de rău?” zâmbește el încurajator.

Îi dau ultimele vești pe nerăsuflate, cum am găsit în februarie un om pe stradă care făcuse atac de inimă, i-am dat pastila salvatoare și în schimb mi-a îmbunătățit-o și el pe a mea, cu o recomandare la Republica. Nici nu mai pomenesc cum a fost tentativa de la Casa Scânteii. Sunt atât de bucuroasă încât dau pe dinafară ca o cafea în clocot, îmi sar vorbele, și nu știu cum să îl fac mai repede să înțeleagă care este urgența mea în momentul de față. Noroc cu tata care pricepe imediat situația și îmi cere fișa medicală pe care își pune semnătura și parafa în două secunde.

“Sper să nu vii iarăși în câteva săptămâni cu altă foaie de analize...”

Își potrivește ochelarii pe nas cu un gest drag pe care îl recunosc dintotdeauna, și nu mai întind coarda. Înțeleg că este ocupat, că are o mare de oameni suferinzi care așteaptă să îl vadă. La despărțire își golește buzunarele și îmi înghesuie în mână două bancnote de câte o sută de lei, ceea ce mă face să îl iert pentru toate necazurile din trecut și să mă simt iar vinovată că ajung mereu la ușa lui de câte ori sunt în impas.

“Atât am la mine,” se scuză el. “Te ajută cu ceva?”

Îi mulțumesc din inimă și ies repede, pupându-l frugal și coborând treptele în fugă, câte două. Nu am nici un motiv să aștept până mâine pentru ca am la mine Cartea de Muncă recuperată de la Combinatul Poligrafic, și celelalte certificate. Înainte de ora trei reușesc să ajung înapoi la Republica și să închei procesul de angajare. Persistența și răbdarea mi-au fost în sfârșit răsplătite. De săptămâna viitoare încep o nouă viață, plină de promisiuni și speranțe.

Sunt în fine în drum spre liceu, promițându-mi să îmi dau silința să ajung de acum încolo la ore cu lecțiile făcute. Știu că dacă mă ambiționez, nu îmi va fii prea greu să îmi ridic notele până la sfârșitul trimestrului și să nu mă fac de ras cu o medie generală penibilă, când voi termina cursurile.

Simt că acum, dacă am reușit să intru în societatea intelectuală, este de datoria mea să demonstrez că fac parte din această lume, și să nu îi dezamăgesc pe cei care m-au ajutat...

Capitolul 23

Zilele se rostogolesc una după alta pe negândite și aprilie este pe sfârșite. Alaltăieri l-am sunat pe Mihai să îi urez 'La Mulți Ani' de ziua lui și am vorbit la telefon aproape o oră. S-a bucurat pentru postul meu de desenator tehnic și mi-a urat succes, apoi l-am întrebat ce face mica Livia, nepoata mea favorită, și cum merg pregătirile de examen ale surorii noastre.

Ultimul subiect de conversație, așa, fiindcă tot bârfisem pe toată lumea, a fost Nico. Adusesem vorba în treacăt, și fratele meu nu a bănuit ceva neobișnuit nici de data aceasta. Din câte știa și el de la Mihaela... Nimic nou pe frontul de est. Proaspeții însurăței își văd de facultate și Cătălina începe să se rotunjească. Mă și gândesc cu puțină răutate cum va arăta cu burta mare, la cât este de mică de statură...

Odată cu vremea frumoasă s-a schimbat radical și viața mea. Lucrez la Centrul de Cercetări și Proiectări pentru Fabricație de Țevi și Trefilate. Acronimul complet este CCPFȚT și sună ca o înjurătură, dar sunt atât de mândră de noul meu loc de muncă încât nu-mi mai încap în piele.

În prima zi am avut 'orientare' la Biroul Personal și mi s-a făcut Protecția Muncii. Mai exact pe unde se poate umbla, și pe unde nu este indicat să merg dacă am treabă în halele de producție. Să fiu atentă pe aleile fabricii, care este ca un mic oraș, cu trafic incredibil de mașini și camioane. Apoi mi-au dat niște teste să vadă cât de nebună sau cât de inteligentă sunt, cu șaizeci și patru de pagini de figuri cărora trebuia să le găsesc corespondența logică.

Ei nu știu că am învățat opt ani la o școală experimentală, unde aveam cabinet de psihologie și eram verificați în fiecare trimestru. Trecusem de atâtea ori prin respectiva cărticică cu poze încât până să intru la liceu învățasem răspunsurile pe dinafară. Oricum obținusem de prima oară un scor mult peste norma vârstei mele, uimindu-l pe analist...

Am luat cu brio și de data aceasta toate probele, întrebându-mă în sinea mea ce se întâmplă în cazurile în care ajungi până aici, gata angajat, și nu poți trece nici de genunchiul broaștei. L-am întrebat pe inginerul Soare, de curiozitate, și mi-a răspuns "Nu cerceta aceste legi căci te prostești de le-nțelegi". Drept care am lăsat-o moartă...

Au trecut deja două săptămâni și ieri am primit primul avans. Bancnotele noi abia așteaptă să fie cheltuite, și din când în când mai trag câte un ochi în portofel, să le admir. Astăzi este sâmbătă, zi scurtă, și după ce îl iau pe Liviu, voi avea timp să mă întâlnesc cu prietenele mele și să dau o raită prin oraș, să îmi cumpăr câte ceva.

Am rezolvat și cu creșa. După trei zile de când începusem munca, l-am dus pe puști pentru prima dată, de dimineață, în clădirea de la capătul uzinei, și l-am lăsat în grija educatoarelor. A fost o despărțire lacrimogenă, cu țipete disperate și mânuțe întinse după mine, dar în ciuda durerii de suflet, acum stau liniștită, știind că va mânca la ore fixe tot ce trebuie, că va avea un program instructiv, și că se va obișnui cu alți copii.

Pe de altă parte, este mai ușor și pentru mama, care poate acum să își vadă de cărțile și revistele ei, să bea cafea liniștită, și să se trezească la ce oră vrea. Nu va mai trebui să alerge după cel mic cu lingurița de griș în jurul mesei. Nu va mai fii nevoită să fie mereu cu ochii în patru, să nu facă el vreo boroboață.

Sper că o armată de femei plătite să păzească odraslele angajaților vor face o treabă mai bună decât reușeam noi acasă, între lipsa prezenței mele și lipsa de prevedere a mamei. Liviu avusese deja două accidente, când se opărise și îl dusesem de urgență la Spitalul de Copii. Are cicatrici care vor rămâne pentru toată viața lui mărturia clipelor noastre de neatenție.

Prima oară, fusesem și eu și tatăl lui în cameră, probabil ocupați cu vreo ceartă. Fusese destul o secundă de nesupraveghere și Liviu luase în brațe un ceainic care începuse să șuiere pe reșoul așezat direct pe un strat de cărămizi, în fața sobei reci. Apa clocotită i se scursese prin gaura fluierului pe braț, și urmaseră luni întregi cu schimburi de pansamente și chinuri teribile, scăpând de o grefă de piele ca prin urechile acului.

A doua oară rămăsese ca de obicei cu mama, eu fiind la seral. Venise cineva de la cancelarie să mă scoată din clasă, chemându-mă la telefon în mare panică. Liviu căzuse de data aceasta peste o cratiță abia luată de pe foc și îl opărise aburul pe tot pieptul. Nu știu cum fugisem atunci până acasă, fără să mai aștept tramvaiul... Dar țin minte că ieșisem cu el în brațe, în mijlocul străzii și oprisem prima mașină. Abia după o săptămână de spitalizare mi s-a spus că îl adusesem în comă...

Doamne, ce amintiri cumplite și aventuri pe muchie de cuțit pot avea la nici douăzeci de ani! Poate de acum încolo, măcar, să am și eu o viață mai normală. Și bietul meu copil drag, care are o mămică prea tânără pentru a își asuma întreaga responsabilitate a evenimentelor sau a fii capabilă să anticipeze toți potențialii bolovani de sare de deasupra lui... Cum zicea înțeleptul Ion Creangă.

Îmi sorb cu satisfacție a doua cafea și lucrez cu spor, hotărâtă să termin până la ora plecării desenul pe care l-am început. Încă am momente când mă tem că am ațipit și mă voi trezi din vis, din nou în disperarea umilitoare a căutării unui serviciu. Sau în fața vreunei benzi rulante...

E prea frumos să fie adevărat! Am biroul meu din colțul atelierului, planșeta mea după care se ascunde filodendronul cel chinuit pe care îl împart cu Anca, și un scaun pe care mă pot răsuci cum vreau. Să nu uit și setul nou de rapidografe Scribent, numai al meu! Și o riglă gradată, un compas sofisticat, și alte rechizite minunate.

În colectivul mecanic de la etajul opt suntem în total șapte persoane, inclusiv eu, noua venită. În dreapta mea și puțin mai în față, chiar la perete, este Anca Morariu, și după ea, în rând cu mine, se afla cea mai mare planșetă și cel mai mare birou dintre toate, ale inginerului Toma Soare. Toți suntem așezați paralel față de geam și intercalați în așa fel încât să putem beneficia cât mai mult de lumina naturală.

În spatele meu, vizavi de ușă este Tatiana, senioara trupei, motiv pentru care i se mai spune și 'Doamna'. Ea este experta noastră în literatură și tot ce apare nou prin librarii. Lângă intrare, ascuns după planșetă stă Cristian Oprescu, tipul cel înalt ca un plop ras-crăcit, despre care am aflat că publică din când în când caricaturi în ziare și reviste, și este cel mai simpatic dintre toți colegii.

Ca să vezi ce lume mică este societatea artiștilor bucureșteni! Din vorbă în vorbă, mi-a spus că a colaborat la Casa Scânteii și cu Marcel Pleșan. Nu îndrăznesc să întreb dacă i s-au făcut propuneri rușinoase... Presupunând că graficianul se limitează doar la puștoaice care îi cer ajutorul, ca mine.

În fundul încăperii mai sunt doi colegi, Dan Morariu, care este soțul Ancăi, și nu este inginer ci doar tehnician, și Lucica, care ar fii suportabilă dacă ar vorbi mai puțin, să nu își trădeze lipsa de strălucire intelectuală. Eu personal sunt hotărâtă să nu o judec și să nu o ironizez, amintindu-mi din experiențele anterioare cât de rău poate fii să te simți neacceptat într-o echipă.

La noi, viața de birou este neașteptat de veselă. Câteodată se râde cu lacrimi și cu toate că de obicei lucrăm intens, de multe ori mi se pare că pur și simplu suntem într-o pauză extinsă. Totul pornește de la unul dintre noi – de obicei Soare sau Cris – care aruncă o idee peste planșete, ca pe o minge. Ceilalți se iau la întrecere să preia vorba și s-o răsucească, și de la un capăt la altul, ce s-a spus inițial se transformă și ajunge ori un dicton absurd, ori altă aberație care stârnește hohotele.

De când m-am angajat aici, am învățat despre Murphy, filozoful fatalităților ilare și a cinismului logic. Am auzit zeci de bancuri noi, inteligente, și mi-am exersat creierul încercând să fac față dialogurilor provocatoare. Concluzia este că mă simt, în sfârșit, la locul meu. Cred că mi-am găsit și o vocație ascunsă, când mă gândesc la desenele mele din copilărie pe care mama i le dusese tatei, să îl întrebe îngrijorată ce semnifică oare în caracterul meu...

Pe la trei ani aveam obiceiul să schițez nu numai tipicele case cu acoperiș țuguiat... dar și componentele lor, încercând să le separ pe bucăți. Aliniam gata de asamblare, ca și cum le-aș fii demontat, fiecare perete, treaptă și fereastră. Acum constat că mă născusem cu intuiția releveelor tehnice, a secțiunilor și ansamblelor. Ceea ce unii din colegii mei depun efort să facă după mulți ani de activitate, pentru mine vine instinctiv, fără greutate, și îmi merge la suflet când șeful insistă că am vedere în spațiu și talent, două atribute rare și prețioase.

Eu, care nu am reușit niciodată să mă integrez complet într-un colectiv, mă simt acum parte din mica lor familie, de parcă am fii lucrat împreună de-o viață. Nici la școală nu fusesem vreodată atât de potrivită în clasă cum mă simt aici, cu toate că petrecusem primii opt ani cu aceeași colegi. Poate pentru că majoritatea erau copii de miniștri, doctori și avocați, în timp ce eu și Claudia aveam 'situație specială' acasă, cu părinți în vârstă, familii sărace, sau chiar... incomplete în cazul meu.

Revin cu mintea în prezent deoarece nu mai simt nevoia să evadez nicăieri. Aș regreta chiar că se termină programul, dar anticiparea plimbării cu prietenele mele și mai ales a noilor cumpărături mă fac nerăbdătoare. Aici lucrăm opt ore și jumătate zilnic, de luni până vineri, pentru a pleca sâmbătă mai devreme acasă... Sau unde vrea fiecare.

Fiecare sfert de oră întârziat este luat în considerare – ceea ce deja am aflat pe propria-mi piele – și la plecare, programul se respectă strict. Îmi trecuse prin cap să întreb cum se socotesc orele în care tricotează Tatiana... Sau micul dejun pe care îl iau majoritatea în plus față de pauza prânzului, sau mica siestă de somn care intră în obiceiul unora, după masă. Dar m-am abținut, amintindu-mi vorba din bătrâni despre 'calul de dar pe care nu trebuie să-l inspectezi la dinți'...

Peste Republica noastră se aude șuieratul viguros și prelungit al sirenei, acoperind ca o pătură sonoră și vecinii de alături, Uzinele 23 August, și F.M.U.A.B. Adică Fabrica de Mașini, Utilaje și Agregate București. Ca la Miraj, avem și aici semnal acustic de începere a muncii la șapte fără un sfert dimineața, de ieșire la trei și cincisprezece minute în timpul săptămânii, și sâmbăta mai devreme... ca acum.

Fiecare sare în picioare, mai iute sau mai leneș, gata de plecare.

"Nu rupeți ușa! Nu vă împiedicați la lift!" ne aduce Soare aminte, ironic, îngrămădindu-și lucrurile în servietă.

Ne urăm unul altuia 'duminică plăcută' și ne împingem care mai de care la ieșire, împotriva avertismentului. Eu fug pe trepte în jos, ajungând mai repede decât ascensorul supra aglomerat. Drumul până la creșa întreprinderii îmi ia mai puțin de cinci minute și mă înghesui iar, cu alți părinți care au venit să își recupereze odraslele.

Copilașii se joacă fără entuziasm, cu ochii spre intrare și Liviu mă vede din prima clipă, rupând-o la fugă spre mine, cu mâinile întinse și un "Maaaamiiii!!!" sfâșietor. Nici nu apuc să îl ridic că se cațără pe mine, plângând de bucuria revederii. Îmi dau lacrimile și mie, și ne strângem în brațe tare, cât putem. Nu ne-am văzut o săptămână întreagă, cea mai lungă despărțire a noastră, de când suntem.

De fapt el nu m-a văzut, pentru că eu mi-am găsit timp să fug în fiecare pauză de prânz, să trag cu ochiul și să îl observ cum se adaptează. Educatoarea m-a rugat să stau ascunsă, să nu îl fac să țipe iar după mine, și așa, mi-am făcut obiceiul să privesc de la un colț de geam, clandestină, asigurându-mă zi de zi că totul este în regulă.

Prima destinație este apartamentul lui Lilia și al lui Florin, pe Bulevardul Ana Ipătescu, unde ne așteaptă surorile Brateș, sărmăluțe în foi de viță pregătite de gazde, și o sticlă de vin spumos, pentru a îmi sărbători mie marea victorie. De cum pășesc în casă, aruncată pe un scaun, îmi atrage atenția o pereche de jeanși indigo ne-evazați, punctul focal al discuției înfocate dintre prietenele mele.

Toate se uită cu jind, dar nu li se potrivesc absolut deloc. Lilia îmi explică că i-a adus soțul ei de la un student străin, în loc de plată a cursei cu taxiul, dar ei îi sunt prea mari. Silviei i-ar intra doar pe mâini, iar Al nu este cu mult mai prejos decât sora ei.

Aghiuță mă pune să îi încerc și eu repede, încurajată de faptul că amica noastră este mult mai subțire decât mine... Și se dovedesc a îmi veni ca turnați, după cum bănuisem. Îi cercetez în amănunt și nu îmi vine să le mai dau drumul din mână. Este o marcă grecească de care nu am auzit, dar oricum nu mă prea pricep la capitolul ăsta și de fapt nu am văzut până acum în viața mea decât Lee și Wrangler. Îmi plac atât de mult...

Florin zice că valorează cam patru sute de lei dar pentru că vine ziua mea mi-i lasă cu trei, cât îi datora lui pasagerul în cauză. Ceea ce-i o sumă astronomică pentru mine, exact jumătate din cât am luat azi în mână. Însă tentația de a îmi face un cadou deosebit este prea mare, pentru că vinerea următoare împlinesc într-adevăr nouăsprezece ani, și vreau să îmi aduc aminte în mod special de primăvara aceasta plină de speranțe și promisiuni nerostite.

Nu mă mai poate nimeni urni din fața oglinzii și fetele mă laudă, obiectiv. Dacă admirația vine de la persoane de același sex, trebuie să fie adevărat, îmi spun eu, privindu-mi din profil fundul bombat și încercând să îl văd și din spate. Silvia insistă că arăt 'bună rău' în blugi originali, și cedez fără multă muncă de convingere din partea celorlalți, scoțând banii din poșetă și rămânând îmbrăcată cu ei, de drag. Sunt primii bluejeans pe care i-am avut vreodată, tentativele de a îmi face singură o pereche din materiale autohtone... nepunându-se la socoteală.

Oare îmi mai ajung banii și de pantofi...? Bine că nu am nici o datorie. Încă. Imediat după angajare, luasem o sută de lei din rezervele ascunse ale mamei, să pot cumpăra bilete de tramvai și să plătesc creșa lui Liviu. Noroc că îi mai făcusem o vizită lui tata și reușisem deja să pun banii la loc, înainte de a observa ea.

Singura problemă fusese că ciubucul la medic se dă în bancnote noi și frumoase, pe când pensionarii primesc bani folosiți, care abia se mai țin într-o bucată. Trebuise să îmi șterg cizmele cu hârtia de o sută ca să o învechesc suficient, să nu sesizeze mama substituția, și mă jurasem să nu mai recurg niciodată la asemenea metode disperate și riscante. Avusesem mare baftă să evit scandalul monstru care ar fii ieșit dacă mi-ar fii fost descoperit 'împrumutul'.

Bineînțeles că mi-aș dori să îmi serbez ziua de naștere... Dar știu bine că nu aș primi niciodată permisiunea să fac petrecere cu invitați la noi acasă. Drept care, se pare că restul de bani îmi rămâne de cheltuială, tot pentru haine. Și cum nu am răbdare, după ce mâncăm și ciocnim un pahar în cinstea noului meu serviciu și a pantalonilor, îmi las prietenii să bea în continuare și plec cu Liviu în jos, pe Bulevardul Magheru, colindând magazinele din drum.

După ce că nu am multe parale, mai sunt și mofturoasă, nereușind să găsesc nimic pe gusturile mele, nici măcar pentru cel mic. La Eva au lucruri prea de cucoane, de Fondul Plastic nu mă pot atinge cât este de scump, iar în prăvăliile de pe Lipscani nu mă tentează absolut nici o cârpă.

La Calea Victoriei suntem pe pasul de a coti spre Operetă, cu intenția de a îl lăsa pe puști cu mama, să dau o fugă la Profesor. I-am promis că trec astăzi în vizită, să îi povestesc cum merge la muncă... Dar mai facem o ultimă oprire inevitabilă și la Victoria, magazinul meu favorit. Și după cum speram, etajul trei are niște hanorace din fâș pentru copii, acceptabile ca preț și ca model.

"Ce culoare vrei?" îmi întreb fiul care pipăie circumspect materialul, cum m-a văzut că fac eu. Sper să nu aleagă alb... că se murdărește prea repede. Probabil albastru este cel mai potrivit, fiind băiat. Nu au decât trei culori, raftul fiind parcă decorat cu steagul Franței.

"Oșu!" răspunde Liviu cu promptitudine.

"Roșie?!"

Confirmă la fel de hotărât, și dacă tot l-am pus pe el să decidă... nu mai pot da înapoi. Îi cumpăr geaca nouă cu un număr mai mare, să o putem folosi și la toamnă, și în primul coș de gunoi din drum aruncăm jacheta cea veche, prea groasă pentru vremea de afară și deja prea scurtă la mâneci.

La raionul cu încălțăminte pentru femei, amicul de la școala comercială scoate de sub galantar o pereche de pantofi sport, albi cu dungi albastre și talpă ortopedică de cauciuc, mai înaltă la călcâi, după ultima modă. Mă lămurește repede că sunt făcuți pentru Italia și refuzați la export, nu se știe de ce, și spre încântarea mea nețărmurită, are și numărul meu, și îmi ajung și banii.

Sunt extraordinar de confortabili, de parcă mi-ar ține cineva piciorul în palmă, și fiind ridicați la spate dau același sexapil piciorului ca tocurile. Pantofii mamei, care deja au tendința să zâmbească în față și se cam clatină din încheieturi, sfârșesc și ei într-o ladă plină ochi cu ambalaje și coji de fructe. Înnoiți și bucuroși amândoi, o luăm spre casă, de mână. Liviu a uitat de oboseală și nu mai vrea să meargă în brațe, țopăind înaintea mea și oglindindu-se mândru în vitrine, cum făcusem eu la Lilia.

Gestul cu care se uită dintr-o parte, peste umăr, mă izbește prin asemănare cu mișcările lui Cornel. Îi recunosc poziția a corpului și aceeași privire pe care o avea de câte ori se pregătea să iasă undeva. Nu cred că mă încântă faptul, dar băiatul meu este și al lui Gavriliu, cu certitudine...

Profesorul mă întâmpină bucuros, întrebându-mă încă din hol cât de foame îmi este. Când aude că nu voi deceda de inaniție în următoarele două ore, mă invită să stau la o țigară până se schimbă și mă scoate la plimbare spre sosea, în pas agale, povestind. Câteodată îl iau de braț, alte ori mergem doar alături, potrivindu-ne pasul unul după celălalt. Mă simt în largul meu lângă el și conversația decurge fără tăceri jenante, de parcă ne-am cunoaște de o viață. De parcă ar fii într-adevăr tatăl căruia i-am simțit lipsa atâția ani...

Pune o mie de întrebări în legătură cu copilăria mea, și despre creșterea pe care am primit-o. Se miră că nu am avut niciodată verighetă după căsătorie și îl amuză când menționez spusele bunicii, că aurul aduce noroc la bani, și după părerea mea s-ar fii putut să aibă dreptate, considerând că la mine nu stă nici un leu prea mult în portofel.

Află și despre ziua mea de naștere care este săptămâna viitoare, și de faptul că mama a renunțat să mă boteze, cu nouăsprezece ani în urmă. De fapt, mă întrebase de ce nu mă ajută cu nimic nașii mei, a căror datorie ar fii să îmi țină loc de părinți, la nevoie. Este și mai intrigat când aude că nici eu nu l-am dus pe Liviu la biserică, nu neapărat în ciuda unui Dumnezeu care nu mi-ar fii ascultat cândva ruga, ci mai degrabă din lipsă de motive pentru a o face.

Îmi spune că el a trecut la religia ortodoxă de dragul soției, și mărturisește că de atunci respectă și sărbătorile noastre și pe cele catolice. Discuția pe teme religioase îmi dezvăluie că nici el nu se duce la biserică mai des decât mine, dar găsește liniște sufletească în vizitele ocazionale la orice lăcaș de rugăciune. Treptat, ideea care probabil îi venise de cum a aflat că nu sunt botezată i se contureează din ce în ce mai clar în cap și până să ajungem pe Bulevardul Kiseleff, nu mai rezistă să se abțină.

"Laura, dacă ești de acord, aș vrea să vă fiu naș ție și băiatului tău. În felul acesta pot să am grijă de tine fără să te întrebi vreodată dacă îmi datorezi ceva sau să mă bănuiești de cine știe ce intenții," declară el, pregătit să pareze orice împotrivire.

Prima frază care îmi trece prin cap este că 'mi-am găsit nașul', apoi mă gândesc amuzată că nu aș mai încăpea în cazan, dar că probabil în cazul vârstei mele, evenimentul s-ar oficia oarecum modificat. Dacă aș accepta să fim botezați împreună... ar însemna că eu și Liviu devenim frați în fața lui Isus?! Subiectul mi se pare hazliu și este rândul meu să pun întrebări. Sergiu râde și mă asigură că nu mă dezbracă nimeni în biserică, chiar dacă asta înseamnă că pierdem ocazia să vindem bilete la intrare.

Nu știu cât de mult mă tentează faptul în sine, de a fii botezată ca toți creștinii, dar ideea de a îl avea pe el de naș este într-adevăr atractivă. Ar deveni legătura legitimă dintre noi, care după cum afirmă și el, ar fii o scuză perfectă să îi tot bat la ușă. Anghelini ar deveni, precum titlul romanului lui Mario Puzzo, *Nașul* meu. Gând la gând cu mine, bătrânul îmi traduce în italiană sensul cuvântului, *Il Padrino*, dar continuă, explicându-mi diferența dintre un naș *mafioso* și ceea ce vrea el să ne fie.

Ținta plimbării noastre este Restaurantul Doina, unde am mai fost de mult, cu Cornel, dar realizez că abia acum remarc cu adevărat localul, impresionată. Privesc în jurul meu cu alți ochi, observând decorul boieresc și atmosfera selectă. Poate m-am mai maturizat de atunci, devenind mai perceptibilă la mediul ambiant, sau poate senzația se datorește companiei plăcute de acum...

Gradina este abia deschisă după iarnă și mi se pare că am intrat în altă epocă, pe timpul trăsurilor cu cai, pe care aproape că mă aștept să le văd trecând pe șosea, printre pomii bătrâni care asigură intimitatea terasei.

"Am să mă gândesc, Profesore. Nu știu de ce ții neapărat să faci așa ceva..." încerc eu să argumentez într-un târziu, abia după ce luăm loc la masă.

"Laura, dacă ai fii crescut în Italia, ți-ar fii fost ușor să înțelegi. Eu m-am născut la Roma, dar familia mamei a venit din Sicilia. Conform tradiției noastre, dacă cineva îți salvează viața, acea persoană îți devine la fel de apropiată ca orice membru al familiei. Dat fiind că noi ne aflăm însă în România, șansa de a deveni nașul tău mi se pare o ocazie și mai bună pentru a ne înrudi," dă el din umeri cu încântare vizibilă că i-a venit asemenea idee bună. "Nu este urgent, dar trebuie rezolvată și problema asta, păgâno! Este parte din procesul de îmbunătățire a vieții tale, să fii în rândul oamenilor și din punctul ăsta de vedere!" încheie el cu zâmbetul lui subțire, ușor ironic, dar bătându-mă pe mână, părintește.

Cina noastră ia un aer festiv și îi permit să comande pentru amândoi la fel, grătar cu cartofi natur, o sticlă de vin, și câte un profiterol pentru desert. Apoi îmi propune să îl însoțesc mai des la restaurant, când nu am școală sau ori de câte ori am timp, mărturisind că nici după atâți ani de văduvie, tot nu îi place să mănânce singur. Venind vorba de socializare, devin curioasă în legătură cu rudele lui. Cum de nu îi țin ei companie și l-au lăsat singur în ditamai casa, mai ales dacă are probleme cu inima?

"Profesore, de ce nu vin sora și cumnatul tău să te vadă mai des? Parcă spuneai că ai și doi nepoți...?"

"Cred că deja ai aflat cum este supranumit cumnatul meu la serviciu..."

"Zmeul?"

“Exact. Asta spune multe. Nu este om rău ci doar... prima generație cu educație din familia lui. Are un temperament coleric și decât să îl înfruntăm, preferăm cu toții să nu îi stăm în cale. Pentru el meseria și poziția de la institut sunt cele mai importante, și le dedică toată atenția. Sora mea Giovanna este funcționară la Muzeul Național de Artă, are un program lejer și o grămadă de timp liber pe care îl folosește citind tot ce îi cade în mână, în limba italiană, engleză, sau română, nu contează.

“Nepoții mei sunt aproape bărbați în toată firea. Unul are douăzeci de ani, abia a venit din armată și tot încearcă la facultatea de Arhitectură. Cel mic e cu un an mai tânăr și termină anul întâi la Medicină. El este deșteptul familiei, cel mare este frumosul clanului. Ai să îi cunoști sigur, cât de curând. Vin să mă vadă cel puțin în fiecare săptămână și câteodată chiar stau la mine, cu zilele, când se ceartă cu Titi, sau Zmeul… cum preferi să îi spui,” râde Sergiu în felul lui, reținut.

“Cred că nu vreau să îi spun nimic și în nici un fel,” dau eu prompt replica. “Dar îi mulțumesc că ți-a ascultat rugămintea și m-a angajat. Am să îi port recunoștință veșnică, orice ar face sau mi-ar zice… La fel ca și ție.”

“Laura, de când ne-am cunoscut, mă pot bucura de fiecare plimbare, de fiecare dimineață însorită și de fiecare masă gustoasă… numai mulțumită ție. Nu voi fii niciodată în stare să îți răsplătesc binele, orice ți-aș dărui. Ca să nu mai spun că îmi aduci aminte de fata mea, și simt că ai nevoie să țin locul tatălui tău, care are mai mulți copii decât și-a dorit…” zâmbește el blând.

Remarc că pică iar într-o stare meditativă, și după mina preocupată pot fii sigură că îl încearcă din nou cine știe ce idei. Îl las în pace, sperând să nu aibă și alte inițiative radicale ca cea cu botezul. Tocmai când mă consideram un caz unic, apare personajul acesta neobișnuit să mă aducă ‘în rândul lumii’… creștine.

Profiterolul este delicios, dar cu toate că mă lupt cu el cât pot, rămâne în mare parte în farfurie. Bine că avem mai mult de jumătate de oră de mers înapoi, pe jos, cel puțin până la el. Până la mine... încă odată pe atât, destul cât să consum caloriile cu care m-am delectat astă seară.

Vremea este perfectă pentru promenadă, și Bucureștiul ca orice oraș mare este fermecător la vreme de noapte. Străzile întunecate și învăluite în poleiala colorată a lămpilor stradale par un mister urban care așteaptă să fie dezlegat în dimineața următoare.

Profesorul a rămas tăcut aproape tot drumul, dus pe gânduri și plănuind probabil marea zi când îi voi deveni fină. Ajungem la vilă și mă pregătesc să îi mulțumesc pentru o cină deosebită și să îmi iau rămas bun, când mă roagă să îl urmez doar câteva minute, să îmi arate ceva. O ia înainte, și în loc să ne îndreptăm spre casă, mă conduce pe treptele de ciment lustruit care urcă pe lângă peretele garajului.

În capăt, pe o platformă pătrată, cu același grilaj metalic ca al scării, se află intrarea spațiului misterios de deasupra, cu fereastra cea mare acoperită de crăcile dudului. Observ și pe întuneric cum frunzele sunt deja în plină explozie și în curând vor înveli complet tot zidul, ascunzând scorojeala anilor.

Bătrânul scoate o legătură de chei și descuie ușa îngustă din lemn masiv, făcându-mi semn să pășesc pragul. Găsește comutatorul pe peretele din dreapta, și dintr-o dată, în fața noastră se dezvăluie o încăpere mare, aproape cât tot garajul. Primul lucru care îmi atrage atenția este tavanul cu două luminatoare imense, care probabil când este soare pe cer dau senzația că ești afară, pe terasă.

În poziții alternate cu ele se afla niște pătrate din sticlă mată sub care sunt îngropate becurile și de unde se difuzează o strălucire plăcută, neutră, lipsită de asprimea rece a neonului. În ansamblu, sistemul asigură o iluminație perfectă la orice oră a zilei, și îmi trece fulgerător prin cap cât de potrivit ar fi studioul pentru un atelier de pictură...

Duşumeaua din scânduri late este uzată şi acoperită de un strat gros de praf. Zidurile au fost albe dar păstrează urmele tablourilor şi a altor obiecte agăţate cândva de jur împrejur. Singurele piese de mobilier sunt rafturile joase de-a lungul pereţilor din dreapta, o masă cu două scaune în dreptul ferestrei, şi o palmă uriaşă din lemn, cu degetele uşor curbate în sus, ocupând în stânga uşii un sfert din întreaga suprafaţă.

După ciudata operă de artă se află uşa care duce probabil la toaletă şi un zid parţial, cu deschidere în jurul unei etajere care ţine loc de bar. Două taburete înalte completează aranjamentul, iar dincolo se vede chicineta cu o chiuvetă mică, o plită electrică, şi câteva cratiţe, tigăi şi ibrice atârnate în cârlige pe un suport din fier forjat, spânzurat deasupra.

Tot lemnul pare de brad băiţuit aproape negru, impresionant de auster în goliciunea prezentă şi totala lipsă de culoare. Dar cel mai mult îmi trezeşte curiozitatea forma de mână. Presupun că a fost adusă pe bucăţi în cameră şi asamblată acolo. Este posibil ca cine a locuit aici înainte să o fii folosit-o drept pat...

Sergiu îmi confirmă bănuielile.

“Să nu crezi că sunt chiar aşa un lup singuratic. În tot oraşul ăsta mare am şi un prieten, pictor. A trecut printr-o perioadă extrem de grea şi l-am invitat să stea aici până se pune pe picioare. Să nu se simtă jenat sau dator… mi-a făcut câte o pictură în fiecare lună, în loc de chirie. Unele le-am păstrat, altele le-am vândut, dar în final… am avut amândoi de câştigat.”

“Ce s-a întâmplat cu el?”

“O, este bine de câţiva ani, în culmea succesului. Are alt atelier şi un apartament într-o vilă de pe strada noastră, nu departe. Sunt sigură că o să vă cunoaşteţi într-o zi. Dar până atunci, am vrut să îţi arat studioul şi să te întreb dacă nu ţi-ar place să te muţi în locul lui. Mi-ai spus cât de greu îţi este unde stai acum. Aici poţi să îl aduci pe băiatul tău, pe care abia aştept să îl văd… Şi ţi-ai putea sărbători ziua de naştere şi invita prietenii, după voia inimii.”

Se întoarce spre mine întrebător și îmi dau seama că așteaptă răspuns pe loc și că va insista, la fel ca și cu celelalte intervenții pe care se pare că le impune în viața mea, și pe care încă nu sunt gata să le accept, oricât ar fii de tentante. În ciuda impulsivității pe care mi-o cunosc, în anumite situații am nevoie de timp să mă obișnuiesc cu ideea, să mă pregătesc sufletește pentru a îmbrățișa schimbarea.

Îmi face semn să investighez mai departe și făcând câțiva pași în urma lui, deschid ușa din stânga descoperind o cabină minusculă unde se află dușul, toaleta, și o chiuvetă cu oglindă deasupra. Toate sunt extrem de vechi, îmbrăcate în cioburi multicolore de gresie și faianță. Prin comparație cu prima cameră în alb și negru, aici ești izbit de zeci de nuanțe de albastru, portocaliu, roșu și verde, una alături de alta, fără nici o ordine sau model anume.

“Să știi că avem apă caldă tot timpul!” afirmă Profesorul încurajator.

Eu sunt încă mută și nu știu ce aș putea spune. Dacă mi-ar place să locuiesc aici? O, Doamne, studioul pare ieșit dintr-un vis fantastic de al meu. Îmi place și cartierul de lângă Piața Amzei, unul din cele mai bune din capitală. Probabil aș avea de schimbat două mijloace de transport spre serviciu... dar cât de minunat ar fii să am cei patru pereți ai mei și un duș fierbinte, ori de câte ori vreau!

Bătrânul știe că sunt la un pas de a spune ‘da’ și mă încurajează.

“Parcă ziceai că te pregătești să dai examen de admitere la Arte Plastice. Nu numai că rezolvi problema unei locuințe unde să faci ce vrei, dar vei avea și motivația să te apuci de lucru. Chiria rămâne aceeași. Îmi dai o lucrare pe lună, în acuarele, ulei, cărbune, orice te inspiră. Poți face portrete sau peisaje, natură moartă sau abstracționism, eu voi aprecia numai originalitatea. De abia aștept să văd ce poți.”

“Profesore, nu știu ce să spun... Îți mulțumesc pentru toate... dar trebuie să mă hotărăsc. Nu pot să o las pe mama așa, fără o explicație. Când vrei răspunsul?”

"Din partea mea... Poți să te instalezi de mâine sau la anul. Dar mă tem că este necesară o curățenie serioasă și dacă vrei să ai musafiri la ziua ta, s-ar putea să îți fii făcut eu propunerea prea târziu. Ofertele mele nu au termen de expirare. Am așteptat două luni să vii prima dată aici, pot aștepta și mai mult pentru a avea o companie plăcută la îndemână."

Îmi iau rămas bun de la el, mulțumindu-i încă o dată pentru intențiile bune și plec spre casă, încercând să nu mă mai gândesc nici la botez nici la garsoniera de peste garaj. Am alte urgențe. M-am răzgândit pe moment și am să o conving pe mama să mă lase să îmi serbez ziua la noi. Ea poate dormi în a doua cameră și dacă mă ajută Alexandra, putem pune împreună la punct prima încăpere, pentru un 'ceai'...

Ar fii pentru prima dată când mi-aș serba ziua de naștere și mă hotărăsc să îmi canalizez toate eforturile în direcția aceasta, debutând cu o petrecere de neuitat. La urma urmei, o singură dată în viață împlinesc nouăsprezece ani, nu...?

Capitolul 24

Duminică am petrecut jumătate de zi la telefon, invitându-mi cei mai dragi prieteni să vină sâmbăta viitoare la mine. Bineînțeles, Silvia și Alexandra au fost primele, apoi Lilia și Florin. Am sunat-o și pe Claudia, fosta mea colegă de bancă, care a acceptat cu bucurie, mai ales fiindcă nu ne-am văzut din toamna trecută. Corinei deja îi spusesem la școală și m-a informat că aduce cu ea un tip Gigi, pe care l-a cunoscut recent și de care îi place.

L-am chemat și pe Sofian pe care îl consider mult mai apropiat de când a spart geamurile avocatului ca să îmi răzbune afrontul. Din păcate Gelu și-a terminat permisia și a plecat înapoi la regiment, fiindcă nu a intrat la facultate din prima încercare și face un an și patru luni de armată. Eu fiind din nou la serviciu și la seral tot timpul, nici măcar nu am apucat să ne întâlnim cât a stat în București.

În tentativa de a avea băieți și fete în număr egal, faptul că fratele meu mi-a spus că va veni cu siguranță dar singur… nu poate decât să mă bucure. Îmi mai lipsesc doi masculi la socoteală și mă gândesc că unul ar putea fii Vicențiu, hoinarul de prin centru, pe care însă va trebui să îl caut până la sfârșitul săptămânii prin toate barurile. Probabil cel mai ușor mi-ar fii să îmi invit ceva colegi de birou… Dar parcă nu mă simt încă destul de intimă cu ei ca să îi chem în apartamentul dezolant al mamei.

Alexandra a venit pe la mine și am făcut amândouă curat, am încercat să decorăm, și am mutat masa cea mare într-un colț să facem loc de dans. Tot ea va aduce și casetofonul cu muzică. De băut, Silvia s-a lăudat că sustrage două sticle de vin de care este sigură că a uitat domnul Brateș.

Eu mai am bani pentru câteva sticle de bere și voi face sandvișuri cu salam și brânză. Claudia mi-a promit că vine cu un tort făcut de mama ei... Sunt convinsă că este destul. La urma urmei ideea este să țopăim nițel și să ne bucurăm de eveniment. De mâncat nu au decât să mănânce acasă la ei!

Odată pusă lumea la cale, satisfăcută, îmi venise pofta creației. Discuția cu Profesorul despre o chirie plătibilă în tablouri... îmi reînviase dorul de artă. Cu ani în urmă, Mihai îmi demonstrase cum se pregătește o suprafață pentru pictură. Întinsesem amândoi canavaua pe o ramă din șipci rudimentare, apoi o spoisem cu un amestec de zinc și clei de oase... Dar pânza o păstrasem cu sfințenie așa cum era, nefolosită, alături de tuburile de culoare și pensulele primite tot de la fratele meu, când împlinisem paisprezece ani.

Duminică seară, când mama și Liviu dormeau de mult, mi-am făcut curajul să încep prima încercare în ulei pe care am făcut-o vreodată. Am închis pleoapele pentru un minut, să văd cu ochii imaginației ce vreau să fac... Și am început să schițez contururile unui chip încadrat de un cerc. Am lucrat până după miezul nopții, cuibărindu-mă în pat târziu și cu regret, simțind că aș fii lucrat în continuare dacă nu m-aș fii temut că nu reușesc să ajung a doua zi la serviciu.

Astăzi este deja miercuri, și ziua începe cu soneria deșteptătorului, același ceas urât, rusesc, șchiop și într-o dungă săracul, după câte palme în cap și trântituri a luat de la mine. Mă miră că am reușit să îl aud după ce m-am culcat din nou la ore mici, petrecând timpul în fața picturii mele sprijinită pe mașina de cusut, în lipsa unui șevalet adevărat. Au mai rămas doar retușurile finale, după ce se usucă complet vopseaua. Până atunci îl voi lăsa întors spre perete, să nu îl atingă și să nu îl vadă nimeni.

Îmi trag repede blugii din care de când i-am luat mai ies numai când dorm, ghetuțele albe și o bluză ieftină dar drăguță pe care am găsit-o ieri la o tarabă, când mă întorceam acasă. Două minute de machiaj și sunt afară, alergând pe scări și spre Spitalul Brâncovenesc, la stația de tramvai.

Ajung la birou în limita de timp, abia-abia prinzând condica de prezență pe care trebuie să o semnăm în fiecare zi la sosire și la plecare, înregistrând ora exactă. Punctualitatea contează la evaluarea performanței trimestriale și din păcate am reușit deja să întârzii de câteva ori. Mă trântesc cu răsuflarea tăiată pe scaun și încerc să îmi liniștesc bătăile inimii. Iar am urcat pe scări cele opt etaje, în fugă.

Următoarea grijă este să îmi fac cafeaua, folosind termoplonjorul și ibricul biroului, momentan libere. Apoi efectuez planul de bătaie, sortând desenele care mi-au aterizat pe masă pentru a fii copiate, de la diverși ingineri și tehnicieni. Nu are nici unul bilețelul roșu care marchează urgențele, drept care le pun în ordinea preferinței proprii, adică cele mai complexe deasupra.

Anca, vecina mea care este desenator de gradul doi, adică cu doua trepte mai sus decât mine, îmi arată că a primit de făcut un ansamblu întreg, chiar de la director. Mă uit cu jind și mă mângâi zicându-mi cu convingere că într-o zi, cât de curând, voi ajunge și eu la nivelul ei, să lucrez la comenzile 'Măriei Sale' Ștefanian. Sau mai exact 'Înălțimii Sale' fiindcă am auzit că este cât ușa. Sunt chiar curioasă să îl cunosc personal pe cumnatul Profesorului, mai ales acum, când am informații private despre el, amănunte pe care nimeni altcineva din birou nu le știe.

Urmează prima țigară a zilei, agățată de cana aburindă din care sorb cu grijă, să nu îmi opăresc limba. Din totalul de șapte locuitori ai biroului, trei suntem fumători, și în colectiv se aplică așa numita 'Regulă de trei'. Adică, când nu este Soare în atelier, fumăm înăuntru, când este… ieșim pe hol, la scrumiera comună.

Dacă ne facem de cap în lipsa șefului, este de dorit să vărsam imediat scrumul pe la filodendronii noștri, în ghivece. Tot acolo ajung și zațul de cafea, și frunzele de ceai. Nu e de mirare că atât de bine 'furajate', plantele biroului se dezvoltă multilateral, ca într-o junglă tropicală.

Abia m-am apucat de lucru când ușa se deschide cu energie și în birou își face apariția un bărbat înalt, cu ochelari și mustață grizonată, ca și părul. După cât este de impunător și după răspunsurile reverențioase la salutul lui, ghicesc instantaneu că am onoarea să îl văd, în fine, pe directorul Ștefanian, în carne și oase. Îmi trece prin minte că are alura actorului Amza Pelea, dacă îmi este permis să găsesc și eu o analogie din lumea celebrităților, ca Alexandra.

După ce se oprește la Anca să vadă dacă desenul lui este tratat cu importanța potrivită, mă observă și vine la mine, să facă cunoștință. Îmi întinde mâna binevoitor, cu un zâmbet scurt și mă cercetează distrat, cu ochi aspri, albaștri-cenușii.

"Bine ai venit în echipa atelierului mecanic, Laura. Nu numai Sergiu are cuvinte bune despre tine dar și Toma Soare, ceea ce mă face să cred că am făcut o afacere bună cu angajarea ta. Drept să îți spun, situația ta personală m-a influențat cel mai mult. Cumnatul meu mi-a povestit că ai acasă o mamă suferindă și un băiețel, și că ești încă elevă la seral. Sper să îți placă la noi. Îți doresc succes," și răsucindu-se pe călcâie, cu aceleași mișcări repezite, dispare din birou, la fel de furtunos cum a venit.

Doamna Tatiana se apleacă de după planșetă și dă din cap în semn că am scapăt cu bine și sunt norocoasă iar Cristian dă din umeri, de parcă ar vrea să spună "Nu-l lua în serios, o să te uite în următoarele zece minute". Îmi continui treaba, punându-mi termen să completez primul desen până la masa de prânz. Mai ales că tocmai apare și Soare, de la vreo ședință.

Până acum, impresia inițială că șeful este un om simpatic încă nu mi-a fost schimbată, dar recunosc că porecla de Chichiță nu s-a lipit degeaba. Nu numai că nu permite să se fumeze în birou în prezența lui, dar nu îi place nici să primim telefoane personale, nu agreează vizitele sociale, și în general, se așteaptă ca toți să muncim cu dedicație, cel puțin cât el.

Pe la zece, după ce am dat o fugă pe la chioșcurile din terminalul de troleibuze să îmi iau un covrig cald și două pateuri pentru mai târziu, Anca face încă un rând de cafea, pentru amândouă, și mă scoate pe hol, la țigară. Ea preferă de fapt scrumiera dintre etaje, pe palierul scării. De acolo se poate observa ușor ce se întâmplă nu numai cu un etaj mai jos dar și deasupra, adică tot ce mișcă la momentul dat. Este ora cea mai aglomerată de pauză, când majoritatea fumătorilor se varsă din birouri și discuțiile extra-profesionale sunt în toi.

La etajul șase, ciorchinele este cel mai mare și vocile se aud până la noi. Acolo se află colectivul de arhitecți, exclusiv de băieți fiindcă așa s-a nimerit, cu toate că nu cred că vreo tipă normală la cap ar alege să lucreze cu ei. Unul dintre tehnicienii lor este Nicolae Ghincescu, zis Noni. Sau 'Othello' și 'Ghinci-color'... când nu este de față, datorita tenului țigănos pe care îl are. Până acum nu m-a impresionat plăcut fiindcă pare arogant și se crede Casanova în persoană. Din câte mi s-a spus, este printre cei mai puțin agreați tipi din toată proiectarea uzinei.

Tovarășul lui nedespărțit de glumițe și de agățat fetele din institut este fratele lui mai mare, cu care nu seamănă decât la numele de familie și la sex. Altfel... este un tip certat cu frizerul, proaspăt absolvent de Arhitectură, mai plinuț și întotdeauna cu gura până la urechi, dintr-un motiv sau altul.

Dragoș Ghincescu este în general opusul lui Noni, blonduliu și plăcut de toată lumea, o celebritate a institutului. Indiferent de etaj sau colectiv, nu există persoană să nu îl cunoască. Femeile îl adoră fiindcă le face complimente, bărbații îi caută prietenia fiindcă atrage compania feminină în jurul lui.

Se mai aude o voce cunoscută, a lui Călin, un individ de deasupra noastră, de la ultimul nivel al clădirii, probabil în vizită la amicii lui de jos. În rest, congregația este prea mare să îi cunosc pe toți. Anca se apleacă peste balustradă, încercând să identifice fiecare personaj.

"Mi se pare că este și băiatul cel mare al Zmeului cu ei. Am înțeles că dă iar examen de admitere anul ăsta și probabil îl ajută băieții cu desenele," mă informează Anca. "Dacă vine încoace, în raza mea de vedere, ți-l arăt. Merită să-ți clătești ochii..." râde ea poznașă.

Înainte de a își putea ține însă promisiunea, apare Dan, soțul ei, să fumeze cu noi, așa că potențiala 'vizionare' a urmașului lui Ștefanian, se amână. Când ne întoarcem la planșete, Anca anunță cu voce tare cum că Paul Ștefanian este în clădire, ceea ce trezește prin birou diverse reacții. Tatiana chicotește zeflemitor "Masculul secolului", Soare bombăne că e "păcat de el și de eforturile lui taică-său, că fiul rătăcitor e un zăpăcit fără pereche". Din fundul atelierului, Luci sare ca arsă.

"Ia mai lăsați-l în pace!"

Soare insistă pe calificativul de "fără pereche". Eu ciulesc doar urechile la controversă, fără să mă bag, necunoscând destul personajele ca să pot comenta.

"Ce-i, drăguțo, te doare pipoțica dacă îl bârfim pe Paulică?" chicotește Tatiana, ascunzându-se după filodendronul ei.

"O să vedeți voi că până la sfârșitul verii mă logodesc cu el! Să vă aud atunci ce mai aveți de spus!" vine răspunsul pe ton afectat.

"Când ai să te logodești tu cu fiul cel mare al Zmeului, eu am să mă fac cosmonaută!" nu se lasă 'Doamna'.

"Luci, dar este mai tânăr decât tine..." se amestecă și Anca.

"Ce vrei să spui?!" sare Lucica, indignată. "Doar cu un an mai mic, ce contează?"

“Pardon, am înțeles că în toamnă împlinește abia douăzeci și unu, așa că e mai mare diferența,” precizează Cristian.

“Aaaaalo!!! Iar l-ați făcut subiectul numărul unu de discuție?!” strigă și Dan de la locul lui. “E doar un om ca toți oamenii, ce-i așa de deosebit de capul lui în afară de faptul că e băiatul directorului?!”

“O chică de păr frumos și niște ochi verzi în vârful a doi metri de flăcău...” râde Tatiana admirativ.

“Mai lăsați copilul în pace că sughiță și nu poate învăța,” pune Soare punct discordiei.

Starea generală de agitație cere altă țigară și ies din nou, cu Anca și soțul ei, care trântește nervos ușa în urmă.

“Atâta prostie nu am mai văzut!!!”

“Cine, Lucica? Păi bine, tovarășe secretar UTC, de ce n-o sancționezi?” izbucnește vecina mea de planșetă în hohote.

“Din nefericire, asta nu doare, nu se pedepsește, și nu se penalizează!” vine răspunsul lui cu năduf.

“Săraca fată,” îmi explică amândoi, aproape în același timp. “I-a căzut cu ‘trosc’ fiul cel mare al Zmeului și nu se mai vindecă. Iar el nici nu o bagă în seamă.”

“Eu personal, zic că este mai frumușel Ștefanian cel mic,” adaugă Anca.

“Pe ăla cum îl cheamă?” întreb eu în treacăt.

“Ștefan, dacă îmi aduc bine aminte.”

Pe hol este ceață londoneză, s-o tai cu cuțitul. Fumătorii din celelalte două birouri de pe etajul nostru sunt toți afară, fără excepție, inclusiv Lidia, una din fetele care îmi place chiar mai mult decât colega mea de filodendron. Este o fată volubilă și deosebit de frumoasă, cu ochi mari, albaștri, care nu au nevoie de machiaj și cu un corp voluptos, pe care îl scoate în evidență cât poate cu rochiile ei feminine, colorate și atrăgătoare.

Se pare că Lidia nu încearcă să ne comunice nici o părere personală în legătură cu Lucica sau cu odraslele directorului. O interesează mai mult dacă avem de gând să ieșim pe undeva în pauza de prânz și cum noi avem toți câte ceva de mâncare și plănuim să rămânem în birou, ne lasă în pace și se duce să caute tovarăși de plimbare în restul grupului.

Ne întoarcem la lucru în timp pentru a auzi sfârșitul discuției din birou, încă pe aceeași temă. Se pare că Soare împărtășește ce știe el despre ‘subiect’.

“...Zmeul voia să îl facă avocat și el dă la Arhitectură! Pe cel mic l-a împins să dea tot la Drept și el a intrat la Medicină! Se pare că...”

“Știu! Mi-a povestit Paul!” întrerupe Luci, din spatele planșetei.

“Lasă-mă, dom' le, să mănânc rahatul până la capăt!” i-o taie șeful, iritat. “Ziceam că se pare că bătrânul își dorește un fiu în domeniul justiției... și nu reușește.”

Sirena uzinei ne anunță că s-a mai terminat o zi de lucru și putem exploda pe poarta fabricii încotro vedem cu ochii. Cristian m-a luat cu mașina până la Piața Muncii, economisindu-mi ceva timp. Până și Trabant-ul lui merge mai repede decât tramvaiul, mai ales fiindcă nu face stații. Acum trebuie să iau totuși un mijloc de transport în comun, și fiindcă mai am destul timp până la școală, parcă aș avea chef de plimbare.

În ultima secundă mă hotărăsc și fug de-a curmezișul intersecției prinzând troleibuzul care este deja în stație și care merge de-a lungul Bulevardului Mihai Bravu, pe Ștefan Cel Mare, și mă duce la Piața Victoriei. De acolo pot merge pe jos până la liceu, și este frumos drumul.

Cobor la ținta planificată și pornesc la vale pe traseul meu cel mai drag din capitală. Printre cărțile aduse de tanti Leo pentru focul de la baie, am găsit de curând povestea scrisa în 1959 de Gheorghe Cruțescu, intitulată *Podul Mogoșoaiei*, descriind istoria acestei artere minunate care traversează centrul de la un capăt la altul. Am păstrat cartea de suflet, și încerc să recunosc în calea mea clădirile despre care am citit, și care mai stau încă în picioare.

Un exemplu ar fii Palatul Știrbei, acaparat de conducerea politică și transformat în muzeu. Bunica îmi povestise odată cum în unele locuri, la țară, răscoalele țărănești și mișcarea comunistă au distrus conace întregi, arzând și sfărâmând opere de artă. În alte cazuri au făcut pagubă bombele căzute în capitală la sfârșitul războiului, dărâmând comori de arhitectură urbană și distrugând colecții particulare de tablouri. Am înțeles că trebuie să fiu recunoscătoare pentru monumentele rămase pe locul lor, și să mă bucur de ele în ciuda utilizărilor atribuite în prezent.

Scurtez drumul la dreapta pe lângă fosta curte domnească a mijlocului de secol trecut, spre Catedrala Catolică Sfântul Iosif, și apoi spre Cișmigiu. Iubesc orașul în care m-am născut și am un sentiment enorm de satisfacție știind că aparțin acestui loc frumos, că sunt acasă la mine pe străzile vechi și cochete.

În lumina primăverii și a bunei mele dispoziții din ultima vreme, văd lumea cu o încântare nouă. Bucureștiul mă recunoaște și mă acceptă în sânul lui bătrân și ocrotitor, îngăduindu-mi să îl străbat cu mândrie, ca o stăpână a locurilor. Mersul pe jos este sportul meu preferat, cu atât mai mult pe vremea aceasta, când nu este încă prea cald dar frigul iernii este deja departe. Ghetuțele mele cu talpă ortopedică sunt perfecte pentru bătutul străzilor. Pot parcurge distanțe remarcabile fără să obosesc, doar eu și gândurile mele, ore în șir.

Din păcate, astăzi, ca și în majoritatea celorlalte zile, nu am la dispoziție decât o scurtă traversare a centrului, ceea ce înseamnă mai puțin de trei kilometri. Plăcerea celor treizeci de minute în pas întins este pentru mine un lux pe care mi-l pot permite numai câteodată, când toți ceilalți factori hotărâtori sunt de partea mea.

Intru în Cişmigiu pe La Cetate şi trec pe lângă Foişorul de Piatră, de unde se poate vedea tot parcul, din capăt până la Primăria Capitalei. Întreb pe cineva cât este ceasul şi fiindcă mai am douăzeci de minute, aleg un drum ocolit, pe lângă Movilă şi terasa de la Buturugă.

Pomii bătrâni au înflorit şi straturile de flori sunt gata răsădite pentru vară. Aerul miroase a pământ umed şi iarbă... şi mă doare sufletul când mă gândesc că trebuie să intru la clasă şi să petrec acolo ore bune, până se întunecă şi e prea târziu să mă mai bucur de natură.

În calea mea, aleea este mărginită cu şiruri de scaune legate între ele, majoritatea ocupate de bătrâni care tricotează, citesc ziare, sau stau de vorbă între ei. Parcă sunt două salbe nesfârşite de personaje reprezentând generaţiile trecute, în timp ce noi tinerii defilăm prin faţa lor, aşteptând aplauze sau calificative pentru ceea ce am realizat până acum.

Îmi dau deodată seama cât de mult îi invidiez pe cei de pe bănci, pentru că nu mai au decât grija zilei de mâine. Pentru că nu mai trebuie să se zbată pentru o carieră, pentru un viitor, nu mai sunt forţaţi să îşi croiască drumul prin labirintul vieţii, şi pentru că au lăsat în urmă bătăliile câştigate sau pe cele pierdute... Şi se bucură de linişte sufletească, de împăcare, şi de soarele primăverii, în parc.

Apoi grăbesc pasul, realizând cu stupoare că în ciuda ultimelor evenimente fericite, mă simt atât de obosită de viaţă încât la nouăsprezece ani îmi doresc să fiu ca ei, dincolo de lupta continuă pe care eu de abia o încep...

Capitolul 25

Ieri a fost ziua mea de naștere și cu toate că nu trâmbițasem foarte tare faptul, am fost plăcut surprinsă să constat că toată lumea era la curent. Când am ajuns la serviciu, pe biroul scăldat de soare mă aștepta un buchet de liliac înflorit care parfuma tot atelierul, și o cutie uriașă, cât cele în care se vând televizoare, legată cu fundă. Colegii se strânseseră în jurul meu, tăcând conspirativ, în expectativă. Le-am mulțumit efuziv și am încercat să aflu care dintre ei era secretul meu admirator.

"Cristiane, tu?"

"Sunt nevinovat!" a ridicat el mâinile să se apere. "Florile erau aici de dimineață, cine le-a adus a venit mai devreme decât mine."

"Laura, noi știm că nu ești materialistă, dar uite-te și la cadou!" mă încurajase Tatiana.

Mă așteptam la o farsă, fiindcă lucrez deja cu ei de câteva săptămâni și am început să le cunosc stilul, dar nu aveam cum să evit deschiderea pachetului, și am început să mă lupt cu el, făcându-le pe plac. Cântărea o tonă, nu puteam să ghicesc nici în ruptul capului ce puseseră înăuntru, și era înfășurat cu multă bandă adezivă, să îmi dea de lucru. Ca păpușile rusești *Marușca*, în fiecare cutie găseam alta mai mică, și tot mai mică, apoi o grămadă de ziare cocoloșite...

Devenisem din ce în ce mai curioasă, iar cei din jur se distrau tot mai zgomotos, în timp ce eu continuam să arunc ambalajele în stânga și în dreapta.

“Vezi că ai dedicație pe fiecare hârtie!”

“Dacă nu le citești în ordine nu au sens!” mă tachinau ei, răzând cu hohote.

Bineînțeles că nu scria nimic pe nicăieri. Ultimul pachet conținea nici mai mult, nici mai puțin decât… trei cărămizi legate cu panglicuțe roșii, pe care era cât pe aci să mi le scap pe picior. Abia în fundul fundurilor, la un pas de a nu o mai găsi deloc în maldărul de gunoi pe care îl produsesem, dădusem de o cutie mică în care era pitit un Slava rusesc de mână, cu brățară argintie.

Îmi amintisem instantaneu de Soare care mă întrebase nu de mult glumă când vine ziua mea, să îmi ia un ceas ca să nu mai întârzii. I-am pupat pe rând, cu entuziasm, și Cristian s-a așezat și a doua oară la coadă. Apoi i-am servit pe toți cu bomboane de ciocolată din cutia pe care o adusesem, crezând că le fac eu o surpriză.

Până la sfârșitul programului mi-am admirat cadoul fără să mă satur, din minut în minut, răspunzând mereu la cererile lor glumețe de a le spune cât este ora. Mă îndoiesc să fii bănuit vreunul din ei cât de mare fusese bucuria pe care mi-o făcuseră. Dar faptul că se gândiseră la mine, luându-mi un obiect de care aveam nevoie și pe care nu îndrăzneam să dau un sfert de salariu... contase mai mult decât darul în sine, primul meu ceas de mână.

Astăzi este deja sâmbătă, ziua petrecerii. M-am întors acasă cu Liviu cât am putut de repede și ne-am apucat de ultimele pregătiri. Alexandra și Silvia au venit mai devreme, să mă ajute. Mai mult sau mai puțin, planul meu ia viață și avem suficiente gustări solide și lichide cât să ne ajungă până mâine, cu condiția să nu vină nimeni după o săptămână de post.

Mama s-a ascuns în a doua cameră, după înțelegerea noastră, probabil rezolvând probleme de matematică, să îi treacă nervii. Liviu este cu ea, încântat că i-am dat voie să se joace cu colecția mea de mărgele rămase de la bunica. De abia suntem gata cu aranjatul mesei, când cineva bate la ușă. Mă întreb cine poate fii atât de grăbit, dat fiind că mai sunt cel puțin două ore până la petrecere.

"Țin' să fie, țin' să fie!" pițigăiește Silvia în glumă. Continuarea poantei este... 'Miliția sau mutafirii?', dar pe moment deschid și în prag stă Gelu, cu un buchet de flori în mână. Îi sar de gât, mai-mai să îl dărâm în efuziunea mea bruscă.

"Ce surpriză!!! Credeam că te-ai întors la datorie!"

"Așa am și făcut," râde el cu gura până la urechi. "Dar s-a îmbolnăvit mama și mi-au dat voie să stau cu ea la spital tot sfârșitul de săptămână..."

"Eu nu sunt mama ta și mă simt foarte bine, zău!"

Surorile Brateș vin și ele în bucătărie să îl pupe pe Gelu care ne explică cum că Doamna Stoian a avut o criză, vecinii au anunțat Salvarea, și acum îi terorizează pe doctorii de la Brâncovenesc să o lase să fumeze în salon. Totul este în regulă și a revenit la normal până a doua zi, dar bineînțeles că el nu putea să se întoarcă la garnizoană fără să îmi ureze mie 'La Mulți Ani'. Și uite așa, fără să știe că avem gânduri mari... a nimerit la bairam. Tipic Gelu, omul momentului!

Ne împrietenisem când eu eram în clasa a șasea și el într-a șaptea, la Cine-Clubul școlii. Doar cu o palmă mai înalt decât mine, cu mustața abia mijită, slăbuț și cu o mină comică, a devenit confidentul și primul meu admirator, în același timp. Una din victimele mele neintenționate, susține și acum că sunt dragostea vieții lui, cu toate că între timp mi-a ascultat toate necazurile amoroase, inclusiv povestea cu Cornel, și a avut și el câteva iubite mai mult sau mai puțin trecătoare.

Înaintea declarațiilor mărturisite, Gelu a fost primul băiat cu care m-am plimbat prin oraș și prin parcuri, căruia i-am permis să mă țină de un deget când nu ne vedea nimeni. Cu el am avut primele întâlniri nevinovate și de la el am primit primele complimente, fără să știu încă bine ce vor să însemne. Pentru mine a fost întotdeauna ca un frate, surogatul lui Mihai care îmi lipsea.

Cu el plecasem într-o zi de vară la munte, cu bicicletele, fiindcă nu aveam bani de tren. Expediția noastră ciclistă se încheiase brusc și prematur când mi s-a rupt axul pedalelor înainte de Arcul de Triumf și a trebuit să ne întoarcem acasă.

În perseverența noastră adolescentină, împrumutasem amândoi de la vecini câte cincizeci de lei, și cu primul 'personal', ajunsesem a doua zi în Timișul de Jos, unde găsisem o cameră cu două paturi pentru trei nopți și douăzeci și cinci de lei.

În fiecare dimineață plecam prin pădure, voinicește, și ne petreceam ziua la Cabana Trei Brazi, unde jucam cărți pe beri și Pepsi cu personalul de serviciu, pe terasă. Apoi târziu, pe întuneric, bâjbâiam înapoi drumul, la lumina unei lanterne cât un licurici.

De mâncare ne adusesem două cutii de conserve cu boabe de mazăre, găsite prin bucătăriile mamelor noastre, o pungă de zahăr să avem energie, și o sacoșă de corcodușe culese de la el din curte. Dar din câți bani avusesem la noi, în afară de cazare și de biletele de tren, ne mai rămăseseră și de o pâine uriașă din care ciugulisem amândoi cu economie două zile.

Până și după ce expirase perioada din Timiș am mai stat o noapte, de data aceasta la Trei Brazi, unde eu dormisem cu fetele care lucrau la bucătărie și Gelu cu chelnerii cu care ne împrietenisem la jocul de cărți. Mai târziu am înțeles din spusele prietenului meu că fusesem fără a ști vedeta cabanei și toți băieții erau cu ochii pe mine, inclusiv el însuși. Odată cu această revelație îmi mărturisise și că încercase în zadar să descifreze jurnalul meu în care scriam în fiecare seară...

Ce amintiri minunate de adolescență nebună, scurtată înainte de vreme, când abia începusem să pricep despre ce este vorba în viață. Eu m-am căsătorit, Gelu a ajuns la un liceu care nu l-a pasionat cu nimic și pe care l-a terminat în silă, nu a intrat la facultate și a fost luat în armată...

Dar prima persoană la care s-a gândit și pe a vrut să o vadă la întoarcere... sunt eu, și pentru asta mă bucur și îl mai strâng o dată în brațe, acceptând florile și ciocolatele aduse drept ofrandă pentru marea ocazie.

Pe la șase apare și Claudia, fosta mea colegă de bancă din clasa a patra până într-a opta și cea mai veche prietenă a mea, chiar dacă ne vedem rar de când a pornit fiecare pe alt drum în viață. Urmează alte îmbrățișări și pupături înfocate, înmânarea cadourilor, și un schimb rapid al ultimelor noutăți neîmpărtășite până acum la telefon.

Claudița cea alintată este întotdeauna machiată puternic și plină de bijuterii strălucitoare, stropită din belșug cu parfum – nu Miraj, din fericire – și încearcă să compenseze ce crede ea că îi lipsește din darurile naturii. În realitate, este interesantă și bine făcută, cu ochi căprui de veveriță șmecheră și păr bogat, blond-roșcat.

De multe ori am încercat să îi explic că arată superb și fără exagerări, dar este destul de încăpățânată să își mențină stilul, ceea ce pe mine nu mă deranjează cătuși de puțin. Ce mă uimește câteodată la ea sunt doar aparițiile total opuse pe care le poate aborda. Câteodată este sportiva dură și băiețoasă în timp ce alteori, ca de exemplu astăzi, devine o vampă sofisticată, de nerecunoscut. Dar de ea mă leagă amintirile copilăriei...

La început, după cum nimerisem în prima zi de școală, stătusem lângă un băiat, Dunăreanu Traian, care mă ciupea de coapse și pe care îl băteam în oră. Apoi m-am împrietenit cu ea și ne mutasem împreună, făcând front comun împotriva celor care îndrăzneau să ne necăjească sau să ne deranjeze cu ceva. Făcusem o echipă perfectă, ea încăierându-se cu orice fată care încerca să se ia de mine, având mai multă putere în brațe fiindcă juca tenis la Palatul Pionierilor. Eu o apăram de golani, fiind mai băiețoasă.

După ce am terminat cele opt clase, eu am picat la admiterea de la Tonitza și am ajuns tocmai la liceul din Barajul Dunării, la capătul capitalei, apoi m-am măritat și am făcut copil. Ea s-a dus la Chimie, în ideea de a lucra într-o bună zi ca laborantă, și în paralel a făcut carieră de tenismenă profesionistă la juniori.

Acum își dedică tot timpul liber primei iubiri serioase, un student la Medicină care stă în gazdă prin Cotroceni, pregătindu-se sufletește să se mute într-o zi la Ploiești, de unde este băiatul. Nu l-am văzut niciodată pe Mircea al ei, care se pare că este întotdeauna ocupat cu tocitul și prietena mea a venit singură și acum… Dar principalul este că suntem împreună de ziua mea.

Ceilalți musafiri încep să sosească unul după altul, înghesuindu-se la ușă. Corina cu noul amic, Gigi, pășesc printre primii în casă. La prima vedere, impresia pe care mi-o face el este că... pare puțin 'colorat', și cu toate că are trăsături drăguțe și ne depășește în înălțime pe toți, nu dă dovadă de suficient intelect pentru a se potrivi cu prietena mea.

Dar nu este momentul să mă preocupe aspectul acesta. La urma urmei… în afară de Lilia, colega mea de seral este singura care și-a adus partenerul ei, pe când noi, restul, suntem 'liber profesioniste'.

Până la ora opt suntem prezenți toți doisprezece, inclusiv Mihai, care este musafir de onoare și sunt mandră să îl prezint tuturor. A venit și Vicențiu, pe care am reușit să îl găsesc în ultimul moment în Continental, și care este încântat să își găsească loc lângă Alexandra. Sofian, în schimb, stă resemnat între Claudia și mine, fiindcă favorita lui, Corina, este ocupată. Of, jocurile sorții în dragoste! Nimănui nu îi iese pasența așa cum ar vrea...

Am primit o grămadă de cadouri, care mai de care mai frumoase. Un material pentru rochie de vară de la Claudița, albastru cu stânjenei mov imprimați, și un set de noapte *baby doll* de culoarea liliacului de la surorile Brateş, un lănţişor de argint, un album de picturi Turner de la fratele meu, bomboane şi flori.

Lumea se îndoapă cu sandvişuri şi fiecare şi-a ales câte ceva de băut. Muzica este suficient de tare să ne antreneze şi mama nu dă încă semne că ar deranja-o în camera de alături. Ştiu că Liviu doarme fără probleme când îi este somn, chiar dacă ar avea casetofonul în pat lângă el. Alexandra a adus toate melodiile moderne, ca la discotecă, şi treptat ne dezlănţuim, din ce în ce mai cu chef, mişcându-ne independent, fără dansuri în doi, ceea ce este perfect, considerând că numai două cupluri sunt de fapt împreună.

Florin chiuie orăşeneşte, nu ca în pădure, şi noi tropăim şi sărim, plini de vervă. Încă mă preocupa să nu zică mama ceva... cu toate că în momentul acesta nu s-ar mai auzi, chiar dacă ar avea de comentat. Cui îi mai pasă de vecini? Am anunţat-o pe madam Pleşa de sub noi, şi mi-a spus să nu îmi fac griji atât timp cât opresc petrecerea la ora unsprezece noaptea. Probabil că i se balansează lustra în tavan dar... suntem încă în limita permisă a timpului.

Ferestrele le-am deschis larg, să intre aer curat, fiindcă suntem toţi fumători şi altfel nu ne-am vedea om cu persoană şi ne-am împiedica unii de alţii. Prima sărbătorire a zilei mele de naştere se pare că mi-a ieşit mai bine decât speram. Gustările sunt aproape devorate, dulciurile la fel, dansăm cu toţii şi nimeni nu stă pe bară.

Timpul trece pe nesimţite în compania muzicii şi a prietenilor. Sunt oare fericită? Poate. Dar nu ca la Sinaia. Există oare un nivel mediu al acestui sentiment? Fericirea este un calificativ absolut, da sau nu, fără nuanţe intermediare. Cum poţi zice că eşti 'aproape fericit' sau 'mai puţin fericit'?! Îmi evaluez cota emoţională şi mă trag concluzia că sunt doar mulţumită, sau încântată. Cât de iluzoriu şi preţios pare a fii extazul suprem!

În mod decisiv, m-am convins că acea senzaţie este legată de prezenţa unui anumit bărbat în inima mea, şi deocamdată, acest atribut lipseşte. Gândul îmi fuge înapoi în timp. Nico probabil îşi sărbătoreşte şi el ziua pe undeva… Fiind 'taur' ca mine. Dar nu cred, pentru că ar fii fost invitat și Mihai. Poate viața lui de familie nu include și ceaiuri dansante. Ce rost are să mă întristez acum?!

Vicențiu, care tocmai se întoarce de la baie cu o figură contrariată, ne face semne disperate să oprim casetofonul.

"Bate cineva la intrare! Cu pumnul!"

"Țin' să fie, țin' să fie!" se maimuțărește de data asta Gelu în timp ce năvălim cu toții în bucătărie după Florin, care se încumetă să deschidă ușa. Rămânem perplecşi când prietenul Liliei, spontan, se întoarce spre noi decretând cu un zâmbet larg, forțat.

"Miliția... nu musafirii!"

Ignorându-mă total, trec peste mine trei tipi în carne, oase, şi… uniformă albastră. Pe unul din ei îl recunosc de la ultima aventură, când îi chemase mama fiindcă ne azvârlise Cornel prin casă. Când mi se spusese că nu pot interveni într-o familie și mai mult sau mai puțin în aceleași cuvinte, mi se explicase că până nu introduc acțiune de divorț ei nu mă pot ajuta decât dacă aş fii înjunghiată sau mai rău.

"Asta seamănă cu o violare de domiciliu," ridică Alexandra vocea. "Cum vă permiteți să dați așa buzna, fără invitație?!"

"Ne-au chemat vecinii, așa că avem motive să intrăm," răspunde cel mai deştept dintre ei. "Buletinele și legitimațiile de muncă la control, tovarăși!"

După tonul răstit cu care ni se adresează, convingerea lui că are de a face cu un grup de răufăcători autentici, prinși asupra faptului, ne devine clară. Ne legitimăm, pe rând, fără entuziasm. După legile actuale… ești dator să scoți toate actele la cerere, oricând și oriunde. Se pare că și în cazul când ești la tine, în propria casă.

Înțeleg că am tulburat liniștea publică, dar din câte știu eu, până la douăsprezece noaptea este permis să faci gălăgie paşnică, fără scandal.

Și cucoana de jos a fost de acord să ne suporte până la unsprezece. Trag cu ochiul la ceasul meu nou, remarcând că abia în secunda prezentă... am depășit cu un minut ora respectivă.

Conducătorul echipei strânge toate documentele și ne face semn spre ușă.

"Poftiți înainte! Facem împreună o plimbare până la secție."

Nouă nu ne vine să credem. Primul gând îmi este la mama, că dacă își dă seama ce se întâmplă... iese și face o scenă de nervi în fața tuturor. Plus că s-ar speria Liviu! Sunt disperată să nu dau nimănui satisfacția să poate comenta în legătură cu starea ei mintală, atât de disputată în curtea noastră.

Florin, care este cel mai matur dintre noi, încearcă să intervină.

"Tovarășe, puteți vedea în buletinul gazdei că ieri a fost ziua ei de naștere. Nu suntem nici măcar băuți, nu este încă nici miezul nopții..."

"Tovarășe, am spus să ieșiți, acum!" i-o taie aspru și autoritar milițianul pe care îl cunosc, și care și-a adus în mod sigur și el aminte de mine și de incidentele precedente.

Distracția s-a dus pe apa sâmbetei. Suntem îngrijorați, intimidați. Surorile Brateș ar putea să îl sune pe tatăl lor, dar asta ar însemna mai multe intervenții telefonice, în lanț, și cine știe ce muștruluială când se vor întoarce acasă. Ne facem semn unii altora, să vedem ce se întâmplă și să nu facem valuri mai mari decât este nevoie.

Nu știu ce repercusiuni poate avea vizita la miliție pentru Gelu care este în permisie de la regiment pentru a își vizita mama la spital. Nu am habar dacă Gigi, prietenul Corinei, este angajat undeva... Și asta îmi aduce aminte că nici Claudia nu lucrează, stand doar acasă, în căutarea postului visat, de laborantă.

În ce necaz mi-am băgat musafirii!!! Oare ce pot să ne facă, mă întreb în timp ce defilăm cu toții pe trepte în jos și afară în stradă. Nu se pune problema să o ia nimeni la fugă fiindcă actele noastre sunt la ei, așa că mă urmează cu toții tăcuți, cu milițienii încheind coloana. Eu sunt singura care știe unde este secția cartierului, doar am mai fost acolo, să depun o plângere care nu a ajuns nicăieri...

Plimbarea cu 'gardă' se încheie la sediul local, câteva străzi spre Dealul Uranus față de apartamentul nostru. Într-o sală mizerabilă, cu miros de ciorapi murdari și praf secular, ne așteptăm rândul la interogatoriul din biroul sectoristului, ca niște criminali de rând. Suntem chemați unul câte unul, și după câteva minute, cel gata anchetat este condus afară de alt milițian, fără să îl putem întreba ce se întâmplă înăuntru. Cel pe care îl cunosc ne păzește, mut și impasibil, ca un sfinx.

Alexandra iese roșie la față de nervi și se lasă escortată fără să se uite în direcția noastră. Rândul Silviei este următorul și când iese, se vede clar că a plâns. Corina izbucnește aproape pe ușă, făcând mărunt din buze. Pe Gigi mai că nu l-au arestat de adevăratelea fiindcă nu se lasă și vorbește în plus. Florin dă clar impresia că este indignat la culme și Liliei îi tremură mâinile. Claudia începe să plângă înainte de a intra... Iar eu văd că rămân din ce în ce mai singură... Ultima.

Aștept să fiu chemată și fac tot posibilul să îl ignor pe cel care face de gardă plin de importanță. În sufletul meu, inima îmi este cât un purice. Îmi este frică fiindcă nu știu dacă ceilalți mai sunt pe afară, dacă își aduc aminte de mine că sunt încă aici. Îmi dau seama că mă aflu la dispoziția oamenilor fără de lege... a legii, și nu mă pot abține să nu îmi imaginez tot felul de scenarii de groază.

Pot face ce vor cu mine, fără să se teamă de consecințe și fără martori. Sunt capabili să mă bată sau să mă violeze. Nu am nici un strop de încredere în ei pentru că am destulă experiență să știu că sunt doar împuterniciți să abuzeze de puterea ce li s-a dat. Autoritatea de care se bucură nu are nimic de a face în realitate cu păstrarea liniștii publice sau apărarea cetățenilor.

Încerc să îmi ascund tremurul genunchilor și să ghicesc dacă Alexandra sau Silvia au apelat până la urmă la domnul Brateş. Prima mea zi de naștere la care am reușit să fac 'ceai'! Ce s-a ales din ea…! În loc să ne distrăm, prietenii mei indură umilința asta…

Data trecută când am avut tentativa de a îmi sărbători ziua, la șaisprezece ani, cu două zile înainte… murise bunica. Invitasem câțiva colegi de liceu, unde eram încă elevă la zi în anul întâi, plus prietenii. Trebuise să contramandez totul și chiar de ziua mea am fost la înmormântare. Seara mi-o petrecusem cu Gelu, pe care nu îl putusem anunța la timp fiindcă nu avea încă telefon. Venise săracul cu flori și bomboane, gata de petrecere… Și am stat amândoi fumând până târziu, meditând la întorsăturile neașteptate ale vieții.

"Gavriliu!" sunt strigată din biroul cu ușa larg deschisă. Ultimul 'suspect' a fost escortat afară de mult. Intru în cabinetul urât, cu pereți vopsiți în culoarea incertă a găinațului de pasăre. Sectoristul stă în spatele unui birou impunător și mă cercetează ironic din cap și până în picioare.

"Vorbește!" mi se adresează el brusc.

"Eu?" mă uit în jur cu tupeu, încercând să bravez.

"Da, tu."

"Despre ce?"

"Cum te cheamă, adresa, unde lucrezi."

Auzisem eu destule bancuri cu milițieni dar nu fusesem niciodată sigură cât sunt de adevărate. Are buletinul și legitimația mea de la Republica în mână, m-au luat de acasă doar cu vreo două ore înainte… Dar îi fac pe plac, dând toate detaliile cerute.

"Și?" mă întreabă el agresiv.

"Și ce?!" ...oare ce mai vrea de la mine omul ăsta, mă întreb stupefiată.

"Ai Adidași?

Rămân interzisă, privindu-mi încălțămintea. Aș fii preferat poate să port altceva la ocazia de astă-seară... dacă aveam. Dar nu sunt Adidas ci Clujana.

"De unde i-ai luat?"

"I-am cumpărat."

"De unde?"

Poate vrea să îi facă o bucurie soției...

"De la Victoria."

"Minți, nu se găsesc la noi în comerț!"

Îmi sare țandăra și nu mă mai pot abține. Am senzația că indiferent ce aş spune, interviul meu va avea oricum același sfârșit, și presupunând că ajung la închisoare sau mai știu eu ce pățesc, măcar să am satisfacția că nu mi-am înghițit limba înainte de a mi se pune căluș la gură.

"Știți ceva? În primul rând vă rog să vă adresați mai frumos că nu m-ați prins cu mâna în buzunarul nimănui! În al doilea rând, faptul că nu ați căutat unde trebuie... nu este vina mea."

"La ce etaj este raionul unde i-ai găsit?" mă ia el repede, prin surprindere.

Se crede într-un film polițist, interogând cu viclenie suspectul periculos, punând întrebări cheie, să mă încurce, să mă prindă în plasă. Ce situație stupidă!

"Tovarășe sectorist, eu îmi cumpăr pantofi foarte rar și nu țin minte cu exactitate unde este fiecare departament."

Bineînțeles că știu unde se află încălțămintea pentru dame dar dialogul nostru mi se pare total inutil și tâmpit, și sunt convinsă că răspunsurile mele nu au importanță reală. Vrea doar să mă provoace și să mă umilească.

Continuă să mă privească cu dispreț, așteptând să vadă reacția mea următoare dar eu încerc să rămân neclintită. Ia un formular din sertar și începe să completeze în el, ridicând din când în când ochii la mine, cercetător.

"Îți fac chitanță de amendă, ca și tovarășilor tăi. Dar ție îți dau suma maximă, fiindcă ai fost organizatorul."

Verdictul mă izbește mai tare ca un pumn în piept. Amendă? Acum, când abia-abia încep să intru pe linia de plutire cu banii...?

"Numele și prenumele!"

"Iar?" Vreau să adaug 'deja ați uitat?' dar reușesc să îmi mușc limba și să răspund corect. "Gavriliu Laura Valeria"

"Adresa!"

Îi dictez rar, pe silabe.

"Recunoști?"

"Ce anume?"

"Că ai tulburat liniștea publică în noaptea de șase spre șapte mai, anul curent..."

"Din moment ce s-a auzit până aici la dumneavoastră..." nu îmi mai pot eu reține comentariul sarcastic, dar el trece cu vederea sau nu observă.

"Am fost sesizați de vecina de la parter."

Strâng din dinți. Bănuisem că de la madam Pleșa am primit 'cadoul' ăsta.

"Mai ai ceva de spus?" își ridică iar ochii spre mine. Îi răspund că 'nu', aproape șoptind. Vreau să scap de aici cât mai repede. Să văd dacă mă mai așteaptă careva din invitații mei afară, să aflu cu cât au fost ei pedepsiți...

"Semnezi? Ți-am dat o mie cinci sute de lei amendă."

Suma mi se pare indecentă, mai mult decât un salariu întreg de al meu. De unde am să găsesc de împrumut atâția bani? Aproape cât taxa de divorț pe care l-am amânat indefinit, din lipsă de fonduri. Se duce de râpă orice plan din vara asta. Nu am văzut niciodată marea și sperasem să ajung acolo măcar câteva zile…

Întind mâna după stiloul lui dar ochii mi se încețoșează de lacrimi. Îmi este o ciudă cumplită că nu mă pot abține, îmi vine să îmi trag palme singură, și să îmi mușc degetele. Îl văd privindu-mă cu atenție, oarecum îmbunat...

“Plângi?”

Dau din umeri, așteptând încă cu mâna întinsă să îmi dea hârtia la semnat. Sectoristul dă din cap mustrător, lăsându-se bătut pe neașteptate. Sau poate satisfăcut de mica lui victorie. Deschide iarăși sertarul și extrage un teanc de chitanțe, probabil toate cele făcute cu ceilalți, la care o adaugă și pe a mea. Apoi le rupe pe toate deodată, tacticos, în două, apoi în patru.

“Îți place?”

Îmi șterg ochii cu pumnii, ca un copil necăjit, și nu știu ce se așteaptă să îi răspund. Nu știu ce vrea în schimbul favorului și asta mă sperie mai tare. Dar se pare că s-a amuzat destul pe socoteala noastră și îmi face semn spre ușă.

“Hai, du-te și tu acasă. Și… La mulți ani. Altă dată să nu mai faceți gălăgia aia infernală. Nu s-a auzit până la secție, dar ai vecine care nu te au la inimă. Cel puțin una. Nu le da ocazia să îți facă necazuri în plus. Ai destule și așa, din câte am auzit… Dacă te întreabă cineva, să spui că v-am amendat. E mai bine.”

Murmur un “Mulțumesc” anemic și mă grăbesc să ies. Milițianul de afară mă conduce până la poarta de fier care se închide în urma mea cu zgomot amenințător. Prietenii mă așteaptă cu toții, înconjurându-mă alarmați și bombardându-mă cu întrebări.

“Ce ți-au făcut?”

“S-a luat vreunul de tine?”

“De ce ai plâns, Laura? Se vede că ai lacrimi în ochi!”

Îi liniștesc răspunzându-le obosită la tot ce vor să știe. Abia îmi recunosc vocea. Am ghicit corect, nici una din surorile Brateș nu apelase la funcția tatălui lor. Toată aventura este încheiată. Secția de miliție a avut amuzament gratuit, vecina de jos satisfacție, eu am să îmi aduc într-adevăr aminte toată viața cum am sărbătorit împlinirea celor nouăsprezece primăveri...

Musafirii îmi mai urează o dată ‘La Mulți Ani’ și ne despărțim, eu rămânând tristă în poartă, privind după ei cum se îndepărtează cu coada între picioare.

Capitolul 26

Duminică mă trezesc neobișnuit de devreme, înaintea mamei. După experiența de la miliție adormisem buștean de cum atinsesem patul, dar coșmarul meu obișnuit revenise și sărisem din așternut leoarcă de transpirație și gâfâind. De data acesta sărisem pe geam să scap de acel ceva tulbure și întunecat care se aplecase peste mine să mă înghită. Senzația de eliberare simțită în plutirea mea spre trotuarul din stradă fusese atât de mângâietoare încât îmi revin repede, respirând din nou normal în câteva secunde.

Instinctele mele încearcă să mă avertizeze că nu se mai poate trai așa. Casa în care locuim este blestemată, sau clădită pe un focar de energii rele. Oricare ar fii cauza mistică, trebuie să plecăm de aici, să ne salvăm de ghinioane.

Am încercat de câteva ori să o conving pe mama să facem schimb de locuință. Este cea mai simplă metodă pe care o avem la îndemână. Avantajul nostru este poziția centrală a imobilului, chiar lângă blocul Gioconda și Opereta de Stat. Nu știu dacă am reuși să obținem două garsoniere la schimb, dar un apartament cu două camere, măcar într-un cartier periferic, am găsi cu siguranță. Problema este că ea deține titulatura contractului de închiriere... Și nu vrea să se mute nici în ruptul capului.

Termin de strâns paharele și farfuriile de aseară, și reușesc să împing masa cea mare la locul ei, în mijlocul camerei. Satisfacția de a călători de-a curmezișul podelei cu mobila grea, trezind-o pe madam Pleșa la ora cinci și jumătate dimineața, îmi dă o plăcere deosebită. Să vedem dacă poate să se plângă și acum la miliție! Camera este din nou cum a fost înainte, totul este la locul lui, de parcă nici nu aș fii avut ieri musafiri.

Mă duc în bucătărie și după ce spăl vasele și îmi fac cafeaua, îmi aprind o țigară și apuc cel mai recent ziar pe care îl găsesc, luând la rând anunțurile care mă interesează. Mulți oameni încearcă să schimbe locuințele între ei. Unii vor să aibă mai puține camere de curățat sau au nevoie de ceva bani ca diferență, alții s-au înmulțit și nu mai încap în casele în care și-au început noua familie. Unii au găsit serviciu mai bun dar prea departe de unde stau, alții doar simt nevoia de o schimbare de peisaj. Și majoritatea lumii caută ceva în centrul orașului...

Dintre zonele de periferie bucureștene, cu excepția cartierelor Militari și Drumul Taberei în care nici nu cred că am pus vreodată piciorul, știu doar că Ferentari-ul are reputație deochiată, și poate Floreasca. De Berceni nu am auzit nimic rău. Titan și Balta Albă sunt considerate aproape de lux, bineînțeles, după partea de nord a capitalei, unde se află șoseaua, parcurile, și ambasadele.

Găsesc câteva anunțuri interesante, doritori de zonă centrală, două-pentru-două camere. Unul este într-un bloc nou, aproape de liceul unde făcusem primul an, la capătul tramvaiului 30, altul este pe Bulevardul Constantin Brâncoveanu, mai departe de noul Parc al Tineretului.

Fac o listă mintală cu ce poate fii atractiv în oferta noastră. Telefon instalat, locație, ferestre la stradă liniștită... Dar punctele negative îmi năvălesc în cap, copleșitoare. Camere comandate, adică cu trecere dintr-una în alta, ca în tren, încălzire cu lemne, baia cocoțată, vecina afurisită.

Mama apare în bucătărie gata de plecare ca în fiecare dimineață, să cumpere pâine și lapte. Se minunează cât sunt de matinală și vrea să știe unde am dispărut cu toții în noaptea dinainte. Îi povestesc ce s-a întâmplat, cu toate că am rețineri și nu vreau să facă scandal cu madam Pleșa, dar trebuie să o motivez pentru a fii de acord cu schimbul de locuință.

Ca și cum aseară nu s-ar fii întâmplat nimic și în ciuda încercărilor mele reînnoite, sunt dezamăgită să aud că nici nu se gândește la așa ceva, categoric. Apoi o ia razna ca de obicei, acuzându-mă că vreau s-o scot din 'casa ei'. Nu mai am răbdare așteptând la nesfârșit demolarea din cartier și decid să îmi joc ultima carte.

"Mama, eu nu mai stau aici. Nu mai rezist! Dacă nu vrei să vii cu mine, mă mut numai eu în altă parte, oriunde. Mi-a oferit un prieten să stau într-un studio pe care îl are deasupra garajului," aduc eu ultimul argument care sper să o înduplece.

Spre surpriza mea, nu se opune. Nu se bucură, dar nici nu încearcă să mă oprească. Ca de obicei, punctele noastre de vedere se ciocnesc cap în cap și soluția este să facem fiecare cum crede de cuviință.

"Îl iei și pe Liviu cu tine?" vrea ea să știe.

Îi confirm că da, puștiul va fii oricum la creșă în timpul săptămânii, și doar dacă trebuie să mă duc undeva într-o duminică, am să-l las cu ea, dacă nu se supară. Mă ia din nou pe nepregătite, zicând că se bucură să ne știe pe amândoi undeva unde este cald și bine. Nu știu ce să mai cred, dar presupun că acesta este varianta cea mai bună, pentru toată lumea. Ea rămâne să păzească apartamentul la care ține atât, unde se simte probabil în siguranță cu amintirile ei... Iar eu voi evada, alegând altă opțiune.

Îl sun pe Profesor, făcându-i bucuria să îl anunț că accept mutarea la el. Și dacă tot suntem la capitolul 'hotărâri majore', îi spun că sunt de acord și cu botezul.

"Atunci fă-ți bagajele și te iau cu mașina, cu băiat cu tot, când ești gata," se grăbește el.

Îl temperez, promițându-i că îmi voi strânge tot ce trebuie, dar că astăzi o să vin singură, să fac doar curat în garsonieră. Se mulțumește și cu varianta acesta și este atât de încântat încât nu mai are răbdare, ca un copil. Îmi promite să se ocupe de aranjamente la biserică, pentru sâmbăta următoare, și mă roagă să nu iau prânzul ca să mergem împreună, la Boema pe terasă.

Evenimentele încep să ia din nou viteză, târându-mă cu ele în vâltoarea lor. Simt că mă ia valul în loc să mențin eu controlul cârmei, și asta mă face să fiu nesigură pe mine și emoționată. Îmi împachetez garderoba săracă, cărțile, și alte lucruri personale de care nu vreau să mă despart, și mă înarmez cu o sacoșă mare în care pun cârpe și alte ustensile de care presupun că voi avea nevoie astăzi. Îmi fac curajul să o sun și pe Alexandra, și așa cum speram, este imediat de acord să ne întâlnim la vilă, să mă ajute.

Până să se întoarcă mama de la cumpărături, puștiul s-a sculat și îi dau să mănânce și îl îmbrac de zi. Sunt gata de plecare, gata să îmi iau zborul din cuibul în care mi-am mâncat primii nouăsprezece ani din viață, bucuroasă și temătoare în același timp. Plec încărcată ca un măgar, cu haine de schimb, o sticlă cu spirt și alta cu oțet, și o mătură nouă pe care tocmai a luat-o mama recent. Păcat că nu mă pot duce călare pe ea, să zbor până în Piața Amzei. Probabil nu aș stârni mai multe priviri curioase decât așa cum o car acum, mai la subsioară, mai în mână, înarmată cu sarsanalele până în dinți.

Prietena mea a ajuns înainte și mă așteaptă nerăbdătoare lângă poarta de pe Cristian Tell. Sergiu apare la primul apel al soneriei și îi sar de gât să îi mulțumesc pentru primire și toate celelalte, cu entuziasmul meu efuziv. El râde și încearcă să scape din îmbrățișare, jenat, și se prezintă Alexandrei, bucuros că mi-am adus ajutoare.

Profesorul insistă să îi explice despre norocul pe care l-am avut amândoi, să trec pe stradă la momentul potrivit, să îi salvez viața și să ne cunoaștem. Ea îl ascultă și se vede clar că a cucerit-o felul lui simplu și spiritual de a pune lucrurile în perspectivă. Apoi primesc ceremonios cheia studioului, și scuzându-se că are telefoane de dat și de făcut pregătiri pentru botez, bătrânul se retrage, lăsându-ne la treabă.

Când deschid ușa, Al rămâne tablou în prag. Ideea cu patul amenajat într-o sculptură în formă de palmă i se pare absolut genială, și locuința, chiar în halul în care este acum, i se pare perfectă pentru mine și stilul meu. După ce inspectează în amănunt chicineta și baia și fumăm amândouă câte o țigară, ne schimbăm în haine mai vechi, de lucru, ne suflecăm mânecile proverbiale și atacăm frontal, cu toate forțele.

Petrecem câteva ore bune ștergând praful, spălând geamuri și lustruind studioul de deasupra garajului. Ferestrele sunt larg deschise și am reușit cu permisiunea Profesorului să tund și dudul care ținea loc de draperii. Acum lumina intră neobstrucționată, scăldând toată încăperea în strălucirea soarelui de vară incipientă.

“Păcat că nu avem niște var sau humă proaspătă să tragem și o zugrăveală. Am acoperi urmele de pe pereți...” observ eu evaluând de la intrare noul aspect al interiorului.

“Prietenul meu s-a gândit și la asta,” îl aud în spatele meu pe Profesor, care tocmai a urcat treptele cu ambele mâini ocupate de câte o găleată cu un lichid alb și gros. “Mi-a lăsat tot ce trebuie pentru când mă hotărăsc să dau la altcineva spațiul. Am amestecat deja conținutul și dacă tot nu vrei să dormi aici la noapte, are tot timpul să se usuce până mâine. Acum lăsați totul baltă și hai la masă,” se răsucește el fără să aștepte răspuns, coborând în curte.

Dăm din umeri și râdem una la alta, fără replică. Se pare că avem și de spoit pereții până la urmă, vrem nu vrem. Și cu toate că aș fii preferat să termin întâi toată treaba, aruncăm la nimereală pantalonii și bluzele prăfuite și echipate iarăși de ieșit în lume, ne luăm după Sergiu. Adevărul este că ne chiorăie mațele și *Boema* este o terasă plăcută, unde ne-am mai oprit noi cândva, când avusesem bani de câte un mititel.

Mergem pe jos, cu Anghelini între noi. Ca de obicei, el vrea să afle cât mai multe despre prietena mea și ascultă cu răbdare și curiozitate răspunsurile ei. Abia după ce suntem așezați la masă, mă întreabă și pe mine cum a fost petrecerea de la ziua mea și când îi povestim amândouă cu lux de amănunte, este șocat și nu știe cum să își mai exprime părerea de rău.

“Cine s-ar fii gândit că ai asemenea vecini răuvoitori?! Ar fii trebuit să insist și să te conving să veniți la mine. Îmi pare rău că ai să păstrezi o amintire atât de neplăcută de la ziua ta, Laura...” își găsește el până la urmă cuvintele.

Comandăm toți câte un cotlet la grătar și cafele. În așteptarea mâncării, noi ne aprindem țigările și îi povestim despre darurile pe care le-am primit, să înveselim discuția. Profesorul ridică o mână să ne oprească o secundă, de parcă era cât pe aci să uite ceva și scoate din buzunar o cutie mică din catifea vișinie, legată cu șiret de aceeași culoare pe care mi-o așază în față, pe farfuria încă goală.

“Deschide-o, Laura, și... La Mulți Ani și din partea mea. Mă așteptam să treci vineri pe la mine, chiar de ziua ta, să îți dau cadoul... Dar mai bine mai târziu decât niciodată, parcă așa se spune?” zâmbește el cu anticipație, așteptând reacția mea.

M-a luat prin surprindere. Nu mă așteptasem să îmi dea nimic, considerând toate celelalte gesturi pe care le-a făcut pentru mine până acum. Dar deschid cutia, fără să îmi dau timp de a ghici ce ar putea ascunde. Pe o pernă minusculă învelită cu mătase sunt agățați o pereche de cercei din aur cu model elaborat, cum nu am mai văzut niciodată. Par două contururi ovale cu biluțe atârnate în mijloc, ca niște clopoței de lungimi crescătoare.

Alexandra se înghesuie să îi admire și ea, recunoscând că sunt absolut unici, și sugerând că seamănă cu niște harpe.

"Profesore... sunt minunați, dar eu nu am nici măcar găuri în urechi..."

Zâmbește întinzându-se să se uite mai atent la mine și dă din umeri.

"Presupun că trebuie să corectam și aspectul ăsta, nu? Recunosc că nu am observat până acum. Dar am ținut minte ce mi-ai povestit că spunea bunica ta despre faptul că aurul aduce noroc la bani... Și mi-am spus că este cazul să porți și tu ceva care să atragă bogăția... într-o bună zi."

"Sunt din aur adevărat?" face Alexandra ochii mari.

"Optsprezece carate conform marcajului, deci poți să îi pui direct când îți faci găuri. De ce nu te oprești pe la tatăl tău într-o zi? Durează câteva minute."

"Au..." mă strâmb eu. "De unde știi așa de bine?"

"Ai uitat că am mai avut o fată?" îmi aduce el aminte, zâmbind melancolic.

Concluzia la care ajungem este că voi avea încă un drum de făcut săptămâna viitoare, să îmi montez cerceii în urechi. Cum am o frica teribilă de injecții și ace înfipte în mine, indiferent unde... nu pot spune că sunt nerăbdătoare, dar farmecul bijuteriei primite de la Profesor este un motivator puternic și promit să îi iau la purtare cât de curând posibil. Îi mulțumesc din inimă pentru cadou și terminăm de mâncat în liniște, să nu o mai lungim și să ne întoarcem la treabă.

Înapoi în studioul meu, punem deoparte lucrurile de stradă și intrăm iar la ținuta de lucru. Alexandra își leagă o basma roșie pe cap, ca o țigăncușă, să nu cumva să își murdărească cu var părul cel lung și bogat. Amândouă suntem în salopete bălțate deja cu vopsea. A ei este cu câteva numere mai mare, fiindcă aparține domnului Brateș. Și-a suflecat-o la glezne dar tot arată ca Mutulică, piticul nostru favorit din desenele cu Albă ca Zăpada.

Șalvarii cu platcă și bretele pe care îi port eu au fost cândva ai Claudiei, deci măsura este perfectă, dar au câțiva ani buni de purtare. Colega mea are o mătușă în America, care trimite din când în când câte un pachet cu haine purtate dar mult mai interesante și mai bune decât ce putem găsi noi în magazine. Salopeta a ajuns la mine fiindcă avea o culoare turbată, ca vinetele necoapte, care ei nu îi plăcuse. Eu însă o iubesc și o port la pictat și alte activități care... pătează.

Îmi completez garderoba de protecție cu o șapcă de jocheu, cu cozoroc, și suntem gata să primenim și pereții din locuință. Profesorul ne-a făcut rost din fundul garajului de două bidinelele, și următoarele patru ore fără întrerupere le folosim cu îndârjire. Exceptând tavanul, de care nici nu mă gândesc să mă ating, totul este proaspăt la culoare și miroase plăcut, a pământ nou. Nu am avut nimic de adăugat în spoială pentru a schimba nuanța pereților, dar îmi fac planul să îmi expun tablourile și desenele, pe măsură ce le fac, ceea ce va înveseli decorul steril.

Ne dor brațele după o zi de exercițiu intens și ne odihnim pe marginea patului gol, pe care tocmai mă întreb cum s-ar putea dormi fără așternuturi și nimic dedesubt... Dar îl aud pe Sergiu strigându-mă de afară, din pragul lui, și ies la geam. Mă roagă să vin o clipă până la el, dacă pot să mă întrerup din treabă.

O las pe Al să fumeze și parcurg în fugă scările mele în jos, apoi pe ale lui în sus. Este amuzant să fim vecini de case și să ne putem striga din ușă unul pe altul. Dau buzna în salonul unde m-a primit prima dată și mă opresc brusc. Nu este singur. În compania lui, pe locul unde stau eu de obicei, este... blondul de la munte, ultima persoană pe care mă așteptam să o văd aici.

"Vă cunoașteți?!" se miră Profesorul, sesizând pauza pe care am luat-o amândoi.

"Aproximativ..." îngână George, dând din cap și din umeri, pe rând.

"Laura, ca să poți folosi patul de la tine îți trebuie saltea, cuverturi, și perne. Ai de toate, fiindcă prietenul meu le-a abandonat când a plecat. Le-am dat la curățat și au stat de atunci în pod, dar fiindcă nu cred că am fii putut să le ducem pe toate, doar între noi, felele..." râde el, "...am încercat să îmi chem nepoții, să ne ajute. Ca de obicei, nu este nici unul pe acasă. Dar am reușit să dau de al 'treilea mușchetar', tovarășul lor nedespărțit care a fost de acord să își sacrifice timpul pentru noi," întinde el mâna demonstrativ spre blond, care se înclină zâmbind ironic.

Fiindcă de fapt el făcuse cunoștință numai cu Al, completăm introducerile, apoi ies din nou pe scări și o chem și pe prietena mea să vină, fără a o preveni ce surpriză o așteaptă, anticipând fața pe care o va face, și distrându-mă teribil dinainte. Alexandra coboară cu eleganță, ca o prințesă pe treptele palatului, mult mai cumpătată decât mine care sar de obicei ca o capră.

Faptul că este îmbrăcată în haine mult prea largi, cu basmaua pe cap și stropită toată cu vopsea de perete, adaugă imens ilarității momentului. Face trei pași în interiorul casei și rămâne trăsnită, cu ochii la George. El o măsoară amuzat, apoi nu se mai poate abține și izbucnește în râsul lui bine cunoscut nouă, abia putând să vorbească.

"Mă bucur să ne revedem... Te-ai angajat zugrav între timp?"

"Nu, sunt doar la muncă patriotică!" își găsește Al imediat cuvintele, înfundându-și mâinile în buzunare, cu speranța că va putea îmbunătăți formele pe care le reflectă salopeta lălâie.

Evident, Profesorul trebuie să afle povestea de la bun început, și i-o relatăm care mai de care, cum am dat unii peste alții – la propriu și figurat – în Predeal. Oricât ar fii de interesantă reîntâlnirea, Sergiu ne aduce aminte că se întunecă în curând și trebuie să isprăvim ceea ce ne-am propus pe ziua de astăzi. Eu și blondul ne cățărăm în podul vilei pe o scăriță precară, și printr-o trapă pe care sper să nu mi-o scape în cap.

De-a lungul pereților sunt clădite în ordine aproximativă tot felul de mobile desperecheate, lăzi și pachete. Urmând instrucțiunile Profesorului, care se pare că știe pe dinafară ce și unde se află, culegem și aruncăm la ceilalți în brațe o saltea rotundă umplută cu ceva moale și greu de îmi rupe mâinile, un pachet cu așternuturi de pat portocalii, o plapumă matlasată, și șase perne de toate dimensiunile, care mă fac să mă gândesc la cântecul Măriei Tănase. 'Mi-o zăs mama că mi-o da, văleleu, văleleu, zăstre când m-oi mărita, văleu, văleu, văleleu...'

Profesorul avusese dreptate, fără ajutorul lui George nu am fii putut recupera din pod ce trebuia. Numai căratul până sus la mine și urcatul saltelei în pat se dovedește a fii o muncă bună pentru câțiva sclavi voinici. Faptul că blondul reușește aproape de unul singur o ducă la bun sfârșit... mă lasă îndatorată și în admirație.

După ce ne spălam temeinic și ne descotorosim de hainele de lucru, suntem invitați cu toții la un pahar de Florio, înainte de plecare. Sergiu susține că este vinul lui preferat, italian bineînțeles, și nu încearcă nimeni să îl refuze. Alexandra îl ține de vorbă pe George, sau invers... și eu mă duc în bucătărie, să îl trag de limbă pe Profesor.

"Pare un băiat foarte bun, prietenul nepoților..."

Viitorul meu naș dă din cap, zâmbind fără să își arate dinții prea mult, cum face de obicei. Nu pot fii niciodată sigură dacă este sarcastic sau glumește.

“Mai rău decât pare la prima vedere și mai bun decât îți vine să crezi după ce îl cunoști…” răspunde el enigmatic.

Cântăresc descrierea cu tâlc pe care i-a făcut-o și mă mănâncă limba să pun mai multe întrebări, să îi descâlcesc sensul. Îmi este clar că Al s-a lipit ca marca de scrisoare și cum știu din experiență că dragostea aduce mai mult lacrimi decât bucurii, nu vreau să mă simt vinovată că s-au apropiat mai mult datorită ocaziei de astăzi. Și de Robert se amorezase tot din cauza mea, când îl întâlnise la mine în cartier, la Cofetăria Opereta…

Îl ajut pe Sergiu cu musafirii, aducând paharele de băutură și o farfurie de cristal cu sărățele. Îi mulțumesc lui George pentru osteneală și timp, și fumăm cu toții, comentând despre avantajele mutării mele, și schimbând posibile idei de înfrumusețare a studioului.

Este târziu și mâine trebuie să plec înainte de ora șase la serviciu, să îl pot duce pe Liviu la creșă. Îmi este clar că ar fii frumos din partea mea să mă simt și să îi ofer ocazia blondului să o conducă pe prietena mea acasă, drept care găsesc un pretext să o iau pe Magheru, lăsându-i pe ei singuri, pe romanticul fost Pod al Mogoșoaiei.

Ne despărțim cu reînnoite mulțumiri și îmi văd de drum spre apartamentul în care mă așteaptă mama și Liviu, și unde sper din inimă să fie ultima noapte în care dorm vreodată...

Capitolul 27

Este din nou luni, o dimineață minunată, la sfârșit de mai. Am dormit cu fereastra deschisă, în aerul plăcut al orașului. Este cinci și mă cațăr din fundul palmei de lemn, bâjbâind până la comutator. Va trebui să îmi fac rost de o veioză, să o am la îndemână, îmi trece prin cap, în drum spre baie. Ce plăcere să mă spăl pe dinți și pe față cu apă caldă!

O zi începută fără a mă bate nimeni la cap, nu poate fii decât... o zi bună! Chiar dacă abia s-a luminat afară și eu fac deja cafeaua, încălzesc laptele și prăjesc pâine pentru mine și Liviu. Urăsc trezitul la ore matinale, și mi se pare un chin să mă extrag din căldura cocoloșită a așternuturilor când pe străzi încă nu s-au retras umbrele nopții.

Dar așa cum m-a avertizat mama de atâtea ori, mă așteaptă o viață întreagă de sculări la ore din astea. Copilăria răsfățată s-a terminat și nu îmi rămâne decât să visez în secret la vremurile când voi ieși la pensie, să fiu plătită pentru odihna mult meritată, și să stau în Cișmigiu pe bancă.

Mama nu s-a bucurat că plec de acasă dar nici nu mi-a stat în cale. Pare resemnată cu ideea că nu voi face niciodată ce vrea ea și că sunt hotărâtă să merg pe drumul pierzaniei, spre o carieră de artistă flămândă și nerecunoscută. Mă doare că nu reușim să ne înțelegem, că nu îmi împărtășește încrederea în mine și în viitorul meu de pictoriță, dar nu văd ce aș putea face să o conving. Avem fiecare punctul ei de vedere la care ținem cu încăpățânare, și din păcate nu pare să existe nici o soluție care să ne facă pe amândouă fericite.

După duminica în când am făcut curat cu Alexandra, luni seara, m-am mutat după școală în noua mea locuință, și am dormit pentru prima dată în garsoniera de deasupra garajului. Nu l-am deranjat pe Profesor pentru că orele mele la liceu se termină târziu, așa că am sărbătorit ocazia între patru pereți, în fața unei oglinzi mari pe care am găsit-o prin vechiturile depozitate de Sergiu în pod.

Îmi cumpărasem o sticlă de lichior cu ciocolată, să am în casă, și am ciocnit cu imaginea mea, în intimitatea spațiului meu propriu. După experiența recentă cu băutul peste limită, am înțeles că alcoolul trebuie consumat în cantități mici, doar cât să relaxeze piticii de pe creier. Sau cât să bine-dispună, ajutând uitarea, sau doar pentru sărbătorirea unui eveniment deosebit, ca acum.

Am închinat în cinstea mea, pentru că am reușit să nu îmi trag singură în cap pumnii meritați de Cornel, de avocatul libidinos, de Pleșan, și de toți 'greșiții mei', cum spune Tatăl Nostru la rugăciune. M-am felicitat că am scăpat de discuțiile perpetue ale mamei. Pentru faptul că acum Alexandra, sau Silvia, sau Corina, pot veni oricând să mă vadă sau să rămână la mine peste noapte. Fără să aud veșnicul "Iar ai venit cu cineva, dulceața mamii...", sau altă expresie tandră de a ei care mă făcea să mă urc pe pereți, potrivită ca nuca în perete, alături de cine știe ce reproș.

Paharul de lichior m-a calmat și m-a ajutat să adorm în pace, fără grija trosniturilor suspecte ale podelelor. Am stins lumina hotărâtă să întâmpin cu curaj prima noapte departe de apartamentul în care locuisem dintotdeauna, și m-am trezit a doua zi încântată să realizez că nu avusesem coșmaruri, și nu fugisem din casă în vis, nici pe ușă, nici pe fereastră. Sau poate că aici are efect și primul tablou pentru Profesor, pe care abia l-am terminat...

Sergiu mă întrebase dacă am tot ce îmi trebuie ca să pictez și i-am spus că îmi lipsește un șevalet. A doua seară, am găsit unul vechi și pătat de vopsele, așteptându-mă la ușă, pe micul cerdac din capul treptelor. Profesorul a urcat pe la mine mai târziu, să îmi explice că pictorul îl lăsase în urmă când a plecat, nemaiavând nevoie de el, și că de acum încolo este al meu.

Drept care, până la sfârșitul primei săptămâni în noua mea casă, am finalizat primul portret la care lucram, început încă de la mama, încadrat de un *dreamcatcher*. Poate că prezența lui în cameră sperie duhurile și de aceea nu mai visez urât...

Fericirea de a fii singură și de a face ce vreau, când... Și cu cine..., îmi încălzește ultimele gânduri lucide, înainte de a adormi, în fiecare noapte. Poate nu 'cu cine', din lipsă... de partener, dar vorba lui Edgar Allan Poe, în referirea lui tristă la iubire, '...Ea doarme! Fie somnul său pe cât de lung, atât de greu!'

Fără a fii îndrăgostită, nu sufăr. Sunt eu, liberă și stăpână pe fiecare pas... Dar mă simt rece, calmă și detașată, departe de beatitudinea momentelor de extaz. De ce oare numai dragostea poate aduce adevăratele clipe de fericire?! Urmate inevitabil – în experiența mea – de săptămâni și luni de amărăciune și lacrimi...?

Profesorul fusese impresionat de tabloul meu. Cred că nu se așteptase să pot realiza o asemănare atât de izbitoare cu realitatea, cu toate că el nu l-a văzut niciodată pe modelul meu. Indiferent de personajul reprezentat, umbrele trăsăturilor și strălucirea din ochi sunt atât de vii încât dau impresia că tipul din pictură dă să iasă în orice clipă din ramă. În jurul chipului am reușit să redau la perfecțiune un cerc învelit în curele de piele, cu pene și mărgele, așa cum mi-a fost descris că trebuie să arate acest obiect de cult al indienilor americani.

Dar cea mai mare realizare a pensulei mele mi se pare felul în care am încadrat figura umană în pânza de păianjen din mijlocul *dreamcatcher*-ului, îmbinându-i părul cel lung cu țesătura care se presupune a filtra visele rele. Imaginea enigmatică se conformează atât stilului suprarealist cât și al celui expresionist, pe care le favorizez cel mai mult.

Îmi demonstrează după părerea mea nesiguranța direcției pe care vreau să o apuc ca pictor. Încă mă caut pe mine, cum ar zice un critic de artă. Dar până și eu, cu toată modestia mea, trebuie să recunosc că am talent. Deosebirea majoră dintre ce mi-a reușit acum și picturile celebre ale lui Sabin Bălașa este portretul în sine, mult mai fidel, aproape ca o fotografie. Ambiția mea secretă este să îl concurez pe Salvador Dali... dar trebuie să am răbdare. Am terminat doar un singur tablou...

Sting prima țigară a zilei și mă duc să îl iau pe Liviu în brațe, la baie. Ca să nu plângă când îl scot din pat, îl las să se trezească treptat, simțindu-se spălat și băgat în haine. El are un somn și mai adânc decât mine și chiar după ce deschide ochii, nu sunt sigură că este complet prezent. Apoi începem săptămâna cea nouă cu micul dejun rapid, înainte de a fugi pe ușă să prindem mașina de la Piața Romană.

Am găsit cel mai convenabil mijloc de transport, troleibuzul 79 care merge pe Bulevardul Dacia, pe Strada Dristorului, trece prin Vatra Luminoasă, pe unde stă Corina, ocolește pe la IOR, și ajunge la Republica ocolind pe strada Lucrețiu Pătrășcanu. Avantajul este însă că sunt direct la birou în mai puțin de o oră, fără să schimb nimic. Dezavantajul, din păcate, este că la Piața Romană nu are capăt de linie și când ajunge aici, este deja plin.

Pe drum, am de obicei timp să îmi citesc lecțiile pentru școală, cu toate că în picioare, agățată de bară, este mai greu să țin manualul deschis fără să îl bag din greșeală în coastele altui călător. Luni, fiind cu puștiul în brațe, am șanse mai multe să stau confortabil. Câteodată, ca astăzi, am noroc să se ridice cineva chiar la stația mea și mă trântesc iute pe scaunul liber, gata să strivesc cetățeanul care ochise același loc.

Dar băiatul a și adormit cu capul pe brațul meu, și nu îndrăznește nimeni să comenteze. Dacă țin nasul cufundat în carte, nu văd nici o gravidă, bătrână, sau invalidă stand în picioare lângă mine, ostentativ. Nici mie nu mi se ceda locul când îl aveam pe Liviu în burtă, așa că nu mă simt datoare nimănui. Oricum, la ora aceasta, pensionarii încă nu sunt la plimbare, drept care rămân așezată ferm până la serviciu.

Ajungem destul de devreme ca să semnez condica și să pornim spre creșă înainte de a începe sirena să șuiere. Acum sunetul îmi reamintește automat de săptămâna trecută, când a fost îngropat un muncitor bătrân care lucrase aici în vremea lui Malaxa, proprietarul dinaintea comuniștilor a uzinelor. Îi făcuseră sicriu la atelierul de tâmplărie și îl purtaseră triumfal de-a lungul halelor, pentru multe minute lungi, timp în care urletul continuu al sirenei, în cinstea lui, a căpătat în memoria mea o dimensiune sinistră și de neuitat.

Îl trag pe Liviu de mână, sesizând că a încetinit deodată pasul, refuzând să mai meargă, fiindcă s-a trezit de tot și a înțeles încotro ne grăbim. Parcurg restul aleii interioare cu puștiul în brațe, în timp ce mă împinge cât poate și încearcă să îmi scape din strânsoare. Când ajungem, mă înșfacă cu ambele mâini de gât și nu mai vrea să îmi dea drumul. De data aceasta, lupta dintre noi se petrece pe tăcute și mă doare mai tare decât plânsul de la despărțirea noastră din fiecare luni dimineața.

Educatoarea îl ia cu greu, împreună cu sacul de schimburi curate, și mă uit după ei cu privirea încețoșată cum se îndepărtează. Ochii verzi cenușii ai lui Liviu mă fixează rugător până se închide ușa în urma lor. Doamne, ce o fii în mintea lui mică și cum să îi explic că nu am cu cine să îl las când sunt la muncă și la școală, că este mai bine să aibă program ordonat și să fie cu alți copii decât cu mama sau de capul lui...

Odată ajunsă la birou, încep să uit tristețea. Soarele strălucește optimist și ciucurele zbârlit și colorat de la căciulița fiului meu, agățat de brațul planșetei, mă salută vesel. Soare mi-a arătat un desen nou și complex pe care mi l-a promis mie pentru copiere, când îl va termina de proiectat. Faptul că înțeleg ce reprezintă, și pot vizualiza piesele mecanice reproduse pe hârtie, mă umple de mândrie.

Colegii mei muncesc în liniște, fiind încă prea devreme pentru glume, și fiecare își vede de treabă până la ora zece, când după regulile nescrise ale colectivului, luăm prima pauză. Îmi scot pachetul cu mâncare și cojesc un ou fiert tare, adâncită în încâlceala confuză a planurilor și dorințelor mele. Am renunțat la pâine de când am observat că mă strâng blugii. Viața fără scandaluri acasă sau nopți nedormite se face resimțită, de data aceasta în mod nedorit.

“Ce faci, Șunchi?” mă tachinează Soare.

“Cum...?”

“Șunculiță! Ești pe calea bună, în curând ai să arați ca un model renascentist, puțin ‘matlasată’, nu ca foamea în vacanță, cum erai când te-ai angajat. Mă gândesc că ți s-ar potrivi porecla de Șunchi.”

“Am să slăbesc, nu are timp să se prindă...” râd eu îndoielnic.

“Ce motive ai să slăbești?! De iubit... nu iubești, ofticoasă nu ești din fire... Doar dacă te îndrăgostești, poate.”

“Mersi, prefer să țin cură de slăbire!” îi arăt eu oul din care am mușcat doar o dată și o roșie pricăjită al cărei rând se apropie.

Atât mi-am luat pentru prima pauză. La prânz va urma niște brânză proaspătă, foarte bună... Adică fără nici un gust. Și un morcov curățat, crud.

Îmi ascund nasul în cartea pe care o citesc între un desen și altul. Tocmai am terminat una împrumutată de la bibliotecă și acum mă lupt cu *Godfather*, pe care mi-a dat-o Profesorul, în limba engleză. Mi se pare atât de potrivită sursa... Mai ales că acum o săptămână, conform planului, ne-a botezat și pe mine și pe Liviu, așa cum și-a dorit.

Totul a durat mai puţin de o oră, fără lume şi tam-tam, la Biserica Albă, pe Calea Victoriei, aproape de noi. Sergiu este acum naşul nostru, deci părintele meu din punct de vedere spiritual. Avem îndatoriri de familie unul faţă de celălalt, şi deocamdată, el şi le îndeplineşte pe ale lui cu vârf şi îndesat, lăsându-mă să folosesc studioul de peste garaj după cum mă taie inima.

"Laura, ai şi altă treabă în afară de studiul mafioţilor?" mă întrerupe Cristian din lectură şi gânduri.

Da, eu încă reuşesc să fac două lucruri în acelaşi timp, cum ar fii cititul şi reflecţiile tangente la ceea ce înţeleg din carte...

"Nu. Şomez. Tocmai am predat ansamblul pentru suporţi temporari de ţagle..."

"Îmi copiezi şi mie secţiunea la reductorul ăsta de viteză? Ştiu că e complicat dar am văzut că nu mai sunt taine pentru tine şi am încredere..."

"Dacă nu mă mai solicită domnul Soare..."

"Dar ce, nu faci faţă la amândoi?" exclamă şeful, insinuant.

"Vorbiţi cu două înţelesuri, ca Hamlet!" nu rămân eu datoare cu replica.

"Hai la planşeta mea, să îţi arat despre ce este vorba," îmi face semn Oprescu.

"Bravo, măi," nu se lasă celălalt. "În loc să o inviţi la o cafea... tu o chemi la planşetă!"

Chicotele de rigoare se fac auzite prin diverse colţuri ale biroului. Lumea începe să se trezească la viaţă. Dan vine să vorbească de la telefonul instalat între mine şi Anca, şi în timp ce aşteaptă să i se răspundă la apel, ne ţine pe noi de vorbă.

"Ştiţi care sunt cele zece reguli ale vieţii de birou?"

Fără să aştepte vreun răspuns din partea noastră, ne spune tot el, ceea ce ştiam deja că va face.

“Numărul unu este ‘să nu dorești niciodată moartea șefului! Comportă-te în așa fel încât să și-o dorească singur!’”

Pufnim cu toții în râs, până și Soare, dar Morariu continuă, încurajat de reacția colectivă.

“...A doua este ‘să nu lași pe mâine ceea ce poți face azi. Amână pe poimâine că până atunci sau o face altcineva în locul tău, sau nu va mai fii nevoie!’”

Tatiana iese de după planșetă cu mâinile în șolduri, apropiindu-se de noi să nu piardă nici un cuvânt.

“...‘Cine nu muncește, nu greșește, și în concluzie merită să fie promovat!’” decretează Dan cu o mutră serioasă care ne distrează și mai tare.

Le spune pe toate cu atâta convingere încât bănuiesc că le și aplică.

“...‘Dacă ai chef de lucru, retrage-te într-un loc liniștit și așteaptă să îți treacă!’”

“Băi! Ce fel de secretar UTC ești tu?! Așa propagandă faci?” îl ia Soare la rost, cu gura însă până la urechi.

Ca să ne mai odihnim fălcile de la râs, ies cu Anca la o țigară, dar pe hol găsim alt motiv de veselie. Lângă ușa liftului, pe un carton care anunță că fumatul este permis în limita a ‘3 persoane concomitent’, cineva a adăugat două zerouri. Acum hohotim pe întrecute, vizualizând cum ar fii să pipăm trei sute de inși în spațiul dintre birouri. Dan vine după noi, să ne completeze cunoștințele cu regulile lui.

“Stați să vă mai spun, că m-a întrerupt Chichiță! ‘Nouă nu ne este frică de muncă pentru că știm să ne ferim de ea!’”

Fugim de el înapoi în birou, unde ne întâmpină șeful.

“De distrat puteți să vă distrați cât vreți dar desenul lui Oprescu să fie gata până la sfârșitul zilei!”

“...de azi?” mă prefac eu speriată.

“Dar când?! Dacă îi trebuia la anul i-l dădea lui Luci!”

Colega noastră, care tocmai s-a vopsit într-o nuanță nouă, platinată, scoate capul din colțul ei, uitându-se mustrător spre noi, dar pe moment ne-am calmat și încercăm să facem și ceva treabă, cel puțin până la ora de prânz. Bineînțeles că desenul lui Cristian va fii gata astăzi. De abia l-am început și deja liniile principale sunt la locul lor, trase perfect în tuș pe calcul proaspăt întins în pioneze.

În pauză trag o fugă până la creșă, să văd dacă Liviu a uitat de mine și se joacă cu copiii. De-a lungul secției, strada uzinei este destul de circulată la ora asta. Eu merg pe partea opusă halelor, spre șoseaua Olteniței, pe unde trece și linia de tren. Depășesc Clubul Republica, apoi clădirea cantinei.

Mirosurile mă fac să simt cum mi se lipește stomacul de spate după prânzul degresat pe care l-am înghițit în fugă. Meniul zilei pare a fii ciorbă țărănească și tocană, și poate un chec, după aromă. Am fost o dată înăuntru să văd cu ochii ce au, dar o porție muncitorească pe care o dau ei însemnă cât mănânc eu într-o săptămână întreagă.

Mă chinui cu bună știință să nu mă îngraș, mai exact să revin la forma subțirică dinainte. De copil am fost în război declarat cu kilogramele în plus și am reușit mereu să înving, dar cu sacrificii. Alexandra mă admiră că nu pun pe mine, dar secretul este că doar mă opresc la timp de la ciugulitul în plus. Adevărul este că și eu, la rândul meu, o invidiez pe Claudia care poate să bage pe sub nas orice și oricât, fără să se cunoască vreodată.

În drumul meu urmează creșa uzinei, și mai departe, ultima clădire din incintă, este Liceul Industrial. După cum spuneam, Republica este un mini-oraș complet care include chiar și câteva cămine grupate strategic, în jurul școlii, pentru muncitorii fără familie veniți din afara Bucureștiului.

Mă strecor pe holul liniștit și întredeschid ușa sălii unde știu că își petrece activitățile de zi grupa copiilor de vârsta lui Liviu. Este ora de după masă, când educatoarea îi pregătește de culcare. Trag cu ochiul prin crăpătură, ascunsă, să nu mă observe nimeni. Parcă este o pepinieră de îngerași. Sunt toți dolofani, ca și al meu, majoritatea cu bucle blonde. Liviu are încă puf de pui, zburlit în toate direcțiile. Mai avem cel puțin un an până la cârlionți adevărați.

Sunt așezați pe olițe, în cerc, și gângurește fiecare pe limba lui. Nimeni nu plânge, totul este în ordine. Într-una din vizitele trecute mi s-a părut că remarc o deosebire izbitoare între Liviu și ceilalți, și întind în continuare gâtul să mă conving... Sperând totuși să mă înșel... Nu cred că îmi imaginez, dar puștiul meu are ochi deosebit de triști și cercetători.

Cu toate că încă nu vrea să vorbească, privirea lui este meditativă și inteligentă, diferită de copiii din jur, pe fașa cărora se citește doar inocența întrebătoare a vârstei. Copilul meu pare să sufere de melancolie prematură, și mă întreb în mod serios dacă nu l-au afectat scandalurile la care a fost martor și dacă tot din același motiv are dificultăți de exprimare.

Cu o săptămână înainte, am fost de acord să îl examineze un doctor logoped, să vedem ce se întâmplă cu întârzierea lui, și dacă are cumva probleme fiziologice care îl împiedică să formeze cuvintele. După cum mă așteptam, nici pomeneală de așa ceva. Pronunță la fel de corect ca orice copil de un an și jumătate. Nici cu dezvoltarea psihică nu este în urmă. Știe perfect cine face 'miau' și 'ham', care sunt principalele culori, și cum îl cheamă.

Doctorița mi-a spus să stau liniștită că va începe să vorbească dintr-o dată, când va vrea el. Mi-a explicat că este orgolios de mic și nu vrea să facă greșeli. "Nu vă impacientați, Doamna Gavriliu, Lucian Blaga a vorbit abia la șase ani," m-a încurajat ea. Așa că nu îmi mai fac griji, dar sper să nu se facă poet și să nu îl urmeze pe Blaga chiar în toate cele... că tot are privirea asta jalnică pe care mi se strânge inima să o văd.

Închid ușa cu grijă și o iau înapoi spre blocul Centrului de Proiectare, hotărâtă să depun toate eforturile să termin desenul care mă așteaptă pe planșetă. Cu toate că porția de glume a zilei pare epuizată și nu am motive să mă mai întrerup, se pare că m-am supra-apreciat și mai trebuie să rămân jumătate de oră peste program ca să completez ultimele detalii. Nu că mi-ar fi impus nimeni, dar dacă m-am lăudat că voi fi gata până la sfârșitul zilei, nimic nu mă poate opri să nu îmi țin promisiunea.

Reușesc să prind troleibuzul chiar când pornește din stație, în ultima clipă. La plecare iau ce vine mai repede, fără discernământ. Chiar dacă pe trasee diferite, toate mijloacele de transport duc... nu 'la Roma' dar în centru. Mai mult sau mai puțin. În timpul săptămânii prefer tramvaiul care mă duce la Piața Unirii, de unde pot lua altul până la liceu. Pe de altă parte, ce nu merge pe șine este mai rapid, cu toate că de unde mă lasă, drumul pe jos este mai lung. Sunt și linii de ITB care opresc la poarta școlii dar ar însemna să ocolesc până aproape de Gară...

Închid cartea din care am citit până acum și îmi fac loc printre cei care nu au niciodată răbdare să coboare ceilalți și mă tentează întotdeauna să le trag în creștet cu manualul, că tot are coperți cartonate. Grăbesc pașii spre Calea Victoriei, cu gândurile galopându-mi în cap mai repede decât picioarele.

Profesorului i-a venit ideea să mă învețe să șofez și mi-a strecurat microbul aseară, dându-mi subiect de pritocit. Cred că mi-am dorit să conduc de când eram de o șchioapă. De când nu reușea mama să mă scoată din Cișmigiu, fiindcă voiam să mă urc în toate mașinuțele jucărie de la ieșirea parcului. La cinci ani știam pe dinafara toate mărcile de automobile din capitală, nu că ar fi fost multe pe vremea aceea, recunosc.

Nici nu s-au înmulțit prea tare între timp, dar a apărut Dacia, ruda săracă a Renault-ului pe care am început să o fabricăm, la Pitești. Și raritățile dinafară, poate mai numeroase, ale căror nume le știu pe toate. De exemplu, Profesorul are un Camaro vechi de culoarea cafelei cu lapte, care se prăfuiește când în curte, când în garaj, depinde pe unde îl lasă.

Mai sunt doar două săptămâni de școală și până în septembrie, când începe ultimul an, voi avea toate după amiezile și serile libere. Presimt însă că nu vom avea niciunul răbdare să așteptam vacanța și nașul își va face timp să înceapă orele de șoferie cu mine cât mai devreme... Ceea ce de abia aștept!

Până una-alta, ajung la timp pe jos, înainte de începerea orei de filozofie, unul din subiectele care nu se leagă de mine nici în ruptul capului. Corina se plictisește și ea, la fel ca majoritatea clasei. Unora le cade capul pe piept și îmi aduc aminte cum eram și eu, până nu de mult, extenuată după serviciul deprimant. Acum, cu toate că m-am sculat la o oră păgână, mă simt vioaie, dar tonul tărăgănat al profesorului este imposibil de suportat cu ochii deschiși.

În pauză, Corina îmi spune că se gândește serios să se mute de la mama ei, cu Gigi, că nu mai suportă nesfârșitele partide de cărți și Rummy, musafirii care rămân peste noapte, atmosfera dubioasă de la ea. Am presentimentul că ideea ei este dezastruoasă și îmi caut cuvintele potrivite pentru a o convinge să renunțe, fără a da cu mucii în fasole. Mă tem că tactul încă nu este printre punctele mele forte, dar încerc să o iau pe ocolite.

Vorbind pe șleau, Gigi este pe jumătate țigan după mama lui, și locuiește în Colentina, la curte, împreună cu o mulțime de rude. Nu pot să mi-o imaginez pe prietena mea trăind cu șatra, indiferent de faptul că tipul a fermecat-o și se pare că simte nevoia să își petreacă cât mai mult timp cu el. Soneria ne strânge însă în băncile noastre înainte de a reuși să terminăm discuția.

Ora de Limba Română este mult mai plăcută. Profesorul, căruia îi spunem între noi Omul Negru fiindcă are păr și ten foarte brunet, și poartă întotdeauna costume negre ca un cioclu, este de altfel un tip cumsecade. Nu este vina lui că trebuie să ne piseze cu 'melcii' lui Ion Barbu. Nu el a făcut programa pedagogică și nici nu a avut vreo influență în alegerea celor mai semnificativi reprezentanți ai literaturii noastre.

Am note bune la el și o dată mi-a citit compunerea în clasă, considerând-o exemplară. Câteodată îi place însă să facă glume nereușite, ca acum, când în timp ce strigă catalogul, se oprește la numele meu.

"Măi, Gavriliu, tu de ce ai venit la școală?"

Mă ridic în picioare cum trebuie. La întrebări tâmpite am oricând un răspuns pe măsură.

"Că să îmi termin liceul, tovarășe profesor."

Știu că îmi pot permite să îl iau peste picior, considerând zecele pe care l-am luat la teză. Omul Negru râde fără supărare.

"A, deci nu ca să înveți. Măcar ești sinceră..."

"Chiar credeți că a venit aici vreunul să învețe?!" dau eu replica, spre amuzamentul general al clasei.

După pauză avem algebra. Suntem mult mai potoliți, fiindcă îl respectăm pe profesor, cu integralele lui cu tot. Fiind în primul an de învățământ ne înțelege mai bine și ne este evident cât efort depune să înțelegem despre ce vorbește și să ne treacă clasa. Nu numai că este cel mai blând din tot cadrul didactic de la Gheorghe Lazăr, dar nu pune niciodată absențe, rotunjește notele, și închide ochii la copiat. De fapt, ne-a spus de la bun început că situația de seralist este dificilă și va face tot posibilul să ne ajute.

Într-adevăr, eu și Corina suntem chiar avantajate de soartă pe lângă alții. Avem colegi care sunt mult mai în vârstă decât proful, iar alții au acasă familii numeroase. Prin comparație cu ei, noi suntem încă la vârsta celor de la zi, puștoaice pline de temperament și energie... Doar că mie nu îmi plac științele exacte.

Atât algebra cât și trigonometria mi se par materii prea abstracte pentru gustul meu. Și sunt convinsă că nu îmi vor folosi la Facultatea de Arte, dar trag ponoasele din cauza mamei care m-a înscris la profilul 'real', de matematică-fizică.

Cred că fusese, săraca, încurajată de mențiunea la olimpiadă pe care o luasem cândva... E drept că datorită unei probleme de geometrie, care implica vedere în spațiu. Și iată că acum îmi tot spune Soare la birou că am un talent deosebit în direcția aceasta și ar trebui să mă fac ingineră! Bine că am scăpat de insistențele de acasă ca să mă bată acum el la cap, pe aceeași melodie...

În fine, ultima ora avem fizică și subiectul acesta mă depășește chiar mai tare decât cel dinainte. Nu m-a atras niciodată, din școala generală, când am avut o învățătoare urâtă și antipatică, ca o bufniță răutăcioasă. Poate dacă norocul mă punea la altcineva în clasă la început, aș fii privit altfel și materia.

De fapt, cred că în afară de literatură și limba engleză nici nu am alte cursuri care să mă captiveze. La seral nu se face desen, biologia este înlocuită de chimie organică – altă aberație – și istoria mă interesează și mai puțin. Nu am răbdare să memorez ani, versuri, sau liste. Cui îi mai pasă ce s-a întâmplat când nici măcar bunica nu era încă 'pe țeavă'?! Atenția mea zboară prea ușor ca să mă pot concentra la ceva în afara sferei mele de interes. Ca acum...

Când nu se uită nimeni, un coleg din spate azvârle cu biluțe din miez de pâine. Sofian sare în sus, spre râsul tuturor.

"Tovarășe, cineva aruncă cu hipopotami în mine!"

Fostul admirator al Corinei stă în fața noastră, dar de la ziua mea nu mai vine să stăm de vorbă în pauze. Sunt convinsă că motivul este Gigi și nu experiența de la secția de miliție. Îmi pare rău că prietena mea nu l-a ales pe el, nu că ar fii vreun frumos, dar măcar pare băiat deștept și educat. Cine sunt eu să judec și să dau sfaturi, mai ales după alegerea mea de acum trei ani?!

Într-un târziu apoteotic, cum zicem noi, se termină toate cursurile, și pornim amândouă pe jos, în direcția aproximativă a Pieței Romane.

“Corina, gândește-te bine ce faci. Înțeleg că îți place Gigi dar de ce nu te întâlnești doar cu el pentru distracție?”

“M-am săturat de cazinoul lui maică-mea! De șoferii ITB-ului, de toate.”

“Ești convinsă că în Colentina ai să ai parte de o societate mai aleasă?”

“Vreau doar să plec de acasă! Tu trebuie să înțelegi chestia asta!”

“Bineînțeles…” oftez eu, prinsă la cotitură.

“Nu toată lumea are norocul să se împiedice pe stradă de bătrâni cardiaci cu bani și situație!”

Nu mă supăr pe ea fiindcă simt că a spus-o fără ranchiună. Are dreptate, pot considera că am avut o baftă extraordinară. Nu numai că am fost răsplătită mai presus de orice așteptare că doar m-am oprit să ajut un om la nevoie... Dar pentru că acel om a fost Sergiu căruia îi aduc aminte de fiica pe care a pierdut-o… Și este într-adevăr un tip cu posibilități materiale, cum nu are multă lume în zilele noastre.

“Aseară am avut un scandal monstru cu mama,” mărturisește Corina.

“Rămâi la mine!!! Asta dacă nu îți este greu să te scoli la cinci jumate de dimineață. Putem merge cu același troleibuz la muncă, doar trec pe la tine în fiecare zi pe traseul lui 79!”

Se oprește brusc în loc, privindu-mă pe cercetător, pe gânduri.

“Păi gazda ta, Profesorul… nu zice nimic?”

"Nu. Mi-a spus clar de la început că fac ce vreau în studio. Asta a fost și unul din motivele pentru care mi-a sugerat să mă mut la el. Îi povestisem cum comenta mama la vizitele Alexandrei și a fost de părere că la vârsta mea este absolut normal să îmi chem prietene la mine, să facem nopți albe povestind ca fetele..."

"Dar dacă ți-ai aduce un băiat în loc de fată?"

"Tu nu ești băiat!"

Chițcăie amuzată.

"Da, dar dacă...?"

"Corina, nu am nici o intenție, crede-mă. Abia mi se așază viață pe un drum mai liniștit. Am tot ce mi-am dorit și nu îmi vine să cred că sunt unde sunt acum. Un bărbat ar complica lucrurile în mod nedorit, știu din experiență."

"Da, dar fără să fii îndrăgostită nici nu știi că ai inimă, nu o simți când bate."

"Îl iubești pe Gigi?!"

"Poate..." recunoaște ea șovăitoare.

Ajungem la vilă și mă urmează fără să mai comentăm pe treptele care urcă pe lângă zidul garajului. Odată ce descui ușa și aprind lumina, pășește în cameră privind în jur cu admirație.

"Foarte frumos! Ți se potrivește decorul."

În bucătărie am un frigider mic în care păstrez mezeluri, unt, brânză, ouă și roșii, pentru pachetele de gustare și prânz de la birou.

"Vrei o salată sau niște sandvișuri?"

"Lasă că ciugulesc așa, câte puțin, din toate..."

Scot și lichiorul de ciocolată din care nu am mai băut de la sărbătorirea mutării, îi ofer și o pijama pe care o am de rezervă. Corina fusese o dată și în apartamentul mamei și poate face comparație. Este impresionată și se bucură pentru mine.

“Dacă reușești să rămâi aici măcar până intri la facultate și tot e bine. În primul rând ai liniște, nu te bate nimeni la cap...”

Amândouă apreciem cât de mult contează libertatea de a nu fii controlate la fiecare pas. Prietena mea își aprinde țigara și se plimbă de colo, colo, inspectând sculptura care ține loc de pat, rafturile pe care mi-am aranjat cărțile și caietele, cuierul de lângă baie, unde atârnă hainele.

Ajunge la șevalet și se învârte în jurul lui, cercetându-l curioasă. Am pregătit o pânză nouă care aștept să se usuce definitiv, să pot începe o nouă pictură. Corina găsește și tabloul terminat, pe care l-am sprijinit cu fața la perete, lângă fereastră. Se apleacă, întorcându-l să se uite... și rămâne ca împietrită pentru câteva secunde.

“Ăsta este tipul de la patinoar!!!!” întoarce tabloul spre noi, și lăsându-l din mână, se îndepărtează să poată vedea mai bine.

Din cadru, portretul lui Nico o privește cu ochii cei verzi, în felul lui specific, pătrunzător. Nu există nici un dubiu la cine m-am gândit când l-am făcut și admit că i-am imortalizat atât de bine expresia încât ar fii imposibil să pretind că nu este el.

“Și tu vrei să îmi spui că nu ești îndrăgostită?”

“Exact. Doar consider că este un model perfect...”

“Laura, vrei să cred că te-ai culcat o dată cu el și ți-a rămas atât de bine întipărit în memorie?”

“Nu vreau să crezi că m-am culcat o dată cu el... Nu ar fii adevărat.”

“Mie mi-ai spus că ați petrecut împreună doar noaptea aceea, la Sinaia.”

“Dar nu am zis nimic de ‘o dată’!”

“Laura, eu nu m-am referit la de câte ori ați făcut-o!!!” dă ea exasperată din mâini.

"Tabloul următor va fi un portret al Profesorului, de care nu poți să mă bănuiești că sunt îndrăgostită. Am de gând să evit sentimentele astea cât de mult pot. Pentru o clipă de fericire... plângem pe urmă un an întreg."

Nu reușim să ajungem la un acord comun. Ea este într-o dispoziție favorabilă față de relațiile romantice, de căsătorie, de a 'trai fericită în doi până la adânci bătrânețe'. Eu am depășit acea fază... acum trei ani. Sunt convinsă că dragostea este întotdeauna unilaterală, și din cauza aceasta cineva suferă mai devreme sau mai târziu. De obicei mai devreme... decât mai târziu.

"Aici dormim?" se uită ea suspicioasă la patul meu improvizat, dar își schimbă părerea imediat când își găsește locul în căușul primitor din fundul palmei. "Laura, știi că îți doresc numai binele. După cum se uita la tine Nico ăsta al tău, și din câte mi-ai povestit, cred că ați putut fii fericiți amândoi..."

Mă ascund și eu sub plapumă fără să îi răspund, strângând-o ușor în brațe, să știe că am auzit-o și că îi mulțumesc pentru gândul bun. Apoi mă fac ghem, răsucindu-mă cu fundul la ea, gata de culcare, dar ea încă mormăie.

"Mă deprimi, Laura. Bine, lăsăm filozofia pe altă dată că mi-e somn. Nu mai am energie și argumente să te contrazic. Dar te-aș sfătui să consulți un psiholog, să vezi ce zice. Poate e și frumușel..." se întoarce și ea cu spatele, șoptind pe jumătate ațipită. "Du-te măcar la tatăl tău, să te cauți..."

În secunda următoare o simt cum se relaxează și îmi dau seama că a adormit, așa, dintr-o dată. Poate chiar vorbise în somn. Încerc să îmi stăpânesc gândurile și să fac ca ea...

"Tata zice 'Fato, faci cum crezi tu că e mai bine pentru tine'..." murmur eu, dar Corina nu-mi mai răspunde la provocări, deja în lumea visurilor. Sper ca Gigi să nu o viziteze nici măcar în somn. Am decis că nu îmi inspiră nimic bun băiatul ăsta...

Capitolul 28

M-am obişnuit repede cu noua locuință și mă bucur că vecinele mahalagioaice au rămas în urmă, departe. Le-am lăsat în cartierul copilăriei, împreună cu ploșnițele care împărțiseră cu mine atâția ani paturile cu cadru metalic și păturile aspre, cazone. Am scăpat de apa rece și frig, de monologurile mamei, de critica celor din jur.

Suntem deja în iunie, ultima săptămână de școală a anului patru. Pentru întoarcerile târzii, când mă simt prea obosită după ore sau nu am cu cine merge pe jos, am găsit un autobuz care trece prin apropierea liceului, la intersecția Bulevardului Schitu Măgureanu cu Știrbei Vodă, venind tocmai din Drumul Taberei. Mă duce până la Magazinul Eva de unde mai am doar câteva minute până pe Cristian Tell.

A început să îmi placă și rutina de a ieși o dată pe săptămână la restaurant cu nașul meu, sau de a îl vizita în vilă, duminică, când am mai mult timp. Îi face plăcere să petreacă timpul cu Liviu, și puștiul îl adoră, fiind momentan singurul bărbat din viața lui. Simt că îi lipsește un tată, dar cu tot regretul, nu sunt încă dispusă să găsesc înlocuitor pentru acest rol. Sunt mult prea relaxată și mulțumită de starea mea prezentă, fără prieten, fără soț, fără stăpân.

Alexandra s-a lipit până la urmă de George cel blond, și de câte ori scapă de acasă, se întâlnește cu el în garsoniera mătușii lui, pe Ana Ipătescu, aproximativ vizavi de Lilia și Florin. Nu am mai văzut-o de când m-am mutat la Profesor, atât este de absorbită de noua ei iubire.

Mă îngrijorez în taină pentru ea, total neîncrezătoare în puterile benefice ale dragostei... Iar pe de altă parte se apropie admiterea, și dacă Silvia a stat cu burta pe carte luni de zile, sora ei a uitat de mult grijile examenelor.

Corina își petrece nopțile când ici, când colo, mai mult pe la mine decât în Colentina. După câteva vizite prelungite la familia lui Gigi, a realizat că nu ar fii în nici un caz o îmbunătățire față de atmosfera de la mama ei. Probabil că acum este cel mai convenabil. Are cu cine, are unde... Și dacă nu se leagă prea tare de el, totul e în regulă.

Portretul Profesorului înaintează repede și bine, de data aceasta suprapus peste o inimă în secțiune, ascuns în umbră, printre ventricule. Încă nu l-a văzut dar știe la ce lucrez și așteaptă cu interes. Mi-a declarat că vrea să decorez tot studioul cu picturile mele și nu prea a înțeles de ce nu l-am agățat încă pe tânărul cu *dreamcatcher* pe perete. Nu pot să îi explic că mi-ar fii greu să adorm simțind doi ochi verzi fixați în direcția mea prin întuneric... Și nu știu de ce, cu toate că Nico nu este Mona Lisa, oriunde aș poziționa pânza, mi se pare că se uită tot spre mine.

Sâmbăta trecută am fost la mama, și cât a stat ea cu Liviu, eu mi-am croit și cusut la mașină o rochia de vară din materialul de la Claudia, legată în talie, cu decolteu adânc în 'V', cloșată în partea de jos, și cu o palmă bună mai sus de genunchi. Cu toate că astăzi este doar o zi ca oricare alta, m-am îmbrăcat cu vestimentația cea nouă, făcută de mâinile mele harnice și pricepute.

Nu numai că îmi place cum îmi vine modelul și m-am admirat în toate oglinzile și vitrinele din cale, dar este și răcoroasă și în ton cu anotimpul și cu dispoziția mea sufletească. Colegii de sex opus din birou au remarcat ce bine îmi stă cu fustă, iar cucoanele au admirat culorile, imprimeul cu stânjenei, și sandalele cu care mă fudulesc la fiecare pas, ortopedice cu talpă de poliuretan care imită împletitura de pai.

Cum nu pot să îmi confecționez singură și încălțăminte, la fiecare două săptămâni cheltuiesc jumătate din salariu pe pantofărie, în efortul de a avea mai mult de o singură pereche pe care să o port până se rupe, ca până acum.

Când eram copil, motivul era că îmi creștea repede piciorul și nu ne permiteam să aruncăm banii degeaba. Dra acum nu se mai pune problema asta, nu? Oare când o să ajung să îmi cumpăr lucruri doar pentru că îmi plac și nu pentru că am nevoie disperată de ele? Bine că în optimismul meu incurabil sunt măcar convinsă că într-o bună zi voi fii la acel nivel de trai...

"Laura, cu toate că este Lucica de față, trebuie să recunoaștem că astăzi ești cea mai frumoasă fată din CCPFȚT!" îl aud pe Cristian în spatele meu. "Ai făcut ravagii de la etajul patru încoace, că mai jos sunt numai colective de femei. Dar cine știe ce dezastru o fii la parter că și acolo sunt masculi."

Tocmai fusese până acum prea multă liniște în birou și trebuia cineva să bage un fitil...! Abia m-am întors de la creșa lui Liviu, unde am ajuns la faza în care mă poate și vedea când îl vizitez în timpul săptămânii. Vine la mine alergând, ne pupăm puțin, îmi confirmă monosilabic că totul este bine... și apoi îmi face cu mânuța 'la revedere' și fuge înapoi la ceilalți copii, bucuros că are cu cine să se joace.

A făcut progrese remarcabile și din alte puncte de vedere. Acum se îmbracă singur de dimineață și poate să mănânce până și supa fără să o dea pe el. Ca să nu mai menționez că nu mai este nici mofturos cum se obișnuise cu mama, care îl alerga cu lingurița în jurul mesei. S-a învățat să accepte ce i se dă, în ideea că rămâne flămând dacă nu termină porția din farfurie, ceea ce nu este o lecție rea de viață.

Soare intră smucind ușa și speriindu-mi gândurile care zboară ca un stol de vrăbii între care arunci cu piatra. Pare grăbit și iritat.

"Laura, Lucia! Zmeul vă roagă... Rețineți că este o rugăminte...! Să îi copiați citeț și corect toate schițele astea!" trântește el un biblioraft plin cu desene trase la heliograf și împăturite corespunzător.

"Când le vrea?" îndrăznesc eu, gândindu-mă că ar fii prima mea lucrare pentru directorul nostru.

"Ieri!" vine răspunsul lui ironic.

Cred că sunt cel puțin zece la număr, câteva în format maxim, A0, ceea ce pentru o singură persoană ar însemna cel puțin câteva zile de muncă.

"...Sunt pentru pregătirea admiterii lui fi-su și sigur va întreba el de ele mai târziu. Mai bine sunați voi la secretariat când sunt gata. Cine le face?" încheie el, clar nemulțumit de misiunea primită.

"Ale lui Paul?" se înghesuie repede colega mea.

Împotriva gândului inițial de a sta departe de asemenea sarcină, iau din reflex biblioraftul, să mă uit mai bine. Lucica mi-l smulge din mână.

"Le copiez eu, n-avea tu grijă! E treaba mea."

"Cine, tipul, sau desenele?" o înțep eu puțin lezată. Nu țin musai să am atâta de lucru, mai ales că termenul pare imposibil, dar provocarea ei este greu de ignorat.

"Am spus că le fac eu!" bate ea din picior.

"Vezi să nu îți rupi tocurile," îi întorc spatele, abandonând disputa lipsită de sens.

"Termină, Luci," intervine șeful. "Tu nu ai nici o șansă să termini ce-i acolo nici până la data examenului, așa că le faceți amândouă și am să încerc să văd cât de târziu putem să i le dăm, în mod realist."

"Și așa nu știe Paul să îți fie recunoscător..." mârâie Cristian de la locul lui.

"Nu-i adevărat!!!" se zburlește blonda noastră, la un pas de lacrimi isterice. "Se va căsători cu mine până la anul, de Paște, ai să vezi!"

Mi se face milă de naivitatea ei și sunt tentată să îi pun toate desenele în brațe, să nu am nimic de împărțit nici cu ea, nici cu alesul inimii ei.

"Poate la 'Caștele Pailor'" anagramează Tatiana, în surdină.

"Poate tu cu el! În lipsă... și cu dispensă," se aude și comentariul lui Dan din capătul biroului.

"Tu nu te băga!!!" se întoarce Lucica pe călcâie de parcă ar fii călcat-o cineva pe coadă.

"Ai grijă cum vorbești că nu suntem nici de vârsta lui Paul și nici îngăduitori ca Laura!" o pune Doamna la punct.

"Dacă nu vă luați de păr, nu rezolvați nimic," toarnă Soare gaz pe foc.

Deschid biblioraftul și aleg cele câteva formate mari, lăsându-i ei mărunțișurile. 'Cine împarte, parte își face', nu așa se spune? Prefer să lucrez trei desene cât planșeta decât cine știe câte A4, fiecare cu cartușul și cadrul lui. Pe măsură ce arunc ochii mai atentă la conținutul ozalidelor, mă conving că am ales bine. Nu este vorba de piese mecanice cum facem noi de obicei, ci de planuri generale de clădiri, mult mai simple. Sunt sigură că le pot termina astăzi, fără greutate.

Lucica ia restul în brațe, strângându-le la piept ca pe o comoară, și încearcă să-mi smulgă și mie din mână ce am luat. Îi fac un brânci mic, mai mult în glumă, de ajunge în planșeta Ancăi, dezechilibrându-se pe tocurile cât Blocul Turn.

"Vrei să le rupi? Sau vrei să ajungem la Ștefanian să decidă cine și ce face?" o reped printre dinți.

Soare ia poziție între noi, de data aceasta înfuriat de-a binelea.

"Treci la locul tău, Lucia! Ce, suntem la talcioc aici?! Vreau să scoatem 'mortul' din casă cât mai repede și cu bine, așa că apucă-te imediat de lucru. Nu pleci nicăieri până nu termini tot ce ai acolo. Să îi mulțumești Laurei că te ajută! Oricum ea nu ține desenele ca subiect de inspirație poetică și copiază mai repede decât tine."

Se face liniște în atelier și fiecare se ascunde după planșeta proprie, în siguranță. Șeful se enervează greu dar nici nu vrem să îl vedem prea des așa fioros ca acum. Întind calcul și pun mâna cu seriozitate pe rapidograf. Nu este chiar de joacă să ai asemenea comandă specială de la Zmeu în persoană.

Mă simt tentată să o întreb pe Anca ce este atât de special cu băiatul ăsta încât pare Lucica atât de înnebunită. Ar fii distractiv să provoc o nouă discuție pe tema misteriosului Paul, dar nu vreau să creez impresia că sunt prea curioasă. Nu că nu aș fii în realitate…

"Ei, a dracului treabă!" continuă Soare să bodogănească cum face mama când o apucă monologatul. "Dan este propagandist și cioban la UTC-iști, Tatiana deschide în curând cerc literar în birou, Cristian se ține de caricaturi… Mai îmi trebuie să devină și fetele copiștii particulari ai familiei Ștefanian!!! Stăm bine, dom' le, îmi place, suntem pe calea cea bună a construirii socialismului...!"

Noi tăcem chitic și nu îndrăznim să scoatem nici un sunet. Îmi pare rău că nu este de acord să lucrăm pentru proiectul personal al Zmeului cu toate că are dreptate… Dar desenele sunt chiar interesante, diferite de munca noastră zilnică. Recunosc câteva exerciții de perspectivă și proiecții axonometrice pe care le-am făcut și eu la mână liberă, când mă pregăteam pentru… eșecul de la Liceul de Arte. Ceea ce nu pricep este cu ce îl ajută pe fiul directorului dacă facem noi desenele și nu el, cu lăbuța lui proprie…

"Nici nu se uită la frumoasa noastră!" dă din gură Soare în continuare, dar destul de încet încât să auzim numai eu și Anca. "Cred că îi plac alea mai slabe. L-am văzut odată cu una... Avea piciorul cât brațul meu de gros, și eu nu am ridicat haltere în viața mea, după cum bine observați!"

În sfârșit, după ce își refulează nervii pe săturate, șeful înșfacă demonstrativ casca și halatul albastru de pe cuier și pleacă în secție, la asistență tehnică. Sper să îl mai vedem abia la sfârșitul zilei. Ca primă măsură de schimbare a atmosferei, Cristian ne anunță că el se culcă și vrea liniște.

“Nu am antrenamentul necesar să stau treaz până la sfârșitul programului. Mai ales când faceți atâta agitație în jurul meu,” motivează el, aranjându-și capul pe brațele încrucișate pe birou, cât mai comod.

Mă întind și eu din răsputeri și casc, dar continui treaba. Lucica traversează înțepată atelierul să își facă o cafea. Șlițurile de la fusta strâmtă îi sunt întotdeauna suficient de adânci – indiferent pe ce parte le are – ca să ne dea emoții că ne arată și câte ceva din dedesubturi, la orice mișcare. Mă uit la fundul ei rotund pe care materialul stă să plesnească. Să fie oare adevărat că este logodită cu băiatul directorului? Nu l-am văzut să o caute și nici nu am auzit să o sune. Cred că doar se laudă, să pară interesantă.

Nu mi-au plăcut niciodată persoanele care suferă din lipsă de atenție și ar face orice să fie băgate în seamă. De la bun început, când încă nu avea nimic cu mine, venise să îmi toarne în urechi bârfele biroului, cine și cu cine și ce face... Amănunte de care nu aveam nevoie și pe care nu i le ceruse nimeni. Îmi aduc aminte că primul gând îmi fusese să am mare grijă cu ea, că va vorbi la fel și despre mine, cu prima ocazie când nu voi fii de față.

“Laura, tu ști măcar cum arată Paul ăsta, căruia îi faci desenele?” o aud pe Tatiana șoptind de după planșeta ei. S-a aplecat printre frunzele filodendronului și se uită la mine, așteptând răspuns.

“Nu. Dar m-ați făcut curioasă.”

“...Ca toți oamenii. Are o ureche în dreapta, una în stânga, și un nas la mijloc,” intervine Cristian, vorbind parcă în somn. “...Este cât mine de înalt... și cu părul cam lung. Câteodată pare bărbierit prin pieptene...”

“Nu îmi place stilul neras...” râd eu.

“Doamne ferește să îți mai placă și ție! Sunt leșinate după el jumătate din efectivul feminin din sud-estul Europei!” protestează el pe punctul de a ațipi.

Luci se abține eroic să nu intre în conversație. Sau și-a dat seama cât are de lucru și nu vrea să se întrerupă. Sau mai spumegă și acum ca un detergent în apă caldă… și nu poate vorbi printre clăbuci.

Concentrată pe calcul din fața mea și cu gândul aiurea, tresar când sună telefonul. Avem două aparate în birou, câte unul în fiecare extremă, pe aceeași extensie. Răspunde Anca prima, în partea noastră, ca de obicei.

"Alo? Bună, Paul…"

În atelier se lasă brusc o liniște de mormânt, și se aude până la mine ce spune cel de la capătul firului, cu o voce autoritară... dar plăcută la timbru.

"Cine îmi face desenele?"

În latura opusă a încăperii, Luci ridică și ea receptorul.

"Eu, dragă… și mă ajută fata cea nouă…"

Fata mă-tii, bombăn în gând. I-aș baga rapidograful pe gât dacă aș fii lângă ea, dar îmi continui treaba, în aparență neperturbată.

"Dă-mi-o să vorbesc cu ea!"

Nu-mi este clar căreia dintre ele i se adresează, dar copilul Zmeului devine deja cel puțin la fel de agasant ca blonda. Nu știe să spună 'bună ziua', 'te rog', etcetera? Înțeleg că la urma urmei e doar un puști, cel mult cu doi ani mai mare decât mine. Anca are vreo douăzeci și cinci, și ceilalți din birou sunt peste treizeci, cu siguranță. Colega mea îmi întinde telefonul cu o grimasă scârbită.

"Alo?"

În urechea mea răsună o comandă fermă de om obișnuit să i se îndeplinească dorințele firesc și instantaneu. Nu ridică vocea, doar îmi comunică care este ordinul.

"Nu pleci acasă până nu le termini, da?"

Îmi sare țandăra și uitând pentru o clipă cu câtă venerație este tratat numele și imaginea lui de către femei – din câte am auzit până acum – mă răstesc la el cât pot de agresiv fără să îl și înjur.

“Dar tu cine te crezi?! Din câte am înțeles, asta este o favoare pe o facem tatălui tău, nu ție! Mai încearcă odată să mi te adresezi așa și îți arunc desenele la gunoi, să le culegi de acolo și să ți le faci singur!”

“Desene ai vrut, desene ai avut...” îmi aruncă Luci din colțul ei, și nemaiauzind nimic pentru câteva secunde la capătul celălalt, îi pun capac nesuferitului și trântesc receptorul în furcă.

Lucica vine până în mijlocul biroului cu palma la gură, nevenindu-i să creadă.

“Vai, ce-ai făcut?”

Nu apuc să mă așez la loc pe scaun că soneria zbârnâie din nou poruncitor, dar o las pe ea să răspundă.

“Paul?”

Auzim cu toții clar vocea interlocutorului, surprinsă și iritată în același timp.

“Dă-mi-o pe fetița aceea obraznică!”

Mă reped smulgându-i aparatul din mână.

“Obraznic ești tu și nu discut cu persoane prost crescute ca tine!” și închid din nou prima, cu satisfacția ultimului cuvânt.

Ce poate să îmi facă? Nu are cum să mă bată cu atâția martori sau să mă arunce pe geam de la etajul opt, chiar dacă este băiatul directorului. Și nici tatăl lui nu cred că va îndrăzni să ia măsuri împotriva mea. La urma urmei îi fac desenele, cum mi s-a spus!

Dar telefonul sună iar pe ton dublu, în ambele capete ale biroului, și Luci răspunde cât poate de dulceag.

“Paul...”

“Mai scutește-mă și tu!!! Spune-i colegei tale că pun eu laba pe ea! Să facă pe deșteapta cu tine, nu cu alții!!!” și pac, are și el mulțumirea să închidă cuiva în nas pe ziua de astăzi.

“Paul ai vrut, Paul ai avut...” o parodiez răutăcioasă.

Nu-mi răspunde și se apucă iar de copiat, cu îndârjire. Timpul trece și reușesc să termin și al doilea desen. Am avut dreptate că merge repede. Cred că voi reuși să fiu gata înainte de plecare. Nici nu mă gândesc să rămân mai târziu pentru a îmi ajuta colega. Nu are decât să stea până mâine dimineață, la cât de aroganți sunt amândoi, și ea, și băiatul ăsta.

De după planșeta lui Cristian se aude un sforăit timid... când ușa se deschide brusc. O fii Paul? Mă bagă și pe mine la copiat, la cât de nervos pare cine a intrat. Dar mai întâi trebuie să mă răstignească în pioneze pe planșetă…

Nu este însă decât Noni de la colectivul de arhitecți, care a fost însărcinat să ia și el ce a rămas nefăcut pentru Ștefanian junior. Cred că ar fii fost normal să le dea lor tot biblioraftul de la bun început, considerând că noi suntem specializați pe mecanică. Noul venit face o tură de birou, cercetând cam în ce fază este Luci, apoi se oprește la mine, dă din cap aprobator și încearcă să îmi mângâie părul. Mă retrag brusc evitându-i mâna, la care el bate în retragere plictisit, și pleacă cu mâinile goale, cum a venit.

Termin și al treilea desen și după ce îl dau jos de pe planșetă, răsucesc cu grijă copia, prinzând-o într-un elastic subțire să nu se desfășoare. Împăturesc și originalele la loc și le așez pe masa șefului, răsuflând ușurată.

"Nu poate omul să doarmă zece minute în ospiciul asta!" protestează Cristian, încercând să își găsească o poziție mai bună, după ce se duce să încuie yala în urma lui Noni. Abia și-a pus fundul pe scaun că cineva trage violent de clanță. Bătăi cu pumnul amenință să scoată ușa din balamale.

"Ăsta scoală tot CCP-ul, nu numai pe mine!" bombăne Oprescu, și deșirându-se din nou, se duce să deschidă, comentând printre dinți ceva împotriva neavizaților care au uitat că este ora de somn a cuibului de proiectanți de la Republica…

Aproape să-l dărâme pe colegul nostru, în birou dă buzna un tânăr înalt şi zvelt, cu bluejeans evazaţi şi strânşi pe şolduri, cu o cămaşă de velur bleumarin cambrată pe tors, păr negru şi bogat aproximativ pieptănat, şi aproximativ bărbierit. Paul. Corespunde perfect descrierilor… care au exclus numai faptul că este foarte, foarte frumuşel, cu o mină încruntată şi ochi verzi cu gene de culoarea cărbunelui, întoarse ca făcute cu rimel, în contrast cu pielea albă, adolescentină.

Se uită peste Cristian cu superioritate, de parcă inginerul nostru ar fii un pigmeu – cu toate că sunt amândoi cât uşa – priveşte prin Lucica ca şi cum fata ar fii din sticlă, şi ajunge la mine, făcând un pas hotărât.

"Tu eşti…" începe el răstit, înainte de a se putea abţine… şi se opreşte subit, fixându-mă cu surprindere.

Simt durerea surdă, inexplicabilă a unei izbituri în piept şi... Şi mi se ia răsuflarea. Flăcăul are nişte ochi fantastici şi mă priveşte printre genele lungi, feminine, ridicând sprâncenele. Îmi aduce oarecum aminte de Nico, la stilul de a hipnotiza posibila pradă. Ha! Am experienţă, nu merge aşa uşor cu mine... Am văzut şi mai şi, nu mă las intimidată... Încerc eu să mă încurajez singură.

"…Tu eşti… mica îndrăzneaţă?" îşi reformulează el întrebarea pe ton schimbat.

Normal că îi par mică… la cât este el de lung! Dar mă abţin să mă ridic în picioare, realizând că oricum i-aş ajunge cu nasul doar în piept. Rămân impasibilă, înfruntându-l de pe locul meu. Lucica se apropie pefăcându-se că îmi ia apărarea.

"Iart-o, că e nouă în colectiv, dragă…"

Realizez că îmi ţin respiraţia. Nu mi se pare deloc fioros tipul, nici când a încercat să se încrunte la mine. Ce şmecherie cred bărbaţii ăştia cu ochii verzi că fac când îşi strâng aşa ameninţător sprâncenele, à la Alain Delon...?!

Dar nu pot nega că de aproape, trăsăturile perfecte îl categorisesc drept unul din cei mai frumoși băieți pe care i-am văzut vreodată, întrecându-l pe Nico, cu toate că la o competiție de aruncare cu privirea, nu știu care din ei câștigă. Irișii lui Paul sunt însă mai mult spre kaki decât spre albastru, de culoarea măslinelor verzi, iar chipul lui are linii mai fine. Oare de ce fac toate comparațiile astea?!

"Îmi plac noutățile, " îi răspunde el blondei peste umăr, fără să se uite la ea.

Îmi dau seama că nu mai pot să îi susțin privirea și îl reped înțepător.

"Da, eu sunt cea care face pe deșteapta! Cine naiba te crezi să dai ordine la noi în birou?!"

Duce un deget la buze și face "Șșșș" la mine, în semn să tac. Îi râd ochii în cap și prefer să mă răsucesc spre planșetă, ostentativ. Este prea dulce acum, îmblânzit, și nu vreau să observe că mi-a trecut supărarea ca prin farmec. Are o gură mică, bosumflată și senzuală, și chica neagră îi cade pe frunte ștrengărește. Ce copil frumos a făcut Zmeul! Îi pun alături în gând, și realizez că îi seamănă mult, numai că datorită vârstei, a mustăților, și a părului tuns regulamentar, 'adorabil' ar fii fost ultimul calificativ care mi-ar fii trecut prin cap să îl dau directorul nostru!

Paul vorbește cu spatele meu, pe un ton mult mai agreabil, aproape rugător.

"Am mare nevoie de schițele astea și trebuie să înapoiez cuiva biblioraftul astă-seară."

"Și dacă nu mai vreau să te ajut, fiindcă te-ai purtat execrabil?" îl provoc eu, fără să întorc capul, uitându-mă cu încăpățânare pe fereastră, în stânga mea.

"Atunci... nu am să te mai invit la o cafea!" mi-o întoarce el poznaș, și răsucindu-se pe călcâie iese din birou înainte de a avea eu timp să găsesc vreo replică potrivită.

Înșfac ozalidele și sulurile de calc pe care le-am pregătit, și din doi pași sunt afară din birou, în urma lui. Îl aud coborând vijelios pe trepte și mă aplec pe casa scărilor strigând după el.

“Cine ți-a spus că aș bea o cafea cu tine, încrezutule? Ia-ți desenele că le-am terminat! Altă dată fă un curs de bune maniere înainte de a ieși din bârlog!” și dau drumul hârtiilor printre etaje, urmărindu-le cu satisfacție cum se împrăștie ca frunzele toamnei, ricoșând din balustradă în balustradă, și oprindu-se pe la diverse nivele ale clădirii. O clipă îmi pare rău de Paul care privește în sus, cu mâinile în șolduri a pagubă, nevenindu-i să creadă, dar drăcușorul din mine aplaudă chicotind.

Pentru orice eventualitate, când mă întorc în birou încui și eu yala după mine.

“Ei, acum l-ai văzut și tu pe băiatul cel mare al lui Ștefanian,” concluzionează Tatiana, pregătindu-se de plecare. “Nu-i așa că e frumușel?”

Mai sunt câteva minute și trebuie să sune sirena. Îmi strâng lucrurile, sperând că ‘frumușelul’ este destul de ocupat să-și culeagă temele ca să nu dau iar de el la ieșire.

“Prea frumușel ca să aibă și minte mai multă,” bombăn doar așa, să nu tac.

“Ce contează, și așa ziceai că nu îți place genul lui…” mă tachinează Cristian.

Cine a spus că nu îmi place?! Imaginea cu buzele țuguiate, șâșâind, și degetul ridicat în dreptul lor, mi-a rămas imprimată pe retină pentru totdeauna. Cred că e cazul să termin portretul Profesorului cât mai repede, fiindcă am o nouă idee creativă…

Capitolul 29

Au trecut două zile de la întâlnirea mea cu băiatul cel mare al lui Ștefanian. Nu pot spune că m-am gândit la el mereu dar nici nu mi l-am putut scoate din cap. Este o apariție remarcabilă, doar caracterul pare a lăsa de dorit. Mai avusesem eu un prieten fiu de director, când eram elevă de liceu la zi. Cu toate că era cel mai înalt și mai drăguț băiat din generația anilor noștri, mă alesese tocmai pe mine. Sau să zicem că se lăsase ales, fiindcă pusesem ochii pe el după prima lună de cursuri.

Brunet și cu o pată albă în păr ca un armăsar înstelat, cu un râs perpetuu în ochi și pe buze, nimeni nu îi ajungea la nas, convins de superioritatea lui absolută. În afară de două concerte la Sala Polivalentă, nu am reușit în șase luni să mergem nicăieri împreună. Filme, parcuri, și alte propuneri de ale mele erau refuzate drept 'distracții provinciale' și altceva nu făceam decât să ascultam Deep Purple la el acasă.

Nu, nici măcar nu încercase mai mult, cu toate că dacă mă gândesc bine, cred că fusese cel cu care îmi dorisem să fac primul pas. Dar nu, prietenul meu excesiv de 'urban' avea răbdare și gânduri serioase de viitor. Fusese invitat la ziua mea, dar fiindcă murise bunica și fusesem nevoită să anulez petrecerea, mă acuzase că am inventat un pretext doar să nu mai vină el. Poate fiind nesigur de legătura noastră fragilă, sau gelos pe amicii mei din centru...?

Bineînțeles că a fost motivul perfect să ne certăm, ceea ce privind acum în urmă, mă tem că a fost o greșeală. Cu el mi-aș fii început viața sub auspicii mai bune, chiar dacă nu ne potriveam la preferințele din timpul liber. În scurt timp îl cunoscusem pe Cornel și lăsasem muzica elevată de-o parte…

Așa să fie și Paul? Un puștan arogant, crescut cu bani și obișnuit să nu i se refuze nimic? Ca să nu mai vorbim de avantajul că arată atât de bine, ceea ce nu este meritul lui, dacă ne gândim bine… Mai sunt bărbați frumoși pe lume și parcă nu au atâta aplomb. Cu Nico puteam discuta orice și nu m-a izbit niciodată să fie plin de sine ca Paul... Mă surprind făcând iar comparație între ei și iritată pun de-o parte rapidograful să iau o pauză de fumat.

Îmi iau pachetul de Bulgar Tabac abia desfăcut și ies cu Anca, cum facem de obicei, cu ceștile de cafea în mână… și rămân blocată câteva clipe, cu B.T.-ul neaprins. La etajul șapte și jumătate, pe casa scării, faimosul Paul stă de vorbă cu Dragoș de la colectivul de arhitecți, înclinat ușor spre el, să îl audă mai bine, cu țigara atârnându-i ușor dintre buze, nonșalant.

Îl ignor și mă întorc spre colega mea, continuând o discuție începută în birou, despre un proiect important care ne așteaptă și despre care se zice că va aduce ore suplimentare și mulți bani. Anca face doi pași spre lift să scuture scrumul și îmi schimb și eu poziția în așa fel încât când revine, am plasat-o cu spatele spre trepte și pot sta cu fața în direcția ei… și a lui Paul, care m-a observat și se uită fix, ca prima dată.

Astăzi poartă aceeași blugi dar cu o cămașă bleu, elegantă și la fel de strâmtă pe corp, deschisă studiat de neglijent la piept. Mă întreb oare cât timp își petrece în oglindă înainte de a ieși din casă. Părul rebel și l-a țesălat în același stil, azvârlit peste frunte și puțin peste urechi. Îmi amintește de o felină grațioasă… căreia i-ar sta bine cu o blană sumară de leopard pe șolduri și un șirag de dinți la gât.

Simt că îmi urcă o căldură neașteptată în obraji imaginându-mi... și îmi smulg privirea din ochii lui, ducându-mă tacticoasă să sting țigara, și sustrăgându-mă din fascinația momentului, intru la adăpost în birou, după Anca.

"Laura, te-a căutat Ghincescu la telefon," mă întâmpină Soare de cum pășesc în atelier.

"Care Ghincescu?" nu îmi aduc aminte pe loc de cine vorbește.

"Nicolae... Noni."

"Ce voia? Are și el desene de făcut? Dă examen de admitere pe undeva?"

"Nu. Dar te rog să nu mi-l prăsești și pe ăsta pe aici că nu îl agreez."

"Nici eu, stați liniștit."

După cum anticipasem, Profesorul a decis că între lucru și școală pot să încep cu el și examenele de condus. Astăzi m-a anunțat că mă așteaptă cu mașina în piața de jos, unde întorc tramvaiele, și într-adevăr, când sirena anunță terminarea programului, îi văd de la fereastră Camaro-ul oprit lângă poartă. Alerg să semnez condica de plecare și cobor val-vârtej cele opt etaje, pe nerăsuflate.

Nașul meu este la volan, cu geamurile lăsate și cu un zâmbet de zile bune. Mă urc lângă el și pornim spre Șoseaua Fundeni. Pe drum îmi explică teoretic ce se întâmplă cu ambreiajul, care sunt pedalele, care sunt vitezele.

"Sergiu, acum două zile l-am cunoscut pe nepotul tău mai mare," îl întrerup eu la un moment dat, trădându-mă că numai jumătate din atenție îmi este la ceea ce spune el.

"Hm. Paul?"

"Da..."

"Și ce părere ți-a făcut?" se uită el la mine cu atenție.

Mă cam fâstâcesc și dau din umeri.

"E un băiat frumos, nimic de zis."

"Știu asta. Mă refeream la felul lui de a fi."

"Nu am avut destul timp să îmi fac o impresie. De ce? Ar trebui să știu despre el mai multe?"

"Cel mai bine ar fii să știi cât mai puține despre el, dar presupun că asta este imposibil din moment ce ești fina mea și lucrezi la Republica. Vine și pe la tatăl lui la serviciu, și pe la mine acasă..."

Nu mai aduc vorba de Paul și mă concentrez pe pedale și bordul mașinii. Când ajungem în Colentina, intrăm pe niște străzi secundare, unde în afară de câini, găini și pisici, nu pare să circule nimic. Trage pe dreapta și îmi face semn să schimbăm locurile. Mă instalez cât mai bine și îmi arată cum să îmi reglez scaunul și oglinzile pentru statura mea, apoi se așază și el lângă mine și încearcă să se relaxeze.

"La mașina de școală am comenzi duble și pot să apăs pe frână dacă elevul o ia razna. După cum vezi, aici nu am pedale la pasager așa că ia-ți gândul de la nepotul meu și fii atentă ce faci."

Îi arunc o privire cu reproș și bag cheia în contact, conform instrucțiunilor. Verific vederea laterală, mă uit în retrovizor, apăs ambreiajul mutând schimbătorul în viteza întâi, apoi ridic ușor sandaua de pe pedala stângă, presând cu dreptul. Motorul urlă. Ce-am făcut rău!? Profesorul rânjește și îmi dau seama că am uitat să dau drumul frânei de mână. O iau de la capăt și de data aceasta mașina saltă înainte, nărăvașă.

"Ușor, ușor," mă temperează el, atingându-mă pe braț să mă atenționeze.

Pornim încetișor și accelerez treptat, împingând gingaș cu tălpile și încercând să lucrez când cu un picior, când cu altul, să pot trece în viteza a doua. Reușesc dar ajungem la colțul străzii și panichez, oprind brusc. Trebuie să repet manevrele și abia a treia oara reușesc să frânez coborând simultan într-a întâia, să cotesc, și să accelerez din nou, mestecând în ambreiaj ca la mămăligă.

Habar nu am unde mă aflu și pe ce alei am luat-o, dar încet, încet, prind figura și dau câteva ocoale prin zonă. Aflu pe pielea proprie că cel mai greu nu este să țin volanul drept sau să iau curba, ci să mențin viteza normală fără a omorî motorul.

Sunt foarte încântată de progresul pe care l-am făcut în mai puțin de o oră și mi se confirmă bănuiala că îmi va place să șofez. Cu toate că m-a extenuat efortul de a nu greși și de a îi dovedi nașului meu că nu își pierde timpul cu mine degeaba, când îmi spune să parchez lângă trotuar că e timpul să mă ducă la liceu, îmi pare rău să îi cedez locul.

Pe drum nu mai discutăm nici despre lecțiile de condus, nici despre rudele lui. Mă întreabă câte zile mai am până la vacanță, cum merge al doilea tablou pe care l-am început și alte generalități neutre, și îi sunt recunoscătoare că nu îmi mai dă lecții de nici un fel. Mă așteaptă patru ore la Lazăr, mai mult decât destul.

Bulevardul Gheorghiu Dej este aglomerat și așteptăm la fiecare stop, până încep să mă tem că voi întârzia la primul curs. În fața liceului îi mulțumesc Profesorului și sar afară, trântind portiera cu grijă. Face 'țac' și se închide elegant, ca lipită la locul ei. Cu totul altceva decât Dacia lui Soare, în care mă urcasem odată. Să nu mai pomenesc de Trabant-ul lui Cristian, care sună ca o cutie de conserve lovită de zid.

"Ciao, Laura, succes!" mai spune Sergiu și demarează pe neauzite în sus, pe Schitu Măgureanu.

Arunc o privire în jur, să văd dacă am ocazia să mă fii văzut cineva cunoscut... mă uit în urma Camaro-ului, până îl pierd din vedere, și când mă întorc... dau nas în nas cu Cornel.

"Bună," salută el scurt, de sus.

Nu l-am mai văzut de ceva timp și mi se pare că a slăbit la față, dar în rest are aceleași bucle blonde, aceeași mustață, ochi albaștri, și haine moderne și îngrijite. Îmi dau seama cu bucurie că nu mi-a mai sărit inima din loc și că nu îmi mai este cătuși de puțin frică de el.

"Cine era ăla cu mașina? Ai început să umbli cu babalâci?"

"Nu că ar fii treaba ta... dar dacă ești curios, este nașul meu."

"Ce naș, măi, că tu nu ești botezată."

"Nu am fost când mă cunoșteai. La timpul trecut. Ne-a botezat domnul pe care l-ai văzut și pe mine și pe Liviu."

"Ai dreptate, nu e treaba mea..." recunoaște Cornel aproape conciliator. "Am încercat să te sun acasă dar nu reușesc să mă înțeleg cu maică-ta. Voiam să îți spun că plec din București la Deva, cu Marcela, în cazul în care intentezi proces de divorț sau de pensie alimentară, ca să știi."

Încă o veste minunată, mă gândesc eu. Călătorie sprâncenată! Dar mă abțin să stârnesc scandal inutil, dacă tot merg lucrurile bine.

"Probabil că am să încep cu acțiunea de pensie, considerând că până acum nu ai dat nici un ban pentru băiat."

"Am să îți trimit, cum îmi găsesc de lucru acolo."

Măcar este pentru prima dată când promite așa ceva. Oare l-au dat afară de la Pescăruș? Cui îi pasă. Cu atât mai departe de mine și de Liviu, cu atât mai bine.

"Te-ai schimbat, Laura. Dacă ai fii fost așa când eram împreună nu aș fii îndrăznit să ridic nici vocea la tine. Nu mai arați a puștoaică, te-ai făcut femeie adevărată. Am să îți scriu când mă stabilesc acolo..." și aplecându-se brusc îmi sărută în trecere tâmpla pe neașteptate și pleacă repede, lăsându-mă să privesc lung după el.

Zău?! Adică vrea să spună că m-am maturizat. Aiurea, ce știe el?! Singura diferență este că mi-am recăpătat încrederea în mine, cel puțin o parte din ea. Dacă i-ar fii plăcut să fiu așa înainte, pierderea este a lui că nu m-a încurajat și m-a făcut tot timpul să mă simt ultimul om.

Răsuflu adânc o dată și încă o dată, să mă conving că este doar un gest de ușurare și nici urmă de oftat. Acum chiar am întârziat la oră, dar intru oricum, fiindcă pe ultima sută de metri, nu ne putem permite să lipsim la nici o temă.

Corina, în schimb, își asuma riscul fiindcă nu este în clasă, drept care îndur fără ea până la pauză și fug să îl sun pe Mihai. De la telefonul public am cea mai bună ocazie să îmi fac convorbirile personale fiindcă în birou este mereu câte cineva și deasupra garajului nu este încă tras fir. Profesorul mi-a promis că o să se ocupe și de asta, dar până atunci...

"Laura, ce faci, soro, nu te-am mai auzit de-o lună!"

Îi povestesc cum merge cu munca și despre mutarea în studio, despre lecțiile de șofat și despre botezul nostru, și nu mai termină cu exclamațiile de bucurie.

"Ți-am spus eu că va ieși soarele și pe strada ta! Am și eu noutăți. Camelia este însărcinată, așa că o să mai avem un copil la anul, prin februarie."

Sar în sus și îl felicit, nu că aș fii încântată că se întărește legătura de familie cu cumnata ci pentru că îl aud pe el cât este de mândru. Urmez scenariul nostru obișnuit, întrebând de Mihaela și de Nico. 'Toate-s noi și vechi sunt toate', cum spunea Eminescu. Dan este încă la cârma inimii surorii mele, și prietenul lor la brațul soției care se rotunjește din ce în ce.

Se termină recreația și trebuie să încheiem convorbirea dar îi promit să sun mai des și să aranjăm o vizită a lui în noua mea locuință, cât de curând se închide trimestrul, dar înainte de a pleca ei la repartiție.

Orele au trecut mai repede decât speram și de data aceasta mă duc până în capătul Cișmigiului să iau autobuzul pentru că sandalele mele noi cu talpă ortopedică pe care le port abia a treia oară mi-au făcut o bășică dureroasă sub bretea. Cobor la Magazinul Eva și de acolo pornesc cât pot de sprințar, considerând că mă freacă încălțămintea, spre Piața Amzei. În mai puțin de zece minute intru pe strada noastră și mă strecor pe poartă cu grijă, să nu fac zgomot. Am observat că de obicei când vin de la liceu, în vilă este întuneric și presupun că nașul se culcă devreme.

În curte este beznă și bâjbâi ca o cârtiță, fiindcă stâlpul cu felinar stradal de după gardul nostru luminează exact până la zid, lăsând curtea în beznă. Când intru, durează până să îmi ajustez privirea... Dar dau cu mâna în ceva cald și mai puțin tare decât peretele pe care îl caut... Mai exact în pieptul cuiva...

Scot o exclamație scurtă de parcă aș fii pus degetele în foc, mai degrabă o inhalare zgomotoasă care îmi oprește inima în loc. Sar un pas înapoi și întunericul din fața mea face un "Șșșș" cunoscut.

"Paul?!?! Ce dumnezeii... faci aici la ora asta???" mai mult îl simt decât îl văd cât se amuză de sperietura pe care mi-a tras-o.

"Locuiesc aproape, lângă Biserica Albă și de multe ori, ca și astă seară, mănânc cu *zio* Sergio. Azi am mai stat la o țigară... să mă asigur că tu ești chiriașa lui cea nouă."

"Sergio?"

"Nu ți-a povestit că este italian? Noi așa îi spunem. În acte și-a schimbat prenumele să nu supere autoritățile. Maică-mea încă a rămas Giovanna, cu doi 'n', nu a mai modificat nimic, și așa are nume românesc de familie."

"Bine, mă bucur pentru voi toți dar... acum, că te-ai convins că eu sunt cea care credeai... poți, te rog, să te dai la o parte? Este aproape doisprezece noaptea și mâine mă scol devreme."

Mi s-au obișnuit ochii cu umbrele și îi văd silueta înaltă, sprijinită nonșalant într-o rână de balustradă, chiar în drumul meu, cu un braț lung de-a curmezișul treptelor, tăindu-mi calea.

“Nu mă inviți la o cafea?”

“Eu pe tine?! La ora asta? Ai început să visezi înainte de a te culca, băiete!”

Îi văd dinții albi sclipind pe întuneric când zâmbește, și se dă la o parte, lent, dându-mi voie să mă strecor pe lângă el.

“Asta înseamnă că rămâne pe altă dată, nu? Când nu ești obosită și pe fugă. Am înțeles.”

Îi simt în trecere mirosul de colonie fină, masculină, și îl ignor cu bună știință, urcând în viteză până la mine.

“Noapte bună, Laura,” intonează el muzical, încă amuzat, și se îndepărtează ieșind pe poartă.

Îi aud pașii în noapte, din ce în ce mai pierduți, și intru în studioul meu, încuind bine ușa în urmă. Îmi pun pumnii la gură, ascunzându-mă de mine și de ilaritatea care mă cuprinde dintr-o dată. Râd de una singură fără motiv… și mă întreb oare ce poate însemna asta?

Capitolul 30

Nu știu dacă mi se pare numai mie dar când viața te tratează cu blândețe și toate merg necrezut de bine, timpul zboară pe negândite. Astăzi este luni și mă scol la cinci, buimacă, să îl duc pe Liviu la creșă. Până să mă dezmeticesc complet, este din nou sâmbătă și ne întoarcem iar acasă amândoi, după ziua scurtă de muncă.

Nici nu am realizat cât de repede a început luna iulie și a venit vara peste noi, cu soare și zile din ce în ce mai călduroase. Nu numai că nu mai am nevoie de jachetă pe umeri dar am început să îmi port din ce în ce mai des rochiile. Da, la plural, fiindcă mi-am mai făcut una, lungă până aproape de glezne și înflorată mărunt, aproape ca de țigancă. Mă simt bine învăluită în faldurile colorate și mă face să par și mai subțire, chiar dacă am reușit deja să slăbesc cât am vrut.

După cum ziceam, toate treburile decurg perfect, poate mai puțin faptul că nu am prieten... dar asta este alegerea mea. Fac tot posibilul să mă feresc de orice relație amoroasă și să rămân liberă, în ciuda cuceririlor mele 'cu voie au făr' de voie'.

Adică la birou avem un coleg nou pe etajul nostru, care în prima lui zi de muncă a făcut o tură completă a colectivelor și când a ajuns la mine mi-a luat mâna și mi-a ștampilat-o bălos, plin de ceremonie.

"Carol Bălărețu mă numesc. Inginer."

Nu am știut cum să îmi mai șterg pielea după introducerea pe care și-a făcut-o. Apoi a început să tot vină să mă roage să îi fac cafeaua, chestie care îl irită și pe Soare, dar mai ales pe mine. Are o alură caraghioasă, demodată, și o mustață tunsă corect, la marginea buzei, și mă scoate din sărite numai când îl văd. Din păcate, are el grijă să nu îi duc lipsa.

Apoi... este și Calin Boboș de la etajul nouă, alt inginer care își face de lucru din ce în ce mai des pe la noi, care tot încearcă să mă ducă cu mașina spre casă și își potrivește pauzele de fumat după ale mele. La început mi-am închipuit că mi se pare, dar Soare mi-a atras atenția, de data aceasta în favoarea lui, fiindcă i-a intrat în cap că dacă mă cuplează cu cineva, va avea doar un musafir în plus în birou, în loc de 'o gașcă întreagă', ca să îl citez exact.

Într-adevăr, mai este și Noni, care îmi inspiră alt fel de repulsie decât Carol. Ghinci-color mi se pare un tip periculos, bărbatul care devine violent și ranchiunos când este refuzat. Ca să nu mai vorbim că de multe ori miroase a băutură și are ochii roșii ca elefanții din banc, care se ascund în cireș...

Și bineînțeles că există și Paul Ștefanian, la care până la urmă mi-a rămas gândul, dar care nu a mai apărut pe la Republica de când l-am văzut la vilă, în noaptea când mă așteptase cică după cina cu unchiul lui. Recunosc că în ciuda eforturilor mele supraomenești de a mă feri de orice legătură romantică și de a rămâne liberă, aproape fiecare minut treaz pe care îl trăiesc este ocupat de imaginea lui.

Prietenele mele sunt prinse în pregătirile de admitere la facultate care încep curând. Alexandra a fost nevoită să o mai rărească cu George al ei, și Silvia nu mai iese deloc din casă. Sora mea este și ea prizonieră la domiciliu, și după câte îmi spune Mihai, nu l-a mai văzut pe Dan de câteva zile bune. Pe de altă parte, fratele meu și Camelia își termină facultatea și se așteaptă să fie trimiși cu repartiția unde a înțărcat dracu' copiii, cum se zice.

Eu în schimb am terminat cu succes anul patru de liceu, adică fără nici o medie sub șase ceea ce mi se pare mare lucru, considerând că lecţiile mele au ocupat doar timpul rămas între serviciu, Liviu, Cornel… şi toate celelalte evenimente din viaţa mea, cel puţin până nu demult.

Dacă aş fii fost elevă la zi, aş fii dat şi eu examen de bacalaureat şi admitere în vara aceasta, dar aşa, fiindcă seralul are numai cinci zile de cursuri pe săptămână şi mai puţine subiecte zilnice, va trebui să mă chinui încă un an la Gheorghe Lazăr... Dar până în septembrie sunt în vacanţă şi nespus de încântată că după muncă sunt liberă să fac ce vreau.

Primele după-amiezi fără şcoală le-am petrecut terminând portretul Profesorului şi luând lecţii de condus cu el pe străzile din cartierul nostru, unde acum are curaj să mă lase la volan. Nu am mai oprit motorul de mult şi sub îndrumările lui atente devin treptat un şofer normal, adică capabil să ocolească o groapă din asfalt fără să lovească semnele de circulaţie şi să oprească la fiecare stop fără să aplatizeze pietonii din cale.

Astăzi este o zi de joi ca oricare şi sunt deosebit de bucuroasă de ultima mea realizare. Am reuşit să o ajut pe Corina să se angajeze la noi la CCPFŢT, ca gestionară a magaziei de rechizite de la subsol. Am apelat la Soare, la director, mai ales că îi făcusem toate desenele lui 'junior' la timp, şi la cucoanele de la Personal.

Dar cred că am reuşit mai degrabă pentru că prietena mea este o fată deosebit de isteaţă şi prezentabilă. Când vorbeşte inspiră încredere şi inteligenţă, ceea ce nu se poate spune despre oricine. Sunt calităţi valoroase şi îmi vine să o bat când nu mă crede dacă îi spun că eu aş pune-o şi funcţionar la Banca Naţională.

Deocamdată, Corina a scapăt de şoferi şi de cele opt ore zilnice de vândut bilete în troleibuz, şi are în grijă un inventar numeros de caiete, rapidografe, hârtie, tuş şi căşti de protecţie. Este regina încăperii uriaşe de sub pământ unde sunt depozitate toate, şi unde are o ferestruică mică în uşă, unde se prezintă prompt când are cineva nevoie de un pix sau de altceva. În rest poate citi, fuma, bea cafea și da telefoane până se plictisește. Poate că postul ei este chiar mai avantajos decât al meu, ha-ha.

Suntem după pauza de masă și mă pregătesc să ies cu Anca la o țigară, când în biroul nostru intră 'Carol Băltărețu, inginer', conform prezentării care a rămas clasică în atelierul nostru, și de care încă se mai râde pe după planșete. Intenția mea este să îi răspund laconic la salut și să îmi continui drumul dar întinde mâna cu șervețelul mototolit în care se află cafeaua lui amestecată cu năut sau soia sau mai știu eu ce, adresându-mi-se cu o mină umilă, greu de refuzat.

"Nu vreau să vă deranjez foarte tare dar aș vrea să vă rog... Nu ați putea să îmi faceți și mie o cafea...? Faceți mai mult, și pentru dumneavoastră... Eu nu am fierbător..."

Ba mai încearcă să îmi țină și companie până este gata... ceea ce îl rog destul de înțepată să nu o facă, pentru că trebuie să apară șeful și nu îi plac musafirii. Numai când îl aud mă apuca pandaliile.

"Așteptați la dumneavoastră în birou, vă rog. O să vă sun când este gata."

Ultima dată când a stat lângă mine să mă păzească, începuse să îmi povestească despre rudele lui și să își facă autobiografia care nu mă interesează absolut de loc. Și este adevărat că Soare se enervează când îl vede pe la noi și apoi mă admonestează pe mine că atrag toți 'trântorii' din institutul de proiectare în jurul meu.

Cum de m-au lăsat în pace toți colegii de sex opus până acum, adică și la magazin și la Miraj... și aici vin roi?! Oare la locurile anterioare de muncă să fii creat percepția că le sunt superioară și nu are rost să încerce, sau pentru că știau că sunt căsătorită... sau, după cum a spus Cornel, acum am alt farmec care atrage?!

Trebuie să găsesc o modalitate să scap de admiratori, mai ales de Noni și de Carol. Oricum, al doilea îmi pare la fel de scârbos ca un melc fără cochilie care lasă urme umede pe unde trece... Ca atunci când mi-a pupat mâna, în prima zi. Nici nu știu ce 'abjective' să îi mai atribui!

Până să fiarbă cafeaua, profit de ocazie că lipsește șeful și îl sun pe tata la cabinet. Se bucură să mă audă și mă roagă să trec pe la ei, după serviciu, asigurându-mă că a vorbit mai de mult despre asta cu Mama Cici și toată lumea este de acord să luăm masa împreună, oricând. De ce nu astăzi? Drumul meu de a Republica trece pe lângă blocul lor așa că accept, cu toate că amintirea ultimei cine în familie nu este foarte plăcută. Stabilim ora și închei convorbirea gândindu-mă ce reacție aș avea dacă aș da nas în nas cu Nico pe acolo...

Pun mâna iar pe receptor și o sun și pe tanti Leo fiindcă nu am mai vorbit nici cu ea nici cu Raluca de mult. Îmi răspunde însă Ioana, vara mea, care nu se lasă ușor refuzată și mă face să promit că le fac o vizită cu Liviu în Bucureștii Noi, sâmbăta care vine.

Cât pe aci să dau în foc zeama lui Carol, neatentă cum sunt. Bineînțeles că am să îi duc eu cana la nas tovarășului Băltărețu, să nu mai intre pe aici. Între timp îmi cad ochii pe sticla cu gumă de lipit a Ancăi, și într-un impuls răzbunător o deschid și umplu un capac plin, turnând 'doza' în cafeaua aburindă, așa, într-o doară.

"Ce faci?! I-o îndulcești?" izbucnește colega mea în râs. "Nu cred că am să te mai las să faci tu cafele când e rândul tău..."

Instinctiv, ceilalți ghicesc că se pune ceva la cale și mă înconjură. Dan, Cristian, Tatiana... Lucica lipsește astăzi, din fericire. Inspirată, picur și un strop de tuș, amestecând în licoarea 'descântată'.

"Spală-mi și mie rapidograful, Laura!" sugerează Morariu, amuzat.

"Poate i se lipesc mațele," chicotește Doamna.

Atmosfera de zile bune care se creează instantaneu include forfotă și comentarii și sunt cât pe aci să uit să îi pun și lingurița de zahăr pe care mi-a adus-o ghemuită în hârtie igienică, odată cu cafeaua. Îi dau telefon și îl aștept în birou, să savurăm cu toții efectul ingredientelor neobișnuite pe care i le-am adăugat în ceașcă. Colegii mei stau pe la locurile lor, cuminți ca bomboanele pe colivă, cufundați în hârtii.

Se aude într-un târziu ușa și mă crispez la realizarea că de fiecare dată sper în subconștient să fie Paul... dar spre dezamăgirea mea este Carol care își ia cana și bineînțeles că nu pleacă imediat. Toți așteptăm cu răsuflarea tăiată să ia prima gură, să vedem dacă pică lat sau i se lipește mustața de porțelan, sau ce se întâmplă. Pentru moment se pare că fiertura este prea fierbinte și o lasă momentan pe biroul meu, făcând un pas spre mine.

"Stimată domnișoară Laura, mai este puțin până la sfârșitul săptămânii și am făcut rost de niște bilete... Îmi faceți plăcerea să mă însoțiți duminică la meci?"

Se aude Cristian care a ieșit subit din birou, să poată râde afară cu hohote, liniștit. Cred că Dan se tăvălește printre planșete, dar pe tăcute. Eu am rămas siderată și trebuie să fac eforturi incomensurabile să îl refuz și categoric... și politicos. Abia scap de insistența lui să gust și eu din cafea sau să îmi toarne puțin în cana mea, până când aproape îl reped, clarificând că eu beau numai naturală, sută la sută. Poate l-am jignit... Ar fii bine.

"Chiar nu vreți să luați măcar o gură?" mai încearcă el să își prelungească șederea la noi.

Nu știu dacă să mi se facă rău la gândul a ce este în cafeaua lui sau să mă pufnească și pe mine râsul, sau amândouă. Îmi ridic cana aproape plină, să îi demonstrez că nu am nevoie de mai mult, fără să îi ofer la schimb, bineînțeles. Până la urmă își face curaj să soarbă zgomotos, suflând să nu se ardă. În birou s-ar putea auzi o pioneză cazând, atât este de liniște.

"Excelentă!" plescăie el dizgrațios. "Azi ați reușit-o și mai bine!" se retrage cu spatele, plin de gratitudine, și închide ușa cu grijă în urma lui.

În birou se sparge zăgazul și erupem nestăpâniți de cred că se aude până la secretariatul lui Ștefanian, la etajul doi. Tot colectivul prezent clocotește în hohote presărate cu sugestii de ingrediente viitoare, incluzând otravă de șobolani, laxative și altele. Se pare că toată boroboața mea nu a avut rezultatul scontat, cel puțin nu instantaneu...

Când se termină programul ies printre primii ca niciodată, în plin avânt, pregătindu-mă să o iau ca de obicei pe scări, când îl văd pe Paul cu un dosar în mână, coborând legănat. Îmi iau viteză și trec pe lângă el sărind câte două, trei trepte deodată, de parcă aș scăpa trenul, încercând să pun cât mai multă distanță între noi. Sper să sar în tramvaiul 23 și să îmi pierd urma, dar este atât de aglomerat încât nu poate pleca repede din stație și mai stăm câteva minute bune, să înainteze puțin cei din vagon.

Spre surpriza mea, băiatul lui Ștefanian ia același mijloc de transport și m-a ajuns din urmă fără să alerge, doar fiindcă am stat noi pe loc. Suntem agățați pe aceeași scară dar nu ne salutăm, ca și cum nu ne-am cunoaște. Poartă tot jeanșii care îi stau așa de bine pe fund și îi evidențiază picioarele lungi până… în pământ. Sau până în gât.

Iar și-a schimbat cămașa, cu una roșie cu multe buzunare, dintr-un material moale care i se lipește de mușchii pe care mai mult mi-i imaginez dedesubt. Nu pare să ridice greutăți în timpul liber dar nu este nici deșirat cum sunt mulți băieți de statura lui. Este subțire și bine proporționat, și presupun că se va face cu vârsta mai atletic, ca Nico. Doar că este o idee mai înalt …

În grabă m-am prins prost de bară și simt că îmi alunecă mâna transpirată și abia mă mai țin. Probabil că și-a dat seama fiindcă întinde brațul prin spatele meu și mai de voie, mai de nevoie, mă sprijin de el. Mormăi o mulțumire scurtă, fără să ridic ochii. Îi ajung cu creștetul abia peste umăr cu toate că sunt departe de a fii vreo pitică. Bine că sunt cu spatele la el fiindcă îmi simt obrajii arzând și asta ar fii ultimul lucru pe care mi-l doresc să îl vadă. Iar inima îmi bubuie de o aud până în timpane.

Din fericire, ajungem relativ repede la blocurile vechi de lângă Parcul 23 August și sar de pe scară să traversez Bulevardul Muncii spre blocul lui tata. Paul a coborât la aceeași stație și pentru o clipă dezamăgitoare îmi închipui că vrea să vină după mine, să ne mai tachinăm... Dar o ia în direcția opusă, spre stadion, și mi se strânge inima observând că îl așteaptă o tipă care fumează cu dezinvoltură... Și-mi pare cunoscută.

Ce obicei vulgar pentru o femeie, cu țigara pe stradă. Apoi îmi aduc aminte că am făcut-o și eu de câteva ori. Ciudată ființă mai sunt. Ba fug de el, ba îmi pare rău că nu mă bagă în seamă. Mai trag o dată cu ochiul, așteptând să pot traversa strada în treaba mea și mă conving că prima impresie fusese corectă. Femeia cu care se îndepărtează Paul nu este alta decât roșcata de la Predeal.

Ca să vezi... 'misterele Parisului'! Deci, George este prietenul nepoților Profesorului, Paul fiind cel mare... și individa asta este slăbănoaga cu care zicea Soare că l-a văzut odată. Dar la munte, era cu blondul și brunetul, Paul lipsea sigur că l-am fii remarcat imediat. Deci a cui prietenă este roșcata? Întrebare de o sută de puncte...

Sus la tata îmi deschide ușa Mihaela care îmi pupă de complezență aerul de lângă ureche. Suntem la fel de înalte și semănăm puțin la fizionomie, după cum a observat Livia, nepoata noastră, dar altfel sora mea este blondă cu ochi verzi, o frumusețe de fată, plină de ea și serioasă, cel puțin de câte ori sunt eu prezentă.

Prietenul ei este un tip șaten cu ten alb, drăguț, puțin bărbos, puțin pletos, așa cum se poartă la studenți. Nu mă mai ține minte și îmi strânge mâna voinicește: "Dan Mureșan!", apoi se pierde printre ceilalți. Spre bucuria mea, este prezent și Mihai cu cea mică, din păcate și cu Camelia. Ajunge până la urmă la ușă și tata să mă întâmpine, și mă ia sub aripa lui în sufragerie, unde Mama Cici a pus masa să avem loc toți.

Cumnata mea este la fel de slabă ca fata de la Predeal... Apropo! A cui este până la urma roșcata, revine întrebarea cea obsedantă în mintea mea. Alung însă preocuparea muierii antipatice care se învârtește cu cine îmi place mie sau Alexandrei și îmi bag nasul în farfurie. Observ cum mănâncă fiecare, să le urmez exemplul. Remarc că Mihaela se bălăcește în supa cu fidea fără jenă, luptându-se cu ciolanul care are măduvă și pe care l-a căpătat ea, fiind în mod clar răsfățata familiei.

Mama Cici se poartă rezervat dar este hotărâtă să mă accepte de dragul lui tata. Îi dau perfectă dreptate să aibă resentimente față de copilul soțului ei cu o pacientă. Nu știu dacă m-aș tolera în vizită la masă dacă aș fi în locul ei. Poate a fost pur și simplu curioasă să vadă cât am crescut, ce am ajuns, unde s-au dus o parte din banii lor timp de șaisprezece ani... Până i-am salvat de cheltuială prin căsătoria mea.

Masa decurge în tăcere, mai puțin strictul necesar cât să ne întindem unul altuia coșul cu pâine sau sarea. Atmosfera stingheritoare mă impresionează mai tare decât în adolescență, când mă gândeam mai puțin la aspectele complexe ale relațiilor dintre oameni. Ce mi-ar place să mă ducă la ușa lui Nico și acum, să mă lase în grija lui... Îmi vine să râd de una singură. Mai degrabă nu. Cu Cătălina în apropiere ar fii înghesuială prea mare.

Mihaela a strâns de pe masă și mama ei aduce cafea pentru toată lumea și un coniac pentru tata. Caut motiv să pot evada după cină, dar Mihai mă scoate din impas.

“Laura, ia-ți ceașca și hai în fosta mea cameră să îți arat ceva.”

Îl urmez ca scăpată din fața plutonului de execuție, sub privirea aspră a Cameliei. Sora noastră strigă după noi că ea și-a ascuns țigările și să ni le fumăm pe ale noastre. Mihai dă din umeri iar eu îi dau un B.T. de la mine, cu dragă inimă. Scoate un teanc cu caiete de schițe și răsfoim prin ele, aducându-ne aminte de planurile cu filme de desene animate... din care nu a ieșit nimic.

“Mai treci și tu pe la noi, Laura, acum că ești în vacanță. Mâine, poimâine plecăm la repartiție și cine știe când ne mai vedem.”

“Aș veni mai des, crede-mă, dar nu vreau să îți fac probleme acasă.”

“Nu știu, zău, ce are Camelia cu tine. Pe Mihaela o înțeleg, gelozia între surori, cine știe. Dar ea? Nu te mai gândi la asta și vino pentru mine și Livia.”

Tata intră și el în camera unde locuise Mihai înainte de a se muta, aducând un pachet pe care îl pregătiseră amândoi cică pentru ziua mea, chiar dacă a trecut demult. Într-o sacoșă de hârtie au îngrămădit gumă de mestecat străină, ciocolată albă și niște pixuri primite probabil de la pacienți. Fratele meu îmi întinde un manual de artă vechi dar în stare bună, legat în pânză.

“Ține-l tu și învață din el pentru admitere, la anul. Eu nu îl mai folosesc și e păcat să se piardă...”

El mereu îmi dă albume și cursuri de pictură și este singurul din familie care are încredere în talentul meu. Admir cartea și frunzăresc paginile care explică metode de perspectivă, compoziție, lumini și umbre, diferite tehnici de culoare. O adevărată comoară pentru mine care nu îmi voi putea permite niciodată meditații în domeniu, după cum m-a lămurit Pleșan, graficianul de la Casa Scânteii.

Între Mihai și tata mă simt bine și în siguranță, și momentan uit cât de nelalocul meu sunt în casa lor, dar momentele plăcute nu durează mult fiindcă ni se alătură și Mama Cici, semnalând într-un fel momentul în care pot și eu să îmi fac ieșirea. Le mulțumesc pentru toate și ieșim unul după altul pe hol. Soția lui tata inspectează pentru o clipă punga în care mi-au pus cadourile, ca un vameș expert, și observă mustrător spre fratele meu, uitând că sunt încă de față.

“Asta e o carte bună, Mihai, de ce o dai din casă?”

Mă înroșesc și simt în creștet greutatea etajelor de deasupra, apăsătoare, încercând să mă bage în pământ. Tata nici nu a auzit cât este de absent de felul lui, dar profitând că Cici se uită în altă parte, îmi strecoară în buzunarul din spate al blugilor niște bani. Fratele meu, în schimb, ridică brusc privirea țintuind-o cu reproș pe maică-sa, apoi luându-mă de braț iese să mă conducă, fără alt cuvânt.

Mergem alături, pe moment întristați, și fără să mai am răbdare scot din pachet o ciocolată și încep să o ronțăi, fărâmă cu fărâmă. Este delicioasă și remarc că Mihai a ținut minte că este favorita mea. Jumătate îi voi păstra lui Liviu, dar acum simt nevoia să îmi îndulcesc amarul. Aștept să mi se topească în gură, să o savurez din plin. Din sacoșă miroase a săpun Lux și o strâng la piept fără să îmi dau seama, de parcă ar vrea cineva să mi-o smulgă.

"Laura, nu pune la inimă..." mă trage Mihai lângă el, când ajungem în stație.

Îl pup cu drag pe obraz și îmi sprijin fruntea de umărul lui dar vine tramvaiul și îmi iau rămas bun de la el, sărind în vagon. La ora asta nu mai este aglomerat dar nu mai are importanță. La prima intersecție voi schimba oricum cu altceva care merge până la Piața Victoriei, să ajung mai repede acasă, unde vreau să mă ascund de toată lumea. Îi fac cu mâna lui Mihai care a rămas în stație și se uită melancolic după mine.

Sunt hotărâtă să nu mai mă duc niciodată la tata în vizită acasă și regret profund că i-am acceptat astăzi invitația. Când eram adolescentă și îmi hotărau alții programul era diferit. Acum, când sunt pe picioarele mele, nu mai găsesc nici o scuză să mă umilesc cu bună știință.

Capitolul 31

Din nou este sfârșit de săptămână, sâmbătă, după pauza de la ora zece. Proiectul cel mare și urgent încă nu s-a materializat. Suntem relaxați, fără prea multe de făcut, și că să punem javra de somn pe fugă cum zice șeful, ne strângem la șuetă în mijlocul atelierului. Cristian propune un joc pentru afirmarea cunoștințelor despre orice, cu întrebări și răspunsuri, care în scurt timp degenerează într-un haos de râsete. Luci tocmai a răspuns că animalele cele mai preponderente în Australia sunt... cămilele.

"...Dromaderii!" încearcă ea să se corecteze, derutată de reacția noastră.

"Cu trei cocoașe!" intervine Dan.

"Cu două. Una sus și una jos..." o contrazice Oprescu.

Tatiana se retrage dezamăgită din grup, mustrându-ne.

"Ăsta este concurs de... incultură generală."

Tocmai se întoarce și Soare din uzină, dar este în toane bune și intră în atmosferă de cum ia loc pe scaun.

"Vă dau eu o problemă de logică. O casă are toate laturile spre sud, spre ea se îndreaptă un urs. Ce culoare are ursul?"

Ne uităm de la unul la altul cu mutre nedumerite.

"Negru?" încearcă Lucica la nimereală.

"De ce negru?"

“De supărare că nu pricepe cum e cu casa aia și pereții ei!” presupune Anca.

“Na! Vedeți că nu știți? Este alb pentru că acțiunea se petrece la Polul Nord!” ne dezvăluie șeful poanta, cu satisfacție. Noi vociferăm toți în același timp, dezumflați. Telefonul ne întrerupe și fiind momentan cea mai aproape de el, ridic receptorul.

“Alo!”

“Este cumva tovarășul Ștefanian la dumneavoastră în birou?” întreabă un tip.

“Care dintre ei?” nu mă pot eu abține, în glumă.

La urma urmei, cum toată familia se pare că bântuie prin proiectarea noastră... am dreptate să cer o clarificare.

“Inginer Constantin Ștefanian,” vine răspunsul prompt, fără urmă de iritare.

“Nu este. De fapt... chiar acum nu este niciunul dintre ei.”

“Ați vrea să fie vreunul?” vine întrebarea care mă lasă mută, apoi: “Mulțumesc, ciao!” Și aud declicul convorbirii terminate.

Hm. Îmi dau seama că ăsta a fost Paul. Nu i-am recunoscut vocea de la început fiindcă nu s-a răstit ca prima oară... Dar aș fii putut ghici măcar cine este după faptul că a uitat să salute. Inima mea o ia la trap galopant, țopăind fără motiv.

“Cine era?” vrea să știe Soare.

“Un băiețel care își caută tăticul...” îl informez eu cu gravitate prefăcută.

“Paul-incoruptibilul...” mârâie el ironic.

“Incompatibilul!” completează Doamna.

“Im...permeabilul!” adaugă și Cristian un calificativ de după planșetă, ca un ecou.

Ușa se deschide iar... dar nu este băiatul directorului ci Călin, care profită de ocazia că șeful nostru îl agreează și își sprijină coapsa de biroul meu, să stea puțin de vorbă. Vrea să știe ce program am astă-seară, sau mâine... În timp ce eu reflectez iar la diferența de atitudine dintre atelierele de proiectare și celelalte locuri de muncă pe care le-am avut.

La Miraj, nici un inginer nu se oprea să ne observe, sau măcar să ne salute. Făceam parte din utilajele de producție, ca niște marionete asexuate, total lipsite de interes. Aici decalajele de educație și nivel social sunt neînsemnate. Nimeni nu mă tratează de sus pentru că nu am încă nici bacalaureatul. Dar nici nu mă persecută pentru că mă ambiționez să îmi continui studiile. Dimpotrivă.

Am înțeles că un colectiv de oameni inteligenți și citiți se poartă mai bine cu semenii lor, chiar dacă aceștia se află la baza schemei. Până și femeia de serviciu care vine să ne arunce gunoiul din coșuri este întrebată de sănătate când intră la noi în birou. O cunoaștem pe nume și glumim cu ea de fiecare dată, nu o tratăm ca pe 'omul invizibil'.

Călin realizează într-un sfârșit că l-am lăsat să vorbească singur și urându-ne un sfârșit bun de săptămână, pleacă în treaba lui cu coada între picioare. Eu îmi fac o ultimă cafea, înainte de terminarea programului. I-am promis verișoarei mele că vin pe la ei, deci am drum lung de făcut, exact în capătul opus al orașului. Sunt îmbrăcată cu rochia cea scurtă, mai elegantă, nu că aș avea pe cine să impresionez la ei cu ținuta, dar vreau să mă laud cu ceea ce sunt în stare să îmi fac singură la mașina de cusut a bunicii.

"Hei, Laura, Laura... Nu știi să profiți de oameni," constată Soare cu voce tare în dreapta mea.

"De cine să profit?"

"Nu te preface că nu înțelegi. Are mașină, are apartament, este necăsătorit, prezentabil, tânăr, inginer. Și este clar că a pus ochii pe tine."

Se referă la Călin Boboş...

"Nu vă supăraţi dar... Eu nu am pus ochii pe el."

"Laura, ai de ales. Un câine vagabond este liber să hoinărească pe coclauri dar roade din gunoaie şi îngheaţă pe lângă garduri. Dulăul de curte stă legat în lanţ dar are cuşca lui şi i se dă de mâncare."

Îl privesc lung, sorbindu-mi cafeaua încă fierbinte.

"Cred că prefer să rămân fără stăpân şi să îmi fac rost singură de tot ce trebuie, nu printr-un bărbat."

"Oi fii tu feministă dar natura asta aşa a lăsat, ca femeia să fie femeie, să facă plozi şi să aibă grija de casă. Bărbatul trebuie să gândească, să producă, şi să îşi apere familia."

"Nu zău!" mă aprind eu. "Vreţi să spuneţi 'să îşi apere peştera'! Astea sunt concepţii dinaintea evului mediu. Natura a lăsat bărbaţilor doar superioritatea de forţă fizică şi din câţi cunosc eu... gândirea nu pare a le fii ocupaţia principală."

Tatiana îmi sare în ajutor, cu patimă.

"Domnul Soare, este statistic dovedit că femeile sunt mai capabile de eforturi intelectuale decât bărbaţii şi că avem un potenţial mai acut de inteligenţă."

"Bine spus 'potenţial'," persiflează şeful. "Doar o avem pe Luci ca exemplu," adaugă el în surdină, să nu se audă mai departe de planşeta Doamnei.

Discuţia în contradictoriu ia amploare şi se implică şi Anca, şi Cristian, fiecare de partea sexului corespunzător.

"Cum vă explicaţi că personalităţile marcante din istoria ştiinţei sunt masculi? Câte femei celebre cunoaşteţi?"

"Cum, nu aţi auzit de atâtea scriitoare renumite şi actriţe!?"

"Artiste, Tatiana. Voi sunteţi înclinate spre artă. Arta este o aplicaţie superficială a minţii şi de obicei rămâne la nivel mediocru şi este prost plătită."

Parcă este maică-mea. Acum înțeleg de ce au murit de foame atâția pictori celebri și neînțeleși, din lipsa sensibilității maselor la talentul creativ...

"Dumneavoastră numiți frumosul 'mediocru'?!"

"Lasă-mă că am văzut niște picturi recente… care nu aveau nimic în comun cu frumusețea! Nume, Laura, dă-mi nume de savante, de inventatoare… Lasă arta!"

Mai avem puțin și ne luăm de păr. Fiecare își susține punctul de vedere și nu ne lăsăm nici unul.

"Marie Curie! Academiciana Ana Aslan! Sa vă mai zic?!"

"Bine că nu o pui la socoteală și pe academiciana numărul unu a țării," mormăie el printre dinți.

La noi în birou se fac comentarii nefavorabile cu voce tare la adresa partidului și a conducătorilor, se spun bancuri cu securitatea, și văd că încă nu a apărut nimeni să ne ridice. Nu avem turnători la C.C.P.F.Ț.T. sau cine știe, poate și ei se amuză cu noi, ca toată lumea.

"V-ați gândit că este posibil ca din cauza prejudecaților să nu se fii realizat multe femei care au avut idei geniale în domeniul științei? Că poate chiar menirea fiziologică a gestației ridică bariere în plus?"

"Laura, tu ești exemplul perfect. Ai talent tehnic, ai vedere în spațiu, prezinți caracteristici aproape geniale… dar te limitezi la vise artistice. În loc să te orientezi spre inginerie, să te duci la Politehnică sau măcar la Arhitectură, te mulțumești cu fantezia. Dar amorul propriu îmi dictează să am eu ultimul cuvânt, deci… Ai dreptate, Laura!"

Dan, Anca și Cristian aplaudă disputa și cu toate că sunt mandră că mi-am susținut punctul de vedere cât am putut, aș fii fost în stare să mai aduc argumente, pe care însă nu le găsesc pe moment. Mă răsucesc cu scaunul spre ceilalți să le mulțumesc pentru apreciere... Când văd că între timp, neauzit din cauza gălăgiei, în birou a intrat un ascultător nou, pe care nu îl băgase nimeni în seamă, care dă din palme și el, în ton cu colegii.

Paul, cu un râs nevinovat pe față și cu o altă cămașă, pe care nu i-am mai văzut-o până acum, de data aceasta galbenă ca muștarul. Oare cât de mare este dulapul lui de haine că se schimbă în fiecare zi cu altceva?!

"Lăsați, domnul Soare, că încercăm destui să intrăm la Arhitectură," observă el fără răutate. "Nu îmi mai aduceți și alți concurenți…"

Șeful se resemnează.

"Laura poate să ia admiterea și la Filologie, și la Limbi Străine… Este 'poli-talentată'", decretează el pentru toată audiența. Eu doar vreau să subliniez că ingineria ar avea de pierdut dacă își alege altă carieră. Și ea, de asemenea. Ce-i rău în asta?"

Îi zâmbesc pentru compliment, presupunând că vrea să își încheie tirada la pace cu mine, și îmi iau o țigară să ies pe hol, până nu sună sirena uzinei. Îmi fac loc să trec pe lângă băiatul directorului, încercând să nu îl ating, de parcă ar fii contaminat. Afară inspir și respir adânc, cu năduf.

Simt din ce în ce cum mințile mele se evaporă în prezența lui și nu mai pot să mă concentrez la nimic altceva. Este indecent de frumos și acum înțeleg foarte bine de ce zice lumea că toate reprezentantele sexului meu sunt picate pe spate după el. Ar trebui să se facă manechin sau actor, ce i-o fii intrat în cap cu Arhitectura?!

Ușa biroului nostru se deschide și iese și el, scoțând un pachet de țigări din buzunarul cămășii, scuturându-l și trăgând una afară, cu buzele. Pe cea de jos o ține puțin înainte, de parcă ar pune botul. Și are un nas perfect, cred că de tip italian ca al Profesorului, puțin acvilin. Dar ce nu are?! Îmi dau seama că am rămas cu ochii la el în timp ce s-a proptit lângă mine, înclinându-se ușor în semn că așteaptă să îi dau un foc. Tresar și îi întind bricheta… și nu mă slăbește din privire cât timp își aprinde țigara.

Fumează Gitanes, cu hârtie maronie și filtru, și nu îmi aduc aminte să fii văzut nicăieri marca asta în toate căutările mele prin baruri și hoteluri, când îmi cumpăr eu B.T. Tutungeriile noastre au numai țigări romanești, mult prea iuți sau prea tari pentru gustul meu. De ce mă mir! Îmi este deja clar că Paul consumă și se îmbracă numai cu produse din afară, probabil trimise de ce rude or mai avea prin Italia...

"Interesante discuții mai aveți la voi în colectiv," comentează el, zâmbind.

"Aveai nevoie să îți copiem iar niște desene?" schimb eu subiectul, îndepărtându-mă cu un pas, să nu dau capul pe spate când vorbesc cu el.

"Nu, încercam să dau de taică-meu, să merg cu el acasă, dar se pare că a plecat deja. Dacă vrei, mergem împreună..."

Da... mi-ar place tare mult, dar nu pot să îmi abandonez copilul la creșă. Zâmbesc, încercând să par cât mai relaxată. Văd că atunci când nu are întâlnire cu nimeni devine vorbareț.

"Îmi pare rău dar trebuie înainte să îl iau pe fiul meu de la 'săptămânal'..."

"Știu că ai un băiat la grădinița de aici, mi-a spus Sergio. Pot să vin cu tine până acolo, nu mă grăbesc."

Nu că ar fii mai insistent decât alții... dar este Paul, Paul Ștefanian, băiatul după care plâng atâtea! Cum zicea Soare? 'Toate femeile din sud estul Europei'? Nu dau un ban pe ce place altora, dar mie în mod sigur îmi vine să las totul baltă și să îmi petrec toată seara cu el. Este irezistibil. Ori îmi este mie greu să rezist unui bărbat frumos?

Accept și îmi spune că mă așteaptă jos, la ieșirea din spatele clădirii, spre uzină, în timp ce mă duc să îmi strâng lucrurile și sirena începe să șuiere viguros, dând semnalul de plecare. Iau liftul împotriva obiceiului, încercând să tărăgănez, pregătindu-mă sufletește pentru momentul întâlnirii cu Paul care este exact unde mi-a spus că va fi, zâmbind simpatic.

Este altă persoană față de tipul arogant de la început. Astăzi pare aproape timid și nu încearcă să facă pe nebunul sau să mă stinghereasca câtuși de puțin. Pornim amândoi pe aleea uzinei, unul lângă altul. Am observat că poartă întotdeauna pantofi italienești, cu puțin toc, cu toate că este ultimul om care ar avea nevoie de trei centimetri în plus la statură. Își potrivește mersul după mine, cu pași mai mici, să nu mă alerge, și încearcă să facă conversație fără a pomeni nimic de tipa cu părul roșu...

Când ajungem la creșă mă așteaptă afară, la o altă țigară. Eu îl găsesc pe Liviu și îl pregătesc, explicându-i că a venit cu mine un prieten care va merge cu noi până în centru, de unde vom pleca cu alt tramvai mai departe, la tanti Leopoldina. Dă din cap cu seriozitate în semn că a înțeles dar nu spune nimic, ca de obicei. Cu săculețul lui pe umăr și puștiul de mână, ies pe ușile larg deschise, printre alți părinți care își recuperează odraslele la ora aceasta.

Pe trotuar, la o distanță discretă, însoțitorul meu și-a terminat țigara și ne așteaptă răbdător... Și dintr-o dată, Liviu se smulge de lângă mine și o rupe la fugă spre el cu brațele deschise. Nu am timp să reacționez, doar rămân mască, în timp ce Paul are prezența de spirit să se lase pe vine și să îl întâmpine corespunzător, ridicându-l din viteză și răsucindu-l în jurul lui, răzând.

Îi stă bine cu copil în brațe, e drept, numai că... nu înțeleg ce l-a determinat pe fiul meu să se repeadă așa, când nu l-a văzut până acum niciodată. Îmi trece prin cap că pot fii colegi în jur care mă cunosc, care știu cine este... Și mă întreb pentru câteva secunde ce zvonuri pot ieși... Dar decid că nu îmi pasă și mă apropii lângă ei, încă nedumerită.

"Paul!" îmi spune puștiul, clar, ca niciodată, uitându-se la mine din brațele lui.

"Am făcut cunoștință..." râde Ștefanian, privindu-ne pe rând și dând din umeri amuzat, să înțeleg că nu știe nici el ce a declanșat reacția bruscă de dragoste a mititelului dar că este încântat de situație.

Încerc să-mi conving fiul să coboare din înălțimi și să meargă pe picioarele lui, dar el insistă să îl țină măcar pe mână pe Paul și asta prezintă problema că ar trebui să meargă înclinat, drept care îl ridică din nou, punându-l călare pe umeri, chestie care îl extaziază pe puști fiindcă nu l-a mai dus nimeni așa de când ieșeam împreună cu tatăl lui la plimbare, cu un an în urmă.

Se pare că băiatul directorului nu se teme de bârfe, fiindcă pășește agale lângă mine total relaxat, în timp ce negociază cu Liviu de unde ar fii mai bine să se țină, dacă se poate nu de urechi, și nici de păr... Ce ar fii să se lase doar apucat de picioare și să aibă încredere că nu îl scapă nimeni pe jos...?

Probabil că facem o pereche interesantă împreună fiindcă simt cum se uită lumea la noi și întoarce capul. Nu mai am nici o îndoială în privința faptului că până luni va ști toată uzina cine mi-a cărat copilul în cârcă. O muncitoare tânără se zgâiește încă de departe, văzându-l probabil pentru prima dată pe Adonis-ul din calea ei. Când trece pe lângă noi, Paul se apleacă jucăuș spre ea.

"Vezi ce copil frumos am, tanti? Vrei să îți fac și ție unul?"

Tipa dă din mână înroșindu-se și grăbind pasul iar noi râdem amândoi și ni se alătură și Liviu, chiar dacă nu ai înțeles despre ce era vorba în propoziție. Văd că se ține de șotii Ștefanianul de lângă mine, și îmi pare rău când ajungem în stația de tramvai, unde puștiul trebuie să coboare pe pământ, fiindcă nu au cum să se urce supraetajați în vagon. Când apare 23-ul, Paul este destul de rapid să ocupe un scaun liber, și îl pun pe el să se așeze cu copilul pe genunchi, eu rămânând în picioare lângă ei. Abia așa vorbim și noi aproape de la egal la egal.

"Fără fiul tău nu aș fii avut niciodată șansa să văd cum este să stai jos în tramvai," constată el cu satisfacție. "Până unde mergem?"

"Noi," accentuez eu, "...mergem până la Piața Unirii. De acolo schimbăm cu un 12 și apoi cu 10, fiindcă ne ducem la mătușa mea, în Bucureștii Noi."

“Eu am să merg pe jos de la Operetă, spre casă.”

“Nu ți-e frică singur pe străzi?” râd eu ironic.

Ridică o sprânceană întrebător și este atât de dulce când face așa încât aș vrea să îl iau de gât și să-l pup... Dar reușesc cu greu să rămân glumeață și să par detașată.

“Nu te temi că te răpește cineva? Tipi ca tine ar trebui păziți sau ascunși de ochii lumii,” îl iau peste picior amical, de parcă implicația făcută nu m-ar afecta personal.

Nu are rost să pretind că nu am văzut cât de bine arată. Probabil că i s-a spus în fiecare zi, de mic, ceea ce ar explica o parte din atitudinea încrezută cu care tratează lumea din jur... Mă surprinde însă total cu un zâmbet încurcat, după care își cufundă obrazul în puful de pe capul lui Liviu, care se uită pe geam.

“Nu taxezi bilet?” schimbă el vorba.

Hm. ITB-ul nu a văzut nici un bănuț de la mine... de mult. Am o colecție de tichete cu toate modelele posibile de perforare și trebuie doar să văd care din ele se potrivește în vagonul nostru. Le reciclez la infinit, făcând economie.

“Tu ai?”

Se uită iar într-o parte la mine, de parcă ar spune ‘Glumești? Eu iau tramvaiul doar când urmăresc vreo tipă’ dar nu scoate nici un cuvânt drept care mă hotărăsc să sacrific pentru el singurul bilet virgin la îndemână, păstrat pentru urgențe. Îmi reiau locul în picioare care îmi oferă avantajul de a-l putea privi de aproape fără ca el să știe... dacă asta este posibil, bineînțeles.

Îi observ genele întoarse ca ale lui Mihai, dar mai lungi și negre. Cum pot să aibă unii bărbați asemenea podoabă când multe femei, ca mine, au nevoie de rimel să își contureze ochii! Îmi dau seama că și-a ridicat fața spre mine și zâmbesc cu cea mai indiferentă expresie pe care reușesc să mi-o pun pe buze. Unde îi găsesc eu pe ăștia frumoși, să mă tot împiedic de ei?! Altele petrec o viață întreagă fără să întâlnească un bărbat care să le atragă atenția, nu mai vorbesc de furat inima sau mințile.

"Te-a învățat Sergio până acum ceva în italiană? Doar ești fina lui..." vrea Paul să știe.

"Mmm... nu. Doar un cuvânt, două."

"Să îl rogi să îți dea lecții, nu știi niciodată la ce folosește. Ți-a spus că în afară de mama mea mai are un frate care este în Roma?"

"Nu..."

"*Zio* Carlo. Ne trimite scrisori și pachete de câteva ori pe an."

"Mi-am închipuit că nu te îmbraci de la Magazinul Cocor."

"Da, îmi place să fiu la patru ace," recunoaște el râzând. "Dar văd că și tu ești mereu elegantă, ca o manechină."

Mă abțin să îi explic că ținutele mele mi le fac în marea majoritate singură, la o mașină de cusut din vremea războiului, moștenire de familie. Ne apropiem de Piața Unirii și ne înghesuim spre ușă, el ținându-se aplecat să nu dea cu capul de mânerele și barele din tramvai, cu Liviu așezat confortabil pe un braț și ținându-l de gât cu mânuțele. I-am pomenit că mă duc în Bucureștii Noi și îl văd împăcat cu gândul. Nu are idee cât de mult aș vrea să rămân în compania lui.

Coboară primul și îmi dă mâna, să mă ajute, stângaci. Are degete lungi, de pianist, și piele fină de om care nu a tăiat lemne în viața lui. Merge cu noi până în stația de unde schimbăm traseul, și când ajunge tramvaiul nostru ne asistă iar la urcare, rămânând cu palma ridicată a salut și arătându-și dinții impecabili cu același zâmbet indescifrabil până îl pierd din vedere, în depărtare.

Închid ochii, încercând să îi păstrez imaginea încă puțin pe retină. Ce se întâmplă cu mine? Încep să mă îndrăgostesc, eu care m-am jurat că mă voi feri de sentimente profunde și riscul de a suferi din nou? Cum am putut să pic iar în păcat, când abia am scăpat ca prin urechile acului lunile trecute?! Inima încă îmi bate mărunt și repede, cred că l-aș îngrijora pe tata dacă mi-ar lua acum pulsul...

Nu vreau să îmi complic situația cu Paul care este fiul directorului și nepotul Profesorului. Și de ce, mă rog, mă agit atât când nici măcar nu știu dacă este liber! Cine știe ce tipă, roșcată sau nu, a lăsat și el însărcinată recent, că doar asta pare a fii bafta mea. Este de necrezut ca un băiat așa chipeș să fie singur. Mă scutur ca o pisică stropită cu apă și îmi mut gândurile spre vizita din seara aceasta, încercând să ghicesc cum mai arată nepoata mea pe care nu am văzut-o de o grămadă de vreme.

Ne ia mai mult de o oră până la Piața Marx-Engels unde este blocul în care locuiesc cele trei generații, tanti Leo, fata ei Ioana cu soțul, Radu Bejan, și fata lor Raluca. Nenea Luca Mirescu, unchiul meu, a murit de mult, înainte de bunica. Apartamentul are două dormitoare și o sufragerie care după ce se strâng toți prin camerele lor, spre seară, devine camera nepoatei mele.

Raluca preferă să doarmă pe canapea decât să împartă aceeași încăpere cu tanti Leo, și o înțeleg perfect. Aici cel puțin, rămâne cu televizorul la dispoziție, după ce se culcă ceilalți. Mobila veche, cu labe de leu și vitrine de cristal, este aceeași pe care o țin minte dintotdeauna, încărcată cu bibelouri, fotografii înrămate și suveniruri din diverse călătorii.

Familia Bejan a fost în concediu în fiecare an, în toate țările socialiste unde se poate ajunge. Amândoi sunt chimiști cu posturi bune, și câștigă suficient să își permită mașină, un Fiat mic pe care îl conduce numai Radu. Nu s-au schimbat niciunul, mai puțin nepoata care a mai crescut o șchioapă și s-a făcut o păpușă de fată cu păr negru ca al Ioanei și ochi albaștri închis, deosebiți, ca ai tatălui ei.

Suntem întâmpinați în hol cu pupaturi și măsurați de sus până jos, și observ că sunt mai mulți în casă decât mă așteptam. Mai este o pereche de față, mai în vârstă decât verii mei, și suntem prezentați unii altora, cu efuziune. Ea este Maria, sora lui Radu, cu soțul ei, Gabi Oprea, cei la care am stat în Sinaia, fără să îi cunosc. Bineînțeles că își exprimă regretul că nu am stat să îi aștept, că nu am mai rămas la ei, și mai ales că nu am mai venit de atunci la munte.

Mi se face rău numai la ideea că aș putea dormi din nou în camera unde mi-am făcut de cap cu Nico! Amintirile ar fii prea puternice să pot închide ochii... Dar bineînțeles că le mulțumesc pentru găzduirea din februarie și invitația curentă, explicând că am început un serviciu nou și nu pot să îmi iau încă zile libere.

Discuția alunecă lateral, spre alte subiecte care mă afectează mai puțin, cum ar fii postul meu de la proiectare, pentru care mă felicită toți. Apoi trebuie să le povestesc despre Profesor și cum de a ajuns să mă boteze și pe mine și pe copil, ceea ce, din nou, întâmpină aprobare unanimă, la fel ca și mutarea mea, oriunde, cât mai departe de apartamentul mamei. Ioana susține ca și mine că acea locuință este depresivă și aducătoare de ghinion.

Raluca se joacă cu Liviu, tanti Leo aduce zeama aburindă de pui în supiera de porțelan, cu polonicul mare din argint masiv și monograma bunicii pe coadă. Ei au păstrat setul complet, eu nu mai am nici măcar lingurițele de zahăr pe care mi le aduc aminte din copilărie...

Treptat, vândusem tot ce rămăsese de la ai mei, inclusiv medaliile bunicului și icoanele brodate de bunica Ana. Acum regret profund dar este tardiv. În afara mașinii de cusut, singura amintire pe care o mai am este o boabă de chihlimbar vișiniu, rusesc, pe care a purtat-o ea întotdeauna la gât și de care nu mă despart nici eu.

Nu mă simt nici aici în largul meu cu familia la masă, unde sunt invitata cea rară, a cincea roată la căruță. Este mai bine decât la tata, pentru că sunt toți ai mei și nu mă tratează nimeni ca pe o intrusă... Dar hrana frugală cu care sunt obișnuită mi se pare starea normală a lucrurilor. Șezutul formal în sufragerie, cu șervete și argintărie, mi se pare o tradiție a altei generații, dinaintea mea. Îmi place... dar îmi este străină.

După felul doi, ies cu vărul nou cunoscut, Gabi, și cu cafelele în balcon, să fumăm, fiindcă noi suntem singurii păcătoși. Soțul Mariei este extraordinar de simpatic și glumeț, cu o față rotundă și chelie, cu nişte ochi mari, albaştri, care râd şugubăţ. Mă tachinează încercând să afle cu ce băiat am fost în Sinaia – ce știe el – şi îmi povestește cu mândrie de fiul lor cel mare, Bodgan, care a terminat Institutul de Educație Fizică şi Sport, IEFS, şi a început anul acesta să lucreze ca profesor în Braşov.

Aflu că inima tatei este de fapt fiica lui, Ariela, de vârstă cu Raluca, aflată tot în Braşov dar elevă de liceu. Fratele ei a luat-o în apartamentul pe care l-a primit de la serviciu şi ea îi face zile negre că nu se împacă cu prietena lui... Preț de câteva ţigări, aflu toate secretele clanului, plus că este cât pe aci să le afle şi el pe ale mele.

Încep să mă uit la ceas, sperând că dacă nu ajung prea târziu poate îl văd pe Paul pe la Profesor. Ar fii prea mult să îmi doresc să mă aştepte iar prin curte... dar îmi fac cunoscută cu tact intenția de a o lua spre casă, dând vina pe Liviu a cărui oră de culcare a devenit fixă de când merge la creşă.

Vorbele mele ne poartă din nou la subiectul mutării mele, care de data aceasta, după mai multă gândire, întâlneşte opinii separate. Raluca, Radu, şi mai ales Ioana sunt în continuare total de acord, susținând că apartamentul mamei este nelocuibil şi compania ei de nesuportat. Tanti Leo este însă de părere că nu am procedat frumos să o las singură pe 'Natalița', sora ei mică şi suferindă. Cei de la Sinaia se abțin, nu că s-ar pune ceva la vot... dar decizia mea a fost luată deja şi executată.

Reuşim să plecăm într-un târziu, încărcaţi bineînțeles cu o sacoşă de cornulețe şi prăjiturele delicioase, preparate de mătuşa mea cea pricepută în ale bucătăriei. La întoarcere, avem de mers o altă oră până la Gara de Nord, de unde schimbăm cu un troleibuz care ne lasă aproape de intersecția Bulevardului Dacia cu Cristian Tell, la un pas de vilă. Liviu a adormit de mult şi îl car jumătate culcat pe umăr, ca pe un sac, cu mâinile pline de bagaje. Până să ajungem este deja după zece seara.

Mă chinui să deschid poarta şi uşa de la mine, îl aşez pe puşti în pat şi îl dezbrac, trăgând cu greu de ghete şi pantaloni. Nu se trezeşte nici o secundă, doar mârâie iritat că îl tot întorc de pe o parte pe alta. Țopăi pe vârfuri până la fereastră să mă conving că lumina pe care am văzut-o la Profesor încă nu s-a stins. Nu... În salonaș încă ard becurile din plin. Să fie singur? Mă schimb cu jeanși, tricou și șlapi, și ies încercând să fac cât mai puțin zgomot.

Îmi deschide aproape imediat și mă cheamă înăuntru, bucuros de oaspeți. Mai exact de 'oaspete' pentru că spre dezamăgirea mea pe care sper să nu o observe, nu mai este nimeni la el. Sergiu este în pijamale, cu un halat de casă deasupra, ca un adevărat domn care își savurează paharul de Florio înainte de culcare. Îmi face un semn întrebător dacă vreau și eu unul și îmi pune scrumiera în față, să mă simt ca acasă.

I-am adus și eu dulciuri de la tanti Leo pe o farfurie, și îi povestesc despre vizită și despre ai mei. Apoi mă întorc puțin în timp, spunându-i despre Paul care m-a însoțit la creșă și până la Piața Unirii, fără a uita să menționez cum a alergat Liviu la el în brațe. Mă ascultă ca de obicei, cu atenție și un zâmbet neutru pe buze.

Dacă aș avea mintea Alexandrei, aș zice că seamănă cu regizorul Sergiu Nicolaescu, la zâmbetul reținut și ochii negri, inteligenți. Au și același prenume, observ eu pueril, continuându-mi relatarea zilei. Când termin, ridică mâinile explicativ, ca un adevărat italian care se zice că ar amuți dacă i-ai lega brațele la spate...

"Laura, copilul simte lipsa unui tată, nu-i nimic de mirare. Orice bărbat din compania ta reprezintă pentru el speranța de a umple acel gol."

"Ai dreptate, dar... cum de i s-a aruncat așa în brațe, de prima oară?!"

"Draga mea, Paul este tipul căruia oricine i se aruncă în brațe, mai ales femeile și copiii. Este plăcut, râde ușor și zâmbește mult, de ce să ne ascundem după deget, are farmecul lui deosebit cu care s-a născut. A moștenit cele mai frumoase trăsături ale lui Titi, cumnatul meu, și ce a fost mai bun din familia noastră."

Intuiesc în tonul lui o nuanță de asprime dezaprobatoare și dacă nu îl trag acum de limbă, cine știe când mai prind momentul.

"Mi se pare mie sau ai ceva împotriva lui, Profesore?"

Trage de timp cu răspunsul, sorbind tacticos din pahar și privindu-și mâinile cu atenție, de parcă le-ar vedea pentru prima oară.

"Să nu mă înțelegi greșit, îmi iubesc amândoi nepoții ca și cum ar fii băieții mei… pe care nu îi am. Dar Ștefan a fost întotdeauna mai responsabil, mai studios, mai echilibrat. Cu toate că de obicei cel mai mic este răsfățatul familiei, în cazul lor… Paul a rămas favoritul, și după ce a avut concurență. E drept că și cel mic are personalitate și s-a dus la Medicină în loc de Drept, cum ar fii preferat Titi, dar Paul… Paul încearcă să între la Arhitectură doar ca să dovedească tuturor că face ce vrea. Are talent la toate… dar nu se omoară cu învățatul și nici nu și-a găsit încă vreo pasiune serioasă."

Sergiu se oprește și mă fixează cu privirea, fără să se mai eschiveze. Mă ridic să îl las să se culce și să mă întorc la mine, dar înainte de a închide ușa, adaugă ultima frântură de înțelepciune a serii, să îmi dea de gândit până a doua zi.

"Laura, dacă ți se pare rău să fii singură… ține minte că a te simții la fel alături de cineva este cumplit."

Până în studio îmi repet cuvintele lui în gând de câteva ori, analizându-le și împărțind firul în 'paișpe'. Să fie o implicație că nepotul cel mare ar fii egoist...? Sau plictisitor...? Sau nu tocmai inteligent și prin urmare o companie pur decorativă?! Nu pot crede așa ceva, cu toate că este prematur să pretind că îl cunosc.

Ca să fiu sinceră, este atât de frumușel încât sunt mulțumită deocamdată doar să mă uit la el ca la un tablou. Și apropo de 'dragostea oarbă'… Mi-ar trebui încă mult timp ca să îi găsesc defecte.

Mă ghemuiesc lângă Liviu în pat, hotărându-mă să ignor vorbele lui Sergiu care par a fii un avertisment profetic, prea pesimist pentru a vrea să le iau în seamă…

Capitolul 32

Înțelesul profund al vorbelor Profesorului mi-a rămas întipărit în minte mult timp, nu numai în noaptea aceea. Am încercat fără succes să interpretez părerea lui în privința lui Paul pentru care restul lumii, inclusiv familia lui, făcuse un adevărat cult, prosternați ca la picioarele unui zeu.

Doar nașul meu se pare că vede lucrurile diferit, convins că datorită faptului că nepotul lui este un băiat deosebit de frumos, toți au tendința să îi ierte orice, în ciuda comportamentului său necugetat. Eu, de bună seamă, mă număr printre ceilalți, și nu pot vedea încă nimic de condamnat în felul lui de a fi.

Am intrat în luna iulie și șeful m-a anunțat că în curând voi avea dreptul să îmi iau prima săptămână de concediu. Toate gândurile mele, bineînțeles cu excepția celor dedicate băiatului cel mare al directorului, se îndreaptă spre mare, unde nu am fost niciodată până acum și la care visez de mult.

Din cauza că mama a avut dintotdeauna probleme cu inima și cu nervii, doctorul îi recomandase să evite litoralul... Și uite așa, iată-mă pe mine ajunsă la venerabila vârstă de nouăsprezece ani fără să văd țărmul Marii Negre care am înțeles că se află doar la aproximativ trei ore de capitală.

Când i-am spus lui Sergiu că plănuiesc să mă urc pur și simplu în tren și să cobor la prima stație după Constanța, a sărit în sus.

“Nu poți să mergi singură, mai ales dacă nu ai cazarea aranjată nicăieri. Unde ai să dormi, cine o să aibă grija de tine? Se pot întâmpla atâtea cu o fată neînsoțită, de capul ei, într-o stațiune estivală.”

Înțeleg că își face griji că aș putea fii răpită, violată, și așa mai departe, dar sunt convinsă că știu să mă apar de rele la nevoie. Mai mult, mi-a intrat în cap să îi dovedesc că sunt capabilă să petrec câteva zile acolo fără să pățesc nimic. Dar, deocamdată, ideea mea este încă în curs de planificare. Trebuie să văd pe hartă unde este mai tentant să mă opresc, și să aflu mai multe detalii de la cei care au mai fost pe acolo.

Între timp, viața mea se desfășoară în continuare între vila Profesorului, biroul de la Republica, creșa lui Liviu, și din când în când, scurte întrevederi cu prietenele mele. Examenele de admitere au trecut și acum se așteaptă rezultatele finale, cu inima la gură. În loc să simtă ușurarea încercărilor depășite, candidații atârnă ca de un fir, fără să știe încă cum stau și dacă au reușit... Dacă în toamnă intră în mult dorita categorie a studenților, sau dacă va trebui să o ia de la capăt cu tocitul. Sau dacă vor arunca pe fereastră cărțile lăsându-se păgubași.

Sunt la serviciu și am ieșit pe hol la o pauză, de data aceasta de una singură fiindcă Anca are de terminat ceva urgent. Pe platforma dintre etaje băieții sunt adunați și ei la fumat, și în mijlocul lor este ‘musafirul de onoare’, Paul, care îmi acordă o privire interesată, ca de obicei, și mă salută de la distanță. Astăzi are jeanși negri și cămașă de aceeași culoare...

Răspund cu un zâmbet neutru și mă grăbesc să mă întorc în birou. Colegii mei sunt puși astăzi pe poante. Când apuc un Scribent din sertar, constat că toate rapidografele din set au fost legate între ele cu ață și când trag de unul, le ridic pe toate ca pe o ghirlandă, ceea ce stârnește un val de chicote, toți fiind bineînțeles cu ochii pe mine, pe după colțuri.

Asta nu-i nimic. Lui Luci îi agățaseră mai devreme o pocnitoare de brațul planșetei și când, în fine, se hotărâse să se apuce de muncă și l-a urnit din loc… tot etajul răsunase cu o bubuitură infernală, de era să facem și noi atac de inimă. Veniseră și alții din colectivele alăturate să culeagă morții și răniții, sau măcar să vadă ce s-a întâmplat.

Dar avem și de lucru, o predare puțin întârziată de lună. Sunt numere de înregistrat, desene de inventariat, semnături de cules. Astea pica pe cei mai mici, ca mine, și am de alergat de la un etaj la altul, ceea ce mă gândesc... poate îmi va da ocazia să îl mai admir pe Ștefanian junior.

"Laura, dă-o-n 'mizda păsii' de treabă!" exclamă Soare deodată, în spatele meu.

Când nu mai rezistă și îl apucă înjuratul, inversează din litere sau silabe, să nu poată fii acuzat că folosește limbaj murdar în birou

"Tu încă nu ai adus copiile alea de la heliograf?!"

Observă că mă uit cu reproș și adaugă cu politețe prefăcută.

"Vă rog frumos să îmi scuzați cuvântul… 'treabă'!"

Mă pufnește râsul și sar în sus. Are dreptate, îngropată de la prima oră într-un vraf de copii, uitasem cu desăvârșire să mai cobor după pachetul lăsat la copiat.

"Acum plec!"

"…'Pentru țară mori', și-ți va fii… biroul 'îngropat cu flori'!" îl parafrazează Cristian pe Bolintineanu. Doamne, mă întreb de unde le scoate!

Ies val-vârtej să duc porunca la îndeplinire, întorcând capul să îl aud mai bine pe Dan care strigă în urma mea să îi recuperez și Tatianei niște desene fiindcă îi este 'greață' să coboare. Liftul pare a fii blocat pe undeva, cum se întâmplă aproape în fiecare zi. Până să mă uit iar încotro merg, la cotitură dau buzna drept în brațele… lui Paul care urcă liniștit pe scări.

“Scuza-mă!” arunc eu în fugă, ferindu-mă abilă de mâinile lui care mă prind îndrăznețe de umeri și îmi continui coborârea furtunoasă.

Nici nu știu când am ajuns la parter și fiindcă tot se pare că au reparat ascensorul, aleg să mă întorc cu el, precaută, evitând încă o ‘întâlnire de gradul trei’. În atelier, Luci tocmai povestește cum a trebuit să alerge ieri după tramvai și ceilalți, ca de obicei, se bagă în ceea ce spune ea, cu comentarii ilare.

“Și el fugea îngrozit de tine…”

“Era și Paul în stație. Și un alt tip care se uita după mine… să-i cadă ochii în gură și mai multe nu,” se laudă ea, în timp ce eu mă întreb cum ar fii putut ea vedea în urmă cine și încotro și după cine privește... în timp ce încerca să prindă 23-ul. Dar Dan și Cristian sunt mai caustici și mai iuți decât mine.

“Principalul e că nu se uita Paul!”

“Oare unde îi erau ochii, nu pot să cred!”

“…În gură!!!” trântește Tatiana pe fază, la care noi ne prăpădim de râs, în timp ce Lucica nici nu pare a își da seama că ea este motivul de amuzament.

“Lasă că se mărită ea cu Paul,” se bagă și Soare. “Socrul director, apartament pe Calea Victoriei, Pontiac… O să se uite Luci la noi de sus ca la etajul șapte!”

Așa aflu și eu a cui este mașina americană și vișinie din parcare pe care o observasem… Că tocmai eram curioasă zilele trecute.

Soare fredonează, parafrazându-l de data aceasta pe Constantin Drăghici.

“‘A căzut o’… pernă-n ‘calea ta’…”

Inspirația lui muzicală înseamnă că a picat în focurile creației și proiectează de adevăratelea. De azi dimineață tot caută o soluție la un reductor de presiune și se pare că, pe fondul glumelor din birou, a găsit-o. Telefonul îl întrerupe și răspund eu repede, să nu îl deranjeze soneria stridentă. Este Carol, care mă caută fără motiv profesional, să afle ce mai fac. Îl expediez ramburs dar nu scap de comentariile șefului.

"Laura, de ce nu îl inviți tu pe băiatul ăsta la o plimbare... pe terasă, de exemplu. Te faci că îl împingi puțin..."

"Să cadă 'pe mâinile dumneavoastră'?"

"Să zicem că uit să îl prind. Tu umbli prea mult cu duhul blândeții, asta e! Te temi că nu te mai ia nimeni dacă ești mai arțăgoasă?"

"Dracul te ia... dacă te faci rea cu noi!" strecoară Cristian din colțul lui.

"Cred că Laura s-ar împacă bine și cu dracul..."

"Dacă ai fii diavoliță ar trebui să îți pensezi coada..."

"Dacă nu terminați îmi iau planșeta și plec acasă!" mă prefac eu că îi pun la punct.

"Paaace țiiiie..." psalmodiază Tatiana cu evlavie.

Nu se poate sta mult la noi în birou fără să râzi. Ceea ce este bine. Mă aplec pe geam și respir adânc aerul de vară urbană, plin de mirosuri industriale care se ridică până la etajul nostru din toate uzinele din jur. Republica, 23 August, I.M.G.B....

"Laura, ți-a împrumutat Luci pisoiul ei?" mă ia Soare la rost, făcând referință la expresia comună de 'a freca pisoiul' adică de a pierde timpul.

"Nu, îl am pe al meu propriu, și îl țin numai pentru uz personal."

"Uz intern sau extern? Ar trebui să mai vindem din ei că mi se pare că avem o crescătorie întreagă."

"Cu prospect și instrucțiuni de întrebuințare: 'Made în CCP, a nu se schimba sensul de frecare că se taie'... ca maioneza!" râde Doamna Tatiana care și-a lăsat cartea de o parte, interesată de direcția în care a luat-o jocul de vorbe din birou.

“Laura, dragă... Îți las în grijă bunurile mele,” se ridică Soare luându-și casca de protecție. “Eu plec în uzină pentru vreo oră.”

“Am înțeles, să trăiți!” salut milităreşte, bucuroasă că scăpam de sub observație măcar pentru o perioadă.

Am reuşit să termin tot ce aveam de făcut pe ziua de azi şi îmi scot ultimul roman pe care l-am luat pentru lectura din timpul liber la birou, dar astăzi lumea pare mai agitată ca de obicei. Mereu se perindă câte cineva pe uşă. Momentan, ne face onoarea cu prezența... Noni. Sau ‘oroarea’ cum ar fii mai potrivit să spun.

“Măi băieți, fetele astea din atelierul vostru au un ‘vino peste mine’ de nu se poate!” zice el în loc de ‘Bună ziua’.

Dan îl ignoră, Cristian îi sugerează să o facă astăzi fericita cu ‘complimentele’ numai pe Lucica, care nu are carte de citit. Apoi, când ne scapă de ‘Ghinci-color’, începe să caşte de își mută fălcile.

“Marş, Bubi, că te muşcă... Doamna!” mârâie tot el, încercând să își găsească un loc mai bun, cu capul pe planşetă, referindu-se la somnul inevitabil din orele de program, care dă zilnic târcoale pe la unii, personificat în mitologia colectivului de un câine supranumit Bubi.

Uşa se deschide iarăşi brusc şi ascund reflexiv volumul din care nu am apucat să parcurg nici trei rânduri de când l-am scos. De data aceasta este doar Ghincescu cel mare, care are de luat ceva de la Anca şi ne părăseşte fără întârziere. Cristian se teme însă că îi fuge de adevăratelea lâncezeala cu atâtea întreruperi nejustificate.

“Băi, ştiți ce vă propun eu? Când intră fiecare să strige ‘Nu sunt director! Nu sunt şef!’ Să ştie omul dacă să sară din loc să se apuce de treabă sau nu!”

“Să nu te apuci... de treabă, Cristiane, că nu-i frumos...” se aude de lângă mine vocea Ancăi, mustrător, şi fiindcă de obicei ea tace şi se ține rar de poante, intervenția ei pare şi mai comică şi izbucnim iar toți în hohote.

“Măcar dacă ar fii toți ca Soare al nostru! Dar cu Zmeul trebuie să fim atenți...”

“De când este în funcția de director?” vreau eu să aflu, curioasă. De fapt, mă gândesc că este neobișnuit ca cineva cu rude în afară și soție de origine străină să ocupe post de răspundere. Și cu mașină americană în parcare, că tot venise vorba...

“Uită-te și tu în ‘nanalele’ istorice!” vine un răspuns aiurea din fundul biroului.

“Ce scrie acolo?” întreabă prostește Lucica, picând în capcană.

“Despre... Tilu Buh-Oglindă! Știi cine a fost?” râde Tatiana, expertă în literatura de orice fel.

“Ministrul culturii!” trântește Dan în glumă.

Cristian nu se mai aude, ceea ce înseamnă că până la urmă a reușit să adoarmă și discuțiile se mai înmoaie. Lucica bârfește cu cineva la telefon, în surdină. Nu degeaba mai este poreclita câteodată și Agerpres. Pe sub birouri, îl văd pe Dan care se târăște ca indienii prin prerie, cu o sfoară în mână și îi fac semne disperate Ancăi să se uite ce face soțul ei. Ne abținem să nu chicotim, cu mâinile la gură, în timp ce el îi înfășoară de câteva ori gleznele lui Oprescu, prinzându-le de baza scaunului.

“Când se trezește, va cădea... din pat!” șușotește colega mea, înecându-se de râs.

“...Vă cădea în... papuci!” continuă Dan care a venit până la noi în patru labe și abia acum se ridică în poziție bipedă.

“Ai cui papuci?” nu înțelege Tatiana despre ce este iar vorba.

“...De noapte! Unul ‘patrușdoi’ și altul ‘patrușapte’!” se aude de data aceasta o voce străină, în versuri, preluând din zbor conversația noastră.

Ne aplecăm care mai de care de după planșete și filodendroni să vedem cine vorbește... și ce să crezi, intrusul este nici mai mult nici mai puțin decât brunetul de la Predeal, bănuit de mine a fii băiatul cel mic al Zmeului. Oare de ce nu își angajează directorul toată familia la proiectare, că și așa văd că toți fac prezența mai mult decât unii din salariați?!

"Bună ziua... L-ați văzut cumva astăzi pe fratele meu?"

"Bună să-ți fie inima!", răspund eu prompt. "Era printre etaje acum vreo oră."

Deranjul creat și glasurile ridicate îl trezesc brusc pe Cristian, care încearcă să se ridice buimac de pe locul lui. Evident că se împiedică și se întinde cu toți cei o sută nouăzeci de centimetri ai lui printre scaune, birouri și coșuri de gunoi, risipindu-le cât colo. Râsul nostru monstruos se rostogolește peste el, însoțit de nechezatul subțire al Lucicăi. Mie și lui Dan ne-au dat lacrimile, Anca se îneacă și tușește.

Cristian a rămas lungit pe jos, într-un cot și cu capul sprijinit în mână, ca la plajă, contemplându-ne reacția, și Ștefan Ștefanian se apleacă pe sub planșetă să vadă mai bine ce s-a întâmplat. Și în plin balamuc... intră Soare. În liniștea care se lasă, Cristian își găsește iar locul pe scaun iar băiatul directorului îl salută și se răsucește pe călcâie să plece, realizând situația în care a picat. Șeful îi răspunde scurt, închizând ușa după el și se întoarce cu mâinile în șolduri spre noi, a reproș.

"Nu numai că nu am nevoie de carne macră în birou ci de minți inteligente... Dar chiar așa, să vă tăvăliți pe jos în fața odraslei Zmeului... nu vă credeam în stare!"

Nu zice nimeni nimic și încercăm să ne facem de lucru ca niște elevi prinși cu fițuica la extemporal. Eu încerc să îi compar pe frații Ștefanian în gând, acum, că l-am văzut mai bine și pe al doilea. Nu seamănă decât la sex, fiindcă mezinul este latin tipic, brunet și cu o palmă mai scund decât Paul... Dar frumușel foc și el.

Este stilul lângă care pot sta liniștită că nu mă atrage, norocul meu. Atât mi-ar mai lipsi să fiu și în dilemă... zâmbesc eu pe sub mustață. Dar cred că știu pe cineva căreia i-ar place foarte mult, îmi amintesc eu de Silvia care își pusese ochelarii în Capitol, să îl vadă mai bine.

Când sună sirena ne risipim care încotro ca scăpați din pușcă.

"Să nu vă împiedicați!" strigă după noi Soare, ca de obicei.

Astăzi mi-am propus să mă duc pe la Biblioteca Americană, să îmi iau de citit. Până să mă învețe Profesorul limba italiană, poate nu mi-ar strica să îmi îmbunătățesc engleza pe care deja o studiez la liceu.

În stația lui 79 este o grămadă de lume dar deasupra celorlalte capete, îl văd și pe Paul, pe care însă îl pierd în îmbulzeala urcării. Iar avem același drum?! Se pare că soarta insistă să ne împingă unul spre altul...

Nici nu atentez să găsesc un scaun liber în situația prezentă, atentă doar la modelul de găuri de pe biletele celor care taxează la aparatul de pe stâlp, să văd ce îmi pregătesc pentru cazul în care reușește să se urce și vreun controlor. Înecată în marea de oameni, nu pot să îl mai localizez pe Paul dar îmi tot răsucesc capul fără să abandonez speranța... Când simt că mă apucă de cot o mână care iese printre doi cetățeni strâns lipiți unul de altul și amândoi de mine.

"Vino că ți-am ținut loc!"

Inima îmi sare fericită în sus, tipa-tip-tip. Nu numai că apreciez gestul galant dar mă bucur că vom merge împreună spre casă. Biblioteca poate să mai aștepte o zi, două, sau cât este nevoie. Tot lângă Intercontinental o voi găsi și la anul. Mă strecor cum pot până la el și trec cu greu printre genunchii lui și speteaza scaunului din față, reușind să mă așez între el și geam, confortabil. Se pare că nu are nici o remușcare să stea jos în aglomerație și nu îi găsesc nici o vină în asta, mai ales după ce s-a gândit și la mine.

Îi mulțumesc și dă din cap în semn că a recepționat gratitudinea mea, dar se pare că nu este încă doritor de conversație și îi respect tăcerea. Troleibuzul scrâșnește îngrozitor din articulație, gata să se rupă în două și ne saltă fără milă. Bietul Paul, dacă rămânea în picioare ar fii putut da cu capul de acoperiș.

Mă uit cu coada ochiului și văd că privește peste mine, pe stradă, fixând ceva ce numai el știe. Îi simt cotul cald lipit de brațul meu și fac eforturi disperate să mă relaxez, să nu îmi sesizeze emoția. Când mai avem o stație până la Piața Romană, nu mai rezist să tac.

"Te așteaptă cineva?"

Se întoarce surprins spre mine.

"Cine să mă aștepte?"

"Știu eu?! Prietena ta cea roșcată..." m-a luat gura pe dinainte și m-am trădat că am observat mai multe decât trebuie...

Dar lui i se luminează ochii într-un zâmbet poznaș, fără să devină defensiv.

"Irina? Nu este prietena mea. Sunt 'solo'. Și nu mă așteaptă nimeni."

Mă simt descumpănită și bucuroasă în același timp. Deci așa o cheamă pe tipa misterioasă de la Predeal. În piept îmi bate un ciocan buclucaș, repetând cuvântul 'solo' de zeci de ori. Dar cu voce tare nu știu ce să mai spun și trebuie să coborâm.

Unii vor să se dea și ei jos în centru, alții însă încearcă să ne dea la o parte de pe scară, cățărându-se peste noi. Dacă nu mă apuca Paul de amândouă brațele să mă extragă dintre ei, rămâneam în troleibuz.

Aș vrea să mă cheme la cafeaua cu care mă amenință de când ne-am cunoscut, sau pur și simplu să ne continuam drumul spre vilă împreună. Nu îmi vine nici o idee cum aș putea să îl acostez, să am inițiativă. De ce nu este Silvia cu mine?! Ea are tupeu în domeniul ăsta. Paul... îmi aruncă un zâmbet ca o reclamă la dentist, un 'ciao' la întâmplare... și se îndepărtează la dreapta, în direcția opusă față de Piața Amzei.

O iau pleoștită în jos pe Magheru, spre ținta mea originală din după-amiaza aceasta. Vreau să mă scutur de senzația apropierii fizice din mașină, a stării de neliniște continuă care mă frământă de la un timp, tăindu-mi pofta de mâncare și tulburându-mi somnul. Îmi trebuie un duș rece să mă dezmeticesc și să îmi spăl gândurile necurate care mă încearcă. Degeaba vin toți băieții singuri din proiectare pe la biroul meu, ca muștele. Dar trebuie să îmi intre în cap că Paul are statut aparte și nu se uită la mine!

Mă concentrez pe amintirile plăcute de la Biblioteca Americană, unde m-am înscris cu Gelu, cu ani în urmă, în ciuda avertismentelor altor cunoscuți, convinși că ne va urmări securitatea pas cu pas dacă devenim membri acolo. Până să mă absoarbă relația cu Cornel, veneam aproape săptămânal să împrumut reviste și cărți, și nu mă arestase nimeni. Părerea mea optimistă că lumea din jur este exagerat de paranoică se confirmă până acum...

Steagul cu vultur răscrăcărat de-a curmezișul flutură mândru la intrare. Statele Unite și tot ce ține de ei sunt un milion de ani distanță de civilizația noastră, mult mai departe decât kilometri care ne despart. Blocurile până la cer și reclamele pe care le admir în ziarele lor colorate îmi par o fabulație inventată. Este greu de crezut că undeva, dincolo de granițele noastre și peste ocean există atâtea mărci nemaivăzute de mașini și conace luxoase, mobilate ca pentru expoziție. Câteodată mă întreb în secret dacă voi ajunge vreodată să vizitez America, să mă conving de realitatea lumii extravagante și atrăgătoare de culori și lumini, așa cum este înfățișată în publicațiile pe care le răsfoiesc.

Mă scufund în scaunul moale din piele albă din sala de lectură, delectându-mă cu un *Architectural Digest*. Oare acestea sunt trucaje, seturi de filmare, sau chiar este posibil ca cineva să aibă o baie în care să încapă un ficus adevărat?! Presupunând că problema cu apa caldă nu trebuie să o mai pun...

În câteva cotidiene am remarcat același autor care semnează caricaturi ale președintelui lor în diverse ediții, de-a lungul timpului. Raționez logic că este dovada certă a faptului că nu l-a băgat nimeni în închisoare pentru desenele lui. Pe mine erau să mă dea afară din liceu doar fiindcă îi făcusem un portret nefavorabil profesoarei de română, și din păcate o recunoscuseră cu toții, fără să adaug nici o explicație în scris...

Biblioteca Americană este sanctuarul meu favorit din oraș, și nimeni altcineva nu îmi mai trimite acasă programul lunar de funcționare și lista cu noile apariții din stoc. Îmi place politețea ireproșabilă a fetelor care lucrează la recepție, și mă bucur de aerul condiționat pe care nu îl găsesc în altă parte, rămânând singurul loc unde pot gusta atmosfera 'străină'.

Ultima jumătate de oră înainte de închidere o petrec în sala cărților, încercând să mă hotărăsc ce să împrumut și oprindu-mă până la urmă la jurnalul unui soldat care a luptat în Vietnam. Subiectul mă atrage fiindcă este o experiență pe care nimeni din cunoștințele mele nu a avut-o, să mi-o poată povesti. Chiar sunt curioasă să aflu ce gândește un om aruncat într-un război adevărat. I-a fost frică? I-a fost dor de casă? A vrut să se sacrifice pentru țara lui și ideologia care l-a trimis acolo...?

Până la șapte seara sunt acasă, în cămașă de noapte și cocoțată în pat la citit. Nu am văzut nici o mișcare la Profesor și prefer să mă retrag în cochilia mea, să îmi caut liniștea. De departe se aude stins zgomotul capitalei care răzbate până pe strada noastră retrasă, dinspre Piața Amzei, sau poate din partea opusă, de la Bulevardul Dacia. În studioul meu este pace și nu mă deranjează nimeni... Chiar dacă mi-aș dori.

Capitolul 33

Sâmbăta a zburat pe nesimțite de parcă nici nu a fost, fără să îi văd pe nici unul din frații Ștefanian. În schimb a venit prin birou Călin și după ce și-a pierdut timpul învârtindu-se în jurul cozii o jumătate de oră, până la urmă m-a invitat ceremonios la o înghețată la noua Cofetărie Casata, refăcută după cutremur, și spre încântarea aprobatoare a lui Soare mi-a fost jenă să îl refuz iar.

Poate am acceptat și din plictiseală, să sparg rutina care a începe să mă dispere. În orice caz, am spus 'da' și a rămas să ne întâlnim la coloane, la Piața Romană, pe la ora șapte. Până atunci, îl recuperez pe Liviu de la creșă și luăm tramvaiul să trec cu el pe la mama și eventual să îl las acolo până mâine, să nu o uite de tot pe bunica lui.

Este atât de frumos afară și soare încât îmi vine să plâng de singurătate, dacă asta are câtuși de puțin sens. Aș vrea să mă plimb de mână cu un băiat... și dacă sunt sinceră cu mine însămi, nu cu oricare. Dar faptul că nu m-a mai căutat de aproape o săptămână, îmi spune că aș fi deșteaptă să îmi iau gândul și să mă mulțumesc cu unul din cei care aleargă după mine.

Fiul meu este îmbrăcat cu o salopetă nouă pe care i-am făcut-o din niște jeanși vechi ai Alexandrei, cu unul din buzunare aplicate pe piept, cu emblemă cu tot. Este tare mândru de ea și își mângâie burtica de greieraș, uitându-se la mine să vadă dacă îi dau atenție. Candoarea inimitabilă a vârstei îi strălucește în ochii cenușii, irizați cu verde, reflectând percepția unei lumi ideale, fără invidie, trădare, sau minciună, așa cum o știe el acum.

Îl țin pe genunchi în tramvai, și monologhez cu el, povestindu-i ce am de gând să fac mai târziu, și explicându-i că el va ieși cu mama la cofetărie. Dă din cap cu seriozitate, în semn că nu se opune planurilor mele, apoi, din senin, mă întreabă puțin peltic dar foarte clar "U'de e Paul?", la care eu rămân mască, pentru că Liviu vorbește așa de rar.

"Dulceață, el are treburile lui, nu ne-am mai întâlnit de câteva zile..."

Dă din cap în semn de "Aha...", înțelegător. Ce l-a atras oare la Ștefanian? În afară de faptul că este înalt... și bine făcut ca și Cornel, nu văd nici o asemănare. Să intuiască oare că sunt atrasă de el și să vrea să mă ajute, intrându-i sub piele? Imposibil. Un copil la nici doi ani nu are cum să gândească atât de întortocheat, numai eu pot visa asemenea scenarii!

Cartierul Operetei nu s-a schimbat cu nimic în lipsa noastră. Opresc la Alimentara de la Blocul Turn și îi iau mamei un pachet cu bomboane. Ce frumos ar fii dacă am putea să le îndeplinim totdeauna celor dragi dorințele, să le aducem puțină fericire. Mama nu vrea decât căldură și dulciuri, cel puțin atât am auzit-o eu să se plângă că îi lipsește, și astăzi pot să îi ofer măcar una din ele.

Puștiul s-a strecurat pe lângă mine și hoinărește de capul lui printre rafturile din magazin.

"Liviu, eu plec și te las aici" îmi pierd eu răbdarea după ce l-am chemat de câteva ori fără nici un rezultat.

Rămâne pe loc cu încăpățânare și mă întorc să ies din magazin, demonstrativ, urmărindu-i reflecția în oglinda de pe perete, fără să vadă el. Se preface că nu îi pasă de mine continuându-și investigațiile, în timp ce eu mă ascund după un colț și îl pândesc în așteptare. După câteva minute, este clar că m-a pierdut din vedere și face o mutrișoară îngrijorată, cercetând fiecare persoană adultă, în căutarea mea. Fac un pas înainte și când mă găsește vine în goană cu brațele deschise, cuprinzându-mi genunchii, cu un "Mami!" răsunător de bucurie.

Sus în apartament, mama ne întâmpină cu lacrimi în ochi, luându-ne pe amândoi de gât, apoi ne dă brânzoaice calde, abia cumpărate în cinstea vizitei noastre. Vrea să știe cum îmi este acolo unde locuiesc, și încearcă să refuze ce i-am adus noi pe motiv că nu trebuia să cheltuim bani pentru ea. Este neschimbată, slabă și dreaptă ca o scândură, cu părul albit prematur, aproape fără dinți. Rochia de vară pe care o poartă în casă atârnă ca pe umeraș, și i se văd oasele la fiecare mișcare.

Nu stau prea mult acasă pentru că atmosfera mă deprimă și simt nevoia să fug de acolo ca întotdeauna. O sun pe Alexandra și ne înțelegem să mă aștepte la ele, să ieșim în oraș împreună, acum că examenele au trecut și a scapăt și Silvia din lanț. De la mine scurtez drumul pe chei peste Dâmbovița, apoi pe Strada Brezoianu, și în mai puțin de cincisprezece minute, acum că am ceas să mă pot cronometra, sunt la ușa lor.

Fetele sunt singure, în focurile pregătirilor de promenadă. Haine risipite pe recamier, farduri împrăștiate pe masa din bucătărie, sandale luate la probă, tot aspectul apartamentului îmi demonstrează că au planuri mari. Ne pupăm și îmi torn o gură de cafea să le țin companie până sunt ele gata.

"Mergem numai noi sau vine și George?" vreau eu să știu, cu un picior în balcon și cu țigara în mână.

Al nu-mi răspunde imediat. Încearcă să se hotărască cu ce să se îmbrace și e prea preocupată. Greșeala ei să nu-mi acorde atenție. Silvia îmi face semne în locul surorii ei, mimând un bărbat și o femeie la brațul lui, maimuțărindu-i pe amândoi, caraghios. Alexandra se grăbește în continuare vioaie, cu încântare, pipăind prin teancul ordonat de bluze aranjate pe culori. Îmi trece mie prin cap că într-o bună zi voi avea și eu așa, un raft întreg numai cu tricouri, altul cu pulovere, și o bară lungă, plină cu pantaloni și rochii de toate felurile, cum văd la ea în șifonier...

Dar prietena mea s-a hotărât ce va pune pe ea și se întoarce spre mine.

"Dacă ai știi ce ai pierdut ieri seară!!! Am ieșit cu George la plimbare și ne-am întâlnit cu brunetul de la munte, care era însoțit... ghici de cine? De Mark Polițistul în persoană! Ce seamănă el cu Giuliano Gemma nu-i nimic. Celălalt, care este fratele lui mai mare, este leit actorul tău preferat, Franco Gasparri!!! Cred că mai tânăr decât el, dar are aceeași privire 'criminală', același mers leneș, și părul..." se întrerupe, observându-mi expresia cu care o ascult.

Mi-a luat-o inima din loc, numai când o aud. Dacă mă gândesc puțin, are dreptate cu asemănarea, dar băiatul lui Ștefanian este mai frumos, dacă așa ceva se poate...

"Ce te uiți așa plictisită la mine, nu te bucuri ce ți-am găsit?"

Mă pufnește râsul.

"L-am găsit deja și eu! Sunt nepoții Profesorului și băieții directorului nostru, Paul și Ștefan."

Este extrem de dezumflată și pune botul în glumă.

"Exact! Și eu care de abia așteptam să îți spun și să văd ce mutră faci!"

"Acum ai văzut."

"Cum de nu mi-ai pomenit nimic despre el?"

Mă gândesc puțin, să văd cum pot să mă justific fără a o răni în amorul propriu. Cred că îmi este teamă să aduc vorba despre Paul, să recunosc cât de mult îmi place... degeaba. Că pentru el nu sunt decât o oarecare fată angajată la Republica, căreia i se scurg ochii după el. Simt deodată un val de emoție neașteptată, aproape că îmi vine să plâng.

Silvia, mai receptivă, se repede și mă ia în brațe.

"Mai las-o și tu în pace! Dacă e așa de frumos o să îi ia mințile..."

"Mie îmi spui?! Nu așa am pățit eu cu George? Sunt moartă după el, recunosc sus și tare!"

Încerc să îmi revin, trecând la atac, insinuantă.

"Te-a invitat deja pe la el...?"

"Vai, așa provincial îl crezi?! S-a invitat el la mine!"

Chicotim toate și Al continuă să îmi povestească ce s-a mai întâmplat aseară.

"...Am fost în barul Atlantic, doar eu cu cei trei flăcăi!"

"Păi Atlanticul nu este bar de noapte?"

"Ba da. Ne-am uitat la dansatoare aproape dezbrăcate, am băut Martini... George i-a întrebat pe băieți ce mai știu de Irina, care am înțeles că era un fel de 'prietena lor'..."

"Roșcata de la munte!"

"Zău?! E, asta nu aveam de unde să știu că nu au descris-o în conversație. Am înțeles doar că Ștefan nu mai este interesat, că își caută o tovarășă mai stabilă, numai a lui. Și frate-su a zis că pe el nu l-a interesat tipa nici înainte... decât... 'în lipsă de altceva'. Vedeți cum vorbesc și băieții între ei?!"

"Niște nesimțiți!" comentează Silvia, pe jumătate în glumă. "Fetelor, văd că vă tot împiedicați de diverși bărbați care seamănă cu cine știe ce actori, care mai de care... Nu aveți și pentru mine unul? Eu pot fii și 'mai stabilă' la nevoie," adaugă ea cu subînțeles.

"Asta că veni vorba de 'în lipsă de...'?" o admonestează sora ei râzând, apoi se întoarce brusc spre mine. "S-a pomenit și de tine, când am menționat că am o prietenă care lucrează ca desenator în proiectare la Republica. La numele tău, Paul a ciulit urechile... dar nu a întrebat nimic. Trebuia să mă prind că vă cunoașteți, bandiților!"

Se instalează pe marginea unui scaun cu rimelul în mână, pictând cu mare concentrație și povestind înainte.

"...Deci, ce am mai aflat despre băieți. Între cei doi Ștefanieni... au făcut toate sporturile posibile, schi, patinaj, înot, Judo, până și gimnastică coregrafică, când erau mai mici. Paul încă joacă baschet, bineînțeles la statura lui. Ștefan e mai mult cu fotbalul."

Eu și Silvia schimbăm priviri amuzate. Alexandra știe că o ascultăm cu toată atenția și se simte bine să aibă toate informațiile pe mânecă și să ni le dea cu lingurița.

"...Stai că mi-am mai amintit despre unul din subiectele de aseară! Paul a menționat că indiferent dacă a luat admiterea sau nu, se mută la unchiul lui. Cică tatăl lor l-a amenințat că îl leagă în casă dacă nu își bagă mințile în cap, sau cam așa ceva.

"...Am înțeles că bătrânul ar fii încercat să îl cupleze cu o fată de familie bună, de la voi din proiectare, să nu mai bată coclaurile 'ca motanii în călduri pe acoperișuri'. Asta au fost cuvintele lui Ștefan, citez. Rădeau toți de ideea asta cu... Lucia, sau Lucica... cum o cheamă pe fata aia. Și așa nu prea se împacă Paul cu taică-său dar de blondă nici nu vrea să audă și zicea că acum este într-o situație jenantă când are treabă pe la voi..."

"Ce intrigi complicate, dom' le!" râde Silvia.

Nu știu de ce, îmi trece prin cap Shakespeare și povestea lui Romeo și a Julietei, care s-au iubit atât de mult încât au preferat să moară împreună decât să trăiască separat, din cauza familiilor din care proveneau. Realizez că paralela mi-a fost inspirată de revelația cu Zmeul care caută un anumit gen de alianță pentru feciorul lui.

În mod sigur eu nu aș corespunde... Dar mintea mea jucăușă țopăie la ideea următoare și mă întreb dacă Romeo și Julieta ar fii avut o altă soarta dacă se căsătoreau. Oare nu se otrăveau sau înjunghiau unul pe altul după câțiva ani de stat împreună? Ridic ochii la Al, simțind că mi se adresează direct.

“...Mâine, eu și George, ne întâlnim cu ‘al tău’ la Continental, să luăm cina.”

“Al meu?! De unde și până unde ‘al meu’?!” mă apăr eu dar ea se răsucește spre sora ei și continuă cu superioritate comică.

“Și ție, dacă ești cuminte, îți fac cunoștință cu Ștefan, că a zis că îi plac blondele cu ochi albaștri sau verzi.”

“Sunt cuminte, soro!!!” promite Silvia ridicând o mână ca la jurământul pionierilor. “Mă fac cumnățică cu Laura...” adaugă ea, strâmbându-se spre mine.

“Sunteți gata astăzi sau mă țineți în casă toată ziua?” schimb eu discuția.

Sună cineva la ușă și Alexandra sare că arsă să răspundă, la care Silvia începe iar să gesticuleze cu disperare pe mutește, cât pe aci să îmi răstoarne cafeaua. Noul venit este blondul... Sora lui Al prinde glas, în sfârșit.

“Mi-a spus să nu-ți zic, să fie surpriză!”

Râdem, dăm mâna, ia și el loc în spațiu, asistând la ultimele retușuri, dar își pierde răbdarea peste un minut.

“Haideți, fetelor, vă conduc până la Profesor acasă!” ne împinge de la spate, de parcă ar mâna oile.

“Adică mă duceți acasă... la mine,” comentez eu dezamăgită dar toți mă asigură că ieșim mai târziu și în oraș.

“Speram să ajungem pe undeva mai devreme... M-a chemat un coleg de serviciu la înghețată pe la ora șapte. Sau veniți și voi cu mine?” îmi vine mie ideea.

“Păi, ce, ne-a invitat pe noi? Vorbim de... alt coleg, să înțeleg?” se oprește Al din mers, nelămurită.

Ignor întrebarea, reluând conversația de unde am rămas.

“Haideți și voi la Casata!”

Sper că George nu are vată în urechi și prinde hapul din zbor, dar el are alte planuri și nu pare dispus să și le schimbe de dragul meu.

"Noi ne ducem la bere în Turist și când termini înghețata ne găsești acolo. Bine?"

Nu am cum să îi forțez, aș fii preferat doar să nu apar singură la întâlnire și să îl lecuiesc pe Călin de a mă mai invita undeva. Reflectez la cât de ciudat se aranjează sentimentele în viață, cum îți dorești exact ceea ce nu se poate... Valabil în cazul acesta și pentru mine și pentru el.

Cât de diferit reacționează fiecare când este vorba de dragoste. Unii se opresc brusc și nu își mai pot lua ochii de la obiectul adorației spontane, altora le ia zile și săptămâni să alunece treptat în acea direcție. Și pentru mulți, iubirea exaltată rămâne un mister veșnic. Am vorbit cu atâți prieteni care au dat din umeri nesiguri când i-am întrebat dacă au fost vreodată îndrăgostiți cu adevărat.

Să fie înclinația mea spre amorurile la prima vedere o minune care nu le este dată tuturor sau un blestem?! Mulți spun că acest sentiment este atât de rar încât dacă ai norocul, îl poți simți numai o dată, cât trăiești. Dar eu am certitudinea că am fost amorezata până peste cap de Cornel, ca dovadă că m-am căsătorit cu el, împotriva sfaturilor de bine și a intuiției mele care îmi spunea că venim din lumi prea diferite și avem idealuri care nu se potrivesc. Și totuși i-am făcut copil, încercând tot posibilul să îl fac fericit. Ca să nu mai vorbim cât de greu mi-a fost să îl smulg din inimă și să mă eliberez din relația cu el.

Fusesem îndrăgostită și înainte, de băiatul de la intrarea în Cișmigiu, cu care ieșisem doar la cofetărie de câteva ori, dar la care mă gândeam pe atunci în fiecare secundă a zilei. Când plecase în armată mă scosese la plimbare prin parcul unde ne cunoscusem, cu casetofonul după el, și ne luasem rămas bun în romanticul punct de întâlnire cunoscut de lume drept 'La Coloane' sau 'La Pătrat', pe melodiile lui Demis Roussos. Ne scrisesem în fiecare săptămână...

Apoi, fiind la marină, a fost luat pe vas, nu am primit vești de la el... Și ca un fluture sprințar, uitasem de el, îndreptându-mi atenția spre colegul cu pată argintie în frunte. Câteva luni mai târziu, dădusem de Cornel pe bulevard...

Pe Nico nu îmi este clar dacă l-am iubit atunci, la paisprezece ani. A fost mai degrabă șocul trezirii femeii din mine, primul bărbat pe care pusesem ochii în viață, înainte de toți. Poate și de aceea am avut curajul să iau inițiativa la Sinaia, indiferent de faptul că îl știam legat de cineva. Sau poate pentru că m-am simțit atât de degajată alături de el de fiecare dată, discernând cu claritate emoția erotică pe care mi-o inspirase.

Mă tem că acum, cu Paul, mă scufund în ceea ce se cheamă nu numai atracție fizică dar și dragoste. Toate sentimentele simțite până acum față de alți prieteni de ai mei, amestecate și înzecite. Acea obsesie permanentă când orice acțiune este cântărită prin prisma 'ce ar zice dacă m-ar vedea acum' sau 'oare lui i-ar place asta'. Îl văd de câte ori închid ochii, zâmbind, încruntându-se, ridicând o sprânceană. Am ajuns să îmi imaginez frânturi de dialog cu el, care nu au avut loc niciodată.

Analizând cu atenție experiența mea de până acum, dacă îl evit și nu mai dau cu ochii de el o perioadă, ar trebui ca până la urmă să mă liniștesc și să îmi treacă. Dar cum este posibil când tot vine pe la tatăl lui și pe la Profesor?! Poate dacă intră la facultate, sau dacă aflu că este cuplat, că ține la altcineva... Atunci m-aș răcori, rapid. Dar așa, când se joacă și flirtează cu mine, dispărând cu zilele numai ca să îmi facă iar cu bățul prin gard în după acea...

George merge la braț cu Alexandra în fața noastră, spunând bancuri pentru beneficiul întregului grup. Are o rezervă nesecată, îi place să fie în mijlocul atenției, și recunosc că are farmec și umor incontestabil. Prietenei mele îi plac guralivii spre deosebire de mine, pentru care bărbații care nu reușesc să tacă măcar cinci minute par obositori.

Poate Călin este puțin prea... pe partea cealaltă a spectrului. În afara de strictul necesar nu cred că l-am auzit vreodată să povestească ceva. Oare cum descrie o soluție tehnică la serviciu, când trebuie elaborată? Prin semne?!

O las pe Silvia să îi ajungă din urmă pe ceilalți, să între cu toții la terasa Turist, în timp ce eu mă îndrept fără entuziasm spre cofetărie. Ce o fii fost în capul meu să accept întâlnirea?! Colegul meu mă așteaptă în fața la Casata, cu un buchet în mână și un zâmbet larg. Oare de ce am fost sigură că va veni cu flori?! Ca și cum aș mai fii trăit secvența aceasta odată, în trecut. Îmi este cunoscută până și senzația jenantă că nu știu unde să le pun și ce să fac cu ele pe moment. O, dar dacă mi-ar fii adus Paul și un fir de ceapă, ce fericită aș fii fost...!

Termină, Laura, mă admonestez singură așezându-mă la masă în fața lui Călin. Comandăm înghețată cu ciocolată și îmi aprind o țigară să umplu tăcerea dintre noi. Slavă Domnului că mă întreabă până la urmă dacă locuiesc pe aproape și asta deschide conversația. Eu nu am găsit nimic să pretind că mă interesează despre el, dar dacă tot am mărturisit că într-adevăr, stau la câteva minute distanță, îl întreb și eu dacă vine de departe până în centru.

Răspunsul lui îmi intră pe o ureche și îmi iese pe amândouă. Parcă a zis ceva de Pantelimon, sau poate era Titan...? Cred că s-a făcut liniște iar și mă uit cum își studiază unghiile îngrijite, zâmbind calm. Nu cred că este timid, doar reținut și serios. Proaspăt bărbierit, tuns scurt, șaten cu ochi căprui, blânzi. Vorba lui Dan, 'doar un om ca toți oamenii', care arată bine dar nu mi-a atras atenția cu nimic.

Îl întreb ce filme a văzut recent, să îl provoc la vorbă și să pot rămâne eu cu gândurile mele. Se pare că funcționează ideea mea pentru că pot ciuguli din cupă toate bucățile de ciocolată și visa cu ochii deschiși câteva minute bune, fără să înregistrez ce spune, gândindu-mă că abia aștept să mă duc la terasa Turist, să îi găsesc pe ceilalți...

“Laura?”

Tresar. Călin m-a întrebat ceva și eu eram departe.

“Scuză-mă. Ce ai spus?” zâmbesc fără să se vadă pe fața mea cât de plictisită sunt. Aș prefera să citesc singură o carte acasă decât să fiu aici.

“Te întrebasem dacă pot să te țin de mână…”

“Doar dacă vrei să îți rămână și din înghețata mea!” încerc eu să fiu nostimă.

Nu am apreciat niciodată băieții care cer permisiunea, nici măcar să mă sărute! Bine că nu întreabă și altceva...! La urma urmei, un sărut smuls cu virilitate, ca în filme… este tulburător, cu condiția să fie dorit. Să îl ferească Dumnezeu pe ăla care mă atinge dacă nu vreau eu. Secretul este doar destulă intuiție să își dea seama omul dacă gestul este binevenit sau nu.

Îmi ridic privirile spre stradă, instinctiv, de parcă mi-aș fii auzit numele strigat de cineva... Și incredibil, silueta lui Paul este acolo, în realitate, nu doar în imaginația mea. În stația de mașină, îmbrăcat în alb strălucitor, s-a oprit din mers și se uită drept spre noi. Mi se oprește respirația și mă întorc spre Călin, animată dintr-o dată ca prin minune.

“Am văzut pe cineva cunoscut… Poți să mă aștepți o clipă?”

Mă prinde de braț fără brutalitate dar ferm, ținându-mă pe loc fără să îmi mai ceară voie.

“Laura, te rog… Ești cu mine acum. L-am văzut și eu.”

Simt că nu mai rezist și aproape îmi dau lacrimile. Strâng din dinți și împing la o parte cupa de înghețată, eliberându-mă din mâna lui.

“Căline, nu te supăra pe mine dar… nu merge. Este greșeala mea că am acceptat să ne întâlnim. Țin la altcineva…”

“Laura, în spatele lui Ștefanian este o coada nesfârșită de fete cucerite de aspectul lui. Mi-ar pare rău să te văd printre ele. Ești sigură că nu îți dorești ceva mai puțin spectaculos? Speram că poate…”

Îl întrerup, pierzându-mi răbdarea.

“Nu ar fii corect să te las să aștepți mai mult de la mine. Putem fii amici, colegi… Dar în ceea ce privește un prieten, nu știu acum ce îmi doresc. Sper să îmi apreciezi sinceritatea.”

Dă din cap înțelegător, fără să facă vreo scenă, dezamăgit.

“Îmi pare rău că ai venit atât drum, din Pantelimon, până aici…”

“Din Berceni,” mă corectează el.

“Scuze.”

Sunt în picioare și se ridică și el dovedind bune maniere în ciuda situației. Îi mulțumesc pentru înghețată, uit – intenționat sau nu – florile pe masă și ies grăbită în stradă. Paul a dispărut și cu toată ținuta albă și înălțimea lui, nu reușesc să îl văd nicăieri.

Sunt prea zdruncinată să mă mai simt în stare de stat la bere cu fetele și George. Îmi doresc doar să mă ascund în studio și să trag o porție bună de plâns, să îmi spăl creierii și sufletul de păcate… Ceea ce și fac, fără să întâlnesc pe nimeni în drum care să mă oprească sau să îmi schimbe intențiile…

Capitolul 34

Duminică l-am luat pe Liviu de la mama și ne-am dus în Herăstrău unde am petrecut toată ziua. Ne-am plimbat cu vaporașul pe lac, am fost la leagănele unde veneam când eram copil, am pierdut timpul pe la Expo Flora. Vremea a fost superbă dar plimbarea mi s-a părut îngrozitor de tristă. Cu tot soarele strălucitor și alergătura puștiului, m-am simțit mai singură ca niciodată. M-am abținut eroic să nu îmi dea lacrimile și i-am fost recunoscătoare celui mic că nu și-a mai adus aminte să mă întrebe unde-i Paul.

Am ajuns acasă destul de târziu ca să facem doar duș și să ne culcăm. Cred că ne-am băgat în pat înainte de a se întuneca și nu am aprins lumina nici măcar ca să citesc. M-am ascuns bine și probabil Profesorul nici nu și-a dat seama că sunt sus la mine fiindcă nu m-a căutat.

Luni, după ce l-am lăsat pe Liviu la creșă, m-am simțit mai bine. Fără el îmi este mai ușor să fiu mulțumită de viața mea, considerându-mă o tânără ca oricare alta, în mod normal lipsită de obligațiile și responsabilitățile unei familii incomplete. Crizele de melancolie morbidă apar doar când îl am pe fiul meu alături și realizez că suntem doar noi doi... Și lumea dezlănțuită din jur.

Întoarsă în birou, realizez că am ieșit complet din starea depresivă. Îmi pot privi colegii în ochi fără să pufnesc în plâns. Chiar și pe Călin care m-a salutat pe hol, fără ranchiună, de parcă nu s-ar fii întâmplat nimic între noi. Începem o nouă săptămână de lucru, ca toate celelalte...

Dan se apropie de noi întinzându-se fără rușine de îi trosnesc oasele și se inclină ceremonios spre mine și soția lui.

"Frumoasele mele colege... Vă rog să trageți câte trei borderouri în tuș, fiecare. Nu mai avem de loc," se întoarce el apoi spre Lucica în mod separat, cu intenția de a o necăji fiindcă nu o include în categoria noastră, rugând-o și pe ea același lucru.

Borderourile reprezintă în proiectare niște tabele standardizate pe care se înregistrează toate desenele dintr-un proiect, care apoi se copiază la heliograf, pentru arhivare și distribuție. Când nu avem de lucru pregătim borderouri de rezervă, și tot rămânem de obicei fără când suntem în plină activitate, de parcă s-ar mânca pe pâine.

Blonda tocmai își petrece timpul sprijinită de biroul lui Soare, alintându-se.

"Numai pe Anca o lăudați mereu... Nici nu v-ați uitat să vedeți ce mult am muncit azi..."

Cred că șefului îi vine să se urce pe pereți dar ceva îl oprește fiindcă nu îl văd pe tavan. Se abține de la vreun răspuns și pleacă doar la plimbare printre planșete, inspectând în treacăt ce a făcut fiecare. Se apleacă lângă colega noastră, brusc.

"Mânca-o-ar tata de fată harnică și talentată!" dar blonda nu apucă să se bucure de compliment când ridică dintr-o dată ochii, plesnindu-și palmele una de alta și exclamând-o cu uimire prefăcută.

"Scuza-mă, Luci, te-am confundat, credeam că este Anca!"

În mai puțin de jumătate de oră, am terminat comanda lui Dan și mă decid să îi las pe toți să își consume porția de râs pe ziua de astăzi pe socoteala celor mai slabi cu duhul. Dau o fuga până la magazie, la Corina, să fumez cu ea, în adăpostul și răcoarea subsolului. Îmi face bine înțelegerea ei totală, lipsită de critică. Mă ascultă întotdeauna cu răbdare și știe mereu ce să îmi spună ca să îmi ușureze povara de pe inimă.

În viața ei amoroasă, Gigi joacă rolul ideal de tovarăș la filme, ieșiri în parc, și de ce nu... de partener în pat, atunci când găsesc liberă una din casele părinților. Prietena mea este vioaie și degajată. Nu se chinuie nici cu 'o coadă lungă' de concurente, nici cu problema etică de a 'râvni' la fiul directorului.

O întreb iarăși dacă este îndrăgostită de Gigi și se încruntă, oprindu-se puțin pe gânduri, ca și cum și-ar răsfoi sentimentele, verificând cu grijă care este răspunsul corect, apoi neagă din cap și dă din umeri. Nu, doar îi place la toate, se împacă bine cu el, și își petrec timpul împreună fiindcă așa scapă amândoi de acasă.

După jumătate de oră de întors problema pe toate părțile, o părăsesc pentru a mă întoarce la planșetă, înainte de a mi se observa lipsa. Mi-e lene să urc pe jos și decid să aștept liftul, împreună cu alți opt indivizi, adunați deja în hol. Depășim cu trei persoane recomandarea limitatorului de sarcină afișată clar pe ușă... Dar proiectanții sunt ingenioși prin definiție și reușim să păcălim ascensorul, unii din băieți agățându-se de gurile de aerisire, fără să atingă podeaua.

Pornim până la urmă greoi și urcăm două secunde opintite... Când între etajul unu și doi, ne blocăm cu un scârțâit sinistru. Se apasă fără rezultat pe toate butoanele la rând, apoi pe toate deodată. Unii râd, alții par mai stresați, începe vacarmul și se bate cu palmele în pereți până ne aude cineva și cheamă mecanicul. În sfârșit, ușile glisează la o parte deschizându-se larg, dar suntem exact la jumătatea platformei, nici încolo, nici încoace, cu un metru mai jos decât trebuie. Sau mai sus, depinde de unde ne privesc cei de afară.

Singura soluție este să ne cățărăm pe brânci... Și stârnit de agitația generală, iese și Zmeul din secretariat, hotărându-se inimos să participe la operațiunile de salvare. Bine că am avut inspirația să vin astăzi îmbrăcată în blugi! Ar fii fost spectaculos dacă eram cu fustă, mai ales una scurtă. Ștefanian îmi dă mâna și mă trage afară, cu putere. Nu se poate să nu-mi treacă prin cap că aș fii preferat să fie fiul în locul tatălui... Dar realitatea este... Că nu este!

În lipsă de ascensor nu am încotro și țopăi pe trepte până la etajul opt, ajungând în birou la timp să mă ciocnesc de Carol, din nou cu șervețelul de cafea măcinată în mână. Este timpul să scap și de ăsta, să nu îl mai aud pe Soare că 'îmi trag toți clopotele', când tocmai cel care aș vrea eu s-o facă lipsește!

Nu-l las nici să apuce să deschidă gura și îl reped, răzbunându-mă pe toate celelalte motive de indispoziție care îmi trec prin cap.

"Am treabă! Nu-mi spune că nu mai există nici un alt reșou sau termoplonjor în toată clădirea asta!!!"

Face un pas îndărăt, șocat. L-am luat și la per tu, cu toate că el a rămas unicul din institut care nu îmi spune direct pe nume.

"Ați fost atât de drăguță până acum..."

"Sunt drăguță tot timpul," trag eu o strâmbătură de zâmbet fără umor. "Nu îmi place când cineva profită de asta. Ce, nu ești în stare să îți faci singur o cafea?!"

Pleacă indignat, cu coada între picioare, și eu trântesc ușa după mine, îndreptându-mă înțepată spre planșeta mea. Înfruntarea s-a petrecut în prag și au auzit cu toții. Se vede pe fața lui Soare că jubilează. Cred că am crescut cu un metru în ochii lui... Dar încă nu știe că l-am eliminat și pe Călin din competiție.

Îmi văd de lucru cuminte, așteptând să se termine programul, când în birou intră Noni. Câteodată îi dau dreptate șefului, pare ca la piață în atelierul nostru. Ghinci-color salută în stânga și în dreapta și își face treabă pe la biroul meu, așezându-se neinvitat pe scaunul gol de alături, rezervat musafirilor cu probleme de muncă.

Își pune coatele peste desenele mele și mă privește rânjind. Din păcate, acum am de completat cartușul ansamblului terminat și asta nu o pot face decât pe masă, față în față cu el. Mă scoate din sărite dar încerc să îl ignor, sperând ca dacă îl tratez cu indiferență, până la urmă pleacă.

“Ce te-aş mai face eu să vorbeşti...” mârâie el insinuant.

Cred că Soare este la un pas de a interveni să îl dea afară, aşa încât decid să am răbdare şi nu răspund provocării.

“Nu vrei de loc să mă bagi în seamă,” observă el într-un sfârşit. “... Ia să văd, ce faci tu acolo?” şi mă ia prin surprindere întinzând mâna peste foaia de calc şi atingându-mă pe piept, ca din greşeală.

Reacţionez instinctiv, ca un arc, smucindu-mă în spate şi aruncând în el în aceeaşi clipă cu tocul pe care îl am în mână. Nu ţin minte când l-am întors ca pe un cuţit, ţinându-l de vârf când l-am lansat, dar peniţa i se înfige în pielea gâtului înainte de a se desprinde şi a cădea pe jos. Noroc că şi-a ferit instinctiv ochii. Eu însă nu mă opresc şi întinzându-mă fulgerător spre el îi trag şi o palma răsunătoare peste braţele ridicate în defensivă. Aş fii în stare să îl calc în picioare dacă nu ar fii biroul între noi!

Noni sare din loc şi bate în retragere nevenindu-i să creadă, pipăindu-şi tatuajul injectat de rapidograful meu. Dan, Cristian şi Doamna se aduna imediat la locul faptei şi Soare îl invită prompt să părăsească atelierul şi să revină numai când are treabă de serviciu cu cineva. Ghincescu iese înjurând birjăreşte, strigând în urma lui că sunt nebună şi ameninţând că pune el mâna pe mine cu altă ocazie.

Îmi tremură mâinile fiindcă nu mă recunosc în fiara care şi-a atacat atât de violent oponentul. Dar nu permit nimănui să mă atingă în felul acesta. Am fost umilită destul până acum şi nu mai pot tolera abuzurile, mai ales fizice.

Mă calmez treptat, uitându-mă pe geam fără a vedea tramvaiele din staţie sau lumea, dar detaşându-mă încet, încet, de scena petrecută înainte. Colegii îmi dau dreptate şi mă felicită că l-am pus la punct. Şeful râde atoateştiutor.

“Cine urmează, Laura? Noni a fost al doilea pe ziua de azi... Asta dacă nu ai mai lăsat câteva cadavre în urmă, cât ai fost pe afară. Cu tine se întâmplă ceva. Ai şi slăbit, ştii...?”

Sirena mă salvează de percepția lui nedorită și cred că nu m-am bucurat niciodată atât de mult să o aud.

“Locuitori ai CCP-ului! ‘Este’ orele de plecare, alinierea la gaură!” anunță Dan, stâlcind în glumă gramatica română, dar până să termine el ce are de zis, eu sunt deja la etajul șapte.

Ajung încă furtunoasă în fața vilei, mai ales că am stat tot drumul în picioare în troleibuz și nu am avut motive să mă binedispun... Dar rămân încremenită în prag de cum deschid poarta, ca izbită în piept. Așezat pe treptele de lângă garaj mă așteaptă Paul. Adică... ce altceva ar putea să facă acolo, fumând răsturnat cât poate de comod, într-o rână?!

Astăzi poartă jeanși vișinii și o cămașă roz din pânză topită, cu guler popesc. Băiatul ăsta poate să îmbrace orice culoare neobișnuită și tot arată de o mie de puncte! Ca să nu menționez că pe lângă hainele mulate, moda de astăzi cere ca bărbații să nu se încheie la ultimii doi, trei, sau cinci nasturi de sus, expunându-și pieptul pentru efect maxim. Mda, Paul nu are de arătat mare lucru fiindcă va avea păr pe piept peste câțiva ani. Poate. Unii rămân așa, fără...

“Bună, Laura!” mă salută el ridicându-se în fund din poziția semi-culcată.

“‘Buna să-ți fie inima’,” citez eu din nu-mai-știu-acum ce pasaj literar studiat la școală. “‘Ce vânt te aduce’ pe aici?”

Râde și își strânge picioarele lungi, sprijinindu-și apoi coatele pe genunchi.

“Dacă îți spun că mi-a fost dor de tine, mă crezi?”

Mă surprind singură câtă tărie pot avea să îmi ascund emoția.

“Nu. Mai bine îmi spui serios. Ce vrei?”

“...‘Bună pace. Și de n-o fii cu bănat’...” răspunde el în același stil, să îmi dovedească că a învățat după aceleași manuale ca mine. “... Te invit undeva astă-seară.”

“Unde?” intru eu în joc, înainte de a mă putea opri.

Deci... dacă m-a văzut cu Călin în oraș, în loc să uite de existența mea... trece la ofensivă. Interesant.

“În Atlantic, la bar. Deschide în câteva ore.”

“Paul, nu am cu ce să mă îmbrac pentru un bar de noapte.”

“Hm. La fizicul tău nici nu ar trebui să te mai îmbraci...”

Slavă Domnului că m-a luat complimentul prin surprindere și am uitat să mă înroșesc!

“Dacă ții neapărat să fii ‘la cravată’ îți împrumut eu.”

“Mulțumesc, nu este nevoie,” dau eu din cap iar el face un salt de pisică drept în fața mea și se oprește la câțiva centimetri distanță, prinzându-mă de umeri și uitându-se fix în jos la mine. Țigara îi atârnă încă pe buze și își coboară genele dese să se ferească de fum. Este irezistibil. Și o știe!

“Atunci... hai să ne pierdem în lume! Ca două ace într-un car cu fân!”

“Ai înnebunit!” râd eu încercând să mă retrag, dar mă retine ferm.

“Poate după tine... Am început să am niște simptome. Știi să le recunoști?”

“Nu, întreabă-l pe George că e student la Medicină și sunteți prieteni...” Apoi, ca să nu cad pradă momentului de apropiere, continui cu glumele. “Scoți fum pe nas ca un balaur... A! Uitasem că ești fiul Zmeului!” izbucnesc eu în hohote în fața lui.

Scuipă chiștocul într-o parte și îmi dă drumul.

“Bine. Deci nu vrei să mergem împreună nici în fân, nici la bar... O plimbare cu motocicleta te tentează?”

Despre ce vorbește?! Ce are Atlanticul cu fânul?! Bate câmpii! Dar dacă până nu ar fii avut cumva parte de toată atenția mea și până acum, ultima invitație este imposibil de refuzat.

Cea mai mare dorință a copilăriei mele fusese să am bicicletă și după ce am reușit să o fac praf, dând peste Volga miliției cu ea – incident din care doar eu și mașina scăpasem întregi – următorul vis pe roți devenise o motoretă. Știu însă că o Mobră nouă costă aproape șapte mii de lei și încă nu am avut timp să văd dacă mi se aprobă să o cumpăr în rate...

“Ai motocicletă!?”

Încântat că mă poate în fine atrage cu ceva, cu gura până la urechi, se scormonește prin buzunarele imposibil de strânse pe șolduri extrăgând câteva chei, din care una se potrivește la garaj. Se lasă într-un genunchi și meșterește la încuietoare până o dovedește, apucă voinicește de mâner și ridică ușa masivă. Înăuntru, printre cutiile cu lucruri depozitate temporar sau uitate de ani de zile a apărut un Kawasaki vișiniu metalizat, cred că de 900 de centimetri cubi, dacă mă mai pricep la așa ceva, cât de cât.

“Văd că se asortează la pantalonii tai...” nu mă las eu fără să nu-l ironizez puțin, dacă tot am ocazia.

Dă din umeri zâmbind în sens de “Ce să-i faci, ai dreptate” și dă jos monstrul de pe cric. Îl admir cum o manevrează expert și cât de mică pare dihania metalică pe lângă el. De fapt... Îl sorb din ochi este mai corect spus.

“Am mutat-o la *zio* când a spus tatăl meu că mi-o ia dacă am ratat iar admiterea,” mărturisește el cu candoare dezarmantă. Văd că este tare mândru de originea unchiului, la care se referă întotdeauna în italiană.

Motorul pornește la prima pedală, și după câteva secunde se stabilizează într-un zgomot ritmic, sănătos. Nu avem pe cine deranja fiindcă mașina Profesorului nu este în curte, ceea ce mă face să cred că suntem doar noi acasă. Îmi face semn cu bărbia să deschid poarta și iese cu ea de ghidon, apoi mă așteaptă să o închid în urma noastră și să încalec în spatele lui.

Îmi petrec cureaua genții peste piept să nu o pierd pe drum, și după ce găsesc unde să îmi potrivesc sandalele, pipăi în jur în căutarea unor mânere de care să mă pot ține în mers.

"Ă-ă!" dă el din cap în semn că nu procedez cum trebuie. "Vrei, nu vrei, trebuie să mă iei în brațe!"

Bineînțeles că îmi dă instrucțiunea cu același zâmbet pe care deși nu pot să îl calific drept obraznic, nici nu-i găsesc un alt termen mai potrivit. Apoi scoate două perechi de ochelari de soare din compartimentul de lângă roata din spate, și dându-mi mie unii, la alegere, suntem gata de pornire. Adică am fi, dacă mi-aş face curaj să îl iau de mijloc.

"Am auzit că erai să îi scoți ochii la propriu lui Noni, fiindcă a pus mâna pe tine. Îți promit să nu fac la fel... Dar ține-te de mine! Parcă ești fată mare atât te codești!"

"M-ai ghicit. Jur pe fiul meu!" chicotesc amuzată, și ca să îi dovedesc că totuși se înșală, îl cuprind de talie cu brațele, lipindu-mă bine de el. Îl simt încordându-se brusc, probabil aşteptându-se să mai trag de timp, apoi se relaxează, umblă la accelerație, la ambreiaj și viteze, și alunecăm în stradă cotind spre Bulevardul Dacia, din ce în ce mai repede.

Senzația este absolut inegalabilă, de mii de ori mai grozavă decât pe bicicletă. Vântul îmi ridică părul în urmă și îmi fulgeră prin cap că mi-au crescut pletele la timp pentru asemenea ocazie romantică. Dar în curând îmi dau seama că fiind în spatele la dispoziția lui Paul, pe două roți, este mai degrabă o aventură nebunească decât o idilă.

Ajungem la Piața Romană pe negândite, ne înclinăm la unison în sensul giratoriu și accelerează cât poate spre Piața Victoriei. Nu îndrăznesc să întind gâtul să văd ce viteză are dar după cum facem slalom printre celelalte mașini, apreciez că mergem probabil de două ori mai repede decât ele și probabil de trei ori față de viteza legală. Îmi culc obrazul pe cămașa lui să nu îmi cadă ochelarii, să nu văd cum zboară toate pe lângă noi, și să mă ascund de curent, toate deodată.

Mirosul lui de colonie îmi intră în nări și nu am altă soluție decât să mă fac mică și să mă supun sorții, rugându-mă să ajungem înapoi cu bine și într-o bucată, cum am plecat. Riscul și apropierea fizică dintre noi acționează ca un afrodiziac și cu toate că aș da orice să pot coborî din nou pe picioarele mele și să scap din cursa aceasta nebună, simt o fericire exaltantă, greu de descris.

Încerc să îl strâng mai tare de câteva ori, făcându-i semn să încetinească, dar face exact pe dos, de parcă s-ar pregăti de decolare. Cu coada ochiului recunosc Fântâna Miorița de lângă Vila Minovici. Oare știe unde vrea să ajungă sau doar ne îndreptăm ca o săgeată încotro vede?!

Când în fine încetinește și ia o curbă strânsă la stânga, îmi fac curajul să ridic capul și recunosc aleea de intrare din Băneasa, de la Gradina Zoologică. Îndrăznesc să respir din nou și să mă dezlipesc de el, în timp ce găsește un loc de parcare, în apropierea chioșcurilor cu sucuri și crenvurști. Își îndreaptă umerii, rotindu-i să se dezmorțească și întoarce capul spre mine, zâmbind năzdravan.

"Ai rezistat eroic! Și nici nu m-ai dezechilibrat, ești perfectă ca parteneră... Pe motocicletă," adaugă el după o pauză cu subînțeles. "Nici nu am simțit că am pasager."

Eu încă nu am cuvinte. Probabil că sunt în halul în care aș fii fost dacă mă târa Gagarin cu el în cosmos, atârnată de rachetă în primul lui zbor istoric. Se răsucește de tot, puțin alarmat.

"Te simți bine? Văd că ai amuțit. Hai să facem câțiva pași..."

Îi fac semn că nu am nimic și cobor nesigură pe pământ. De pe naveta spațială... pe care am călărit până acum. Abia îmi țin echilibrul și Paul se distrează de îmi vine să îl iau la bătaie.

"Dacă am fii putut merge față în față era și mai interesant..." se prăpădește el de râs și nemaiputându-se abține mă ia pe sus de mijloc și se răsucește cu mine de câteva ori, de parcă nu aș fii destul de amețită și așa.

Mă agăț instinctiv de gâtul lui ținându-mă iar bine, dar prind și glas.

"Lasă-mă jos! Lasă-mă să îmi revin măcar!"

Mă depune cu grijă în picioare și face un pas în urmă, examinându-mă amuzat.

"Hai să gustăm ceva și ne plimbăm apoi prin pădure."

"Mersi dar... mă tem să nu îți pun mâncarea în cârcă la întoarcere..."

"Naa..." face el cu convingere. "Să nu spui că nu ți-a plăcut! Cred că ți-am simțit inima în spatele meu și mă întrebam dacă bate pentru mine sau... de frică!"

"Ești nebun de legat," îmi revin eu, în fine. "Ce viteză ai avut pe șosea?"

"Numai o sută douăzeci la oră. Este motocicletă de plimbare, nu merge frumos la mai mult."

"Numai!?" dar îmi întrerupe vociferările ridicând degetul la buze, cu același gest pe care l-am mai văzut.

"Șșșș! Hai să facem un picnic. Îți plac crenvurștii?"

Nu așteaptă răspuns și mă trage de mână după el, în fugă, până la prima tarabă din drum, unde comandă de toate, inclusiv două sticle de Cico pe care mi le dă să le țin. Ne îndreptăm cu brațele pline spre copaci și intrăm prin iarba înalta și prin bălării, îndepărtându-ne de aleea principală, până i se pare lui că a găsit cel mai bun loc.

Se așază în iarbă, fără fasoane, și depune tăvile de carton cu mâncare la mijloc, între picioarele lui lungi, invitându-mă să mă așez față în față cu el. Ce a ales el miroase bine și îmi dau seama dintr-o dată că nu am mai pus nimic în gură de la prânz și că mă roade stomacul de foame. El înfulecă fără prea multă ceremonie, cu mâinile, ajutându-se din când în când de șervețel, bălăcind pâinea în muștar și lăsându-mă în pace pentru câteva minute, să mă descurc singură.

Împărțim totul și terminăm pe negândite crenvurștii și chiflele, până la ultima fărâmitură, apoi deschide sucurile cu marginea brichetei, într-o manieră pe care nu am mai văzut-o până acum, răsuflă uşurat şi satisfăcut, și scoate țigările. I-a rămas o pată galbenă de sos pe colțul buzei și îi fac semn să se șteargă, dar o ratează de două ori și până la urmă întind un deget şi o culeg într-o mişcare scurtă, cât mai nevinovată, în timp ce el mă fixează cu privirea, neștiind la ce să se aştepte. Dacă l-am dezamăgit, nu arată.

"Nu am să te mai văd o săptămână întreagă..." spune el brusc, de parcă până acum am fii petrecut fiecare seară împreună și cine știe ce s-ar întâmpla dacă...

"Duminică plec cu ai mei la Eforie Nord, unde mergem în fiecare concediu. Nu am cum să mă eschivez și este și singura ocazie din vara asta. Dacă am reuşit la examen, atunci poate mai am șanse de mers pe undeva, dar dacă nu... Tata mă taie de la porție și va trebui să mă angajez cât de curând. Oricum va fii ultima oară când mergem cu ei în vacanță, și eu și Ștefan. De la anul nu ne mai considerăm copii și suntem fiecare de capul lui."

Prin mintea mea trec zeci de gânduri simultane, în toate direcțiile. Și eu pot să îmi iau liber săptămâna viitoare. Și de ce să nu merg, ca din coincidență... la Eforie Nord?! Să îi spun? Să nu îi spun? Mă trezesc întrebându-l cu totul altceva.

"Ai idee unde ai putea să lucrezi?"

"În nici un caz unde este tatăl meu director, dacă la asta te gândeai!!!"

Dau din umeri.

"Poate îți era mai uşor să te pregăteşti dacă rămâneai în proiectare, să încerci din nou la anul."

"Nu este vorba de desen, am talent. Nu râde, am să îți arăt câte ceva când o să avem mai mult timp. Cu matematica însă nu prea mă împac."

Eu nu mai ascult, ultima frază pe care am înregistrat-o este 'când o să avem mai mult timp'...

"Paul, te anunț că s-ar putea să mă mai vezi și săptămâna viitoare. Și eu mi-am luat concediu și merg tot în Eforie Nord. Acolo mi-a sugerat şeful să mă duc..." adaug după o secundă de tăcere, observându-i reacţia.

Se uită surprins dar nu pare a bănui că decizia mea a fost spontană.

"La ce hotel o să stai?"

Hopa! După cazare nu m-am uitat să pot măcar să îi spun un nume la întâmplare.

"Stau la nişte prieteni..."

"Vii cu Liviu?"

"Nu. Singură."

Ridică sprânceana la mine întrebător, apoi stinge ţigara în iarbă, renunţând să mă mai chestioneze.

"Dacă nu ne întâlnim pe plajă... poate vii la Discoteca Potcoava de Aur. Acolo voi fii cu fratele meu în fiecare seară, când scăpam de bătrâni, după cină."

Am înregistrat numele, nici o grijă, şi cădem de acord să ne vedem acolo, duminică seara. Până atunci, se deşiră iar în picioare şi îmi întinde mâna să mă ridice şi pe mine. Culege resturile şi face câţiva paşi în jur până găseşte un coş de gunoi, apoi mă ia pe după umeri pe neaşteptate, îndemnându-mă la plimbare.

Mă simt atât de bine sub aripa lui încât mă las păgubaşă şi nu îl mai tachinez. Pădurea nu este deasă şi copacii încă tineri şi subţiri lasă soarele să pătrundă prin frunziş, pregătindu-se de culcare.

Nu se mai vede cărarea şi mă gândesc oare unde vom ieşi dacă nu mai găsim drumul înapoi spre Gradina Zoologică. Dar nu suntem chiar singuri. În faţa noastră apare ceva colorat şi ne aţine calea o ţigancă cu codiţe împletite cu bănuţi, cu fuste înflorate şi plodul obligatoriu pe şold.

"Hai, frumosule, să-ţi citesc norocul, dă un leu acilea..."

Încerc să îl trag de braț pe Paul să o ocolim, dar el este pus pe șotii și vrea să afle ce are de spus ghicitoarea. Se scobește de bani și îi întinde o hârtie mototolită, abia extrasă din buzunarul din spate.

"Hai să te văd, ce îmi rezervă viitorul," râde el. "Frumos sunt. Am să fiu și bogat și faimos? Am să fiu fericit? Câți copii zici că fac?"

"Nu lua în derâdere, conașule, că piranda vede ce ți-a fost scris..." îi ia ea palma, bolborosind și acoperind-o o clipă cu mâna ei. Se uită cu atenție, ca într-o carte deschisă... și dintr-o dată se schimbă la față, înapoindu-i bancnota abia primită, de parcă ar arde-o la degete.

"Frumosule, mânca-ți-aș ochii... Ia-ți banii și conița și du-te."

"Cum așa?! Mă lași în suspans, neghicit?" nu îi vine lui Paul să creadă.

"Du-te sănătos conașule..." se apără țiganca ca de muște și o ia grăbită spre pădure, pierzându-se printre pomi.

Ne uităm unul la altul dând din umeri, și mână în mână, o luăm în direcția unde bănuim că ne-ar aștepta motocicleta. Bine că nu cred în prostii din astea. Nici el nu a luat țiganca în serios fiindcă pare neafectat de incident și își înghesuie cu nepăsare leul în buzunar, gata să se bucure din nou de cursa cu mine în spate, până acasă.

Ajungem cu bine la Profesor și de data aceasta a condus normal, fără să mai exagereze. Parcă a fost preocupat tot drumul. Oare să se întrebe totuși de ce i-a dat ghicitoarea banii înapoi? Într-adevăr, întâmplarea a fost ciudată dar tot nu îmi vine să cred că se lasă influențat de prevestiri spuse la ghioc.

Își garează motocicleta în garaj și ne luăm rămas bun. Îi mulțumesc pentru plimbare și mă privește lung de parcă ar aștepta ceva... Poate să îl invit sus la mine? Nu pot, nu mă simt încă pregătită să îmi vând sufletul, drept care mă întind doar repede pe vârfuri și îl pup pe obrazul plecat, fugind pe trepte fără să mă mai uit înapoi.

Capitolul 35

Fiind duminică dimineața, lumea se întoarce de la mare și acceleratul în sens opus spre Mangalia este pe jumătate gol. Din Gara de Nord, fiecare grup sau cuplu a preferat să ocupe un compartiment întreg, drept care în cel unde m-am aciuit eu nu a mai intrat nimeni. Mă lăfăi pe opt locuri cu bagajele îngrămădite lângă mine și picioarele întinse pe bancheta din față, admirând peisajul care aleargă fulgerător pe lângă geam. Sunt încântată de noua mea aventură și pregătită din toate punctele de vedere să întâmpin peripețiile și locurile neprevăzute care mă așteaptă la capătul călătoriei.

Mi-am făcut singură un costum de baie bleumarin, dintr-un material lucios, cu piesele principale unite prin inele metalice pe șolduri și între sâni, după un model văzut într-o revistă de la Biblioteca Americană. Deosebirea de bază este că nu am găsit nimic elastic așa că intru în el cu limba de pantofi și mă extrag din el cu tirbușonul, ca să zic așa. Este armura mea anti-viol, sau centura de castitate, dacă se poate spune, presupunând că Profesorul nu a încercat să mă sperie degeaba.

Mi-am mai cusut și o rochie lungă din voal înflorat, despicată până în talie și puțin înfășurată, potrivită pentru plimbare pe plajă. Mai am la mine o pereche de pantaloni scurți, sau mai exact ce a rămas din niște nădragi vechi din material subțire, suflecați după taiere, foarte șic.

Părul mi-a crescut peste umeri și am început să îl port legat în coadă de cal din cauza căldurii. În felul acesta se văd mai bine și cerceii din aur de la nașul meu, legănându-se jucăuși de câte ori mișc capul. Mi-am luat și o pereche de ochelari de soare pe care nu îi mai dau jos de pe nas fiindcă îmi place cum îmi stau. O pălărie mai lipsește, dar sper să găsesc ceva adecvat prin piața din Eforie.

Fiindcă din ambiție nu am vrut să îi cer lui Sergiu o geantă de voiaj cu împrumut, știind că nu este încântat de excursia mea, car cu mine rucsacul burdușit plus două sacoșe din rafie. De necrezut, dar cu toate că sunt convinsă că am luat numai strictul necesar, s-au adunat mult mai multe decât mă așteptam. Pe lângă haine și cosmetice, am mai înghesuit trei prosoape, un cearșaf pentru plajă, carte de citit, șlapi, un cardigan subțire pentru seară și sandalele ortopedice, să am și ținută sexi, de discotecă. Și un spray Regata cu spumă protectivă, fiindcă știu că mă ard ușor la soare!

De abia aștept să mă întâlnesc cu Paul la Potcoava de Aur, cum a spus când am fost la Băneasa. Sper să nu fii uitat, fiindcă nu a mai pomenit nimic despre asta, cu toate că l-am văzut în fiecare zi. Tot restul săptămânii a fost prezent la Profesor, la cină, și ori îmi făceam eu drum pe acolo, să schimbăm o vorbă, ori mă striga de sub fereastră, la plecare. Am ieșit de fiecare dată ca Julieta la balcon, dar mai mult de câteva glume nu ne-am întins la vorbă.

De fiecare dată am aceeași senzație, că este în așteptare și mai mult decât surprins că nu se petrece ce a anticipat. Vag, am bănuiala că este în șoc că nu îi sar în brațe, la propriu. Că nu îl chem sus... și nu numai în cameră. Pe de o parte nu îmi vine să cred că ar fii atât de încrezut, dar pe de alta... este perfect plauzibil. La cât de frumos este și din câte comentarii am auzit despre el, nu m-ar mira să fie obișnuit cu invitațiile la orizontală după primul minut de cunoștință.

E drept că mă simt atrasă de el ca o molie de bec, dar una destul de inteligentă să se teamă că își va arde aripile. Nu îmi pot explica exact magnetismul pe care îl exercită față de mine, fizic dar nu neapărat sexual. Îmi doresc să stau lipită de el, ca pe motocicletă, să îi mângâi trăsăturile obrazului, să mă pierd în ochii lui, pentru care am făcut o obsesie incontestabilă...

Mi se pare că am o afinitate oarecum pură, o chemare protectivă și tandră pe care o mai simțisem doar când eram domnișoară, fără a ști urmarea firească a poveștilor de dragoste. Nu înseamnă că nu îmi dau seama și de chemarea trupului… Dar pe plan secundar, estompat. Poate după deziluziile dinainte este prea devreme pentru mine. Sau poate mă tem prea tare că actul în sine va sfărâma farmecul de acum.

Cum s-a întâmplat cu fostul meu soț care văzându-și 'sacii în căruță' abandonase ramburs 'curtea' și tentativele de cucerire rămase fără țel. Și cum s-a petrecut cu Nico, care după noaptea din Sinaia își pierduse în ochii mei aura fascinantă de haiduc mitologic. Fiecare procedase greșit, în felul lui. Primul nici nu știuse cum să trezească în mine plăcerea, al doilea mă privase de tandrețea și încurajarea 'de după'...

Ceea ce mă face să cred, din experiențele trecute, că partea cea mai minunată a unei relații este 'înainte de...'

Îmi aprind o țigară, încă pe gânduri. Cred că am pus punctul pe 'i'. Ceea ce simt pentru Paul este ca prima oară, când eram conștientă de dorințele lui Cornel, dar făceam tot posibilul să le amân gratificația, de teamă. Mă sufocau spaima de necunoscut, de posibilele lui reacții, frica de dezamăgire, a mea, a lui...

Și parcă reținerile sunt mai acute decât atunci. Acum știu cât de mult doare o iubire ruinată din diverse motive. Am avut ocazia să întrevăd pentru câteva clipe cam cum ar putea fii o relație ideală și care este de fapt realitatea. Din nefericire am învățat pe propria-mi piele ce șoc provoacă trecerea de la flirt… în pat.

Cu înțelepciunea anilor de maturitate timpurie și bazându-mă pe practica mea limitată, sunt din ce în ce mai convinsă că prefer faza de început, acea perioadă de 'curte' cum spune tanti Leo. Când 'el' este încă în expectativă și dă târcoale, făcând tot posibilul să își încânte ținta și să învingă orice competiție. Vreau să mă bucur cât mai mult de adorația adolescentină, cu buchete de flori, declarații, priviri pline de dor și telefoane spontane.

Oftez satisfăcută, realizând că am reușit în sfârșit să mă descifrez, înțelegând că subconștientul meu face tot posibilul să prelungească starea prezentă dintre mine și Paul. Cel puțin până când voi prinde curaj sau nu voi mai rezista tentației. Până atunci voi savura nedumerirea lui că nu îl trag de mânecă în patul meu mai iute, și glumele cu dublu înțeles, și complimentele bizare pe care le scoate din el...

La Medgidia se urcă și alți pasageri în vagonul meu, ba chiar și în același compartiment. Le fac loc și mă ridic la geam, să simt curentul pe față. Pe culoar s-a aglomerat dintr-o dată cu localnicii care se duc doar pentru o zi la plajă. Mai am doar o oră de mers și încep să devin neliniștită. Va trebui să găsesc undeva cazare. L-am auzit pe Soare spunând lumea găzduiește în casele proprii, mai ieftin decât la hotel. Va trebui să mă orientez în gară…

"Duduie, închide fereastra aia! Vrei să facem pneumonie?!" se răstește unul din noii mei tovarăși de călătorie, un tip ursuz și grăsan, supărat foarte.

Îi fac pe plac fără comentarii, strâmbându-mă cât sunt încă cu spatele la el, fără să mă vadă. Nu am chef de ceartă și în schimb, mă amuz oripilându-l cu manierele mele, culegând cu limba, ca un cameleon, pufarinele pe care mi le-am vărsat pe paginile revistei pe care o citeam.

Trenul stă mai mult timp oprit în Constanța. Tovarășul sensibil din compartiment coboară și deschid iarăși geamul, la maximum, lungindu-mi gâtul să văd mai bine gara. Peroanele sunt descoperite și mai scurte decât în București, totul pare mai mic și mai ușor de navigat.

Înseamnă că mă voi descurca în Eforie Nord fără probleme. Doar vin din capitală...

Ne urnim iar și prindem viteză. Sunt atentă la toate stopurile, să nu ratez stația unde trebuie să cobor. M-am proptit deja la ușă, cu toate sarsanalele lângă mine, nerăbdătoare. Trecem de Agigea. Locomotiva șuieră ascuțit, victorios... și ajungem în Eforie Nord. Îmi iau rucsacul pe spate, sacoșele în mână, și reușesc să cobor fără să mă împiedic, așteptând să plece trenul mai departe și să mă reculeg.

Ținând ferm de bagaje pornesc cu curaj 'tot înainte', ca în cântecul pionieresc intonat de sute de ori în copilărie. La prima intersecție citesc indicatoarele. Spre stânga... Complexul Dunărea și Marea Neagră. Dau mintal din umeri și urmez drumul pe șosea, apoi pe o alee care duce la un bungalou alb pe care scrie Recepție. Sunt decisă să întreb aici de cazare fiindcă am transpirat și sunt gata să arunc sacoșele unde văd cu ochii, de grele ce mi se par. Numai rucsacul are cel puțin zece kilograme!

Înăuntru este mult mai răcoare și niște fotolii roșii acoperite cu vinilin invită la repaus. Câțiva turiști lipsiți de orice grijă stau tolăniți cu ochii la un televizor de pe tejgheaua recepționerului. În spatele lui se vede un bar cu rafturi pline de sticle și o vază cu flori prăfuite din plastic. Nu știu de ce și de cine... dar tipul îmi amintește de un personaj din desenele animate. Poate Tom, motanul. Sau Woody Woodpecker?! În orice caz este simpatic dar nu în mod masculin. Are păr castaniu-deschis, buclat, tuns cu castronul, și o mutră glumeață. Și se uită la mine întrebător.

"Bună ziua. Nu vă suparăți, mai aveți cumva camere libere? Doar una, de fapt..."

"Bună ziua, domnișoară, nici gând. Tocmai ne-a venit un grup de străini și s-a ocupat totul. Nu mai găsiți decât la gazdă."

Îmi descarc lucrurile pe jos lângă recepție, oftând.

“Poți să îmi dai și mie un Pepsi, te rog?” trec eu la per tu, pe un ton mai puțin oficial. Pe ecuson scrie Șerban Dominic. Care dintre ele o fii prenumele? Probabil Dominic, fiindcă la noi se folosește de obicei cel de familie înainte.

Se duce sprinten la frigider și scoate de acolo o sticlă care se aburește instantaneu, până să mi-o întindă. Îi pun câteva monezi pe tejghea și mă așez pe un colț liber al canapelelor din hol. Mă simt ciudat între atâtea persoane pe care nu le cunosc, dar nu sunt stingheră. Dimpotrivă. Mă încântă teribil ideea că nu știe nimeni cine sunt, ce fac și de unde vin.

Băiatul de la recepție se convinge că nu mi se mai alătură nimeni și se apropie, intrând în vorbă.

“Cu cine ești aici?”

“Singură,” îl măsor eu din cap până în picioare, apreciind că nu pare genul care să încerce să mă violeze. Cel puțin nu acum, pe loc. Pot să îi spun adevărul.

“Și nu ai bilet nicăieri?” continuă el cu întrebările, sincer uimit.

“Nu.”

Mă privește ca pe o curiozitate a naturii.

“Și unde dormi la noapte?”

Eu dau din umeri, el își face o cruce repezită, în glumă.

“Uite, poți să întrebi la Hotel Apollo, spui că te-am trimis eu, poate nu este chiar totul ocupat. Mâine e luni, poate mai pleacă lumea. Sau la capătul orașului, spre Constanța, poți întreba pe la case că stau toți la curte și mai au câte o cameră de închiriat. Și dacă nu găsești nimic... Poți rămâne până una, alta, aici dar va trebui să te mulțumești cu fotoliile, nu ai confort. Am să îi las vorbă colegei care mă schimbă la șapte. Noi lucrăm câte douăsprezece ore, cu rândul.”

“Pot să îmi las bagajele la tine, în spatele tejghelei?”

Se încruntă puțin, se pare că la asta nu s-a gândit.

“Bine, dar nu răspunde nimeni de ele. Să nu ai nimic de valoare.”

“Am înțeles, mersi. Deci tu intri iar de serviciu mâine dimineață?”

“Nu, că mai avem o colegă. Am sa fiu de noapte, dar o să pasăm vorba ce e cu tine, de la unul la altul,” zâmbește el amabil. “Te văd atunci, bineînțeles, dacă nu te instalezi între timp în altă parte.”

Răsuflu ușurată și după ce îmi termin băutura și B.T.-ul, mă schimb la toaleta publică din hol cu șort și costumul meu special de baie pe dedesubt. Îmi extrag din bagaje sacul din pânză de luat pe umăr, în care mi-a adus odată Profesorul niște mere. Este perfect ca geantă de plajă și are și steagul Italiei pe el, cu roșu, alb și verde. Bag înăuntru protecția solară, cearșaful și un prosop, și făcându-i semn de rămas bun lui Dominic, plec optimistă la drum să investighez stațiunea, lăsându-mi lucrurile în grija nimănui, ascunse doar sub tejgheaua recepției.

Orașul este minunat și încărcat de verdeață, cu hoteluri vechi și blocuri bine întreținute. Trotuarele sunt mărginite cu gard verde, tunse pătrățos, unele încărcate de flori parfumate, dintre care nu cunosc decât Rochița Rândunicii. Zona rezidențială este amestecată cu cea turistică, fără limite precise. Singura indicație dacă cei din jur sunt în concediu sau localnici este ținuta lor sumară sau veșmintele complete, de muncă.

Casc gura plină de curiozitate în toate direcțiile și mă bucur de fiecare amănunt, ca scapătă din detenție. Pentru mine totul este nou și mi se pare primitor și extraordinar. Depășesc intersecția cu Strada Traian, de unde am venit dinspre gară, și ajung în plină forfotă centrală.

Pe drum, citesc firmele de hoteluri, Selena, Pinguin, Cascom, și altele. Îndrăznesc să intru în cele care par mai modeste și mai puțin aglomerate, întrebând de locuri libere, dar mă conving repede că noul meu amic nu m-a mințit. S-au terminat examenele de admitere și toată populația țării s-a năpustit pe litoral.

Mă învârtesc de capul meu printre vilele de cazare și turiștii de toate naționalitățile, divers îmbrăcați, cu neglijență deliberată, bronzați, zâmbitori, în vacanță. Fumez pe stradă fără nici o jenă. Nu mă cunoaște nimeni și dacă întoarce cineva capul după mine o face probabil numai ca să îmi admire picioarele, fiindcă am observat că numai bărbații își sucesc gâtul.

Atmosfera îmi pare mai occidentală decât în București, cu mai puține prejudecăți, și restricții. Cel puțin din câte mi-o imaginez eu, după imaginile din revistele străine. Întâlnesc pe stradă oameni în costume de baie, chiar și femei. Copiii par nesupravegheați și perechile fericite, de mână. Nu am mai fost niciodată la mare, dar se pare că știu din instinct în ce direcție este apa. Mă orientez după lume și cu cât văd mai mulți dezbrăcați, cu atât știu că sunt mai aproape.

Pe faleza înaltă, cu balustrade din piatră, mă opresc privind în larg la imensitatea căreia nu îi văd capătul. Nesfârșită, cu țărmul celălalt pierdut după orizont. Asta trebuie să fie Marea Neagră... Care este de fapt albastră, ca în cântecul nu știu cărui interpret din anii trecuți. În zare se văd câteva ambarcațiuni și dincolo de limita vizibilității mele, unde cerul se unește cu apa, îmi închipui că trebuie să se afle Uniunea Sovietică, și mai spre dreapta... Turcia.

Sunt uimită și impresionată de priveliște. Nu știu exact ce m-am așteptat să găsesc și cum credeam că arată marea, dar realitatea pare mai minunată decât orice închipuire. Rămân mult timp privind apa întunecată, fără sfârșit, și mă hotărăsc cu greu să îmi părăsesc punctul de observație, căutând o intrare pe unde să ajung la plajă.

În stânga mea, malul se înalță și limba de nisip este mai îngustă, protejată din direcția orașului. Nu știu exact de ce sau de cine m-aș proteja... dar mă atrage mai mult zona aceasta și cobor scările pe lângă barul Acapulco, instalându-mi cearșaful pe jos aproape de zidul falezei, degajată, de parcă aș veni aici în fiecare zi.

Rămân în costum de baie și pe gânduri, mă joc un timp cu nisipul, cernându-l printre degete, mărunt și galben. Este mai fin și mai sclipitor decât cel cu care mă jucam în copilărie, în spațiile speciale din parcuri. Pare amestecat cu particule minuscule de sidef. Sau poate chiar sunt firimituri de scoică, pentru că în palmă mi-a rămas un ciob tăios pe care îl recunosc drept fragment de cochilie.

Îmi fac curaj să intru în mare și valurile nu sunt mari, dar după câțiva pași mă scufund până la brâu. Mi se pare rece numai la început și când mă stropesc puțin pe umeri, simt că deja m-am aclimatizat și pot să mă aventurez mai departe. Este mai caldă decât mă așteptam, considerându-i imensitatea. Sub tălpi simt fundul moale și din ce în ce mai adânc... și îmi dau cu apă pe față, adulmecând mirosul nou, de alge și pește. Înot tot înainte, până nu mai ating nimic cu picioarele, și mă răsucesc ca o sirenă, întorcându-mă repede spre mal.

Soarele este puternic și cum stau întinsă pe cearșaf îl simt fierbinte, pătrunzându-mi prin piele, până în oase, încălzindu-mi încheieturile traumatizate de atâtea ierni petrecute fără foc continuu în sobă. Este o senzație atât de plăcută încât mă întind ca o pisică, fără să îmi dau seama. Mai am puțin și torc... Dar cred că până una alta adorm pe plajă, obosită de drumul lung și de emoția noilor descoperiri.

Mă trezesc aproape singură pe nisip poate pentru că soarele s-a ascuns după mal, și s-a lăsat umbra. Fumez în liniște o țigară, nevenindu-mi încă să cred unde mă aflu și întrebându-mă oare de ce nu mi-am făcut curaj să vin mai demult. Îmi strâng catrafusele și găsesc un duș public unde lumea își curăță nisipul din papuci și slipuri, ceea ce fac și eu. Îmi aduc aminte că nu am mâncat astăzi decât o felie de pâine prăjită, înainte de a pleca la gară, și mă bucur că încă nu simt foamea.

Pornesc înapoi, pe unde am venit, cu hainele pe umăr, să mi se usuce costumul de baie, mângâind în trecere frunzele țepoase ale gardului verde pe lângă care trec. Sunt atât de fericită cum nu am mai fost de mult, și nu știu exact dacă este de vină senzația de libertate absolută pe care o trăiesc, sau anticiparea întâlnirii cu Paul. Poate amândouă. Poate este suficient doar sentimentul că am la cine mă gândi cu drag.

Mergând de-a lungul falezei ajung la un hotel în forma de vapor, Belona, care tronează peste plaja aici mult mai largă și mai joasă. Îmi cumpăr un pachet de pricomigdale de la o tarabă și ronțăi două pe drum, oprindu-mi prevăzătoare de ciugulit și pe mâine dimineață. Când mă apropii de centru hotărăsc să mă îmbrac, nesimțindu-mă în largul meu în sutien și chiloți prin trafic.

Mă opresc la restaurantul Pescăruș, care are o terasă înconjurată de verdeață la strada principală, și comand o cafea mare pe care o savurez cu satisfacție incomensurabilă, de parcă nu am mai băut așa ceva de foarte mult timp. Realitatea este că pare mai tare și mai aromată decât la barurile din capitală. Poate să fie de vină influența turcă... sau poate totul are alt gust aici, din cauza aerului cu miros de mare și a atmosferei estivale.

Când soarele a coborât de tot în spatele hotelurilor și încep să se aprindă reclamele colorate ale localurilor, sunt de-a dreptul entuziasmată. Nu am mai văzut lumini de neon în stare de funcționare de cel puțin doi ani. Probabil că Ceaușescu al nostru consideră că ne-am face de râs sau am pierde din afluența turistică dacă am sta în beznă și pe litoral. Salba de hoteluri de la marginea mării sclipește miraculos și reușesc să descifrez de la distanță numele lor montane sau de plante și râuri.

Totul este ca un vis minunat și îmi vine să îmi iau zborul în extaz, dar cred că este mai prudent să o iau doar la pas spre Complexul Dunărea, unde mi-am stabilit deocamdată sediul general. În direcția mea găsesc și Hotelul Apollo și intru să pun o întrebare, într-o doară.

Recomandarea cu care am venit înarmată nu mă ajută la nimic deoarece recepționerul mă asigură că este aproape imposibil de găsit un pat liber în toată stațiunea. Mi se pare că tonul lui implică cum că ar fii mai ușor să îmi pună la dispoziție doar o jumătate de pat... dar nu sunt interesată și îmi continui drumul.

De data aceasta, în locul lui Dominic găsesc o fată simpatică, pe ecusonul căreia scrie Onescu Roxana și care îmi confirmă că este la curent cu bagajele mele parcate la ei și cu faptul că am să petrec noaptea în hol, pe banchete. Nu are nimic împotrivă și îmi arată unde pot face duș ca lumea, în baia din spatele recepției. Ba chiar mă sfătuiește să mă culc la întoarcere pe fotoliul cel mai apropiat de tejgheaua ei, pentru că în spate se află o încăpere în care se retrag angajații să prindă câteva ore de somn, când nu mai circulă nimeni prin hotel.

Nu peste mult timp, machiată, cu părul lăsat pe spate, îmbrăcată în jeanși și cu sandalele cu talpa înaltă, ies iar în oraș, întrebând lumea pe drum unde găsesc discoteca cu pricina. De la grădinile restaurantelor se aude muzică și vin voci ridicate și râsete. Oamenii sunt la cină și băutură, familii întregi, grupuri de prieteni, turme de turiști străini.

Până la urmă cineva îmi explică cum că Potcoava de Aur este chiar lângă Hotelul Europa, cel mai mare din stațiune. Mă mai învârtesc puțin până dau cu ochii de el, într-adevăr prea impunător ca să îmi scape, un bloc uriaș cu firmă albastră. Cred că îl ignorasem de gigant ce era. Alături, un castel în miniatură, cu pereți din piatră, respiră prin ferestrele înguste lumină roșie și ritmuri trepidante, la maximum.

Dau câteva ocoluri tentative și cum pașii mă aduc mereu în același punct, îmi fac curaj și intru cu fruntea sus și sigură de mine, de parcă m-ar aștepta cineva înăuntru. Nu mă întreabă nimeni de sănătate și mă opresc brusc doar o clipă, pentru a asimila atmosfera nouă în care am picat, obișnuindu-mă cu locul. Sau poate ca să îl văd pe Paul... recunosc în sinea mea, realizând că mă uit pe deasupra lumii, după chica lui.

În dreapta mea, la marginea ringului de dans se află un bar în formă de potcoavă și *disc jokey*-ul tocmai prezintă următoarea melodie, cu Boney M. Tinerii din mijlocul localului izbucnesc în chiote și fluierături aprobatoare și dansul se dezlănțuie frenetic. Sunt multe locuri goale dar îmi dau seama că mulți și-au rezervat mesele lăsând în urmă pachetele de țigări, paharele cu băutură, sau hainele.

Până la urmă găsesc o banchetă complet goală și îmi proptesc fundul pe ea, punând alături cardiganul pe care l-am luat cu mine în cazul că se lasă răcoare mai târziu. Dacă mă întreabă cineva, pot spune că îmi aștept prietenul, și uite așa evit și agățatul în discotecă. Știam eu că sunt descurcăreață, mă bat singură pe umăr în gând, felicitându-mă.

Comand băutura obligatorie cu alcool, mai exact un Cuba Libre. Are un vag iz de Ovidiu, cel mai ieftin coniac posibil, și în rest numai Pepsi, ceea ce nu mă deranjează. Studiez lumea din jur și îi invidiez cât sunt de transpirați. Aș vrea și eu să dansez dar nu am curaj să îmi forțez norocul intrând singură pe ring. Mă resemnez să rămân spectator la delirul general, să fumez și să sorb cu economie din sonda înaltă din fața mea.

Gândul mă duce în urmă, la Bușteni, dar trebuie să recunosc că Potcoava de Aur este întâia discotecă adevărată în care intru. Apetitul de viață mă împinge să țin ritmul sub masă, nestăpânită, și să privesc cu atenție ultimul stil de dans la modă, Boogie, încercând să înțeleg mișcările.

Oare a ajuns familia Ștefanian în Eforie? S-au cazat deja? Unde? Din fericire, locul pe care l-am găsit este aproape de intrare și sper să îi văd pe băieți când intră. Sunt convinsă că nici unul din frați nu era când am ajuns fiindcă la statura lor i-aș fii remarcat de mult... Dar muzica și antrenul îmi captivează totuși atenția prea tare și pierd momentul când își fac apariția.

Mă trezesc înconjurată de ei brusc, făcându-mi inima să sară din loc, ca un pisoi speriat. Ștefan vine în jurul mesei și se așază în stânga, iar Paul se trântește în dreapta mea cu un oftat de ușurare, strângându-mă iute lângă el, peste umeri.

"Te-am găsit!" îmi strigă el în ureche, să îl aud peste muzica asurzitoare.

Între un cântec și altul, aflu că au venit toți cu mașina, au ajuns destul de târziu, s-au cazat la Europa unde stau de fiecare dată, și nu au reușit să scape fără să își însoțească părinții la masă, în oraș. Însetați tare, Ștefanienii își comandă amândoi votca-Cola cu multă gheață.

Este prima ocazie de a îi observa împreună de aproape, și îmi confirm instantaneu prima impresie, că au puține trăsături în comun. Imposibil de ghicit că sunt frați. Paul are pielea albă și ochii verzi, Ștefan este aproape creol, iar la chip nu seamănă absolut deloc. Ba chiar și la temperament par diferiți. Mezinul este mai guraliv și mai expresiv, cel mare face economie la vorbe și preferă să asculte ce se spune.

După ce termină amândoi câte o țigară și se relaxează, sunt gata de dans. În fine pot ieși pe ring, acompaniată nu numai de un bărbat ci chiar de doi. Mă gândesc o clipă la Irina, când o văzusem la munte cu George și Ștefanian cel mic, și ce invidioase eram pe ea că are doi tipi drept companie, apoi începe Santa Esmeralda cu melodia mea preferată și îmi aduc aminte în trecere de Nico... Dar acum nu mai are importanță.

Paul este cu mine! Dintr-o dată restul lumii din jur, trecutul, și viitorul încep să se estompeze, făcând loc doar prezentului, și sângele îmi bate ritmul în tâmple, asemenea tobelor băștinașilor africani. Ștefan își găsește o parteneră – sau se lasă găsit – cu toate că am impresia că ea l-ar fii agățat mai degrabă pe fratele lui... Dar nu îmi pasă pentru că el nici nu o bagă în seamă, și parcă am fii singuri în mijlocul zecilor de trupuri și voci de pe ring.

Mintea mea nu mai înregistrează cine cântă și ce, instrumentația alcătuind doar o masă vâscoasă de sunet în care ne legănăm fascinați, ca în transă, studiindu-ne reciproc fără a ne ascunde. Știe să danseze bine, mișcându-se perfect sincronizat cu basul melodiei, cu demnitate princiară și grație masculină unică. Muzica este pre puternică să putem schimba vreo vorbă, dar ne cercetăm cu nesaț, profitând de apropierea firească.

La primul Blues al serii, remarc cu încântare că nu ne împiedicăm unul de altul și este capabil să mă conducă fără dificultate, în ciuda faptului că mă trag înapoi involuntar, evitând să mă lipesc de el. Mă tulbură însă aroma lui de colonie bărbătească, și mă simt atrasă inexorabil de dogoarea pieptului dezvelit, la câțiva centimetri de mine.

Recunoscătoare disc jokey-ului pentru rapiditatea cu care schimbă stilul, îi scap din mâini și ne răsucim iar pe pași de Rock, zâmbindu-ne, conștienți de conflictul emoțional dinainte. Instinctul și privirea lui îmi spun clar că m-ar dezbrăca pe loc și se abține cu greutate infinită, iar eu mă tem să nu fac atac de inimă de câte ori mă atinge. Chiar și când mă ia de mână și de talie, învârtindu-mă ca pe un titirez, prinzându-mă din nou cu brațul și răzând în nasul meu cu ochii cei verzi. Sunt însă în culmea fericirii că reușesc să țin ritmul cu el, iar în jurul nostru ceilalți aplaudă și se dau la o parte, făcându-ne loc.

Nici nu îmi dau seama cum trece timpul, dar dintr-o dată este trecut de miezul nopții, și discoteca trebuie să închidă porțile, alungându-ne în aerul răcoros al nopții. În oraș este încă lume, unii se întorc la hotel, alții traversează străzile ca niște muște bete, de la un bar la altul.

“Unde ai pierdut-o pe fătuca aia?” vrea Paul să afle de la fratele lui.

Ștefan face o mutră caraghioasă.

“Nu mai țin minte... Oricum era deja pierdută. Când sunt cu tine nu pot să agăț nimic!” recunoaște Ștefan, cu năduf.

“O... Îmi cer iertare!” se apără celălalt, indignat. “Știi ceva? Ia fă-te tu că iei distanță și te duci să îți cauți ceva singurel, poate ai mai mult noroc fără mine!”

“Laura,” se inclină mezinul în fața mea. “Prima progenitură a lui tata se dovedește a fii un nesuferit în noaptea asta, ca de fapt în atâtea alte ocazii de când trebuie să îl suport... Așa că îmi cer scuze că te las cu el... dar e timpul,” zice el, continuând spre Paul, aproape din mers. “Ne vedem mâine dimineață, cheia e la mine dar o să las ușa descuiată să poți intra în cameră.”

“Să nu cumva să mă faci să dorm pe afară dacă chiar ești mai norocos fără mine, că îți trag o mie cinci sute de pumni!” îl amenință în glumă însoțitorul meu, apoi se întoarce și mă ia pe după umeri, cum văd că îi place lui să mă țină.

Ne îndreptăm în direcția generală a plajei, prin nisip, și îmi iau sandalele în mână, ceea ce mă mai coboară cu o palmă pe lângă Paul. El calcă cu grijă, ca un motan prin baltă, încălțat cu pantofii ciocați, italienești, bineînțeles. Astăzi poartă din nou o cămașă albă de in fără guler, și jeanși bleu deschis, de vară, întărindu-mi convingerea din ce în ce mai fermă că are la tatăl lui o cameră plină cu țoale. Nu cred că l-am văzut până acum de două ori îmbrăcat cu aceleași lucruri.

“Unde faci plajă?” vrea el să știe.

“La Acapulco...”

Valurile foșnesc liniștit până aproape de picioarele noastre și în imensitatea de întuneric nu pot distinge decât sclipirile albe ale spumei, în continuă mișcare. De sus, din oraș, se aude încă muzică, cu toate că până acum majoritatea localurilor s-au închis.

“Hai să facem o baie în mare!” îi vine lui ideea.

“Nu... Nu am costumul de baie pe mine.”

“Și care-i problema? Nici eu nu îl am,” zâmbește el insinuant.

Mă îndepărtez răzând. Nu numai că nu am de gând să fac *strip-tease* în fața lui, dar îmi este frică de apa neagră, mai rău decât de umbrele de sub masa din bucătăria de acasă. Aș muri dacă aș fii forțată de împrejurări să sar noaptea în valuri. Dincolo de limita vizibilității mele, îmi închipui o încâlceală de monştri care colcăie sub suprafaţă, gata să înşface orice prind. Nu ştiu dacă într-o zi îmi voi pierde viaţa înecată sau care este motivul, dar nici în cada de baie nu intru dacă nu este lumina aprinsă.

Paul mă ajunge din urmă şi o clipă mă tem că are de gând să mă tragă cu el în mare. Din cât am început să îl cunosc, îi place să facă împotriva celorlalţi şi să se distreze forţând lucrurile când i se spune 'nu'... Dar intuieşte că are şansa să ajungă pe lista mea neagră dacă întinde coarda şi renunţă, prinzându-mă doar de mâini şi lipindu-mă de el. Îmi înfund nasul în pieptul lui, în dreptul despicăturii de la cămaşă, respirându-i profund mirosul caracteristic. Apoi… simt ceva prinzând viaţă între noi, şi de data aceasta face el un pas în urmă, dându-mi drumul.

"Nu ştiu ce am să mă fac cu tine!" exclamă el descumpănit.

Dau din umeri în semn că suntem perfect de acord şi nu îl contrazic. Nici eu nu am idee ce am să mă fac cu el și cum ar putea evolua ce se întâmplă cu noi. Mi se pare că se opun atâţia factori unei relaţii serioase. Situaţia lui materială, postul important al tatălui său, faptul că eu sunt despărţită şi am un copil… Poate fii ignorată şi învinsă realitatea dacă ne-am iubi? Dar în primul rând, este Paul în stare să se îndrăgostească de mine când are în urma lui o coada nesfârşită de tipe care îl roagă să le dea atenţie?

"Unde stai?" mă întreabă, în timp ce urcăm scările spre stradă, îndreptându-ne uşor înapoi.

"La Dunărea…" murmur eu, evitând să adaug că pe bancheta din holul hotelului.

Mă conduce îngândurat, fără să mă mai ţină de umeri, fumând. Mă aflu între dorinţele contradictorii de a rămâne cât mai repede singură, să mă pot destinde, şi de a mă plimba în continuare cu el până la răsăritul soarelui. Dar faptul că a fost luat prin surprindere de propria lui reacție instinctivă se pare că îl intrigă, și momentan vrea să fie doar cu el însuși.

Suntem încă pe faleză, spre capătul de sud al orașului, când în fața noastră se deslușește un cuplu îmbrățișat, la marginea balustradei. Până să îi observăm, ajungem la cel mult zece de metri de ei, fără a mai avea timp să îi ocolim. De fapt 'ea' îl îmbrățișează pe 'el' cu picioarele, și fiindcă la un pas de ei este un felinar stradal, ne dăm seama că... Ne uităm la Ștefan care face dragoste cu o tipă, probabil cea agățată în Potcoava de Aur... sau alta.

Probabil că în afară de a da pe neașteptate peste cineva complet dezbrăcat, nu mi-aș fii putut închipui o situație mai penibilă decât să dai buzna peste o scenă de intimitate sexuală. Mai ales... când cunoști personal unul din protagoniști! Dar imaginea lor este captivantă, frugalitatea momentului și nepăsarea animală cu care sunt uniți mă fixează în loc, fără să îmi pot lua privirile.

"Se pare că într-adevăr a avut mai mult succes de unul singur..." bombăne Paul surprins și mă smulge de mână printre tufe și peste gazon, să ne îndepărtam de locul unde cei doi nu au intuit nimic și își continuă treaba, înfierbântați. Oare am auzit o nuanță de invidie în tonul lui?

După momentul jenant de pe plajă, faptul că l-am găsit pe Ștefan în plin act amoros la marginea drumului mă tem că ne-a tulburat pe amândoi, chiar dacă nu recunoaștem. Până la Dunărea, nu scoatem nici unul nici un cuvânt, și de data aceasta sunt cu siguranță ușurată să mă pot duce la culcare, singură și fără să mai fie nevoie să dau explicații și să mă eschivez de la tentații inevitabile.

Îi judec pe amândoi, băgându-i în aceeași oală, că sunt de nepăsători față de regulile sociale, și răsfățați de mediul în care au crescut, privilegiați și ocrotiți de banii și puterea Zmeului. Cum poate unul dintre ei să își facă de cap având sex în public, doar fiindcă este întuneric și pustiu în jur?! Iar celălalt nu dă doi bani pe legile traficului și restricțiile de viteză. De data aceasta nu găsesc mare deosebire între ei, sunt doi puștani obișnuiți să fie protejați de orice și să își îndeplinească dorințele în funcția urgenței pe care o simt. Nu le pasă de consecințe, ba chiar își forțează norocul, riscul făcând probabil parte din plăcerea în sine a faptei.

La capătul aleii care duce spre hotel, Paul mă ia din nou în brațe dar păstrând o palmă distanță între noi, și mă privește din nou cu acea întrebare nerostită pe care nu știu sigur dacă o traduc corect. Unii oameni au iriși care sclipesc a glumă, în permanență, alții te pătrund până în suflet, și alții, ca Paul, au o expresie gânditoare, care mă face să intru în panică, neghicind ce îi poate trece prin cap.

Se apleacă și mă pupă pe tâmplă, apoi se îndepărtează cu spatele, cu ochii încă la mine.

"Te văd mâine, Laura... Somn ușor."

De parcă aș putea să am un 'somn ușor' dacă nu reușesc să îmi șterg din memorie ochii lui!

În holul de la Dunărea este semiîntuneric și liniște deplină. Roxana s-a retras în cămăruța din spatele recepției și după ce îmi scot cearșaful de plajă din bagaj să mă învelesc cu el, mă fac covrig pe colțul canapelei, cum m-a sfătuit ea. În ciuda temerilor mele adorm imediat, cu ușurința vârstei și a oboselii de peste zi, fără vise...

Capitolul 36

Dimineața mă ia prin surprindere mai devreme decât mi-aș fii dorit, odată cu primii musafiri matinali ai hotelului care încep să mișune prin hol. În lipsă de cafea normală cumpăr un Ness-Café de la recepție, simțind nevoia să înghit ceva cald pe lângă pricomigdalele păstrate, apoi mă schimb în ținuta de plajă, gata să întâmpin o zi nouă. Sunt atât de binedispusă încă mă surprind singură zâmbind fără rost, ca proasta.

Astăzi este și mai frumos afară, cu acel cer fără pic de nor, atât de albastru și adânc încât mă dor ochii dacă privesc prea mult. Am început să mă descurc bine prin labirintul de străduțe și ies spre faleză găsind o scurtătură. Este cald, dar nici pe departe ca în București. Dinspre mare, briza aduce mirosul care m-a încântat ieri, de alge și valuri, inspirându-mi călătorii spre un țel îndepărtat, cu țărmuri noi și necunoscute.

Asemenea circului care îmi face întotdeauna inima să bată gata de plecare, știind că acrobații și clovnii sunt nomazi prin definiție, cu cortul, aducând bucurie spectatorilor și poposind din oraș în oraș, din țară în țară. Pentru mine, spectacolele la care mă ducea mama în copilărie aveau mai presus de toate acest farmec misterios care mă atrăgea dincolo de arenă, în viața itinerantă a trupei, pe care mi-o închipuiam cu jind.

Cobor pe plaja de la Acapulco, găsindu-mi loc printre zecile de cuverturi înghesuite la soare. Mă instalez cu picioarele în direcția razelor, cum am citit că se face în mod corect, și îmi întind pe piele spuma parfumată din spray-ul Regata. Nu am răbdare să stau prea mult pe spate și mă răsucesc pe burtă, să pot privi lumea.

Se aglomerează repede, pe măsură ce turiștii își termină micul dejun sau cafelele. Mai încolo, o familie cu un băiețel se lăfăiește la ultraviolete și mi se strânge inima o clipă, gândindu-mă că eu nu am avut niciodată ocazia să ies la plajă cu Liviu și tatăl lui... și că în mod sigur nici nu o voi mai avea vreodată. Nici eu am fost nici cu părinții mei la mare, în copilărie.

Mângâind nisipul mătăsos uit de momentul trist. Mă întorc pe șold, într-un cot, apoi pe altul... Apoi mă hotărăsc să intru în apă să o gust, să simt cât este de sărată. Mă fascinează valurile care îmi șterg fără urmă pașii și mă gândesc ce bine ar fii dacă ar putea și amintirile proaste și durerile, să dispară la fel de ușor...

Cu ochii deschiși în apă, fundul mării și picioarele celor din apropierea mea par translucide, în ceața bleu-verzui. Adulmec fiecare revelație, în extaz, și nu îmi mai vine să ies. Norocul meu că mama m-a dat la cursuri de înot când eram mică și nu am probleme cu adâncimea apei. Îmi aduc aminte diversele stiluri pe care le-am învățat și le exersez în ture mici, înainte și înapoi, fără a mă îndepărta prea tare, și mă bălăcesc după pofta inimii, până sunt gata de plajă, iar...

Tresar din somn cu ceva rece pe spate și mă rostogolesc alarmată, dărâmându-l pe Paul care a venit ud, sprijinindu-se în mâini deasupra mea doar cât să mă atingă. Mă zgribulesc buimacă, potrivindu-mi la loc ochelarii de soare care mi-au alunecat cât colo. El și Ștefan râd să se prăpădească, dar observ că atacatorul meu rămâne pe burtă în nisip și mă întreb cu perversitate ce motive are oare să nu își schimbe poziția. Gândul îmi trezește un zâmbet satisfăcut și după cum se uită la mine cu reproș, sunt sigură că bănuiala nu mă înșală.

Mi-e jenă să îl privesc în ochi pe fratele lui, neputându-mi-l scoate din cap cum l-am văzut aseară în plină activitate, cu fata agățată de el cu picioarele și cu mâinile, ținându-se ca de frica morții. Dar Ștefan pare inconștient de reținerea mea și se trântește alături, încărcându-mi cearșaful de nisip.

"Hei, *mister*!" îl admonestez, încercând să îl împing dar retrăgându-mi repede mâna, ca arsă.

Amândoi Ștefanienii sunt în slipuri de baie strălucitoare care nu le maschează prea bine comorile. Plaja este plină de bărbați îmbrăcați la fel – sau mai bine zis dezbrăcați – și puțini poartă șorturi de baie mai lungi sau mai largi. Din câți am observat până acum, doar băieții Zmeului sunt atât de înalți și bine proporționați, ca două statui antice ale frumuseții masculine. Paul, cu toate că este mai în vârstă decât Ștefan, are siluetă subțire dar umerii lați și drepți, cum îmi plac mie. Mezinul s-a dezvoltat mai solid, atletic, și are păr negru și creț pe piept.

Îmi dau seama că mă uit la ei prea cercetător și fiindcă îmi vine sângele în obraji, cobor nasul repede cu pretextul de a căuta o țigară.

"Ai intrat cu bine aseară în camera de hotel?" îl întreb pe Paul, să fac conversație. Sau poate să aud restul poveștii celuilalt...

Dă din cap aprobator.

"Până să ajung, mi-am găsit frățiorul dormind dus. Cred că îl obosise soarele..."

Nu scoatem de la Ștefan decât un rânjet de motan care a înghițit canarul, drept care abandonăm subiectul. Le propun să mergem la plimbare, și acceptă amândoi bucuroși. Niciunul nu are bagaj, au venit gata dezbrăcați de la Europa, care nu este departe de faleză. Eu îmi înghesui lucrurile în sac și pornim prin nisip spre Belona. Soarele îmi bate direct în cap, de sus, și îmi fac o notă mintală să nu uit să caut piața la întoarcere, să îmi găsesc pălărie.

Suntem pe plaja cea lată, după hotelul cu formă și ferestre de vapor, și pe dreapta urmează o vilă părăsită din piatră, în ruină, apoi niște ziduri ca de cetate unde o firmă mare anunță că se află discoteca în aer liber Vraja Mării. Paul își dă seama că mă uit cu interes.

"Vrei să venim aici diseară?"

Aprob din cap cu entuziasm, și mă ia de umeri, încântat de sine că a intuit cu ce să îmi facă pe plac.

"Dacă mergem tot înainte... ajungem la Eforie Sud," observă Ștefan. "Și trecem pe plaja de nudiști."

"Interesant!" râdem noi, fără să dăm semne că am vrea să ne întoarcem din drum.

Malul se lărgește din ce în ce mai neted, și în dreapta apare șoseaua și dincolo de ea un lac. Vegetația care ne desparte de drum în depărtare, este cheală și prea pitică pentru a mai ascunde peisajul. Băieții îmi spun că acolo este Techirghiol, unde se fac băile de nămol. Apoi nu întâlnim pe nimeni pentru un timp, și când locul devine din nou populat, remarc dintr-o dată că lumea este în pielea goală, cum i-a făcut mămica lor.

Pentru moment mă simt nelalocul meu printre ei, jenată cu sutienul și slipii pe care îi port, chiar dacă sunt sumare. Logica îmi spune însă că dacă mi se pare neobișnuit să îi văd pe băieții directorului în chiloți, oare cât ar fii de penibil să mă întâlnesc cu... șeful meu, sau cu altcineva cunoscut, complet dezbrăcat?!

Încerc să nu mă uit... dar curiozitatea este mai puternică. Ștefanienii se amuză pe înfundate, grăbind pasul. Bineînțeles că nu se pot nici ei abține și se zgâiesc amândoi după sâni care se leagănă sau se împrăștie lasciv, la soare. Spectacolul mi se pare de multe ori grotesc, ținând seama de faptul că nu toți oamenii sunt frumoși de la natură. Nimănui nu pare să îi pese, dar mie mi se pare total ieșit din comun să te lăfăi pe plajă în toată splendoarea sau jalea ținutei cu care ai venit pe lume.

“Voi vedeți că nu toți au puțe?” mă ia gura pe dinainte cu voce tare, sesizând că în mod inexplicabil, majoritatea bărbaților sunt... mai puțin decât slab dotați. Deasupra testiculelor se arată doar un sfârc zbârcit, și nu pot pricepe fenomenul. Doar un tânăr care joacă volei de mama focului își balansează podoaba fără grijă, țopăind după minge spre admirația publică.

Cei doi se uită la mine ridicând sprâncenele la unison.

“Laura, tu parcă ai un copil! L-ai făcut prin corespondență?!”

“Tu faci mișto de noi?!”

“Nu. Vă asigur că fostul meu soț avea ce trebuie. La ăștia nu văd nimic!” răspund eu sincer nedumerită.

Băieții schimbă între ei o privire îngrijorată, de parcă mie mi-ar lipsi ceva, nu altora, și îmi dau seama că trebuie să existe o explicație simplă, știută de toată lumea... în afară de mine, și că i-am șocat pe amândoi cu naivitatea mea. Paul mă ia iarăși pe după umeri și mă trage după el, grăbindu-mă.

“Am să îți povestesc altă dată, când sunt mai puțin vulnerabil la asemenea subiecte...” bombăne el, cu un ton folosit de regulă în fața elevilor tâmpiți.

Mă bosumflu pentru câteva minute și nu mai zic nimic, să nu râdă iar de mine. Ce legătură are faptul că sunt mamă cu situația de pe plajă și anatomia masculină?!

Nudiștii au rămas în urmă și traversăm o porțiune absolut pustie, unde nu stă nimeni la soare, nici gol, nici îmbrăcat. În dreapta noastră, spre sosea, se văd câteva bungalouri bine îngrijite, păzite de soldați. Gărzile ne fac semn să trecem mai repede, ceea ce înseamnă că acolo are casă de vacanță cineva din partid, poate chiar familia lui Ceaușescu.

Nisipul este uimitor de fin, pieptănat cu grebla, impecabil, și Stefan se oprește brusc prefăcându-se că sapă după microfoane, făcându-ne să râdem nestăpâniți. Una din santinelele cu arma la umăr se uită lung, făcând un pas amenințător spre noi, și ne reluăm plimbarea în ritm accelerat, chicotind și împingându-ne unul pe altul.

Citisem undeva că pe vremuri, Eforie Sud se chema Carmen Silva, și că aici era reședința de vară a regelui Mihai. Din păcate, spre deosebire de eleganța păstrată în Sinaia, amintirea regală de pe litoral a fost eradicată temeinic. În fața noastră, localitatea se prezintă ca un sat suprapopulat de pescari, cu țărm pietros, lipsit de eleganța orașului-soră de unde venim.

Nu putem merge să cutreierăm urbea fiindcă însoțitorii mei sunt doar în costum de baie, dar eu îmi iau pe mine șortul și cămașa, și colindăm prin zona din apropiere, unde majoritatea sunt îmbrăcați sumar, și nu se plânge nimeni de ținutele noastre.

Pentru început, ne pierdem timpul prin bazar, unde îmi iau pălăria mult dorită, împletită din pai moale și cu o floare de pânză prinsă șic pe borul lat de o palmă. Paul probează și el câteva, doar pentru amuzamentul nostru, stârnind privirile total pierdute ale femeilor din jur.

Fratele lui se uită după fete, atrăgând și el atenția, e drept, dar constat cu ochii mei că are dreptate să se plângă că în compania lui Paul, prezența lui pălește.

Încă nu simt foamea care parcă a dispărut cu desăvârșire de când am venit la mare, dar la propunerea spontană a lui Ștefan mâncăm – eu bineînțeles că pentru prima oară – Kurtos-Kalacs. Înțeleg că trebuie să fie vreo specialitate ungurească... Care după opinia mea de desenator tehnic la Republica, arată ca un segment de țeavă cu diametrul de vreo patru țoli. Copt din aluat asemănător cu cel de cozonac, cu mult zahar tos deasupra, este atât de delicios încât ne batem pe el în glumă, furându-ne bucățile de la gură.

Mă bucur în sinea mea de încă o descoperire, încercând să nu mă trădez iar cât de neștiutoare sunt, dar băieții au început deja să se prindă că nu am ieșit prea mult din casă până acum... și îmi explică tot felul de chestii, ca unei turiste străine. Paul își etalează cunoștințele cu generozitate făcând pe ghidul, profitând de ocazie să îmi capteze interesul și privirea.

La marginea târgului luăm câteva jetoane și ne plimbam cu carturile electrice, o altă distracție în premieră absolută pentru mine, pe care am vrut s-o încerc de mult. Mă amuz la culme urmărindu-i pe tovarășii mei cum se chinuie să își împacheteze picioarele lungi fiecare în mașinuța lui, mai ales cel mare, pe care cred că l-a tras moașa de craci la naștere.

Ne gonim unul pe altul de-a curmezișul suprafeței metalice, manevrând gărgărițele cu troleu până reușim să ne izbim între noi, de ne sar ochelarii. Cauciucurile protectoare ne feresc de accidente serioase și pentru câteva minute jucăușe suntem iarăși copii, refulându-ne energia și apucăturile violente în mod inofensiv.

Mă descurc bine cu volanul și reușesc să îl evit în ultimul moment pe Ștefan care vine cu toată viteza spre mine, apoi prind momentul potrivit și îl bușesc pe Paul de cred că l-aș fii aruncat din cart dacă nu era prea înghesuit în el. Spectatorii râd și fac galerie, și tânărul care are grijă de mașinuțe se urcă din mers pe a mea și îmi spune să mai rămân o tură pe gratis, din partea lui.

Bagă o cheie în contact și... mă mai dau o dată, dar îl chem și pe Paul lângă mine, cu toate că singura soluție este să stăm aproape suprapuși pe bancheta îngustă. Desfătarea cea mare este în prilejul nevinovat de a sta strâns lipiți unul de altul și de a îl plesni în joacă când încearcă să îmi smulgă volanul. Eu nu mă las, el nu cedează, și fiindcă evită să mă bruscheze, până la urmă îmi prinde ambele încheieturi într-o singură mână, conducând cu cealaltă.

Ațâțați și încălziți de cele trei minute de înghesuială, ne extragem grăbiți din cart, alergând spre mantinelă. Îi mulțumesc din mers tipului care mi-a acordat pentru runda gratuită și ne îndreptam din nou spre plajă, luând-o pe unde am venit, înapoi spre Eforie Nord. Paul pare frustrat că nu i-am recunoscut supremația de șofer, iar mie îmi bate inima după apropierea lui fizică și forța pe care i-am simțit-o atât de intim și căreia nu m-am putut împotrivi.

Lumea a cam plecat de la apă, și suntem printre puținii plimbăreți care mai lipăie la marginea valurilor, prin nisip. Mă strânge pielea pe umeri și mă tem că am exagerat stând atâtea ore în soare, nu numai cât am adormit dar și până la Eforie Sud, în mers. Protecția Regata pare să funcționeze doar până la un punct... pe care l-am depășit.

Ziua este pe sfârșite, și cădem de acord să ne întâlnim după ce facem duș și ne schimbăm, pe la nouă, la terasa Pescăruș unde mi-a plăcut mie în centru. La recepția de la Dunărea a apărut iarăși Dominic, care mă salută amical și îmi oferă un Pepsi de la frigiderul recepției, zicând că face cinste.

Îmi ia mai puțin de o oră să fiu gata de discotecă, cu machiaj, jeanși, bluză curată, și sandalele cu platformă, cu tot, ba chiar îmi rămâne timp la dispoziție. Mă trântesc pe colțul meu de canapea lângă recepție și îmi aprind un B.T., pufăind cu satisfacție.

"Dacă nu te grăbeai așa tare, te serveam eu cu o țigară mai bună!" mi se adresează Dominic din spatele tejghelei.

"Ce te face să crezi că ai pierdut ocazia?"

Zâmbește întinzându-mi un pachet de Marlboro să îmi iau una pentru mai târziu. Îl cercetez în lipsă de altă ocupație.

"Ce mă măsori așa?"

Dau din umeri.

"Încercam să ghicesc câți ani ai..."

"Câți îmi dai?

"Cred că ai destui, de ce să îți mai dau și eu?"

"Am împlinit douăzeci, dacă ești curioasă," apoi își aduce aminte.

“Ai găsit gazdă undeva sau tot aici ești ‘cazată’?” se apoi uită la picioarele lui, văzându-mi bagajele, la locul lor. “Așa se pare.”

“Mă duc mâine să caut.”

“Nici nu ai încercat încă?!”

“Tu crezi că am venit la mare să umblu după camere?! Am fost la plajă, la discotecă…”

“Pot să te ajut eu dar numai cu un pat… dacă nu ți-am mai spus. La mine, în Constanța.”

“Mulțumesc, nu este nevoie.”

Oferta a fost făcută fără intonație lascivă dar nu am nici o intenție să fac naveta și în concediu. Dominic vine lângă mine și luând sticla de Pepsi din care mai am puțin, o duce la gură și își bagă botul în ea. Am fost copil singur la mama, fără frați, și nu sunt prea bună la împărțit nimic, în general. Nu suport să îmi guste nimeni din cana de cafea, să muște din sandvișul meu… sau să bea de la mine.

Nu mă pot abține și dau un bobârnac ușor fundului sticlei cât este cu ea la gură, cum mai făceam la școală, cu colegii. Se lovește la dinți, luat prin surprindere, cât pe ce să muște din ea. Își șterge lichidul care i s-a scurs pe bărbie și pe cămașă și îmi da un pumn peste braț, ca glumă în același stil, la schimb.

“Am făcut puțin box, ai grijă.”

“Zău? Credeam că ai făcut șah… după mușchi. Sau mai ai și îi ții la frigider?”

Se duce înapoi să completeze ceva în registrul recepției și îmi răspunde pe sub nas, fără să se uite la mine.

“Voi, toți bucureștenii absolviți ‘școala de mișto’ înainte de a pleca în provincie la distracție, sunt obișnuit.”

“Hei, n-am vrut să te supăr. Doar glumeam…”

Îmi face semn să stau liniştită că rămânem prieteni şi îşi vede de treabă. Ceea ce este timpul să fac şi eu, drept care îmi iau rămas bun şi plec spre centru cu părul în vânt şi paşi siguri de mine. M-am amuzat puţin să îl tachinez... sau pur şi simplu nu mă pot abţine să nu flirtez, cine ştie... Al şaselea simţ îmi spune întotdeauna când un băiat mă priveşte cu interes şi atunci... tentaţia este prea mare. Dar nu mi-a făcut avansuri. Este doar intrigat de personalitatea mea, cum mi se întâmplă atât de des şi mă încântă.

Numai cu Paul nu ştiu exact cât de tare îl interesez. Asta este problema mea. Nu pot spune că nu mi-am dat seama mai de mult că îi plac sau că mă doreşte. Dar care este oare limita atracţiei? Vrea doar să se culce cu mine şi să adauge o crestătură pe cine ştie ce listă a cuceririlor sexuale, sau este, totuşi, mai mult decât atât?!

Fraţii mă aşteaptă la o masă de pe terasa restaurantului, cu câte o votcă în faţă, şi îi observ prima, de departe. Vorbesc între ei, animat, Ştefan dând din mâini ca un italian sută la sută, nu numai pe jumătate. Paul pare în defensivă, mai calm. I-am reţinut până acum diversele ticuri, cum îşi mângâie o sprânceană sau se trage uşor de vârful nasului, de parcă s-ar asigura că toate sunt la locul lor şi asta i-ar da încredere să îşi continue ideile.

"Vă întrerup?" mă apropii eu aşezându-mă în faţa lor înainte de a avea ei timp să răspundă. Aş fii curioasă să ştiu despre ce discutau atât de aprins...

Dar ei îmi zâmbesc amândoi, ca la comandă, şi amuţesc brusc, ceea ce îmi confirmă că tocmai am picat într-o dispută contradictorie al cărui subiect am fost probabil eu. Nu ştiu exact cum funcţionează dinamica dintre ei, şi îmi este cu atât mai greu să înţeleg cu cât eu nu am crescut cu fraţi sau surori în casă. Eu îl idolatrizez pe Mihai, dar am văzut cum se împunge cu Mihaela mereu. Poate între copiii aceloraşi părinţi există gelozii pe care mie îmi este imposibil să le ghicesc.

Din doi, unul trebuie să fie întotdeauna favoritul cuiva, oricât ar evita ai lor să se trădeze. Din câte mi-a spus Profesorul, Paul este adoratul mamei lui, fără îndoială, în timp ce cu Zmeul se ceartă tot timpul. Ștefan bănuiesc că se uită la fratele lui mai mare ca la un Dumnezeu, acceptând mai în glumă, mai în serios, că are mai puțin succes când sunt împreună, dar admirându-l în orice caz. Îmi dau seama că se uită amândoi la mine și ridic bărbia, întrebătoare.

"Ce-i cu voi așa tăcuți?! Ați obosit azi la plimbare?"

"Dar ce, am cărat pietre?" râde Ștefan. "Dar tu?"

"Nici vorbă. Am antrenament serios la mersul pe jos și mă iau oricând la întrecere cu voi la rezistență. Nu la viteză, bineînțeles."

"Am să țin minte provocarea," zâmbește Paul. "Atunci pot să îți arat Vraja Mării, cum ți-am promis?"

"Abia aștept să... mă vrăjești!" exclam eu insinuantă, pusa din nou pe flirt și susținându-i privirea verde, într-un moment de curaj.

Eu nu mai vreau să beau nimic și după ce își toarnă pe gât votcile, ne ridicăm toți trei și plecăm la pas, eu între ei, mandră de invidia pe care o văd în ochii fetelor care trec pe lângă noi, multe întorcând chiar capul fără rușine. Dar și după mine sucesc gâtul câțiva tipi, așa că suntem chit.

Paul mă ia la un moment dat sub brațul lui, protector sau posesiv, nu sunt sigură, și mă sprijin de el în mers. Umărul îmi intră perfect la subsioara lui, și pentru câțiva pași, îl prind și eu de talie, mângâind mătasea cămășii verde marin, care i se potrivește atât de bine cu ochii. Abandonez o parte din reticențe pentru această seară, hotărâtă să îi dau un deget și curioasă dacă îmi va lua toată mâna...

Discoteca în aer liber este ingenios amenajată, cu ringul de dans înconjurat de un șanț cu apă și coloane aproximativ dorice, pe aceeași temă antică. Mesele sunt dispuse pe margini, de-a lungul perimetrului din piatră de mare, același zid vizibil de afară pe lângă care trecusem mai devreme. Muzica bubuie și acustica nu este la fel de bună ca la Potcoava de Aur, dar localul în sine îmi place mult mai mult, nu numai din cauza decorului dar și a brizei răcoroase care vine dinspre mare.

Lăsăm băuturile la masa unde ne stabilim și ieșim pe ring toți trei, dansând fără pauză aproape o oră. Parcă știu de când lumea și Boogie și Rock și Charlston. DJ-ul de aici iubește muzica veche și mai aruncă din când în când și câte ceva din vremea mamei, și audiența chiuie și încearcă să intre în ritm pe cât posibil. Coregrafia învățată în copilărie de Paul îl ajută clar să alunece dintr-un stil în altul fără probleme, dar pe moment sunt în al nouălea cer și nu mă mai complexează nimic, prinzând din zbor toți pașii, alături de el.

Mă simt ca o frunză, ca o pală de vânt, ca un val al mării... Și mă trezesc fredonând melodiile transpusă, sincronizându-mi perfect mișcările cu partenerul meu, de parcă am fii luat împreună aceleași lecții de dans. Ne armonizăm foarte bine și singura problemă intervine când dansăm în doi pe melodiile lente, și Ștefan trebuie să își caute parteneră sau să se așeze la masă. Dar fericirea este nemărginită în egoismul ei și momentan nu mă interesează decât să descifrez privirile lui Paul, ochi în ochi cu el, gata să las garda jos cu desăvârșire.

Mult după miezul nopții, ieșim din discotecă și mezinul se retrage spre hotel, pretinzând că se duce la culcare, în timp ce noi continuăm drumul pe faleză, mână în mână. Bănuiesc instinctiv că acesta fusese subiectul lor disputat mai devreme la Pescăruș. Presupun că Paul preferă să scape de fratele său pentru a rămâne numai noi, în timp ce, probabil, celălalt se plânge că nu are ce face de unul singur... Decât să coțăie ceva pe marginea falezei, îmi trece mie prin cap cu răutate.

Ne oprim, poate chiar în același loc unde l-am văzut ieri pe Ștefan cu tipa, și Paul mă ridică de mijloc, urcându-mă pe bordură, să fim față în față, la aceeași înălțime. Sunt din nou în stare defensivă și îmi sună toate alarmele. Felul în care se uită la mine, ca la o pradă sigură, mă face să fiu pregătită pentru orice. Și bine fac. Își bagă brusc fața în gâtul meu și mă sărută sub ureche în timp ce brațele lui mă învăluie complet, imobilizându-mă pentru moment.

“Paul, Paul!” încerc să îl temperez în șoaptă, dar e greu de oprit și mă ia din nou pe sus, făcând o piruetă cu mine și lăsându-mă pe picioarele mele încet și strâns, de-a lungul lui, cu intenția precisă de data aceasta să îl simt cât de poate de bine.

Sunt tulburată la culme și iritată în același timp de îndrăzneala lui.

“Dă-mi drumul,” îl împing cu palmele în piept, încercând să îmi recuperez respirația. Inima îmi bate asurzitor și mă tem că o poate auzi și el, împotriva dorinței mele.

Mâinile lui reușesc să mă mângâie pe spate, pe fund, să se strecoare și pe la marginea bluzei mele, în timp ce îmbrățișarea mă ține lipită de el, încât să nu îmi rămână nici o îndoială în privința bărbăției sau a intențiilor lui. De parcă ar vrea să facă dragoste cu mine prin haine. Măcar are bunul simț să nu mă pună pe balustradă, unde făcuse amor fratele lui cu o seară înainte. Sau partea asta a aleii este doar locul de preludiu...

Îmi revin din beatitudine aducându-mi aminte de promisiunea pe care mi-am făcut-o la plecare, că nu mi se va întâmpla nimic pe litoral dacă vin singură. Oare asta îl include și pe Paul...? De ce nu?! Nu mă îndoiesc nici o clipă că pot să îl opresc, cu toată insistența lui, și că nu va merge mai departe fără voia mea. Ceea ce și fac, poate cu regret, doar ca să îmi satisfac mândria și încăpățânarea. Opun destulă rezistență să îi atrag atenția, și până la urmă îmi dă drumul. Citesc iar pe figura lui frumoasă aceeași expresie nedumerită, rănită, poate puțin tristă.

“Mulțumesc pentru o zi frumoasă, Paul... dar e cazul să mă retrag.”

“Cum vrei...” șoptește el răgușit.

Nu zâmbește și de data aceasta îmi evită privirea. Pentru o clipă îmi fac iluzia că mă va conduce la hotel, dar nu se urnește din loc și își aprinde o țigară așezându-se pe piatra de lângă noi. Fără să mai aștept, îl las acolo și plec singură, încă palpitând, făcând eforturi supraomenești să nu întorc capul în urma mea...

Capitolul 37

Marți a fost o zi după sufletul meu, înnorată și nehotărâtă. M-am trezit cu umerii arzând și pielea prea îngustă, de parcă aș fii luat-o de pe altcineva, mai mic decât mine. De abia îmi suportam hainele și nu aș fii îndrăznit să ies la soare nici o clipă, presupunând că aș fii avut bineînțeles opțiunea aceasta.

Am băut o cafea la Pescăruș în centru, și spre surpriza mea, m-am întâlnit acolo cu Lidia, colega cea frumoasa de pe același etaj, de la CCP. A venit și ea singură la mare și stă la o vilă, fără prejudecăți, relaxată, gata să agațe orice tip care i-ar place, fără să se întrebe ca mine dacă respectivul s-a îndrăgostit de ea cu adevărat sau doar vrea o partidă de sex.

Din discuție am înțeles că de fapt ea se și limitează numai la asta, să ia din jurul ei cât poate mai mult și mai repede. Are convingerea fermă că viața este scurtă și ar comite un păcat de neiertat să treacă prin ea ca rața prin baltă. Mi-a povestit cum amândoi părinții ei au murit în accidente stupide și a rămas numai cu bunica, de mică. Nu înțelege de ce ar avea scrupule sau ezitări de a își satisface vreo dorință, atât timp cât are șansa.

Greu de spus dacă am învățat ceva de la ea sau dacă m-a șocat modul ei de a privi lumea. În mod sigur, cu corpul pe care îl are și cu fața ei de actriță, își poate permite să profite de orice bărbat care o atrage pe moment, la fel cum fac atâția alți masculi cu noi. Este capabilă să se bucure de trupul sau de complimentele oricui, dându-l la o parte după aceea, fără să se mai gândească la el a doua oară. Când îmi spune că la ea nu trece nici o zi fără să facă dragoste... mă lasă mută.

Eu număr lunile de când am fost la munte... și nu numai asta, dar am aflat ce trebuie să simți cu adevărat când te culci cu un tip abia după trei ani de când mi-am început viața sexuală. Descoperirea mea nu numai că nu mi-a dat curaj ci dimpotrivă. Am rămas marcată de complexe de inferioritate și de temeri ascunse. Ca de exemplu, ce gândește un bărbat despre mine după ce devenim intimi, sau când este momentul potrivit să cedezi ca să nu fie considerat... prea devreme. Sau prea târziu...

Cornel mă acuzase că sunt ușuratică... în cuvinte grele, și asta după ce reușise să mă păcălească, și fusese primul meu bărbat din viață, la patru luni de la cunoștința noastră. Pe de altă parte... cu Nico fusese totul diferit, sărisem eu pe el, și numai după două zile împreună la munte. Da, dar pe el îl știam de aproape cinci ani, nu? Nu mai suntem în evul mediu, nu mai așteaptă nimeni să fluture cămașa însângerată a miresei, după noaptea nunții.

Fiind băiețoasă, am petrecut timpul mai mult printre tipi, dintre care mulți mă socoteau ca pe unul de ai lor, vorbind în fața mea despre fete și cuceriri, făcând comentarii de multe ori scârboase, de alte ori... educative. Din câte am auzit, majoritatea preferă femeile cu experiență față de cele timide sau pudice, să nu mai vorbim de virgine.

Poate la asta se referea și soțul meu, fără să realizeze că nu fusese în stare să trezească în mine mai mult de pura dragoste de copil, din inimă. Comparând sentimentele pentru fiecare, îmi dau seama că pentru Paul simțisem până nu de mult doar aceeași afinitate beatifică, de suflet, obsesia cu aparența lui fizica și atât. Abia la Băneasa, când îl curățasem pe buze de muștar, am început să îl văd mai bine, sau mai... altfel. Să îmi imaginez cum ar fi... și să simt fiorii care acum știu ce înseamnă.

Dar toată ziua de marți nu l-am văzut pe Paul. Am colindat câteva ore orașul, luând fiecare stradă la rând, metodic, întrebând de gazdă. La un moment dat eram atât de sătulă să repet întrebarea încât îmi părea rău că nu îmi agățasem de gât un carton pe care să scrie 'caut cameră'. Sau, și mai bine, 'caut un pat', cu specificația 'gol', bineînțeles.

Abia spre seară, pe o străduță pietruită la capătul de nord al stațiunii, bătând din poartă în poartă, o băbuță s-a indurat de mine și a ieșit la gard. "Da' câți sunteți, maică?" I-am povestit că sunt cu părinții la mare dar nu mă împac cu tatăl vitreg și ar fii spre binele tuturor dacă aș sta cu ei numai peste zi. Nu am nici o remușcare să mint, și nu văd nici un rău în mica mea invenție care apelează la compasiunea bătrânei.

Pentru douăzeci și cinci de lei pe noapte, până duminică dimineață, am bătut palma pentru un pat într-o coșmelie din curte, și dreptul de a folosi furtunul și cișmeaua de afară să mă spăl. Nici nu îmi trebuie mai mult. Până să se întunece de tot mi-am cărat bagajele de la Dunărea și m-am instalat la noua mea cazare. Departe de toate, în foșnetul și aroma unui câmp de porumb vecin cu casa, în liniște deplină, am petrecut ore în șir citind la lanterna mea minusculă, până am reușit să adorm.

A doua zi nu mi-am mai simțit arsurile de la soare și chiar mă puteam mândri că am prins o culoare de 'piele roșie', ca indienii americani. A fost iar zi frumoasă și norii de marți plecaseră departe, spre bulgari, fără urme.

M-am întâlnit cu Lidia la cafea, în același loc, și am întrebat-o dacă mă ia cu ea la Ghiol, unde îmi spusese că se duce la nudiști. Cu râsul ei deschis, nonșalant, mi-a răspuns că "nu mă duce în spate" și mi-a explicat că nu este obligatoriu să mă dezbrac și pot sta cum vreau dacă nu mă deranjează să fac opinie separată.

Ea preferă să nu aibă urme albe pe corp și intenționat face plajă acolo. Trebuie să recunosc că spre ușurarea mea, aveau o secțiune exclusivă pentru femei, și că în acele condiții am avut și eu curajul să îmi scot sutienul. Fiindcă eram... la subiect, am întrebat-o și despre ce văzusem în trecerea noastră spre Eforie Sud și s-a prăpădit de râs.

M-a lămurit cum stă cu temperaturile scăzute, cu apa rece și alți factori care pot influența dimensiunile... aparente. M-am simțit mai deșteaptă cu cinci minute după amănuntele primite și chiar mi-a trecut prin cap că nu mi-ar strica să petrec mai mult timp cu ea, să îmi îmbunătățesc măcar cunoștințele teoretice.

Fiind plajă numai pentru femei, ferită de accesul milițienilor, lângă gard era un adevărat bazar, unde poloneze voinice, unse cu nămol puturos din cap până în picioare, vindeau ciocolată sârbească, *chewing-gum*, și bomboane.

Am acceptat și dimineața aceea drept o experiență nouă... pe care probabil nu m-aș mai simți tentată să o repet. Muierile goale și vopsite cu noroi până în jurul ochilor și ale altor... despicături ale corpului mi s-au părut hidoase. Ca să nu mai vorbim de mirosul imposibil al apei și a mâzgii negre cu efect terapeutic.

Mi-am dat însă seama că pentru o fată singură la plajă ca mine, un avantaj indiscutabil al Ghiolului este lipsa totală de bărbații care umblă după agățat. Mai ales de străinii veniți pe litoral exclusiv cu acest scop, care bântuie și de care m-am împiedicat și eu de destule ori, zilele trecute. S-au obișnuit prost, cu plăceri aproape gratuite la banii pe care îi au ei față de români. Faptul că din când în când, câte una mai întreprinzătoare îi lasă în pielea goală, fără lucruri și portofel, nu îi descurajează prea tare.

Majoritatea sunt la ei în țară niște pârliți, altfel s-ar duce pe Coasta de Fildeș. Dar la noi devin instantaneu milionari și își pot da aere cu valuta și bărbăția lor, bucurându-se de privilegii pe care noi ca cetățeni au țării nu le avem. Ca de exemplu accesul la magazinele Shop pe dolari, sau prioritatea la hotelurile bune, și câte altele. De câte ori nu mă deranjaseră unii ca ei când încercam doar să îmi beau cafeaua liniștită în Continental!

Poate că pauza temporară de la atenția bărbaților mi-a priit pentru o zi, fie că ar fii fost ei români, străini, sau... Paul. Ne-am despărțit pe la cinci, cu înțelegerea că ne întâlnim iar la Pescăruș, mai pe seară, să ne petrecem timpul împreună. A ieșit însă cu totul altceva, fiindcă am găsit-o la masă cu trei tipi și încă o fată proaspăt racolați, studenți din Brașov în vacanță.

La început a fost bine, am făcut cunoștință, am glumit și povestit, m-a amuzat vagul accent ardelenesc. Apoi a devenit evident că Lidia își alesese dintre ei partenerul, un tip șaten cu barbă și ochii albaștri. Altul era cu prietena și al treilea... anticipa cu încântare împerecherea cu mine. Poate nu chiar mot-a-mot dar în orice caz...

I-am urmat la tabăra de corturi, nu departe de Complexul Dunărea, și am petrecut cu ei o seară oarecum plăcută, jucând cărți, spunând bancuri și cântând. Dacă nu aș fii fost obsedată de Paul, probabil că m-aș fii distrat mai bine. Cu toate că îmi dădeam perfect seama că era păcat să îmi stric cheful când probabil el își satisfăcea toate dorințele în acel timp. Ca Lidia, care a rămas să doarmă cu ei în același cort.

Eu... ca să mă eschivez de cucerirea nedorită, am inventat iar un unchi, care mă aștepta la autogară în Constanța, și m-am lăsat condusă până în stația din centru. Apoi am coborât din autobuz la următoarea, și m-am întors pe întuneric pe șosea, aproape un kilometru, până la intrarea în Eforie Nord, la câmpul cu porumb și strădița băbuței mele.

Astăzi este joi și am stat toată dimineața pe plajă din nou la Acapulco, în speranța că apar frații Ștefanian și îl înfrunt pe Paul, să îi spun că s-a supărat degeaba și că nu este normal să faci dragoste cu cineva pe faleză, cel puțin nu pentru prima dată. Și ca să nu par prea strictă, pot să adaug și clauza că acel 'cineva' îmi place prea mult ca să nu consider 'prima' ocazie ceva foarte special. Suficient de special pentru a se petrece în condiții mai puțin precare decât susnumita faleză...

Dar nu am avut cui recita cuvintele pregătite cu atâta emoție si repetate în gând de zeci de ori. După ora cinci mi-am dat seama că nu mai vine nici unul dintre ei pe acolo și că aștept degeaba, drept care mi-am strâns cearșaful și m-am întors la cameră să mă schimb pentru seară.

Până la capătul stațiunii merg pe plajă, culegând scoici și minunându-mă de frumusețea pe care o poate crea natura, fără ajutorul nimănui. Mă simt singură și sunt tristă, îmi vine pentru o clipă să las totul baltă și să fug la gară, să mă întorc la Liviu și la Profesor... Dar în secunda următoare mă răzgândesc și sunt gata să îndur în continuare, orice mă așteaptă, până duminică.

Este prea devreme să renunț și doar eu sunt cea care nu se lasă bătută cu una, cu două! M-am înțeles cu Lidia să ne vedem la Dunărea, și poate să petrecem iar împreună, cu toate că ideea de a da ochii cu grupul de brașoveni nu mă încântă. Sper că va rămâne fidelă principiului ei de a nu sta mai mult de o zi cu nici un tip, ceea ce înseamnă că va veni fără ei, în căutarea unei companie noi.

Este timpul să mă pregătesc pentru discotecă. Fac un duș la furtun, lângă cișmea, îmi trag jeans-ii și o ie ușoară, albă, de la Romartizana. Este cel mai scump obiect de îmbrăcăminte pe care îl am, cumpărat cu ani în urmă, special pentru întâlnirile din oraș cu Cornel, din banii luați pe icoanele bunicii. Mă machiez și sunt gata de... distracție, cu toate că dorul de Paul mă împiedică să îmi închipui ce m-ar putea binedispune, în afara prezenței lui, bineînțeles.

Îmi lipsește atât de mult încât senzația mă doare în piept, ca o vânătaie, și îmi este imposibil să îmi aduc aminte dacă am mai simțit ceva asemănător vreodată, de când mă știu. Trag de timp prin oraș, la jocurile mecanice, împușcând vrăjitoare prin cimitir, apoi doborând farfurii zburătoare, dar mă plictisesc repede și o iau iar din loc.

Nu îmi este foame și nu am chef de nimic, dar îmi trag picioarele unul după altul, și intru în recepția unde mi-am petrecut primele două nopți, cu un zâmbet forțat pe buze. Dominic este din nou de serviciu în spatele tejghelei, și mă întâmpină jovial, întrebându-mă ce am mai făcut și observând că am început să mă bronzez. Apoi își dă o palmă peste frunte, cum are obiceiul.

“Laura, era să uit. Te-a căutat un tip, mai devreme. De abia intrasem și l-am găsit vorbind cu colega mea.”

“Era numai unul?”

“Asta e bună! Nu e destul unul?”

“Am vrut să spun… era singur?”

“Da. Un tip înalt, bine îmbrăcat… brunet. Căuta o domnișoară cu păr lung, șaten, foarte drăguță… Și când am apărut eu și i-am zis că sunt destule care să corespundă descrierii a comentat că așa ceva e imposibil. Și atunci a întrebat clar de ‘Laura’.”

“Cu ochii verzi?”

Se uită la mine, exasperat.

“Îi avea în față, da’ la culoare nu m-am uitat!!! Ce, crezi că stau eu să mă uit în ochii bărbaților care trec pe aici?! Pare bucureștean de al tău, după cum vorbea… și după aroganță. Era convins că ești… unică și… disperat să dea de tine.”

În loc să îmi iau zborul de fericire, acum mă gândesc alarmată oare de ce vrea așa de urgent să mă găsească. Simte nevoia să îmi spună să uit că există și că s-a săturat să încerce degeaba până mă convinge să stau o dată?! Să pună punctul pe ‘i’ și să termine ceva, oricum neînceput? Unde o fi? Să încerc să îl caut și eu? Nu, nici vorbă. Dacă vrea să îmi comunice că ne despărțim înainte de a ne fii cuplat măcar… cu atât mai târziu dau de el, cu atât mai bine!

Mi se strânge inima și mai tare. Noroc că apare Lidia, într-o rochie mulată ca un tricou până la genunchi, bleu ca ochii ei, pe sub care sunt aproape sigură că nu are absolut nimic altceva. Avem părul la fel de lung, dar al ei este mai bogat și mai întunecat la culoare. Genele lungi și negre îi conturează ochii și trebuie să recunosc, cu toate că sunt femeie, că este o frumusețe izbitoare, imposibil de ignorat. Dacă mai rămăsese vreun bărbat în holul de la Dunărea care încă nu avea la ce să se uite... acum precis sunt toți captivați.

Le fac prezentările ei și lui Dominic și ne oferă la amândouă câte un Pepsi rece și din țigările pe care le păstrează numai pentru fete, din moment ce pe el nu l-am văzut niciodată fumând. Din vorbă în vorbă, ne informează că au și aici discotecă, în sala barului, peste drum de recepție. Din păcate el nu are cum să ne însoțească, pentru că este de serviciu, drept care mergem numai noi două, măcar să vedem cum arată locul.

Ambianța nu se compară cu Potcoava de Aur și nici cu Vraja Mării... dar muzica este aceeași, bună, dansatorii sunt de vârsta noastră, atmosfera de vacanță trepidează, ca peste tot. Lidia nu catadicsește să caute o masă, în ideea că dacă vrem, vom putea sta cu cine ne agață, sugestie care mă cam sperie... dar pe moment nu am de ales.

Are dreptate, nu trec nici două minute și deja încep să se adune băieții în jurul nostru. Nu mă consider vreo sfântă că și eu mă uit la toate perechile de pantaloni, mai ales dacă restul, în sus, continuă peste un metru optzeci... dar ea este absolut expertă în priviri ucigașe și zâmbete enigmatice.

"*Sprechen Zie Deutch...? Or English*?" să nu îmi vină să cred dar în umbra colegei mele... mă mai observă și pe mine unii. Cel care m-a abordat este cât mine de înalt și blond... ceea ce explică în mod simplu de ce nu i-am remarcat eu prezența.

"*English, quite well, in fact*... Dar mai bine românește!" răspund prompt, convinsă că este român după îmbrăcăminte și după față. În ciuda diversității de culori de ochi și păr din țara noastră, ceva rămâne întotdeauna specific, greu de definit dar prezent, ca o ștampilă mare pe fruntea tuturor, care spune '*made in România*'. Poate atitudinea sau manierele să ne trădeze?

Nu m-am înșelat, tipul începe să râdă și mă invită la dans în doi, dar eu îl refuz fără emfază, să nu îl jignesc, și mă retrag spre peretele de sticlă să fumez o țigară. Se pare însă că fără o poziție strategică pe o bancă lăturalnică, cum găsisem în Potcoava de Aur, aici este imposibil să am liniște.

Se apropie de mine un negru plin de el, căruia nu mai încerc să îi răspund în limba mea, cu toate că poate fii student în București. Nu este, pentru că abia articulează și în engleză, și cum eu nu am nici cea mai mică intenție să iau lecții de limba vorbită în Timbuktu... prefer să îl ignor și ocolindu-l, ies afară din bar și mă duc la recepție, sub protecția lui Dominic, unde mă simt în siguranță.

“Ce faci, nu te-ai lipit încă de nimeni?” vrea el să știe, nevenindu-i să creadă.

“Ba m-am lipit, nu vezi?” glumesc eu, arătând spre el.

“Ce fel de bucureșteancă ești dacă nu te simți ca la tine acasă, oriunde?! Nu de asta sunteți voi atât de nesuferiți?!”

Tocmai îmi caut o replică mai caustică în momentul în care mă simt apucată de două mâini puternice care îmi imobilizează ambele brațe și cineva, în spatele meu râde victorios, ca apucatul. Ștefan! Nu îmi vine să cred ce mult mă bucur să îl văd în seara aceasta. Fie ce o fii și indiferent ce vrea să îmi spună fratele lui, măcar să fiu cu ei decât singură, la cheremul tuturor tipilor în căutare de companie nocturnă.

“Te-am găsit!” striga Ștefanian junior, ca pe câmpul de luptă. “Eram la masă dincolo când te-am văzut intrând cu fata cealaltă de la voi, Lidia. L-am ținut pe Paul să nu vină după voi și să vă lase în pace... Dar dacă încerci să pleci... am venit să te recuperez. Hai cu mine!” și fără să îmi dea timp să răspund, mă ia de mână și mă trage înapoi în discotecă, spre dreapta, unde Paul fumează încruntat în fața unui pahar de votcă.

Încă nu știu în ce stare este celălalt, dar Ștefan în mod sigur a golit câteva până acum, după cât de euforic și de gălăgios se manifestă.

Fratele lui îmi zâmbește, fără să spună nimic. Nu îmi dau seama la ce să mă aștept, dar mă așez în fața lui, la masă.

"Ce bei? Fac eu cinste!" se oferă tot mezinul.

Dau din umeri și îi mulțumesc, acceptând un coniac-Cola. Paul continuă să tacă deocamdată și încerc să nu îl privesc direct, să nu își dea seama cât de dor mi-a fost de el. Și cât de jenantă este situația.

"Voi nu dansați?" deschid eu vorba, cu privirea în paharul pe care mi l-a adus brunetul.

"Nu știu să dansez..." răspunde el în sfârșit, abia auzit.

Ștefan cel volubil – cel puțin astă-seară – izbucnește în râs, sarcastic.

"Vrea să spună că nu cu mine! Dar eu vreau să mă mișc. Hai pe ring, Laura!"

"Poate mai târziu, mulțumesc de invitație..."

Se îndepărtează repezindu-se după o tipă rămasă fără partener și rămânem singuri la masă, singuri în univers, ochi în ochi. Paul! Înțelegi cât de tare m-am îndrăgostit de tine? Oare te pot hipnotiza? Vreau să mă iubești și tu la fel. Să simți că nu poți respira fără mine, să mă visezi și să suferi de dorul meu oriunde te vei afla... Îmi auzi gândurile? Are vreun efect asupra ta descântecul meu?!

Îmi cobor pleoapele, smulgându-mă din tensiunea electrică a momentului. Cândva... și pe Cornel încercasem să îl vrăjesc așa. Și într-adevăr, începuse să mă caute zilnic și rămăsesem împreună. Până acum câteva luni încă nu reușisem să scap de el. Oare am într-adevăr puteri magice? Mi-ar place măcar să cred că este posibil...

Paul întinde mâna și o mângâie pe a mea ușor, cu arătătorul, apoi și-o retrage ca ars, suficient de brusc să își răstoarne sonda cu Pepsi în poală. Paharul se face țăndări pe jos, sub ochii chelneriței care tocmai curăță pe ici, pe colo. Dar gestul de împăcare a fost atât de dulce încât m-a făcut cea mai fericită persoană de pe tot litoralul, într-o fracțiune de secundă. Fata cu șorțuleț alb se uită cu tot regretul la el, sorbindu-l din ochi, dar îi pune în față o notă de plată pentru paguba făcută.

"Ai cumva douăzeci și cinci de lei la tine până mâine? Noi am rămas lefteri în câte discoteci am intrat astă-seară, căutându-te."

"Sigur. Fac eu cinste cu cioburile," râd eu, achitând prompt datoria, îndatoritoare.

Îmi ia de data aceasta amândouă mâinile, peste masă, strângându-le energic, aproape oftând.

"Îmi pare atât de bine că te-am găsit. Și nu numai ca să îmi plătești 'oalele sparte'!"

"Și mie îmi era frică să nu îmi lipsești cumva," încerc eu să o dau pe glumă, dar el insistă, cu seriozitate.

"Cu tine până și votca asta are alt gust."

"A spus cineva 'votcă'?!" se prăbușește Ștefan pe scaunul dintre noi, uitându-se de la unul la altul, întrebător. "Hai să dansăm, Laura!" insistă el din nou.

"*Fratello*, tu ai idei puține și fixe!" îl repede Paul.

"Ai spus 'mai târziu'... Acum e 'mai târziu'!" și mă trage de braț încât devine penibil să mă mai opun și îl urmez fără chef.

Îmi este ciudă pe Paul că nu a intervenit și mă legăn fără convingere, incapabilă să intru în ritm. La prima sincopă muzicală găsesc motiv să mă întorc la masă și tocmai când Paul devine iar tandru și îmi prinde degetele în ale lui, Ștefan spulberă clipa, venind și el după mine, dansând de unul singur, în mare vervă.

"Hai, Laura! Sus! Unde ai fugit?!"

Dau din cap în semn de refuz dar el nu se lasă așa de ușor păgubaș.

"Îi dai voie să danseze cu mine?" își aduce el aminte, cam târziu, să îl întrebe pe fratele lui.

Paul strânge maxilarele și își răsfrânge buza de jos, agasat. Ștefan se apleacă să îi șoptească ceva la ureche, ceea ce îmi pică foarte prost și îmi retrag mâna dintr-a lui, brusc. El își îndepărtează capul de al mezinului să nu îl mai asculte, și se încruntă, dar cel mic insistă.

“Ia-o, mă, ia-o dacă poți!” lovește el cu palma în masă, exasperat, de sar toate paharele în sus, dar fără să ridice vocea, cu toate că se vede că este la limita răbdării.

“Ușor, că nu mai am nici eu bani la mine!” protestez și mă ridic la încă un dans, să nu mai complic situația.

La întoarcere pun un bot lung de șapte metri, la care nu trebuie să fii Freud să înțelegi că ceva îmi displace profund.

“Am reușit iar să te supăr?” vrea Paul să știe.

Dau evaziv din umeri, preferând să nu răspund. Nu eu am făcut pe jignita acum câteva seri. Îmi aprind țigara, la fel de mută ca înainte.

“De ce?” insistă el cu întrebările, aplecându-se peste masă, să ne auzim mai bine în vacarmul discotecii. După privirea visătoare pe care o are, cred că și el a băut destul, dar se exteriorizează altfel.

“Încearcă să ghicești și tu!” izbucnesc eu până la urmă.

Zâmbește imperceptibil cu acea expresie adorabilă care poate ucide orice creatură de sex feminin existentă pe Terra.

“Nu trebuia să te dau atât de ușor?”

Sting B.T.-ul cu un gest teatral, să subliniez cât de ofensată sunt… și apare iar Ștefan.

“Laura?”

Întorc ostentativ capul în direcția opusă lui. Ce naiba l-a apucat, nu mai sunt fete în toată discoteca? Îl simt de la distanță pe Paul cum se încordează, dar fratele lui se apleacă cu candoare ironică spre el.

“Ce, nu-i mai dai voie?!”

“Ștefan, ia și tu pe altcineva la dans. Invit-o pe Lidia, dacă este încă singură,” îmi ghicește el gândul.

“Dar de ce n-o mai lași pe Laura?” insistă celălalt, sâcâitor.

Tresar puternic la reacția bruscă a lui Paul, la care nu mă așteptam. Se destinde ca un arc cât este de înalt, înșfăcându-l pe Ștefan de pieptul cămășii și smucindu-l spre el, mârâie printre dinți în nasul celuilalt.

"Te porți că un tâmpit!!! Înțelege că fata asta nu este 'a noastră'! Este a mea, *capisci*?! Ți-a dat de înțeles că vrea să stea cu mine, să vorbim, ce mai vrei?!"

Cu toate că tonul este aspru, nici acum nu a ridicat absolut de loc tonul. De la distanță se poate crede că este o glumă, dar eu știu că nu... Și Ștefan știe.

"Ești un imbecil," încearcă el să se elibereze din mâinile fratelui lui, fără să renunțe la nasturii cămășii.

"Vrei să te înjur?"

"Ar fii culmea s-o faci, mai ales de mama!" mormăie captivul, cu un ton împăciuitor.

"Atunci... du-te naibii!!! "

"După dumneavoastră..." se înclină mezinul caraghios, mimând o politețe exagerată.

"Se vede că nu ți-am mai tras-o de mult!" îl îmbrâncește Paul cât colo.

"'Nu mă 'mpinge c'amețesc'!" îl parafrazează Ștefan pe *Cetățeanul Turmentat* al marelui Caragiale, rânjind bucuros că a scapăt doar cu atât.

Bănuiesc că Paul este obișnuit să se impună ca frate mai mare, că ierarhia a fost stabilită de mult, pe măsură ce creșteau împreună. Acum, mă îndoiesc că la o trântă cinstită ar fii tot el învingător, cel mic fiind mai zdravăn decât el. Îmi aduc însă aminte că Paul cel suplu a făcut Judo...

Din fericire, nu se ajunge atât de departe și lucrurile se liniștesc pe moment. Mai puțin tumultul din mintea mea. Am reținut că și-a afirmat simțul de proprietate și cuvintele 'este a mea' îmi răsună ca un ecou în urechi.

"Ce se întâmplă cu voi?" îndrăznesc eu să deschid gura când Ștefan se îndepărtează de noi, potolit.

Își mângâie gânditor bărbia, privindu-mă cu atenție.

"Nimic serios... Am băut amândoi prea mult. Era să mă bat cu fratele meu pentru tine. Nici eu nu știu bine de ce. Dar a reușit să mă enerveze până la urmă..."

Nu am timp să evaluez dacă sunt dezamăgită de răspuns sau speram să fii mărturisit altceva... că se întoarce Ștefan, ca și cum nu s-ar fii întâmplat nimic. De data aceasta este cu Lidia, pe care a reușit ori să o smulgă de lângă cine era, ori a agățat-o pur și simplu într-un moment prielnic. Ea lucrează la Republica mai de mult, timp în care băieții Zmeului au fost recunoscuți drept celebritățile proiectării chiar înainte de a deveni tatăl lor director, și se cunosc toți trei, cel puțin din vedere.

Îmi aduc aminte că odată, când glumeam pe hol cu alți colegi, la fumat, Dan o întrebase dacă s-a culcat cu Paul și răspunsul ei direct și teribil de sincer, ca de obicei, a fost "încă nu, am așteptat să mai crească". E drept că asta o auzisem cu o lună în urmă... Înainte de a îl vedea și eu mai bine.

"Ce mai fac urmașii tovarășului Ștefanian?" îi salută ea volubilă.

"Au ieșit la agățat," bombăne 'urmașul' cel mare.

"Agață-mă pe mine!" râde ea insinuant.

La trăsăturile și ochii ei poate fii oricât de frivolă și spune orice porcărie și tot nu pare vulgară. Și chiar dacă simt un cui ascuțit în coșul pieptului... știu că nu are absolut nici o vină, fiindcă nu i-am spus niciodată că mi-ar place Paul, sau că s-ar tine el după mine. Din punctul ei de vedere totul este o coincidență fericită în această seară, poate chiar ocazia mult așteptată.

"Până când stați în Eforie?"

Și tot așa, conversația sare de ici colo, ca o minge de ping-pong, fără să mai ajungă la mine. Mă simt ignorată, poate fără vreun motiv real, dar în sufletul meu lipsa de încredere în mine a început iar să bolborosească otrăvitor. Îmi pun întrebarea ce caut cu trei oameni atât de frumoși la masă, îmbrăcați cu lucruri din afară, de la 'pachet' sau din Shop, când eu am purtat aceeași jeanși toată săptămâna.

Îl observ pe Paul cum mă cercetează pe furiș, și nu am încredere că o face doar de drag sau dacă mă compară cu Lidia. Și care îi pot fii concluziile. Îmi scot din buzunarul din spate pachetul de B.T. Și mă ridic șovăitoare.

"Mă duc afară să fumez o țigară... e prea mult fum aici."

Rămân pe alea dintre recepție și bar, între ușile de sticlă larg deschise, pe care încă se perindă lumea înainte și înapoi. Unii se duc deja la culcare, bravo lor că au cu cine. Alții pleacă la alte discoteci, mai interesante. Înăuntru, la tejgheaua lui, Dominic are treabă cu registrul, și câțiva bătrâni zac în fotoliile roșii, la televizor.

Sunt ciudat de detașată și indiferentă, învinsă momentan de factori împotriva cărora consider că nu pot avea nici o influență. Nu astăzi, în orice caz. Nu sunt tristă, dar nici fericită nu mă simt. Voi termina țigara și dacă Paul nu iese între timp să vadă ce fac și ce este cu mine, hotărăsc să mă duc la culcare, lăsându-i pe ceilalți să își termine seara împreună.

Deocamdată m-am liniștit, și mă mulțumește că Paul mi-a simțit și el lipsa zilele acestea și m-a căutat. Și că își va petrece seara singurel, acum că Ștefan a găsit-o pe Lidia. Mă îndepărtez de Dunărea întâi cu pași măsurați, pretinzând că doar mă duc puțin mai încolo, apoi din ce în ce mai decisă. Ajung în centru, lăsând hotelul în urma mea. Nu a strigat și nu a alergat nimeni după mine... Și nici unul dintre prietenii mei nu știu unde stau acum, inclusiv Dominic, recepționerul.

Aproape mă amuză dispariția mea bruscă, dar mă culc amarată, încercând să îmi imaginez ce s-a întâmplat după plecarea mea...

Capitolul 38

Se apropie sfârşitul săptămânii şi parcă începe să mi se facă dor, dacă nu de casă, măcar de Liviu. Mă trezesc târziu faţă de zilele precedente şi încerc să ies cât mai repede, să profit măcar de soare şi plajă, şi să pot demonstra cu un bronz corespunzător faptul că am fost la mare. Pretind că nu sunt îngrijorată de efectul plecării mele neanunţate de aseară. Dacă nici de data aceasta nu l-am supărat de tot pe Paul, pot chiar să cred că are ceva pentru mine în suflet.

O găsesc pe Lidia pe terasa de la Pescăruş şi vin la masa ei în expectativă, pefăcându-mă că nu mor de curiozitate să aflu cum s-a terminat ieri fără mine. Îmi comand o cafea mare şi cere şi ea încă una, să îmi ţină companie. Fumăm câteva minute în linişte, citindu-ne reciproc intenţiile, ca într-un dans nupţial al cerbilor, una în jurul celeilalte.

Colega mea nu este cătuşi de puţin proastă şi nici nu bate câmpii, ca Lucica. Este doar oribil de libertină şi sinceră. Povesteşte oricui despre cuceririle ei, fără jenă, dar nu o auzi bârfind niciodată pe altcineva. Este oricând gata să sară la nevoie în ajutorul cuiva, sau să împartă cu noi ultimul ban sau îmbucătură de mâncare pe care le are. Până la urmă nu mai rezistă şi cedează concentraţiei cu care mă abţin să pun întrebări, începând dintr-o dată să râdă, cu o veselie nevinovată.

"Laura, tu ştii că dintre toate femeile din CCP tu eşti singura pe care o pot considera prietena mea. Ştii că ţin la tine, nu?"

Aprob zâmbind, fiindu-mi aproape teamă să ghicesc unde vrea să ajungă.

"Nu am avut nici o idee până acum că ție îți place Paul sau că între voi începe să se lege ceva... Dar ca să știi," arată ea cu degetul, acuzator, "...chiar dacă îmi spuneai ceva, tot mă dădeam la el!"

Mi se face un gol în inimă dar nu pot scoate nici un cuvânt, drept care ea continuă, nonșalantă.

"În primul rând, Paul este un bărbat destul de frumos să nu ai încredere să-l lași nici cu maică-sa. În al doilea, dacă nu poate zice 'nu' la prima femeie care i se aruncă în brațe, ce rost are să îți pierzi timpul cu el?!"

Mă încrunt, poate pentru că mă tem că îmi dau lacrimile, dar continui să o privesc tăcută, așteptând sfârșitul poveștii.

"După ce ai dispărut ieri, la vreun sfert de oră, Paul a observat că stai prea mult pentru o țigară și a ieșit după tine. S-a întors după ceva timp, că fusese să îl chestioneze și pe băiatul de la recepție, fiindcă nu putea înțelege unde te-ai evaporat. Intrase în panică să nu te fii răpit cineva, să nu râzi, dar era îngrijorat de adevăratelea!" îmi atrage ea atenția îndreptând din nou arătătorul spre mine.

"...A reușit să scoată de la recepționer toată povestea ta, că ai venit singură și ai stat la ei pe canapea două nopți, și că acum te-ai mutat undeva la gazdă, unde tipul era absolut convins că te-ai dus, că te-a observat când ai grăbit pasul."

Îmi pare bine că l-am agitat pe Paul, dar nu asta mă interesează acum cel mai tare. Vreau să aud continuarea și fiindcă văd că Lidia își aprinde cu prea multă atenție țigara și trage de timp, nu mai rabd și o îndemn mai departe.

"Și...?"

"Și! I-am împrumutat cu bani că nu mai aveau nici de un Pepsi, și am mai băut câte o votcă, fiecare... Și au venit la mine fiindcă aveam în cameră o sticlă neîncepută. Paul nu a mai vrut să bea dar l-am luat cu binișorul și l-am convins să ne dezbrăcăm după ce Ștefan adormise lat pe canapea. Când să trecem la treabă și rămăsesem numai în chiloți amândoi… S-a ridicat și și-a cerut scuze că nu poate!!! Și-a pus hainele pe el și a plecat la hotel, la părinții lui!!!” exclamă ea gesticulând cu amândouă palmele în sus, ca să îmi pot închipui mai bine imposibilul.

Eu am făcut probabil niște ochi cât cepele, că râde de mine și dă din cap, nevenindu-i nici ei să creadă ce își aduce aminte că s-a întâmplat.

“Cum așa… ‘nu poate’?” întreb prostește, amintindu-mi foarte bine cum l-am simțit de pregătit când mă luase în brațe, pe faleză.

“A, nu!!! Nu este în nici un caz impotent, stai liniștită!!! Cred că a plecat în trei picioare de la mine, dar dus a fost!!! Este de o încăpățânare teribilă și i-a intrat în cap că este îndrăgostit de tine lulea și că nu l-ai ierta niciodată dacă s-ar culca cu mine. Sau cu alta...”

“A spus el așa ceva??!!”

“Mai pe scurt. Adică doar că ‘ține la cineva prea mult ca să riște să o piardă’.”

“Dar atunci de unde ți-a venit ideea că e vorba de mine?”

Se uită cu reproș făcând iar cu degetul, ca unui copil neascultător.

“Laura, după ce m-a lăsat cu buza umflată, cum se spune, l-am sculat – la propriu și la figurat – pe Ștefan și cu el am rezolvat problema imediat. Apoi, la o țigară, mi-a mărturisit că de ceva timp, fratele lui nu se mai uită după alte tipe și că i-ai sucit tu capul. Mi-a povestit că ieri seară, s-a prefăcut că se dă la tine, ca să îl provoace pe Paul să recunoască într-un fel sau altul că îi placi. Se săturase că de câte ori îl întreba, el se eschiva, și lui îi era clar că….”

“Lidia, stai, stai că mă zăpăcești! Vorbește mai rar!”

Îmi explică încă o dată ce a făcut cu Ștefan și ce au discutat după… Și inima mea dă să își spargă colivia, să îmi rupă sutienul și să o ia razna prin oraș, din pom în pom. Paul mă iubește și se teme să nu mă piardă?!?! Izbucnesc într-un râs nervos care se transformă în hohote cu lacrimi de fericire, din care nu mă pot opri. Ea râde de râsul meu și ne prăpădim amândouă, fără aer.

Îmi mărturisește că nu i s-a mai întâmplat niciodată să o refuze un tip, să nu mai punem la socoteala că era și destul de băut, și mă sfătuiește să țin de el cu amândouă mâinile că după ce că e frumos de pică, deștept și cu situație, mai este și destul de îndrăgostit să fii putut rezista farmecelor și să fuga din patul ei. Și mai tragem amândouă o porție nestăpânită de chicote, divagând pe diverse interpretări ale evadării lui Paul din brațele Lidiei.

"Nu pot să cred că era să fuga din camera mea în pula goală!!!" îngaimă ea, printre hohote de râs, apoi văzându-mi expresia, se corectează. "Am vrut să spun... plină! Și oricum, nu s-a lăsat dezbrăcat până la capăt.... Ce te uiți așa, Laura, Doamne, parcă nu știi ce-i aia!!! Chiar că parcă ai fii fată mare! Hai, repetă după mine, să te aud!!!" mă provoacă ea, arătând spre mine cu același deget, să nu rămână nici o îndoială la cine se referă.

Repet cuvântul cheie, să îi fac pe plac, și ea îl preia și îl spune de cel puțin zece ori, de i se umple gura. Câteva persoane întorc capul spre noi, unele scandalizate, alții amuzați. Îi fac semn "Șșșș" cum obișnuiește Paul, să o lase mai moale... Că tot venise vorba...!

"Cred că ai făcut pânze de păianjen!" mă ceartă ea fără răutate. "Nu te înțeleg."

"Nici eu pe tine. Nu ai iubit niciodată?"

Devine treptat serioasă și privește un punct fix pe care doar ea îl vede, undeva, peste umărul meu.

"O, ba da, prima dată. Aș fii făcut orice pentru el..." ia o pauză, apoi mă privește drept în ochi. "După o lună, l-am prins cu sora mea mai mică, care avea numai paisprezece ani. De atunci, rareori mă culc a doua oară cu același tip. Poate să fac excepție cu cei căsătoriți sau mai urâței, de care nu m-aș putea îndrăgosti."

“Nu riști să vină vreo nevastă răzbunătoare după tine?” exclam eu, amuzată franchețea ei dezarmantă.

Dă din umeri nepăsătoare.

“Laura, m-am culcat cu soțul tipei de la etajul nouă, aceea care este întotdeauna elegantă... Cu Dan Morariu din biroul tău, cu bărbatul arhitectei de la șase, singura femeie de pe etajul lor...”

O opresc cât pot de repede.

“Lidia, nu vreau să știu!!!! Dă-ți seama cum am să mă simt ca părtașă la secretele tale!!! Mai ales cu Anca... O, Doamne, ce ți-a făcut fata aia?!”

“Parcă tu îmi făcuseși ceva?! Ți-am spus că țin la tine și te consider prietenă.”

Cum este vorba aia, ‘ferește-mă Doamne de dușmani că de prieteni mă apăr singur’??? Mă simt de parcă aș sta pe o bombă gata să facă ‘poc’. Știm toți din CCP că soțul celei din colectivul de Arhitectură este securist. Nu tocmai persoana cu care să te încurci... Dar îmi este imposibil să nu țin la Lidia, cu felul ei sfidător de a își povesti indiscrețiile, mai ales acum, după ce datorită ei am aflat că Paul este unul din bărbații extrem de rari care pot spune ‘nu’. Și incredibil, dar nu îi port pică deloc că și-a încercat farmecele cu el...

Îmi doresc o pauză de la atâtea amănunte... și de la viața ei amoroasă, și cum plaja nudă nu mă pasionează, ne luăm rămas bun și plecăm fiecare în altă direcție. Eu mă îndrept glonț spre Acapulco, sperând să îi găsesc acolo pe băieți. Simt că îmi iau zborul de fericire, că toată lumea este a mea. Îmi închipui că sunt o prințesă care își vizitează împărăția și supușii. Eforie Nord va rămâne întotdeauna în amintirea mea un loc special, unde mi s-a îndeplinit un vis pe care îl credeam irealizabil.

Reușesc cu greu să mai găsesc un metru pătrat de nisip neocupat unde să îmi stabilesc tabăra, intru în apă și mă usuc la soare, ca un pui la rotisor, câte puțin pe fiecare parte. Nici urmă de Ștefanieni, așa că îmi pierd răbdarea și plec la plimbare de una singură pe lângă apă, spre nordul stațiunii. Sus, în stânga mea, se ridică trei hoteluri mari, mai moderne. Delfinul, Meduza, și Steaua de Mare.

Pe țărm miroase a pește mort și începe să îmi displacă, așa încât urc în oraș, așa desculță cum sunt și în costumul de baie. Înșiruirea de vile vechi cu prestanță și de terase împestrițate cu umbrele și parasolare colorate oferă o imagine superbă, de carte poștală. Aici sunt parcă într-un parc bătrân, cu vegetație deasă și alei umbrite. În zona aceasta Eforie Nord inspiră bunăstare și încerc să îmi imaginez că sunt o turistă străină, bogată, vizitând de curiozitate lumea comunistă din estul Europei.

Cam greu, considerând că mai am doar o sută de lei ascunși într-un pliu special al sutienului. Asfaltul este aspru și fierbinte sub tălpile mele goale și trebuie să țopăi din umbră în umbră să pot călca fără să mă ard, drept care găsesc drumul înapoi spre mare și mă opresc la Cofetăria Debarcader, unde țin minte că am mai mâncat o înghețată bună cu fistic, în altă zi.

Linia orizontului este greu de definit, apa pare de culoarea cerului și vapoarele din larg mă cheamă să plec cu ele în aventuri pe care numai eu mi le pot imagina în capul meu plin de fantezie. Doar am luat premiu cândva pentru asta! Valurile ca smaraldul dansează hipnotic și se aleargă spre țărm, izbindu-se de digul pe care unii stau cu undița, așteptând să își prindă cina în cârlig.

Cobor pe nisip cu o piruetă, fără să îmi pase de lumea din jur și mă întorc spre locul meu de plajă, mergând cu spatele, să îmi observ urmele șterse de valuri, de parcă nici nu ar fii fost, ca și cum aș fii zburat ca un pescăruș. Spuma albă se prelinge sinuos printre degetele mele de la picioare și îmi vine să mă tăvălesc pe jos ca un câine bucuros, să îmbin bucuria vizuală cu cea tactilă.

Spre încântarea mea, îmi regăsesc cearșaful ocupat de Paul și Ștefan care zac înghesuiți unul lângă altul, mai mult în nisip decât pe pânza prea îngustă pentru două persoane de dimensiunea lor. Îi stropesc cu apă și sar amândoi ca arși.

"Credeam că te-a furat cineva! De dimineață nu erai, te-ai trezit târziu?"

"Pot și eu să iau loc?" îi întreb văzându-i că rămân așezați pe fundurile lor în continuare, interogându-mă.

"Nu numai," zice Paul, cu zâmbetul pe buze, "dar cred că am să te leg de piciorul meu, să nu mai fugi... ca ieri."

Îmi vine să râd, amintindu-mi povestea Lidiei, dar mă abțin. Îmi dau seama că a auzit destule despre ea ca să își dea seama că dacă încă nu s-a anunțat la Radio Vacanța din Mamaia ce s-a întâmplat aseară... Este numai o scăpare de moment a postului de transmisiuni litorale și nu poate fii sigur dacă este complet salvat de publicitatea proastă. Sau bună...?.

Privirea lui îmi confirmă că bănuiește tot ce am aflat cu lux de amănunte că s-a petrecut la colega noastră în cameră. Își pune mâna în cap și își bagă fruntea între genunchi, a resemnare, apoi se ridică brusc venind după mine, să mă prindă.

O iau la goană spre apă și alergăm amândoi cât putem, eu răzând și țipând, ca pe vremuri, la școală. Îmi fulgeră prin cap bancul cu găina fugărită de cocoș, ceva despre când, cum, și mai ales dacă se împiedică... dar în viteză nu reușesc să îmi amintesc și poanta.

Ajungem la dig și mă îndrept spre larg, având mai mult spor pe beton decât în nisip, dar îmi dau seama că la picioarele lui lungi și antrenamentul pe care îl are, m-a lăsat neprinsă doar de plăcerea cursei și ar putea să mă oprească oricând vrea. Ceea ce și face la capăt, unde valurile se sparg de stănci cu furie. Mă ridică în brațe ca pe un fulg și se apropie de apă, zâmbind cu expresia cea încăpățânată, pe care i-am mai văzut-o deja de atâtea ori.

Mi-e frică să mă zbat, să nu mă scape. Știu că el are un metru nouăzeci dar nici eu nu sunt vreo 'gagică de buzunar' cum zice prietenul Liliei. Am peste un metru șaizeci și patru, și depun eforturi zilnice să nu depășesc șaizeci de kilograme, drept care nu mă simt deloc în siguranță, cu toate că are niște mâini mari cu care mă ține suspendată ca pe o nimica toată.

“Paul, dă-mi drumul, e periculos de intrat aici în apă,” apuc eu să spun și în secunda următoare își face vânt și sare cu mine, cu tot, dincolo de bariera de piatră, în marea învolburată.

Mă las în voia apei și ies repede la suprafață, cu realizarea surprinzătoare că nu ne-am izbit de mal... încă, și înot cu toată puterea într-o parte, să mă îndepărtez de zona unde clocotesc valurile verzi. Cred că am luat o gură bună de apă sărată și încă văd lumea printr-o pânză lichidă, dar Paul mă ajunge din urmă și mă prinde de talie, ridicându-mă în sus și aruncându-mă iar, doar așa, fiindcă poate.

Abia când reușesc să ating fundul cu picioarele, aproape de mal, prind curaj să mă opresc și încerc să îl înfrunt, să îi spun că este nebun de legat și că îi place să ia riscuri inutile, să facă pe grozavul, și să sfideze soarta. Și am intenția să îi reproșez că m-a forțat și pe mine s-o fac, fără permisiunea mea...

Dar când îmi șterg ochii și îl văd cât este de frumos, cu părul negru și ud peste frunte, rânjind până la urechi cu două rânduri de dinți albi, perfecți... nu pot să îl mai cert ci doar întind mâinile în fața mea, să mă apar.

Mă învăluie în brațele lui lungi cu o tandrețe neașteptată, după cât m-a chinuit până acum, și își lipește fruntea de mine, ținându-mă la nivelul lui, și sorbindu-mi apa de pe gât de mă trec toți fiorii. Deodată ridică sprâncenele la mine exclamând alarmat.

“Ai avut un lănțișor de argint la gât, cu o mărgea roșie!!!”

Îmi sare inima din loc, pipăindu-mă singură... și într-adevăr, verbul la timpul trecut este absolut corect, boaba de chihlimbar a bunicii s-a dus pe apa... mării. În dezlănțuirea săriturii sau în cădere, lanțul s-a rupt și... sunt absolut dezolată.

“Am să îți iau altul, Laura, îmi pare rău...” îmi spune el la ureche, strângându-mă la piept.

Mă uit cu jind spre valurile în care sărise cu mine mai devreme. Nici o șansă să îmi recuperez pierderea și îmi vine să îl bat pentru toate pornirile lui inconștiente, oricât ar fii de irezistibil. Mă desfac din brațele lui și înot spre mal fără să mă uit în urmă, dar bineînțeles că e la un pas în spate, pe urmele mele, lăsându-mă însă în pace deocamdată, fără să mă mai atingă.

“Laura, am să găsesc ceva și mai frumos, nu te supăra pe mine...”

“Nu ai cum să îl înlocuiești, tu nu înțelegi! Era de la bunica mea, pe care am iubit-o cel mai mult din toți membri familiei mele!” mă răsucesc eu furioasă, gata să îmi dea lacrimile.

Ștefan se ridică în șezut pe cearșaful meu, unde stătea la soare, neînțelegând de ce am ieșit din apă certându-ne, dar pricepând repede dă din cap, de parcă s-ar minuna de talentul fratelui său să dea cu bâta în baltă. Îl împing într-o parte să mă așez și eu, aprinzându-mi o țigară să mă calmez... și apoi îmi dau seama de ilaritatea situației, cu mine la mijloc, botoasă, și ei doi în genunchii pe nisip, în jurul meu, de parcă și-ar cere iertare în duet. Cu toate că cel mic nu are nici o vină.

Zâmbesc și se dezumflă parcă amândoi, cu un oftat colectiv de ușurare.

“Astăzi facem ce vrei tu, când vrei tu... cum vrei tu. Dorința ta este porunca noastră!” decretează Paul, dar fratele lui îi trage una în umăr, protestând.

“Vorbește numai pentru tine! Eu nu am greșit cu nimic decât că avem același nume!”

“Vreau să mă plimb cu bicicleta,” hotărăsc eu ca prințesa care îmi închipuisem mai înainte că sunt, în plimbarea mea solitară. “Am văzut unele interesante, legate în paralel, pentru două persoane.”

“Li se zice tandem-uri! Este momentul să îmi fac program, m-am prins. Și așa după cât am băut ieri, mă simt de parcă mi-a fătat o pisică în gură..." bombăne Ștefan, și culegându-se de pe jos ne lasă singuri, după ce cădem de acord să ne întâlnim mai târziu, la Potcoava de Aur.

Centrul de închirieri este lângă hotelul Meduza, pe unde trecusem mai devreme și cu toate că bicicletele sunt cam prăpădite, ne distrăm copios cu ele. Picioarele lui Paul sunt prea lungi și dă cu genunchii de ghidon, dar își indură pedeapsa fără să comenteze. Nici nu poate să o ia razna, cum îi place lui, fiindcă cele două cadre sunt ferm sudate unul de altul, și manevra direcției este pe partea mea. Profit din plin de penitența pe care și-a asumat-o, și neavând voie să își facă de cap, nu îi rămâne decât să pedaleze cu resemnare.

Străbatem orașul o oră întreagă, lăsându-ne la vale cu toată viteza spre Belona, apoi pompând cu greu înapoi la deal. Mergem cu coatele pe ghidon, stând de vorbă, ne epuizăm excesul de energie și ne simțim bine când oamenii se uită, inevitabil, după noi. După ce, în fine, returnăm invenția de unde am împrumutat-o, Paul îndrăznește să aibă din nou inițiativă.

"Știu că ți-am promis că tu comanzi astăzi... dar vreau să te anunț că mor de foame! Nu știu dacă pedeapsa mea include și decesul de inaniție... Ce zici?"

Nici nu mai țin minte când și ce am mâncat ultima oară. De când am venit la mare, grija aceasta a rămas pe ultima prioritate, mai ales considerând bugetul limitat de care dispun. Simt deodată un gol uriaș în stomac, probabil interpretat până acum drept dor de Paul. Sau chiar dacă l-am identificat corect, l-am ignorat din neglijență și multe alte motive. Ridic ochii spre el, îngăduitoare.

"Și ce propui?"

"Îți sunt dator de ieri așa că putem merge unde vrei tu. La restaurant, la autoservire, numai să aibă ceva comestibil."

Cădem de acord să intram la Expres și stăm la coadă, împingând tăvile și salivând. Până să ajungem la casierie, Paul se duce înapoi și ia încă una, fiindcă prima s-a umplut deja cu trei feluri plus desert.

Parcă am luat pentru un grup întreg, cartofi și cârnați prăjiți, salată verde, plăcintă cu brânză, tocăniță de pui, tort de ciocolată, și pâine.

“Poți să mănânci tot ce-i aici... singur?”

“Da,” îmi răspunde el deja cu gura plină, “dar poți să ciuguli și tu,” continuă el mărinimos.

“Ai să te faci ca o balenă.”

“Zi și tu măcar... cât un pui de balenă.”

“Ba cât o balenă cu pui cu tot!” mă amuz eu pe socoteala lui.

“Balenuță...?” mai încearcă el o dată să mă convingă, apoi atacă ce îi vine mai aproape și mă ignoră câteva secunde, mestecând energic.

Nu mă îndoiesc că la vârsta lui și felul în care consumă caloriile, ar fii capabil să înghită tot, ca să nu mai vorbim că are și unde să pună. De îngrășat... doar l-am tachinat fiindcă este la limita de a fii slab. L-am mai văzut la masă până acum și știu la ce să mă aștept. Înfulecă ca de frica morții, cu ambele mâini, nu neapărat grosolan dar nici cu delicatețe. Și îmi aduc aminte una din discuțiile tipice din biroul nostru, când Lucica ne povestise că a citit undeva că dacă vrei să știi cum este un bărbat la pat, trebuie să îl observi când mănâncă. Cu atât mai încet și metodic bagă în el, la fel va face și dragoste.

A fost o zi de râs aproape conținu, când ne adunam în jurul fiecărui coleg care îndrăznea să își scoată pachetul cu gustări. Mai târziu, extrapolasem teoria și la alte activități, și ne-am prăpădit din nou de atâta chicotit, urmărind de la fereastră pe cei care mergeau prin uzină, mai încet sau mai iute.

Izbucnesc în hohote la memoria întâmplării, făcând asociația dintre ce spusese Luci cu felul grăbit în care golește Paul farfuriile. Se uită la mine mirat, oprindu-se cu gura plină din mestecat, și eu mă distrez și mai tare, până îmi dau lacrimile, încercând să îi fac semne să continue că mă potolesc eu până la urmă. Cred că am pățit ca George al Alexandrei pe pârtia de schi, și nu reușesc să mă opresc decât cu greu și cu spatele la el, să nu mă provoace și mai și.

“Mai zici de mine că nu sunt sănătos la cap!” bombăne el cu seriozitate, respirând adânc şi trecând la felul următor, fără să termine nici pe jumătate ce a început.

Oftez şi eu, să îmi revin, cu toate că săritul dintr-o farfurie în alta, fără să ducă nimic până la sfârşit, îmi dă şi alte idei legate de subiectul de la CCP. Abia mă ţin să nu izbucnesc iar şi reuşesc, printre icnete de râs, să îi povestesc despre ce este vorba. Pentru o clipă face o faţă interzisă, îşi dă seama ce demonstraţie ne-promiţătoare mi-a dat şi zâmbeşte, şmecher. Ia cu încetinitorul, tacticos, un cartof pai şi ronţăie din el ca un şoarece, milimetru cu milimetru, invitându-mă să îl privesc cu atenţie.

“Poţi să crezi ce vrei până îmi dai ocazia să mă afirm... pe viu!” declară el cu subînţeles şi îmi trece prin cap că discuţia devine prea excitantă şi ar trebui să o schimb... dar mi-am pierdut graiul.

Mă surprinde că nu continuă cu tachinarea, dar îi sunt recunoscătoare.

“Nu vrei puţină tocăniţă?”

“Nu, mulţumesc...” eu deja m-am saturat doar cu salata şi unul din cârnaţi, uitându-mă la el.

“Hai, Laura, este foarte bună.”

“Dacă este aşa de bună, de nu papi tu tot, să creşti... mare?”

“Cât vrei să mai cresc?!” se apară el şi îmi dau seama că în loc să fie mândru de statura lui, sub aparenţa arogantă câteodată şi nestăpânită, există şi complexe bine ascunse.

Înţeleg că felul în care merge şi stă, cu umerii puţin înclinaţi, se datorează probabil faptului că se simte prea sus, singur deasupra tuturor celorlalte capete. Latura cea nouă pe care şi-a trădat-o fără să îşi dea seama mi-l aduce mai aproape de suflet, umanizându-l dintr-o dată în ochii mei. Majoritatea oamenilor normali nu sunt ca o carte deschisă şi nu se expun cu uşurinţă cum face Lidia...

De obicei, cei pe care i-am întâlnit până acum s-au dovedit firi complexe, unii chiar introvertiţi convinşi, pe care trebuie să îi cojeşti cu răbdare, ca pe o ceapă. Să nu mai vorbim că în multe cazuri începi să și plângi la unele descoperiri! Deocamdată, Paul este doar dificil de descifrat. Impulsiv, stăpânit, câteodată vesel și ușor de abordat, alteori încruntat și taciturn, de parcă ar avea de rezolvat toate crizele universului.

Pe masa noastră a rămas un talmeș-balmeș de farfurii cu resturi și bucăți din care a mușcat numai o dată, și după mutra satisfăcută pe care o are, se pare că nu are de gând să mai mănânce nimic. Se vede că nu a muncit pentru bani niciodată, că nu i-a povestit nimeni despre foametea din timpul războiului. Sau poate doar își trădează răsfățul și adorația în care a crescut, fără griji și mustrări. Îl sorb însă din ochi fără să-l critic...

Perceptiv, simte că îl judec pentru ceva, fără să îi treacă măcar prin cap ce.

"Ce am mai făcut acum?!" desface brațele exasperat, în glumă.

Îi zâmbesc liniștitor și îl întreb dacă s-a saturat. Aprobă oftând, și ne aprindem țigările în drum spre ieșire. Cafeaua o bem la Pescăruș, și avem noroc ca Lidia să nu fie acolo, punându-l în impas. Afară s-a întunecat și ne îndreptam spre Potcoava de Aur, unde este încă destul de gol și ne putem alege locurile, departe de boxele DJ-ului, să ne putem auzi.

Muzica este deja la maximum și cu toată poziția avantajoasă pe care o avem, trebuie să vorbim unul în urechea celuilalt să ne putem înțelege. Paul își întinde un crac de-a lungul banchetei și mă aranjează cu spatele sprijinit de el, ceea ce face comunicarea mai ușoară și drept să spun, îmi place să stau lipită de pieptul lui cald, cu creștetul sub bărbia lui. Sondele cu Cola și alcoolul botezat al fiecăruia – coniac pentru mine și votcă pentru el – s-au aburit și cât pe aci să uitam de ele. Cel puțin eu...

Îmi mângâie absent fața cu dosul degetelor, și mă gândesc cât este de dulce câteodată și cât de imposibil în atâtea alte ocazii. Nu pare imprevizibil, dimpotrivă, cred că am început să anticipez care din laturile caracterului urmează să le expună, după privire. Dar rămâne... un fel de *Pandora Box*, un ambalaj minunat din care poate sări leopardul cel fioros. Alergând mereu după senzații tari și împingând situația până la extreme.

"Ai o foaie la tine? te învăț un joc," propune el, să spargă tăcerea.

"Da, tu crezi că mi-am cărat caietele cu mine în vacanță," râd eu. "Folosește nota de plată."

"Perfect. Creion ai?"

Oftez resemnată. Știu deja că este greu să îi scoți o idee din cap.

"Ca o adevărată intelectuală în devenire ce sunt... am chiar un pix."

Este de fapt doar o miniatură subțire pe care o pot ține în buzunarul cardiganului fără să atârne urât, dar Paul pare satisfăcut și înconjurându-mă cu brațele lui nesfârșite, netezește peticul de hârtie în fața noastră.

"Atunci... Eu pun un 'x' și tu pui un '0', unde vrei tu."

"Asta jucam în școala generală."

"Nu te grăbi. Ăsta este mai complex. Te poți întinde până la șapte semne și se punctează cu unu, unu plus doi, unu plus doi plus trei..."

Îmi explică pe măsură ce începem să jucăm și stăm tâmplă lângă tâmplă, concentrându-ne în lumina obscură a localului, și pasând pixul de la unul la altul.

"Ăsta este 'x și 0' pentru clasele superioare!" râd eu când reușesc să câștig câteva puncte mai mult decât el.

O umbră se interpune între noi și razele dinspre ring. Ne-a găsit Ștefan care stă în picioare lângă masa noastră, nevenindu-i să creadă.

"Ce faceți aici, jocuri de perspicacitate în discotecă?!? Sunteți nebuni amândoi."

"Semănam cu fratele meu mai mic..." mârâie Paul. "Dar ești 'perspicac'. Asta facem."

"Și tu crezi că este normal să aveți asemenea ocupație tocmai aici?"

Paul îi trage un rânjet dar probabil că privirea pe care i-o aruncă peste creștetul meu este suficientă să îl convingă să ne lase în pace.

"Vă meritați unul pe altul!" mai comentează Ștefan, așezându-se pe partea cealaltă a mesei, în fața noastră.

Până să îi vină și lui băutura, noi am epuizat una din fețele notei de plată și trecem pe partea cealaltă, la alt joc. De data aceasta, Paul mă învață un fel de rebus, unde trebuie să formăm cuvinte cât mai lungi, în orice direcție, pornind de la una din literele deja scrise. Începem cu 'banană' și Ștefan se lasă captivat, chibițând de partea cui îi vine rândul, imparțial. Trebuie să facem litere minuscule, să ne ajungă hârtiuța, și nu pot decât să invidiez caligrafia perfectă a lui Paul, care are un scris tehnic excelent, exact ceea ce mi se pare mie că nu reușesc la serviciu.

"'Bala...or' nu merge?" sugerează Ștefan.

"Ce-i aia?!"

"'Balaur'!"

"Păi vorbește corect, nu ne induce în... 'oroare'."

"Păi ai pus acolo o 'coroană' și mă încurcă."

"Ei, acum n-ai loc de 'coroana' mea! Spune și tu... 'barcă'!"

"Prea scurtă!"

"Atunci... 'caiac'? E mai lungă."

"Poate obiectul că numele are tot atâtea litere!!!"

Râdem cu lacrimi și ignorăm muzica și tot ce se întâmplă în jurul nostru. Mă bucur că nu se mai ceartă frații și că nu exagerează nici unul cu băutura. Pur și simplu ne amuzăm minunat toți trei, și mă gândesc ce frumos este să ne putem petrece timpul așa împreună, fără să ne tot urmărim ca șoarecele și pisica.

Paul se scuză și se descolăcește din jurul meu să se ducă la toaletă. Rămân la masă cu Ștefan care își pune botul pe labe, zâmbind satisfăcut la mine.

“Sunt sigur că ți-a povestit Lidia ce am făcut aseară…”

Mă înroșesc fără să vreau, imaginându-mi promiscuitatea situației, cu doi bărbați cam amețiți, ea încercând să-l violeze pe unul, trecând la celălalt… Aprob din cap, în semn că le știu pe toate.

“Ți-a spus și că nu m-am dat la tine cu adevărat ieri? Îmi cer scuze dar la cât este de încăpățânat fratele meu, nu am găsit altă metodă să-l scot din cochilie! Cred că l-ai luat prin surprindere când nu i-ai cedat la prima încercare. E obișnuit să sară fetele pe el fără să miște nici un deget….”

Nu detectez nici urmă de ranchiună în fraza lui. Îmi expune doar faptele, așa cum le-a văzut, de cine știe când.

“Ce te face să crezi că ține la mine!?”

“Laura… Mi-a fost imposibil să nu observ că nu mai vede altă fustă în fața ochilor de la un timp încoace. Este mereu pe gânduri… visează cu ochii pe pereți… și semnează condica la tata la serviciu de parcă ar lucra acolo.”

“Apropo de domnul Ștefanian,” schimb eu subiectul, “Ai idee de ce i se spune Zmeul?”

Râde și repetă întrebarea mea spre Paul, care s-a întors și se așază din nou lângă mine.

“Tu știi mai bine *fratello*, de unde crezi că vine porecla?”

Ne aprindem toți țigările și încep să îmi povestească amuzați cum face tatăl lor de câte ori unul din ei îndrăznește să își manifesteze personalitatea. Paul are mai multe de spus.

“Când am terminat liceul și am ratat prima admitere, am crezut că s-a anunțat al treilea război mondial,” relatează el, cu Gitanes-ul atârnând între buze, printre nori de fum. “A urlat de s-a auzit probabil până la *zio* în Piața Amzei. Când face așa se înroșește și i se umflă venele pe frunte, dă cu pumnul în masă...”

“Dar nu și în voi, presupun.”

“Nu, niciodată. Cred că mama a fost singura care ne-a mai tras câte o palmă la fund când eram mici. Apoi ne lua în brațe și ne pupa plângând,” râde el amintindu-și.

“De aia sunteți așa răsfățați amândoi!” concluzionez, amintindu-mi că și eu plâng după ce îl ating pe Liviu, câteodată. Dar măcar eu mă ascund în altă cameră, să nu mă vadă el.

“Crezi că suntem răsfățați?” se uită ei unul la altul, de parcă s-ar vedea pentru prima oară, în altă lumină.

Râd de ei cât sunt de mirați și simpatici în neștiința lor.

“Se vede că ați avut tot ce ați vrut, când ați vrut, întotdeauna.”

Mă privesc amândoi serioși, evaluându-mi părerea. Ștefanienii sunt băieți inteligenți și realizează la ce mă refer. Viața mea nu este un secret nici la serviciu, nici la Profesor în casă. Știu destule despre mine să înțeleagă diferența dintre copilăriile noastre și dintre noi, chiar și acum. Eu trăiesc cu banii de la o chenzină la alta, ei sunt îmbrăcați din Italia și au tată director.

Paul mă trage lângă el, înțelegător. Nu este vina lui și nici a lui Ștefan că am avut acasă condiții atât de deosebite, nu este nimeni vinovat.

“Laura, la talentul și perseverența ta, sunt convins că și tu ai să ai bani și prestigiu într-o bună zi, câștigate cu forțele proprii,” spune Ștefan. “Nu am experiență, dar bănuiesc că atunci când îți lipsește ceva, lupți cu mai multă îndârjire decât noi să ajungi unde vrei.”

“Că veni vorba,” întrerupe Paul, “noaptea de ieri a fost mai lungă decât am avut intenția tocmai fiindcă știu foarte bine unde vreau să ajung… Chiar dacă voi doi se pare că aveți altă părere. Hai să ne retragem, ce ziceți?”

Felul insinuant în care s-a exprimat lasă în suspans ținta la care s-a referit. Se gândește că va face tot posibilul să ajungă cu mine în pat, fiindcă asta își dorește… Sau intenția este pe termen scurt și vrea doar să se culce mai devreme, și ar fii cazul să o luăm din loc? Abandonăm jocurile și ieșim toți trei în noaptea clară și răcoroasă.

“Mi-a spus tipul de la Dunărea că nu mai locuiești pe fotoliile lor ci la o gazdă...?”

“Da, la o băbuță...” admit eu. Oricum vor vedea dacă vin cu mine până acolo...

“Precis nu e moș?” surâde Paul.

“Vrei să te convingi?”

“E departe?”

“Da, aproape de Steaua de Mare...”

Faptul că trebuie să traversam orașul până acolo, literalmente, îi determină pe amândoi să mă conducă, în loc să îi descurajeze. Străzile sunt încă circulate cu toate că este după ora douăsprezece. La un moment dat Ștefan rămâne cu doi pași în urmă, să nu incomodăm alți trecători pe trotuarele înguste.

Paul merge lângă mine, fără să mă atingă. Mi-ar fii plăcut să mă țină de mână, dar se pare că nu vrea să își trădeze tandrețea în fața mezinului. Ajungem la câmpul de porumb aproape fără să scoatem nici un cuvânt, tot drumul. Mi se pare că am zburat în câteva clipe, când mi-aș fii dorit în secret să ne fii plimbat așa toată noaptea, în liniște. Suntem în fața curții întunecate unde se află gazda mea.

Ei își aruncă privirile în întunericul de peste gard, cercetători.

“Drăguț...” murmură Paul, ca să spună și el ceva. Pare stânjenit de fratele lui care cască demonstrativ... apoi îl împinge în umăr, mai încolo.

“*Fratello*, ia așteaptă-mă tu la capătul străzii. Vreau să îi spun ceva Laurei.”

Ștefan mă salută militărește, în glumă, și se îndepărtează la pas, de unde am venit cu toții. Rămân față în față cu Paul, care stă inclinat spre mine, zâmbind dar cu o expresie serioasă.

“Cred că ți-ai dat seama că îmi placi foarte mult...”

Probabil citește ceva în ochii mei și nu este sigur ce. Vreau să îl întrerup și îmi face “Șșșș” cu degetul la buze.

“...Ești cu totul altfel decât fetele pe care le-am cunoscut până acum. Ai un copil, tot felul de experiențe pe care eu nici nu pot măcar să mi le închipui. De fapt tu ești prima femeie cu care am de a face din punct de vedere sentimental. Când am văzut că mă tot trimiți la plimbare, am crezut că se deschide pământul sub mine și îmi cade cerul în cap. Nu sunt obișnuit... ” recunoaște el, încurcat..”

Îl ascult cu inima la gură. Încotro merge toată mărturisirea asta pentru care a avut nevoie să rămânem singuri?

“...Cu toată că lumea îmi spune că sunt frumos... mă tem că tu ai nevoie de mai mult, și m-ai pus într-o situație cu care nu m-am mai înfruntat niciodată. Mă simt ca agățat de un fir de păianjen, nesigur dacă am să te cuceresc sau nu, dar sunt hotărât să fac tot posibilul să reușesc. Și dacă parte din efortul ăsta înseamnă să am răbdare cu tine și să nu dau buzna ca taurul... Am să aștept până ești tu gata... să facem dragoste. Să mă crezi că nu numai asta vreau de la tine.”

Îl iau de gât cu amândouă mâinile și mă strânge în brațe, ridicându-mă de jos, să îi fiu mai aproape. Mi-am pierdut mâinile în părul lui, neobișnuit de aspru, ca buclele din plastic ale păpușilor din copilăria mea. Rămân fără aer și mă lasă pe picioarele mele dar fără să mă frece de el ca data trecută.

Nu îi văd bine ochii fiindcă pe stradă este întuneric beznă și nu este nici un felinar în preajmă, dar îi simt privirea verde, din memorie... și mă scufund în ea, cu toată dragostea care m-a prins mai rău decât mă așteptam.

“Și tu îmi placi foarte mult... ceea ce probabil nu te surprinde. Mi-ai plăcut de la început, dar ai dreptate, din experiențele de până acum am învățat că o relație are nevoie de mai mult decât de atracție fizică. Nu îmi pot permite să trăiesc din aventură în aventură ca Lidia, fiindcă îl am pe Liviu și avem nevoie de o oarece stabilitate în jurul nostru. Nu îți cer să faci nici un sacrificiu, dar dacă vei să te apropii de mine... Lasă-mă să îmi fac curaj... să te las."

Mă pupă aproape frățește, pe tâmplă.

"Mâine este ultima zi întreagă pe care o stăm aici. Vin să te iau pe plajă, să vedem răsăritul de soare, numai noi doi. Și mai târziu... vedem ce mai facem."

Nu este insinuant cum m-am obișnuit. Pentru prima dată tot ce ne-am spus a fost sincer și fără nuanțe cu mai multe înțelesuri.

"Nu am cum să mă trezesc așa devreme!"

"Care este fereastra ta? Arunc cu pietricele până te scoli."

Nu există scăpare din planurile lui în care mă include... dar sunt fericita că avem o întâlnire stabilită și că vom petrece o zi împreună, mai ales acum, după ce am clarificat cum stau lucrurile dintre noi. Mă uit după silueta lui grăbită să ajungă la înapoi la strada principală, la Ștefan și la hotel, să doarmă măcar câteva ore. Apoi umbra lui se pierde în noapte și mă strecor în curte și în cămăruța mea unde mă pregătesc și eu de somn... îmbătată de vise și anticipație.

Capitolul 39

Culcușul meu fiind lipit de geam, sar din adâncurile somnului la primele proiectile țintite de Paul cu precizie, în ramă. Din fericire, a reușit să nu spargă nimic și să nu o trezească pe bătrânică. În zece minute sunt gata și plec pe întuneric, încă buimacă, lăsându-mă ghidată de el pe străzile pustii ale stațiunii.

Este prea devreme și nu avem unde bea nici măcar o gură de cafea, dar mă dezmeticesc treptat încercând să țin pasul cu el în răcoarea plăcută a dimineții. Sunt emoționată fiindcă îmi răsună încă în urechi declarația lui de aseară, și mă tine de mână strâns, hotărât să nu mă lase în urmă.

Ajungem pe faleză cu sufletul la gură – cel puțin eu – și privim în zare, unde cerul începe să își schimbe culoarea deasupra mării, transformându-se într-o aură violacee poleită cu carmin. Coborâm pe plajă, înfundându-ne în nisipul rece, amândoi în șlapi și pantaloni scurți, eu cu sacul în culorile Italiei pe un umăr, el fără bagaj, doar cu buzunarele încărcate.

O ia la fugă de nebun, cu picioarele prin valurile de la marginea apei, întorcându-se să mă vadă și făcându-mi semne să îl urmez, jucăuș. M-aș duce după el până la capătul lumii. Îl strig pe nume și vocea mea se înalță peste șoaptele mării, trezind pescărușii, apoi alerg spre el și mă prinde în brațe, răzând și sărutându-mi creștetul cu tandrețe. Sunt la dispoziția lui și îi dăruiesc în gând sufletul meu, cu totul, dorindu-mi să rămânem împietriți în această clipă minunată pentru veșnicie.

După epuizarea primei explozii de entuziasm în fața orizonului nesfârşit, mă ia de mână şi pornim alături, în direcția generală a barului Acapulco, aşteptând răsăritul.

“Vezi, unde se face cerul din ce în ce mai roşu...? Acolo o să se ridice soarele, de parcă ar ieşi din valuri.”

“Precum zeița Venus?” râd eu de tentativa lui poetică.

“Exact,” se uită el la ceas, încruntându-se să vadă ora pe întuneric. “Ar trebui să apară la şi cinzeci şi cinci de minute, după orar.”

Pentru un timp urmărim amândoi concentrați linia unde apa se uneşte cu cerul, dar soarele ne păcăleşte şi se ascunde în pâcla luminescentă, ruşinos, ridicându-se pe furiş dincolo de norii îndepărtați. Îl vedem cu claritate abia când este perfect rotund, ca un glob de jar incandescent care ne orbeşte, dar a cărui căldură încă nu ajunge până la noi.

“Nu am mai văzut niciodată un răsărit. Speram că acum…” șoptesc eu dezamăgită.

“Cu mine…”

“Din cauza ta a tras chiulul!” glumesc, încercând să mă eliberez din mâinile lui dar el începe să se rotească şi ne învârtim ținându-ne strâns de încheieturi să nu cădem, aidoma copiilor, lăsându-ne pe spate, până facem groapă în nisip sub picioare şi ne oprim din vârtej, clătinându-ne.

Sunt complet amețită şi el mă susține, cu toate că pe moment şi echilibrul lui este cam nesigur. Când ne revenim, o rup la fugă înapoi pe scări, spre oraş, şi el urcă după mine câte trei trepte deodată, până mă prinde sus şi mă pune în picioare, pe balustrada falezei. Pornim spre sudul stațiunii în căutarea unei terase deschise, să ne bem cafeaua. Eu merg sus pe bordură, şi el îmi încolăceşte din când în când picioarele cu brațul, de drag, până când odată, mă ridică pe neaşteptate şi din câteva mişcări sunt calare pe umerii lui, la mare înălțime, cum îl cărase și cândva pe Liviu.

Încerc să nu îl trag de păr sau de urechi și mă țin doar de obrajii lui aspri. Probabil că astăzi s-a sculat prea devreme să mai aibă timp de bărbierit. El mă strânge grijuliu de glezne și simt câtă putere are în mâini, în ciuda aparenței suple, de adolescent în formare. E doar cu doi ani mai mare decât mine... și mi se pare încă atât de copil, cu pornirile lui năzdravane, cu încăpățânarea și șarmul lui adorabil, atât de greu de ignorat.

Angajații litoralului au început programul, și la gradina teatrului de vară, un om lipește afișul cu literele în jos, făcându-și treaba neatent, cu ochii la noi. Noi izbucnim în râs și tipul face fețe-fețe, rupând jenat coala stricată.

Înainte de a intra în oraș, Paul se inclină ajutându-mă să mă răsucesc într-o tumbă gimnastă de pe spatele lui, înapoi pe picioarele mele... Nu înainte de a îmi săruta pe rând genunchii goi, suficient cât să mi se ridice părul de pe brațe, atât cât am... și tensiunea. Îi ciufulesc părul rebel și coborâm în pas vioi spre unul din chioșcurile de la Belona, în fața căruia pe terasă se servesc crenvurști calzi, sandvișuri cu șvaițer, și Pepsi.

Vine la masă cu tăvile de carton una peste alta, cât pe aci să piardă din conținut pe drum. Doamne ferește să fie nevoit vreodată să lucreze ca ospătar, că nu are șanse la o carieră prea strălucită.

Ne ospătăm regește și ne mâncam și din priviri unul pe altul, mai în glumă, mai în serios. Ne-am adus aminte că mâine ne întoarcem în București și asta pare să ne umbrească pe moment dispoziția, dar nu pentru mult timp. Privim marea albastră care acum strălucește în plin soare și ne pare rău că trebuie să punem capăt așa de repede vacanței și apropierii dintre noi, care abia acum înflorește.

"Știi, Laura, ai mei au aflat cu cine îmi petrec timpul pe aici și bătrânul te invită să iei cina cu noi, la Pescăruș, așa, de ultima seară..." începe Paul precaut, atent la reacția mea.

Propunerea mă ia total pe neașteptate și mă alarmează. Să mănânc cu directorul și întreaga lui familie?!

"Pe Lidia nu o invită?" obiectez eu, să câștig timp până la un răspuns ferm.

De necrezut dar Paul roșește pentru o secundă și râde mânzește.

"Ăăăă... Nu! Nu te speria că nu este nimic formal. Pur şi simplu, a scos de la noi că eşti singură aici şi i-a venit ideea. Cred că îi place de tine."

"Și lui?" râd eu dar el dă din cap cum că sunt imposibilă cu înțepăturile mele.

Îi mângâi mâna împăciuitoare. Mi-a promis înțelegere și răbdare și eu îi dau peste nas în loc să apreciez că rabdă cu dinții la gard până să îmi fac eu curaj...

"Vorbesc serios, tata are o impresie foarte bună despre tine, din cât te-a văzut și i-a spus Soare. Nu este uşor să intri în grațiile lui aşa că sunt impresionat..."

"Dar de Lucica ce părere are?" nu mă pot eu abține.

Se uită la mine curios, dându-și seama că am auzit și eu destule din bârfa CCP-ului, și poate și de la Sergiu.

"Slavă Domnului că i-a trecut ideea cu fata aia!" admite el, jenat. "Recunosc că în ultimul an de liceu cred că mă vedea cu altă fată în fiecare săptămână, ba pe la noi, ba prin cartier. Când nu am intrat la facultate, m-a acuzat că umblu după fuste cu toate că, îți jur că ele umblau după mine. Dar atunci i-a intrat în cap să îmi găsească o prietenă care să mă mai tempereze. Probabil că i-a plăcut cum arată colega asta a ta, sau mai degrabă l-a încântat că are nu mai știu ce părinți sus-puși..."

Îmi observă privirea întrebătoare și jură că nu s-a culcat cu ea, insistând să îl cred. Nu știu dacă ar mai avea vreo importanță acum. Nici nu vreau să știu cu câte fete a făcut sex și prefer să nu fie nici el curios vreodată în sensul acesta. Sau poate în viitor vom găsi un moment mai prielnic confesiunilor intime și îmi va spune din proprie inițiativă...

Dar nu ne cunoaștem încă destul pentru asemenea dezvăluiri. Pe mine mă preocupă mai mult ce a spus el în treacăt despre familia cu influență a Luciei. Dacă Zmeul dorește asemenea avantaje pentru fiul lui, nu sunt eu aceea, ca să îl parodiez nițel pe Bolintineanu. Cred că mi-aș face iluzii deșarte să cred că mă place.

Schimbăm discuția și Paul propune să luăm RATA – autobuzul dintre orașe – să mergem la plajă în Mamaia, departe de Ștefan, de ai lui, și de Lidia. Apoi adaugă motivul că dacă tot am venit pentru prima oară la mare, vrea el să fie cel care îmi arată și alte locuri, să pot face comparație între stațiunile litorale.

Dar eu mă las convinsă mult mai ușor când este vorba de excursii decât să îi pic pe spate la alte propuneri, și nu am nevoie de alte argumente, drept care ne îndreptăm vioi spre cea mai apropiată stație, la Barieră. Le știe pe toate ca un om mare, cum se zice, și cum tatăl lor nu le lasă băieților Pontiacul lui pe mână, Paul se pare că a aflat de mult cu ce ajungi în așezările vecine.

Este foarte aglomerat, zi de sâmbătă când lumea scapă mai devreme de la birouri, și vin turiști noi din țară, plus localnicii plecați să își petreacă sfârșitul de săptămână în altă parte decât la ei acasă. Suntem înghesuiți ca sardelele, presați unul de altul în mod periculos, considerând armistițiul declarat în seara trecută, la gardul gazdei. Nu am de ce să mă țin decât de mijlocul lui, în timp ce el se sprijină de bară, să nu cădem grămadă peste alții, la curbe și frâne.

"Stau într-un picior, ca o barză..." mă plâng eu cu nasul în tricoul lui, unde abia pot respira și mă incită mirosul pe care l-aș recunoaște deja cu ochii închiși.

"Ridică-le pe amândouă, să ai mai mult loc..." sugerează el, apoi realizând dublul sens îl pufnește râsul, cu un aer intimidat, complet nou.

"Ai numai soluții bune," îl înțep fără să pierd ocazia. "Știi de ce nu ridică barza amândouă labele?"

“De ce?”

“Fiindcă ar cădea pe jos!!!”

“*Spirituoza…*” rânjește Paul ironic.

“Văd că tu și fratele tău scăpați mereu câte un cuvânt în italiană, pe ici, pe colo. Știi limba bine?”

“*Ma certo*!” îmi răspunde el prompt, cu cel mai pur accent. “Mama vorbea cu noi numai în limba ei, când eram mici, și acum câteodată. Tu doar înțelegi sau poți și conversa?”

“Paul, la noi în casă eu am auzit doar rusa, din copilărie. Nu este exact cea mai ușoară de învățat și nici nu mi-a plăcut. Dar am reținut destule cuvinte. Germana am început-o la liceu, în primul an... Italiana am prins-o după ureche, fiind foarte ușoară și frumoasă. Vorbesc engleza aproape fluent după opt ani de studiu... Dar cel mai bine cred că mă descurc în limba gimnastică, care este universală,” închei pe un ton glumeț dar el dă din cap, impresionat.

“Înseamnă că ai aptitudini lingvistice…” și începe iar să râdă, dându-și seama că orice face scoate fără intenție tot câte o replică insinuantă.

“Fratele meu vorbește bine șapte limbi străine,” mă laud iar, ignorându-i gândurile necurate, sau și pe ale mele…

De fapt subconștientul meu mă împinge să caut pretexte de mândrie, în lipsa avantajelor materiale sau al prestigiului părinților. Spre bucuria mea, mă întreabă despre Mihai și îi povestesc în mare de el și de Mihaela, de faptul că am crescut separată de ei și că mă văd mai des doar cu el. Fără să vreau, spunând adevărul, am recunoscut din nou cât de oropsită sunt... Dar el nu pare a bănui ce îmi trece mie prin cap, știe să asculte cu atenție, și timpul trece repede când avem despre ce vorbi, uitând de tensiunea dintre noi.

Din câte îmi explică Paul Coborâm la Cazinoul Melody, în Mamaia, și privind în jur constat că mi se pare totul diferit. Plaja este imensă, mai lată decât la Belona, și hotelurile sunt noi și tipizate, doar niște blocuri moderne. Nu văd nimic în formă de vapor, nici urmă de case din piatră și castele. Este o stațiune estivală pentru larga populație, fără șarmul din Eforie Nord.

Hoinărim de-a lungul țărmului până găsim o zonă mai aerisită, unde scot cearșaful și Paul îl întinde cât poate, să avem amândoi loc. Nisipul este într-adevăr mai fin, dar simt lipsa reliefului interesant și a vegetației abundente. Stăm pe spate la soare, bucurându-ne de razele fierbinți, dar însoțitorul meu nu are răbdare să stea liniștit prea mult timp. Se ridică în coate, uitându-se în jur, și fiindcă nu îi atrage nimic atenția, se întoarce spre mine.

"Ai de gând să intri în apă?"

"Doar nu crezi că am venit la mare să stau pe uscat! Dar puțin mai târziu..."

"Ridică puțin piciorul ăla pe care stăteai în autobuz."

"Ce să fac?!"

"Întinde un picior în sus, drept..."

"Nu crezi că e cam târziu pentru înviorarea de dimineață?" protestez eu dar mă execut, în timp ce el mă examinează admirativ și îmi face semn că pot să mă întind la loc.

"Ce ai vrut să vezi?"

"Ai cele mai frumoase picioare care au defilat vreodată pe plaja asta."

Îmi acopăr obrajii repede cu palmele, pretinzând că îmi vine soarele în ochi. Sper să nu fii observat că m-am înroșit fiindcă tenta proaspătă de bronz mă apără. La urma urmei nici nu ar trebui să îl iau în serios, face doar observații estetice, și se cunoaște că nu este obișnuit să complimenteze pe alții...

"Te lăudai că intri în apă?" reia el ideea dinainte.

Văd că nu scap de el drept care ne fugărim până în valuri și înotăm până abia pot ține bărbia la suprafață. Aici malul coboară mai lin și este ceva de mers până să ne putem scufunda. Paul îmi aruncă cu apă în ochi și ne stropim până când încerc să o iau înapoi, dar el mă prinde de talie și nu vrea să îmi mai dea drumul. Se joacă cu mine și îmi ia brațele petrecându-mi-le pe după gatul lui și lăsându-se să plutească.

Ochii verzi, conturați de gene negre îi sunt și mai fantastici în mijlocul valurilor care le împrumută din culoarea lor. Atingerea lui mă tulbură mai mult decât am curajul să recunosc și faptul că mă ține pe loc și nu reușesc să îi scap se dovedește excitant, pentru amândoi. Numai că la noi, femeile, nu este atât de evident... Ne luptăm ca în somn, fără convingere, apoi o ia spre mal târându-mă de mâini prin apă.

După cum remarcasem și înainte, se pare că îl amuză să mă manevreze cum vrea, ca pe o păpușă. Îi admir spatele și membrele lungi ieșind în fața mea din valuri, trupul de licean întârziat, cu mușchi neconturați sub pielea încă fină. Întorcându-se brusc îmi surprinde privirea și zâmbește intimidat.

Este a doua oară când își trădează fâstâceala în fața mea, atât de dulce și nevinovată, complet nebănuită la un tip ca el. Nu m-ar crede nimeni dacă le-aș spune că Paul Ștefanian poate fii modest în doi, dincolo de atitudinea afișată față de lume.

Soarele arde și îmi scot ultimele rămășițe de spumă Regata, să mă protejez pe umerii arși în primele zile, unde începe să se cojească pielea. Mă ispitește ideea de a îl ruga pe el să mă ungă dar mi-o ia înainte și se oferă singur.

"Urăsc cremele dar pare o ocazie unică să te pot mângâia fără să te opui..." recunoaște el în timp ce mă întind pe burtă, așteptând cu un zâmbet ascuns.

Nu mă bănuiam atât de perversă, și anticipez ce o să simtă plimbându-și palmele mari pe spatele meu, dar surpriza este a mea când un șoc electric îmi circulă prin artere, din cap până în călcâie.

Are talent la masaj, apăsând ferm și parcurgându-mi toate curbele, în sus și în jos… până nu mai rezist.

Îmi aduc aminte că odată, Cornel mă acuzase de frigiditate, și îmi vine să râd singură, ca o proastă. Ce satisfacţie aş avea să ştie fostul meu soţ de noaptea mea din Sinaia, cu Nico, sau de ceea ce simt acum... Dar realizând că nu reușesc să mă gândesc la altceva ca să mă temperez, îi fac semne să se oprească dar se face că nu înțelege.

"Întoarce-te pe partea cealaltă…" mă trage el ușor de șold și îl ascult, observând cu coada ochiului că își tine cu discreție sacul meu în poală.

Mă abțin să nu râd de el și doar mă bucur că mă dorește și parcă îmi este din ce în ce mai puțină teamă de el și de ce s-ar putea întâmpla cu inima mea dacă i-aș spune 'da'. Îi simt umbra cum se apropie și întorc fața exact în momentul când fusese pe punctul să mă sărute. Se descolăcește brusc și se întinde lângă mine pe burtă, strângându-mă lângă el cu un geamăt slab, înăbușit.

"Oprește-te, te rog…" îl îndepărtez, temându-mă că ne vom da în spectacol pe plajă, și își îngroapă fața în părul meu, oftând din greu.

Rămânem așa, lipiți unul de altul, tâmplă lângă tâmplă, imaginându-ne ce s-ar fi putut întâmpla dacă nu eram în public. Cu el timpul zboară ca într-un vis, când parcurgi distanțe enorme și faci o mie de lucruri, doar ca să constați la trezire că totul a durat câteva secunde.

Miezul zilei a trecut de mult și probabil că ar trebui să ne mai mișcam puțin. Paul se plânge iar că îi este foame și după ce ne îmbrăcăm, găsim o piață lângă Hotelul Perla, de unde luăm struguri și un pepene roșu, căruia țărancă insistă să îi facă dop și să îl gustăm.

"Frumoși mai sunteți amândoi, maică, bate-vă norocul!" nu se poate ea abține și noi râdem fericiți și ne oprim să luam masa pe partea cealaltă a șoselei, spre Siutghiol.

Lipsa de cuțit o rezolvă Paul în doi timpi și trei mișcări, dând cu lubenița de pământ. Se sparge în bucăți și mâncam ca purceii, până nu mai avem loc în noi, apoi ne spălăm la prima cişmea din drum. Continuăm cu strugurii, folosindu-i şi ca proiectile din când în când, aruncând unul în altul cu boabe şi răzând, până terminăm toată punga. Din nou pe faleză la promenadă, admirăm suvenirurile de vânzare și artiştii care fac portrete. Unul dintre ei vine după noi şi îl roagă pe Paul să îi pozeze, că nu a mai avut aşa model superb până acum.

De data aceasta văd clar că se simte încurcat şi încearcă să se sustragă atenției, mai în glumă, mai în serios, până reuşim să scăpăm de tip, ignorându-i insistențele.

"Credeam că te mândreşti că eşti frumos," îl cercetez eu şi îmi place teribil cum se eschivează şi dă din colț în colţ, cu toate că se simte măgulit.

"Nu este nici vina, nici meritul meu," se scuză el, schimbând repede vorba. "Hai să mergem la Satul de Vacanță, să te dau în *montagne-russe*. Mai avem o oră până la întoarcere, să avem timp să ne schimbăm pentru masa de seară, cu ai mei..."

Ne ducem iar spre Perla. Până acolo ne alergăm și ne tachinăm, jucăm leapşa pe călcate, fuge cu mine la subsioară de parcă aş fii un sac, și îmi dă drumul doar când îl amenint că îi dau porția mea de pepene înapoi dacă mă mai ţine cu capul în jos.

Parcul de distracție din Mamaia este un furnicar de oameni, de copii cu vată de zahăr pe băţ, şi adulţi cu porumb copt sau cornete de îngheţată în mână. Am mai fost cu Gelu în Parcul Tineretului din Bucureşti, unde au câte ceva similar, chiar şi un *roller coaster*. Aşa am citit că se cheamă pe englezeşte în revistele de la Biblioteca Americană. Ne-am dat pe el de câteva ori şi mi-a plăcut la nebunie.

Evident că îl atrage pe Paul. În lipsa motocicletei, mi se pare cea mai senzațională activitate care ne poate aduce la un pas de infarct, pe gustul lui. Ne facem încălzirea la roata mare, care este mai mică decât în Herăstrău şi nu mă impresionează, apoi refuz categoric să mă urc în carusel.

Sunt nevoită să admit că sufăr de rău de mare, rău de maşină, şi de orice altceva care se învârteşte, convingându-l cu greutate că riscă să ne stricăm toată ziua dacă nu mă lasă în pace. Îmi cunosc limitele, şi chiar dacă nu sunt atât de avidă după pericole şi senzaţii tari ca el, mă bucur până la un punct de viteză şi înălţimi... atât timp cât nu se rotesc cu mine.

Următoarea ţintă este *montagne-russe*-ul – sau *roller coaster* – depinde ce limbi străine preferă fiecare. Ne instalăm veseli într-una din maşinuţe şi Paul blochează bara de siguranţă din faţa noastră, singura chestie de care ne putem ţine şi care ne va păstra pe locurile noastre în timpul călătoriei. Pornim... şi încă îmi păstrez calmul sub primirile însoţitorului meu care se bucură dinainte şi se uită mereu la mine, să vadă dacă mă simt bine.

La curbă, scaunul dublu în care suntem înghesuiţi se înclină vertiginos şi cu un zdrăngănit sacadat ne repezim brusc în jos, aproape în cădere liberă la nouăzeci de grade. În secunda următoare suntem răsturnaţi pe spate, căţărându-ne pe cremalieră, totul trepidează şi scârţâie şi abia am curaj să mă uit peste umăr, să văd coroanele copacilor din jur.

Îmi dau seama că jucăria are pantele mult mai abrupte decât cea din Bucureşti, şi mă rog la orice divinitate disponibilă în aceste momente să ne aibă în pază şi să nu se desciocoleze ţevăria pe care alunecăm, să nu ne luăm zborul pe o tangentă în spaţiu, şi să ajungem cu bine înapoi pe pământ. Ceea ce se întâmplă uluitor de repede şi trebuie să recunosc că în ciuda felului meu aşezat de a fi, injecţia cu adrenalină a fost formidabilă.

Cred că nu viteza sau înălţimea m-au speriat niţel, ci faptul că totul este în afara controlului meu, că nu am puterea să opresc, să frânez, sau să cobor când vreau, la nevoie. Sunt adversa ideii de a mă lăsa pe mâinile altcuiva, fie chiar şi a unei maşinării neînsufleţite. Evaluându-mi în continuare senzaţiile şi reacţiile prin care abia am trecut, mă întreb dacă nu cumva teama de a fii dominată este și ea un motiv pentru care evit sexul cu cel de lângă mine...

Paul îmi întrerupe ședința interna de psihanaliză, îmbrățișându-mă drăgăstos și mânându-mă spre autobuz, să nu întârziem la 'cina cea de taină' din astă seară. Mă simt în al nouălea cer și nu mă mai satur minunându-mă de candoarea lui infantilă, de personalitatea încă neafectată de decepții și complexe.

Vârstă psihică a lui Paul se compară cu cea pe care o aveam eu în primul an de liceu, cu mult înainte de a deveni neîncrezătoare și susceptibilă, înainte de a avea o colecție respectabilă de amintiri neplăcute care să mă pună în gardă. Trauma afectivă pe suferită cu câțiva ani în urmă m-a timorat, transformându-mă într-un ghem încâlcit de sentimente cărora îmi este frică să le dau drumul din mine.

Mă tem de o posibilă interpretare greșită a impulsurilor naturale pe care le simt, și nu mai reușesc să mă exteriorizez, dând grai declarațiilor de dragoste din toată inima... Dar cred că astăzi am făcut câțiva pași pe drumul cel bun și poate în curând îl voi surprinde pe Paul când se așteaptă mai puțin... cum s-a întâmplat la Sinaia, cu Nico.

În Eforie, el coboară la Europa, să îi întârzie pe ai lui cât mai mult, în timp ce eu merg până în nordul stațiunii, cât mai aproape de gazda mea. După cel mai rapid duș posibil, la furtunul din curte, răscolesc bagajele să găsesc singura rochie pe care încă nu am purtat-o și care cred că se potrivește cu ocazia. Avantajele ei sunt că nu se șifonează, fiind dintr-un material elastic, și că este de-a gata, nu făcută de mine, altă comoară pe care mi-a cedat-o Claudia din cadourile de la mătușa ei americancă.

De data aceasta motivele au fost că ea nu poarta așa scurt, și că nu îi plac bulinele, și că nu o prinde culoarea albastră. Norocul meu, fiindcă mie mi-a plăcut și îmi vine perfect, cu singurul impediment că nu merge la birou și de aceea nu am purtat-o până acum nici o dată.

Nu am oglindă dar încerc să mă văd în geamul murdar, în fața camerei, răsucindu-mă și legănându-mi părul care se usucă în ultimele raze de soare ale zilei.

Încerc să tropăi cu demnitate pe sandalele cu tălpi înalte până în centrul orașului, să nu alerg ca nebuna, să nu transpir, să nu mă ciufulească vântul. Îl văd pe Paul de la distanță, așteptându-mă în fața restaurantului, și apreciez sincer că s-a gândit să procedeze așa, salvându-mă de la o intrare penibilă, de una singură. Mă mănâncă din ochi și privirea lui îmi este mai utilă decât orice oglindă.

Pe terasă, Ștefanienii stau în jurul unei mese rotunde, cu câte un pahar în față. Zmeul se ridică galant și îmi întinde mâna, apoi mă prezintă Giovannei, sora lui Sergiu, pe care o văd pentru prima dată. Este o femeie distinsă, cu un coc bogat, cu pielea bronzată și trăsături latine. Într-adevăr, Ștefan îi seamănă ei foarte bine, și Paul este copia fidelă a tatălui sau. Probabil că așa va arăta și el peste vreo treizeci de ani, cu păr grizonat… și dacă și-ar lăsa mustață.

Toți patru sunt o familie frumoasă și cel puțin pentru început își etalează sincronizat dispoziția primitoare, făcând tot posibilul să nu mă simt stingheră în compania lor. M-au așezat la mijloc, între băieți, dar asta înseamnă că în fața mea sunt părinții lor și nu pot să mă relaxez sub privirea Doamnei Ștefanian, care mă cercetează de câte ori are impresia că nu observ. Și ea vorbește foarte bine românește, ca Sergiu, dar cu accent mai puternic, amestecând din când în când câte un termen italienesc.

Sunt îmbrăcați elegant, Paul fiind cel mai cel ca de obicei, cu un sacou subțire, de mătase catifelată, mov, pantaloni bleumarin care îi accentuează silueta, și cămașă în dungi pe ambele culori. Bătrânul și mezinul sunt la costume din in, fără cravate, și Giovanna poartă o rochie înflorată și plisată, de invidiat.

Zmeul face conversație și încearcă să mă includă, Paul mă laudă cât de bine i-am făcut desenele de care a avut nevoie, Ștefan umple golurile adăugând că avem prietene în comun... și pomenește de Lidia, drept care urmează o tăcere mormântală din partea mea și a fratelui său. Seara se destinde abia după ce se strâng farfuriile și ciocnim câte un pahar de vin.

"Am înțeles că mai ai un an de liceu, domnișoară. Care ți-s planurile după bacalaureat?" vrea să știe Titi Ștefanian, aprinzându-și țigara ascunsă în pumn, cu același gest ca al lui Paul.

"Intenționez să dau la Arte Plastice, la secția de Ceramică-Sticlă-Metal," îl informez eu fără ezitare.

"Serios? Am înțeles de la Toma că ai aptitudini deosebite în domeniul tehnic."

Toma fiind Soare, șeful meu...

Dau din umeri, începând un argument despre diferențele dintre diversele talente cu care ne naștem și pasiunea pentru un anumit domeniu de activitate. Îl observ pe Paul care zâmbește mândru de mine, de parcă ar fi meritul lui personal că sunt capabilă să susțin o conversație inteligentă. Zmeul este plăcut impresionat în mod sigur, dar nu sunt sigură de mama băieților, în a cărei privire mi se pare că citesc o anumită răceală.

Îi simt peste masă și peste cuvintele celorlalți dorința aproape palpabilă de a îmi pune și ea întrebări, de la care se abține. De parcă îmi aude gândurile, se inclină spre favoritul ei lângă care este așezată, mângâindu-i obrazul cu un gest posesiv, de parcă ar vrea să îmi spună "Ăsta este băiatul meu cel frumos și nu ți-l dau..."

"Paul mi-a spus că te întorci tot mâine în București, domnișoară. Dacă te tentează, poți veni cu noi că mai avem un loc, chiar dacă voi tinerii ați fii mai înghesuiți, în spate," îmi întrerupe observațiile capul clanului.

Propunerea este generoasă și nu mi-ar displace deloc să fac drumul până în capitală între Paul și Ștefan, dar știu că nu am nici o șansă să rezist la un drum așa de lung, mai ales dacă stau în spate. Cu toate că mă jenează mărturisirea, trebuie să îi mulțumesc și să mă scuz, explicându-i și lui că mi se face rău în mașină și va trebui să călătoresc tot cu trenul.

Târziu, după ce bătrânul achită consumația și ne ridicăm cu toții de la masă, Paul își informează familionul că mă conduce până la gazda mea și pornim alături, pe Strada Brizei, spre capătul stațiunii. Când suntem destul de departe să nu ne mai vadă ceilalți, mă ia de mână și mă trage lângă el, satisfăcut că am scapăt cu bine și de încercarea asta.

"Nu era nevoie să vii cu mine până în porumbi că nu pățeam nimic pe drum..." protestez eu fără prea multă convingere.

"La cum arăți în seara asta aș fii fost nebun să te las singură pe stradă. Bine că nu te-a răpit nimeni când ai venit!" râde el simpatic și plin de apreciere.

Sunt convinsă că exagerează din galanterie sau ca să îmi facă mie plăcere, dar adevărul este că de câte ori mergem așa, împreună, atragem privirile de parcă am fii pe *runway* la parada de modă. Femeile se uită după el, bărbații după mine... Și bătrânii după amândoi, zâmbind nostalgic.

"Nu te-a întrebat nimeni până acum dacă vrei să fii fotomodel?" îmi trece mie prin cap, aducându-mi aminte de propunerea lui Marcel Pleșan și posibilitatea să îmi apară picioarele pe toate pachetele cu ciorapi Adesgo.

Își mângâie bărbia, nasul, sprânceana... căutând răspunsul cel mai potrivit. Pare din nou intimidat de implicația că ar arăta mai bine decât semenii lui.

"Ba da, de la Casa de Modă, de la revista nu-știu-care... Prima dată cred că aveam doisprezece ani și eram cu mama în oraș când ne-a oprit un regizor de la Buftea să o întrebe dacă nu vrea să mă facă actor."

"Și nu te-a tentat?"

"Nu. Poate începi să îți dai seama că dincolo de alura obraznică pe care încerc să o afișez sunt un tip rezervat și nu mi-am dorit niciodată să devin figură publică. Prefer să îmi fac o carieră bazată pe faptul că sunt inteligent și talentat, nu neapărat... frumos."

"...Și modest!" râd eu.

Dă din umeri, zâmbind vizibil jenat de subiectul la care am ajuns.

"Înțeleg că am norocul să arat bine dar ți-am mai spus, nu este nici vina, nici meritul meu."

Mă înduioșează cât de dulce poate fii când este sfios ca un tânăr în pragul pubertății. Ipostaza aceasta îmi place cel mai mult, când este necăjit și se teme că îi văd numai exteriorul extravagant, nedându-i ocazia să se afirme și altfel. La gardul bătrânei ne oprim față în față, și își dă freza din ochi cu un gest mândru, princiar. Nu este conștient că felul cum se mișcă și cum se îmbracă contribuie la impresia pe care o face. Sau nu se poate abține? Oare doar face pe modestul?

Zâmbește și mă ridică în brațe până la înălțimea 'măriei sale' iar eu îmi ascund obrazul în gâtul lui, cu un gest pudic, involuntar. Nu am curajul să ajungem la sărutări, poate pentru că nu l-aș mai lăsa să plece. Îi simt răsuflarea fierbinte pe ceafă și inima îmi bate nebunește...

"Ne întâlnim mâine pe plajă la Acapulco? Câștigam încă o zi și ne întoarcem împreună, mai târziu. Este un tren de noapte care ajunge în București la timp cât să nu întârzii la serviciu."

Nu îmi vine să cred că a făcut deja planul pentru amândoi, că s-a gândit la toate... Dar mai ales că preferă să meargă cu mine și renunță la confortul mașinii doar ca să mai petrecem câteva ore în Eforie.

"Ești sigur că nu se supară ai tai?"

"De când crezi că a început să îmi pese dacă sunt ei de acord cu ce vreau eu să fac! Totuși am douăzeci de ani, nu mai sunt copil."

Până și felul cum o spune mi se pare pueril, de parcă ar bate cu piciorul în pământ să le dovedească părinților că are dreptate... Dar este adorabil.

"...Şi aşa mă aştept să îmi cadă lumea în cap când ajungem acasă..."

"De ce?"

"Sunt aproape convins că iar nu am intrat la facultate. Nu mi-a stat mintea la examene..." adaugă el insinuant, încercând să îmi găsească gura, dar realizează că este prea dificil așa cum mă ține în brațe, fiindcă materialul rochiei alunecă. Își dă seama că mă dezbracă fără intenție și mă lasă repede jos, cu considerație, întorcând ochii în altă parte până îmi trag fusta la loc.

"N-am avut intenția..." începe el, apoi râde, fără să se mai abțină. "Adică intenții am, dar ți-am promis să îți dovedesc că pot să aștept. Te văd mâine, Laura."

Cu o mișcare decisivă, se apleacă să îmi atingă fruntea cu buzele și întunericul străzii îl înghite, lăsându-mi un gol în piept. Se ține de cuvânt, dovedindu-mi din nou că este hotărât să mă înțeleagă și să aibă răbdare cu mine. Iar mie îmi vine să o iau la goană după el, să îl trag de mânecă și să-l întorc din drum...

Mă strecor în patul rudimentar și îngust, trăgându-mi cearșaful până peste degetele picioarelor și peste cap împotriva țânțarilor. M-au mușcat de câteva ori nopțile trecute și fiindcă fac reacție la veninul lor, sunt plină de umflături dizgrațioase, ascunse din fericire de bronzul meu nou. Nu vreau ca vampirii zburători de pe litoral să îmi strice aspectul 'comercial', mai ales când mâine vom fii iarăși împreună... Toată ziua...

Îmi învelesc în jur și prosopul, asemenea unei crisalide, și adorm fericită, nespus de fericită, gândindu-mă la Paul.

Capitolul 40

Ieri a fost duminică, ultima zi de concediu în Eforie Nord, și sfârșitul primei mele excursii la mare. Paul m-a așteptat pe stradă, lângă gardul bătrânei. Imposibil de confundat cu ținuta lui mandră, cu părul negru, pieptănat cu grijă într-o parte peste frunte și urechi, model de frumusețe masculină, stârnind invidia bărbaților și adorația femeilor.

Venise pregătit să mă ajute cu bagajele, cu toate că uitasem amândoi să discutam amănuntul acesta. Mi-a luat toate gențile ca pe nimic, pe umeri și în mână, și le-a cărat în gară, unde le-am lăsat la păstrare până la trenul nostru.

Apoi ne-am întors prin oraș, simțindu-i palma caldă și ocrotitoare pe umărul meu, ținându-mă tot timpul lângă el. A fost relaxat și binedispus toată ziua și mi-a declarat sincer că eu sunt cauza. Am început să mă obișnuiesc cu adevăratul Paul, așa cum este când nu bravează și nu încearcă să impresioneze pe nimeni. S-a comportat calm, absent la atenția care i se acordă, complet aerian câteodată, privind în depărtare de la înălțimea lui, peste ceilalți muritori de rând din jur.

Pentru aproape douăzeci de ore am fost nedezlipiți, și nu ne-a păsat decât de prezența celuilalt. Am făcut ultima plajă și am intrat în apă pentru ultima dată pe anul acesta, ne-am dus la masă la Expres unde a făcut iar pagubă, fără să riște un kilogram în plus. După amiază am intrat la gradina de vară la film și am văzut o comedie cu Barbara

Streisland și Ryan O'Neal, *Ce Se Întâmplă Doctore*, la care am râs cu lacrimi.

Cinematograful în aer liber a fost încă o experiență nouă pentru mine, absolut minunată. Ideea de a privi ecranul sub cerul înstelat mi-a plăcut enorm, împreună cu plăcerea absolută a apropierii lui Paul, pe scaunul de alături. A fost cuminte și s-a bucurat de film fără să își plimbe mâinile pe mine mai mult decât era normal.

Ziua am încheiat-o cu un turneu al localurilor înșirate cu fața la mare, Can-Can, Intim, și alte câteva, din care se revărsau muzica și râsetele tinerești. Am intrat câte puțin în toate, am profitat de melodiile preferate ca să ne ținem în brațe pe ring, și mi-a spus că sunt perfectă, ușoară și ușor de condus... la dans.

În tren am încercat să dormim împreună pentru prima dată, și ne-a fost imposibil, prea conștienți de căldura și apropierea fizică a celuilalt, drept care am stat tolăniți pe banchetă, eu cu spatele pe pieptul lui, vorbind de una și de alta.

Din gară eu aveam intenția să iau un autobuz de noapte să merg la mama, să pot pleca a doua zi cu Liviu la serviciu, dar Paul a insistat să ne urcăm într-un taxi și m-a lăsat în fața porții. M-am culcat pentru cele șaizeci și cinci de minute cât îmi mai rămăseseră la dispoziție, cu teama că mă voi trezi să realizez că am visat, și Paul Ștefanian cel frumos, căruia îi place de mine, este doar produsul imaginației mele fecunde...

Dar ora de odihnă a trecut, este luni, și când am sărit din pat să fug la serviciu, cu toate că eram buimacă de somn, am fost și neasemuit de fericită dându-mi seama că ziua dinainte se petrecuse în realitate, și Paul există aievea în viața mea.

Realitatea a fost însă brutală. L-am dus pe Liviu la creșă povestindu-i tot drumul despre ce am văzut la mare, mai puțin scenele cu Paul, care nu sunt pentru vârsta lui. Cred că a înțeles, că dădea din cap și părea interesat, mai ales la partea cu *montagne-russe* și mașinuțe.

În birou, habar nu am avut despre ce s-au făcut astăzi bancuri, și de ce au râs colegii mei, fiindcă mie îmi cădeau ochii în gură de somn și mă uitam printre dinți la ei. Pe la ora zece m-a sunat Paul să mă întrebe dacă sunt în viață și dacă am reușit să nu stric desenele nimănui.

S-a lăudat că "nu a intrat la Arhitectură", fără să îmi dea alte detalii, decât că așteaptă să se întoarcă tatăl lui acasă, să vadă cum sunt 'cotele apelor Dunării'. Se referă la reacția Zmeului, fiindcă de nivelul apelor fluviului nostru au grija cei de la radio să îl anunțe zilnic în toată țara, la douăsprezece fără zece minute fix.

De abia ne putem înțelege fiindcă în jurul lui se aud voci și răcnete și zgomote ca de minge bătută la perete, de parcă s-ar afla într-o sală de gimnastică și îmi spune că vorbim mai târziu... Dar nu precizează despre ce și îl las în pace. Pare agitat, de parcă ar fii alergat la deal cu greutăți în spate, și îmi este imposibil să îmi dau seama ce pune la cale, ca de obicei.

Convorbirea cu el m-a inspirat să mă ține trează, drept care dau și eu telefoane, încercând să aflu ce au făcut ceilalți ai mei la examene. Aflu că Alexandra a picat cu succes a treia oară la Filologie, în schimb Silvia a devenit studentă la Politehnică. Mihai mă anunță că au primit repartiție la Rasova, în Dobrogea, și el și Camelia, dar că sora noastră a ratat iar admiterea la Medicină. După pauza de prânz, mă sună și Gelu, prietenul meu din școală, să mă anunțe oficial că și-a terminat armata și este în București. Se pare că toată capitala a fost activă și viața nu a stat pe loc în lipsa mea.

În drum spre vila din Cristian Tell mă întreb cum am să mă simt în iar studioul meu, după o săptămână de dormit pe canapele în hotul recepției și pe un pat improvizat, în fostul coteț al găinilor. Dar încăperea de deasupra garajului mă așteaptă primitoare, în liniște deplină, cu nori de praf auriu dansând în razele de soare răsfrânte prin fereastra uriașă.

Dau fuga alături la Profesor, și mă îmbrățișează cu bucurie, scoțând imediat fursecuri și Florio, să îi povestesc tot ce am făcut. Și mai ales ce nu am făcut. Dă din cap atoateștiutor când îi spun de familia Ștefanian, ceea ce îmi spune că nu are rost să pretind că ne-am întâlnit acolo din coincidență.

Ne-am apropiat deja suficient ca să mă simt în largul meu cu el, poate mai mult decât cu tata, să îi pot mărturisi cele mai intime trăiri ale mele. Nu omit din toată aventura nici măcar partea cu Lidia și băieții Giovannei, la care râde și dă din umeri, admițând cât de mult îl surprinde de comportamentul nepotului.

"Laura, nu am afirmat niciodată că Paul nu se poate îndrăgosti de tine. Este impulsiv și încăpățânat, dar nu lipsit de sensibilitate. Ceea ce pun la îndoială este capacitatea lui de a te păstra pentru o viață întreagă."

Mă pune pe gânduri. Se referă oare la seriozitatea sentimentelor lui Paul? Dar când cer lămuriri sare să mă contrazică.

"Nu asta am vrut să spun. Dimpotrivă. Considerând că din câte știu ești prima lui dragoste... la cum îl cunosc, probabil că te va iubi întotdeauna. Nu sunt însă convins că vei avea tu răbdare cu el! Asta am încercat să te previn și data trecută..."

Mi se umple inima de încântare, gândindu-mă că nu există în lumea asta mare vreun motiv care m-ar putea îndepărta de Paul la ceea ce simt pentru el, și încerc să îl contracarez pe Profesor cu argumente înflăcărate, să îl fac să mă creadă. Suntem doar noi doi de față și pot fii absolut sinceră.

Se lasă pe spătarul scaunului, privindu-mă cu un zâmbet trist.

"Draga mea finuță, nu vreau să pui la inimă ce cred eu, poate mă înșel. Dar din experiența mea... dragostea are trei focare. Aici," arată el cu palma la frunte, "...aici..." își pune mâna la piept, "...și aici!" îndreaptă arătătorul spre prohab. "Numai când toate cele trei surse coexistă simultan poți avea încredere că este un sentiment cu adevărat durabil. Restul este trecător..."

"Crezi că Paul mă iubește din toate punctele de vedere?"

"O, da! Știe de copilul tău și s-a apropiat de el, umblă după tine, și înțeleg că nu te îndoiești de dorințele lui," repetă Sergiu cele trei gesturi, în aceeași ordine. "La tine, în schimb, atracția a început din inima și... cum încă nu te-ai culcat cu el de când vă cunoașteți... mă tem că s-a blocat acolo, pe drum."

Încerc să îi explic ce rețineri am și că nu înseamnă nici pe departe că nu îl vreau pe Paul, dimpotrivă.

"Laura, atât timp cât afecțiunea nu pornește și de la cap... rămâne o atracție superficială. Sexul este de obicei primul care activează magnetismul cuplului, mai ales pentru noi, bărbații. Apoi, dacă ne îndrăgostim, simțim și mai sus de mijloc. Dar rațiunea iubirii este mai rară. Se întâmplă când cineva acceptă situația celuilalt, când îl admiră, când îl respectă. Te-ai gândit până acum la toate considerațiile acestea în legătură cu el?"

Tac, analizându-mi frânturile de prejudecăți și impulsuri care mă împing în direcții opuse. Da, desigur. Știu că este fiul cel mare al directorului meu, un băiat deosebit de frumos căruia nu i-a refuzat nimeni, nimic, niciodată. Poate mi-aș fii dorit să fie sărac, egal cu mine, să știe ce înseamnă frigul și lipsurile, să nu mă simt complexată cu garderoba mea când el se schimbă în fiecare zi și poartă exclusiv haine din străinătate. Dar nu el a decis în ce familie să vină pe lume. Mă tem însă că eu având o situație atât de complicată, părinții lui nu ar fii foarte încântați de prietenia noastră.

"Laura, încerc să îți spun că tu ești deja femeie. Ai depășit vârsta când te poți înamora irevocabil de o apariție strălucitoare. Intuiesc că în adâncul conștiinței îl judeci și nu îl poți înțelege. Este educat de sora mea, în spiritul tradiției noastre latine, pregătit să ia deciziile și pentru perechea lui și să fie ascultat, iar pe tine nu te văd a fii o persoană docilă, și sunt sigur că aștepți de la el ceva diferit. Probabil, se poate adapta în timp, dar este chestiune de răbdare multă..."

"Adică... Crezi că nu ar trebui să mă arunc într-o relație cu Paul... ca să nu îi rănesc orgoliul?" murmur eu îndoielnic.

Mă enervează că nu pot să îl conving pe Profesor cât de mult țin la nepotul lui și că dimpotrivă, eu sunt cea care mă tem să nu fiu neglijată într-o zi, abandonată, uitată în vâltoarea admiratoarelor și a succesului personal. Îmi aduc aminte de cuvintele lui când a recunoscut și el că sunt diferită de toate fetele cu care avusese înainte de a face. Nu îmi pasă dacă este crescut de o italiancă și vrea să își afirme voința... Atât timp cât nu mă lovește ca fostul meu soț și nu se poartă urât cu mine.

"Nu, Laura, este prea târziu, vă îndreptați deja unul spre altul ca două particule magnetizate, ca doi meteoriți care se vor ciocni inevitabil. Mă tem că nu sunteți potriviți pentru o viață întreagă împreună, dar sfatul meu de acum este să mergeți înainte și să fiți fericiți cât puteți. O lună, un an, sau zece. Cine știe? Poate nu am dreptate. Poate lui îi vine mintea la cap și se maturizează suficient de repede, înainte de a te plictisi tu," încheie Sergiu surâzând, să schimbe tonul discuției.

Soneria de la poarta ne întrerupe și se ridică să deschidă, anunțându-mă cu încântare că își așteptă un prieten și vrea să mă prezinte. Îmi trece prin cap că ar fii momentul potrivit să mă întorc la mine și să mă culc 'cu găinile', recuperând noaptea din tren... Dar nu apuc, fiindcă vizitatorul este fostul locatar al studioului, pictorul de care mi-a pomenit Profesorul la începutul cunoștinței noastre.

Individul este înalt și emaciat, cu păr zbârlit ca o încâlcitură de sârma cu nuanță nedefinită, între gri și maron. Barba de aceeași culoare îi stă înainte, de parcă ar fii sprijinită pe un suport invizibil. Îmi ia ceremonios mâna și o strânge amical, fără să mi-o sărute, ceea ce apreciez, considerând că de multe ori acest gest demodat îmi stârnește dezgustul. Atingerea directă a unor buze nedorite are tendința de a mă face să îmi retrag degetele brusc și când se prezintă cineva, nu este întotdeauna un început bun.

“Armin Zamfirescu!” își anunță el numele clar și cu voce puternică, neașteptată, considerându-i apariția precară. “Sergiu mi-a vorbit mult despre tine.”

Pare un nebun scapăt de la balamuc, nu după comportament cât la arătare. Poate că este. Artist sănătos la cap, mai rar. Așa se spune. Cum pot eu să fiu de acord cu așa ceva?! Doar și eu visez să ajung pictoriță, să fiu acceptată în lumea lor. Vreau să fiu și eu considerată drept sărită de pe fix? Poate chiar sunt... dar nu am certificat la mână.

“M-am întors dintr-o tabără de creație din Moldova și săptămâna viitoare plec la Cluj cu o echipă, să restauram o biserică din zonă. Sergiu mi-a povestit că dai la Grigorescu, la anul. Sper ca în vara viitoare să fiu mai liber și să te pot ajuta să te pregătești,” întinde brusc mâna spre mine, probabil citindu-mi protestul mut pe față. “... Nu, nu!!! Eu nu am pretențiile lui Pleșan. Am auzit povestea de la Profesor și îl cunosc personal și suficient ca să o nu pun la îndoială!”

Anghelini aduce cafele pentru toți trei și eu îmi aprind țigara. Noua mea cunoștință scoate o pipă și începe să meșterească în ea, pregătind-o. Îmi aduc aminte de Nico și adulmec parfumul de tutun, diferit, dar tot minunat. Poate că am să încerc și eu într-o bună zi...

Discuția se învârtește în jurul planurilor lui Armin în cele câteva zile de stat prin capitală, printre care menționează că are o motocicleta C.Z. de care vrea să scape din garaj, fiindcă ocupă loc degeaba. Nu mă pot abține să nu cer amănunte și se oferă să mă ia cu el într-o scurtă vizită, pentru a o vedea cu ochii mei. Ba chiar să mă uit și la tablourile lui, din moment ce în principiu, se angajează să îmi devină mentor cândva.

De fiecare dată când începe alt subiect, sare în sus făcându-mă să tresar, și vorbește atât de tare de parcă am fii surzi cu toții. Altfel este simpatic și pare un om interesant. Poate doar a băut azi prea multe cafele. Sau poate are probleme cu auzul... Se întoarce brusc spre mine, încât mă retrag, în apărare, fără să îmi dau seama.

"Laura, Sergiu zice că ai câteva picturi gata, sau în lucru. Ești de acord să mi le arăți, să îmi fac o idee?"

Sunt încântată că cineva afirmat în domeniu vrea să îmi vadă operele de artă și aprob cu entuziasm.

"Atunci, ți-ai terminat cafeaua? Haideți! Sergiu, hai să faci câțiva pași și tu. Să beau și eu ultima gură… Acasă nu am," și fără să mai aștepte, se ridică în picioare și ne face semne să ne urnim, plin de energie.

Sus la mine, mă felicită pentru tenta feminină de decor pe care am dat-o locuinței și apoi admiră pe rând tablourile, mângâindu-și barba gânditor. Le re-evaluez și eu, de parcă le-aș admira pentru prima oară. Cel mai reușit dintre ele este al lui Nico, probabil și din cauza modelului excepțional. Portretul Profesorului este mai domolit, nu are impact atât de puternic.

A treia lucrare, abia începută, este Paul. I-am schițat în cărbune conturul și trăsăturile. Ochii, nasul și gura sunt la locul lor, freza răsucită peste frunte și urechi, gestul capului inclinat și privirea pe sub gene. Profesorul și prietenul lui îl recunosc amândoi instantaneu.

Fundalul din spate l-am trasat provizoriu, din niște linii geometrice care reprezintă mai mult sau mai puțin o generalizare a desenelor de arhitectură pe care le-am copiat la serviciu pentru el. Dar ceva nu mă satisface și probabil voi schimba ceva, dar aștept momentul necesar de inspirație. Armin dă din cap aprobator și dă verdictul.

"Laura, ai talent cu caru', nimic de zis. Stilul tău se îndreaptă din realism spre suprarealism, și recunosc că din punct de vedere al exprimării, nu suntem pe aceeași lungime de undă. Dar harul este har, incontestabil."

Vila în care își are Armin apartamentul se află doar cu câteva numere mai sus pe Cristian Tell, spre Bulevardul Dacia. Fațada este direct la stradă, în timp ce curtea și garajul sunt în spatele clădirii, ascunse de lume. Atelierul este în pod și ne tot mână pe amândoi pe scările înguste și spiralate din beton, să nu rămânem în urmă. Încăperea este enormă dar guvernată de o dezordine și o abandonare nemaipomenită, depășind orice închipuire.

Îmbrăcăminte, chiar intimă, stă risipită din loc în loc până și pe pervazul ferestrelor deschise vraiște. Ne împiedicăm de papuci și espadrile desperecheate. Deasupra capetelor noastre este împărăția păianjenilor care și-au construit în timp un domeniu definitiv, din pânze suprapuse, probabil după vechime. Mă crispez. Arahnidele sunt fobia mea cea mai puternică, chiar dacă în general, tot ce are mai mult de patru picioare nu este pe lista mea de prieteni.

"Veniți, veniți mai aproape!" ne încurajează Armin, primitor. "Aici este lumea gândurilor mele. Priviți! Ce vă sugerează tabloul acesta?" desfășoară în fața noastră, teatral, un sul de pânză pictată pe fond albastru intens, marcat de explozii roșii, aproape sonore prin stridența culorii.

"Ideile unei nopți toridă de vară...?" încerc eu o traducere metaforică.

Profesorul se uită la mine scurt și mustrător, de parcă ar fi dezamăgit să realizeze cât de greșit m-a considerat perfect sănătoasă la minte până acum... Dar prietenul lui exclamă cu entuziasm efervescent că îmi dă o sută de puncte pentru interpretare, cu toate că de fapt intenționase să redea niște tresăriri de frică într-un 'pustiu psihic'... și nu ne este clar nici mie nici lui Sergiu ce vrea să spună sau de ce se bucură atât că lucrarea lui poate provoca impresii atât de diverse.

“Dar aici?” ne mai înfățișează zănaticul altă pânză rulată, cărcia îi dă drumul în fața noastră.

De data aceasta mă mira cum de nu a plesnit vopseaua aplicată din belșug, dar realizez că este doar un efect vizual. O materie vâscoasă de un verde care mă lovește la ochi dă impresia că se prelinge asemenea mierii de pe o inima abia ghicită dedesubt, îngropată în plasma atotcuprinzătoare.

“Cred că este vorba...” răspund eu ca la concursul ‘Cine Știe Câștigă’ de la radio, “...Despre invidie, sau ceva asemănător.”

“Fantastic!!! Sergiu, unde ai găsit această comoară de fată?! Reprezintă de fapt sentimentul de gelozie, Laura! Dar ești din nou foarte, foarte aproape!!!”

Profesorul ne privește îngăduitor. El este inginer și pentru o gândire logică și tehnică, aberațiile lui Armin nu au altă explicație decât că sunt o risipă de materiale și timp.

Scăpați din lumea creativă a pictorului, coborâm în curte și ne conduce în garajul din spate, unde sufocată de cutii, coșuri, lăzi și saci, pline cu cine știe ce, se vede o motocicletă cândva vișinie metalizată, cu rezervor argintiu, acoperită de praf și de... pânze de păianjen, ce altceva?! Se aventurează riscant printre zidurile de pachete și vechituri, reușind să extragă vehiculul în timp ce alungă cu palmele viețuitoarele cuibărite în jurul ghidonului.

Mi-o întinde cu o mișcare smucită să o susțin, și ceva mare și păros care aleargă frenetic de-a lungul rezervorului de benzina mă face nu numai să îi dau instantaneu drumul dar chiar să o împing cât colo. Noroc cu Profesorul care o prinde expert, înainte de a cădea pe beton, unde probabil ar fi rămas în țăndări cel puțin farul.

“Voi, zei meschini!” urlă Zamfirescu, mai-mai să mă pună pe fugă. “”I-ați dăruit acestei ființe plăpânde doar forța spiritului!!!”

“Cred că nu este vorba de lipsa puterii fizice dar Laura se teme de paiajeni,” clarifică râzând naşul meu, scuturând praful de pe motor şi alungând orice alţi chiriaşi.

“Daţi-mi voie să vă invit la un sake, făcut din orez veritabil şi importat direct din Ţara Soarelui Răsare! Discutăm acolo mai departe, Laura, dacă vrei să îmi iei ‘Duhul Hoinar’ din grijă. Aşa am numit-o!”

Nu îl putem refuza, mai exact eu nu aş avea curajul să o fac, dar îmi închipui că dacă este prieten vechi al Profesorului, nu poate fii periculos, aşa că îi urmez pe amândoi cu câţiva paşi în spate. În camera unde ne primeşte se află două saltele Relaxa, direct pe parchet, acoperite cu pături flocoase şi nişte rogojini. Aceasta pare a fii toată mobila şi îi ascultăm invitaţia de a lua loc unde ne place, aşezându-ne turceşte pe jos, în lipsa mai multor opţiuni.

“Vrei motocicleta?!” face Armin un salt spre mine care mă îngrijorează de-a binelea.

Se dovedeşte doar prima mişcare a intenţiei de a se aşeza în faţa noastră, şi respir uşurată. Tipul seamănă cu personajul lui Cervantes, *Don Quijote*, şi sper să nu mă confunde cumva cu vreo moară de vânt…

“Sunt nebună după motoare,” recunosc sinceră şi îmi vine imediat să îmi dau peste gură la alegerea cuvântului folosit.

“Atunci…” începe el, turnând o băutură incoloră în trei borcane de iaurt pe care le-a adus dintr-o bucătărie ascunsă pe care sunt sigură că nu vreau să o văd.

Începe să turuie despre motocicletă, că este în stare perfectă de funcţionare, specificând că are 175 de centimetri cubi, că este din anul 1966, şi adăugând detalii tehnice care nu îmi spun mare lucru. Îmi povesteşte până şi ce înseamnă abrevierea C.Z., care după spusele lui vine de la *Ceska Zbrojovka*, o fabrică de maşini şi armament din Cehoslovacia.

Eu vreau doar să aud cât costă și cum aș putea să îi dau banii în rate. Din lipsă de fonduri serioase mi-am dorit de atât timp măcar o motoretă Mobra. Nu mă uit niciodată la meciuri la televizor, dar competițiile de *dirt-track* sunt singurele manifestări sportive care fac excepție.

Ore singurul motiv pentru care vrea pictorul să scape de ea este că îi ocupă loc în garaj? Sau are nevoie de bani? Ceea ce ar însemna că nu mă așteaptă cine știe cât cu plata. La urma urmei, nu este chiar așa de nebun dacă are permis de conducere, doar face pe... Dar în următoarea secundă, Armin îmi spulbera raționamentul.

"Nu am ieșit niciodată cu ea în oraș. Stă nefolosită de doisprezece ani. Nu am reușit să trec de testul psihologic la examenul de carnet!" mărturisește el fără jenă.

Își toarnă băutura în gura larg deschisă, cu capul dat pe spate, și mă gândesc probabil că este mai sigur să îi urmez exemplul și să nu îmi fac iluzii în privința curățeniei borcanelor. Mai bine să consumăm spirtul dezinfectant fără să le atingem buza. Dar fumurile de alcool pur mă descurajează brusc și mă opresc în ultimul moment.

Sinceritatea lui este dezarmantă și îngrijorătoare, dar profesorul îmi ghicește nerăbdarea și întreabă direct cât cere pe C.Z.-u. Prețul la prima strigare, de trei mii de lei, mi se pare cel puțin rezonabil și nici eu nici nașul nu suntem apți pentru negocieri.

Factorul hotărâtor rămân ratele și când Armin nu are nimic împotriva sistemului, stabilim că voi depune în contul lui, la C.E.C., câte două sute de lei pe lună, din august până în octombrie anul viitor, să acoperim suma. Aranjamentul este convenabil pentru toată lumea, inclusiv faptul că nu trebuie să alerg după el cu bancnotele în mână, considerând că este mult timp plecat și că eu voi fii iar ocupată cu seralul.

Batem palma, dăm băutura pe gât, mai puțin eu care o vărs pe neobservate în împletitura rogojinii pe care stau, și 'Duhul Hoinar' își schimbă teoretic stăpânul. Armin se repede la una din saltele și începe să îi desfacă căptușeala, cu mișcări rapide. Ce i-a mai venit oare?!

"O clipă!!! 'Duhul' este înzestrat și cu acte. Chemăm imediat și notarul că este vecinul meu de jos."

"Putem coborî noi până la el..." propune Sergiu tentativ, dar prietenul lui face un semn decisiv cu brațul și scoțând capul pe geam începe să răcnească de parcă i-ar fii luat foc casa.

"Domnu' Graur! Domnu' Graur!!!"

De undeva se aude un trosnet de obloane și o voce de bărbat care întreabă nu foarte surprins ce s-a întâmplat.

"Poți să urci matale o clipa să certifici vânzarea 'Duhului' meu?"

Mai bine ar fii avut un vecin psihiatru prin apropiere... îmi fulgeră mie prin cap, dar omul de jos apare în prag, fără multă întârziere. Își pune semnătura oficială ca martor pe talonul motocicletei, să o pot înregistra pe numele meu, apoi își bagă și el buzele groase și umede într-un al patrulea borcan de iaurt plin cu sake. Îmi vine să mă pup singură, să mă felicit că nu am atins recipientul meu, gândindu-mă că sunt probabil spălate doar la două, trei luni, sau anual...

Plecăm în fine, luând cu noi minunăția din garaj. Sunt entuziasmata proprietară de motocicletă C.Z.! Și cu greu mă oprește Profesorul să nu o încalec până la noi acasă, așa murdară și cu posibili pasageri cu multe piciorușe refugiați prin cotloanele ei. Îmi promite însă solemn că intenționează să o ia la atelierul de reparații al Stației de Salvare, să o curețe bine și să o pună la punct.

Visez. Sunt conștientă că este doar un vis și îmi pare rău că nu este real. Mă aflu pe un deal și parcă mă înconjoară o primăvară cețoasă, diafană. Cobor o pantă în salturi mari, de parcă aș avea aripi. Trec pe lângă tufe vișinii, bogate, care îmi aduc aminte de rondoul din fața blocului Turn, din mijlocul Pieței Splai de la Operetă, așa cum era de mult, când eram mică, înainte de a se trânti acolo un bazin monumental.

În vale se vede o casă albă cu balcon ornamentat cu pilaștri în formă de popice, în stil brâncovenesc. Este însorită și parcă îmi luminează calea, chemându-mă. Mă simt ușoară și colind în zbor lumea de vis, căutând pe cineva. Știu că dincolo, încă ascuns privirilor se află un oraș, și cu aceeași certitudine mă aștept să fie cineva în casa cea albă.

În același mod inexplicabil înțeleg fără a îmi spune nimeni că nu sunt la munte, ci undeva foarte departe, poate în altă țară, pe alt continent, sau poate pe altă planetă. Dar parcă am mai fost aici cândva, fiindcă recunosc locurile. Recunosc valea aceasta a fericirii din altă noapte, cu ani în urmă, și țin minte că undeva, în dealurile lăsate în urmă, se afla o cascadă uriașă și o poartă misterioasă de piatră, în peretele de stancă.

Se aude bubuitul apelor care se prăvălesc în spatele meu, și alte zgomote, poate bolovani care cad de pe creste... Mă concentrez încercând să rămân adormită, să văd mai bine despre ce este vorba și să aflu unde este locul acesta minunat... Dar deschid ochii, fără voie... și mă trezesc. Sunt la mine în studio, pe întuneric, și oricât aș vrea, știu că nu voi mai apuca de coadă visul meu preferat.

M-au deșteptat huruiturile de afară, de parcă cineva ar târî niște obiecte grele pe pavajul din curte. Au venit hoții să ne fure peste noapte? Urmează câteva trânteli, ca și cum Profesorul, sau altcineva ar depozita de la înălțime cadavrele intrușilor prinși asupra faptului. Se aude portbagajul Camaro-ului închis cu energie, apoi portierele și ușa de la garaj care coboară. Mă uit la ceas... Este doisprezece noaptea!!!

Iluzia că poate, poate am șansa să adorm la loc și să înnod visul de unde l-am lăsat se spulberă complet când gălăgia continuă cu pași apăsați înainte și înapoi, întrerupți de murmure joase de voci bărbătești.

“Gata, ajunge pentru astăzi. Îți aranjezi lucrurile mâine, du-te să te culci,” îl recunosc pe Sergiu șoptind.

“*Mille grazie, zio, buona notte,*” vine răspunsul în surdină.

Paul!!! Poftim???? Ce lucruri??!! Am să îl am pe Paul vecin?! El este noul locatar care mă deranjează la ora asta păgână?! Sar în sus, și fiindcă pe fereastră nu pot întrezări absolut nimic, crap ușa puțin. Jos, între garaj și vilă e o grămadă de geamantane și genți ca în Gara de Nord. Ies de tot în prag și cum curiozitatea nu mă lasă, cobor pâș-pâș, zgribulindu-mă în răcoarea nopții.

Lumina este aprinsă în demisol, sub etajul unde locuiește Sergiu. Mă apropii suficient cât să văd o încăpere spațioasă, un pat ciudat cu tăblie colorată, în forma unui bot de mașină cu faruri cu tot, și aruncate în jur... încă pe atâtea bagaje câte sunt afară. Ori au făcut mai multe drumuri ori au împins mașina plină până aici… că mi se pare imposibil să fii încăput și ei pe banchetă lângă toate catrafusele nepotului.

“Ps,” mă atinge o mână pe umăr, din spate, și tresar de-o șchioapă.

Mă întorc și bineînțeles că lângă mine stă Paul, cu o cămașă bleu strânsă pe corp, jeanși, și pantofii ciocați care mi-au tropăit prin vis.

“Ce naiba faceți aici? Parcă galopează un cârd de brontozauri prin curte. M-ați trezit… După ce am pierdut și noaptea trecută.”

Vrea să riposteze dar privirile i se încălzesc subit, de parcă ar fii băgat în priză, și se oprește. Mă șâșâie cu degetul la buze, măsurându-mă fulgerător și face un pas spre mine în timp ce eu îmi dau seama că sunt îmbrăcată cu *baby doll*-ul de la Claudia, de fapt un fel de furou sau combinezon de noapte destul de transparent, fără mâneci, scurt până la fund, și cu dantele la capete. Sar înapoi, să păstrez distanța de siguranță.

“Nu mușc…” dă el din umeri și își aruncă părul de pe frunte cu o mișcare iute a capului.

“Lasă că mă conving cu altă ocazie,” șoptesc eu bătând în retragere.

“Sper să îmi faci onoarea cât mai curând…” murmură el ca pentru sine, și se întoarce să continue mutatul lucrurilor la adăpost.

Mai are doar câteva valize burdușite, și cum cea mai mică zace la picioarele mele, se apleacă cu un gest brusc care mă face să sar cât colo ca o pisică. Râde și mi-o pune în brațe, hodoronc-tronc.

“Du-mi-o și mie jos, te rog...” aruncă într-o doară, în timp ce el apucă una din cele mai mari geamantane pe care le-am văzut în viața mea și se întoarce spre vilă.

Îi privesc din spate umbra atletică și trântindu-i pe jos bagajul, fără menajamente, profit că este ocupat și fug repede la mine, sperând că pe întuneric nu îmi vede chiloții când urc, chiar dacă se uită după mine. Mă opresc tocmai în bucătărie, de parcă m-ar fii alergat cineva dar nu rămân pe loc și mă agit prin cameră fără rost, ca un leu în cușcă.

Simt cât de tare îmi bate inima și mă minunez de mine însămi. Este deprimant de frumos băiatul ăsta! Mai ales când nu am curajul să îl ating. Aș fii crezut că după o săptămână împreună la mare, când am flirtat și ne-am tot frecat unul de altul aproape în pielea goală, la plajă, nu mă mai poate emoționa așa de tare.

Sub fereastră se aude în continuare cum își cară garderoba și cine știe mai ce pe scările care coboară lângă fundația vilei, în noul lui cuib. Ce ne mai strânge Sergiu de pe drumuri pe toți! ‘Mama răniților”.

“Hei!” strig eu pe geam în șoaptă, dacă se poate așa ceva. “Vreau să mă culc!”

“Cu cine?” răspunde el peste umăr, fără să se oprească din treabă.

Fac o strâmbătură pe care nu are cum să o vadă.

“...Să dorm!”

“Vin acum!” îl aud răzând și... nu mai este jos ci la ușa mea pe care am uitat să o încui, din viteză.

Îmi sare de tot pipota din piept și mă reped să i-o trântesc în nas dar ajung prea târziu și ne luptăm câteva secunde, el trăgând de clanță într-o parte, eu împingând în cealaltă. Nu am nici o șansă fiindcă are mai multă putere decât mine și cedez, să nu rupem ușa.

“E târziu, Paul.”

“Vrei să spui că e devreme,” precizează el uitându-se la ceas și avansând în camera mea, degajat.

O fii... Pentru el, că nu trebuie să se duca la serviciu! Așa are de gând să dea buzna peste mine de acum încolo?! La ore nocturne, alungându-mi somnul? În Italia nu se poartă să îți anunți vizita din timp?! Îmi trag capotul și aprind lumina, agitată. Își ferește ochii cu mâna, orbit pe moment, și se uită în jurul lui fluierând ușor.

“Nu îmi închipuiam că poate arăta așa bine aici. Când locuia Armin deasupra garajului... era ca o cocină.” Apoi își aduce aminte și se răsucește spre mine. “Sper că nu mi-ai spart pantofii din valiza aia.”

“Nu te mai încrunta așa că îmi sperii florile!” găsesc eu o replică sarcastică la îndemână.

“Care?! Lianele alea de pe perete? Sunt obișnuite cu mine,” rânjește Paul, tolănindu-se pe unul din taburetele chicinetei, întinzându-și picioarele până în hol și uitându-se la mine în expectativă.

Nu îmi pot dezlipi privirea de la contururile vizibile sub cămașa întinsă pe bustul lui promițător de sportiv în devenire. Întotdeauna mi-au plăcut bărbații cu umerii drepți, inspirându-mi soliditate fizică de nădejde, pe care m-aș putea sprijini...

Se răsucește și extrăgându-și bricheta din buzunar, aprinde focul la ochiul aragazului pe care mi l-a găsit Sergiu în depozitul ad-hoc din garaj, când a auzit că gătesc acasă când îl am pe Liviu cu mine.

“Să mă ajuți la mutat ai refuzat categoric. Fă-mi și tu măcar o cafea... te rog,” adaugă după o secundă, aducându-și aminte să păstreze bunele maniere.

“Nu-ți fac că o bei!”

Pufnește în râs.

“Bravo, dar ce ai vrea să fac cu ea, să mă spăl pe față?!”

“Ți-ar rămâne zaț în barbă...” mârâi eu în timp ce pun apa la fiert.

Își freacă bărbia, să verifice.

“Nu este așa țepoasă, vrei să te convingi?”

“Nu!” încerc să mă uit urât la el dar cum nu pot. Mai bine să fiu atentă la ibric, să nu dea în foc. Nu are nimic că am uitat să îl așez și pe flacără... O fac acum.

“Hai, pune mână să vezi!” mă provoacă el și văzând că nu mă urnesc, mă ia de încheietură pe neașteptate, așezându-mi palma pe obrazul lui și mângâindu-se ușor cu ea, în răspăr.

Are dreptate, la cât de aspru îi este părul, senzația mătăsoasă a tuleielor mă surprinde și mă tulbură și mai și. Se alintă ca un motan, frecându-se de mâna mea, și nu luăm nici unul altă inițiativă, așteptând fiecare reacția celuilalt și privindu-ne în ochi. Se vede că este obosit și are cearcăne...

Cafeaua dă totuși în foc în secunda următoare cu un fâsâit mustrător, că nu i-am dat atenție. Mă agit ca sifonul de colo-colo, turnând în ceașcă lichidul clocotit, curățând masa din jurul plitei, încercând instinctiv să o fac cu cât mai multă grație, simțindu-i privirea pe mine.

“Mai stai pe loc că mă amețești,” se plânge Paul. “Știi că există o specie de pești decorativi care mor dacă se opresc din mișcare? Ești la fel...”

Îi trântesc cafeaua în față cu hotărâre, ridicându-mi ochii în tavan exasperată.

“Ce vrei de la mine?”

Își leagănă capul cu multe înțelesuri, zâmbește, și ridicându-se într-o poziție mai dreaptă pe scaun, soarbe din cafea încruntându-se de parcă asta l-ar împiedica să se frigă la buze, apoi începe iar să se scarpine prin buzunare și scoate ceva, ascuns în pumnul lui uriaș.

“Am ceva pentru tine...”

Bat-o mama ei de curiozitate că nu rezist să nu îl întreb automat "ce". Își desface degetele dezvăluind un lanț din aur, nu mai gros decât firele din care croșetează tanti Leo macrame-uri, pe care este înșirată o figurină cât unghia mea de mare, întruchipând un taur extraordinar de bine reprodus, cu coarne și codiță. Nu mă îndoiesc de material pentru că nimeni cu ar depune efortul să migălească atât la o bijuterie din argint, să nu mai vorbim de alte aliaje ieftine.

"Simbolul zodiei tale... Ca să mă ierți că te-am făcut să pierzi mărgica de la bunica ta. Scuză lipsa de cutiuță și funde... dar nu am mai avut răbdare să nu ți-l dau."

Mă înroșesc și decât să mă vadă, mă aplec și îl pup pe obrazul nebărbierit. Zâmbește încântat făcând pe modestul, și mă întoarce să îmi încheie lanțul la gât.

"Să îl porți sănătoasă, mă bucur că îți place."

"Îmi place foarte mult, mulțumesc... dar acum chiar aș vrea să mai dorm puțin. Eu trebuie să merg la lucru," apăs eu cuvântul cheie care ne desparte atât de pregnant preocupările imediate și disponibilitatea.

"Dacă mă provoci... te țin toată noaptea trează."

"Care 'toată noaptea' că este unu și jumătate!! Sunt obosită!" protestez eu.

"Tu vorbești? Eu am avut antrenament toată dimineața, apoi am alergat prin oraș să găsesc ceva potrivit pentru tine, după aceea m-am certat cu taică-meu, mi-am împachetat toată zestrea, și m-am și mutat aici!" turuie el pe nerăsuflate.

Nici nu îl credeam în stare să poată vorbi atât de repede, el cu graiul veșnic dulce... Încerc să separ fiecare eveniment, pe rând, să înțeleg mai bine.

"Despre ce antrenament vorbești?"

Îmi închipui că nu de care îmi trece mie prin cap...

“Sunt în echipa de baschet la Steaua, încă din armată… și avem un meci important în august. Ști unde este clubul nostru, nu? Tocmai în Ghencea, de acolo te-am și sunat azi, de la sală. Apoi am călărit motocicleta prin zona veche din centru, pe unde sunt consignațiile, acolo am găsit tăurașul.”

“Și cu Zmeul de ce te-ai certat? Că ai picat examenul de admitere?”

“Cine ți-a spus că l-am picat?!”

Mă descumpănește total.

“Tu...?”

“Nu ești atentă când vorbesc cu tine,” râde el. “Ți-am spus doar că nu am intrat la Arhitectură. Continuarea este că… nici nu am mai încercat acolo. Am dat anul ăsta la Filologie și am reușit. Din toamnă sunt student.”

Mă lasă mască! Ăsta da salt considerabil, de la desene și geometrie… la litere și latura umanistă. Fără să spună la nimeni, păstrând secretul față de toată lumea, a studiat, el știe când… și a luat admiterea cu care Alexandra se chinuie fără succes de trei ani!!! Mă bucur enorm pentru el, de parcă ar fii fost examenul meu luat și îl iau de gât, felicitându-l și pupându-l iar, uitând de rețineri.

“Și de ce te-ai mai certat atunci cu tatăl tău? Nu se bucură că ai intrat din prima la așa facultate solicitată?!”

“Nu, fiindcă nu este ce a vrut el. Se mai obișnuise cu ideea să devin arhitect și eventual să lucrez sub comanda lui, dar când am schimbat macazul așa brusc, a fost iarăși furios că nu m-am dus la Drept, unde insista el de la început să mergem și eu și fratele meu. Nu știu ce crime plănuiește să comită într-o bună zi că tot speră să aibă avocați în familie… Dar eu l-am informat că mă fac reporter, și că de asta m-am și dus acolo, pentru Ziaristică.”

“Îmi pare rău, Paul. Dar o să îi treacă.”

“Știu că o să îi treacă,” mă aprobă el, pe gânduri. “Până atunci mi-am făcut valizele și dus am fost. Și nici de banii lui nu o să mai am nevoie fiindcă din august încep și munca, pe post de colaborator la revista Săptămâna.”

“Ai dreptate, ai fost foarte ocupat azi.”

“Cu serviciul rezolvasem încă înainte de examene,” râde el, terminându-și cafeaua și ridicându-se să își spele singur ceașca.

“Nu pot să cred cât de bine știi să păstrezi un secret. Nu mi-ai spus nimic că dai la altă facultate, chiar când am atins subiectul, la mare…”

“Nici Ștefan nu a avut habar!” se mândrește el, de parcă cine știe ce ispravă ar fii făcut.

“Mi-am luat astăzi motocicletă!” îmi aduc brusc aminte că am și eu noutăți cu care mă pot lăuda.

Face ochii mari.

“Tu?! De unde?”

“Da, eu! Ce, nu mă credeai în stare? Am cumpărat-o de la Armin Zamfirescu…”

“C.Z.-ul!!! O știu, frumoasă dar micuță… ca tine.”

“De când sunt eu micuță?!”

“Pentru mine ești… și îmi place exact așa. Nici ca o halterofilă, dar nici să te caut prin pat.”

“Poftim???!!!”

Își răsfrânge buza de jos, apoi întinde brațele cât poate, răsucindu-se pe scaun, să nu dea de pereți, cască mai să își mute fălcile și se ridică cât este de lung. Se întoarce în cameră și se uită în jurul lui, pe gânduri, apoi se trage de cămașă, desfăcând toate capsele deodată, și începe să se dezbrace, sub ochii mei.

“Ce faci???!!!”

“Tu cam ce crezi că fac?” îmi răspunde el peste umăr, desfăcându-și cureaua de la jeanși și continuând imperturbabil.

Încerc să mă uit în partea cealaltă, discretă, dar imaginea lui făcând *stripteas* mă atrage ca un magnet. Nu că nu l-am mai văzut până acum în chiloți, la plajă… dar…

“Paul, câteodată am impresia că știu despre tine aproape la fel de multe cât mama ta și alte ori… nu știu la ce să mă aștept!”

“Dacă știi numai câte știe mama… nu-i așa grav,” râde el copilărește apoi, din două mișcări este lângă mine și mă ridică pe sus, înainte de a mă putea eschiva.

“Sunt frânt de oboseală, nu vreau decât să dorm, îți promit,” și făcând un pas gigant, se cațără în mijlocul sculpturii din lemn și se lasă jos cu mine, întinzându-se și foindu-se să își aleagă o poziție comodă.

“Mâine trebuie să mă scol devreme, mă duc la birou…” protestez iar, cu ultimele puteri.

“Vrei să spui… astăzi. Sau îți iei o zi liberă să rămânem aici, împreună?” murmură el ca prin vis.

Lumina a rămas aprinsă deasupra noastră, de afară nu se mai aude nici măcar mieunatul pisicilor din cartier, și în afară de sângele care îmi pompează în urechi, în jur este o liniște deplină. Încerc să nu respir și rămân ghemuită în brațele lui, dar el se întoarce spre mine și mă sărută pe gât, îngropându-și fața în pielea mea și strângându-mă mai tare când încerc să mă feresc.

“Stai cuminte că nu mănânc oameni. Dacă mă întărâți… îmi trece somnul și mă răzgândesc…” șoptește el în părul meu, abia auzit.

Este irezistibil și orice împotrivire se topește în căldura momentului. Îmi dau seama că nu mai am destulă încăpățânare în mine să mă opun. Mă acoperă cu corpul lui și îl simt de parcă am face deja dragoste. Îl doresc atât de tare că parcă iau foc, și îmi lipesc buzele de umărul lui… Dar nu se mai întâmplă nimic. Simt cum i se relaxează mușchii și pieptul îi respira ritmic, din ce în ce mai calm.

Îmi ridic capul puțin, să îi văd fața. Doarme dus, de-adevăratelea, total inofensiv. Îmi aduce aminte de Liviu cum pică după o zi de plimbare, brusc și fără griji. Îi studiez pleoapele închise, cu gene lungi, negre și întoarse, ca de fată. A rămas cu capul pe pieptul meu, doborât, păstrând în somn expresia senină și nepăsătoare față de lume.

Îi cercetez nasul fin, ușor acvilin, gura mică, frumos desenată. Îmi înfrânez cu o infinită părere de rău pornirea de a îi săruta buzele conturate în relief, mai ales cea botoasă, de jos... Dar mă abțin, să nu îi tulbur somnul spontan de om cu conștiința împăcată sau liniștea sub care realizez că se ascund mai multe decât bănuiam.

...Inclusiv capacitatea de a păstra numai pentru el planuri pe care le decide de unul singur, pe care le destăinuiește numai dacă îi reușește pasența. O latură nouă a lui Paul, care mă sperie puțin... și care îmi aduc e aminte de vorbele Profesorului. Dar ațipesc înainte de a apuca să aprofundez ideea și rămânem așa, îmbrățișați în vise până când sună ceasul, trei ore mai târziu.

Capitolul 41

A doua zi am fost iarăși frântă la serviciu și Soare a vrut să știe ce am făcut în concediu de îmi trebuie încă o săptămână să îmi revin. Ignor glumele și întrebările și încerc să îmi fac treaba cât mai bine, să pot pleca acasă la timp, să pic în patul care sper că va fii gol până atunci…

Nici măcar deșteptătorul meu rusesc nu l-a clintit azi dimineață. M-am extras cu grijă de sub el și l-am lăsat cu perna în brațe, în locul meu. Retrăiesc fiecare clipă din noaptea trecută, revăzând cu emoție fiecare privire, fiecare gest… Și mai ales resimt sărutul lui Paul pe gât. Mă înfiorez amintindu-mi… și cred că ațipesc o clipă, cu fruntea sprijinită de planșetă, pentru că simt rapidograful alunecându-mi din mână și îl prind în ultimul moment, înainte de a îl scăpa pe jos să îi rup vârful.

Sună telefonul și fiindcă eu sunt prea leneșă astăzi să mă întind după el și Anca este afară la o țigară, răspunde Lucica, la aparatul din fundul biroului.

“Paul! Ce faci, dragă...?”

Îmi zvâcnește inima și îmi este ciudă pe toate simptomele fizice ale îndrăgostirii. Tensiune, palpitații, respirație anormală, înroșit. Să nu mai vorbesc de curenții electrici care aleargă prin mine numai când mă gândesc.

“Laura, vrea să vorbească cu tine!” o aud pe Luci strigându-mi peste planșete. Dezamăgirea din voce îi este atât de evidentă încât îmi este aproape milă de ea.

“Alo?” încerc eu un ton neutru.

“Ce faci?” mă salută puiul Zmeului înviorat și odihnit.

“Trăiesc…”

“Mulțumită mie...?” întreabă el mieros, făcându-mă să zâmbesc de una singură.

“Din cauza ta!”

“Tot mică și sălbatică ai rămas…”

“Și tu mare și… impertinent,” îi răspund eu dar râsul din tonul meu transformă mustrarea în alintare.

“De ce? Nu am fost cuminte noaptea trecută, cum ți-am, promis? Sau tocmai de aceea?”

“Ba nu, ai fost un gentleman...”

“Știi bancul cu țăranul care avea zece cocoși în ogradă dar numai unul era de prăsilă și ceilalți... gentlemeni, nu?” comentează el cu seriozitate.

“Nu, dar mi-l spui altădată.”

“Te prind eu diseară și mai discutăm atunci.”

“Abia aștept, pa!” îl expediez, auzindu-l pe Soare care se întoarce din uzină.

“*Ciao, bella*!”

“Și ziceai că nu îți plac tipii nerași…” mârâie șeful subtil.

Oare nici nu m-am întors bine din Eforie și știe toată proiectarea de Paul?! Nici nu sunt sigură că au ce să afle, că doar nu s-a întâmplat nimic între noi... Încă.

'Toate drumurile duc la'... Piața Romană, dar cel mai direct este traseul troleibuzului 79 pe care îl iau de la capăt, spre centru, la nici cinci minute de când a început să șuiere sirena de la Republica. Moțăi tot drumul, recunoscătoare că am găsit un loc liber într-un colț, la geam, și cobor în ultimul moment, cât pe aci să pierd stația.

Până pe Cristian Tell mi se pare îngrozitor de departe și mă grăbesc doar ca să nu adorm pe stradă, cu gândul exclusiv la patul meu original și primitor... În care am petrecut o noapte nevinovată cu Paul... pe care îl găsesc așezat iar pe treptele care urcă la mine, fumând. Îmi zâmbește cu toată fața, întrebător. Nu știu ce așteaptă de la mine. Sau doar mă prefac că nu știu.

"Ce-i?" îl întreb fără altă introducere, nelămurită.

Mă trage de mână să stau lângă el și după ce mă mai cercetează o secundă, văzând că nu spun nimic, se hotărăște.

"Te-ai supărat pe mine azi-noapte?"

Are o figură atât de spășită încât îmi vine să râd.

"De ce, fiindcă ai încercat...? Sau fiindcă ai adormit înainte de a face ceva?!" și când îi văd privirea surprinsă, mă întind, pupându-l pe obraz, fără să mă mai pot abține.

"Mai ai curajul să mă inviți la o cafea?" vrea el să știe, fără să își ia ochii de la mine.

"În primul rând... aseară nu te-am chemat eu."

"Dar nu aveam unde să dorm, *cara mia*. Nu ai văzut ce era la mine în cameră?!"

Caut din priviri ajutor pe cerul fără pic de nori. Mă lasă fără replică câteodată.

"Te aștept aici de nici mai mult, nici mai puțin de douăzeci și șapte de minute și opt secunde, și tu mă tratezi ca pe un musafir nepoftit, cu indiferență," se plânge el în glumă.

“Te-am pupat adineaori… sau nu ai observat?”

Aprobă din cap și mă ia de mână.

“Ai dreptate. Uite, îți propun să bem amândoi o cafea la mine. Ești invitata mea.”

“Nu e bună seara. Se zice că te tine treaz, cu toate că la unii… poate avea și efect contrar!” izbucnesc în râs, amintindu-mi cât de dulce era, picat pe mine la datorie.

“Îți promit că de data asta nu mai adorm!” vine răspunsul lui spontan, stârnindu-mi un val de căldură în sânge.

“Te rog nu aborda problemele afective în mod… agresiv.”

“Eu, agresiv?! Dar ce, mă crezi venit cu pluta pe Dâmbovița, să nu știu să mă port?”

“Lasă că am văzut eu vaca cu care ai venit în capitală, plângea de foame prin Gara de Nord. Mugea, adică!” îl ironizez eu și își ia capul în mâini, ascunzându-se între genunchi, să își înăbușească râsul.

“Ei, da, m-ai prins! Am copilărit în Chitila, după Giulești, lângă calea ferată.” Apoi văzându-mi expresia mirată, continuă. “Vorbesc serios, acolo au bunicii casa și acum, dar noi ne-am mutat în centru, lângă Biserica Albă, când am început eu școala.”

Brusc îmi ridică mâna și îmi sărută încheietura cu o fierbințeală care îmi trimite fiori prin tot corpul. Mă smulg repede din strânsoarea lui, și bineînțeles, mă înroșesc.

“Să nu îmi spui că refuzi invitația la mine. Aluzia a fost cu perdea.”

“Cam străvezie… perdeaua.”

“Vrei să mergem la un bar?”

“Nu am bani de ieșit. Aștept salariul.”

“Am eu destui. Ai uitat că sunt băiat… ‘de bani gata’? Nu așa se spune? Sunt îmbrăcat bine, fumez țigări bune… Vrei?” îmi întinde pachetul de Gitanes.

Știu că sunt îngrozitor de tari, am încercat odată din cele fără filtru și am crezut că îmi explodează gâtul. Mă îndoiesc că ale lui, așa cafenii cum sunt, să fie mai ușoare.

"Nu, mulțumesc. Prefer o moarte mai lentă, mă intoxic cu Bulgar Tabac-ul meu."

Scormonesc o vreme în geantă, până la fund, și cum nu reușesc să dau de pachet, scot pe rând câte ceva, să o mai golesc, și i le trântesc în brațe lui Paul. Portofelul, plicul cu farduri, cartea de citit...

"Ține-te de asta, și de asta... Uite țigările!"

Se uită la mine cu mâinile pline, amuzat.

"Ți-aș place mai mult dacă nu aș fi 'băiat de bani gata'?"

Mă ia pe nepregătite și îmi aduc aminte că exact la asta mă gândisem și eu de curând. De parcă ar fii ghicit ce mi-a trecut prin cap.

"Paul, dacă îmi placi, te accept așa cum ești, dar aș prefera să nu epatezi, am destule complexe și așa."

"Tu?! Ești cea mai frumoasă fată pe care am întâlnit-o vreodată, cum poți avea tu complexe? Să nu mai vorbim cât ești de inteligentă. Pot vorbi cu tine orice. Și talentată. Ți-am văzut tablourile astăzi, când m-am sculat."

Sunt încântată de ce aud dar nu am timp să cântăresc bine tot ce spune că își continuă ideea.

"Pot să te întreb cine este în tabloul cu *dreamcatcher*? El a fost soțul tău?"

"Nici gând!!!" îl contrazic eu vehementă. "Era și Cornel bărbat bine dar nu i-aș face vreun portret în vecii vecilor! Tipul din pictură este prietenul din copilărie al surorii mele și al fratelui... Prietenul nostru," închei eu, încercând să par cât mai convingătoare.

"Numai atât...?"

Îmi este clar că nu mă crede și până la urmă de ce să nu fiu sinceră cu el? Ce a fost a fost. Doar știe că nu mai sunt demult domnișoară. Și nici el… flăcău.

“Am avut și o scurtă romanță… dacă pot să îi spun așa.”

“Și cum de am eu norocul să nu mai fii cu el?”

Mă gândesc în urmă, și nu știu dacă ce simt este tristețe, resemnare, sau bucuria că am rămas liberă pentru a îl putea cunoaște pe Paul.

“Avea o prietenă care se hotărâse brusc să îi facă copil și… s-a căsătorit cu ea.”

Dă din cap cu înțelegere. Coșmarul tuturor bărbaților este să se trezească cu obligații nedorite…

“Dar cu tatăl lui Liviu ce s-a întâmplat?”

Ăsta este alt subiect pe care nu am chef să îl discut cu el…

“Nu ți-a povestit Sergiu? Lui i-am spus.”

“Recunosc că l-am întrebat chiar de mai multe ori, dar se eschivează. Mi-a spus că ar trebui să îmi spui tu, dacă sunt curios.”

“Să înțeleg că… ești curios.”

“Te deranjează să vorbești despre el?”

“Nu face nimic…”

“Nici măcar plăcere.”

“Exact.”

“Vreau totuși să te întreb ceva.”

“Oare de ce am impresia că ai s-o faci chiar dacă nu îmi place?”

“De ce te-ai despărțit de el?”

“Chiar vrei să știi?! Pentru că era gelos. Pentru că nu avea încredere în mine și mă urmărea fără să știu. Pentru că mă umilea și dădea în mine!”

Se încruntă și mă privește direct în față, cu o expresie care îmi spune că dacă ar fii Cornel pe aproape, ar sari să îl nimicească.

“A ridicat mâna la tine?!”

“Dacă o ridica numai nu era mare lucru dar a și coborât-o,” recunosc cu amărăciune, uitându-mă la pantofii noștri, după furnicile minuscule care trec în coloană pe lână zid, oriunde... Numai să nu îi mai văd privirea ultragiată.

“De ce te-ai căsătorit așa devreme?”

“De… tâmpită!” încerc eu să fac haz de necaz.

“Eu n-am zis nimic!” se apară el ridicând brațele a nevinovăție, dar nu se lasă cu interogatoriul.

“Erai însărcinată?”

“Nu!!! Nu m-aș mărita în viața mea din motivul ăsta. Dar… l-am iubit. Aveam șaisprezece ani.”

“Da, asta poate fii o scuză,” continuă pe gânduri, privind înaintea lui, de parcă pe poartă ar fii un ecran de cinematograf unde îi rulează amintirile. “Și pe mine au încercat câteva tipe să mă lege de patul lor. Una era cât pe aci să reușească… dar am scăpat.”

“Irina?”

“Nuuuuu… Matilda. Irina a fost ceva foarte trecător. A trecut de la Ștefan la mine și înapoi, apoi l-a probat și pe George… Și la un moment dat i-am spus că este cazul să terminăm. Cred că asta a fost când ne-am cunoscut noi mai bine, pe scara lui 23, și m-ai văzut întâlnindu-mă cu ea.”

“Dacă te întreabă cineva unde ne-am cunoscut noi… Așa zici, că pe scara tramvaiului?!”

Mă contrazice dând din cap și din mâini, italienește.

“Știu că ne-am văzut și ne-am plăcut mai devreme, în birou,” se apară el când îl împing fiindcă vorbește la plural. “…Dar abia atunci cred că am început să mă aprind de adevăratelea, când te-am susținut jumătate de oră să nu cazi.”

Mărturisirea lui Paul mi se pare înduioșătoare și mă sprijin de el, recunoscătoare că își deschide o parte din suflet în fața mea.

“Și Matilda cine era?”

“A!” exclamă el brusc. “Matilda a fost prima mea... experiență.”

“Era mai în vârstă decât tine?”

“Contrar mitului... nu. Și nici țigancă nu era, ba chiar blondă. Eu aveam paisprezece și ea treisprezece ani.”

“Și mă temeam că mi-am început eu viața prea devreme!!!” nu mă pot abține, răzând. “Și?” îl indemn să continue cu spovedania, dar el dă din cap.

“Să nu crezi că am de gând să povestesc amănunte intime, nu ar fii frumos din partea mea. Dar pot să admit că am fost doi copii curioși, lăsați fără supraveghere. Apoi am continuat să o facem când prindeam ocazia, până a rămas gravidă și a ieșit un scandal monstru între ai mei și ai ei. Nu s-a pus serios problema căsătoriei la vârsta aceea, îți dai seama. Au avut grija familiile noastre de avort și să nu mai dăm unul de altul câțiva ani buni.”

“Ai mai întâlnit-o de atunci?”

“Da, părinții mei și ai ei sunt prieteni de mult și până la urmă au trecut cu vederea aventura noastră. Nu a fost niciodată vorba de dragoste între noi, doar de impuls, dar așa am învățat ce înseamnă sexul și crede-mă că la subiectul ăsta am fost un elev bun și mi-a plăcut să exersez...” rânjește el insinuant.

Îmi place mai puțin lăudăroșenia lui juvenilă cu toate că nu mă îndoiesc că a avut destule ocazii să facă practică, cu siguranță mai multă decât mine.

"Stăm aici de o oră, pe trepte! Dacă nu vrei cafea, hai să ascultăm muzică. Mi-am adus și magnetofonul și pick-up-ul, și din fericire nu erau nici unul în valiza pe care ai trântit-o."

"Pot să aud și de sus dacă lași fereastra deschisă..."

"Ți-e frică de mine?"

Îl ignor și refuz să mă uit la el. Nu vreau să recunosc că da, îmi este teamă, mai mult de mine decât de el, pentru că nu mă simt în stare să mă controlez când suntem alături unul de altul. Dar orgoliul mă împinge să îl sfidez.

"Nu. Am de ce?" și îmi dau seama cât sună de provocător ce am spus dar e prea târziu, a ieșit porumbelul.

"Dacă ești atât de curajoasă, vino. Îți dau și premiu pentru bravură..." se ridică el din poziția chircită în care probabil a amorțit de când stăm pe scări, și îmi face semn, cu grație politicoasă să o iau înaintea lui.

Intrarea la demisol nu este adâncă, doar un metru sub nivelul pământului. Paul o ia înainte și îmi deschide ceremonios ușa prin care remarc cum se apleacă să intre în urma mea, evitând să dea cu capul de proverbialul prag de sus. Suntem în camera mare pe care o întrezărisem azi-noapte pe geam, dar totul este schimbat radical, măturat și șters de praf, fără urmă de valize și geamantane, nici goale nici pline.

Plasat oblic, pe colțul cel mai îndepărtat, și-a mutat patul ciudat pe care îl văzusem ieri, cu tăblia de la perete imitând botul unui automobil roșu strălucitor, cu faruri mari, rotunde. Cea din față fost demontată ca să își poată Paul întinde picioarele. Probabil este din copilăria lui. Până și așternuturile sunt imprimate cu mașinuțe colorate.

În stânga se află fereastra, și observ că a instalat draperii albastre închis, opace, ceea ce înseamnă că prefera să se ascundă de lume câteodată. Între pat și geamuri tronează un birou mare, metalic, cu multe sertare, plin de caiete și cărți de studiu, puse în ordine, iar pe peretele opus curții sunt trei uși întredeschise. Dincolo de prima pare a fii o baie mică, prin a doua se vede o chicinetă ca a mea, iar ultima nu știu unde duce, pentru că este doar puțin crăpată și dincolo este prea întuneric. În dreapta noastră este o masă pătrată, unde pot sta doar două persoane nas în nas, și câteva scaune pliante.

Paul deschide larg brațele, învârtindu-se demonstrativ în jurul lui.

"Asta-i casa... Asta-i masa... Ăsta-i patul... Și ăsta sunt eu!" încheie el arătându-mi pe rând cele prezentate, înveselit. "Am muncit toată ziua să îmi aranjez cotlonul."

"E plăcut," recunosc impresionată. "Ce ai făcut cu toate lucrurile din valize?"

"Le-am pus la locul lor. Asta este fosta mea cameră, când erau ai mei plecați și ne lăsau la *zio*, sau mai târziu, dacă urla tata prea tare la mine și făceam pe supăratul."

"Mă refer la câte ai adus aseară, când ai venit..."

Dintr-un pas deschide larg a treia ușă, puțin jenat, dar făcându-mi concesia de a îi vedea camera secretă. Este o încăpere mai mică decât holul de sus al Profesorului, dar în ea, pe trei rânduri de bare fixate în perete, de jur împrejur, sunt numai umerașe cu haine. Sub ochii mei se înșiră cămăși aranjate după culoare, asemenea unui curcubeu, sacouri, costume pentru ocazii deosebite, pantaloni din diverse materiale, și bineînțeles, pe mai multe nuanțe de albastru, alb, negru, etcetera.

Văd geci din jeans și catifea reiată, jachete din piele bej, vișinii, gri. Un palton lung, un balonzaid cu revere mari, ultima modă, și sub toate, pe podeaua acoperită cu mochetă din perete în perete, se înșiră o armată de pantofi. Nu am mai văzut în viața mea asemenea colecție vestimentară și sunt convinsă că nici unul din magazinele bucureștene nu a avut în stoc vreunul din obiectele expuse sub ochii mei.

“Ai avut ceva de lucru astăzi...” admit, evitând să fac alte comentarii.

Ce să spun, simplul fapt că s-a grăbit să le aranjeze pe toate îmi spune că ține la hainele lui. Și că este primul tip ordonat pe care îl cunosc. Toți ceilalți amici la care am intrat în casă au tendința să își azvârle gioarsele pe unde apucă, așteptând să le culeagă alții. Alt sistem pe care l-am văzut la Corina este să înghesui totul bine în dulap, cât încape, să nu vadă lumea, și când deschide cineva ușile... toate se prăvălesc afară.

Dar Paul... mă uimește. Să vedem dacă știe să și mențină ordinea și disciplina cu câte are. Realitatea îmi depășește cu mult bănuiala vagă de la început, dar am ghicit corect că are o cameră întreagă de țoale.

“Sper că nu am uitat nimic la tata,” îmi întrerupe el gândurile, trăgând după el ușa de la garderobă. “Bei ceva? Ai spus că nu vrei cafea. Nu am Cola și frigiderul cred că trebuie reparat, dar am adus de la Sergio niște gheață. *Martini Bianco*? Știu să îl pregătesc la perfecție.”

Înainte de a dispare în bucătărie, se lasă într-un genunchi în colțul din stânga al camerei, unde este plasat un suport de sticlă cu trei etaje. Cel de sus susține un pick-up cu brațul în repaus, mai jos un mare magnetofon Grundig, și ultimul de dedesubt e încărcat cu role de bandă și discuri muzicale. Ceva îmi spune că nu mă va tortura cu Deep Purple. Nu pare genul. Parcă nici stilul Rock nu i se potrivește, la cât de pedant este...

Manevrează expert pornind și oprind aparatul până găsește ce vrea și îl lasă să cânte în surdină. Am avut dreptate. Îi place muzica italiană, romantică, cum de nu am ghicit mai devreme? Și cântecul pe care l-a lăsat este *I Want To Know* al lui Adriano Celentano, care îmi place și mie foarte mult.

“De ce nu te așezi pe undeva?” se blochează el iar în drum, privindu-mă gata să îmi ofere luna și stelele de pe cerul care nici nu s-a întunecat.

“Pe undeva?!” îl parafrazez nesigură.

Iau loc pe un scaun incomod, mai degrabă decât pe pat, și se duce, în fine, să facă băuturile. Revine cu două pahare adevărate de Martini în mână, cu picior subțire și cupa glasată, cu măsline, gheață, și câte o felie de lămâie, ca la Continental. Îmi oferă unul, așteptând reacția mea cu umerii înclinați și gâtul întins.

“Ce zici?”

“Zic că ești într-adevăr... expert,” admit răzând.

Ridică un deget, să îmi atragă atenția.

“Ai să te convingi până la urmă că nu numai la asta!” apoi lasă băutura din mână și își pune mâna la piept. “Pot să îmi dau cămașa jos?”

“Simte-te ca la tine acasă, te rog. Nu mă deranjează...”

“...Atâta timp cât nu îți cer să te dezbraci și tu!” completează el zâmbind.

Astăzi o purtase pe cea de culoare muștar, cu buzunare multe, pe care o mai văzusem o dată. Ce ne facem, cred că în curând trebuie să mai facă o comandă la unchiul din Italia! După moda băieților eleganți, nu folosește mai mult de primii trei nasturi de la talie în sus, așa că rămâne cu bustul gol în câteva mișcări..

“Ți-am promis că îți arăt din desenele mele,” scormonește el în spatele biroului, venind cu o mapă mare, cât un format tehnic A1.

Se așază în fund pe jos, răsfirând printre coli și lăsându-mă să mă uit la fiecare, pe rând. Nu este numai suficient de deștept să intre la Filologie din prima încercare, dar are și mână talentată. Majoritatea lucrărilor sunt în grafit, cu linii hotărâte și umbre puternice, în contrast. Are un simț perfect al perspectivei ceea ce mă face să trag concluzia că este dezastru la matematică dacă nu a reușit la Arhitectură.

Și partea de compoziție este impresionantă, evidentă mai ales în mulțimea de peisaje urbane. O alee în Cișmigiu, cu băncile înșirate și unul din podurile de peste lac, la distanță. Străzi din București, cu case vechi și balcoane interesante, Bulevardul Magheru, pe care îl recunosc imediat după traficul reprezentat în mișcare, cu trena de linii estompate care sugerează viteza mașinilor. Vehiculele par subiectul lui favorit și are o colecție întreagă de schițe cu modele de Formula 1 și motociclete.

"Ești tare!" îl laud apreciativ, dar el se uită la mine insinuant, luându-mi cuvintele în cu totul alt sens decât cel intenționat.

"Cum ți-ai dat seama?"

Ce să ne facem cu limba asta română, cu dublu înțeles?! Și poate cu subconștientul meu care îmi tot joacă farse, scoțându-mi din gură numai fraze interpretabile...

"Ți-am spus că am mai multe talente."

"Bravo ție!"

Își schimbă poziția într-un genunchi, în fața mea, cu mâinile pe coapsele mele, privindu-mă de aproape. Îmi aud iar sângele bătându-mi în tâmple și prin cap îmi trece fulgerător gândul că gata, până aici mi-a fost, astăzi se va întâmpla inevitabilul și voi face în sfârșit dragoste cu Paul. Încerc să mă pregătesc sufletește, să îmi cobor garda… dar afară se aud pași care coboară spre curte.

Nu poate fii decât Profesorul și înlemnim amândoi în așteptare, sperând – tot amândoi – că o va lua spre poartă și nu spre noi… Dar nu este să fie... Și momentul de intimitate și anticipație se spulberă.

"A sunat George să spună că vine încoace, să vadă cum te-ai aranjat!" se apleacă Sergiu la fereastră, și văzându-mă și pe mine acolo se ridică brusc, jenat că ne-a surprins aproape bot în bot.

"*Grazie, zio*!" se ridică Paul repede, recuperându-și cămașa și îmbrăcându-se cu gesturi lente, resemnate.

Eu nu mă mișc de la locul meu și profit de ocazie să gust pentru prima oară din Martini, care este într-adevăr delicios, cu puțin suc de lămâie, exact cum îmi place mie.

"*Vieni qui, zio*!" își invită el unchiul, dacă tot nu mai sunt speranțe de altceva.

Profesorul coboară ultimele trepte și intră șovăitor, uitându-se de la unul la altul. Nu pierd ocazia să mă înroșesc dar toată lumea se face că nu observă.

"Ți-am mai spus să vorbești românește, băiete. Te-ai născut în țara asta, bună sau rea, cum e..."

Mustrarea este blândă dar nepotul se încruntă, neapreciind faptul că este certat în fața mea și își încrucișează brațele cu un gest pe care i l-am mai observat, rotindu-se ușor pe picioare. Nu, de fapt se îmbrățișează singur, ca și cum ar vrea să se protejeze atunci când nu se simte în largul lui.

"Știi bine ce păreri am eu *zio*, dar nu este momentul să intrăm acum în politică."

"Da, da..." dă din mână Sergiu, privind în jur. "Îmi place ce ai făcut aici, sper să te simți bine și să ramai cât mai mult la mine. Tu și tatăl tău în aceeași casă nu sunteți o combinație sănătoasă."

Afară se aud iar voci și poarta se deschide brusc, azvârlită cât colo. Mai multe perechi de picioare tropăie apropiindu-se cu repeziciune. George nu este singur ci însoțit de amândouă surorile Brateș și toată gașca dă navală peste noi, gălăgioasă. Silvia este radioasă, se vede că nu mai are grija examenelor. Și-a prins părul lung, ca spicele de grâu copt, într-o parte, cu o floare mare de trandafir japonez, culeasă de curând și arată superb într-o rochie nouă, de vară.

"Ce faceți aici, copii?" vrea să știe Alexandra, privindu-ne bănuitoare și venind să mă îmbrățișeze. Întrebarea mi-a fost adresată mai mult mie dar Paul răspunde în locul meu.

"Dacă urma să facem ceva... am fost întrerupți, oricum."

"Adică ne dai afară?! Nu ți-e rușine, așa, un pic?!"

"Drept să spun, nu," admite el, dând din umeri. "Dar dacă tot ați venit... ce beți?"

Toți vor Martini și acceptă și Profesorul un pahar. Mă duc după Paul în bucătărie, să îi dau o mână de ajutor și îmi zâmbește recunoscător.

"Îmi pare rău..." șoptește el. "Mi s-a părut că erai cât pe aci să spui 'da'."

"Poate... Dar de ce te grăbești? Ai să mai ai destule ocazii să îți încerci norocul."

Oftează adânc și mă sărută pe creștet în fugă, cu tava plină de pahare în mână, în drum spre musafiri. În curte se aud din nou pași, și dă buzna și Ștefan, bronzat ca un diavol, arătându-și dinții albi la toată lumea... Până în secunda în care dă cu ochii de Silvia. Eu încă nu mi-l pot scoate din cap cum îl văzusem pe faleză, ca un satir cuplat cu nimfa de ocazie... Dar îmi mut privirea la prietena mea, să îi văd reacția.

Șoc electric simultan! Irișii ei verzui sclipesc cu interes nedisimulat și îmi este clar că se înfiripă o nouă idilă. Îl fixează întinzând nasul în vânt, ca un câine de vânătoare, și începe să tușească cu subînțeles. Și-a adus aminte unde l-a mai văzut, la Capitol... și fisele cad toate deodată, zornăind grămadă.

Toți ne uităm la ei și nu comentăm... până când tot ea se întoarce spre noi și exclamă nevinovată.

"La ce vă zgâiți așa?!" apoi își caută grăbită ochelarii și și-i pune pe nas ca o profesoara drastică, răsucindu-se iar spre Ștefanianul cel mic, fără pic de jenă.

"...Să fiu!..." își mângâie Paul bărbia, de data asta pe ton pur de Giulești, nevenindu-i să creadă. "Ne zgâim la cum te zgâiești tu la fratele meu!"

Izbucnim toți în râs dar Silvia se apropie de Ștefan, cu tupeu și îi întinde mâna.

"Ne-am mai văzut odată... Dar sunt foarte încântată de cunoștință!" apoi se întoarce spre celălalt, zâmbind șmecheră. "Nu mi-a trecut prin cap să te întreb mai demult dacă... mai ai frați pe acasă!"

Brunetul îi ia degetele și în loc să salute obișnuit, i le sărută galant, fără s-o slăbească din priviri. Sunt curioasă ce va ieși între cei doi, considerând că nici unul nu știe ce înseamnă adjectivul 'timid'. Este evident de data aceasta că mezinul are succesul lui propriu, indiferent de prezența frumosului familiei, și nu mă îndoiesc că gândul le trece la amândoi Ștefanienii prin cap, după cum își rânjesc reciproc. Între timp Silvia îl acaparează complet pe mezin, ținându-l de vorbă, și mai are puțin să i se așeze în poală!

Pe fundalul muzicii italiene se lasă seara, și petrecem câteva ore plăcute, eu, Paul și Ștefan povestind din aventurile de la mare, Silvia încercând să facă pe modesta cu reușita ei la Politehnică, George și Al felicitându-l pe cel mare pentru intrarea la Filologie. Alexandrei încă nu îi vine să creadă că ea tocește de atâta timp când el a intrat ca în brânză, la câteva luni de când i-a trecut prin cap să schimbe direcția.

Ca să nu mai vorbim de faptul că a depus și efortul de a continua șarada cu pregătirea pentru Arhitectură, să ducă inamicul – sau pe noi toți – în eroare. Ștefan se pare că nu intenționează să îl ierte atât de ușor pentru că nu a fost nici măcar el părtaș la secretul fratelui sau.

Profesorul mă anunță că 'Duhul Hoinar' este în stare perfectă și mă așteaptă în garaj să învăț să îl folosesc, cât de curând vreau. Toți sar în sus și facem o scurtă excursie până afară, să admiram C.Z.-ul care strălucește ca nou. Este rândul meu să fiu felicitată și admirată pentru curajul de a îmi lua motocicletă.

George mă informează că mai este numai o singură tipă în București ca mine, cu două roți, și că aceea este cascadoare la Buftea. Dar Sergiu ne tempereazā pe toţi, aducându-ne aminte că va trebui să îmi iau carnetul înainte de toate. Paul se oferă imediat să îmi dea lecții.

"Laura, găsește-ți alt instructor, nu îți trebuie permis de rachetă!" râde fratele lui și se iau în glumă la trântă, ca între băieți.

Se face târziu și Profesorul este primul care se retrage la culcare, motivând diferența de vârstă. Ceilalți sunt toți studenți în vacanță, sau studenți aspiranți, mai puțin eu care am de mers la serviciu de dimineață, drept care, până la urmă, defilăm și noi pe trepte în sus și ne luăm rămas bun.

Paul încă mai speră să mă întorc la el în cameră și să reluăm de unde am rămas... dar eu mă bucur să prelungesc starea minunată de așteptare și întinzându-mă iute pe vârfuri, cât ceilalți încă nu au ieșit din curte, îl sărut pe obraz și îi urez noapte bună.

Capitolul 42

Este vineri, primul sfârșit de săptămână din augustul celei mai frumoase veri pe care am avut-o vreodată. De luni, când s-a mutat Paul sub vila unchiului său, sau mai exact încă de la Eforie Nord, ne vedem zilnic. A început să lucreze la Revista Săptămâna de la începutul lunii, și cu toate că abia încearcă să intre în ritmul de om al muncii, total nou pentru el, reușește să își facă mereu timp pentru mine.

Mă așteaptă în fiecare seară pe undeva, când ies de la serviciu, de obicei cu motocicleta, în fața uzinei, câteodată în stația de troleu de la Piața Romană, sau acasă, pe treptele garajului. Oriunde, dar prezent în calea mea, în fiecare zi, cu un zâmbet, cu o glumă, cu o aluzie. Nu mi-a mai făcut avansuri directe. Se mulțumește doar să mă îmbrățișeze, să mă ridice pe sus, să îmi mângâie obrazul, și să mă pupe aproape frățește la despărțire, când ne retragem fiecare să dormim la etajul lui.

Pare cuminte, în expectativă, se amuză cât sunt de mică pe lângă el, și o dată s-a mai și urcat cu o treaptă mai sus, în curte, doar ca să îmi vorbească și mai de la înălțime, în glumă. Uneori mă tratează ca pe o jucărie care îl încântă, în alte zile se retrage în el și trebuie să duc muncă de lămurire să îl scot din ale lui.

În nici un caz nu mai cred că este timid, dar am început să înțeleg că îl copleșește într-adevăr atenția pe care o stârnește fără să vrea – și este mult prea mare să se poată ascundă – drept care parcă și-ar dori de multe ori să poată deveni invizibil.

Am început să îl cunosc din ce în ce mai bine, cu toate că elementul surpriză rămâne întotdeauna pitit imprevizibil sub comportamentul lui de suprafață, în general taciturn, dar întotdeauna dulce. De obicei este introvertit, și nu vorbește decât dacă îl provoacă cineva. Câteodată își deschide sufletul și mă ia pe nepregătite, mărturisindu-mi cele mai nebănuite gânduri care îi pot trece prin cap.

Poate fii categorisit drept un tip tăcut, contemplativ, calm, în ai cărui minunați ochi verzi poți citi o continuă activitate a materiei cenușii. În sinea lui critică, planifică, iubește, și se supară, fără a se exterioriza prea des. Mă tem că nu este ușor de descifrat, cu toate secretele lui, dar partea bună este că nu pare să mintă niciodată, omițând mai degrabă să spună adevărul, la nevoie.

Cu toate că este mai mare decât mine atât fizic cât și ca vârstă, simt tentația permanentă de a îl proteja de rele, de eșecuri și dezamăgirile vieții, așa cum încerc să îl apăr pe Liviu. Nu îmi vine să cred că pot să asemui afecțiunea mea pentru Paul cu tendința maternă... dar nici nu știu cum să definesc exact sentimentul ocrotitor față de el, de parcă ar fii în continuu amenințat de un dezastru ascuns după colț, pe care eu, cumva, l-aș putea opri.

Se poate să fie de vină pornirile lui impulsive când este vorba de viteză și sporturi extreme, sau amintirea fazei cu ghicitoarea de la Băneasa. Sau poate mă neliniștește lipsa oricărei urme de prudență când merge cu motocicleta, mai ales acum, când o călărește zilnic până la Casa Scânteii, și câteodată până la Republica.

Mă bucur că îi place primul lui serviciu și pare captivat de ideea că în curând i se vor acorda misiuni personale și își va vedea articolele publicate în revistă. Reușita lui remarcabilă la facultate a rămas cel mai important eveniment al verii, și sunt fericită de încântarea lui și de revelația proprie că m-am îndrăgostit de un tip nu numai frumos dar și deștept foc.

Mai sunt câteva minute până sună sirena uzinei și încep să îmi strâng rapidografele să fiu gata de plecare, când sună telefonul. Ridic repede receptorul, să i-o iau înainte Lucicăi care ar putea oricând să tragă cu urechea la terminalul de lângă ea dacă nu ar fi Dan la un pas, să o supravegheze.

"Ce faci, mai trăiești, mai trăiești?" vine pe fir vocea plăcută a lui Paul când mă aude.

"Bineînțeles!"

"Tot 'din cauza mea', să știi!" glumește el, reciclând parte din conversațiile noastre anterioare. "Te aștept jos, la ieșire."

Îi promit că ne vedem în câteva minute și cum se dă startul la ușă, mă înghesui și eu cu ceilalți, alergând opt etaje pe trepte, ca pe nimic. Afară mă așteaptă băiatul cel mare al directorului nostru, calare pe Kawasaki, proptit bine pe picioarele lui lungi să țină monstrul în echilibru. Mă urc în spatele lui, făcându-mi cruce în gând, să ajungem cu bine, oriunde am merge…

"Încotro?"

"În principiu acasă… Dar trebuie să oprim la Universitate, să las niște acte. Doar câteva minute."

Reușim să străbatem întregi și nevătămați jumătate de capitală, în ciuda vitezei și a slalomului periculos printre celelalte mașini. După ce urcă pe trotuar în zgomot infernal, oprim lângă intrarea din Strada Edgar Quinet, la un pas de trepte. Este plin de lume. Părinți, studenți – foști, prezenți și viitori – prieteni și rude care încă nu au văzut rezultatele și verifică listele de la ușă.

Până să se întoarcă el, urc până la vitrinele de afișaj și caut după facultăți, apoi după nume, și îl găsesc la litera 'Ș', Ștefanian Paul, 'admis' cu nota… 9.98!!! Rămân cu gura căscată, nu numai fiindcă nu s-a lăudat, dar nevenindu-mi să cred că îi mai trebuiau doar două sutimi până la un 10 rotund! Nici Mihai nu a avut asemenea notă. Se pare că m-am îndrăgostit nu de un băiat deștept foc, cum credeam, ci de un geniu încă nedescoperit care încă nu știe sigur care din talente să își valorifice mai bine.

Mă gândesc ce față o să facă Al când îi spun și detaliul ăsta. Probabil s-au și întâlnit la examen, dar nu l-o fii remarcat. Cum este posibil să nu observi un tip ca el?! Îmi aduc însă aminte că prietena mea nu ridică ochii așa de sus ca mine când se uită după bărbați, cu atât mai puțin după cei care nu sunt blonzi.

Paul mă găsește în fața listelor, pierdută în reverie și mă ia de acolo, încercând să nu mai aducă vorba despre nota lui impresionantă, dar informându-mă că mai pe seară vin surorile Brateș, fratele lui, și George, să sărbătorim admiterea în general și reușita lui și a Silviei în special, la terasa Victoria.

Urcăm cu motocicleta pe fostul Pod al Mogoșoaiei, unde singura mea grijă rămâne să mă înclin odată cu el, să nu îl dezechilibrez de câte ori face fente stânga-dreapta printre alte vehicule. De viteză nu mai este loc pentru că în aglomerația de la ora aceasta se merge mai repede cu picioarele decât cu mașina.

"Mă duc jos la mine să mă schimb și vin să te iau peste vreo oră," mă anunță Paul descălecând armăsarul și alergând spre gaura demisolului.

"Să nu te schimbi prea tare... Îmi place așa acum ești," îi arunc eu din urmă și îmi trage unul din zâmbetele lui de zile mari, dispărând înăuntru, fără să scape ocazia să mă întrebe, așa, într-o doară, dacă nu cumva sunt dispusă să îl ajut cu dezbrăcatul...

Îmi închipui că nu poate să iasă de două ori din casă în aceeași ținută și că are nevoie de timp să se gătească. Eu nu cred că am alte haine pentru ieșirea la terasă, așa că urc la Profesor, unde le găsesc pe Al și Silvia la taclale cu el. Lui Sergiu îi place compania tineretului și se simte răsfățat de puzderia de fete care îl vizitează de când și-a făcut rost de ‘finuță’ cu multe prietene. Ne tratează pe toți egal, cu dragoste părintească, aceeași pe care le-o arată și nepoților lui.

Îmi găsesc loc în salon cu o cafea în față, dar tocmai sună telefonul și la un semn al gazdei noastre, mă ridic să răspund.

“Alo? Casa Anghelini?” mă chestionează o voce guturală de femeie care fumează probabil de patru ori cât mine.

“Da. Cu cine doriți?”

“Vreau să vorbesc cu Paul!”

Cine o mai fii și asta?! Stilul brusc și maniera neplăcută nu mi se pare a corespunde doamnei distinse pe care am cunoscut-o la Eforie, deci nu este mama lui. Auzi, ‘vreau’! Și eu aş vrea, dar este momentan indisponibil.

“Pot să știu cine sunteți?” întreb, cu toate că ar fii fost politicos din partea ei să se recomande singură, de la început.

“Dar tu cine ești?! Din câte știu, Profesorul nu are nici fiică, nici nepoată!”

Tonul ei impertinent mă enervează de-a binelea. Ce vrea să spună?! Că sunt femeia de servici?!

“Sunt fina lui Sergiu!”

“Mi-a dat numărul de telefon Doamna Ștefanian și nu mi-a spus de nici o fină!”

Asta nu este nici problema, nici treaba mea, mă gândesc eu, și mă mănâncă limba să o iau peste picior, oricine o fi.

“Ai dreptate, sunt angajată aici... de Paul,” o reped abținându-mă să nu mă pufnească râsul.

“Ca ce?!” pică în cursă interlocutoarea mea.

“Ca însoțitoare… de bord!”

“Ce tot spui acolo?!”

“Ce nu înțelegi?”

Alexandra şi Silvia chicotesc pe înfundate. Profesorul dă din cap în semn că nu îl încântă că Giovanna îi dă numărul aşa, la oricine.

"Dă-mi-l pe Paul, cu el am treabă!"

"Dacă insişti şi mă rogi frumos... am să îi comunic că a fost căutat."

"Dom' le! Spune-i că vrea Irina să vorbească cu el!"

Aha! Da, vocea se potriveşte cu figura roşcatei, vulgară, şi cred că mai în vârstă decât noi cu câţiva ani. Partea cealaltă a conversaţiei se aude destul de clar în încăperea mică şi Sergiu ridică mâna să îmi facă semn categoric să tai discuţia cu ea.

Surorile se zbârlesc şi ele pentru că am avut timp să le povestesc ce aflasem de la Paul, cum îi făcuse 'poştă' pe toţi, la rând. De câte ori ne aducem aminte de ea între noi, numele ei este echivalent cu 'inamicul public numărul unu'.

"Mă tem să nu îşi scrântească picioarele în grabă să vină la telefon..." o ironizez cu răutate.

"Vrei să te înjur?!"

"Nu ţin neapărat şi să nu crezi că nu ştiu şi eu să o fac. Dar prefer să te las în... suspans!" pun receptorul în furcă cu un gest teatral, răzând cu fetele.

"Am să vorbesc cu Giovanna despre asta," bombăne Profesorul. "Irina este o persoană de proastă calitate pe care a racolat-o cel mic odată şi s-a lipit ca marca de scrisoare în grupul lor. Nu au mai vrut să aibă de a face cu ea un timp, şi acum a apărut, ca bumerangul. Sunt foarte dezamăgit că sora mea i-a putut da numărul de aici."

Lângă noi, telefonul zbârnăie din nou, iritant. Silvia se oferă să răspundă de data aceasta, dar îndepărtează instantaneu aparatul de ureche. În cameră se revarsă un cataclism de invective, care mai de care mai colorate, legate de anatomie, funcţia de reproducere şi organele aferente acesteia, ca şi diverse verbe şi adjective pe aceeaşi temă. Încheie tirada cu referințe la toate neamurile mele pe care nici nu am apucat să le cunosc vreodată.

Ascultăm cu ochii mari și urechile ciulite, așteptând cu răbdare să își epuizeze repertoriul și în acalmia de moment care urmează, intervine vocea calmă și rece a Brăteșoaiei, pe care o folosește foarte rar și numai cu cine o cere cu tot dinadinsul.

"Du-te să te tratezi, fata mea. Ai nervii foarte zdruncinați.. Ţs-ţs-ţs! Sau ia ceva de 'cal-mare' și culcă-te," o sfătuiește ea sarcastic, după care îi închide în nas și pufnim toate trei în hohote în timp ce Sergiu nu râde, rămânând încruntat.

Trebuie să recunosc că de multe ori ne exprimăm și noi mai puțin ortodox, sau mai puțin catolic, după caz. Putem zice că avem un limbaj pitoresc, dar numai când suntem între noi, fetele. Vocabularul Irinei m-a lăsat mască. Sunt decepționată de băieții noștri că au putut să aibă orice fel de legătură cu ea. Dacă eram bărbat preferam bășici în palmă. Dar... nu sunt, și mă minunez pentru a nu știu câta oară de lipsa de discernământ pe care o pot avea unii.

De parcă eu aș face excepție. Schimbăm vorba și cum prietenele mele poartă amândouă rochii de vară, care mai de care mai feminină și mai vaporoasă, mă conving să pun și eu altceva pe mine, doar fustă să fie.

"Nu pot să cred că la cracii tai umbli în pantaloni tot timpul!" mă ceartă Alexandra în timp ce traversăm curtea.

"Umbla-i și lui Paul în pantaloni, să nu mai apeleze la Irina!" se bagă cealaltă.

Mă întorc cu o privire fioroasă la ele făcându-le semn să își țină gurile mari că se poate auzi jos, în vizuina lui. Ferestrele sunt larg deschise și draperiile fiind trase, poate fii chiar lângă geam. Fetele chițcăie amândouă ca apucatele și mă împing pe scări și pe ușă, bulucindu-se peste mine să intrăm mai repede.

Adevărul este că Silvia mi-a băgat un cuțit în inimă. Dacă nu vorbește din imaginație și chiar știe ceva? Oare ăsta să fie motivul că Paul pare dintr-o dată atât de răbdător și relaxat?! Dar când să aibă timp și de întâlniri cu Irina?! În mod sigur nu a fost ea pe aici, știu că el este singur în fiecare seară. De obicei ne despărțim undeva între domeniul lui și al meu, pe teren neutru, se retrage, și apoi aud muzica italiană în surdină, până adorm.

"Vipera de madam Ștefanian a comentat că preferă ca fiul ei cel mare să se ducă la curve când are nevoie... decât să se complice cu o femeie divorțată și cu copil," îmi destăinuie Silvia, trântindu-se pe marginea patului, în timp ce eu mă strecor în rochia cu stânjenei, care a rămas favorita mea.

În loc să o trag peste cap, intru de sus în ea, ca într-o pereche de nădragi. Alexandra se uita la mine amuzată, comentând că nu m-a învățat nimeni să mă îmbrac în mod feminin, și vine să îmi îndrepte cordonul la spate, ca o soră grijulie, mai mare. Îmi fulgeră prin cap lipsa unor frați cu care să fii crescut și eu, cu care să împart totul ca cei doi Ștefanieni sau ca Brateșele...

"El știe că mama lui nu este de acord cu mine?"

"Paul? Dar tu de ce ai crezut că a plecat de acasă și s-a mutat la unchiul lui?! Că nu îl lăsau afară cu mingea?!"

Oftez. Din nou îmi dau seama că Paul nu spune chiar tot ce are pe suflet!!! Mie mi-a povestit numai jumătate din scandalul cu tatăl lui...

"Ai aflat toate astea de la Ștefan?"

"Da..." mărturisește prietena mea.

Prefer să schimbam iarăși subiectul și le povestesc despre nota lui Paul la admitere. Alexandra sare în sus trăgându-și o palmă în frunte.

"Acum îmi dau seama că l-am văzut la examen, așa, la marginea mulțimii... Dar am crezut că mi se pare cunoscut doar fiindcă seamănă cu Mark Polițistul!"

"E mai tânăr și mai copil decât actorul..." se bagă Silvia.

"Știți cum îi zice George? 'Himalaya'!" râde Al.

"Dacă e atât de lung!" comentează sora ei.

"Păi... câți metri are?"

"Cine, Himalaya? Habar nu am, la geografie aveam note mai slabe."

"Nu!!! Paul."

Mă exasperează fetele astea câteodată.

"Doar unu nouăzeci," zice tot ea, pusă la punct cu toate detaliile.

"Doar?!" dau eu din cap.

Sărim de la una la alta și conversația revine la examene și planuri de viitor.

"Al, tu nu pari atât de demoralizată că ai picat iar."

"Crezi că mai pot fii amărâtă de când m-am amorezat de George?! Universitatea nu fuge de la locul ei, dacă aș mai vrea, tot acolo este. Dar m-am răzgândit, la anul dau la A.S.E., la seral. Și în toamnă mă ajută mama să mă angajez undeva."

"Și domnul Brateș ce părere are?"

"Sare în sus de bucurie că are o fată studentă," se uită ea cu subînțeles la Silvia. "Eu am ajuns renegata familiei, și nici nu îmi pasă atât timp cât îl am pe George!"

"...Și o soră studentă!" se alintă Silvia.

"Să-mi trăiască!" face Alexandra un semn indiferent cu mâna, alungând o muscă invizibilă.

Oare de ce copiii care cresc împreună în casă se bat și se împung mereu? Cât mi-aș fii dorit eu să nu cresc de una singură și ce mult i-aș fii iubit pe frații mei. Sau nu am de unde să știu cum ar fii fost?! Ștefan petrece mai mult timp cu George, Alexandra mă preferă pe mine, până și Mihai tot cu mine împarte mai multe griji și secrete decât cu Mihaela.

Sau poate aceasta este doar impresia mea dinafară, rămânând doar satelitul perpetuu al perechilor de frați din societatea mea.

"Și abandonezi Filologia?" insist, pieptănându-mi părul pe gânduri. Mi-a crescut atât de lung, încât îmi ajunge pe spate de-o palmă. În timp ce vorbesc cu fetele mă gândesc dacă să îl strâng în coadă de cal sau nu, fiindcă afară este încă foarte cald.

"Am dat de data asta tot ce am putut, Laura," îmi răspunde ea cu seriozitate, și dintr-o dată îmi pare rău că și-a abandonat visul. Păcat de poeziile ei pe care mi le-a citit, care sunt sensibile și deosebite...

La ușă bate cineva și fac câțiva pași săltați, așteptându-mă să fie Paul, dar este fratele lui.

"Bună, Laura. E cineva acasă?"

Pun mâinile în șolduri, amuzată. Ce întrebare e asta că doar nu sunt invizibilă!? Pufnesc în râs.

"Nu, nu e nimeni."

Prietenele mele se înghesuie să vadă cine a venit și face un pas în spate, luat pe nepregătite.

"Intră că nu suntem periculoase!"

"Nu pot să fiu sigur de asta..." își arată dinții albi, conformându-se. Valsează în studioul meu luând-o pe Silvia la dans, învârtindu-se printre noi.

"Zăpăciți băieți mai are tovarășul Ștefanian," comentează Al.

"A... da! Dar să faceți diferență între mine și Paul! Mie îmi place să fac pe trăsnitul. El chiar este!"

"Ce ziceai că sunt?"

În prag a apărut fratele cel mare, cu pantaloni albi, impecabili, și o cămașă de in cu dungulițe albastre pe un verzui ca ochii lui, descheiată până mai sus de buric. Bine că mi-am pus sandalele cu tălpi înalte și rochia, să pot umbla pe lângă el fără să îmi fie jenă. Intră cu pași lenți și țigara în mână, făcându-ne inventarul prin rotocolul de fum. Mi se strânge inima la gândul că Irina ar putea să fii apărut iar în drumul lui. Oare când și cum...? Și mai ales de ce?

Mai lipsește George, dar numai pentru câteva minute, așa că ne grupăm câte doi și coborâm pe rând în curte, de unde ne vărsăm pe Cristian Tell, zgomotoși. Cei din fața coloanei se întorc să se ia de cei din spate și ca replică, ultimii strigă după cei din primul rând. Eu cu Paul suntem la mijloc, cei mai cuminți și pasivi, zâmbind numai la glumele celorlalți.

Odată ajunși la terasa Victoria ocupăm o masă întreagă, și până să mă hotărăsc ce vreau, Paul cere și pentru mine o votcă cu o Cola alături, separată. Îmi întinde paharul, forțându-mă să îl ridic când ciocnim toți pentru cei care își încep studenția din septembrie. Îmi moi buzele în alcoolul care arde, cu gust de spirt curat, fără nici o aromă.

“Nu îl pupa, înghite-l” mă îndeamnă el.

“Dar nu-mi place!”

“Am impresia că sunt o grămadă de lucruri pe care nu le-ai făcut în viață până acum și care crezi că nu îți plac doar fiindcă nu le-ai încercat,” îmi șoptește el la ureche și mă dor cuvintele lui, cu toate că zâmbește și are tonul cu dublu sens pe care îl folosește când ne duelăm verbal.

“Sunt convinsă că așa cum dragostea nu este la fel de satisfăcătoare cu oricine, nici băuturile nu au toate același gust,” i-o întorc eu, puțin printre dinți. “Asta nu înseamnă că am de gând să le experimentez pe toate!”

Tresare la replica mea apoi se ridică și se duce la bar de unde îmi aduce un coniac, înlocuind paharul din fața mea.

“Măcar dacă te-ai hotărî să treci la bărbatul următor, să te convingi dacă îți place,” mormăie el pe sub mâna cu care își mângâie nasul.

Așa cum sunt eu cu capsa pusă fiindcă am auzit de Irina, se vede clar că și el este întors pe dos, cu totul altfel decât când venisem acasă. În mod sigur a apucat Profesorul să îi spună ceva de telefonul primit la care am răspuns noi. Sau poate a auzit gluma Alexandrei.

Dacă aş fii în stare să îl confrunt, întrebându-l direct dacă s-a împăcat cu ea sau măcar dacă se culcă între timp cu ea, până mă convinge pe mine... Dar nu sunt capabilă. Ca întotdeauna, țin în mine ce mă deranjează până putrezeşte bine, până mă otrăveşte şi explodează. Cât am încercat să mă schimb și câte promisiuni mi-am făcut că voi lua de acum încolo miticul taur de coarne...

Rămân tot eu, făcând tot posibilul să evit o scenă. Cea căreia îi este groază de adevărul pe care nu vreau să îl aud. Ce mă fac dacă îmi spune că da, este iar cu Irina, pentru că ea nu face mofturi și îi dă ce îi trebuie, când, și de câte ori?! Și până la urmă... ce drept am să fiu geloasă? Eu geloasă! Îmi vine să plâng și prin fața ochilor îmi trece ca un fulger pictura nebună și verde a lui Armin Zamfirescu. Și privirea dezaprobatoare a mamei lui Paul, care nu își vrea băiatul combinat cu o tânără mămică...

"Laura!"

Ștefan care este în stânga mea mă scutură de braț. Ridic privirea la el și dau de moaca lui îngrijorată, întrebătoare.

"Unde erai?"

Mă uit la Paul care a dat pe gât și paharul meu de votcă și se uită preocupat la un punct de pe masă, în fața lui. Silvia se apleacă prin fața lui Ștefan să mă cerceteze. Tot grupul ştie până acum de ce sunt eu furioasă și de ce tăcem amândoi. Încerc să respir adânc, să mă liniștesc, dar pe George îl mănâncă limba.

"Ea e Taur și el Balanță! Campionii încăpățânării din toate zodiile!"

Prietena mea îl pune prompt la punct.

“Să nu amestecăm astrologia cu alte cele. Nu îi mai ambiționați și voi! Dacă au o problemă, este problema lor.”

“E timpul să ne retragem,” concluzionează blondul. “Felicitări încă o dată studenților...”

Mă ridic prima și făcându-le un semn evaziv cu mâna iau viteză pe Calea Victoriei, spre Piața Amzei. În spatele meu, tocurile pantofilor lui Paul se grăbesc să mă ajungă din mers. Rămân în pas cu el, fără să spunem nimic, tot drumul. Abia în curte, mă apucă ferm de amândouă brațele și mă răsucește spre el.

“Spune-mi ce ai, te rog!”

Înghit nodul care mi s-a oprit în gât și strâng din dinți. Nu sunt singura, și lui i se mișcă maxilarele.

“Mi-ai spus... că ai terminat cu Irina.”

Îmi dă drumul și se îmbrățișează defensiv, strângându-se în el.

“Irina este... prostituată. A descoperit-o Ștefan în Atlantic, anul trecut.”

“Voi mergeți cu prostituatele la munte???”

“Care munte, Laura?!”

“L-am văzut pe fratele tău cu ea și cu George în Predeal.”

“Eu nu eram cu ei!”

“Cum poți să faci dragoste cu ea și să mă lași să cred că îți plac și eu?!”

“Laura, nu am făcut niciodată... dragoste cu Irina!”

Îmi dau fulgerător seama cum se ascunde în spatele cuvintelor și îmi reformulez acuzația.

“Cum poți să te culci cu ea!”

“Nu m-am culcat cu ea de luni de zile!!!”

Nu știu ce să mai cred, apoi îmi dau seama că mai există un mod de a pune lucrurile, ceva ce s-ar putea petrece între ei fără ca el să mintă. Doar să nu spună tot. Îl fixez cu toată puterea interogativă de care mă simt capabilă, drept în ochi și își întoarce obrazul în altă parte, cedând.

"Of!!! Ți-am spus că este prostituată, chiar dacă pot zice că am fost... împreună pentru un scurt timp. Irina, și alte tipe ca ea, nu fac dragoste. Ori se culcă cu bărbații, ori... fac sex oral... contra cost. Nu este exact ce aș vrea, dar ține loc de! Ești mulțumită? Asta ai vrut să știi?"

Dau să trec pe lângă el și să urc la mine dar mă prinde iar de brațe, țintuindu-mă.

"M-ai silit să mă feresc de tine. Dar încerc să nu greșesc față de nici unul dintre noi. Ți-am promis că aștept să fii tu gata... și Irina mi s-a părut o soluție temporară, de urgență. Pentru mine sexul este ca mâncarea. Am nevoie zilnic."

Nu-mi vine să cred ce îmi aud urechile! Eu am cedat impulsurilor pentru Nico după șase luni fără bărbat, si de atunci a mai trecut aproape jumătate de an iar el se laudă cu necesitatea de zi cu zi! L-aș plesni peste botul cel frumos dar norocul lui este că mă ține de ambele mâini, ca în cleşte. Adică de ce să facă el bășici în palme când își poate permite să plătească o femeie care să îl ajute?! Mă smulg din strânsoarea lui și fug pe trepte, descuind ușa și trântind-o în urma mea din două mișcări.

Mă arunc în patul uriaș îmbrăcată cum sunt, și pot în fine să plâng pe săturate, cu fața în pernă, până adorm, într-un târziu. Convinsă că singurul leac al suferințelor mele este chiar cel care mi le-a declanșat, și pe care în momentele acestea simt că nu mai vreau să îl văd niciodată.

Capitolul 43

Nu îmi vine să cred că m-am certat cu Paul înainte de a ne împrieteni de-a binelea. Nu în adevăratul sens al cuvântului, oricum. Depinde ce se consideră a fii timpul petrecut împreună din iulie și până zilele trecute. L-am tot plimbat cu vorba și dacă el a găsit o 'soluție temporară'... am sărit în sus.

Mă simt într-un fel vinovată dar nu mă pot împiedica să fiu încă furioasă pe el. Adică cum este posibil să nu poată răbda câteva luni fără gratificație sexuală?! Dar eu cum rezist de atâta timp?! Așa de îndrăgostit este de mine încât mă poate trăda pentru două minute de plăcere! Sau câte o dura, habar nu am! Și acelea plătite!!!

Ca să mi se pună capac la indispoziția totală, sâmbăta m-am trezit cu o durere de măsea cumplită, din senin, care m-a chinuit în ciuda Algocalminelor pe care le-am cerșit de la colegii din birou. Paul a avut tupeul să mă sune și să mă mai și ironizeze la telefon. Când și-a dat seama că vorbesc printre dinți, m-a întrebat dacă mă doare capul și a ținut să îmi aducă aminte că el s-a oferit cu mărinimie să mă trateze și eu l-am refuzat! La care, bineînțeles că i-am trântit receptorul în nas.

De la Republica am plecat cu Liviu la mama, unde am petrecut tot sfârșitul de săptămână, luptându-mă cu nevralgia sau infecția mea, sau ce altceva am. M-am distrat făcând o tocană de cartofi, aducându-mi aminte că din toată căsătoria mea cu Cornel, cea mai plăcută activitate fusese gătitul. În armată, el fusese bucătar și cum standardele lui culinare se elevaseră considerabil, mă învățase să prepar cele mai perfecte sosuri, din felurile lui preferate.

În semn de eliberare, nu mai pusesem mâna pe cratiță de când mă despărțisem de el, dar de ce să nu recunosc, și obținerea unei mâncări reușite este o formă de artă, deci, am petrecut în bucătărie cel puțin două ore, re-amintindu-mi ce și cum se face. Din păcate, Liviu seamănă la gusturi cu mama mea și dacă s-ar putea ar mânca numai dulciuri, dezamăgindu-mă profund și ciugulind doar simbolic din opera mea culinară.

Duminică nu am mai reușit nici eu să mănânc din cauza durerii de dinți și am învățat că singura chestie care mă mai calmează este periuța de dinți, cu perii înfipți în gaura cariei. Am dormit iepurește, sperând să nu înghit paliativul în somn.

Luni, la serviciu, am avut repetiții pentru marea serbare în cinstea zilei de 23 August. Exercițiile au început de la sfârșitul lui iulie și se desfășoară pe stadionul cu același nume, în cartierul lui tata. Două zile pe săptămână, suntem toți scoși din birouri, mascați în costume roșii, galbene și albastre, și facem gimnastică, aceleași mișcări, *ad nauseam*, fetele cu cercuri și băieții cu stegulețe. Cum totul se lungește de obicei până în seară, între oboseala fizică, nervi, plictiseală și măsea, nu am mai apucat să fac nimic.

În schimb a doua zi după muncă, simțind ca prin farmec că durerea a dispărut, m-am închis în atelierul meu și am pictat cu furie la portretul lui Paul, care de sâmbătă nu a mai dat nici un semn de viață. Am înlocuit schițele geometrice din fundal cu niște foi din revista Săptămâna, împrăștiate artistic, și acum mi se pare exact ceea ce trebuie.

Plus că procesul de aplicație a pastelor cu ulei pe pânză îmi oferă posibilități nenumărate. Îmi pot imagina că îl mângâi cu pensula sau că îl bat, după cum îmi vine pe moment. Până să mă culc, primul strat de culoare era terminat și nu mai am decât să aștept să se usuce câteva săptămâni, să pot face ultimele retușuri. Și pentru că nu vreau să pierd timpul, mai demarez trei portrete, așa, la supărare.

În primul, Paul stă în poziția lui cu brațele încrucișate, văzut doar de la coapse în sus, în așa-zis 'plan american', în fața unui decor marin, așa cum îmi amintesc plaja și valurile de la Eforie Nord. În a doua ipostază, apare încruntat, fumând, înconjurat de rotocoale de fum printre care plutesc câteva discuri de muzică, precum farfuriile zburătoare. Ultima creație expune doar ochii lui Paul, mai exact o fâșie din chipul lui, cum privește prin fanta unui gard de beton, ascuns, cum se dovedește a fi, ca personalitate.

Nu am mai luat lecții de condus cu Profesorul de când am motocicleta care este acum jucăria mea cea nouă și pentru care m-am înscris la examen de carnet la sfârșitul lunii. Am ieșit numai o dată cu Paul prin cartier, și mi-a arătat funcțiile de bază, cum să o pornesc, să schimb vitezele, să o ridic pe cric, și să o cobor. Dar să conduc cu el în spatele meu nu este ușor. Mă stresează cu observațiile, și mă obsedează că stă lipit de mine, fiindu-mi imposibil să mă relaxez suficient.

În concluzie, astăzi l-am rugat pe Gelu să mă aștepte la Piața Romană în stația lui 79, să trecem pe la vilă să luam C.Z.-ul la plimbare și să facă pe instructorul. E drept că el are doar Mobra și permisul lui este valabil numai pentru motorete, dar oricum este mai mult decât am eu, adică nimic.

Cum nu ne-am mai văzut de la ziua mea, este entuziasmat să ne întâlnim. Și mie îmi era dor de el, băiatul cu care am împărțit nebuniile adolescenței până să mă mărit, frățiorul meu de rezervă. Mă îmbrățișează de îmi ia răsuflarea și mă măsoară de sus până jos, dând admirativ din cap.

"Laura, dragă, te faci din ce în ce mai frumoasă!"

"Da, da..." îl împing eu răzând.

"Ți-am mai spus, parcă? Până la urmă tot cu mine te căsătorești, chiar dacă la optzeci de ani!"

Unde am mai auzit ceva asemănător. Parcă de la Nico. Sufletele pereche... Îl trag de cot spre traversare să îl duc la noua mea locuință, și pe drum îl observ și eu, cu coada ochiului. S-a maturizat în armată, are câteva linii noi la coada ochilor și la marginea gurii, așa numitele riduri de expresie. Este un tip frumușel foc, pentru cine nu are pretenție ca mine, la băieți înalți. Gelu mă depășește abia cu o palmă și dacă îmi pun tocuri mai semnificative... sunt cât el. Nu știu dacă este numai statura de vină, dar nu m-a atras niciodată în alt fel.

Mă întreb dacă el mai este serios când încă pretinde că îmi face curte. Bănuiesc că în realitate, prima lui dragoste din adolescență s-a risipit de mult, lăsând doar locul prieteniei, ca între doi băieți. Nu pot zice ca între două fete pentru că avem în comun numai activități aventuroase, ca excursiile cine știe unde cu bicicleta sau proverbiala ieșire la munte, mersul prin parcuri și ștrandurile bucureștene, și poate câte o bere la terasă.

"M-am angajat!" mă anunță el victorios. "Am început săptămâna asta ca picol la Cina, la restaurant. Nici nu bănuiești ce de bani ies din ciubuce, cred că este cât un al doilea salariu, sau mai mult," se laudă Gelu cu încântare.

"Bravo ție! Ce mai face madam Stoian?" îl întreb reflectând între timp că nu mi-a trecut niciodată prin cap să lucrez la un bar, să îmi iasă mai mult decât remunerația de bază.

Repulsia față de domeniul acesta de activitate vine poate din cauza lui Cornel, ospătar de meserie. Sau poate din educația bunicii, care mi-a băgat în cap de când eram mică diferența socială dintre cei care servesc și cei care se lasă serviți...

Pe de altă parte, când ai bani îți poți permite haine noi, mai bune, mai multe. Gelu este îmbrăcat modest și până acum nu a avut niciodată cine știe ce lucruri, fiind crescut ca mine, fără tată, doar cu o pensie de boală în casă.

"...E bine. Îmi fură țigările și se răsfață cu cafeaua pe care o aduc acasă de la serviciu," vine răspunsul lui.

El are probleme similare cu mama lui, mai de sănătate, mai cu capul, plus fumatul ei excesiv. Ne oprim în fața vilei de pe Cristian Tell și îi arăt fereastra de deasupra garajului. Pufăie admirativ.

"Cum de nu găsesc și eu vreo babă leșinată în drum, să mă cazeze în reședința ei de la șosea?!" râde el și îl pocnesc în umăr, mustrător.

"Nu ți-e rușine! Profesorul nu este moș ci doar cel mai mare noroc care mi-a ieșit vreodată în cale."

"Și străin, și nașul tău."

Sus la mine își bagă nasul printre tablouri, fluierând entuziasmat.

"Îți priește cartierul, cred. Nu mai țin minte de când ai mai fost atât de productivă!"

"Promit să îți fac și ție un portret, cât de curând."

"Da... când termini cu tipul ăsta care văd că te inspiră momentan," se uită el la cele care îl înfățișează pe Paul.

"E prietenul tău?"

"Nu știu sigur..." mormăi eu în doi peri.

"Cum așa?! Sau este, sau nu este."

"Astăzi nu este. Haide odată că trebuie să mă întorc pe la șapte. Vine Alexandra la mine să îi croiesc ceva."

Dă din cap și se lasă mânat afară și pe scări în jos, pas cu pas, inclinându-se în joacă pe spate, să se lase împins. Mă întreb dacă este cineva acasă în toată vila, să ne observe. De la Paul nu se aude muzica, și la Sergiu nu se vede nici o mișcare. Deschid garajul și tragem afară motocicleta. Kawasaki-ul lipsește, deci vecinul meu drag este plecat, cu siguranță. După... vorba ceea!

"Deci! Vrei să conduci tu până la mine? Exersăm prin cartier, unde cunoști bine străzile și nici nu prea umblă miliția."

Gelu locuiește pe Calea Rahovei, aproape de Liceul Mihai Eminescu și de școala unde am învățat amândoi. Zona este un labirint de alei pietruite, nu foarte circulate, printre mici zone virane unde cândva au existat case care au dispărut în urma bombardamentelor din război. Într-adevăr un teren perfect pentru mine, să învăț să cotesc, să frânez, și să schimb vitezele.

Dar până acolo este riscul prea mare să merg pe arterele principale din centru, drept care îl las pe Gelu să încalece primul, mă urc în spatele lui, și pornim precauți, încercând să mergem pe cât posibil pe drumuri mai puțin circulate. Diferența de stil este izbitoare. Trebuie să mă abțin să nu îl cert că nu depășește nici cincizeci de kilometri pe oră. Este atent, oprește la toate stopurile, nu se bagă printre mașini și nu sare pe borduri să depășească când i se pare prea înghesuită strada.

Mai sunt și alte aspecte avantajoase, mai exact pot să mă țin de el cu toată încrederea și să mă lipesc de cămașa lui cadrilată, fără să îmi bată inima ca nebuna. Căldura mușchilor lui subțiri, care de abia îi îmbracă oasele, nu îmi provoacă nici o emoție alarmantă. Mă simt de parcă l-aș îmbrățișa pe Mihai, și asta mă face să fiu în largul meu alături de el. Și cel mai frumos este că pentru prima dată în atâtea zile am uitat cu desăvârșire de măseaua mea găunoasă.

Mama lui Gelu ne face câte o cafea și se bucură să mă revadă, dar ca să profităm de timp, nu stăm mult la el. Și sinceră să fiu, ca să evit locuința tristă, săracă, poate și mai depresantă decât a mea, dacă așa ceva este posibil.

Din nu știu ce motive, la ei sunt și gândaci. Niște animale roșcovane și iuți, care o iau la goană de unde nu mă aștept. Pot fii sub ceașca din care vreau să beau, pe spătarul fotoliului, oriunde. Și cum am mai aruncat odată în sus o scrumieră cu tot conținutul, când vin în vizită prefer să mă ating de cât mai puține obiecte. Aș sta atârnată de lampă dar... nu pot fii niciodată sigură ce lighioane mișună și pe acolo.

Mai mult de două ore asurzim locatarii din zonă cu motocicleta mea. Cel mai bine este în curtea școlii, unde nu sunt decât puștani care joacă fotbal și care se opresc cu toții să se uite la mine. La început Gelu rămâne în spatele meu să îmi aducă aminte ce trebuie să fac, manevră cu manevră. După un timp, mă lasă singură și mă îmbăt cu plăcerea nebună a câtorva tentative de viteză, în linie dreaptă. Mă ajută enorm faptul că știu de la mașină cum funcționează ambreiajul și treptat încep să trec dintr-o viteză în alta fără să mai opresc motorul.

Mă obișnuiesc cu pedalele mai repede decât prietenul meu, care îmi explică cum că la motoretă sunt invers față de C.Z. Și asta îl derutează. Completăm lecția de astăzi cu o tură a cartierului, până la Cinematograful Modern, la dreapta pe Calea Uranus, și înapoi, pe unde am stat eu. El se ține de mine în spate, și îmi mai face din când în când observație dacă accelerez prea tare sau dacă nu încetinesc suficient când ne apropiem de curbe. Apoi schimbăm locurile și o luăm înapoi spre Piața Amzei.

"Ești un instructor foarte bun!" îl laud eu, să se simtă bine.

"Și eu sunt mulțumit de eleva mea!" îmi strigă peste umăr, când așteptăm la stopul de la Bulevardul Gheorghiu Dej.

A început să plouă dintr-o dată, și realizez impedimentul de a nu fii echipați pe motocicletă cu glugă, cască, sau ceva asemănător. Gelu îmi atrage atenția că asfaltul ud poate fii înșelător și mă poate fura la cotituri sau frâne. Piatra cubică este și mai periculoasă, și concluzia este că în general, motocicliștii sunt creaturi vulnerabile care le stau în drum celor cu mașina.

Până traversăm centrul suntem murați până la piele, arătând ca doi șobolani înecați. Călare pe două roți, nu avem unde ne ascunde și îl invit pe Gelu să urce la mine, să se usuce, dar și el are treabă acasă. Nici nu putem stabili întâlnirea viitoare pentru că el lucrează ba ziua, ba seara, și află programul prea din scurt. Îl înțeleg, știind din proprie experiență cum este la început, când faci orice să fii acceptat la un nou loc de muncă, iar el îmi promite să mă sune la serviciu și să îmi spună cât de curând când are iar timp pentru mine.

Îl pup pe amândoi obrajii proaspăt bărbieriți și ne despărțim lângă Piața Amzei, lăsându-l să facă cumpărături pentru mama lui, și poate să se mai zvânte prin magazine, înainte de a o lua pe jos spre casă. Mi-e milă că îl abandonez așa de departe, dar Gelu consideră sacrificiile pe care le face de dragul meu drept favoruri acordate de mine, și se bucură când am nevoie de el, ca un câine credincios, recunoscător pentru orice fărâmă de companie.

Jenată o clipă că îmi poate trece așa ceva prin minte la adresa prietenului meu, preiau ghidonul și ajung la vilă cu curaj nou și stăpână pe situație. Nu a pus ochii pe mine nici un milițian, și încep să consider serios ideea de a pleca la drum fără însoțitor data viitoare. Iau un viraj elegant spre stânga și ajung cu roata în poartă, unde claxonez de trei ori, răgușit, să afle toți vecinii că am ajuns. Mai ales Paul… dacă este acasă, ceea ce nu pare. Să se fii mutat înapoi la mămica lui?

Mă dau jos și împing resemnată motocicleta în garajul care a rămas deschis, cum l-am lăsat. Mi-a plăcut așa de mult să o conduc încât îmi vine să plec din nou cu ea, de una singură…

"Zăpăcitule mic! Ai uitat de mine?" mă întâmpină Alexandra care e adăpostită înăuntru și pe care nu am văzut-o, mai să dau peste ea.

"Cum aș putea să te las să intri de capul tău cu foarfeca în material?! Am fost cu Gelu să exersez pentru permis de motor."

Aversa de vară s-a oprit dar pavajul vechi este plin de bălți și simt cum îmi mustește încălțămintea de apă. Schițez o îmbrățișare de la distanță, să nu o ud și pe ea, care probabil a ajuns aici înainte de a se rupe norii. Îi arăt în jos, plângându-mă că am să fac broaște în pantofi dacă nu mă descalț cât mai repede.

"Daca faci alte viețuitoare acvatice, vin și eu la cules!" râde ea, veselă.

Alexandra s-a lăudat întotdeauna că vrea să se mărite cu un pescar, să mănânce numai pește, la felul întâi, doi, și desert. Sus la mine, îi arat un elefant mititel, de jucărie, care mi-a luat ochii prin oraș zilele trecute și pe care nu am rezistat să nu i-l cumpăr surorii ei. De ani de zile facem mereu glume spunându-i 'elefănțel', apropo de nasul ei în vânt. Silvia nu se supară pe noi, știind că o alintăm.

"Să-i iei unul și lui Paul al tău!" râde ea. "...Că numai cârn nu este. V-ați împăcat? V-a trecut supărarea?"

"Se spune că extremitățile sunt direct proporționale ca dimensiuni..." insinuez eu nu foarte subtilă, ocolind răspunsul principal dar dovedind că după plimbarea de astăzi cu motocicleta, mi-a revenit simțul umorului.

"Vrei să insinuezi că George...? Știi tu bancul cu piticul care sună la ușă și gazda nu știa cum a ajuns până la sonerie!" sare ea răzând cu indignare prefăcută.

Blondul este doar puțin mai înalt decât ea și are un nas nu foarte impresionant ca lungime, fin și elegant. Îi arat degetul mic, ridicat, să îi fac în ciudă.

"Poate de la pământ până la...!" chicotește ea, care este normal să știe mai bine.

"Dacă stă pe burtă..." nu mă las și îmi face brânci, tocmai când se aude o bătaie la ușa. Este Silvia, care nu a răbdat să stea singură acasă. Noi continuăm duelul verbal, în timp ce Al scoate din geanta uriașă pe care o poartă pe umeri câțiva metri de stambă în dungi, din care vrea să îi croiesc o rochie cloșată, ca o parașută, după un model pe care l-a găsit ea într-o revistă și pe care și-l dorește. Protestează vehement la ultima mea replică.

"Ți-ai mâncat coliva! Să știi că dă probă de lucru pentru cei suspicioși!"

"Nu, mersi. Ție ți-a dat?" nu mă pot eu abține. Încă nu am apucat să ne povestim amănuntele legate de ultimele noastre febleți ale verii.

"Bineînțeles! Dar ție Paul...?"

Oftez.

"Ar vrea el..."

"Ar cam vrea, ai?! Îl cred, săracul. Să locuiască în aceeași casă cu tine și să nu beneficieze cu nimic din asta... Și tu? Nu te lași! Sora-mea l-a și testat pe Ștefan, ce crezi că pierde timpul ca tine?"

Silvia ne ascultă cu atenție, fumând, fără să o contrazică. Dau din umeri și le mărturisesc tot ce am pe inimă, temerile, jena inexplicabilă. Fetele mă lasă să mă destăinui, așteptând cu seriozitate să îmi extenuez avalanșa emoțională care explică de ce am stricat seara de la terasa Victoria.

Alexandra își aprinde și ea o țigară, pe gânduri, sortând în cap ce sfaturi să îmi dea și ce discuții auzite pe tema în cauza să îmi dezvăluie.

"Apropo de... dimensiuni, după câte zice George, că s-au văzut unii pe alții în vestiar, la meciuri... Paul te face fluturaș în insectarul lui, draga mea," începe ea pe ton încurajator. "...Și să știi că și el i s-a plâns lui George. Chiar dacă cică nu îi stă în obicei să vorbească chestii așa de personale."

Mă îndrept din spate, lăsând câteva secunde baltă liniile pe care le marchez pe materialul întins pe dușumea. Adică ce a putut Paul să zică de mine prietenului lui?!

"...L-a întrebat așa, ca pe un frate mai mare, dacă lui i s-a întâmplat vreodată să nu aibă o fată cu care a dormit în același pat. Evident, s-a creat confuzie în ceea ce privește inhibiția... Dar nu, s-a jurat că nici vorbă de asta. Cică pur și simplu nu a îndrăznit să meargă până la capăt, de teamă să nu te superi și să te piardă."

"De fapt... a adormit ca vițelul pe coadă fiindcă era mort de oboseală!" o contrazic eu cu convingere. "El spune că se teme să nu mă piardă?! Când a fost asta?"

"Da. Ieri. Am stat cu toții... adică fără tine, bineînțeles, la o sticlă de vin, la George. Și am tras concluzia că Paul este îndrăgostit lulea de tine, micule mic! De la prima privire, ca în filme. *Coup de foudre, mon cher*, pe cuvânt de 'onor'! A recunoscut la al doilea pahar că nu a mai văzut niciodată ochi, buze, fund şi picioare ca ale tale. Şi cică nici restul nu-i de lepădat!"

Deodată realizează ce am spus mai înainte și întinde un deget acuzator spre mine.

"Să înțeleg că ție ți-a părut rău că a adormit atunci!!! Nici nu mi-ai spus că ați petrecut o noapte împreună."

"Mă crezi că nu mai știu cum e mai bine și ce regrete să mai am sau nu?!"

"Laura, Paul a fost din adolescență asaltat de femei feroce care au tăbărât pe el. Îți dai seama ce derutat și incitat poate fii de comportarea ta?! Crezi sau nu, dar l-ai speriat de tot, bietul băiat! Te dorește ca nebunul și pe de altă parte începe să se gândească dacă nu ar fii mai bine să se îndepărteze de tine, dar este prea ambițios să renunțe. Recunoaşte că el abia începe facultatea, tu te întorci la seral, veţi fii amândoi ocupați cu studiile. Şi se teme că îl consideri o piedică în cariera ta. Așa pune problema."

"Nu are nici o îndoială că poate... nu îl plac?"

"A, nu!!! Asta nu a pomenit. Este plin de încredere băiatul. Și are și de ce, hai să fim sincere!"

Silvia se hotărăște să intervină, stingându-și țigara apăsat în scrumieră.

"Laura, trebuie să fie mort după tine dacă te-a aşteptat atât. De ce te temi de fapt?"

"De schimbarea de 'după'..."

"Paul nu pare genul să fie măgar cu o fată... 'după'. Nici înainte. Îmi face impresia unui tip sufletist și manierat... Ca fratele lui," adaugă ea mândră.

"Da, care se descarcă de 'grijă' pe bani, cu o prostituată!" mă reped eu, mușcându-mi limba să nu pomenesc de faleza din Eforie referitor la moravurile lui Ștefan.

“Laura!!!” sar amândouă surorile pe capul meu. “Te-ai gândit că poate îl deranjează la mers?!”

Izbucnim toate în râs, fără să ne mai putem abţine, şi recunosc că sunt nebune de legat dar încerc în continuare să-mi pun pe tapet argumentele personale.

“Cornel m-a scos la toate terasele, mi-a adus flori, m-a curtat... Până când i-am cedat. Pe urmă au început crizele de gelozie, palmele, insultele, intimidarea. Cu Nico... după ce am petrecut ‘O Noapte Furtunoasă’, ca de Caragiale, nu a ştiut a doua zi în ce direcţie să fugă mai repede.”

“Laura, contextul era cu totul diferit. Şi personajele. Gavriliu era un provincial cu zece ani mai în vârstă decât tine, altă educaţie, alte concepţii. Pe al doilea, din câte mi-ai spus, l-ai cam violat tu şi poate că a avut nevoie de un moment, să îşi revină,” rânjeşte Alexandra.

Silvia se bagă şi ea, să nu îmi dea prea mult timp de reflexie.

“Şi eu am vorbit de voi cu Ştefan, după ce aţi plecat de la terasă şi înţeleg că Paul are mult mai mult discernământ decât dă impresia la prima vedere. De când a venit din armată, anul ăsta, nu a fost decât cu Irina, şi pentru foarte scurtă vreme.”

“Şi acum ai venit tu, să i-l iei fetei de la... gură!” izbucneşte Al în hohote, fără să scape ocazia.

Silvia îi pune palma peste bot, amuţind-o ca să îşi poată termina ideea.

“Am înţeles că tocmai asta este teama lui mare. Că dacă faceţi dragoste, se leagă prea tare de tine. Adică, şi aşa spune că nu mai poate să şi te scoată din cap, dar mi-te ‘după’... cum zici tu.”

“Păi atunci de ce mă mai vrea?!”

“Fiindcă te iubeşte, Laura, chiar dacă încă nu are curajul să ţi-o spună pe şleau.”

“Să ştii că bărbaţii moderni, de la oraş...” accentuează Alexandra caracteristicile enumerate, “...se apropie de o femeie prin amorul fizic, în nici un caz platonic. Uite-te la George, uite-te la Ștefan. Cât crezi că am așteptat noi?"

"Uitați-vă voi la Gelu cum vine când îl chem, unde îl chem, și de câte ori îl chem! Un tip cu care nu te culci îți rămâne credincios și te admiră până la adânci bătrânețe," încerc eu din nou să îmi afirm punctul de vedere.

Nici una nu apucă să mă mai contrazică fiindcă tresărim toate la soneria unui telefon... care se aude la spatele meu, în chicinetă. Facem ochii mari, de la una la alta. Ce dumnezeu este asta?! Fac câțiva pași ezitanți, și într-adevăr, pe masa de gătit se află un aparat nou, roșu, care zbârnăie de mama focului și pe care nu am avut timp să îl observ de când m-am întors acasă. Ridic receptorul tentativ.

"Laura?" Este Profesorul care îmi confirmă cu mândrie că a reușit să îmi instaleze linia mea independentă, după cum spusese odată, mai de mult, că are intenția.

Chiar și cu pilele lui, aprobările au durat câteva luni. Mă mustră fiindcă a remarcat că las ușa descuiată, cu toate că de data aceasta a fost bine, că altfel nu avea cum să intre tipul de la telecomunicații. Îmi atrage atenția că numărul meu este scris pe un bilet lipit dedesubt, și ține să îmi spună să nu uit să i-l dau și mamei mele, să mă poată contacta dacă are nevoie.

Nu știu cum să îi mai mulțumesc de bucurie. Asta înseamnă că voi putea să am și eu discuții private, fără să fiu în birou, cu colegii.

"Să știi că am tras fir și jos la Paul, dar el are același număr ca mine. Dacă îl cauți pe el și răspund eu, rămâi pe linie, eu bat în furcă și se aude la el un semnal diferit. Și invers..." mai explică Sergiu înainte de a termina convorbirea.

Prietenele mele își strâng lucrurile să plece. Amândouă au întâlnire cu băieții lor și nu vor să îi lase să aștepte prea mult. Domnul și Doamna Brateș sunt la Neptun în concediu toată săptămâna, și surorile sunt de capul lor, libere ca pasările cerului. Mă uit după ele pe geam cum merg vioaie la braț și dispar la dreapta, după gardul cu grilaj elaborat. Oftez și îmi aprind un B.T. să rumeg în liniște toate bârfele despre Paul pe care le-am aflat și sfaturile de bine ale prietenelor mele.

Mă mănâncă mâinile să îmi încerc noul telefon și să îl sun. Revelațiile fetelor îmi dau curaj și îmi fac iluzia că poate… reușim să trecem peste tot ceea ce nu am eu curajul să îi spun și peste ceea ce este el prea mândru să îmi mărturisească. Formez numărul vilei, cu inima la gură, înainte de a realiza bine ce fac. Apelul răsună în curte, îndepărtat, pe două voci, și la Profesor și în demisol. Sunt tentată să închid dar rămân ascultând chemarea insistentă, metalică.

"Alo." Nu este Profesorul ci chiar 'măria sa' Paul! Îmi pierd îndrăzneala în ultima secundă și mă răzgândesc.

"Vă rog frumos cu domnul Anghelini… dacă se poate."

"Cu dânsul nu se poate. Dar se poate cu mine!" răspunde el prompt, recunoscându-mi vocea. "Vrei să vorbești cu mine?"

"Dacă tot am dat de tine… Ce faci?"

O secundă de ezitare și apoi...

"Croșetez!"

Deci suntem puși pe 'mișto', iar.

"Felicitări, înseamnă că ți-ai găsit și tu o ocupație utilă!"

Îmi vine inspirația să îl chem undeva, pe teren neutru, să putem lămuri cine de cine se teme și de ce…

"Și… crezi că poți croșeta doar la tine… sau și undeva, pe stradă?"

"Și pe stradă, dacă vrei tu. Ți-am spus că îmi este dor de tine?"

Rămân fără aer.

"Când?" îngaim pierdută.

"De când ne cunoaștem."

"Nu cred…"

"Mai bine. Tu ai prea multe treburi să te mai gândești și la mine."

Stupoare. Tot pe mine mă acuză că l-am uitat, când mă trezesc și adorm doar cu ochii lui în minte?! Mă forțez să depășesc momentul de frustrare.

"Și ce spuneai, că vii pe afară?"

"M-am răzgândit. E frig afară." Îl vizualizez cum zâmbește, amuzat. Se cunoaște după glas. Pus pe glume. De unde frig în august?!

"Zău! Și unde crezi că ar putea fii destul de cald pentru tine? Ce zici de Cofetăria Turist?"

Nu-i convine propunerea mea.

"Astea sunt întâlniri de liceană. La mine este cel mai cald. Stau în mijlocul camerei și fac încălzire centrală."

"Ai febră? Săracul de tine..." îl iau peste picior, prinzându-mă în joc.

"Nu, serios... Pe ce coclauri umbli acum? Hai la mine."

Aha, deci nu știe că sunt în studio. Cu atât mai bine.

"Din moment ce vorbesc cu tine la telefon, nu pot umbla pe nicăieri. Stau. Și dacă aș veni la tine ce crezi că ar putea să iasă?"

"Stai să intre și pe urmă vedem ce iese!" pufnește Paul în râs de-a binelea.

"Ești obraznic!"

Tăcere la capătul firului. Mă hotărăsc să trec peste ce a spus mai devreme.

"Deci... vii la Turist sau nu?"

"Ți-am mai spus că astea sunt întâlniri de liceană. Eu mi-am dat bacalaureatul de mult."

"Să-ți fie de bine, eu încă nu! Așa dau eu întâlniri, nu direct în pat, ca Irina," mă ia gura pe dinainte și regret imediat.

"Dacă asta are importanță pentru tine, să știi că ultimele dăți am fost cu ea în mașină, nu în pat."

Mă lasă mută câtă îndrăzneală are. Și cât de calm vorbește despre asta!

"Laura, poți să aștepți puțin la telefon, te rog? Nu te mișca de acolo."

Rămân cu receptorul în mână. Ce-i mai trece oare prin minte? Mă sprijin cu coatele pe masă, cu fundul spre cameră, propunându-mi să am răbdare și ciulind urechea la zgomotele misterioase de pe fir... Când simt o prezență în spatele meu și mă întorc brusc. Bineînțeles că am neglijat iar să încui și Paul sprijină tocul ușii, încântat de sine că s-a prins de unde îl sun. Bineînțeles că i-a spus și lui Profesorul de avansurile tehnologice din casă.

"'Ce faci aicea, pescuiești?'" fredonează el din *Pescarul Amator* cântat de Trio Grigoriu, o melodie hazlie, veche, pe care nu am mai auzit-o de când eram mică.

Trântesc telefonul fiindcă mi-e ciudă că m-a luat pe neașteptate și m-a prins. Se apropie tacticos, cercetându-mă într-un fel care mă face să mă simt de parcă aș purta doar o biată frunză, ca biblica Eva... dar de salcâm nu de viță.

"'Dacă Mohamed nu vine la munte'..." se joacă el cu zicalele dar îl întrerup, completându-l, apropo de porecla pe care i-a dat-o George.

"...'Vine'... Himalaya 'la Mohamed'!"

"'Zice Zdreanță 'n gândul lui...'" încearcă Paul să pareze, folosindu-se de data asta de versurile Argheziene dar i-o iau iar înainte, retezându-l inspirată și adaptând cuvintele la situație.

"...'S-a făcut... al dracului'!"

Pufnește în râs. Vai cât este de adorabil în momentul ăsta!

"Văd că și tu stai bine cu literatura. Pe aia cu 'Pisicuță, pis-pis-pis, te-am văzut azi noapte 'n vis' o știi?"

Nu mai apuc să dau dovadă de spiritualitate că mă saltă ca pe o păpușă din celuloid, ridicându-mă până în tavan. Eu țip să îmi dea drumul apoi mă opresc brusc, imaginându-mi că se aude în stradă. Mă pune în picioare pe masa din bucătărie, ținându-mă de glezne și de data asta uitându-se el în sus la mine, poate ca să vadă cum se simt ceilalți în umbra lui...

"Păcat că nu porți azi *mini-joup*, ce 'unghi de câmp' aș fii avut," șoptește fierbinte, doar pentru urechile mele.

A început să învețe termeni fotografici la serviciu, de când umblă după reportaje cu aparatul de gât. Mă prefac că îl lovesc în creștet dar se ferește înfundându-și fața în genunchii mei.

"Știi, de fapt, astăzi voiam să îți propun ceva serios," declară el încă ascuns, fără să mă privească.

"Mă ceri în căsătorie?!" îl iau eu peste picior, pefăcându-mă plăcut surprinsă.

"Nu încă," mormăie el în aceeași poziție, fără a își pierde cumpătul și suflându-mi aer fierbinte în materialul jeans-ilor, ca flăcările balaurului din poveste. "Mă lași să îți spun acel ceva serios?"

"Ești tu în stare și de așa ceva?"

Mă zgâlțâie ușor, să tac.

"Dar tu ești în stare să mă asculți?"

Rămân nemișcată. Cum este posibil să stau atât timp în brațele lui Gelu pe motocicletă, fără nici cea mai mică grijă, și când mă atinge Paul să mă simt ca băgată în priză?!

"Sâmbătă, pe 26 august, își serbează tata ziua, la noi în apartamentul din Calea Victoriei. Este tradiția familiei din fiecare an, toată lumea se îmbracă de mare gală, cheamă personal de serviciu să ne servească la masă... Nu pot să lipsesc."

Aștept să îmi explice ce treaba am eu cu ceremonia lui Ștefanian. Nu zice nici pâs aproape un minut, sperând să îl întreb ceva dar tac chitic și îl ascult cum nu mai spune nimic, așa cum mi-a cerut. Până la urmă continuă, neavând încotro.

“Te rog să vii ca perechea mea, vrei?”

O, Doamne, cum să nu vreau?! Sunt fericită de orice clipă pe care o petrec cu el, mai ales când suntem în public și risc mai puțin să fiu la cheremul lui. Dar ce am să mă fac eu la ei în casă, sub privirile Giovannei?!

“Mă tem că am să mă simt... în plus.”

“Nu te teme, și eu am să mă simt la fel. Dacă asta este vreo consolare.”

“Cine mai vine?”

“Sergio și Ștefan, bineînțeles. Și Silvia. Mama propusese să mai invităm pe cineva, să fim perechi, cică să putem dansa, și sugerase să o cheme tata pe prostuța aia de la tine din birou...”

“Pe Lucica?!”

“Câte prostuțe aveți pe acolo?! ...Dar tata nici nu a vrut să audă de ea. A avut el cândva ideea de a ne împrieteni dar acum a fost categoric că dacă eu vin cu tine s-ar crea o situație penibilă. Și lui îi placi foarte mult. Nu știu dacă mai aduc ei pe cineva pentru *zio* dar sunt convins că suntem destui și așa.”

Înțeleg perfect de ce a vrut Giovanna să vina Luci, exact ca să mă simt eu prost. La fel cum i-a dat și Irinei numărul de telefon al Profesorului, să bage zâzanie, italiancă afurisită ce este!

“Tu le-ai spus deja că vii cu mine?!”

Tace cu încăpățânare și nici nu îmi dă drumul... Când în ușa larg deschisă apare Sergiu, ciocănind să ne atragă atenția. Se uită la noi nedumerit, fără să zâmbească. Îmi închipui cum putem arăta, eu cocoțată pe masă, cocoșându-mă să nu lovesc tavanul cu capul, Paul îmbrățișându-mi picioarele, cu nasul înfipt între genunchii mei. Mă ia cu o mișcare iute, lăsându-mă în picioare lângă el, și încrucișează brațele vinovat, ca un puștan prins la furat de corcodușe.

“Paul! Nu ai pus receptorul la loc în furcă la tine, și nu pot să dau și eu un telefon. Tu nu te gândești când faci ceva?”

I-aș lua apărarea să zic că l-am chemat de urgență și o fii uitat... dar nu merită. Cum a putut să accepte în locul meu invitația la ziua lui taică-său, care este și directorul meu pe deasupra?! Paul tace, măcinându-și măselele, și Sergiu își îndreaptă atenția spre mine.

“Sunase mai înainte Alexandra să mă roage să îți transmit să treci vineri seara pe la ea, neapărat, ceva în legătură cu o rochie. Nu i-am dat numărul tău, te las pe tine să faci asta.”

Dintr-o dată, durerea de dinte îmi revine cu forță reînnoită și mă strâmb ducând mâna la falcă. Mă văd amândoi... dar nu au cum să mă ajute. Îi mulțumesc nașului pentru mesaj și când aud că îmi urează ‘Noapte bună’ și dă să plece, mă uit ostentativ la ceas, și îl împing pe Paul din spate ușurel, spre ușă. Profit de faptul că nu are cum să protesteze cu unchiul lui de față și îl duc așa până în prag, când se apleacă neobservat spre mine să îmi șoptească la ureche, rânjind.

“Nu uita zicala ‘De ce ți-e frică nu scapi’! Continuăm noi discuția...”

Îmi pun ferm palma în spinarea lui și îl conving să pășească afară. De data asta mă asigur că încui bine în urma lor și mă grăbesc să mă pregătesc de culcare, înghițind două Algocalmine.

Mă răsucesc și mă învârtesc în somn pe toate părțile, trezindu-mă după miezul nopții în chinuri. Măseaua cea nenorocită mă doare cumplit, până în creieri. Nu mai am alternative de scăpare, trebuie să ajung la dentist. Mai bine mă chinui o jumătate de ora pe scaunul călăului decât să sufăr așa, zile la rând.

Mă spăl de nouă ori pe dinți și reușesc până la urmă să adorm din nou cu periuța strânsă între maxilare, jurându-mă să opresc în drum spre serviciu la policlinica uzinei, să îmi fac neapărat o extracție.

Capitolul 44

De dimineață l-am sunat pe Soare informându-l că întârzii la birou să îmi scot măseaua, și așa cum îmi promisesem, mi-am făcut curaj să opresc la cabinetul dentar. Am înghițit înainte un Extraveral să nu îi leșin de frică pe scaun, și aș fii ațipit așteptând două ore la ușa lui, dar durerea permanentă, înnebunitoare și surdă care îmi bătea în tâmple m-a ținut trează.

Un tip mare ca un luptător de sumo în halat alb și-a proptit burta în brațele mele, și după ce mi-a amorțit bine falca cu o injecție, mi-a tras afară, după multă luptă și chin, cauza terorii din ultima săptămână. Mi-am amintit de romanele și filmele despre torturile inchiziției, pentru că afurisita de rădăcină era destul de lungă să nu se lase, însă am plecat de la el cu un nou gol în gură și total anesteziată, nemaisimțindu-mi nici buzele.

Ce bine ar fii dacă aș putea face o injecție și împotriva simțămintelor afective, să nu îmi mai fie dor de ochii verzi cu gene negre care mă obsedează clipă de clipă. Sau a temerilor mele puerile, din cauza cărora mă tem să nu pierd mai mult decât dacă mi-aș asuma riscul să încerc ceva...

Restul zilei a trecut fără evenimente și telefoane care să mă agite. Singura persoană cu care am vorbit în afara serviciului a fost Gelu, cu care am aranjat să mă învoiesc a doua zi de la prânz, să înregistram C.Z.-ul pe numele meu.

Vineri, conform discuției dinainte, mi-am redus temporar pretențiile, suindu-mă pe Mobra lui când a venit să mă ia de la Republica. La vilă am schimbat armăsarul și ne-am continuat drumul spre biroul de evidență a circulației. Plesnesc de mândrie în fața diferenței de capabilitate și performanță dintre motoarele noastre. Îmi mângâi motocicleta cu drag, ca pe o pisică, și îmi răspunde torcând la ralanti, sacadat.

Am învățat să îi pun combustibil și să îi curăț carburatorul, noi cunoştințe mecanice mă fac să mă umflu în pene și mai și. Nu îmi vine să cred că este a mea și mersul în bătaia curentului îmi dă o senzație fantastică. Mă simt liberă și invincibilă, de parcă aş avea puterea să zbor ori încotro mi-ar dori inima. Mai ales când conduc eu, dar și în spatele cuiva e deocamdată bine.

Biroul se află pe Strada Candiano Popescu, dar Gelu a greșește drumul și trebuie să ocolim tot Parcului Libertății, pe Cuțitul de Argint, până la Calea Şerban Vodă. Toată zona este pavată cu piatră cubică și brăzdată de șinele tramvaiului, lucioase și alunecătoare. Simțul echilibrului deprins pe bicicletă din copilărie mă ajută, dar realizez că mersul pe o motocicletă grea, cu viteză mare, implică nu numai nevoia de exercițiu cât și forță fizică și prezență de spirit.

Rezolvăm problema înregistrării fără complicații și nu mă mai satur citind și recitind documentele pe care le am în mână. Conform celor scrise în acte, eu, Gavriliu Laura Valeria – numele de familie va trebui schimbat ca să fie totul perfect – posed oficial motocicleta Jawa CZ, cu motor de 175 centimetri cubi, fabricată în 1966, roșie. Nu sunt tocmai de acord cu culoarea, dar mi s-a explicat că nu au categorii mai precise ca la Fondul Plastic, drept care pentru Ministerul Transporturilor, vișiniu sau roșu-tițian, sau ce altceva aş fii preferat eu... nu există.

Ne întoarcem pe bulevard, îndrăzneți, având noroc și de data aceasta să nu ne oprească nimeni pentru permisul de conducere. În curte, Gelu se urcă pe Mobra lui în timp ce eu îmi garez grijulie comoara la adăpost. Mai stăm la o țigară amândoi și mă bucur de zâmbetul lui care nu este nici insinuant, nici cu mai multe înțelesuri. Intuisem de când venise după mine că are ceva de spus și abia acum, când suntem față în față și nu ne mai grăbim nicăieri, se destăinuie cu încântare că și-a făcut o prietenă nouă, Luminița.

Nu mi-am închipuit niciodată că ar aștepta într-adevăr după mine până la optzeci de ani, doar-doar mă hotărăsc să fiu cu el, dar simt o dezamăgire ușoară. Noi ne povestim toate cele, inclusiv viața amoroasă pe care o avem amândoi – separat – și știu câte fete a avut, de care a fost îndrăgostit câte o lună, două, de cine s-a despărțit, și de ce. De data aceasta însă îi citesc în ochii căprui și calzi o sclipire nouă, de care el probabil nici nu își dă seama. Îl pierd pe Gelu... Îmi trece scurt prin minte. Nu voi mai avea pe cine chema la nevoie, la dispoziția mea.

"Când mai ești pe acasă la maica-ta într-o sâmbătă sau duminică să mă anunți, și vii la mine să faceți cunoștință."

"Ce zice madam Stoian de ea?"

"Mama? Se bucură că ne vizitează cineva cu țigări din care să poată fuma și ea," râde el, gata de plecare. "Sunt curios să îmi spui ce părere ai despre Lumi. Ai s-o vezi ce draguțică este..." Și după ce mă pupă pe obraji, demarează atent, coboară bordura în stradă și dispare.

Gelu al meu este înamorat din nou. Umbra de egoism s-a risipit și mă bucur sincer pentru el. Bănuiesc că voi rămâne într-un fel dragostea platonică a vieții lui, dar el este un tip mult prea rațional să alerge după fantasme și a venit timpul să își găsească o pereche adevărată.

Îi înțeleg și nerăbdarea de a ne face cunoștință, considerând că nici unul nu concepem posibilitatea de a renunța la prietenia noastră. Oricine ar fii această Luminiță, unul din testele pe care trebuie să le treacă este să îmi placa și mie de ea, probabil, să mă accepte în rolul de pseudo-soră a lui...

Puşlamaua de Paul m-a văzut când am venit acasă dar s-a mulţumit să arunce doar ochii pe fereastră, fără să iasă să facă cunoştinţă cu prietenul meu. Nu dă semne de gelozie şi trag concluzia că ori este prea sigur de el ca să îl considere un competitor periculos, ori că poate... nu îi pasă.

Ceea ce mă întristează puţin. Dar sunt încă supărată că ţine secrete şi trebuie să aflu ce păreri are despre mine de la Ştefan şi George, prin Silvia şi Al. Că atunci când se hotărăşte să vorbească o face doar ca să îmi comunice ce hotărâri a luat în legătură cu mine, fără să mă întrebe în prealabil.

Prin fereastra deschisă se aud semne de viaţă în salon la Profesor, şi decid să trec pe la el. Îmi ridic blugii în talie, constatând cu satisfacţie că au avut colegii dreptate şi alergătura emoţională după Paul m-a ajutat să slăbesc. Aş putea să îmi bag trei pachete de ţigări la brâu şi tot ar mai fii loc. Urc treptele câte două deodată, uşoară, chiar dacă inima îmi este grea şi în realitate aş fii preferat să o iau în jos, spre demisol.

Sergiu mă întâmpină cu un zâmbet mai larg decât de obicei, dar fără să facă nici o aluzie la nepotul lui sau la poziţia în care ne-a găsit miercuri seara. Remarcă doar că nu mai am grimasa din cauza dintelui buclucaş, şi mă îndeamnă să îmi iau o cafea din bucătărie. Când mă întorc, pe măsuţă tronează o cutie uriaşă din carton cafeniu, acoperită de benzi adezive şi etichete ştampilate la vamă.

"Laura, acum am venit de la poştă. Carlo, fratele meu din Roma a trimis pachet din iulie şi abia acum a ajuns. Patru săptămâni, de parcă l-a carat cineva în spate!"

"Profesore, am auzit de cazuri când coletele din străinătate fac şi trei luni. Sau nu îşi mai ating de loc destinaţia."

"Ai dreptate, hai să îl deschidem amândoi. Şi tu ai câte ceva în el. I-am făcut comandă specială, pentru finuţa mea."

Mă bucur ca un copil de Sfântul Nicolae, când îl așteaptă bomboanele în papuci, la gura sobei. Tăiem ambalajul și începem să extragem comorile mărunte, înghesuite printre obiectele mai mari, să umple golurile. Cafea și praf ce ciocolată în pachețele argintii, săpunuri aromate. Când ajungem la articolele principale, primul este un pulover moale, din lână cenușie, bărbătesc, pe care îl pune din scurt în fața lui, în dreptul oglinzii, să vadă cum îi vine.

Se pare că majoritatea italienilor pe care i-am văzut vreodată sunt atenți cu ținuta vestimentară. Sergiu este un bărbat frumos pentru vârsta lui și ar fii păcat să se neglijeze, îmi trece prin cap. Din cutia miraculoasă mai scoate o pereche de pantofi din piele și cosmetice tot pentru el și... o cutie elegantă, cam cât o conservă, pe care scrie Moschino cu litere aurii, pe care mi-o înmânează peste umăr.

Examinez entuziasmată cadoul și după ce mă lupt cu celofanul și celelalte piedici din drumul curiozității mele, constat că înăuntru se află... primul meu parfum străin!!! Adulmec cu grijă, apăs pe butonul atomizor, și mă strâmb fără să vreau. Este groaznic de puternic și dulceag. Bine că Profesorul este cu spatele la mine, să nu observe cum încerc disperată să mă șterg sau măcar să împrăștii mirosul pe o suprafață mai mare a pielii.

Încă scobește printre lucruri, golind treptat lada, când într-un sfârșit, ridică o pungă opacă, de dimensiuni considerabile și se întoarce victorios spre mine, întinzându-mi-o.

“Asta căutam! Aici trebuie să fie totul numai pentru tine și Liviu. Cu Moschino... nu știu dacă te-am nimerit, dar era ceea ce folosea soția mea, pe vremuri. Să vedem cum ți se potrivesc hainele!”

“???” rămân cu gura căscată și pachetul în brațe, nevenindu-mi să cred. Îmi închipuisem că parfumul, dacă îmi place sau nu, fusese totul. Dar ideea de a purta ceva trimis din Italia, cumpărat special pentru mine, și nu la mâna a doua, ca ceea ce îmi mai pică de la Claudia sau alți prieteni... Asta este prea de tot.

“Du-te undeva prin casă să probezi, și spune-mi cum îți vin,” mă îndeamnă Sergiu din nou, la fel de nerăbdător ca mine.

Sfâșii dintr-o mișcare plasticul alb și pe chiuveta din baie unde m-am retras, se varsă în valuri sclipitoare, două rochii de ocazie, una albastru regal cu lame, și alta din ceva moale ca pielea dar elastică și subțire, de culoarea bronzului vechi, întunecat. Peste ele pică o pereche de blugi Wrangler, într-o nuanță închisă, indigo, tricouri și cămăși din in topit, mov, verde fistic, gri... Și o pereche de sandale Leonardo argintii ca poleiala de la ciocolată, din bretele fine înnodate decorativ, și cu tocuri înalte, subțiri, cum nu am avut niciodată.

Pentru cel mic, Carlo a trimis o salopetă de catifea reiată kaki, una de bluejeans, o geacă umplută cu puf, și niște șoșoni îmblăniți. Plus gumă de mestecat și dulciuri. Cineva s-a gândit că până primim pachetul poate veni iarna și cum un copil crește vertiginos, a plănuit pentru viitoarele nevoi. Anticipez cât se va bucura puștiul de toate și nu știu exact cui să mai mulțumesc pentru tot ajutorul pe care îl primesc în ultimul timp.

Îmi ia o oră să îmbrac și să dezbrac toate, țopăind în fața oglinzii. Totul este pe măsura mea, inclusiv pantalonii și încălțămintea, ceea ce este de obicei mai greu de ghicit, mai ales că masurile străine nu sunt ca ale noastre. Mă minunez că pot păși ușor pe cuiele de aproape nouă centimetri și îmi fulgeră prin cap că pot să le port liniștită cu Paul, fiindcă nu am șansa să îl ajung în înălțime nici cocoțată pe ele.

Mă întorc în salon purtând blugii americani și sandalele care se potrivesc ca nuca în perete împreună dar nici nu fac notă discordantă fiindcă am păstrat pe mine o bluză cu imprimeu argintiu. Fac o piruetă și câțiva pași ca pe podium, la parada de modă. Profesorul fluieră admirativ, adulmecându-mi încântarea fără margini și îi sar de gât, pupându-l pe amândoi obrajii și mulțumindu-i de zeci de ori, ca o placa muzicală pe care nu o mai poți opri.

“Laura, Laura!...” râde el, apărându-se de efuziunea mea. “Nu știi că după tradiție, nașul trebuie să își îmbrace finuța din cap până în picioare?!”

“Sunt superbe toate și îmi vin ca turnate. Nu pot să cred cât de bine le-ai nimerit!”

“*Be'!*” exclamă Sergiu, pur italienește, “recunosc că m-a ajutat nepotul meu favorit. El ți-a luat masurile mai din ochi, mai cu mâinile,” îmi explică Profesorul amuzat.

Mă opresc în loc, serioasă dintr-o dată, amintindu-mi că sunt încă supărată pe Paul. Profesorul este ocupat să adune hârtiile și resturile din jurul mesei și nu își dă seama, continuând.

“Acum sunt sigur că ai de unde alege ce vrei să porți la ziua lui Titi! Ai să fii cea mai frumoasă Cenușăreasă din lume, draga mea. Cu toate că ‘prințul’ a pus deja de mult ochii pe tine.”

Mi se pare că se face brusc întuneric în casă. Toată lumea știe că vin cu Paul la ziua Zmeului, mai puțin eu, fiindcă am aflat după ce au fost făcute cărțile. Fiecare a auzit câte ceva despre cât de mult mă place sau mă iubește Paul... Dar el personal face numai glume cu mine și nu mai știu ce să cred. Observ că Profesorul și-a terminat treaba și se uită la mine cu curiozitate, bănuind că ceva nu este în ordine.

“Laura, ar trebui să știi până acum că băieții îți creează întotdeauna bătăi de cap și de inimă. Nu vreau să te văd tristă din cauza asta! Ia coboară până la el, să te vadă cum arați,” mă provoacă, anticipând probabil în mod optimist o împăcare spectaculoasă, ca în filme.

Îmi iau tot ce am primit în brațe, îi mai mulțumesc o dată dar mă duc la mine, unde dau să mă schimb la loc cu ce purtasem înainte, apoi mă răzgândesc dintr-o dată și cobor apăsat, țăcănind cu tocurile pe trepte și oprindu-mă în fața ferestrei de la demisol. Draperia este trasă, dar dinăuntru se aud ultimele măsuri ale lui Celentano cu un cântec mai vechi, *Ti Avro*, ale cărui cuvinte, dacă înțeleg eu bine, se cam potrivesc stării de lucruri. Adică 'Am să te prind', în traducere liberă, pe melodie lentă.

Până să dezbat posibilitățile dintre a îl striga pe nume sau a ciocăni în rama geamului, se deschide ușa și Paul iese în prag, în toată măreția lui.

"Laura! Ce mai faci?"

"Bine..." îngân eu, uitând ce aveam de gând să spun.

"Ce îți mai face măseaua?"

"Nu știu, am lăsat-o ieri la dentist, în coșul de gunoi."

"Sincere felicitări," zâmbește el larg. "Înseamnă că ai început să iei hotărâri decisive. Pe când și cea în privința mea?"

Întrebarea directă mă descumpănește și intru automat în stare de alertă, zbârlindu-mi țepii, ca un arici.

"Te referi la ziua tatălui tău sau la altceva?"

"La oricare. La amândouă."

"Dacă numai 'altceva' te interesează... Poți să aștepți încă mult și bine."

Anticipez să îmi dea replica cu vreo măgărie dar mă surprinde.

"Iartă-mă, nu am avut intenția să îți par grosolan. Hai mai bine să ascultăm muzică împreună," adaugă el. Văzând că nici nu mă urnesc și nici nu răspund, continuă. "A venit pachetul de la Carlo... Văd că îți vin turnați blugii."

"Îți mulțumesc că i-ai sugerat mărimile potrivite."

"Numai la sutien nu l-am putut ajuta, în cazul în care ar fii comandat și lenjerie. Poate data viitoare. Știi bancul, nu?" mă întrebă el făcând amândouă mâinile căuș și privindu-mă provocator.

Da, cine nu-l știe?! Cu tipul care a umblat cu degetele chircite așa toată ziua și când l-a întrebat cineva ce-i cu el a răspuns că trebuie să țină minte măsura la pieptul nevestei, că l-a rugat să îi cumpere țâțar. Îmi fac curaj dintr-o dată.

“Vrei să ieşim la o cafea?”

Îmi ignoră întrebarea.

“Mai știi ce facem pe 26 august?”

Abia uitasem. Atunci este invitația la Ștefanieni?

“Mergem la ziua tatălui meu?”

“Și eu?”

Se uită mustrător și nu mai am cum să fac pe proasta.

“Credeam că nu mai mă iei cu tine.”

Zâmbește îndrăzneț.

“Dar pe cine să iau?!”

“Eventual pe alta... care are mai puține ‘treburi și se gândește mai mult la tine’”, îi parafrazez acuzația de la ultima conversație.

“Asta e figura ta ‘paisprezece’! Când nu mai ai ce să spui... ataci,” se plânge Paul desfăcând brațele larg a descurajare.

“Adică care sunt celelalte figuri, mă rog?”

“Încă nu le cunosc pe toate. Dar am timp să le aflu...”

“‘Ce spui tu, străine?!’” apelez din nou la citate literare, să nu tac.

Dă din cap, azvârlindu-și părul de pe frunte, iritat de încăpățânarea mea.

“Te-am întrebat dacă vrei să mergem la o cafea... Sau ai altceva de făcut? Croșetezi iar?” insist, cu speranța că poate reușim să stăm de vorbă fără să fim singuri într-o cameră cu paturi, mese, muzică, și alte tentații.

“Da, am altceva de făcut. Aștept să vină pe la mine o fată.” Nu știu dacă mi-a citit în ochi tresărirea, și sper că nu are cum să observe fiindcă a rămas la el în ușă și eu sunt încă sus, în curte. Dar continuă, înainte de a avea eu timp să reacționez. “Una, Laura. O știi cumva?”

“Nu,” râd eu uşurată. “Dar îi rup picioarele dacă o prind pe la tine!”

Ne tachinăm ca la şcoală şi îmi aduc aminte de colegul de bancă din clasa întâi, Traian, pe care îl plesneam peste capul tuns regulamentar ca periuţa. Mă simt puerilă şi imposibilă, şi vreau să pun capăt situaţiei. Alexandra mă aşteaptă să o ajut să îşi termine rochia pe care i-am croit-o...

“Te las să... croşetezi... atunci,” închei eu discuţia care se pare că nu ajunge nicăieri, nici unde vrea el, nici încotro vreau eu.

Dintr-un salt este lângă mine, prinzându-mă în braţe şi vorbindu-mi iar de sus, inclinându-se spre mine să îi pot auzi vocea domoală, la o palmă de fruntea mea.

“Dacă tot nu mai vine nimeni la mine, mă duc şi eu să mă întâlnesc cu George. Dar e ultima oară când te iert, să ştii. La prima întâlnire... îţi promit un viol, altfel nu se mai poate cu tine!” râde el poznaş, şi eu încerc degeaba să mă scutur de mâinile lui.

“Îţi sunt profund recunoscătoare de mărinimie, înălţimea ta! Călătorie sprâncenată! Am să am grijă să mă păzesc data viitoare!” îi răspund la toate cât pot de serioasă, punându-mi palma în pieptul lui să îl îndepărtez, fără succes. Parcă aş împinge zidul casei, cu toate că e subţirel şi mlădios ca plopul.

“Ştii ce face omul când pleacă de acasă?”

A schimbat subiectul sau spune bancuri mă întreb eu, dar Paul nu îmi dă timp să mai spun nimic şi eliberându-şi o mână, îmi coboară pleoapele, cu o mângâiere gingaşă.

“Închide ferestrele, bagă cheia,” mă apasă el pe nas cu arătătorul, “...şi încuie bine uşa!” exclamă dintr-o dată jucăuş, şi mă sărută apăsat pe buze fără să mai apuc să mă feresc.

Apoi, înainte de a putea eu protesta, mă lasă brusc şi iese pe poartă cu pas grăbit, fără să se uite în urmă. Îmi potolesc bătăile inimii cu greu şi îmi este teama să duc mâna la gură, să nu şterg urma primului sărut furat...

În urma noastră, indiferent de cât ne ceartă Profesorul pe amândoi, ușa mea rămâne descuiată ca de obicei și a lui Paul larg deschisă. Plec spre Sala Palatului, la prietenele mele, fără să mai pierd timpul să mă schimb cu ceva mai comod. La urma urmei, am să am ocazia să le arat și lor minunatele mele sandale și să le fac rodajul.

Încă nu s-a întunecat afară și poate atrag atenția, dar puțin îmi pasă. Și așa se uită lumea după fundul meu 'unic' după cum mi s-a spus că îl consideră Paul. Mai ales strâns în blugii cei noi, cambrați perfect pe mine.

Ca o halucinație de care nu mai scap, în fața ochilor am numai chipul cu ochi verzi, încadrat de păr des și negru, și gura mică cu buza răsfrântă pe care și-a lipit-o de a mea. Înainte de a ajunge la Athenee Palace, opresc la un telefon public să mă asigur că Alexandra este acasă și nu a uitat că trec pe la ea. Sau măcar să nu întrerup cine știe ce, dacă tot sunt ai lor în concediu.

"Alo?"

"Laura!!!" îmi răspunde la a doua sonerie, surprinzător de entuziasmată.

"Bună. Ce-ai făcut cu rochia?"

"E gata. Am cusut-o singură, de mână, totul este pus la punct!"

"Atunci nu mai ai nevoie de mine astă-seară!"

"Ba da, ba da!!!" sare ea repede. "Vino încoace!!!"

"Și tu mă inviți la tine?!" mă ia pe mine gura pe dinainte dar ea râde, bănuind de unde poate veni exclamația mea.

"Stai liniștită, eu nu îți fac nimic!"

"Atunci ce rost mai are să vin!" chicotesc eu dar nu dau înapoi pentru că mai am câțiva pași până la ea și nu merită să mă întorc din drum.

La familia Brateș îmi deschide ușa George, salutând ca soldații romani.

“Salve!”

“Bună… Faci pe bărbatul casei?”

Silvia cu Ștefan sunt și ei prezenți, ca doi porumbei cuminți pe același fotoliu, privindu-mă atenți. Alexandra se abține să nu o pufnească râsul și mă conduce formal să mă așez, aranjându-mă de parcă m-ar pune pe scaunul electric. Devin bănuitoare.

“Ce puneți la cale?”

“Nimi-i-i-i-c!”

Răspunsul care vine în cor este plin de nevinovăție prefăcută și acum sunt sigură că ascund ceva de mine, după cum se uită toți spre geam sau pe pereți, ca în filmele cu Stan și Bran, când își fac șotii unul altuia. Încerc să ghicesc.

“Vine cumva Paul pe aici?”

“Poate…” răspunde fratele lui, tentativ.

“Atunci mă scuzați dar am o treabă!” mă ridic cu repeziciune.

Silvia îmi aține calea.

“Dar ce ai?! Ești speriată de bombe?!”

În mișcarea mea spre ieșire m-am întors spre latura cealaltă a camerei, unde este recamierul. De-a latul, forma de sub pătură ocupă tot spațiul. Aha, de asta stăteau toți pe scaune și fotolii…

“Cine-i acolo?”

“Unul tare… ca fularul!” râde George.

“Ciudat!” se preface Silvia că observă pentru prima dată.

“Straniu!” adaugă Alexandra, intrând în joc.

“De-a dreptul suspect și misterios!” completează Ștefan. “Mortul în păpușoi’! I-am făcut și epitaf.

Sub această pernă mare,

Obosit se odihnește;

Vă rog, nu vorbiți prea tare

Că iese și vă pocnește!"

Ștefanian cel mic are mania rimelor improvizate, nu este prima dată când scoate perle din astea pe moment. De sub pledul mițos al Brateșilor sare într-adevăr Paul, cum începusem să bănuiesc, după lungime. Unul ca el ar fii fost concurență serioasă mitologului personaj Procust, cu patul lui, cu tot.

Se uită cu toții la mine și cum nu știu ce să mai zic, Silvia ia cuvântul, admonestându-mă, ca profesoara la școală.

"Sunteți doi aiuriți! Tu vrei să fugi când auzi că vine el, ăsta se ascunde când suni tu că ajungi încoace... Zău dacă vă mai înțeleg!"

"Iar voi sunteți niște neserioși!" mă rățoiesc eu, la rândul meu. "Paul, nu spuneai că te duci la George? Aici locuiește George?!"

"Încă nu..." mustăcește el.

"Când am spus că mă duc la el acasă!? L-am căutat pe el, în persoană. Nu se află aici? Uite-te mai bine!" se apără Paul.

Doamne, cât de trăsnit poate fii câteodată! Mă trântesc înapoi pe locul meu, răsuflând adânc. Este dezarmant de dulce și insistent, când vrea. Se așază în fața mea, pe vine și își sprijină coatele pe genunchii mei, căutându-mi ochii cu privirea lui verde.

"Spune-mi, Laura, cu martori. Mă iubești?"

Ceilalți zâmbesc îngăduitori, uitându-se la noi în așteptare.

"Tu ce crezi?" i-o întorc sfidătoare, încercând să îi susțin atacul.

"Că da!" răspunde el prompt, de parcă ar spune "mai întrebi?!"

Nu vreau să îl contrazic.

"Dar tu, Paul, mă iubești?"

"Sigur!" tonul este de data aceasta glumeț și nu pot lua răspunsul ca pe o declarație adevărată. "Te iubesc în așa hal încât dacă nu accepți să vii ca perechea mea la ziua tatei, am să urc scara de la garaj..."

“Fără, fără...!” încerc să îi opresc amenințările, de teamă să nu aducă iar vorba în fața tuturor de violul promis, dar el mă întrerupe, râzând.

“Fără scară, dacă așa vrei tu. Leg două cearșafuri cap la cap și le agăț la fereastra ta și mă cațăr pe ele.”

“Paul, eu am o soluție mai bună,” intervine George. “Uite, iei asta…” și îi bagă în mână cea mai apropiată cutie de chibrituri pe care o găsește, pentru demonstrație. “Acum le amesteci bine…” îl înghiontește până i se urmează instrucțiunile cu reticență.

Gestul mimează cu totul altă activitate și poanta blondului se bazează tocmai pe similitudinea mișcării. Toți pufnesc în râs, mai puțin eu și Paul care dă din umeri, își răsfrânge buza de jos și cu gesturi calme scoate un chibrit, îl aprinde din scurt și îl tine vertical, cu subînțeles, să pricepem toți mesajul.

“*Eppur si muove*!” pune el punct discuției cu celebrele vorbe ale lui Galileo Galilei.

“Ce să ne mai facem cu ăștia citiții!” comentează Silvia sarcastic, ieșind pe balcon să fumeze.

Înțeleg ce vrea să spună Paul, care nu și-a luat privirea din ochii mei cât a făcut toate jocurile cu chibrituri. Dincolo de glumele și drama în care ne încâlcim, el rămâne drept și hotărât, în așteptare.

Ștefan dă drumul la muzică în camera cealaltă, și iese după Silvia cu o țigară în mână. Melodia lui Umberto Tozzi, *Ti Amo*, este absolut splendidă, genul de cântec care îmi pătrunde în suflet aprinzând patimi nebănuite. Alexandra cu blondul au dispărut și ei… Suntem singuri, față în față, doar eu și Paul, iar el îmi scrie la picioare, pe covor cu chibriturile, ‘*TI AMO*’. Adică “Te Iubesc” în italiană…

Mă aplec, și ca să fac și eu concesie la toate tachinările de până acum, iau câteva bețe și dublez literele lui, mărturisindu-i același lucru, tot pe mutește. Când văd cum se uită la mine, împrăștii repede declarațiile și mă ridic, gata de plecare. Ne luăm rămas bun de la ceilalți, din hol, și ieșim împreună. Paul are cu el o geantă de fâș, probabil luată de la George, și mi-o întinde, glumeț.

“Poți să îmi duci și mie asta? Nu este grea.”

“Atunci de ce nu ți-o cari singur?” accept eu nelămurită obiectul.

“Ca să ai tu mâinile ocupate. Nu o ține așa cu două degete, de parcă ți-ar fii scârbă! Ai să o scapi.”

“Și ce, se sparge?”

“Se murdărește!!!” protestează el exasperat.

“Ei, și?!”

“Offff!” o ia înapoi, agățându-și-o pe umăr resemnat și luându-mi mâna să coborâm în stradă. Dar mă gâdilă în palmă cu un deget, gest la care eu mi-o smulg reflexiv. Mă lipește de perete pe treapta unde am ajuns, nas în nas cu mine, provocător.

“Sărută-mă odată. Doar atât.”

Se așteaptă să îl refuz și să mă feresc, să reluăm jocul de până acum... Și mă hotărăsc brusc să iau ‘inamicul’ prin surprindere, să văd cum reacționează. Îmi înfund mâinile în părul lui, apucând bine câte un smoc aspru, să fiu sigură că îl țin în loc, și îi îl sărut direct pe buze, tentativ, de parcă l-aș pipai pe întuneric.

Inspiră puternic dintr-o dată, ținându-și răsuflarea, și îi simt mirosul de tutun bun și de colonie, urmărindu-i cu ochii deschiși, curioasă, pleoapele cu gene negre, coborâte de plăcere. Mențin atingerea câteva secunde lungi, mângâindu-i gura cu a mea, încet, și când îl aud cum scapă un geamăt înfundat, îl îndepărtez fermă.

Se uită la mine de parcă ar fii amețit, apoi se reculege și se îndreaptă de spate, aranjându-și freza cu un gest afectat, de bărbat cochet în fața oglinzii. Nu-și dă seama, o face automat, fără premeditare, dar este adorabil, cu toate ticurile pe care i le observ de fiecare dată, cu grația lui masculină, inegalabilă. Înghite în sec și ridică sprâncenele, apoi zâmbește și luându-mă pe după umeri, coborâm fără un cuvânt, pornind spre vila Profesorului, în tăcere.

Mă ține lângă el posesiv, cu mâna ușoară pe brațul meu, ca o mângâiere, fără să mă incomodeze la mers, în pas sincronizat. Intuiesc că este fericit și că îi vine să râdă din inimă și degeaba, poate de mine sau de el însuși, și eu am aceeași senzație, incredibilă și imposibil de descris.

Când ajungem la vilă, fără ezitare, deschide poarta cu mâna stângă și continuă direct spre gaura de la demisol, fără cea mai mică intenție de a opri la scările care duc spre studioul meu. În capul treptelor, mă proptesc pe picioarele dindărăt, ca măgarul, în semn că eu nu merg mai departe, dar el mai coboară un pas și se întoarce spre mine, rămânând tot mai înalt și din poziția unde se află. Remarc că ușa de jos este închisă, probabil de Sergiu, după ce am plecat noi...

“Laura, hai să bem un Martini, să ascultăm muzică, și să vorbim ca doi oameni normali, civilizați. Chiar îți închipui că ți-aș face ceva cu forța?!”

Mă pufnește râsul și îmi aduc aminte unul din bancurile favorite ale lui Mihai.

“Știi cum a salvat-o Bulă pe prietena lui de la viol?” dar Paul știe poanta și zâmbește cu toți dinții la mine.

“A convins-o! Asta sper și eu să fac...” și mă ia de ambele mâini, trăgându-mă cu blândețe spre el și retrăgându-se pas cu pas în același timp, până ajungem în prag, când deschide ușa cu cotul și intrăm în camera lui.

Aprinde lumina și inspectez vizuina cu curiozitate. Nu am mai fost la el de peste două săptămâni, și sunt plăcut impresionata să văd că nu s-a transformat totul într-un dezastru, cum se întâmplă de obicei cu camerele băieților care stau singuri. Se pare că Paul chiar este un tip ordonat de felul lui, și singura schimbare vizibilă este senzația că încăperea este locuită. Și-a pus amprenta personală peste tot, și în jur domnește o vagă dezordine relaxată, cu câteva cămăși purtate, risipite boem pe spătarele scaunelor. Pe pereți au apărut două postere, unul cu o motocicletă, celălalt cu un Ferrari roșu.

Fac câțiva pași, oprindu-mă la biroul lui unde sunt câteva schițe noi, de portret, azvârlite într-un colț și... mă recunosc în ele, cu stupoare. Umbrele gentile ale grafitului m-au prins în câteva ipostaze tipice, cu țigara în gură, cu o mină uimită și ochii mari, și într-una care îmi place cel mai mult, râzând în hohote, cu capul dat pe spate.

Este pentru prima oară când cineva încearcă să mă deseneze pe mine! Examinez intrigată imaginile fidele, secvențe ale chipului meu în care par mult mai drăguță decât îmi închipui să sunt, cu toate că sunt eu, fără nici un dubiu. Pe una din foi a făcut doar câteva studii repetate de mai multe ori, ale gurii, ale ochilor...

Paul s-a întors din bucătărie și mă așteaptă cu paharele de Martini în mână, în spatele meu.

"Ești foarte talentat, poate că trebuia să încerci la Grigorescu..." remarc eu, sinceră.

"Știu, dar desenul este numai o joacă pentru mine, ca și sportul. Ceva ce fac din plăcere, și dacă ar fii să îmi câștig existența din asta, s-ar risipi farmecul," se justifică el, înmânându-mi băutura.

Îi accept explicația care îmi dă puțin de gândit. Este și asta o concepție interesantă, de a îți păstra pasiunile ca pe ceva personal, neafectat de cerințele publicului, ale șefilor, ale altora în general. Faptul că dincolo de glumele nevinovate și 'mișto' este capabil să dea răspunsuri inteligente, diplomatice, este poate la fel de atrăgător la el cât și statura sau ochii cei verzi. În cercul meu de prietene, una din cele mai frecvente glume se referă la cât de rari sunt bărbații... frumoși și deștepți. De-a dreptul o curiozitate pe cale de dispariție a naturii.

"Știi ce fac acum George și Ștefan cu fetele, de capul lor?"

Dau din umeri, fără să îmi pese prea mult ce program și-or fii făcut după ce i-am lăsat noi singuri. Dar îmi pot face idee la ce îl duce pe el capul.

"Crezi că...?"

"Nu cred nimic, sunt sigur că fac dragoste. Nici nu am ajuns noi bine în stradă când s-or fii închis câte doi în fiecare cameră, ceea ce este puțin inconvenient, fiindcă se aude prin pereți. Iar noi avem la dispoziție atâta spațiu, și sus la tine, și aici... Absolut retras de lume... și nu profităm."

Nu mă pot abține să nu zâmbesc în fața raționamentului practic pe care îl face. Ce risipă de ocazii favorabile, are dreptate. Nu poate ghici că astăzi este una din zilele lunii când nu este loc de făcut amor, indiferent unde, cu toate că și prima oară în viața mea m-am păcălit tot așa, crezându-mă în siguranță. Dar Paul este departe de orice comparație cu fostul meu soț, numai gândul de a face vreo paralelă între ei mi se pare o jignire nemeritată, nu doar ca frumusețe ci mai ales ca gentilețe și spirit.

Își așază paharul pe masă și se duce la ușă, pe care o încuie tacticos și întorcându-se spre mine, să fie sigur că văd ce face, își înghesuie cheia în buzunarul din față al blugilor, ostentativ.

"Ia-o, dacă vrei."

Nu îi răspund. Sunt prizoniera lui deocamdată, dar asta nu rezolvă nimic. Îmi place stilul în care mă provoacă, și pot și eu să mă joc la fel, îmi zic în sinea mea făcându-mi curaj, în timp ce inima îmi bate din ce în ce mai tare. Mă sprijin cu fundul de birou, să îmi iau greutatea de pe tocuri, încercând să mă gândesc la altceva. La cât de bine am mers cu sandalele cele noi, și cât de mult înseamnă calitatea...

Paul își descheie cămașa cu gesturi firești, fără să îmi mai ceară de data asta voie, și se dezbracă până la brâu, descoperindu-și bustul și brațele suple, armonios proporționate, încă în dezvoltare. Oare cum va arăta peste zece ani, când se va maturiza? Se ghemuiește în colțul cu aparatura muzicală și caută până găsește un disc cu Umberto Tozzi, Mina și alți soliști italieni. Prima melodie este *Ti Amo*.

Cântecul acesta îmi va rămâne probabil legat de el în memorie, pentru totdeauna. Și momentele de acum, când încă ne ghicim unul pe altul, în dansul virtual al cuceririi. Se apropie de mine și mă ia de mijloc, pentru început abia atingându-mă cu palmele, încât nu sunt sigură dacă nu cumva doar îmi închipui mâinile lui mari în jurul taliei. Nu este de vină imaginația mea, chiar îi simt degetele lungi ca de pianist, care îmi mângâie tricoul și încearcă să se strecoare pe dedesubt.

"Nu pot să cred că tu nu simți niciodată că mă vrei..." șoptește el.

"Tu ce crezi?"

"Eu te-am întrebat primul."

"Asta nu a fost întrebare. Tu ești mereu atât de sigur pe tine..."

Îmi ignoră dojana și continuă să se insinueze mai sus, pe pielea mea, deșteptându-mi fiorii de care mă temeam. Nu mai scot nici un cuvânt. Ce aș putea spune? Că sunt moartă după el, pur și simplu?! Cât sunt obsedată de ideea că dacă ne culcăm împreună se va plictisi repede, după ce dispare tentația fructului oprit? Că îl prefer așa cum este acum, chinuit de dorințe neîmplinite?! Sau că dacă nu aș fii într-una din zilele interzise, i-aș ceda în aceste momente, fie ce o fi, doar să mă abandonez în săruturile și îmbrățișarea lui...

"Eu cred că mă vrei... Cel puțin la fel de tare cât te vreau și eu..." continuă el fără să își piardă șirul gândurilor.

"Probabil că știi tu ce știi..." reușesc să șoptesc în pieptul lui gol și nu îmi recunosc vocea. Aroma lui specifică mă atrage ca un magnet, ca fumul de țigară bună sau de parfum scump. Îmi amintesc cum mă minunasem la mare, observând că are mai multe fire de păr pe brațe și picioare decât pe partea de sus a corpului...

Îl iau și eu de mijloc, încercând să îmi păstrez mișcarea cât mai neutră, fără să îl trag spre mine. Îl țin mai mult de cureaua pantalonilor, să nu îi ating pielea. Ce urmează acum? Nimic, nu poate să se mai întâmple nimic astă-seară. Mâinile lui devin din ce în ce mai insistente și coboară mângâindu-mă, dar când ajunge în colțuri mai intime, le acopăr cu ale mele și îl opresc.

Jocul nostru se mută în zona nasturelui meu de la blugi pe care încearcă să-l desfacă și eu mă lupt să îl împiedic. Îmi ia mâna la o parte și și-o pune pe brațul lui, să nu îl mai incomodeze, dar nu îl las și ne hârțuim așa un timp, tăcuți, cu tandrețe, zâmbind amândoi. Nu are nici o tendință de brutalitate și tocmai delicatețea gesturilor este cea mai excitantă.

Îmi doresc atât de tare să îi cedez, cu fiecare fibră care prinde viață lângă el, dar sunt absolut hotărâtă să amân marele eveniment pentru altă dată, când vom putea să ne bucurăm de fiecare clipă, fără piedici.

Renunță la nasture... pe care l-a descheiat oricum, și trece la găicile din spate ale sutienului. Se îngroașă gluma și îmi simt rezoluția destrămându-se. Abia mai rezist. Îmi este mai greu să îi dau mâinile la o parte de acolo și la a treia tentativa, îmi imobilizează amândouă încheieturile doar cu stânga lui, ținându-mă ferm, departe de ținta lui curentă.

Realizez că încep să mă las puțin câte puțin. Este imposibil de oprit și cred că suntem la un pas de punctul în care nu ar mai avea importanță nici dacă ia foc casa în jurul nostru. Cu ultimul strop de voință mă răsucesc în brațele lui, în timp ce îi dă de furcă încuietoarea – mai deșteaptă decât mine – a sutienului.

“Nu mai fă așa, lasă-mă...” se roagă el în șoaptă.

Îi tremură degetele și nu se descurcă și mă pufnește râsul, salvator, descărcând tensiunea ajunsă la punct periculos.

“Nu râde, că mor...” se necăjeşte Paul şi eu chicotesc înfundat în pieptul lui, îmbrăţişându-l cu drag şi nevinovăţie.

Fascinaţia senzuală se evaporă şi îmi recapăt controlul. Se opreşte, renunţând descurajat, sprijinindu-şi bărbia în creştetul meu.

“Nu pot!”

“Recunoşti?!” mă amuz eu şi mai tare.

“Nu m-am gândit că trebuie să îmi las o foarfecă la îndemână ca să te dezbrac. Ţi-l rup!”

“Să nu îndrăzneşti aşa ceva!”

Şi cum îl simt gata de a îşi îndeplini ameninţările îl strâng în braţe, să îi atrag atenţia.

“Nu! Paul! Te rog, astâmpără-te!”

“Şi eu te rog... Nu îmi stă în obicei, dar te rog...”

“Paul, acum nu se poate, înţelege...”

Îşi dă seama ce vreau să spun şi geme frustrat, cu nasul la baza gâtului meu, forţându-se să îşi readucă respiraţia la normal, înfrânându-şi elanul. Se înalţă, uitându-se la mine, implorând fără cuvinte, şi sunt sigură că nu îi pasă, că nu l-ar deranja, că ar accepta orice şi oricum, numai să o facem.

Nu mă mai zbat dar îl opresc din priviri şi mă bucur că îl voi mai păstra aşa cum este acum o perioadă, doritor şi curios, alergând după mine. Muzica continuă în surdină, cu toate că pentru un timp nu a mai auzit-o nici unul din noi. Îmi ia amândouă mâinile într-ale lui şi şi le duce la piept, privindu-mă de aproape.

“Să ştii că nu are mare importanţă... Cel puţin nu pentru mine.”

Nu vreau să ştiu în ce situaţii bizare a făcut el dragoste în viaţa lui dar eu sunt hotărâtă să rezerv prima noastră experienţă pentru o dată când aş avea cât mai puţine motive să fiu complexată. Am şi aşa destui pitici pe creier, nu am nevoie de o stare indezirabilă ca asta, să îmi ruineze marea noapte a capitularii...

Îmi dă drumul și se trântește în pat, pe burtă, ca un copac doborât de secure, rămânând cu fața îngropată în saltea, învins de împrejurările nefavorabile. Apoi se răsucește pe-o parte, într-un cot, uitându-se la mine cu o ultimă speranță, nevenindu-i să creadă că trebuie să se lase bătut.

“Atunci… rămâne stabilit pentru ziua lui tata? Vii cu mine?” se întoarce el la subiectul principal al ultimelor discuții.

Îmi sorb Martini-ul să îmi umezesc buzele uscate și scot o ultimă țigară, pregătindu-mă mintal de plecare. Cheia este încă în buzunarul lui… și afurisit să fie cine are curajul să bage mâna după ea. Sare în picioare cu bricheta, îndatoritor, și sting flacăra de două ori până reușesc să îmi aprind B.T.-ul, probabil fiindcă nu mi-am revenit de tot și suflu ca după o cursă cu obstacole. Paul se lungește la loc în pat, păstrând distanța, abținându-se de la alte contacte incitante.

“Da. Vin cu tine,” accept eu, din toată inima. Mai ales acum, când am cu ce să mă îmbrac frumos, să nu mă fac de râs între voi… continuu în gând.

“Prima data când îmi spui și tu ‘da’ la ceva!”

Sunt gata cu fumatul din câteva pufăituri, și îmi dau seama că după momentele dificile prin care am trecut, acest obicei reflexiv m-a liniștit cât de cât.

“Nu ai de gând să descui ușa?”

Scutură poznaș din cap în sens negativ.

“Nu ai nici o scuză care să te împiedice să mă cauți în buzunare,” zâmbește el cu tupeu, să vadă ce zic.

Îmi evaluez opțiunile, și cum în nici un caz nu am de când să văd ce descopăr în blugii lui… sting țigara, iau ultima gură de Martini, și mă îndrept hotărâtă spre fereastră, trăgând draperiile într-o parte. Pervazul îmi vine până la piept și fără mare efort, îmi fac vânt, mă sprijin în mâini, și mă ridic până la nivelul curții, unde proptesc întâi un genunchi, apoi pe celălalt, și mă strecor afară, dispărând printre perdele. În picioare, după ce verific dacă nu mi-am stricat tocurile, mă aplec dând materialul la o parte, să văd ce face Paul și să îi urez somn ușor... dacă poate.

Este nemișcat, unde l-am văzut ultima oară, privind după mine cu un amestec de părere de rău, amuzament și nedumerire. Îi trimit o bezea salutându-l cu degetele de la buze spre el, fără cuvinte, și dispar în noapte spre studioul meu, unde nu uit să încui ușa. Fac un duș rapid și mă bag în pat cu nerăbdare, să pot retrăi fiecare clipă a serii în intimitatea culcușului meu, imaginându-mi cum ar fii putut continua totul. Dacă...

Capitolul 45

Sâmbătă am vorbit cu Paul numai câteva minute la telefon, despre orice și despre nimic. Mi-a spus că vrea doar să mă audă și că are de alergat după un interviu pentru revista lui, probabil până seara, târziu. Când am ajuns acasă cu Liviu, toată gașca – mai puțin el – era la Profesor în vizită, la un pahar de Florio.

Am rămas cu ei vreo oră, timp în care l-au luat cu schimbul pe fiul meu la joacă, care mai de care, până i-a adormit Silviei în brațe, copleșit de atâta atenție. Ștefan, în mod deosebit, pare extraordinar de abil cu copiii, demonstrând darul natural de a se preta la vârsta adecvată, interesat de jocuri și capabil să meargă în patru labe pentru a face pe calul, aspecte greu de bănuit la tipul pe care îl văzusem la mare cuplat ca un câine, în public.

Alexandra m-a luat de o parte, conspirativă.

"Știi că am mai auzit ceva de la George. Cică ultima dată când s-a întâlnit Paul cu Irina nu a fost pentru sex oral..."

"O, Doamne, Al! Câte alte găuri mai are femeia asta la dispoziția lui?!" m-am prefăcut eu scandalizată, încercând de data aceasta cu mai mult succes să nu mă mai afecteze amintirea individei, concentrându-mă pe faptul că Paul așteaptă cu nerăbdare să pic eu la așternut, la drum de seară, sau când o fii să fie...

"Destule, dar nu de asta e vorba!" M-a informat prietena mea cu importanță. "Cică a convins-o să îi explice ce îi place unei femei. Mai exact, la ce nu rezistă o femeie."

M-am convins deja că surprizele în ceea ce îl privește pe Paul nu au sfârșit. Dar în cazul de față pot înțelege de ce nu mi-a mărturisit el personal amănuntul acesta, preferând din orgoliu să cred că a avut nevoie de... altceva. Mă pufnise râsul numai închipuind-mi cum ar fi putut arăta el ca elev cuminte, ascultând explicații atât de intime. Și excitante.

"Știu eu ce să zic de ideea asta?! Mi se pare prea generalizat subiectul. Dacă eu am alte gusturi decât ea?!" am răspuns neconvinsă.

"Stai liniștită că de acolo a și ieșit problema cu telefonul la Sergiu. În ultimul moment, el s-a răzgândit, sperând că știe și așa destule. Ea în schimb își făcuse planuri cu banii. Înțeleg că este mai scumpă o lecție teoretică decât practică." Alexandra râde machiavelic de absurditatea situației și mă amuz și eu la intrigile din spatele cortinei, care ajung la mine prin ceilalți, ca de obicei.

Păcat că nu există un buletin de știri special, pe care să îl pot asculta zilnic la radio, ca și 'Cotele apelor Dunării'. S-ar putea numi... 'Ce-i mai trece prin cap Măriei Sale, Paul'... sau cam așa ceva. De parcă mi-ar fi ghicit gândul, se băgase și Silvia peste noi, înghesuindu-ne.

"Și eu, și eu! Și eu am mai auzit o 'perlă' nouă de la 'cumnățelul' meu! A promis solemn că decât să mai dea cu bâta în baltă, mai bine face bătături în palmă până stai tu! Și atunci Ștefan i-a răspuns că nu e nici o problemă, o să aibă ocazia să se răzbune pe tine și să îți facă ție bătături...." începuse ea să povestească, fără răsuflare. "...Și Paul a sărit pe el să-l bată, nu în serios, dar cică nu îi permite să vorbească așa..."

Am râs toate trei și după ce le-am rugat în glumă să ia notițe cu atenție în continuare când vine vorba de noi, l-am luat pe Liviu care se trezise deja din somn, și am plecat cu el într-o scurtă plimbare, prin Gradina Icoanei, doar noi. De acolo am intrat pe străduțe și am găsit, din greșeală, Parcul Ioanid, o comoară de spațiu verde cu chioșc și lac, ascunsă între vile vechi, mai mari și mai pompoase decât a Profesorului.

Cu pletele pe spate, în jeans-ii noi și ghetele sport, par mai degrabă sora mai mare sau poate 'bona', dar în nici un caz nu arăt ca un părinte adevărat. Îmi crește inima de mândrie când mă striga "mami" și se minunează lumea. Ne-am dat amândoi în leagăne, am împărțit o înghețată la cornet, ba chiar a încercat și un tip să mă agațe, așa, cu copilul de față.

Omul părea cam la treizeci de ani, bărbat destul de bine și cu mustață, brunet. A intrat în vorbă nechemat, pretinzând că m-a mai văzut cu băiețelul la plimbare, dar mereu singură, și vrea să știe dacă sunt măritată. Poate chiar m-a mai observat și alte dăți, cine știe?! Nu este genul care să îmi fii atras mie atenția, adică, bineînțeles, are mai puțin de un metru optzeci. Plus un început de chelie, defect major în ochii mei, chiar dacă nu este vina lui.

Am scapăt de el repede, mai ales după ce a încercat să îl ia de bărbie pe Liviu, care s-a ferit arțăgos, mai rău decât am eu obiceiul. Propunerea diplomatică a individului fusese să mă mai vadă, la care eu i-am întors-o că nu am cum să-l leg la ochi și parcă s-a lăudat că mă tot observă prin zonă.

"Mă refeream... să te văd și altfel..."

"'Altfel' nu," i-am tăiat eu vorba cu convingere.

"Poate cu timpul...?"

"Nu domnul meu, timpul nu rezolvă chiar toate problemele."

M-a lăsat în pace, cu acceptul meu mărinimos de a îi permite să mă salute ca pe o cunoștință, când mai dăm unul de altul. S-a și prezentat dar numele mi-a intrat pe o ureche și mi-a ieșit pe amândouă, fără să îl rețin.

Am luat-o spre casă, cu capul sus, pretinzând că mă simt minunat în rolul de femeie singură, misterioasă și inabordabilă, că nu invidiez perechile drăguțe care trec pe lângă noi. Am încercat să mă acomodez cu ideea că în realitate, eu și Liviu suntem destul unul pentru altul, că nu mai avem nevoie de altcineva...

Dar nu a mers. Paul a început să îmi lipsească ca aerul și mă simt fericită numai dacă reușesc să mi-l imaginez lângă mine, sau în spatele meu, pe aproape, închipuindu-mi în fantezia mea înaripată că doar a rămas cu un pas în urma noastră... Dar este acolo.

M-am întrebat dacă aș avea o oglindă fermecată în care să îl pot vedea unde se află și ce face, în orice clipă a zilei... oare m-aș uita în ea? Răspunsul pe care mi l-am dat sinceră a fost că nu, de teamă să nu mă descurajeze ce aș afla. Mi-am dat seama că doar reflecția lui nu ar fii suficientă și că îl vreau cu mine, în carne și oase, cât mai mult timp din zi și din noapte.

La vilă mă așteptau Corina și Gigi, într-o vizită inopinată, care s-a transformat în decizia ca ea să se întoarcă în Colentina cu Liviu, și eu să vin pe motocicletă cu prietenul ei, să rămânem acolo peste noapte, și a doua zi să exersez pentru examenul de permis în cartierul lor, unde nu prea vine miliția.

Mi-am adus aminte că și Sergiu m-a mai plimbat pe acolo când mă învăța să conduc mașina, și că în afară de zecile de străzi pietruite și neumblate, mai există și un maidan imens, acea zisă Groapă, umplută pe sfert cu gunoaie, unde aș putea pretinde că sunt la *dirt-trak*.

Într-un moment de spontaneitate născut din disperarea nehotărârii mele curente, am adoptat propunerile lor, și până la șapte seara am ajuns în țigănie, unde stau părinții lui Gigi și jumătate din neamurile lor. Principalul motiv hotărâtor a fost că el are carnet de mult, fiindcă conduce un Zündapp KS 750, al lui taică-său. Deci, drumurile cu el prin oraș până în Colentina și înapoi nu ar trebui să prezinte nici un risc din punct de vedere al unui eventual control al permisului.

Până la ei, la marginea Bucureștiului, m-am convins că în afară de marea calitate că de el sunt șanse mici să se lege miliția fiindcă nu este fată, cu condusul stă mai prost decât mine. Accelerează smucit și frânează degeaba, agresiv, conform temperamentului său sanguin.

Aş vrea să îmi schimb părerea despre el şi să mă asigur că prietena mea a făcut o alegere bună, dar deocamdată, în afară de faptul că arată bine – ceea ce nu este meritul lui, vorba lui Paul – singura calitate pe care i-o apreciez este că nu se dă la mine şi mă simt în compania lui la fel de relaxată ca şi cu Gelu. Altfel, cu accentul lui de Colentina, exprimarea imposibil de rapidă şi de multe ori fără sens, şi vocabularul limitat, nu m-a impresionat prea tare în mod pozitiv.

Este deja duminică dimineaţă şi mă trezesc lângă băieţelul meu, în patul îngust dar curat care îmi aminteşte de gazda din Eforie Nord. În cameră domneşte un iz greu de haine vechi, îmbâcsite, miros care odată intrat în nări, rămâne în memorie mult timp după ce te îndepărtezi de sursă.

Spaţiul este modest, într-una din căsuţele construite din lut amestecat cu paie, ca la ţară, cu zidurile văruite colorat, după gusturile fiecărui locatar. Cea în care am dormit pare a fii rezervată musafirilor, şi toată familia Stan s-a dat peste cap să ne dea ce au mai bun, onoraţi că eu, albă sută la sută şi prietena cea mai bună a Corinei, am acceptat să petrec la ei un sfârşit de săptămână.

Am încercat să scutur impresia că sunt prinţesa care îşi vizitează supuşii şi să mă port cu ei normal, fără să mă zgâiesc. Dar obiceiurile şi ocupaţiile lor mi s-au părut fascinante, deosebite de ale noastre. De exemplu, bătrânii sunt trataţi cu mai multă reverenţă decât la noi şi chiar dacă au ajuns puţin senili, dorinţa lor este tratată ca lege. În cele mai multe cazuri.

Femeile muncesc ca în fabrică, la normă, asamblând şi umplând plicuri cu seminţe de tot felul, pentru vânzare. Numai cei tineri sunt angajaţi oficial, prin ateliere mecanice sau de producţie. Gigi lucrează la un depozit de cauciucuri uzate pentru maşini, unde fac şi schimburi de roţi, la cererea cetăţenilor.

Mă frământă ce mi-a spus ieri Corina când am prins un moment singure, că s-au hotărât să se căsătorească. Au trecut doar câteva luni de când am discutat cu ea prima dată despre dragoste și mariaje, și mi se pare că totul este atât de departe în urma noastră și s-a schimbat radical. Ea a acceptat propunerea lui Gigi, eu sunt lulea după Paul.

Mă întind ca un motan sub cearșaful proaspăt, încă apretat, și îmi număr binecuvântările pe care le am față de prietena mea, cu toate că nu de mult o invidiasem că locuia într-un apartament încălzit din Vatra Luminoasă. Acum am la dispoziție studioul de peste garaj, motocicleta, un post de desenator tehnic, pe Paul. Poate pe el încă nu îl am în adevăratul sens al cuvântului... dar suntem pe aproape.

Și totuși simt că mai am un drum atât de lung în față și îmi lipsesc atâtea. Îmi amintesc fragmente dintr-o poveste pe care mi-o citea mama când eram mică, în care ursitoarele veniseră la patul prințului nou născut, urându-i să nu fie niciodată mulțumit în viață. Împăratul și împărăteasa se luaseră cu mâinile de cap, crezând că înseamnă un blestem, până când cineva le-a explicat că este de fapt o binecuvântare pentru că fiul lor va lupta întotdeauna pentru ceva mai mult și mai bun decât are.

Conceptul mi-a rămas în cap până acum, și mă întreb dacă ursitoarele acelea au trecut și pe la pătuțul meu cândva. Se pare că de-a pururi îmi voi dori ce încă nu am, și voi încerca să îl obțin. Un apartament mai mare, o mașină, un post mai bun, cine mai știe ce. O expoziție a mea de pictură la care să îmi invit toți cunoscuții. O excursie în străinătate, poate în Italia? Un bărbat. Paul?

Dar nu este firesc să alergăm după vise? Poate că acesta este elixirul adevărat al fericirii, victoriile noi, încă un munte urcat cu succes, o cucerire mai măreață decât cea precedentă. Și motivația existenței de zi cu zi, după creștem mari, pentru a putea privi în urmă cu un zâmbet la bătrânețe, constatând că am obținut tot ce am dorit în viață...

Corina zgârie la ușa ca o pisică și își bagă capul în cameră, făcând semn cu degetul la gură, să nu îl trezim pe Liviu. Gesticulează cu mâinile să pricep că e cafeaua gata și mă așteaptă afară să o bem împreună. Abandonând filozofia, gândul meu ca un fluture jucăuș țopăie înapoi în prezent, la prietena mea.

Ea care este aproape un geniu matematic, drăgălașă foc, cam cum mi l-aș închipui pe Gavroche dacă eroul lui Victor Hugo ar fii fost brunețel și cu ochelari. Oare Gigi a avut răbdare să afle ce este în inima ei, să îi învețe gusturile, să vrea să afle ce o face pe ea fericită...? Cum a avut Paul tentativa... Hm. Mai bine să nu mă mai gândesc la exemplul ăsta.

Mă îmbrac repede și ies în curtea lungă și îngustă cu căsuțe construite probabil chiar de locatarii lor, acoperite cu țigle vechi, reparate și înlocuite de zeci de ori. Corina stă pe o băncuța improvizată, fumând și zâmbindu-mi cu acea încântare minunată pe care o simt între noi de câte ori avem timp să stăm împreună.

"Deci... Povestește-mi de Paul al tău," mă îndeamnă ea. "La serviciu nu ai prea mai coborât la mine în magazie. Pe el nu îl mai văd prin CCP..."

Îi povestesc cât mai multe detalii, inclusiv ce am aflat recent de la Alexandra și Silvia. Mă ascultă ca întotdeauna cu toată atenția, profund interesată de ce gândesc, gata să comenteze și ea la sfârșit. Doar ăsta este scopul, să ne dăm sfaturi una alteia, chiar dacă mai mult ca sigur că nu le vom urma niciuna.

"Știi ce observ? Că ești foarte consecventă, Laura."

"În ce sens?"

"Păi, s-o luam metodic," vorbește matematicianul din ea. "Nico are ochi verzi, Paul are ochi verzi. Bruneți și înalți amândoi, cu o claie de păr. Seamănă, într-un fel. Și de unul și de celălalt mi-ai spus că te-au luat pe sus și te-au dus în brațe. Amândoi sunt foarte inteligenți și au intrat din prima încercare la facultăți cu concurență maximă. Nu vezi ce vreau să spun?! Ești atrasă de un stil cert de băiat, care simți că te domină prin înălțime și putere, și care ai impresia că este măcar cu cinci minute mai deștept decât tine. Nu am dreptate?"

Analizez fulgerător paralela pe care a făcut-o și nu sunt total de acord. Îmi plac frumoșii, nu pot să neg... Cui nu i-ar place!? Un șablon de culori și statură? Posibil. Dar dincolo de trăsăturile acestea generale, Nico mă face să mă gândesc la un haiduc, în timp ce Paul pare prințul dintr-o poveste modernă. Sunt atât de diferiți!

"Corina, niciodată nu cred că m-am gândit la prietenul fraților mei ca la un 'băiat'. Până și în momentele cele mai zăpăcite de joacă, pe pârtie, la munte. Nico este serios și când glumește în felul lui, matur. Bărbat până în vârful unghiilor. Deschis, sincer..."

"Nu ți-a spus în gară de ce o ia în direcția opusă! Abia mai târziu. Prea târziu."

"S-a întâmplat totul atât de repede între noi. Și 'prea târziu', ai dreptate. Cătălina era deja gravidă."

"Ai mai vorbit cu el?"

"Nu. Este căsătorit, așteaptă să îi nască nevasta."

"Dacă nu exista Cătălina... crezi că ați fi rămas împreună?"

Discuția cu Corina este întotdeauna o provocare a funcțiilor cerebrale. Trebuie să mă caut în adâncul inimii ca să găsesc răspunsul potrivit. Dau din umeri. Nu știu, nici nu cred că mi-am pus întrebarea asta vreodată atât de direct. Atracția pentru Nico supraviețuise intactă peste anii în care crezusem că l-am uitat de tot. Avem multe în comun, o copilărie nu tocmai fericită, prietenii lui care sunt frații mei vitregi, aceeași zodie. Dar Cătălina există. Și am aflat de ea înainte de a mă azvârli cu el în păcat...

"Ți se pare că Paul este încă prea copil? Lasă că îl crești tu!" râde ea văzând că nu am răspuns la întrebarea ei. "Dacă ești fericită cu el, ce importanță are ce zice maică-sa? Și ce dacă are bani de la părinți?! Când ai să afli și cum e la pat o să știi mai bine cât de mult timp mai vrei să fii cu el. O lună, un an, sau o viață întreagă. Nu te grăbi să decizi acum, doar bucură-te de începutul relației."

Da, mă gândesc eu. Începutul, care este întotdeauna partea cea mai bună.

"Co-ri-na-aaa!" se aude vocea prietenului ei din căsuța față în față cu noi.

Eu încă nu am apucat să îi spun părerea mea despre... Să îi zic 'logodnic' sau 'viitor soț'?! Oricum, nu este locul potrivit să îl judec la ei acasă. Nici nu mi-am aprofundat încă impresia. Doar simt că nu îmi place, că nu am încredere în capacitatea lui de a o face fericită.

"Da!!! Sunt aici, cu Laura! Nu mai țipa că trezești copilul..." bombăne ea încercând să strige în șoaptă, să se facă auzită numai de el.

Gigi iese în blugi, dezbrăcat până la brâu, ciufulit și căscând să își mute fălcile din loc. La prima vedere, este și el ceea ce se poate numi un băiat frumos. La fel de înalt ca Paul, dar cu o construcție mai robustă și mușchi mult mai bine conturați. Probabil ridică ceva greutăți pe lângă casa omului, sau în timpul liber. Pe jumătate țigan după mamă, este brunet adevărat și adoptă stilul macho, sau așa-zis latin.

Poartă părul lung, peste urechi și pe ceafă, cum e moda, dar lăsat intenționat și peste frunte. Suficient cât să îi atârne în ochi și să și-l dea la o parte ca un Casanova, din când în când. Sprâncenat și botos, are nu numai ochii mari dar și buzele senzuale, aproape ca de negru. Altfel... un tip remarcabil ca prezență, Tarzan-ul Corinei, puțin sălbatic, puțin necioplit. Ca educație și indice IQ... încă nu sunt sigură... Dar nici iluzii nu îmi fac în privința lui.

Deocamdată râde la noi fără motiv și mă întreabă la ce oră vreau să ieșim cu motocicleta și dacă intenționez să îl luăm și pe Liviu cu noi.

"Ai înnebunit?! Atât mai trebuie, să ne vadă vreun milițian cu copil de doi ani în șa!"

"N-am dat cu parul!" se apară el întorcându-ne spatele să caute ceva de mâncare în frigiderul mamei lui.

Corina a dispărut subit și se întoarce cu o farfurie plină cu ouă umplute, felii de salam, cubulețe de brânză și câteva cornuri proaspete. Ciugulim, apoi mă spăl pe ochi și pe dinți la cișmea, și sunt gata de făcut acrobații pe două roți. Dar se trezește Liviu cerând ceva de 'papa' și mai rămân să îl hrănesc și pe el, până nu se răzgândește.

Gigi scoate afară C.Z.-ul și îl pornește, verificând dacă totul i se pare în regulă și avem destulă benzină. De data aceasta se urcă el în spatele meu și în timp ce Corina și Liviu ne fac 'pa' din poartă, demarăm tot înainte, ca pionierii. Îmi spune pe unde să o iau și ne învârtim pe străduțe până amețesc. Intrăm pe Șoseaua Colentina, unde urcă spre intersecția cu Fundeni-ul, apoi la stânga, pe o stradă lungă și asfaltată, mărginită de vile vechi în paragină, cândva probabil pline de fast.

Când sunt pe două picioare, față în față cu instructorul meu amator, mai este cum este. Ori tace, ori vorbește cu mia de cuvinte pe minut, de abia îl înțeleg, dar în general îl găsesc obositor. Argumentează tot ce i se spune, gesticulează, și se mișcă tot timpul cu iuțeala unui șoarece prins la înghesuială, în ciuda staturii masive pe care o are.

În spatele meu pe motocicletă... devine însă insuportabil, cu toate că vrea să îmi facă un serviciu. În primul rând nu se ține de nimic, și deși apreciez că păstrează distanța din respect pentru mine și Corina, suta lui de kilograme tinde să mă dezechilibreze de câte ori ne înclinăm la cotituri. Apoi mă tot mână de la spate să depășesc pe unul și pe altul, de parcă ar încerca să mă învețe să conduc ca Paul, în stil croșetat.

Îi strig peste umăr să mă ghideze cum ajungem înapoi și mă îndrumă spre stânga, dar mă grăbește iar să accelerez, să nu aștept tractorul care vine din față, că merge prea încet. Fac greșeala să îl ascult, răsucind energic manșonul de viteză, iau curba, motocicleta se cambrează pe roata din spate din cauza greutății lui mult mai semnificativă decât a mea, și a faptului că nu ne aliniem amândoi cum trebuie.

Ultimul meu efort de a mă menține pe poziție este inutil. Simt cum fuge șoseaua de sub mine, cum mă ridic din scară și zbor peste ghidon. Ne oprim de-a valma pe asfalt, eu, Gigi, și 'Duhul meu Hoinar', grămadă. Prietenul Corinei fusese cât pe aci să cadă în cârca mea, dar rostogolindu-se ca un cascador în ultima secundă, reușește să mă evite, slavă Domnului, fără să mă strivească.

Bine că nu mai este alt trafic în jur. Tractoristul ne ocolește și se înjură cu Gigi în trecere. Pe mine mă pufnește râsul când văd că suntem întregi și nevătămați. Mai puțin palmele mele, cu care am încercat să îmi amortizez aterizarea și care sunt julite și murdare. Ne retragem la marginea drumului să fumăm o țigară și să ne calmăm, în timp ce el nu mai tace, dând vina pe bietul tractorist care fusese la cincizeci de metri de noi când ne repezisem prin fața lui.

"Te mai urci pe ea, sau nu mai ai curaj?" vrea el să știe.

Îl privesc cu superioritate. Ce știe el?! Dacă mă speriam așa ușor de o căzătură, nu îmi cumpăram motocicletă. Dar partea inteligentă ar fii dacă aș reuși să evit tăvălitul pe jos. Exact asta îmi închipuisem că este și scopul exercițiilor de astăzi, nu să îmi rup mâinile.

"Știi ceva? Condu tu până la Groapă, că intram iar pe șoseaua principală, acolo fac câteva ture singură, și tu doar te uiți. Bine?"

Mă urc în spatele lui și îl țin cu delicatețe de mijloc, să nu își închipuie că am cine știe ce idei. Demarează în forță, cât pe ce să mă piardă în urmă, se repede la stânga, la dreapta, accelerează ca nebunul pe Șoseaua Colentina de mă face să mă simt rușinată că l-am învinuit vreodată pe Paul de condus agresiv. Ne înclinăm periculos și prea repede la dreapta, încă puțin și încă o dată... Dar prindem o piatră lucioasă și udă în plină curbă și ne înclinăm din ce în ce, neredresabil, târându-ne pe o parte încă câțiva metri până să ne oprim. Suntem iar la pământ.

Mă culeg de jos, nevătămată și de data aceasta, dar scoasă din răbdări.

“De când ziceai tu că ai permisul?!”

“Ce permis?! N-am nici un permis. Am numai Zündapp-ul lui tata,” bombăne el rănit în amorul propriu că s-a dovedit la fel de neîndemânatic ca și mine.

“Cum nu ai??!! Corina zicea…”

“Ea știe că am, altfel nici nu s-ar urca cu mine pe motocicletă!”

Îmi pun mâna în cap și îmi vine să-l bat, dar nu-i al meu. În primul rând pentru că este iresponsabil, apoi fiindcă e mincinos și în ultimul rând… pentru că la ultima căzătură s-a julit vopseaua rezervorului de la un capăt la altul al. Înșfac ghidonul și trag ca de un cal mort până se indură copilul teribil să o ridice de jos.

Încălecăm iar, cu mine în față, și parcurgem ultimele sute de metri până la craterul imens, traversat de poteci înțepenite în noroiul uscat, pe unde diverse mașini aduc gunoaiele Bucureștiului, să scape de ele. Suntem de fapt în cartierul Andronache și drumul trece pe lângă Balta Plumbuita, unde niște țigănuși fac baie cu un câine mare și urât.

Îl descarc pe Gigi care mă anunță că are și el de gând să înoate puțin, iar ce eu accelerez la vale și ridic mâinile de pe bare, îmbătată de senzația libertății infinite a vitezei și a vântului care îmi șuieră pe la urechi. Fac echilibristică și mă ridic – acum de bună voie – pe roata din spate, apoi mă cațăr pe cele mai abrupte dâmburi și exersez precizia de direcție printre șanțurile întărite în nămol.

Când m-am umplut bine de praf și am transpirat ca un cal, prietenul Corinei se plânge că i s-a făcut foame și ne întoarcem la ei acasă, unde mama lui a întins masa în curte, printre sforile încărcate cu rufe la uscat. Doamna Stan are aceeași ochi mari, de culoarea cafelei ca băiatul ei și vorbește tot așa repede, dar fără ambiția de a masca accentul indubitabil țigănesc. Mi-l laudă pe Liviu cât este de frumos și blond, și ne pune în față fleici și cartofi prăjiți la tigaie.

Gigi a moștenit de la tatăl lui înălțimea și trupul mușchiulos dar nu și pielea albă. Domnul Stan este român sută la sută, șaten cu ochii de culoare ștearsă, fără școală și strâns legat de pasiunea vieții lui, sticla. Când venisem sâmbătă seara, avea deja limba bine împleticită. Acum, cu toate că este abia miezul zilei, și-a revenit după somn dar este din nou în aceeași stare. Bine că măcar nu vorbește mult și își vede de treabă.

După ce mâncăm, familia se așază la o canastă în timp ce noi ne retragem la cafea și discuții. Corina încearcă să îl provoace pe iubitul ei să își dea părerea, ca bărbat, cum este mai bine într-o relație. Să se înceapă cât mai repede contactul intim sau să aștepți cât mai mult. Nu că aș accepta ce spune el drept literă de lege, mă gândesc fără să mă opun jocului. Ca și noi, masculii pot avea preferințe și standarde diferite. Și cum Gigi nu are destule cuvinte pentru a exprima o idee cursivă, renunț cu bucurie și lăsându-i să delibereze între ei, mă duc iar afară cu motocicleta.

Prefer să mă plimb în continuare cu 'Duhul Hoinar' decât să îmi pun răbdarea la încercare cu intelectul juniorului. Este total incapabil să susțină o discuție, preferând să își manifeste afecțiunea față de prietena mea într-un mod care mă scandalizează. Îmi place să cred că nu am maniere superioare lui din cauza originii princiare, dar palmele peste fund pe care i le dă în glumă Corinei mi se par un gest vulgar. Mai ales cu noi toți de față. Nu am avut niciodată pe cineva care să se comporte așa cu mine și sper din tot sufletul să nu am ocazia nici de acum încolo.

Cum Liviu insistă și i-am promis mai demult, acum, că am prins curaj, îl fac fericit urcându-l pe șa în fața mea și plimbându-l până la capătul străzii, în sus și în jos, doar în viteza a doua. Puștiul se ține zdravăn cu mânuțele lui mici și grăsune de capacul rezervorului și se forțează să îmi dovedească că nu îi este frică.

La întoarcere, îl las în curte să se joace cu unul din nepoții mai mici ai familiei. Nu sunt foarte încântată de noul lui amic fiindcă am observat că puradelul îi scuipă pe cei din jur, în loc de alte replici mai dibace. Din păcate copilul meu cel deștept învață foarte repede orice. Mai ales obiceiurile rele, dar deocamdată nu am de ales.

O conving cu greu și pe Corina să facem o tură împreună. Ne învârtim prin cartier, zgomotos sau pașnic, în funcție de teren. La un moment dat, contrar zonei liniștite și lipsite de trafic major, auzim un camion venind din spate. Mă trag cât mai pe dreapta, să nu îi stau în drum, dar nemernicul vede că suntem două muieri pe motocicletă și consideră că ar fii o glumă bună să ne înghesuie în bordură. Și mai și răcnește pe geamul deschis, în gura mare, la noi. “Caprelor!!!”

Corina se distrează dar eu îl înjur pentru că era cât pe aci să mă dezechilibrez iar și mi-am rașchetat o pedală. Încep să simt oboseala efortului de a manevra monstrul metalic de dimineață până acum, dar vreau să profit de ultimele două ore pe care le mai la dispoziție. Până să ne întoarcem în oraș aș mai putea da câteva ture de una singură, stăpâna absoluta a celor 15 cai putere de sub mine..

O debarc pe prietena mea la poartă și pornesc iar spre gârlă, unde îmi place cel mai mult. Accelerez prin mahalaua unde urbea dă mâna cu zona rurală, când trec pe lângă un bloc în plină construcție și doar câțiva metri mai încolo sunt în fața curților în care latră căinii și ciugulesc găinile. Nu văd nici urmă de echipaj al miliției, și prind și mai mult elan. Reușesc să ating suta de kilometri la oră pe strada asfaltată unde căzusem mai devreme, iau același traseu pe care mi-l arătase Gigi, și în fața mea văd din nou apa.

Este după amiaza și s-a mai aglomerat. Sunt mulți copii care se joacă la mal, negri ca dracii, aruncând cu pietre unii în alții și țipând ca din gură de șarpe. Un tânăr își spală calul, o mârțoagă plină de noroi și bălegar. Mai încolo, o țigancă freacă rufe, cu ligheanul plin alături de ea, și chiar în dreapta, un câine își ia elan, înotând voinicește spre larg. Fac o grimasă a scârbă, și îmi promit să nu fac vreodată baie aici, chiar dacă ar rămâne ultimul loc de ștrand din toată țara!

Renunț la echilibristica pe pante dat fiind că aș avea martori mai numeroși decât mi-aș fii dorit, și mă întorc cu ocol, pe altă parte a cartierului, sperând că mai știu pe unde să ajung la familia Stan. Aici se pare că primăria a uitat de existența localnicilor și străzile sunt într-o paragină totală, cu piatra cubică sărită din locul ei și denivelări masive. Nici nu mai am nevoie să mă duc la groapa de gunoaie să fac *dirt-trak*, mă gândesc eu, accelerând printre găurile din drum, hotărâtă să îmi testez îndemânarea de a trece exact printre ele, pe îngusta cărare accesibilă.

Cred că a fost pe aci stropitoarea publică sau vreo inundație, fiindcă dintr-o dată totul este ud în calea mea, dar mă abțin să frânez prea brusc, să nu alunec. Ajung în intersecție mai repede decât am calculat, în același timp în care mă concentrez să mă strecor printre două bălți adânci. Am viteză prea mare să pot vira. În fața mea, de pe trotuarul opus, se apropie vertiginos un stâlp de beton și în spatele lui, o biată babă înlemnită cu ochii mari la mine.

Singura soluție care îmi fulgeră prin minte este să dau drumul ghidonului și să sar de pe motocicletă… direct într-una din surpăturile carosabilului, plină de apă murdară. Se aude un trosnet metalic. În urma impactului, motocicleta s-a dus cât colo și motorul urlă în gol în timp ce roțile continuă să se învârtească, nebune.

Mă ridic udă și pleoștită, cât pot de iute, să văd mai bine ce s-a întâmplat cu C.Z.-ul meu. Pot să umblu, pot să îmi mișc toate membrele… Bătrâna a dispărut în cine știe ce gaură de șarpe. Șchioapăt nițel până unde a poposit 'Duhul' și mă aplec să opresc zgomotul infernal. Pe stâlp a rămas o zgârietură, unde s-a izbit mașinăria de el cu câteva secunde înainte.

Geamul farului și semnalul portocaliu din dreapta sunt zob. S-a zgâriat vopseaua pe aripi, și într-o parte și în alta. Cauciucul manșonului de viteză este ciufulit la capăt... Bine că încă funcționează. Îmi flexez mâinile și constat că degetul mic de la stânga este un pic strâmb și nu îl pot îndoi de durere. Dar cel mai rău îmi pare de blugii mei minunați care nu numai că sunt fleașcă și plini de jegul străzii, dar s-au rupt într-un genunchi. Probabil că și pielea mea, pe dedesubt.

Fumez o țigară să îmi trag sufletul, și încerc să ghicesc ce șanse aș avea să îmi repar motocicleta în timp pentru examenul cu miliția. Nu am nici cea mai mică idee unde pot găsi piese pentru ceva ce nu se fabrică la noi în țară. Probabil că în zilele noastre nu se mai fac nici măcar în Cehoslovacia. Modelul are doisprezece ani vechime. De atunci or fii apărut altele, cu forme diferite de faruri și semnalizatoare. Oare trebuie să o și vopsesc, să acopăr urmele accidentului?

Îmi trebuie toate puterile și genunchiul rămas sănătos, drept pârghie, să pot ridica animalul căzut în lupta cu stâlpul. Parcă are o sută douăzeci de kilograme, dacă îmi aduc bine aminte. Să fii avut una mai mare, cum este Kawasaki-ul lui Paul, aici o lăsam și plecam în lume. Întorc cheia și motorul prinde viață duduind sub mine tot în doi timpi, nepăsător, fără probleme. Nu se îneacă, nu tușește... Putem porni mai departe.

Din câte bănuiesc, și după simțul meu de orientare, ar trebui să trec dincolo de colina din față ca să ajung iar spre Șoseaua Colentina. Îmi iau vânt și motocicleta urcă victorioasă, fără măcar să gâfâie, în viteza a treia. Sus, în fața mea, este un semn de oprire la calea ferată și o potecă care trece prin gardul verde, înalt, care îmi taie drumul de-a curmezișul.

Nu pot vedea ce este dincolo și nici în laterale, pentru că tufele sunt prea mari. Nu aud mare lucru din cauza zgomotului de motor... Dar mai mult ca să exersez pașii regulamentari prescriși de lege, țin ambreiajul, frânez și opresc ca la carte, punând voinicește ambele tălpi pe pământ, să mă susțin, chiar la marginea spărturii de verdeață, cu roata aproape afară...

În clipa următoare prin fața mea trece acceleratul, ca o nălucă cenușie, șuierând asurzitor, cu sute de ferestre care zboară atât de repede încă nu apuc să văd decât linii. Îngheț și nu îmi recapăt răsuflarea decât mult timp după ce a trecut trenul. Iau cheia din contact și mă dau jos, cu mâinile și picioarele tremurânde, punând-o pe cric cu ultimele puteri. Din depărtare se aude încă un chiot batjocoritor al locomotivei.

De data aceasta fumez doua B.T.-uri până să mă urnesc de acolo, și o parte din drum o fac la pas, împingând motocicleta de ghidon. Nu îmi aduc aminte să mai fii văzut moartea cu ochii... atât de aproape, și nu îmi vine să cred că eu, care îl judec pe Paul că este inconștient și îi place să riște, m-am lăsat atât de fermecată de viteză și aventură încât aproape să mă arunc în fața trenului, fără voie.

Iubitul Corinei râde de mine când le povestesc ce am făcut, dar prietena mea nu. Ajunge doar la concluzia tardivă că poate sunt mai nebună decât crezuse ea...

Ajung acasă, târziu, seara, dusă de Gigi, în timp ce Corina face lunga plimbare spre centru cu ITB-ul, să mi-l aducă pe Liviu. Puștiul este obosit și îmi adoarme în prosop, după ce îl spăl. Eu petrec o jumătate de oră sub dușul cald, curățându-mi rănile cât pot de bine, apoi dezinfectându-le și cârpindu-mă cu leucoplast pe ici, pe colo.

Marțea care vine avem iarăși repetiție pentru 23 August și mă bucur că am costum cu mâneci și pantaloni lungi, să nu mă întrebe toată lumea ce am pățit. Oricum nu știu sigur cât de grațioasă îmi voi permite să fiu, fiindcă mă simt ca lovită cu maiul și mă dor toate cele. Degetul cel mic pare rupt, dar drept să spun, îi port mai puțină grijă decât genunchiului care s-ar putea umfla până dimineața...

Din fericire, Paul pare a fii plecat la ai lui fiindcă nu era lumină în demisol când am ajuns. Ultimul lucru pe care mi-l doresc este să mă fii văzut el tăvălită ca un câine vagabond, cu urme de noroi în păr și blugii abia primiți din Italia ferfenițiți...

Capitolul 46

Ieri a fost un chin cu sculatul devreme și dusul lui Liviu la creșă, cu toate junghiurile din șold, genunchi, mâini, și așa mai departe. Să nu mai aud pe cineva lăudându-se că îl doare în cot, că nu știe despre ce vorbește. Pot eu să dau explicații detaliate despre realitatea senzației respective, după aterizarea forțată pe care am executat-o în Colentina.

Profesorul a fost necăjit să vadă cât de julită sunt pe toate părțile și mi-a promis să ia iarăși C.Z.-ul la el la serviciu, să vadă dacă poate să îl repare până la sfârșitul lunii, să dau examen de conducere cu el.

Azi este marți… și intenția mea era să dorm măcar până la cinci și jumătate, să îmi revin, dar m-a trezit ceva din somn. Cine naiba îmi strică odihna cea prețioasă înaintea alarmei?! Afară se aude un claxon strident dar strâng ochii, încercând să îmi continui somnul adânc până sună ceasul.

Mă gândesc la Paul care s-a dat iar dispărut și la repetițiile gimnastice de astăzi… și zgomotul insistent de sub fereastra mea se repetă, lung și enervant. Mare satisfacție aș avea să arunc în capul cui îmi tulbură dimineața un borcan cu compot de struguri, cât mai lipicios! Îmi concentrez fără succes eforturile de a ignora gălăgia dar poarta masivă a garajului de sub mine trosnește sub o izbitură puternică. Sar din pat și mă duc la geam, buimacă. Cine încearcă să intre prin ziduri?! 'Hoții sau miliția'? Mă predau că altfel îi dărâmă vila lui Sergiu...

Dedesubt, Paul călare pe motocicleta lui, fără să fii pornit motorul, dă cu roata în ușă, să mă trezească.

"Măi, acesta! Ce te-a apucat?" strig de deasupra lui, nesigură dacă să mă bucur de a îl vedea după trei zile... sau să mă supăr pe el pentru că a fost invizibil atât timp.

"*Buon giorno, bella*!"

"Tu erai cel căruia era să îi arunc compotul în cap?"

"Ha?! Care compot???"

"Nimic..."

"Mi-am adus aminte că avem același traseu astăzi fiindcă am meci la 23 August și m-am gândit că ai putea să... mă iei cu tine."

"Eu?! Păi văd că tu ești gata și eu abia am făcut ochi... Trebuie să mă îmbrac!"

"Credeam că numai cu dezbrăcatul stai prost..." râde el. "Mă mai ții mult aici, sub balcon, Julieto? Te aștept!"

Romeo-ul meu își scoate țigările din buzunarul de la piept și se apleacă să își aprindă una pe sub freză, în semn că nu am scăpare și trebuie să mă grăbesc. Mă reped la baie, mă spăl, îmi trag jeans-ii vechi pe mine, un tricou, și după două minute de machiaj sunt gata. Înșfac geanta cu costumul de gimnastică și celelalte două kilograme de mărunțișuri absolut necesare pe care orice femeie care se respectă le cară tot timpul după ea, și ies val-vârtej.

Îl găsesc jos în aceeași poziție, cu roata proptită în poarta închisă, fumând calm. Mă măsoară de jos până sus. Am observat că bărbații se uită întotdeauna de la glezne spre gât în timp ce femeile pornesc de la cap și termină cu pantofii. Sau este numai impresia mea...?

"Ce ai făcut cu ceilalți pantaloni?"

"Nu vrei să știi. Hai, acum că m-ai grăbit, pune-te pe direcție, doar nu vrei să treci prin garaj!"

Dar… trebuie să fac ca el, așa că îl ascult și întâi încalec în spatele lui. Abia după aceea, sigur de sine, o împinge cu picioarele înapoi, pornește motorul și ia o curbă imposibil de strânsă, ajutându-se doar cu vârful piciorului stâng să își mențină echilibrul.

Zburăm pe bulevard și mă lipesc de cămașa lui de blugi prin care îi simt cum se mișcă fiecare fibră a spatelui. Mi-a fost atât de dor de el încât momentele bruște de slalom și accelerație nu mă mai deranjează. După experiența de alaltăieri cu Gigi, nu îmi mai este teamă să merg cu el, ba chiar mă simt în siguranță.

"Ține-mă mai strâns," îmi strigă Paul peste umăr. "Sau încă te temi de mine și acum?!"

Îl încleștez tare, sperând să îi fie destul.

"Ce faci, vrei să îmi dai idei în mers? Este prea multă lume în jurul nostru."

Îmi bag fața în spinarea lui, ascunzându-mă de vânt.

"La ce te gândești?" vrea el să știe. Vorbele zboară pe la urechea mea, luate de curent.

"Nu mă gândesc la nimic. Îmi număr clipele pe care le mai am de trăit. Conduci prea repede prin oraș…" mă plâng eu fără convingere. La cât îl cunosc, nu m-ar mira să accelereze și mai tare, doar ca să îmi facă în ciudă.

"Tu ești obișnuită cu trotineta," râde el cu superioritate.

"Ai avut vreodată accident?"

"Nu… Încă. Doar amenzi."

Este atât de stăpân pe ghidon încât acum, după ce am condus singură zilele trecute și după căzăturile trase, pot aprecia cât de bine merge. Doar că îi face plăcere să riște, să danseze cu abilitate printre mașini, depășind periculos, ba pe dunga albă, ba urcând pe trotuarul din dreapta când nu este nimeni acolo.

“La ce oră terminați repetiția?” mă întreabă când ajungem la stadion și cobor.

“Pe la opt seara... Mai avem numai o săptămână și ne ține târziu.”

Abia acum îmi observă palmele acoperite cu câte trei plasturi plus încă unul în cot. Mă apucă de brațe, cercetându-mă. Se încruntă la mine.

“Ai căzut cu motocicleta! Te-ai lovit rău? Unde ai fost cu ea?!” Pe neașteptate îmi ia mâinile și mi le duce la buze, sărutându-le, cum îmi făcea mama când eram mică, să îmi treacă ‘buba’.

Ador gestul și mă las alintată de el, în culmea fericirii, sprijinindu-mi și eu fruntea de a lui, profitând că stă inclinat și pot ajunge...

“Nu pot să te las de capul tău câteva zile că uite ce faci. M-a rugat mama să vin cu ea în Chitila, că tata a lucrat tot sfârșitul de săptămână și nu am vrut să o las singură. Ne-am întors azi-noapte și cred că deja dormeai că era întuneric la tine și nu am mai urcat.”

Îi spun și eu pe scurt cum a fost la Corina și Gigi, de câte ori am dat de pământ... Omit numai întâlnirea cu acceleratul, la trecerea prin gardul verde. Nu are decât să o afle și el de la Alexandra, prin George... Telegraful nostru fără fir. Amintirea este încă prea îngrozitoare să o pot relata cu voce tare. Probabil că vor mai trece zile bune până să i-o povestesc și prietenei mele.

“Știi cum facem? După meci, trebuie să ajung la birou, la Casa Scânteii. Când termin treaba, vin și te aștept la stadion, să mergem acasă. Cred că vin cu mașina, dacă nu are Sergio nevoie de ea.”

“Ai și carnet de mașină?”

“Numai până la optsprezece ani am condus fără carnet, fii fără grijă...” râde el, apoi apasă pedalele, accelerează de câteva ori și se îndepărtează în trombă, lăsându-mă să mă uit lung în urma lui.

Suntem adunați pe teren, în căldura cumplită și costumele care ne lasă descoperite doar mâinile, gleznele și capetele, atât cât să ne bată bine soarele în creieri. Colectivul nostru este albastru, mai încolo sunt arhitecții în galben, și după ei cei de la atelierul de reparații, roșii ca sângele eroilor noștri, cum se spune.

Anca este volubilă în ciuda faptului că ni se usucă gurile de sete. Demonstrațiile dinaintea evenimentelor festive din istoria comunistă a României opresc în loc proiecte, planuri, viața normală de producție a uzinei. Sudori, funcționari, laminoriști, toți devenim temporar balerini și gimnaști în ansamblul organizat pe gazon.

Materialul supraelastic, mulat pe corp de sus până jos, s-a lipit de pielea transpirată și mă deranjează îngrozitor. Abia mă abțin să nu mă scarpin de față cu toată lumea sau să îl smulg de pe mine și să mă dezbrac fără a îmi mai păsa de nimeni. Pe la patru după amiază apare și Paul și îmi face cu mâna din tribună, unde și-a găsit loc pe rândurile de jos, lângă alții care așteaptă să își recupereze sau să își admire nevestele și amantele.

Reluăm ultimele măsuri ale exercițiului pe care l-am făcut astăzi de cel puțin cincizeci de ori în ritm rapid de sărbătoare, pe cântecul patriotic *Porniți Înainte, Tovarăși*. Avem fiecare un punct marcat pe iarbă, de unde plecăm în pași înălțători, agitând cercurile colorate pe sus, aplecându-ne grațios, țopăind cinci pași la stânga și cinci pași la dreapta. Ne aplecăm și ne lăsăm pe spate, ne răsucim, repetăm de la capăt, și… rămânem ca în *Lacul Lebedelor*, cu un genunchi flexat – din fericire nu cel pe care mi l-am lovit duminică – până se curmă melodia la megafon.

Asta este numai ce facem noi, fetele. Băieții au și ei numărul lor, sincronizat cu al nostru, și la un moment dat trecem unii printre alții, mârâind printre dinți glume obraznice și tachinându-ne. Dacă noi, cele mai tinere arătăm rezonabil în costumele de gimnastică, despre băieți nu se poate spune întotdeauna același lucru, indiferent de vârstă.

Frații Ghincescu sunt un exemplu perfect. Dragoș este durduliu și cu picioare scurte, dar fiindcă are o fire veselă și prietenoasă, ia mișto-ul din mers și îl întoarce la fel, fără să se șifoneze. Să îl iei pe el peste picior este ca și cum ai încerca să uzi rața cu apă. Nimic nu se lipește, și de obicei dă răspunsuri destul de dibace ca să își lase atacatorii verbali în impas.

Noni în schimb, este veninos și se oftică când îndrăznește cineva să comenteze cât este de crăcănat, sau cocoșat, sau slăbănog. Să nu mai vorbim ce se întâmplă dacă facem aluzie la culoarea tuciurie cu care l-a dăruit natura. De aceea îl ignorăm și preferăm ținte mai distractive dacă vrem să râdem de cineva. Asta însă nu înseamnă că el ne tratează cu aceeași monedă.

În ultimele ore nu a pierdut nici o ocazie să se ia de mine, ba aruncând cu pietricele, destul de tare cât să mă usture când mă nimerește, ba lovindu-se intenționat de mine. Când se oprește din nou muzica, îl văd venind glonț în direcția mea și dă să mă plesnească peste fund, exact cu gestul care îmi displăcuse între Gigi și Corina. Mă feresc în ultimul moment dar se oprește lângă mine șuierându-mi în ureche.

"Păpușică, păcat că nu vii îmbrăcată așa și la birou!"

"Lasă-mă naibii în pace!" îl reped furioasă dar mă prinde de încheietura mâinii, ca în clește, arătându-mi pe gât micul tatuaj pe care i-a lăsat-o penița mea, la ultima noastră confruntare.

"Vezi asta?"

"Da, mai vrei un semn?!" mă zbat eu să îmi smulg mâna, în timp ce el respiră pornit la doar câțiva centimetri de nasul meu, dovedindu-mi indubitabil că nu s-a spălat pe dinți de cel puțin câteva zile.

'Cei Trei Mușchetari', adică Dan, Cristian și Calin, îl înconjură gata să îmi apere onoarea, urmați în secunda următoare și de D'Artagnan – adică Paul – care îi pune palma în piept și îl împinge cât colo. A apărut ca din pământ, probabil sărind din tribună și alergând până la noi.

"Să nu te atingi de Laura!"

Nici măcar nu ridică tonul, ca de obicei. Ca un prinţ în fruntea oştii sale, se aşteaptă să fie ascultat fără crâcnire și mă uit repede în jur să văd dacă l-a observat soldatul care păzeşte la marginea terenului. Ca spectator, Paul nu are voie să vină până aici și cum este îmbrăcat cu o cămașă kaki, bineînțeles că bate la ochi, într-o culoare total diferită de ale noastre.

"Ce te bagi tu, manechinule!!!" spumegă 'Ghinci-color', înnegrindu-se și mai tare de necaz.

"Vorbește frumos că îți strâmb 'șirul" spinării. Ți-am atras doar atenția să o lași în pace pe Laura, fiindcă este prietena mea. Dacă nu știai, afli acum!"

Anca duce mâna la gură cu ochii mari care sclipesc de râs, Luci face o mutră acră și se întoarce cu spatele, alte fete rămân cu maxilarele căscate. Toată lumea este acum informată că sunt prietena lui Paul, prin declarație oficială. Nu de presă... cu toate că lucrează acum ca reporter.

Până și eu am aflat, că tocmai aveam mari dubii. Dar mă simt flatată de șocul public al anunțului și de titlul care mi s-a acordat. Îmi tremură însă genunchii din alte motive. Nu suport violența nici ca spectator. Sunt gata să leșin dacă îi văd pe alții că se ceartă. Dar mi-te să iasă cu bătaie. Teroarea scenelor la care am fost supusă în timpul căsătoriei mele scurte m-a marcat probabil pe viață.

"Lasă, Ștefanian," mârâie Noni amenințător. "Ne mai vedem noi pe aici. Să nu îți închipui că mă tem de tine fiindcă ești pui de director!"

Ce se întâmplă în următoarea clipă decurge atât de iute încât nu apuc să văd decât pantoful italienesc din piele bej urmat de cracul lung al jeans-ilor care îmi fulgeră prin fața ochilor. Se aude o lovitură seacă, pe care o interpretez drept pieptul lui Ghincescu luând contact cu laba 'puiului de director'. Noni zboară cu spatele prin aer, aterizând în fund, doi metri mai încolo, cu un zgomot înfundat.

Mă reped să îl opresc pe Paul, să nu se încaiere mai departe cu colegul nostru, dar el pare perfect calm și ne asigură pe toți cei din jur că nu are de gând să se bată cu nimeni. Ridică mâinile în semn de pace, scuturându-și freza a regret.

"Nu îl mai lovesc, pe cuvânt. Dar pur și simplu avea nevoie de o lecție. Pe mine nu mă apară tatăl meu, mă descurc și singur!"

Noni se culege de pe jos cu greutate, încercând să își recapete respirația.

"Lecție ai să capeți tu, fotomodelule!" scuipă el cuvintele amestecate cu salivă și puțin sânge. Cred că și-a muscat limba în picaj...

"La dispoziția dumneavoastră, domnul meu," îi aruncă Paul, sarcastic, și se îndepărtează imperturbabil, întorcându-se la locul lui din tribună tocmai când omul responsabil cu ordinea începe să bănuiască oarece tulburări în liniștea publică de pe teren. Noi ne risipim strategic, să nu îi atragem atenția mai mult, și Ghincescu se duce și el la locul lui în formație, înclinat de spate și scuturându-se ca un câine smotocit.

Până terminăm ziua de repetiții, începe să se întunece. Sunt moartă de foame și obosită, dar Paul mă așteptă răbdător până la sfârșit. Când ies din vestiar îmbrăcată iarăși de stradă, face și el glume regretând costumul cel mulat, care îmi vine cică foarte bine. Am rămas în urma celorlalți, poate fiindcă ei au fost mai iuți de picior, sau poate fiindcă l-am tras de păr spre mine și l-am sărutat dulce pe gură, gest la care a stat cuminte și în așteptare, ca și data trecută, să vadă cât de departe merg.

Îmi spune că a venit cu mașina dar nu a lui Sergiu ci a tatălui său, fiindcă pe asta a găsit-o liberă. Mă umflă râsul – doar în gând –

imaginându-mi ce față va face Zmeul când nu își va găsi Pontiac-ul la locul lui mâine de dimineață... Dar Paul continuă să îmi explice că George cu Ștefan și fetele ne așteaptă la el în demisol, și că fratele lui a promis să o gareze exact de unde a fost luată, să nu știe nimeni.

Între timp, nu a reușit să pătrundă cu ea în parc și a parcat-o tocmai la intrarea din spatele fabricii de pâine, drept care, o luăm la pas ocolind stadionul, el cu brațul în jurul meu, eu ținându-mă de cureaua lui, pe talie. Se apleacă să mă sărute iar, și mai mult din reflex mă ascund în cămașa lui, ținându-l în continuare de mijloc. Râde și dă să mă prindă iar eu mă desfac din îmbrățișare și sar câțiva pași mai încolo, în joacă.

"Nu fugi de lângă mine că n-am de gând să te alerg prin tot cartierul numai pentru atât!"

"Ce vrei să spui, 'numai pentru atât'?!" chicotesc eu, să îl provoc.

Mă prinde de după gât cu brațul, mai să mă bage la subsioară ca pe un pachet, fredonând în glumă și trăgându-mă după el, mai departe.

"'Hai acasă, puișor…'" Apoi, pe un ton mai serios dar nu foarte... "Știi, zilele astea, cât nu te-am văzut, au trecut normal. Astăzi am șezut ore întregi să te aștept aici, fără să fac nimic, și nici nu am simțit cum zboară timpul stând cu ochii pe tine. Cred că aș îmbătrâni prea repede dacă am fii mereu împreună… Dar presimt că merită," încheie el insinuant.

Simt iar fiorii inexplicabili care mi se strecoară pe sub piele, de la fese în sus și în jos, învăluindu-mă pe neașteptate. Suntem la ieșirea din parc și este o beznă de îți bagi degetele în ochi...

"Nu ți-e frică cu mine pe întuneric?" mă tachinează el, strângându-mă mai tare.

"Oare am de ce să mă tem?! Știi cum e cu 'lauda de sine'…" îl împung eu ca să-l zădărăsc și mai tare. "Mai găsești mașina pe bâjbâite?"

Tocmai când întinde mâna să mi-o arate victorios, și vrea să mai facă o glumă... distingem amândoi în același timp un grup de siluete care ne țin calea.

"Ei, Ștefanian, ce zici de lecția aia pe care ți-o datorez?"

Este vocea lui Noni, dar care nu este singur. Paul se încordează ca un arc și îmi bagă o cheie în mâna, împingându-mă în spatele lui, protectiv.

"Fugi în mașină și încuie ușile. Mă descurc eu..."

Sunt paralizată de spaimă. Nu ne aflăm pe maidan dar este complet pustiu în jurul nostru. Primul șir de case locuite este abia după Pontiac-ul parcat în fața noastră, dincolo de stradă. Fabrica de pâine se înalță mai departe, emanând un miros îmbătător de drojdie proaspătă... Și undeva, se aude un câine lătrând, intuind poate pericolul din apropiere. Iar eu simt că parcă mi-au crescut brusc amigdalele și nu mai pot să respir.

"Ai grijă, Paul..." îngaim atât de încet încât nu mă aud nici eu.

Poate am spus-o în gând. Mă uit disperată cum o ia spre ceilalți cu mersul lui mândru și hotărât, cu umărul stâng puțin mai jos și mâinile pe lângă corp, nonșalant și gata să îi înfrunte. Eu am genunchii de piftie și mă strecor spre mașina singuratică, doar câțiva pași mai încolo, profitând că toți se uită la Paul.

În dreapta mea aud bufnituri și icnete și mă reped la portieră, reușind să o deschid din două mișcări și să sar pe locul pasagerului, care îmi este mai aproape. Bâjbâi înnebunită după butonul care blochează ușile, îl găsesc, apoi mă cațăr peste schimbătorul de viteze în fața volanului și caut iar, pipăind bordul și manetele, tremurând și gâfâind. Nu am mai fost până acum într-un Pontiac, habar nu am unde trebuie să fie comenzile! Dar decât să stau degeaba, mai bine apăs și trag de toate, să vedem ce se întâmplă.

Se aprind farurile. Și ca la filmele în aer liber, în fața mea se desfășoară spectacolul, în toată oroarea lui. Paul, care îmi aduc aminte că a făcut și Judo cândva – sau nu știu ce alt sport japonez de autoapărare – a dat cu câțiva de pământ și trage cu picioarele câte o roată mare, dărâmând tot ce îi stă în cale. Dar, ca 'hopa-mitică', agresorii se tot culeg de jos, sărind iar pe el.

Sunt cinci cu Noni cu tot, și până la urmă unul reușește să îi pună piedică și Paul pică, secerat. Nu ca un sac de cartofi, ci ca o zvârlugă care se răsucește în cădere, evită un șut care probabil i-ar fii scos toți dinții, și îi trage altuia picioarele de sub el, apucându-l de glezne. Dar tovarășii lui Noni sunt prea mulți și nu mai pot să discern cine în cine dă cu pumnii și cu picioarele, fiindcă sunt toți grămadă pe jos, de-a valma.

Nu au trecut mai mult de câteva secunde, și continuând să caut în fața mea, reușesc să pornesc motorul și dau de claxon, sprijinindu-mă de el cu toată puterea. În cartierul liniștit, sună ca o sirenă de alarmă, ceea ce se și vrea în momentul acesta.

Demarez cu o zvâcnire bruscă, salt pe trotuar și accelerez spre ei, aproape lovindu-l pe cel mai apropiat, frânând doar la câțiva metri de grămada umană care se descâlcește miraculos, în lumina farurilor.

Noni și gașca o iau la fugă, unii mai vioi, alții șchiopătând sau ținându-se unul de altul. A rămas numai Paul la locul faptei, ghemuit, cu brațele peste cap, apărându-și probabil fața. Nu îmi vine să cred că i-am gonit dar când sar din mașină, îmi dau seama că pe partea cealaltă a străzii s-au deschis câteva ferestre și se aprind luminile. Probabil că mai mult asta ne-a salvat.

Mă trântesc în genunchi lângă el și îl ating pe umăr, tentativ, în timp ce se ridică și se așază în fund, pipăindu-și coastele și strângând din dinți, să fie bărbat și să nu se vaite. Cred că a primit și una în cap fiindcă pare cam buimac, în afară de faptul că este tăvălit bine și ciocănit ca un șnițel. Mie îmi dau lacrimile și nu știu cum să îl urnesc din loc mai repede, de teamă să nu prindă derbedeii curaj și să se întoarcă, să termine ce au început.

“Paul, dragul meu…” îl înconjur cu brațele, protectiv, dar el scapă un geamăt și prinde glas.

“Când sunt sănătos și în formă fugi de mine, și acum te-ai găsit să mă îmbrățișezi?!”

Bun, dacă îi arde de glumă înseamnă că începe să își revină. Arcada dreaptă îi sângerează puțin deasupra ochiului, și cum s-a șters cu mâneca, câțiva stropi s-au întins și pe cămașă.

“Toată nenorocirea asta s-a întâmplat din cauza mea?”

“Întotdeauna trebuie să existe o femeie la mijloc… când se încaieră masculii între ei...” articulează el, cu efort. “Dar mă îndoiesc că toți tipii aia se băteau pentru tine.”

“Poți să te ridici?”

“Am de ales? Nu cred că mă poți duce în brațe.”

Face haz de necaz dar fața crispată trădează că îl dor toate. Îmi șterg ochii cu pumnii și încerc să îl susțin, să se scoale în picioare.

“Bine că nu au dat și sub centură, sunt sportivi băieții…” bombăne Paul, recăpătându-și echilibrul și încercând să respire adânc, cu grijă.

Ca majoritatea bărbaților când văd o demoazelă în lacrimi… panichează.

“Nu plânge, sunt întreg. Se pare că nu am nimic fracturat. Poate doar câteva coaste... Stai liniștită. Poți să mă ajuți?”

“Cum? Spune-mi ce să fac!”

“Întinde-mă undeva pe un pat, dezbracă-mă, dezbracă-te… Și mai departe mă descurc eu!” încearcă să râdă dar se strâmbă de durere.

“Așa ai zis și adineaori că te descurci!” îl cert eu. “Îți arde de glumă și acum!”

"Tu nu mă iei niciodată în serios... Ce sunt eu de vină?" protestează el, vârându-se în mașină pe scaunul pasagerului, icnind și scrâșnind din maxilare.

"Ce faci acolo?"

"Pescuiesc! Aștept să mă duci acasă, nu ziceai că mă ajuți?"

"Dar nu am mai condus Pontiac!"

"Grija asta mi-am făcut-o acum cinci minute, când am văzut că vii ca o vijelie în direcția noastră, unde eram și eu pe jos... Acum m-am liniștit."

"Ești... incorigibil!!! Nu am nici carnet."

"Ai în schimb o obsesie cu carnetele, că și pe mine mă întrebai astăzi. Îți promit că dacă ne prinde miliția, îl mobilizez pe bătrânul cu toate pilele lui, și nu se întâmplă nimic. Și dacă îți dă amendă o plătește tot el că i-ai salvat 'fiul rătăcitor' de golani..."

"Ești sigur că nu mă aruncă de la etajul opt dacă îi lovesc mașina?"

"Nu," dă el să râdă, chinuit. "Vreau să spun că... nu o să lovești nimic. Ai găsit luminile, claxonul, accelerația și frâna. Sunt convins că la nevoie dai și de volan pe acolo."

"Crezi tu?!"

Aș vrea să îi mulțumesc ironic pentru votul de încredere dar văd că nu se simte bine și că își lasă scaunul pe spate, să se întindă... Cam greu, la lungimea lui. Se târăște într-o poziție chircită, pe o parte, și îi observ mâna stângă, pe care încearcă să și-o ferească. Degetele se învinețesc văzând cu ochii, de parcă ar fi zdrobite.

"Doamne, ce ai făcut acolo!?"

"Mi-am băgat din greșeală laba sub bocancul unuia dintre ei... Pornești azi?"

Demarez în revers, să coborâm înapoi pe stradă, și încerc să prind viteză dar nu sunt obișnuită cu mașina și o cam smucesc. Paul comentează, strâmbându-se iar.

“Nu conduce ca la bâlci, în zig-zag, că nu suntem la mașinuțe! Vezi că Pontiac-ul are reflexe sensibile, ‘Ia-mă ușor c-amețesc’...” O dă el pe citate din *Cetățeanul Turmentat.*

Sunt încă atât de speriată încât îmi este greu să mă concentrez și mă terorizează realizarea că va trebui să traversez centrul, ori pe unde aș lua-o. Ies pe Șoseaua Iancului apoi cotesc la dreapta pe Mihai Bravu și reușesc să evit Piața Victoriei găsind la timp intersecția cu Bulevardul Dacia, care știu că merge direct până la Cristian Tell.

“Uite ce bine te descurci!” mă încurajează Paul. “Poți să îmi aprinzi o țigară, te rog?”

Nu îndrăznesc să îmi iau mâinile de pe volan, cu toate că încep să mă simt mai bine. Într-adevăr, mașina Zmeului are alt temperament și țuștește ca o lăcustă la cea mai mică atingere a pedalei.

“Nu.”

“Dar ce poți tu...?”

“La limbă nu te-au lovit ăia?!”

“Ți-am spus că organele vitale le-au evitat. Și sus și jos.”

“Paul, mă zăpăcești și ne urcăm pe stâlp sau cine știe ce fac!”

“Tu ești destul de zăpăcită și fără ajutorul meu... Dar aia cu ‘cine știe ce faci’ sună interesant... Las-o mai încet că ne apropiem de strada lui Sergio. Dacă îți taie drumul miliția, înseamnă că avem ghinion. Ca și cu pisica neagră. Dacă nu... avem noroc și poți intra la stânga pe sens invers, să ajungem direct în poartă.”

Îmi transpiră nasul cât de concentrată sunt să traversez traficul din direcție opusă pe loc nepermis, sperând să nu mă vadă nici un agent de circulație și să nu lovesc pietonii care merg ca muștele bete, de la o terasă la alta. Nefiind încă zece seara, lumea se întoarce de la berea și micii de la Boema, nebănuind că tocmai acum îmi încerc eu talentele de șofer.

Când în fine parchez în fața vilei, răsuflu ușurată și cobor să îl ajut pe Paul. Pornim cătinel, ca în marșurile tragice din filmele de război, după luptă, când ultimii supraviețuitori se îndepărtează șchiopătând cu demnitate. Îl țin de mijloc cu delicatețe dar el îmi prinde mâna și trage de ea, să îl strâng mai tare.

"Uite, așa nu mă mai doare nimic."

"Nici acum nu te astâmperi!"

"Eu?! Sunt atât de demontat încât nu am nici un pic de apărare... Acum e momentul să profiți de mine."

"Dacă ți-ar mai fii rămas o porțiune nebătută..." îl amenint eu în glumă, dar el deschide ochii mari, cu o figura caraghioasă, întrerupându-mă spontan.

"Ți-am tot spus că cel mai important loc a rămas un neatins!"

În demisol este plin de prietenii noștri care ne așteaptă. Ștefan cu Silvia, George cu Alexandra, toate luminile aprinse, muzica lui Toto Cutugno, și o sticlă de vin aproape goală. Nu ne aud când coborâm și doar când deschidem ușa izbucnesc toți gălăgioși. Prima reacție văzându-ne mergând îmbrățișați este veselă.

"Mai nebunaticilor! Pe unde umblați până la ora asta? Vă sărutați ca porumbeii?"

"L-am rugat eu dar nu vrea," înțep fără să pierd ocazia.

Paul se grăbește spre pat și se întinde cât este de lung, abia dându-le timp lui Al și blondului să sară la o parte din calea lui. Acum văd toți cum arată, cu părul în dezordine, cu hainele murdare, și sânge uscat pe față. El care este întotdeauna imaginea perfecțiunii și a elegantei masculine, pare cules din șanț după ce l-a tăvălit semănătoarea pe câmp. Poate chiar mai rău...

"Păi, Laura, pentru atâta lucru trebuia să îl bați în halul asta?!" comentează George, care este întotdeauna pe fază și vrea să înveselească momentul de stupoare generală.

“Cum poți să glumești în situația asta?!” se supară Alexandra. “Să chemăm pe cineva de la Urgență?”

Ștefan ne aduce aminte că Sergiu lucrează la stația cea mai apropiată de Salvare dar Paul nici nu vrea să audă. La urma urmei... avem în mijlocul nostru doi studenți la Medicină, așa că George și Ștefan ne cer prosoape și apă caldă și încep să îl examineze pe ‘bolnav’. Silvia și Al se conformează ca la armată, alergând în toate direcțiile să găsească cele de trebuință în timp ce eu mă uit înduioșată cum fratele și prietenul lui îl ajută să își dea jos cămașa ruptă la umeri și murdară.

Nu îndrăznesc să număr câte vânătăi roșii sau violete are pe coaste, vizibile acum în toată grozăvia lor. ‘Fotomodelul’ meu drag stă lungit pe spate, privind resemnat în tavan și desfăcându-și sigur nasturele de la blugi și fermoarul, fără jenă. Pe dedesubt are slipi de bumbac alb, impecabil, ca în reclamele cu lenjerie străină din revistele de la Biblioteca Americană. George observă probabil privirile noastre și nu se poate abține.

“Vezi, bă, dacă purtai chiloți ‘tetra’ fugeau fetele de tine și rămâneam să te moșesc de unul singur...”

“Mai rău era dacă nu aveam nimic pe dedesubt...” comentează Paul printre dinții strânși.

“Nu, atunci ne dădeau pe mine și pe Ștefan afară!”

Al îl ciupește pe blond să termine cu glumele, băieții descalță rănitul și îi trag jos blugii plini de praf, apoi îl acoperă decent cu cearșaful până la brâu. Ca niște asistente cu experiență, cei doi îl curăță cu cârpe ude și mișcări ușoare, precise, îl întorc pe o parte și pe alta, îl pipăie și îi dezinfectează julițurile.

Verdictul lui George este că într-adevăr, două coste nu au rezistat impactului cu bocancii bătăușilor, dar în rest toate par la locul lor. Cei doi medici în devenire se consultă între ei hotărând să aplice câțiva plasturi pe unde este pielea deschisă și să îl învelească în prosoape cu gheață, pe post de comprese. Ștefan îi pune una și peste comorile masculine, în joacă, dar Paul o azvârle la o parte instantaneu, cu dosul mâinii sănătoase, bombănind că nu e cazul acum.

"Parcă sunt înfășat..." se plânge el, incomodat deodată de toată atenția noastră.

"Nu lipsea mult să te punem și în ghips," observă George. "Ai avut noroc să scapi numai cu abraziuni și contuzii. Într-o săptămână ești ca nou, dar să nu te gândești la baschet și motocicletă vreo lună, până se lipește cușca toracică la loc."

"Mare noroc... Cum ajung la muncă?" bombăne Paul, încruntat.

"Cu autobuzul, ca toți oamenii de rând," îl admonestează Silvia.

"Lasă că te duc eu, *fratellone*, că sunt în vacanță," intervine mezinul.

"Of, cine și ce a avut cu tine?!" exclamă Al compătimitoare.

"Nu poate fii nimic personal, toată lumea îl iubește pe Paolo. Cred că l-au confundat unii cu un covor prăfuit..." oferă Ștefan o explicație șubredă.

Trebuie să le povestesc în mare ce s-a întâmplat, și la o țigară toți ascultă aventura noastră, nevenindu-le să creadă. Unul este de părere că ar trebui să afle Zmeul și să îl zboare din proiectare pe Ghincescu, altul propune să mergem la miliție a doua zi... Dar Paul le face semn la toți să tacă și declară că se descurcă el... Ca întotdeauna.

George se ridică decisiv și ceilalți îl urmează cu regret.

"Doctorul și-a terminat vizita, nu cred că mai aveți chef de altă distracție astă seară, așa că ne retragem. Te lăsăm să dormi și... încearcă să păstrezi compresele pe tine," încheie el insinuant.

"Stefano, nu uita să duci mașina bătrânului la locul ei, să nu facă apoplexie mâine dimineață!" strigă Paul după fratele lui, care iese fără să se mai uite înapoi, făcând doar semn cu mâna că a înțeles.

Îi conduc la ușă, ne îmbrățișăm scurt promițându-le să am grija de pacient, și mă pregătesc să plec la mine, cu regret.

“Laura, mai ramai puțin cu mine...” mă roagă Paul după cum sperasem s-o facă.

Aprob din cap și după ce mai sting din lumini și las numai lampa de citit aprinsă, mă așez pe marginea patului. Îl privesc cu drag și nu știu exact dacă îmi inspiră milă, așa cum este, bandajat și bătut măr, sau admirație fiindcă a scapăt așa ieftin de cinci tipi puși pe rele... Sau dacă să îl judec că s-a aruncat cu inconștiență în mijlocul lor să îi provoace. Cu toate că a făcut-o pentru mine, să fie sigur că eu scap nevătămată.

Tace și mă cercetează pe sub genele lungi, cu buza răsfrântă, pe gânduri. Oare ce îi trece prin cap? Mă aplec să îi dau la o parte părul căzut în dezordine pe frunte, și îl simt sub palma mea cum își împinge capul, ca o pisică alintată, să nu mă opresc.

“Se pare că merită să mă las cotonogit câteodată. Ai șansa să mă vezi dezbrăcat și să stai cu mine în pat...”

“Ești atât de inofensiv acum...” îl dojenesc eu, mângâindu-i obrazul unde încep să se simtă iar tuleiele bărbii, după o zi lungă. “De ce ești atât de încrezut?”

“Hai să îți arat de ce... Poate nu chiar degeaba.”

“Ești un lăudăros, parcă ți-am mai spus.”

“Nu mă provoca,” se încordează el pe sub prosoapele ude.

“Dacă nu stai cuminte, îți fac injecție!” îl ameninț eu ca pe un copil.

“Era să îți spun eu ceva de injecție!” pufnește el în râs dar se strâmbă la durerea pe care i-o stârnește gestul. “Chiar atât de neajutorat mă crezi? Încearcă numai să mă întărâți.”

“Vezi că îți iau foc compresele, drăguțule,” vreau să îl pun eu la punct dar își ridică brusc brațele și înconjurându-mă, mă trage peste el, uitând de vânătăi. Reușește să se abțină de la vreun sunet, doar îl aud cum inspiră brusc, de durere, dar nu se lasă.

“Nu ai citit *Bolnavul Prefăcut*?”

“Nu, tu ești ăla citit care a intrat la Filologie. ‘Prefăcut’, zici?” îi apăs cu bărbia una din petele colorate de pe umăr, de pe care a alunecat prosopul. Se crispează imperceptibil, ambiționându-se, și mă strânge și mai tare. Scâncesc și eu, fără să vreau, fiindcă și pe mine mă mai doare câte una, alta, de la căzăturile cu motocicleta. Își dă seama și slăbește îmbrățișarea, să nu mă chinuie.

“Și între cuburi de gheață și tot… Sunt… atras de tine,” își caută el cuvintele, să se exprime cât mai decent.

L-am simțit deja cum prinde viață, lângă șoldul meu, și intru în panică. Privirea lui se plimbă pe fața mea, oprindu-se la gură, și de data aceasta din călcâie încep fiorii cei necontrolați care mă sperie. Mă tem să nu abandonez orice rezistență și să uit de toate în brațele lui. Între noi vibrează un curent electric imposibil de ignorat.

“Știi ce vreau acum?” mă întreabă Paul, cu buzele la câțiva centimetri de ale mele. Este atât de aproape încât îi simt respirația pe obraz... Și spre deosebire de Noni, miroase a tutun și parcă... a coajă de lămâie.

“Îmi închipui…”

“Știu că ai imaginație,” râde el. “…Dar nu te lăsa furată prea departe de ea. Într-o anumită… situație… cu tine… Vreau să știm amândoi cu certitudine dacă gemem de plăcere sau din alte motive.”

“Nu ți-e rușine!” încerc eu să îl cert, fără convingere.

“De ce? Sunt mândru de mine că am chef de amor și în condițiile astea,” admite Paul, candid. “Dar rațiunea îmi spune să nu risc a face dragoste cu tine acum. Totuși.”

“Atunci de ce nu îmi dai drumul?” mă foiesc eu nițel, încercând să mă ridic.

Suntem nas în nas, cercetându-ne și recunosc, probabil pentru a milioana oară, că are niște ochi fantastici.

“Șșșș…” își rotunjește el botișorul și se întinde spre mine.

Îmi întorc fața dinspre el, ferindu-mă la dreapta, la stânga, până își pierde răbdarea și își pune mâna sănătoasă în părul meu, fixându-mă în loc și lipindu-și buzele de ale mele din plin. Rămânem o clipă surprinși de atingerea celuilalt, apoi îi răspund și de data aceasta ne sărutăm de adevăratelea, căutându-ne gurile orbește și gustându-ne reciproc, rostogolindu-ne și mângâindu-ne cu toată patima acumulată de aproape trei luni.

Compresele cad cât colo și ne pipăim obrajii unul altuia, ușor, încercând să ne citim senzațiile în ochi, apoi sărutându-ne iar, la nesfârșit, înfocat. Bariera oricărei împotriviri a căzut de mult și sunt conștientă cât îl doresc și că nu ne mai putem opri decât dacă se dărâmă casa pe noi, sau poate nici atunci...

Dar în nenorocita mea de minte logică și calculată se strecoară teama că nu sunt pregătită pentru prima noastră noapte. Că am transpirat toată ziua pe stadion și trebuie să fac un duș, că vreau să mă simt perfect când o facem... Și reușesc să mă strecor de sub el și să sar din pat, înainte de a începe să mă tragă de haine.

Zâmbește spre mine din poziția în care a rămas, sprijinit într-un cot și se culcă la loc pe spate, acoperindu-se decent cu cearșaful până la jumătate.

"După tratamentul ăsta... mâine mă scol sănătos *amore*, ai să vezi..." mă tachinează arătându-și toți dinții, fără regrete.

"Noapte bună, Paul..." murmur eu, închizând ușa în urma mea, cu regret.

Îmi trece fără jenă prin cap gândul că poate într-adevăr nu se laudă degeaba, din cât am simțit în tăvăleala de adineaori... și mă încânt de una singură cu amintirea trupului lui, cât timp fac mult doritul duș, și până târziu în noapte, după ce ajung în pat. Îmi fac planuri și visez la un viitor foarte apropiat, când vom avea ani și ani de zile la dispoziție să facem dragoste și să fim fericiți împreună...

Capitolul 47

Poate Paul a avut dreptate că timpul trece mai iute când suntem împreună. Sau nu... Dar în orice caz îl resimt mult mai plăcut, chiar dacă plin de emoții și surprize. Ultimele două săptămâni în care nu ne-am întâlnit deloc, cu toate că locuim practic la aceeași adresă, s-au târât îngrozitor de încet și chinuitor. În primele zile după încăierarea cu Noni la Stadionul 23 August, mă gândisem că nu se simte bine și evită să vadă lumea. Dar până sâmbăta următoare nu am mai știut ce să cred.

Cât de rău îi poate fii ca să se dea așa la fund?! Există acum câte un telefon și în demisol, și în studioul meu. Ar fii putut măcar să sune o dată că doar nu are perfuzii în ambele brațe! M-am întristat, interpretând tăcerea ca pe un abandon. M-a uitat ca pe o umbrelă în tramvai…

Profesorul mi-a intuit necazul la prima privire când am urcat pe la el și mi-a spus să nu îmi fac griji, că este la Giovanna, care îl cocoloșește când se întoarce de pe teren, de la reportaje. Paul, băiatul mamei. Și fratele lui îl duce cu mașina de colo-colo...

“De ce nu îl cauți la Titi acasă?” m-a îndemnat Sergiu, dar eu, încăpățânată, am preferat să îl sun pe fratele meu și să îmi dau cu el întâlnire la 11 Iunie, locul nostru preferat.

Nu ne-am văzut aproape toată vara și îmi era oricum dor de el și de Livia cea mică. Le-am luat înghețată la copii și am schimbat ultimele noutăți din viețile noastre, ca de obicei. La sfârșitul lunii, el și Camelia se vor prezenta la posturile de repartiție din Rasova. Apoi Mihai m-a rugat să trec peste orice animozitate dintre mine și nevasta lui și să vin la ei în vizită pe 30 august, când își sărbătoresc plecarea împreună cu Mihaela și Dan.

“Nico nu vine…” a adăugat el, total cu nevinovăție.

Nu mi s-a părut că ar fii aflat despre aventura mea de la Sinaia, a adus vorba doar din obișnuința de a își include prietenul, dar mi-a lăsat impresia că în ultimul timp nici ei nu prea s-au văzut. Și nu am mai întrebat nimic…

În ziua stabilită urma să fiu liberă de la serviciu, fiindcă de dimineață trebuia să mă prezint la examenul de conducere, deci am promis că voi fii prezentă. I-am lăsat de înțeles că poate vin cu cineva, gândindu-mă la Paul… dar în realitate nu îmi fac iluzii. Ștefanian Junior Numărul 1 se dovedește în continuare un tip de la care nu știu la ce să mă aștept și pe care nu mă pot baza.

Duminică i-am făcut portretul lui Gelu, așa cum îl păstrez în gândul meu din adolescență, cu toate că i-am adăugat și mustață și urma de barbă în creștere, cum le poartă mai nou. Mi se pare că i-am prins în mod deosebit de bine ochii surâzători, căprui și inteligenți, și zâmbetul îndrăzneț... Și sper să se usuce suficient culorile pentru a finisa tabloul până ne întâlnim iar, când mă va duce cu motocicleta la testul de poligon și traseu, să îi fac o bucurie.

Cu Corina nu m-am mai întâlnit, dar am ținut legătura la telefon, să mă anunțe când va avea căsătoria civilă cu Gigi. Speranțele vagi pe care le nutream că poate se răzgândește s-au dus… Cu toate că nici ea nu mai pare convinsă că a făcut cea mai bună alegere. Mi-a explicat că se simte bine cu el în pat și speră că având statutul de tineri căsătoriți ar putea să își cumpere împreună un apartament, în rate... Justificarea ei fiind că trebuie să faci câteodată și ceva mai puțin dorit ca să îți atingi adevăratele scopuri.

Sunt prea prinsă în vârtejul evenimentelor personale să pot fii convingătoare cu ea, cu toate că am același simțământ straniu, ca o prevestire rea în ceea ce îl privește pe viitorul ei soț. Nu îi seamănă cu nimic lui Cornel, dar până și tonul lui de a vorbi mă pune în gardă, și cu cât mai mult mă gândesc la el, cu atât mai antipatic îmi devine.

Din fericire nu am timp prea mult pentru așa ceva, oricât de greu mi se pare că trec zilele în lipsa lui Paul. S-a scurs încă o săptămână și astăzi este sâmbătă și ziua lui Titi Ștefanian, directorul nostru. Silvia m-a sunat de ieri să mă întrebe dacă vin cu ea la Lilia, la cosmetică, să ne pregătim pentru petrecere și i-am răspuns botoasă că nu cred.

Nu am mai schimbat nici măcar un cuvânt cu frumosul meu vecin de când l-am lăsat sub comprese la el în pat, și concluzia mea firească este că s-a răzgândit și nu mai are nevoie de mine. Sunt prea amărâtă să mai iau în serios faptul că m-a invitat luna trecută, sau să am chef de a mă pune la patru ace așa, degeaba.

Sunt la planșetă și copiez cu furie un desen complicat al lui Calin, hotărâtă să îl termin până la douăsprezece și să plec cât mai repede după Liviu. Să îmi iau băiatul și să mă duc la mama, să rămân acolo peste noapte, să nu mă mai găsească nimeni. Nu că am certitudinea că m-ar căuta cineva. Poate o să ne ducem și pe la Gelu, să o cunosc pe Luminița inimii lui…

Telefonul de lângă mine sună și mă face să tresar. Ridic receptorul cu o speranță mică cât un purice în inimă… pe care încerc să o strivesc tot ca pe o insectă sâcâitoare, să evit a nu știu câta dezamăgire din ultimele zece zile. Dar, de necrezut, este într-adevăr Paul... Care mi se adresează pe cel mai normal ton, de parcă ne-am fii despărțit de dimineața, după cafea.

"*Ciao, bella mia*! Ți-e dor de mine?"

Într-o secundă, afară se face soare și totul pare scăldat în altă lumină, strălucitoare și optimistă. Dar fac măcar pe supărata, să își dea seama că nu îmi place să fiu lăsată în suspans. Parcă aş fii jucăria lui preferată pe care nu a lăsat-o din mână nu ştiu cât timp, apoi a pus-o deoparte... Amintindu-şi de ea – adică de mine – mai târziu, cine ştie când, într-o bună zi. Ignor întrebarea directă şi îi răspund cât de rece pot.

“Ce îţi mai fac vânătăile?”

“Bine. Mulţumită îngrijirilor mamei, a sănătăţii mele înfloritoare... şi a medicamentului pe care mi l-ai administrat înainte de a pleca.”

Tac, gândindu-mă că poate motivul lui de a mă evita este, ca şi în alte dăţi, faptul că nu rezistă să fim mereu alături fără să facem dragoste... Cum de nu mi-a trecut mai devreme prin cap?! La fel se ferise şi Cornel până...

“Laura?”

“Sunt aici.”

“Şi eu.”

“Poftim?!”

“Sunt jos la ieşire, cu maşina lui *zio*, să mergem împreună la creşă după Liviu când termini programul. Mai câştigam timp, poate vrei să îl laşi la mama ta, poate vrei să te duci cu Silvia la coafor... Ştiu eu ce alte planuri mai ai?”

Mă. Lasă. Mască!!! Adică nu dă nici un semn de viaţă zece zile... Zece!!! Şi dintr-o dată apare să mă ia, că ne grăbim pentru petrecerea lui taică-sau???!!! Starea uşoară de necaz de la care am pornit se amplifică exponenţial, crescând în intensitate ca bulgării unei avalanşe.

Băiatul ăsta nu o să moară de moarte bună, ori îl strâng eu de gât, ori alta în locul meu, mai târziu!!! Aş vrea să pot cred că numai doamna Ştefanian este de vină şi că probabil l-a ţinut lângă fustele ei şi a avut grijă să nu îi lase timp să mă sune... Dar scuza pe care încerc să i-o găsesc este prea şubredă. Exista şi telefoane publice, nu a fost prizonierul ei.

“Bine. Pa,” reușesc să îi răspund laconică, trântind receptorul.

Soare se uita la mine bănuitor.

“Plouă în Paradis?”

“Tună și fulgeră!” izbucnesc eu în râs, fericită dintr-o dată în mod inexplicabil, răzbunată că poate i-am dat de gândit iubitului meu, până sună sirena uzinei…

De unde cu o clipă înainte eram pe punctul de a plânge sau a sugruma pe cineva, acum îmi vine să dansez prin birou. O iau razna, azvârlită dintr-o dispoziție în alta, total opuse! Sau nu...? Parca cineva mai deștept decât mine, sau în orice caz cu mai multă experiență de viață, a spus că dragostea și ura sunt surori foarte apropiate.

Paul mă așteaptă lângă stația de tramvai în Camaro, cu motorul pornit, și mă urc dezinvoltă lângă el, pefăcându-mă că nu observ că se aplecase să mă pupe. Se uită la mine pe gânduri și până la urmă îmi ia palma stângă, o duce la gură, și se mulțumește să mi-o sărute tandru, mângâindu-se singur cu ea pe obraz. Nu mi-o retrag dar refuz să mă uit în direcția lui, drept care bagă mașina în viteză și pornim pe șosea spre capătul fabricii, unde mai există o parcare, chiar lângă creșă.

Abia acum, cât este ocupat, îl studiez și remarc că mâna dreaptă nu mai are bandaj dar este încă de un verde-vinețiu sinistru. Pe arcada de deasupra ochiului se vede încă o zgârietură uscată, pe fond gălbui. Încolo… Urmele bătăliei au dispărut, vindecate.

E drept că și mie mi-au căzut între timp toate cojile din coate și genunchi. Trântiturile din Colentina au rămas doar o amintire neplăcută și câteva lecții utile. Mai puțin degetul cel mic care se pare că va rămâne o idee strâmb pentru totdeauna, dar măcar nu mă mai doare.

Ca de obicei, îl las pe Paul să ne aștepte afară și intru doar eu. Liviu vine alergând, ca o săgeată, drept la picioarele mele. Nu mai plânge de mult, s-a obișnuit să stea cu copiii în timpul săptămânii.

“Mami! Mami!!!”

“Gogoașa mea scumpă! Ce faci? Ce ai mai făcut săptămâna asta?”

“Ghipă,” îmi răspunde el prompt.

“Ce?!”

“Ştiţi, a fost răcit zilele trecute și a făcut puțină temperatură, dar nu cred că a fost gripă fiindcă a doua zi și-a revenit...” îmi explică educatoarea.

Mă simt vinovată că din cauza gândurilor mele triste și a dorului de Paul nu am mai trecut să îl văd de luni dimineață. Îi spun puștiului cine ne duce astăzi cu mașina acasă și se uită întrebător la mine cu ochii lui minunați, cenușii, de parcă nu ar mai ține minte despre cine vorbesc. Dar odată ieșiți, îl recunoaște de la distanță și se repede ca un glonț, oprindu-se în brațele lui, luându-l de gât și lăsându-se ridicat pe sus, încercând să atingă cerul cu mânuțele.

Nu pot să îmi dau seama dacă lui Paul chiar îi plac copiii în general sau dacă numai al meu. Sper să nu își dorească o echipă întreagă de fotbal cum spun unii, dacă am rămâne împreună... Mie, recunosc sinceră, nu mi-ar fii trebuit niciodată, nici unul.

Liviu a fost o bucurie pe care am vrut să i-o fac lui Cornel... și după ce l-am avut, bineînțeles că instinctul matern a luat stăpânire. Acum este cea mai importantă persoană din viața mea, mai presus de oricine, chiar și de Paul. Dar... nu cred că mi-aș mai dori al doilea copil. Ce mă fac dacă ne căsătorim într-o bună zi și el vrea urmașii lui proprii?

Îmi trag o palma mintală în frunte. Nici nu ne-am culcat vreodată și eu mă gândesc la așa ceva! De ce să îmi fac procese premature de conștiință că eu nu mai am nevoie de alți copii și că Liviu va rămâne unica mea realizare în domeniul acesta!?

“Laura, vii cu noi sau mai rămâi la serviciu?” îmi strigă Paul din mașină, unde puștiul stă în picioare pe bancheta din spate, în culmea nerăbdării. S-ar putea ca asta să fie prima lui plimbare cu un automobil, dacă memoria nu mă înșală. Exceptând ocazia în care l-am dus la spital, când se opărise... Dar atunci dormea, sau fusese de fapt în comă.

Mă așez la locul meu și demarăm cu scârțâit de cauciucuri, la care Liviu țipă de bucurie și dă din mâini și picioare unde a fost aruncat, tăvălindu-se de râs. Simt cum stomacul are tendința să mi se lipească de spate o secundă. Mă uit la Paul cu reproș, să o lase mai ușor, cu toate că nu îmi mai este frică lângă el. Chiar dacă este vitezoman, m-am convins ce reflexe bune și ce mâini sigure are.

Îi explic pe drum cum să ajungă pe strada mea și după ce o întoarce din trei mișcări cu botul spre Restaurantul Bucur, să poată parca lângă poartă, oprește motorul. Suntem în fața imobilului unde mi-am petrecut primii nouăsprezece ani de viață, majoritatea triști și ultimii din ce în ce oribili. Zidurile boierești, ornamentate, ascund bine mizeria din spatele lor.

"Te aștept aici?" se uită Paul curios în sus la ferestrele mele, și dă să își aprindă o țigară dar îl prind de braț.

"Nu. Vino cu mine."

La urma urmei, din moment ce sunt capabilă să mă întreb dacă îi voi face copii într-o bună zi, de ce să nu o cunoască și pe mama? Vreau să vadă unde am crescut și cum. Să știe după fundul cui aleargă și să nu poate spune că nu a avut la dispoziție toate detaliile. Asta sunt eu. Fără tată acasă, săracă, nepoată de prințesă dezmoștenită de războaie și comuniști.

Paul își verifică grijuliu ținuta și își ridică freza. Azi are cămașă portocalie, bătătoare la ochi. O să îl remarce până și mama, oricât ar fi de mioapă, săraca. Îmi vine să râd când îl văd cum calcă prin curtea noastră, ca un pisoi printre băltoace, uitându-se în jurul lui la zugrăveala cojită, la tomberoanele de gunoi care dau pe dinafară, la găinile înghesuite sub scara vecinei, în cotețul improvizat. Liviu a rupt-o la fugă înaintea noastră și bate deja sus la ușă.

Mă uit la băiatul de director cu unchi în Italia care i-a umplut o garderobă cât bucătăria noastră, moștenitorul care s-a născut binecuvântat cu cele mai rare daruri ale naturii, aterizat din greșeală în mijlocul mahalalei din buricul Bucureștiului. Între Blocul Scriitorilor și o intersecție cu trei cârciumi, lângă un teren viran rămas pe locul unde a căzut o bomba în 1944.

Paul se uită la mine, mascându-și consternarea cu un zâmbet, de parcă totul ar fii absolut normal și îmi face semn să deschid drumul. Nu se poate abține să nu ridice privirile în toate direcțiile, să absoarbă tragedia unei existențe de care probabil nu avea habar. Madam Pleșa de la parter iese să comenteze ca întotdeauna, dar când îl vede pe 'măria sa' își înghite vorbele și trântește ușa, tocmai când musafirul meu îngaimă un "Sărut Mâna" tentativ.

Stai că ajungem noi sus, mă gândesc eu. Mama ne întâmpină mijind ochii miopi la Paul care urcă treptele spre ea, tot mai sus, până când ajunge în prag și biata de ea e cu capul dat pe spate, încercând încă să îl vadă mai bine. Aș râde, dar nu știu dacă mai sesizează cineva umorul scenei, în afară de mine. Și fiindcă eu am uitat de regulile politeții și rămân spectator pasiv, cel pe care îl suspectam că o ia la fuga înapoi pe trepte, să iasă din ce a intrat și să nu se mai uite în urmă... îi ia mâinile slăbuțe într-ale lui, cu blândețe, și se prezintă singur.

"Sărut mâna, doamna Baniciu. Eu sunt Paul... Ștefanian, prietenul Laurei."

Brusc, am un nod de emoție în gât, impresionată de diplomația lui, de faptul că s-a ostenit să afle și să țină minte cum o cheamă pe mama, și mai ales pentru că s-a declarat prietenul meu. Tot gestul mi se pare înduioșător și aștept urmarea cu sufletul la gură, fără să îmi fac iluzii.

La noi în casă Cornel a fost respins cu ură din prima zi, fiindcă mi-a furat adolescența. Gelu a fost tolerat abia-abia, cu greu, pentru că mă lua de la învățat. În general, nu aduceam acasă pe nimeni, pentru că mă feream de riscul unei situații penibile, a unei primiri încărcate de bombăniri neprimitoare, sau a unei retrageri ostile – în cel mai bun caz – în camera cealaltă.

Dar apariția lui Paul pare să o pună pe mama în încurcătură. Nu este oarbă de tot și... ori o impresionează cum arată, ori manierele lui șarmante. Ba chiar... minune mare, dar mama îi zâmbește timidă și îl invită înăuntru, cu gura ei.

“Îmi face plăcere... să vă cunosc. Intrați, vă rog...” și îl ia de cot, îndemnându-l să pășească în lumea noastră.

Adică... cea care îmi făcea scandal și pentru fetele aduse în vizită... și care a declarat război veșnic împotriva tuturor bărbaților din lume, de la tata încoace... Are îndrăzneala să îl atingă cu mâna ei proprie... și să îl cheme în casă!!! Dacă mi-ar fii povestit altcineva faza, nu credeam. Mă relaxez cu un zâmbet larg și îl admir pe Paul, vrăjitorul meu care l-a cucerit pe Liviu la prima vedere, și acum... pe mama!

Puștiul își aruncă săculețul cu schimburi murdare cât colo și se trântește la televizor, singurul lucru căruia îi duce lipsa la creșă. Și la mine în studio. Se pare că intenționează deocamdată să ne ignore total, probabil intuind că oamenii mari au de vorbit.

Mama se agită să ne facă cafea și Paul se așază la prima invitație, încercând să nu intimideze pe nimeni cu statura lui. Stăm la masa din sufragerie, fără să scoatem o vorbă, eu încă minunându-mă de primirea de care am avut parte, Paul uitându-se în jurul lui la mobila desperecheată și la pereții goi. Îl văd cum depune eforturi fără succes să nu se zgâiască prea tare.

Ca niciodată, mama ia loc cu noi, față în față cu Paul, examinându-l peste ochelari și făcând conversație, la început monosilabică, apoi din ce în ce mai cursiv. Prima ei curiozitate este să afle câți ani are așa-zisul meu prieten care trece testul cu brio, răspunzând că împlinește douăzeci și unu pe 13 octombrie. Mama pare satisfăcută, calculând că este numai cu un an și jumătate mai mare decât mine, nu cum era Cornel, semnificativ mai în vârstă.

Dar dacă tot a deschis gura, Paul trebuie să răspundă la chestionarul standard pe care îl folosesc majoritatea părinților din generația ei când li se cere mâna fetei. Situația este prematură în mod sigur, dar după experiența anterioară, la mintea mamei, orice individ care se apropie de mine poate deveni subit... soț.

La noi în casă, singurul precedent asemănător a fost dezastruos. Când i l-am prezentat pe Cornel, l-a displăcut instantaneu. În primul rând decada care ne despărțea, apoi mustața, că nu avea nici liceul terminat, și mai ales pentru că era din provincie și asta o convinsese că vrea să se căsătorească cu mine doar pentru buletinul de București. Dovadă câtă încredere are mama în farmecele mele personale...

Cu Paul prinde din nou curaj să pună întrebări, cum nu a mai făcut de foarte mult timp, să știe câte cele. Dacă lucrăm împreună... Nu, doar tatăl lui lucrează cu mine. Sigur, îmi zic eu, e directorul meu. Dar unde ne-am cunoscut? Păi... Nu, nu îi spune varianta cu scara tramvaiului 23. L-am ajutat eu cu niște desene care îi trebuiau pentru admitere. La ce facultate a dat? Aha! Acum să îl văd ce explicație are că ne solicita desene tehnice pentru examenul la Filologie.

Dar Paul se scoate și de data asta, recunoscând adevărul, că s-a răzgândit pe ultima sută de metri și a schimbat direcția profesională. Că începe școala în septembrie, și va lucra jumătate de normă, colaborator la Revista Săptămâna, să aibă banii lui.

“Mami, noi am vrea să fumăm o țigară, că tot sunt geamurile deschise...”

“Bine, Laura dragă, fumați, dar să știi că nu vă face bine,” acceptă ea, surâzând amabilă.

Cine este femeia asta și ce a făcut cu mama mea?!?! Paul continuă să converseze cu ea, mai degrabă să dea răspunsuri la toate, de parcă nu ar fii reporter, ci vedetă intervievată. Dar e simpatic foc cum o întoarce ca la Ploiești, diplomatic, ieșind din toate încurcăturile mai zâmbind, mai glumind, mai făcând pe timidul.

Mama, cu vocea ei mică și blândă, de zile bune, scoate de la el că are o motocicletă, că joacă baschet semiprofesional la Steaua, că părinții lui locuiesc lângă Athenee Palace, și... dacă 'mai are frați pe acasă', cum se zice. Mă întreb când îl va întreba și ce număr poartă la pantofi. Asta aș putea să îi spun și eu, 44. Am văzut odată ce îi scria pe tălpi, când și-a întins picioarele cu încălțămintea pe masă, la Profesor...

La un moment dat pierd șirul și nu mai sunt atentă la ei, urmărind afară singura imagine de care îmi este dor câteodată, când mă gândesc la apartamentul de aici. Iubesc acoperișul abrupt de vizavi, cu țigle roșii, geamuri semicirculare, și cornișe pe care țopăie gugușiucii al căror gângurit mi-a însoțit anii copilăriei.

Când este senin, dimineața soarele bate întotdeauna pe partea cealaltă a străzii, și chiar în dreptul nostru, casa are o logie închisă, semicirculară, extensie a locuinței în care stătea o cântăreață de operă, o femeie cândva frumoasă, înaltă, cu părul oxigenat. Îmi aduc aminte când eram mică cum o auzeam câteodată exersând vocalize enervante. Probabil de atunci nu suport genul acesta de muzică.

Locul meu favorit din apartamentul nostru fusese întotdeauna alcovul din camera bunicii, susținut deasupra trotuarului de cornișe impunătoare. Acolo erau singurele ferestre unde aveam instalate draperii, în spatele cărora îmi plăcea să mă ascund, și invizibilă altora, să urmăresc ce se întâmplă seara în încăperile luminate de vizavi.

Mă fascinau posibilitățile noi de a îmi stimula imaginația și realitatea construită de mine în jurul familiilor pe care le spionam punând masa, luând cina, retrăgându-se cu o carte la citit, sau relaxându-se la televizor pe fotolii. La noi nu aveam nimic similar ca mobilă, ambianță sau personaje. Era ca și cum m-aș fi uitat pe gaura cheii în viața vecinilor mei, încercând să înțeleg de ce este atât de diferită de a noastră.

O dată, cred că nu aveam mai mult de trei sau patru ani... Am văzut-o pe vecina cântăreață cu un bărbat, amândoi goi pușcă, defilând de colo-colo prin cameră. Apoi mi se păruse că au intenția să danseze… și m-a găsit bunica, care m-a luat de la geam și a încercat să îmi abată atenția. Nu înțelesesem atunci nici de ce erau dezbrăcați, și mai ales de ce nu voia nimeni să îmi explice la ce fusesem martoră...

Instinctiv, deodată simt că merită să ciulesc urechile la ce se întâmplă în prezent, remarcând că mama a început să i se adreseze la per tu însoțitorului meu, ceea ce e mare lucru, și că dialogul de lângă mine devine interesant. Ca de exemplu, mama întreabă "Ai fost vreodată căsătorit?", iar Paul răspunde domol, "Nu, doamnă, sunt prea tânăr să fii fost deja însurat." Mama zice "Laura era încă un copil și tot s-a măritat…" Paul comentează "Aveți dreptate, poate că a făcut-o prea devreme, dar aveți un nepot reușit din toată întâmplarea."

Mama schimbă subiectul, brusc.

"Ai multe activități în domenii atât de diferite… Ce îți place de fapt mai mult? Te consideri intelectual sau sportiv?"

Nu, asta nu e mama mea! Mi-au schimbat-o extratereștrii!!! De data asta cred că a reușit să îl încurce până și pe Ștefanian care își aprinde repede a doua țigară și își scarpină cu degetul sprânceana, căutând răspunsul cel mai potrivit.

"Îmi place tot ce fac. Dacă nu mi-ar place, nu aș continua. Cred că sunt câte puțin din toate și de fapt nici una, nici alta cu adevărat…"

Mama continuă să zâmbească la el și îmi este mai mult decât clar că îl admiră, dar fraza ei următoare depășește orice așteptare, considerând cum este ea de obicei, cum o cunosc de când mă știu. Uitând cu totul de timiditate și de izolarea la care se condamnă singură de o viață, îl privește fix, și pune o întrebare de baraj, care mă ia prin surprindere chiar și în contextul de până acum.

"Sunt sigură că nu am mai văzut un băiat așa de frumos și de deștept ca tine. De ce crezi că te iubește fata mea, fiindcă arăți bine sau fiindcă ești educat?"

“Mama! Sunt și eu de față!” sar în sus, dar Paul răspunde calm și amabil, ca și până acum, dând din umeri cu modestie și uitându-se la mine, să vadă dacă îi confirm părerea.

“Eu sper să mă iubească din ambele motive… Dar mai mult din al doilea.”

“Mami, mersi de cafea, noi trebuie să fugim înapoi că în seara asta este ziua tatălui lui Paul și trebuie să ne pregătim,” mă ridic eu hotărâtă să îmi salvez iubitul de la interogatoriu.

Mama nu ne reține și acceptă graba mea ca pe ceva firesc.

“Bine, Laura, să aveți grijă de voi. Vii mâine după Liviu?”

Îmi pup copilul, o asigur că nu intenționez să întârzii prea tare a doua zi să îmi recuperez odrasla, și Paul îi pupă iar mâinile la despărțire, galant. Abia când suntem în stradă, și după ce ne-am așezat în mașină, mă bag în fața lui și e rândul meu să îl iau la întrebări.

“Ce i-ai făcut mamei mele??!”

“Eu?!” ridică el sprâncenele nevinovat.

“Ei nu îi place niciodată, de nimeni! Nici de mine de obicei!”

Își aruncă părul de pe frunte și râde.

“Mie mi-a fost foarte simpatică. Pare o femeie cultă, inteligentă… și este normal să vrea să știe ce învârte și ce poate tipul cu care se culcă fiica ei!”

“De când mă culc eu cu tine că n-am observat!?”

“Știi că eu sunt un optimist incorigibil. Am vrut să spun… tipul care umblă cu fata ei.”

“Tu umbli cu mine?!” mă burzuluiesc iar, amintindu-mi că nu l-am văzut de zece zile.

“Nu mă mai certa. Ți-am spus că îmi este dificil să stau pe lângă tine fără să fim împreună cu adevărat. Ai cuvântul meu că nu m-am întâlnit cu Irina, nici în pat, nici în mașină. M-am ascuns doar la mama.

Și adevărul e că speram să mă cauți, să dai un telefon... Ai idee câte zile au trecut fără să schimbăm măcar o vorbă?"

"Zece!!!" mă răstesc prompt. Ce tupeu!!! Așteaptă să fie căutat! Dar am avut dreptate, și felul meu reticent de a fii l-a pus pe fugă. Nu toți bărbații privesc la fel fetele care se lasă greu...

Râde, atingându-și iar sprânceana. Și ticul acesta trebuie să însemne ceva anume. Când îl bucură ce aude? Sau când e în încurcătură și vrea să câștige timp?

"A, deci ai ținut socoteala și tu, nu m-ai uitat de tot..."

"Hai acasă," comand eu brusc. "Cred că am de mers cu Silvia la o prietenă de a noastră pentru cosmetică și nu mai știu ce. Nu vreau să te fac de râs diseară..."

"Tu nu m-ai putea face niciodată de râs, Laura," spune Paul, punând cheia în contact și urnind mașina . "Abia acum, după ce am văzut în ce condiții ai crescut, pot începe să te înțeleg mai bine. Și să știi că sunt serios când îți spun că mi-a plăcut mama ta..."

Îl las să vorbească și mă gândesc că în astă seară, când ne întoarcem de la Ștefanieni am să îl las să ajungă unde vrea, și o să facem dragoste, indiferent de urmare. Să nu mai aud scuza că dispare cu zilele fiindcă nu poate sta lângă mine degeaba. După cât de drăguț a fost astăzi și cât de bine s-a descurcat... merită.

Amintindu-mi de toată discuția de dinainte între Paul și mama, îmi dau seama că nu l-am văzut niciodată închizându-se în el față de ea, învelindu-se în brațele încrucișate. Hm. Cine ar fii ghicit ce înțelegere reciprocă se poate înfiripa între două persoane atât de diferite?! Sau au în comun ceva ce mie îmi scapă încă...?

'Prietenul meu', cum încep să îl consider din ce în ce mai des pe băiatul cel mare al Zmeului, mă lasă în fața casei unde locuiește Lilia, pe Ana Ipătescu, cu promisiunea că ne întâlnim mai târziu la Profesor. Îmi deschide ușa Florin, care abia a venit de la serviciu. Silvia este deja acolo, pe mâinile experte ale Lilianei, care o coafează.

“Ce faci, Laura, ai venit și tu să te faci frumoasă?” mă întâmpină ea, cu gura până la urechi.

“Pardon, eu sunt destul de frumoasă și așa... Dar nu știu ce să fac cu părul...”

“Vrei să te tunzi iar?”

“Nu! Îmi place mai mult cum l-am lăsat să crească. Și îl pot purta strâns sau pe spate... Am mai multe posibilități.”

“Așa e, îți stă mai bine cu părul lung. Înțeleg că vă îmbrăcați cu rochii de seară, ca la bal,” râde ea. “Vrei să îți fac un coc elegant, ca Silviei?”

“Măcar aranjează-mi-l cu foehnul...”

Dar Silvia intervine, autoritară.

“Nu o asculta pe asta mică! Fă-i tacâmul complet. Depilat, manichiură, pedichiură, coafat, ca și mie. Odată iese și ea în lumea bună...”

Are dreptate. Oi fii eu prințesă falită dar nu îmi aduc aminte să mai fii avut ocazia vreodată de a purta rochie cu lame. Lilia execută ordinul, băgându-mi picioarele la înmuiat, alături de prietena mea care se răsfață cu țigara în mână, sorbind cu buzele țuguiate dintr-o cafea.

“Îi faci șuvițe blonde Silviei?” devin eu curioasă, urmărind să văd ce se întâmplă.

“Mi-a promis Alexandra un bacșiș gras dacă reușesc să o conving...”

“Și ai crezut-o?! Cred că a vrut să zică că ți-o lasă plocon pe soră-sa!” râd eu, intrată în atmosferă.

“Dacă nu o să îi placă lui Ștefan, v-ați dat foc la valiză!” amenință ‘bacșișul cel gras’ încercând să vadă într-o oglindă de mână cum îi arată părul împachetat în foițe de aluminiu.

În cameră miroase ca într-un paradis al florilor exotice, în afară de izul greu de amoniac care vine de pe capul Silviei. Aromele sunt amestecate, înșelătoare, ca atunci când intri în cabina de budă din mijlocul unui câmp înflorit. Florin pare de acord cu mine fiindcă strâmbă din nas, apropiindu-se de noi, să nu rămână pe dinafară.

"Laura, ce s-a mai întâmplat cu tipul ăla care era cu tine la munte?"

Care munte, care tip? Întrebarea mă găsește nepregătită.

"Nico...? S-a însurat."

Florin ridică sprâncenele. Silvia tace mâlc.

"Nu cu mine, ce te uiți așa?!"

"Aaaa!" se face el că pricepe și o lasă baltă cum a picat, intuind că a deschis un subiect tabu.

De fapt, din câte înțeleg, ei au rămas cu mult în urma evenimentelor. Tot ce a apucat să afle Lilia până acum este că mergem la o recepție adevărată, unde invitații o să poarte cravată sau papion. Mai ales cei de sex masculin.

"Și cu cine mergeți, singure?" ne trage ea de limbă.

Odată pornită, nu o mai poate nimeni opri pe Silvia.

"Sora-mea s-a împrietenit cu George, tipul cel blond de care s-a ciocnit atunci la Predeal, când am fost cu voi. George este coleg de facultate cu cel brunet, Ștefan, cu care m-am împrietenit eu. Tatăl lui Ștefan este directorul de la proiectare, unde lucrează Laura, și are un frate, Paul, cu care s-a împrietenit ea."

Lilia râde cu lacrimi și Florin vine iar să tragă cu urechea.

"Stai! Mai rar, că nu am înțeles nimic!"

Îi explicăm amândouă deodată, mai în amănunt.

"Câte coincidențe!" comentează el, oarecum lămurit.

"Nu sunt așa multe. Câte una pentru fiecare!" chicotește Silvia cu satisfacție.

"Și eu am noutăți," se laudă Florin. "M-am plictisit unde eram și m-am angajat la Circ."

“Acolo e de tine!!!!” izbucnim noi la unison în hohote nestăpânite.

“Sunt șofer pentru directorii de la Circul București...” ne explică el, să nu ne închipuim cumva că îl vom vedea curând purtând nas de clovn sau sărind prin flăcări. Sau în cușcă...

Ne potolim cu greu și îl mai tachinăm puțin, să se simtă băgat în seamă. Apoi primesc și eu o cafea și o urmez pe Lilia în baie, unde are instalată masa de depilat. Probabil că dacă nu mă luam după Alexandra cu un an în urmă, să îmi dau cu lama de ras pe picioare, nu aș fii avut nevoie în viața mea de operațiunea aceasta. Așa zice mama. Dar poate că nu este adevărat și cu vârsta aș fii început oricum să am nevoie de mai multă întreținere ca să mă respect, cum spun prietenele mele.

Mi-a aplicat odată Lilia și niște măști cosmetice, mi-a făcut masaj facial... Nu am văzut nici o diferență. La nici douăzeci de ani, am tenul fin ca o caisă, fără urmă de rid sau coșuri. Sunt încă foarte, foarte tânără, și nu am nevoie de multă grijă ca să arat bine. Poate mai târziu, când am să depășesc treizeci. Ce mult pare. Sau când am să fiu bătrână, la patruzeci. Oare cum am să arăt atunci? Dar Silvia? Dar Ștefan sau Paul...?

În mod cert, după ce ies din mâinile Liliei, am pe picioare pielea ca de mătase, douăzeci de unghii sidefate și un coc simplu, puțin lăsat pe spate, prins într-o agrafă de împrumut, cu marcasite. M-am hotărât să îmi pun rochia metalizată de culoarea bronzului întunecat, și cred că o să se potrivească totul foarte bine.

Toate înfrumusețările noastre au durat mai mult de trei ore și este cazul să o luăm din loc cât mai repede. Ieșim în stradă ca niște regine pe balcon, așteptând aplauzele. Mă simt diferit, mai senzuală, pregătită pentru ce am de gând în seara aceasta. Nu sunt sigură dacă am înțeles perfect ce mi-a spus Profesorul mai demult, despre cele trei focare ale dragostei... dar cred că am evoluat de la inimă în jos, cu siguranță.

Silvia își ridică nasul în vânt cu mândrie și mă măsoară în glumă.

"Mi-e și jenă să merg cu tine pe stradă!"

"Mie îmi spui?!"

Chicotim amândouă și ne bucurăm că vila lui Sergiu nu este prea departe, să nu ne stricăm coafurile până acasă. În Cristian Tell pare liniște și pace, nu mișcă nimic, dar se aude muzica la Paul, de jos. Urc cu Silvia să îmi salut nașul și dăm acolo de Ștefan, care își aranjează hainele de gală. Costum alb și cămașă neagră, plus papion.

"M-a întrebat *fratello* al meu de tine," mă abordează el, arătându-și dinții.

"De mine? Ce a putut să întrebe, doar știa unde sunt."

"A, știa unde ești, dar vrea să știe unde ajungi. M-a întrebat dacă cred că dormi la el, în demisol, după petrecere."

Cât pe aci să îmi pun mâinile în cap, mă opresc, amintindu-mi că am coc nou, că nu i-am dat voie Liliei să îmi pună fixativ în păr, și la cea mai mică greșeală o să mi se reverse, stricând tot efectul artistic. Mă mulțumesc să mă strâmb la el, și plec să fac duș. Poate unul rece nu mi-ar strica, dar indiferent de temperatură, trebuie să am grija cocului.

Intru în rochia cea nouă pe care o închid cu greu la spate fiindcă are un fermoar subțirel, de la gât până la noadă. Mă machiez mai cu seriozitate, adică îmi dau nu numai cu umbră pe pleoape dar și cu rimel pe gene și un strop de ruj. Pe care apoi îl șterg, îl aplic iar, și sunt mulțumită numai când din toate tentativele rămâne o urmă lucioasă și vagă. Nu am gura mare dar buzele sunt pline și roșii de la natură și mă tem că aș avea ca un cur de maimuță pe față dacă aș folosi mai multă culoare.

În fine, îmi pun sandalele Leonardo și pășesc cu grijă în fața oglinzii încețoșate, înghesuită în stânga chicinetei. Din reflecție mă privește o tipă elegantă, mlădioasă și sexi. Materialul elastic ca un al doilea rând de piele se lipește de formele mele, fără să stea mulat tot timpul, lăsând loc imaginației, cazând frumos, în mici falduri încrețite pe ici, pe colo. Modelul mă conturează perfect, complimentând ce am, și ascunzând micile defecte pe care le știu numai eu... Și de care Alexandra îmi spune că sunt doar pitici pe creierul meu.

Cine este femeia care se uită la mine cu ochi mirați și când a crescut atât de mult puștoaica pistruiată?! Mă răsucesc să mă văd din toate unghiurile, urmărind subtilitatea cu care despicătura din față dezvăluie numai curbele interioare ale picioarelor și începutul coapselor, provocator și insinuant, în același timp.

O bătaie energică la ușă mă face cât pe aci să sar din rochie, întrerupându-mi încântarea admirativă. Vocea lui Paul este nerăbdătoare, cu toate că vrea să pară că nu ar avea intenția să mă grăbească.

"Laura… Ești gata?"

"Intră!"

Face un pas în studio și cască ochii mari la mine. Și eu la el, e drept. Prietenul meu, precum m-am hotărât de astăzi să îl consider… poartă un costum negru, croit la mare artă pe silueta lui, cu cămașă albă și papion, de parcă este scos din paginile unei reviste de modă. Arată mai bine decât mi l-aș fii putut imagina vreodată, nu că nu ar fii întotdeauna pus la patru ace și frumos cu draci.

Dar cum se uită acum la mine înmărmurit, este mai mult decât pot răbda. Mă duc la el și îl pup, profitând de faptul că sunt mai înaltă decât de obicei cu tocurile, și ajung mai bine. Se inclină să nu mă forțez prea tare, apoi se retrage iute cu un pas, fluierând fără sunet.

"Piei, ispită. Vrei să nu mai ajungem la ziua lui tata?!"

"Arați de nota zece plus…" îl complimentez cu în glumă.

Paul zâmbește și își agață mâinile cu degetul mare în găicile pantalonilor la dungă, probabil neștiind unde în altă parte să le pună, sau cum să se abțină să nu le întindă după mine.

“Unde ai stat ascunsă atâția ani!?”

“Dacă ne întâlneam la pensie... mai înțelegeam să mă întrebi. Dar așa, cine știe de câte ori ai trecut pe lângă mine prin oraș când eram copii și nu m-ai observat.”

Dă din cap poznaș. Mai mult ca sigur că în Bucureștiul cel mare nu am dat unul de altul în trecut. Nu știu el... dar eu l-aș fii remarcat în mod cert, mai ales că mi-a povestit Profesorul că nu a fost ca alți băieți, să crească din senin în adolescență. Mi l-a descris ca pe un copil înalt și slab, cu un cap mai sus decât colegii lui la școală.

Îl rog pe Paul să îmi țină țigările în buzunarul lui, fiindcă nu am poșetă adecvată, și luându-l de cot îl mân afară, să coborâm în curte. Jos sunt ceilalți doi, fumând în așteptarea noastră, și ne întâmpină cu exclamații admirative, privindu-ne cum venim pe trepte maiestuos, ca perechea regală. Dar nici cu ei nu mi-e rușine, Silvia ca o păpușă blondină cu rochie bleu de mătase, sprijinită la brațul lui Ștefan, îmbrăcat în alb și negru ca fratele lui dar pe ‘negativ’.

A ieșit și Sergiu să ne vadă și dă aprobator din cap, zâmbind. Nici el nu este mai prejos, gătit tot la costum și papion, cum se pare că este codul vestimentar al ocaziei. Ne hotăram să mergem toți cinci pe jos, să nu mai scoatem mașina. La urma urmei până la Biserica Albă nu sunt nici zece minute la pas. Silvia și Ștefan deschid drumul, noi îi urmăm, eu încadrată de Profesor și de nepotul lui cel mare.

Parcă am merge la nuntă, așa suntem de eleganți. Majoritatea lumii se oprește să ne facă loc și se uită după noi, dar încerc să nu mai bag în seamă atenția pe care o stârnim. Probabil că așa se simt actorii celebri când ies pe stradă, ignorând mâinile întinse rugător după autografe și adorația publicului. Pf! Nu mi-aș dori vreodată să fiu ca ei, asaltată de mulțime, imitată, urmărită pas cu pas de fotografi, și lipsită de pace.

Poate Alexandra s-ar fii bucurat de poleiala iluziei momentane pe care o am... Și deodată îmi pare rău că lipsesc dintre noi Al și George, dar la urma urmei este ziua Zmeului și invită el pe cine vrea. Este un eveniment de familie iar Silvia este ca și mine, perechea unuia dintre băieții lui. Doar dacă s-ar mărita cea mică cu nebunul de Ștefan... ar deveni și ea membră a clanului, prin alianță, intrând în cercul elevat al clanului. Cine știe ce ne rezervă viitorul. În ultimul timp, fratele lui Paul este mereu cu ea, de parcă nu ar fii același individ de pe faleză...

Familia Ștefanian locuiește într-un bloc vechi cu cel mult șase etaje de pe Calea Victoriei, chiar lângă Hotelul Athenee Palace. Nu reușesc să observ bine câte nivele sunt pentru că are o arhitectură îndrăzneață, cu mezanin înalt și mansarde suprapuse, rotunjit pe colț. Pe partea cealaltă a străzii, zac îngrădite ruinele fostei cofetarii Republica și a blocului de deasupra ei, rămase de la cutremurul din anul trecut.

La intrare, o pisică cu coada pe sus miaună vehement să îi dăm drumul înăuntru și nu rezist să las totul baltă și să mă las pe vine să o mângâi, dar odată ușa deschisă, animalul mă abandonează, grăbindu-se să nu piardă ocazia, cu coada ridicată în forma unui semn de întrebare, înaintea noastră. Paul surâde înțelegător așteptându-mă, fără a mă certa că mă murdăresc pe mâini cu mâța sau că iau pureci, cum sunt obișnuită să mi se spună, ceea ce mă face să mă simt din ce în ce mai tandră față de el.

În holul mare de la parter este încă șantier de consolidare, schele și mizerie de materiale de construcție, pe care le ocolim cu grijă, să nu ne stricăm ținutele. Liftul cică merge, drept care îl așteptăm, uitându-ne unul la altul și zâmbind. Nu încăpem toți și Paul face pe politicosul, îndemnându-i pe ceilalți să se înghesuie că venim noi cu următoarea tură. Înainte de a se închide ușa, Ștefan îi face semn mustrător cu degetul și Profesorul îi dă peste mână, să ne lase în pace. Paul desface brațele în semn de "ce crezi că am timp să îi fac până sus?" și ne punem iar în expectativă.

Pisica pleacă de lângă noi, indignată că nu îi mai dă nimeni atenție, și ascensorul se oprește la etajul doi, ceea ce înseamnă într-adevăr o călătorie insuficient de lungă să permită mai mult decât un sărut furat în pripă. Mă liniștesc, zicându-mi că planul meu pentru mai târziu rămâne în picioare. Nu vom face dragoste în lift, cel puțin, nu de data asta.

Că veni vorba de săruturi, în cabina liftului observ că i-am lăsat lui Paul o mică urmă pe obraz și îl curăț grijulie, iar el reușește să evite alte pete de culoare aplicându-și buzele pe gâtul meu, unde nu sunt rujată. Dar ajungem cu bine, cuminți și neciufuliți la ușa larg deschisă a apartamentului unde ne primește Titi Ștefanian în persoană, bătându-și voinicește fiul pe spate și pupându-mi mâna. Azi nu mai este directorul meu, ci tatăl lui Paul.

Înăuntru este agitație, doi picoli angajați tocmai au terminat de aranjat masa și de decorat sufrageria, în timp ce musafirii se salută și se complimentează reciproc. Se pare că sunt și persoane necunoscute de mine în casă și intru o clipă în panică, să nu mă lase Paul singură. Simțindu-mi poate teama, mă ia pe după umeri și rămâne lângă mine, cel puțin pe moment. Unul din băieții care servesc vine cu cupe înalte de șampanie pe tavă și mă agăț de unul, să nu am mâinile goale.

"Văd că până la urmă au chemat-o și pe Matilda cu părinții..." îmi șoptește el la ureche.

Simt că mi se face rău. Adică am să stau la masă cu prima aventură sexuală a iubitului meu?! Realizez cu al șaselea simț feminin că intriga îi aparține mamei lui Paul, care face tot posibilul să îi distragă fiului ei atenția de la mine. Dacă Zmeul s-a opus la venirea Lucicăi, a găsit ideea cu Matilda care i s-a părut și mai bună. Prieteni de familie... Strâng din masele, câte mai am, hotărâtă să fac față serii, sfidând competiția.

Bătrânii ei par oameni rezonabili, cu prestanță, de același nivel social cu Ștefanienii. Fata este îngrijorător de drăguță, mai înaltă decât mine pe pantofi cu talpa plată, îmbrăcată cu o rochie neagră lucioasă și scurtă care o prinde bine, mai blondă ca Silvia, cu nas cârn și ochi mari, albaștri.

Îl îmbrățișează pe Paul la fel de neutru cum fac eu cu Gelu. Nimic nu trădează faptul că era cât pe aci să își folosească primele ovule din viață ca să îi facă un plod, la scurt timp după ce abia începuse să aibă ciclu. Îmi înghit răutatea cu primul strop de *prosecco* – după cum îmi explică Paul că se cheamă ce ni s-a dat – și dau mâna cu ea de complezență. Ciocnim vinul fără să ne atingem paharele, elegant, dar mă reține privindu-mă direct, fără urmă de antipatie.

“Mă bucur să te cunosc, Laura. În fine s-a găsit cineva să îi pună frână amicului nostru comun,” apoi se întoarce spre el, râzând cochetă. “Ai încă gusturi bune, Paul…”

Adică, interpretez eu, a avut gusturi bune și la vârste mai fragede, când s-a împiedicat de matale. Paul ne desparte, și mă târâie după el de mână, oriunde merge, fapt pentru care îi sunt recunoscătoare, promițându-i în gând că nu o să regrete când ajungem înapoi la vilă. Mă ia să îmi facă un tur de apartament, să știu încotro este baia, unde și al cui este fiecare dormitor…

Locuința are o împărțire inteligentă, fără spațiu pierdut. Antreul este generos și dă direct în camera de zi, mobilată ușor, doar cu o canapea și fotolii din piele, televizor și măsuțe de cafea, la îndemână. Pe pereți sunt picturi abstracte, pe nuanțe de vișiniu și roz, discrete. Covorul central acoperă un parchet luminos, în culoarea naturală a stejarului, este asortat la restul decorului.

Imediat în dreapta este un hol mic, doar cât să ascundă intrarea spre W.C.-ul de serviciu și spre sanctuarul lui Paul, dominat de un pat pe măsura lui, un birou minimalist, un singur scaun pe rotile, și o colecție întreagă de fotografii înrămate, pe pereți. În ele, băiatul cel mare al Zmeului zâmbește larg cu diplome sportive, cu premiile de la școală, în diverse uniforme de fotbal, baschet, și altele.

Apoi sunt cele din adolescență, unde este mai subțire decât acum, pozând sigur de sine, cu veșnicul și neschimbatul surâs inimitabil, de parcă toată lumea ar fii a lui. Cu pălărie din anii cinzeci, cu Ștefan de gât, în altă ipostază mândrindu-se cu trofeul unei partide de pescuit – niște pești cât el agățați pe băț. Într-una se strâmbă ca un clovn, în alta este în costum de schi, pe pârtie. Răsfățatul părinților, idolul fratelui mai mic, exact cum bănuisem.

Eu pot să număr pe degete câte imagini din trecut am acasă. Doar una din copilărie, pe o motocicletă de jucărie cu ataș, în Cișmigiu, alte trei de la școală, la diverse vârste, și câteva cu Cornel. Singurul care mi-a făcut fotografii mai târziu, de plăcere și artistice, a fost Gelu, care este pasionat de sportul acesta și are aparatul lui și laborator de developat cu tot echipamentul.

"Mai bine uite-te la modelul real," râde Paul, luându-mă mai departe, să văd și restul încăperilor, în fundul apartamentului, pe partea stângă.

Camera părinților, dormitorul lui Ștefan alături, care se vede cu ochiul liber că este locuit, baia cea mare, și o bucătărie imensă. Într-o casă cu matroană italiancă, aceasta este sediul central, după cum îmi explică prietenul meu. Aici se face pizza, se prepară paste cu sosuri elaborate, gustări, sandvișuri, până și conserve pentru iarnă.

"Mama ta gătește?" vreau eu să știu, în șoaptă.

"Când eram noi încă la școală... era mereu la cratiță. De când am devenit independenți... mai rar. De obicei când vin eu acasă îmi face ce știe că îmi place mai mult."

"Care este felul tău favorit de mâncare?"

Se eschivează, făcându-mi semn cu degetul la gură.

"Nu începe și tu ca tanti Natalia. Azi am dat destule interviuri..."

Doamne, până și ăsta este secret de stat. Trebuie probabil să o rog tot pe mama să îl întrebe ce mă interesează să aflu despre el.

Este timpul să ne așezăm în jurul mesei, bineînțeles, pe locurile prestabilite de gazdă. Sergiu și sărbătoritul stau în capetele opuse, iar noi înșirați câte patru pe fiecare latură. Eu lângă nașul, Paul între mine și Matilda, după ea Giovanna, lângă soțul ei. În fața mea este Silvia, cuminte, abținându-se de la comentarii, alături de Ștefan și apoi părinții Matildei.

Perechea mea reușește să se comporte cât se poate de firesc, pretinzând că este absolut normală poziția în care l-a plasat maică-sa, între trecut și prezent. Sau viitor. Sau... mă rog. Dar când vorbește cu Matilda mi se pare că o face într-adevăr degajat, ca între vechi prieteni. Nici el nu flirtează, nici ea nu mai face apropouri. Doar își aduc aminte de foști colegi comuni...

Îmi fulgeră prin gând imaginea lui Nico și a Cătălinei lui. Alta idilă născută pe băncile școlii, cu rezultate asemănătoare. Norocul lui Paul că a fost mai precoce și a scapăt.

Platourile cu *antipasti* sunt bogate și ispititoare, numai că mi-am pierdut pofta de mâncare. Gust din curiozitate doar *carciofo*, mai pe limba noastră anghinare murată, și două ciuperci marinate.

Matilda se apleacă prin fața lui Paul și mă întreabă cum este să lucrezi în proiectare, unde este director omul serii. Îi răspund nonșalantă că foarte... interesant. Dar ea pare sincer curioasă, fiindcă abia a intrat la Arhitectură. Sper să nu vrea și ea să îi fac desenele!

“Sunt sigură că... tatăl lui Paul nu ar avea nimic împotrivă să te lase să folosești una din planșete,” sugerez eu, dar ea chicotește veselă și îmi mărturisește în șoaptă că ar prefera să o ajut eu, când va veni timpul. Ar putea să împartă biroul cu mine pentru câteva ore, când nu am multă treabă...

Așa, ca între fete, mă gândesc eu. Ce altceva mai vrei să împărțim? Îmi dau seama că sunt nesigură de mine și din cauza asta am porniri geloase pe toate femeile care calcă în jurul lui Paul, pe o rază de cel puțin un kilometru. Și îmi este atât de ciudă încât simt că nu mai rezist și îmi trebuie neapărat o țigară că altfel mor acolo, la masa lor. Mă uit la ceilalți și văd că bătrânii fumează fără să se ridice de la locurile lor, dar eu vreau să ies puțin, să îmi răcoresc creierii.

“Aveți și balcon pe undeva?” îl întreb discret pe Paul.

“Bineînțeles!” exclamă el, și ghicindu-mi gândurile se inclină prin spatele Matildei să îi facă semn mamei lui că noi ieșim să poluăm aerul curat de afară.

Oricum, și el se abținuse eroic până acum, dat fiind că din câte am văzut, arde două pachete pe zi, de două ori mai mult decât mine.

Scăparea mea este la capătul camerei de zi, pe o terasă semicirculară care îmbrățișează blocul pe dinafară. S-a întunecat și se aude muzica de pe terasa Restaurantului Athenee Palace, chiar jos, în fața noastră. Mi-ar place să rămân aici tot restul serii... sau să ne întoarcem la vilă. Până nu mă descurajez și nu îmi trece cheful.

Dar se pare că Paul are grijă de aspectul acesta. Își dă drumul puțin la papion, să poată respira mai adânc, și sprijinindu-și dosul de pervazul ferestrelor din spatele nostru, se plasează direct în raza mea vizuală. Mă mângâie cu dosul mâinii stângi pe bărbie și trage din țigara pe care o ține ascunsă în căușul mâinii drepte, dovedindu-mi cât de independent îi pot funcționa simultan amândoi lobii cenușii... Apoi mă surprinde total cu prima declarație serioasă.

“Aș fii vrut să îți spun asta abia când ajungeam să fac dragoste cu tine... Dar după ce am cunoscut-o astăzi pe mama ta și când te văd cum arați astă-seară... nu mă mai pot abține. Sunt îndrăgostit de tine, Laura. Crezi că e rău sau că e bine?”

Mi se taie picioarele și sunt convinsă că dacă aș sări de pe balcon aș pluti ca în visele mele, pe aripile vântului. Mi se pare cel mai fericit moment pe care l-am simțit vreodată, atât de puternic încât îmi explodează în piept. Aș vrea să îl strâng în brațe fără rușine, să fim numai noi doi în tot orașul că să ne putem face de cap acum, pe loc, să putem striga și să nu ne auzim decât unul pe altul...

Dar suntem la părinții lui acasă, care mi se par puțin snobi, și față de care trebuie să mă prefac că sunt o persoană decentă... oricât de mult aș vrea să îmi pun poalele în cap la propriu și la figurat. Mă mulțumesc să îmi fac loc între genunchii lui și să mă lipesc de el dintr-o dată, simțind cu reacționează, instantaneu. Îl iau de gât ca să îl pot prinde cu dinții de lobul urechii, șoptindu-i marea taină.

"Cred că este foarte bine... Dar mai așteaptă până acasă ca să îți spun mai multe."

Mă înconjoară cu brațul stâng, care nu are țigară la capăt, încercând să mă rețină dar mă răsucesc și îi trimit o bezea din vârful buzelor, dăpărând înapoi în casă. Nu îmi mai pasă de prezența Matildei, nici de privirile precaute ale Giovannei. Ar fii putut-o aduce din partea mea și pe Lucica, și pe Irina, și pe toate câte au mai avut parte de Paul vreodată. Ei, poate nu chiar toate că ar deveni prea mare aglomerație în apartament. Dar ce contează și cine mai ține socoteală! Acum este al meu și numai al meu!

Mă așez înapoi la masă exact când se servește lasagna cu brânză și spanac. Bine că am opțiunea de a limita mărimea porției. Iubitul meu apare și el și îmi șuieră cu nasul în farfurie dar inclinat spre mine, să îl aud numai eu.

"Ai idee cât mai avem de stat aici?!?!"

Ridic sprâncenele amuzată, în semn că nu am nici urmă de habar. El asistă la sărbătorile lui taică-său de atâția ani, nu eu.

"Bătrânul vrea de ziua lui o adevărată cină festivă, italiană. Sau așa vrea mama, nu mai știu sigur. Se consumă zece feluri!!!" face el disperat și mă pufnește râsul.

"Exagerezi!"

"Puțin," admite Paul. "Am numărat de câteva ori, cu alte ocazii, și dacă nu pui la socoteală paharul de *prosecco* de la început, digestivul de la sfârșit, cele două deserturi, salata, garnitura, și cafeaua... tot rămân trei!"

Încerc să chicotesc cât de discret pot și cu toate că musafirii discută destul de animat între ei, mă tem că am fost observați cât de tare ne distrăm. Zmeul își pune pe față un rânjet înțelegător, părintesc, care mă încurajează. Sergiu pare mai circumspect, cred că temându-se încă să nu îl fac să sufere pe favoritul tuturor, mai ales al meu.

Ștefan și Silvia se hlizesc și ei, chiar dacă nu știu despre ce este vorba, Matilda zâmbește îngăduitor, și părinții ei par să fie singurii care nu își dau seama că se întâmplă ceva deosebit. Giovanna se întinde grațios prin spatele scaunului de lângă ea și îl atinge pe umăr pe Paul care se întoarce să vadă cine îl solicită.

"*Per favore, caro Paolo, comportati...*" i se adresează ea cu voce blândă, dar care nu lasă loc de întors. Adică în traducere liberă... "te rog, ai grija cum te porți, dragule", și îmi dau seama că am înțeles perfect ce a spus, cu câtă italiană am prins din filme și pe stradă.

"*Mi dispiace, mamma,*" se scuză el scurt și oftează resemnat, atacând lasagna din fața lui, ceea ce fac și eu, să nu-l bag în bucluc.

Sper să nu avem pește la felul următor pentru că eu nu știu să mănânc așa ceva decât ca Chilly-Willy, pinguinul meu preferat din desenele animate, și dacă m-ar vedea mama lui Paul în asemenea ipostază, la petrecerea următoare îmi rezervă loc afară, lângă pisica de la colțul blocului.

Am noroc fiindcă se servește *brasato di maiale* cu de toate și Profesorul care nu se teme de Giovanna să deschidă gura ne explică mie și Silviei că vom mânca friptură de porc cu cartofi la cuptor și salată verde. Interesant este că după tradiția italiană, fiecare fel și garnitura lui sunt servite pe farfurii separate, mai elegant. Sper că nu o să fiu niciodată destul de prietenă cu mama lui Paul să o ajut la spălatul vaselor după petrecerile lor...

În fine, suntem la brânzeturi, fructe și *Cannoli*, niște rulouri umplute cu cremă. Deci, după cum m-a prevenit Paul, cu cafeaua și digestivul se împlinesc zece la socoteală. Dar scăpam ușor, în balcon cu Lavazza după noi, renunțând la lichiorul cu miros suspect pe care se pare oricum că numai Sergiu și sora lui îl agreează.

Este aproape unsprezece noaptea când Paul reușește să găsească destule scuze plauzibile să ne putem face ieșirea în mod decent. După ce își ia rămas bun de la Matilda, de la mămica lui și de la ceilalți, după ce îi urăm încă o dată "La mulți ani" domnului Ștefanian, ne lăsăm conduși de Giovanna. Facem câțiva pași normali pe holul pustiu... și abia când suntem convinși că ușa s-a închis în urma noastră, o rupem la fugă ținându-ne de mână pe scări în jos, răzând prostește, ca elevii scăpați în pauză.

Ajungem la vila alergând de parcă ne fugărește cineva, cu răsuflarea tăiată, mai ales eu, care nu excelez la nici un sport și sunt și pe tocuri. În curte, Paul mă ia pe sus, și coboară cu mine în brațe, cărându-mă ca pe o mireasă în apartamentul nupțial, încercând să mă și sărute în același timp. Bâjbâie să nimerească ușa, deschizând-o cu cotul, trântind-o în urma lui cu fundul, dar nu îmi dă drumul, de parcă se teme că m-ar fura cineva de lângă el.

Încă gâfâie, cu toată condiția fizică, și în poleirea rece a nopții, abia îi pot vedea conturul părului bogat și urma de zâmbet.

"Pot să mă dezbrac?" șoptește el în întuneric.

"Fără să îți folosești mâinile? Aș vrea s-o văd și pe asta..."

Mă sprijină pe birou și îmi scoate sandalele, lăsându-le să cadă pe jos.

"Parcă spuneai că te dezbraci tu!"

Mă șâșâie, să tac, cum face el de obicei, și mă ridică iar, depunându-mă pe picioarele mele dar în pat. În fine sunt mai înaltă decât el, în poziția asta!

"Închide ochii, re rog..."

Îl ascult, amuzată, acoperindu-mi fața cu palmele, nu că aș vedea prea multe fără lumina aprinsă, oricum. Simt că se mișcă prin cameră de colo-colo, și recunosc zgomot de pahare și cuburi de gheață, scăpărat și miros de chibrituri. Apoi dă drumul la muzică, melodia noastră, *Ti Amo*, cu Umberto Tozzi. Oare ce pune la cale nebunul meu?

Mă ține așa câteva minute bune și tocmai când îmi vine să îl întreb dacă s-a răzgândit și în loc să ne iubim s-a apucat să își facă ordine în cameră... Este iarăși în fața mea și îmi ia gingaș mâinile de la ochi. Privesc uimită în jurul nostru și parcă am picat într-o scenă romantică de film. Pe birou și pe masă ard cel puțin o duzina de bucăți tăiate dintr-o lumânare groasă de botez puse în pahare solide, din cele în care se vinde siropul la dozator. Lângă pat este o găleată de tablă cu o sticlă de vin spumos și două pahare subțiri...

Îmi împreunez palmele, cât pe aci să aplaud dar rămân așa, ca într-o rugăciune mută. Vai cât de frumos! Sunt înduioșată, impresionată, cucerită... nici nu știu ce calificativ se potrivește mai bine.

"De unde le-ai scos pe toate?"

"Eram pregătit..." zâmbește el ștrengărește și mă sărută ușor, cu dulceață inegalabilă, ridicându-și de data aceasta el fața spre mine.

Ca într-un joc pe dezbrăcatele, îl ajut să se descotorosească de haina costumului, îi desfac cum mă pricep papionul, apoi cămașa impecabilă. El se descurcă mai bine cu fermoarul rochiei decât aș fii făcut-o eu. Urmează cureaua lui... și cred că se simte răzbunat cu povestea încuietorii mele de la sutien, când constat cu stupoare că pantalonii de costum au prohab cu nasturi... Care mă aștept să sară singuri la mine din cusătură și îmi vine să râd... dar nu este momentul.

Paul refuză să se lase intimidat de orice găici și alte piedici din drumul spre goliciunea mea. Cu mișcări teribil de încete, elimină ultimele petice lumești care ne despart, privindu-mă tot timpul în ochi, probabil spunându-mi în gând ce simte, sau poate încercând să mă hipnotizeze. Ceea ce a reușit de mult…

După atâta așteptare, sunt pregătită sufletește să fie repezit și nerăbdător, să termine totul înainte de a începe ceva, să trecem primul prag în galopul calului… Dar Paul mă surprinde nu numai cu tandrețea cât și cu stăpânirea de sine. Mă mângâie și mă sărută din cap până în picioare, la nesfârșit, până simt că e gata să ia foc iar eu să explodez.

Se pare că găsește o plăcere perversă în a întârzia pe cât posibil actul în sine, prelungind așteptarea, chinuindu-ne pe amândoi până la capătul răbdărilor. Și când în fine, aproape îl forțez să facă pasul următor, se abține, așteptându-mă să erupem în același timp în extaz, după care continuă a doua oară, aproape fără se oprească. Și a treia… care se transformă într-un maraton de cursă lungă, ca o partidă de înot languros, într-un ocean infinit de plăcere și șoapte fierbinți.

Ne spunem unul altuia cât de mult ne iubim, de zeci de ori, și ne acoperim reciproc pleoapele, buzele, și umerii cu săruturi nesătule, până lumânările se termină și se sting, și întunericul începe să devină din ce în ce mai transparent și mai albastru peste trupurile noastre. Suntem copleșiți, epuizați, senini și fericiți cum este greu de imaginat, goliți de gânduri, transpirați și înmuiați până în măduva oaselor de efortul fizic.

Cocul meu s-a desfăcut de mult și agrafele sunt risipite între cearșafuri și ne tot împiedicăm în ele. Părul lui Paul este ciufulit și stă în toate direcțiile… Hainele au rămas pe jos, într-un amestec drăgăstos și ele. Umberto Tozzi îi dă înainte cu melodia lui și îmi dau seama că a pus-o să cânte la nesfârșit în reluare, ca și stilul lui de a face dragoste.

Prin cap îmi trece un banc vechi, cu un soț înșelat care se întâlnește cu nevasta amantului soției… și cum se hotărăsc să se răzbune pe consorții lor necredincioși, culcându-se și ei împreună. Și așa, din ură, se răzbună ei o dată, de două ori, de trei ori... Până când ea trage din nou de el, și omul pe jumătate leșinat îi spune... Mă pufnește râsul gândindu-mă cât de bine ni se potrivește nouă acum poanta glumei. Dar Paul, ghicind exact de ce mi-am adus aminte, izbucnește și el în hohote.

"Nu mai am nici un strop de 'ură' în mine..." recunoaștem amândoi într-un glas, răzând cu lacrimi.

"Am uitat și de șampanie..." se ridică el într-un cot, în timp ce eu cobor din pat, peste el, să mă duc la duș.

Încerc să nu îmi ud părul și mă las pradă șuvoaielor de apă călduță, cu capul pe spate, lăsând oboseala plăcută să mi se scurgă la picioare, odată cu mirosul incitant de sex pe care îl simt încă învăluindu-mă. Încheieturile îmi sunt nesigure, de parcă ar fii făcute din cauciuc și m-aș topi...

Dar Paul se hotărăște să intre și el la baie, ceea ce bineînțeles înseamnă că mai devreme decât mai târziu... Dintr-un sărut, găsim forțe noi și o luăm de la capăt, sub jeturile de apă, într-o poziție care mizează pe imponderabilitatea închipuită a partenerei și ultimele puteri ale bărbatului de a cântări brânza ca ciobanii.

Dar acesta este alt banc de care ne aducem aminte amândoi, și de care râdem ca bezmeticii, abia reușind să ne extragem de sub duș, să ne ștergem cât de cât și să ne trântim la loc în pat, cu țigările aprinse și paharele în mână, sărbătorind...

Adormim când soarele este deja sus, în lumina albastră a draperiilor trase, eu cu capul pe pieptul lui Paul, el întins cât e de lung, cu labele dincolo de tăblia în formă de automobil. Ultimul sunet pe care îl înregistrez este șoapta lui, murmurând cu satisfacție că "A meritat așteptarea" și de data aceasta, nu simt nevoia să îl contrazic...